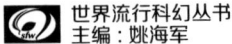

世界流行科幻丛书
主编：姚海军

怒火重燃

［英］理查德·摩根　著

朱佳文　译

四川科学技术出版社

Woken Furies by Richard Morgan

Copyright: ©

This edition arranged with The Orion Publishing Group Ltd
through BIG APPLE AGENCY, INC., LABUAN, MALAYSIA.

Simplified Chinese edition copyright:

2016 SCIENCE FICTION WORLD

All rights reserved.

图书在版编目(CIP)数据

怒火重燃 / [英]理查德·摩根 著；朱佳文 译.
–成都:四川科学技术出版社, 2017. 4
（世界流行科幻丛书）

ISBN 978-7-5364-8625-6

Ⅰ.怒⋯ Ⅱ.①理⋯②朱⋯ Ⅲ.科学幻想小说–美国–现代
Ⅳ.I712.45

中国版本图书馆CIP数据核字(2017)第073466号

图进字21-2012-160号

世界流行科幻丛书

怒火重燃

出 品 人	钱丹凝
丛书主编	姚海军
著 者	[英]理查德·摩根
译 者	朱佳文
责任编辑	宋 齐 姚海军
特邀编辑	李克勤
封面绘画	高 灵
封面设计	李 鑫
版面设计	李 鑫
责任出版	欧晓春
出 版	四川科学技术出版社
	四川省成都市槐树街2号出版大厦　邮政编码:610012
开 本	140mm×203mm
印 张	20.375
字 数	430千
插 页	2
印 刷	成都金龙印务有限责任公司
版 次	2017年4月成都第一版
印 次	2017年4月成都第一次印刷
定 价	58.00元

ISBN 978-7-5364-8625-6

目录

楔　子

　　他们唤醒我的场所肯定经过精心准备。

　　他们提出交易的那间接待室也一样。哈伦家向来讲求尽善尽美;所有受过接待的人都会告诉你,他们喜欢给客人留下好印象。以黑色为主、辅以碎金的装饰风格与墙上的家族徽章相得益彰,背景次声波会让你仿佛置身贵胄之家,忍不住感动落泪。墙角放着几件火星文物,无声地暗示着:它们的所有权已从我们消亡多年的非人类恩主转换到如今寡头统治的第一家族的坚定掌握之中。当然免不了还有老康拉德·哈伦本人的塑像,摆出得意扬扬的行星发现者的姿态。他一手高举,另一只手遮挡着异星太阳的炽热光线,还有其他类似的玩意儿。

　　就在这里,武·科瓦奇从整整一水箱的黏液中钻出,换上天知道什么样的新身体,面对柔和的光线,由举止端庄、身穿泳衣的侍女扶起。无比柔软的毛巾拭去了他身上大部分黏液,再披上质地同样柔软的浴袍,他走到隔壁房间里。冲个澡,照照镜子——最好习惯这张面孔,大兵——穿上一套随新身体附赠的新衣服,然后前往谒见厅,与家族成员之一碰面。当然了,那是个

1

女人。研究过我的背景资料以后，他们不可能派男人来跟我谈。

十岁时被酒鬼父亲遗弃，和两个妹妹一起长大，加上一生中面对父辈式权威人物时偶发的过激反应。没错，他们派来的是个女人。那种彬彬有礼但说一不二的年长女人，也是哈伦家族秘密事务的负责人。她是个朴素的美人儿，用的是定制的克隆身体。以标准年计算，年纪四十出头。

"欢迎回到哈伦世界，科瓦奇君。您觉得怎样？"

"好得很。你呢？"

口气傲慢自大。特派探员的训练会让你以常人无法想象的速度了解和处理周遭的细节。从水箱里浮起之后，特派探员武·科瓦奇扫视周围，几分之一秒的时间便明白过来：他们需要他。

"我？你可以叫我艾拉。"她用的是美语，而非日语，但她对问题的巧妙曲解，以及不动声色、避重就轻的回答方式，都可以清晰地看出第一家族的文化根源。那女人打了个同样优雅的手势，"不过我的身份在这件事上并不重要。我想您很清楚我代表什么人。"

"是啊，我很清楚。"或许是因为次声波，或许只是因为那个女人以冷静的态度回应我的轻浮，我语气中的自大减退了不少。特派探员会接受并消化周围的信息。在某种程度上，这是个感染过程。你往往会发现自己本能地开始顺应他人的行为，尤其是因为你的直觉告诉你，这么做在当前的环境下十分有利。"这么说我是被借调来的？"

艾拉优雅地咳嗽了一声。

"从某种角度来说，没错。"

"单人借调？"这种情况不算罕见，但算不上有趣。有特派探员做搭档，你会拥有无可比拟的自信。普通人可没法带给你这种感觉。

"对。这么说吧:您将是唯一涉入其中的特派探员。您会得到数量庞大的常规资源,供您随意使用。"

"听起来不错。"

"希望如此。"

"好吧,你究竟想要我做什么?"

她又高雅地清了清嗓子,"请按照顺序来。我要冒昧地再问您一次,您觉得这副身体怎样?"

"感觉很不错。"即使对于早就习惯了战斗定制身体的我来说,这具身躯也非常合适,灵敏度令人惊讶。外表暂且不提,这具身体真的非常美妙。"是中村事务所的新产品吗?"

"不。"女人的目光是不是向左上方偏斜了一下?她是安全主管,视网膜多半连接着数据显示屏,"哈坎尼神经系统,由库马洛坎普公司获得外世界特许后培育而成。"

特派探员不该表现出惊讶,所以我只能在心里暗暗皱眉,"库马洛?从没听说过。"

"噢,您当然没听说过。"

"抱歉。你说什么?"

"可以说,我们为您配备了迄今为止最出色的生体强化技术。对于您这样经历丰富的人,我觉得没有必要一一列举这具身体的功用了。如果您想了解细节,可以通过您的左视域处的数据显示屏查看基本使用指南。"她淡淡一笑,或许是因为厌倦,"哈坎尼神经系统并非专为特派探员设计,眼下也没有时间安排定制。"

"你们眼下就有危机?"

"您很聪明,科瓦奇君。对,情形称之为'严重'也不为过。

我们希望您尽快开始工作。"

"反正他们付我钱也就是为了这个。"

"对。"她就不能直接挑明是谁花钱雇的我吗？恐怕不能。"您肯定已经猜到了，这是一次秘密任务。和沙尔雅世界那边很不一样。不过就我所知，您在那场战役接近尾声时有过应对恐怖分子的经验。"

"是啊。"在我们捣毁他们的网络、砸烂他们的数据传输系统、毁灭他们的经济体系、大致抹除了他们进行全球化抵抗的能力之后，仍有几个顽固派依旧不买摄政府的账。我们追捕他们。渗透、交好、颠覆、背叛。后巷里的暗杀。"我有些经验。"

"很好。这次的工作也不无相似之处。"

"你们有恐怖分子的问题？奎尔主义者又在惹麻烦了？"

她做了个不屑的手势。已经没人把奎尔主义者当回事了。他们有一两个世纪没掀起什么风浪了。这颗星球上为数不多的奎尔死忠早就抛弃了革命信条，投身于高回报的犯罪行为。风险相同，赚得更多。他们对这个女人，或者她所代表的寡头统治者没有任何威胁。我开始觉得，情况或许并非全如我的猜测。

"这项工作的主要内容是追捕，科瓦奇君。这是私人事务，与政治无关。"

"可你们却要求特派探员出马。"即使有那张冷静的面具，她也扬起了一边眉毛。我的嗓门恐怕也抬高了一点儿，"你们要追捕的人肯定很有手段。"

"没错。事实上，他是个前特派探员。科瓦奇君，在继续开展任务之前，我想我需要向您说明一件事，而这件事——"

"这件事你还是跟我的指挥官说明吧。在我看来，你像是在浪费特派调查局的时间。我们不干这种活儿。"

"——恐怕您会相当吃惊。噢,您肯定以为自己是在沙尔雅之战后不久重生的,或许离您超空间下载只有几天?"

我耸耸肩,特派探员必须冷静,"几天或者几个月——对我来说没多少分——"

"两个世纪。"

"什么?"

"我已经说过了。您在存储器内待了将近两百年。从实际情况来看——"

特派探员式的冷静飞快消失,"这他妈究竟是——"

"拜托,科瓦奇君。仔细听我说。"对方的语气带上了威严。曾经的训练让我闭上嘴巴,平心静气地聆听和理解。"之后我会知无不言言无不尽。不过眼下,您只需要知道自己已经不再是特派探员就可以了。您可以把自己视为哈伦家族的私人雇员。"

与你记忆中的上一段人生隔绝。不合时宜地重生。一段远离你所知的一切人和事物的人生。听上去像某种犯罪。对特派探员来说,这种事算不上完全陌生,但——

"你们是怎么——"

"家族在不久前得到了您的数字化存储意识。如我所说,我之后会告知您更多细节。您眼下不必太操心这些事。我来此向您提供的合同非常丰厚,对我们也十分有益。对您来说,最重要的是弄清您作为特派探员有哪些技艺会经受考验。这儿已经不是您熟知的那个哈伦世界了。"

"我能处理好,"我的语气开始不耐烦,"向来如此。"

"很好。现在,您肯定想知道——"

"对。"我压下震惊,就像止血绷带压住血流不止的伤口。努力组织语言,再拖长声调,显得漠不关心。抓住话题中最显而易见的重点，"你们这么想让我去追捕的前特派探员究竟是什么人？"

　　当时的情形也许就像这样。

　　但也未必。这是我在事后根据猜测和零星信息推断出来的。以我的推测为基础，再以特派探员的直觉填补空缺部分。但我的推测完全可能和事实差之千里。

　　谁知道呢。

　　我当时并不在场。

　　他从他们口中得知我的所在之时，我并没有看到他的表情。我更不会知道他们如何描述我，又要求他如何处置我。

第一部　这就是你

这是私人恩怨。

——奎尔克里斯特·法尔科内，
《现在我需要知道的事情》第二卷

1

身体受创。

伤口痛得要命,但没法跟以前的某些创伤相比。粒子束撕开了我的肋部,但房门上的装甲板将威力削弱了不少。那些牧师拿枪抵在关紧的门上,还指望把别人打个肠穿肚烂。该死的外行。

近距离射击导致的后坐力恐怕让他们也好受不到哪去。门后的我早已旋身躲开。那发粒子束在我的肋骨间留下了一道又长又窄的伤口,随即熄灭,在我外套的皱褶里慢慢闷燃。我的体侧一阵冰冷,皮肤感应器组件烧焦的恶臭扑鼻而来。粒子束擦破了浮肋①表面的生物润滑油涂层,骨骼碎片摩擦时的吱吱响声几乎清晰可闻。

视域左上方嵌入的计时显示表明时间已经过了十八分钟,但那种吱吱声仍旧伴随着我。我匆匆踏上路灯照亮的街道,努力忽视伤痛。液体悄然渗出我的外套,没流多少血。人造躯体

---

①指人体肋骨中不与其他肋相连的肋骨,通常为第十一和十二肋。——译注

还是有它的长处的。

"要找乐子吗,伙计?"

"我已经找到了。"我说着,转身离开门边。他轻蔑地眨了眨文着波浪图案的眼皮,表示"这是你的损失",随后将肌肉结实的身体懒洋洋地挪回阴影。我穿过街道,绕过转角,从两个娼妓身边挤过——其中一个是女人,另一个的性别难以确定。那女人长着一条细长分叉的龙舌,正舔舐着她贪婪无度的双唇,或许是在夜晚的空气中品尝我伤口的腥气。她的目光转向我,随即移开。而在另一边,那个未知性别的妓女略微挪了挪身子,疑惑地看了我一眼,却什么也没说。

她们都对我不感兴趣。刚刚下过雨,街面湿滑,行人稀少,妓女们过了好一阵子才察觉我的到来,速度比门房还慢。离开要塞以后,我洗漱过,但我的身体肯定泄露出了缺乏商机的讯号。

我听到她们在我身后用黑话谈论着我。我听到了"破烂"这个词儿。

她们有挑剔的资本。随着梅凯斯克促进法案的实施,她们的生意正蒸蒸日上。这年冬天,荻户丸市拥挤非常,塞满了打捞掮客和拆解者,就像拖网渔船拖来的一网网鱼儿。"让新北海道安全一整个新世纪",广告上是这么写的。从城郊康帕秋区新建成的气垫货船码头到新北海道洲的海岸,直线距离还不到一千公里。气垫船日夜来往,从不间断。除了空降以外,这是横跨安德拉西海的最快途径。在哈伦世界,你只有在万不得已的时候才会到天上去。任何携带重型设备的乘客——也就是说所有人——都会乘坐气垫船从荻户丸市前往新北海道洲。幸存下来的那些将原路返回。

这是一座新兴城市。梅凯斯克的资金流入城中,带来了新的希望和街头斗殴的热情。我一瘸一拐地走在这条大路上,路面散落着各种用过的人类娱乐用具。在我的口袋里,新近摘除的那些意识存储器相互碰撞,发出骰子似的响声。

潘切瓦街和向日愿景大道的交汇处发生了一场斗殴。向日大道的电子毒窝刚刚打烊,才嗑完电子毒品的客人撞见了刚离开仓库区的夜班码头工人。作为动手的理由,这已经绰绰有余了。十来个缺乏协调的身影在街上以极不专业的动作扭打在一起,还有一群人在旁边呐喊助威。已经有一具躯体毫无生气地倒在熔融玻璃路面上,另一些人则吃力地拖着血流不止的身体远离冲突的中心。充电过度的格斗指环迸射出蓝色的火花,刀刃在不远处闪烁着微光。但还能站立的那些人似乎都很愉快,周围也全然没有警察的影子。

是啊,我的心里有个声音嘲笑道。**他们多半在山上忙活着呢。**

我尽我所能绕过人群,同时挡住受伤的身侧。我藏在外套下的双手分别握住最后一颗致幻手雷的光滑曲线,以及藏刀有些发黏的刀柄。

永远不要与人争斗,除非你有信心速战速决,并且全身而退。

维吉尼亚·维杜拉——特派探员部队教官,后来的专业罪犯与偶尔的政治活动家。她是我的榜样,虽然我上次见她已经是好几十年前的事了。在十几颗不同的星球上,她不请自来地出现在我的脑中,十好几次救了我的性命。这次我不需要她蚀刻在我脑中的直觉,也不需要那把藏刀。我从旁经过,避免任何眼神接触,绕过潘切瓦街的转角,融入靠海那边巷口处的阴影。眼球里的时间芯片提醒我,我已经迟到了。

加快脚步,科瓦奇。根据我在米尔斯波特的联系人的说法,普莱克斯并不是特别守时的人,我付给他的钱也不足以让他等我很久。

我向前五百米,然后左转,来到狭窄而混乱的贝拉棉幸平区。"幸平"这个名字源自许多个世纪之前掌控(或者说经营)这个区域的家族,他们的临街仓库构成了这座曲折复杂的街巷迷宫。动乱年代开始以后,新北海道洲也和其他市场一样陷入萧条,当地的贝拉草制棉生意一蹶不振,幸平这样的家族迅速破产。街道两边,仓库门面上覆满煤灰的窗户悲伤地注视着对面同伴硕大的卸货入口,卷闸门全都卡在介于开启和关闭之间的位置。

也有人提过重建计划,比如翻修这些仓库,当作拆解者们的实验室、训练中心和硬件储存间。

但这基本上只是说说而已。对面朝西方气垫载货坡道的码头门面房还有点影响,而在如此远离码头的极东之处,梅凯斯克的钱连个响都听不见。

好一个涓滴效应①。

在贝拉棉幸平区的九点二六号,高处的窗户透出微弱的光线,从卸货口半开的卷闸门下渗出的灯光留下摇曳不止、仿佛长舌般的阴影,让这栋建筑物活像个口角流涎的独眼疯子。我悄然来到墙边,尽可能调用这具人造躯体不怎么灵敏的听觉回路。说话声断断续续,正如我脚边的阴影。

"——告诉你,我可不要为这事出去东奔西跑。"

是米尔斯波特口音,将哈伦世界大都市的那种慢吞吞、带着

①指以增加社会总财富而非救济的方式来使得穷人受益的理论。

鼻音的美语拖得更长,长得令人恼火。接着响起的是普莱克斯的嘀咕声,声音低到我听不清内容,带着柔和的乡下口音。他似乎在问什么问题。

"我他妈怎么会知道?随便你怎么想吧。"普莱克斯的同伴正在到处走动,摆弄着东西。他的声音融入了卸货区的各种杂音,我只听到了"kaikyo""重要"这两个词,还有一声短促的笑。等我靠近卷闸门以后——"重要的是家族相信什么。科技说什么,他们就会信什么。而科技总是有迹可循的,我的朋友。"刺耳的咳嗽声和沉重的吸气声传来,听起来像在吸入某种消遣用的化学药品。"那混蛋迟到很久了。"

我皱起眉头。"kaikyo"这个词有很多含义,取决于你的年龄。在地理学上,它指的是"海峡"或者"航道"。只有经历过移民年代早期的人,或者第一家族那些自命不凡、整天把日文挂在嘴边的家伙才会用这个词。

那个人的口气不像第一家族的人,但话说回来,没准儿康拉德·哈伦及其好伙伴们把格里莫六号星改造成自家后花园的时代,他也在场呢。

许多很有年头的意识从那时一直存储到现在,等着下载进某具可用的躯体里。你只需要更换不到半打身体,就能经历整个哈伦世界的人类历史。以地球标准计算,从移民飞船着陆到现在,才刚刚过去四个世纪。

特派探员的直觉在我脑海中打转。感觉不对劲。我见过连续度过几百年人生的男人和女人,但他们的口吻跟这个人毫无相似之处。在传入获户丸市夜空,与烟雾交织的说话声中,我听不到任何岁月带来的睿智。

在两百年后的街头黑话里,"kaikyo"的意思是"可以转手赃物的联系人"。销赃人。在米尔斯波特列岛的某些地区,这个词仍是习惯用语。而在别的地方,它的含意发生了转变,用来描述正规的财务顾问。

噢,在更南方的地区,这个词的意思是"灵魂附体的圣人"或者是"污水排放口"。推理游戏玩够了。他说得没错——我已经迟到了。

我用手掌根托住卷闸门的边缘,单手向上一推,强忍人造身体的神经系统所模拟的痛楚。卷闸门在刺耳的噪声中升了上去。灯光照到街上,照亮了我的全身。

"晚上好。"

"老天!"米尔斯波特口音的那家伙吓得后退了一大步。卷闸门升起的时候,他离门只有几米远。

"阿武。"

"你好啊,普莱克斯。"我的目光定格在那个陌生人身上,"这家伙是谁?"

我已经知道了答案。他的身体经过特别定制,苍白而英俊的外貌看起来就像从某部低成本电子影片里走出来似的,形象介于米基·诺萨瓦和隆·巴托克①之间。

体格匀称的战士身体,肌肉发达,四肢修长。他的头发乱糟糟的,就像近来电子T台上的模特,仿佛受静电影响根根竖起的发型则是模仿刚刚离开克隆水槽的躯体。松弛有皱褶的外衣暗示下面藏着武器,站姿却表明他并没有做好使用的准备。他摆出的架势更多是为了威吓而非攻击。他的一只手里仍旧握着没了电的微型电子雪茄,瞳孔因为惊吓而放大。他遵循了某个古老的传统,在额头一角留有刺青。

_____
①作者杜撰的电影明星。

米尔斯波特的黑道小弟。街头混混。

"别叫我'家伙'。"他哑着嗓子道,"在这儿,你是外乡人,科瓦奇。你是入侵者。"

我用眼角余光留意着他,一边看向工作台边的普莱克斯。他正摆弄着几条网状系带,那张放荡贵族的脸上不情愿地堆出笑容。

"阿武,你瞧——"

"普莱克斯,严格说来这是一场私人派对。我可没要你找人来分享乐子。"

那个黑道混混身子前倾,几乎按捺不住火气。他发出一阵刺耳的喉音。普莱克斯一脸惊慌。

"等等,我……"他甩开那些系带,"阿武,他来这儿是为了别的事。"

"他挑了我要来的时候出现。"我轻声道。

"听好了,科瓦奇。你他妈——"

"不。"我说着回头看向他,希望他能听懂我语气的含意,"你知道我是谁,你也不会来惹我。我要见的是普莱克斯,不是你。现在给我滚。"

我不知道是什么阻止了他,让他没有当场动手:是特派探员的名声,还是要塞那儿传来的最新消息(现在谁都知道了,我在那儿留下了老大一个烂摊子),又或者他的脑袋有着跟身穿廉价西装的混混身体不相配的冷静。

有那么一会儿,他像是随时都会大发雷霆。随后他压下火气,瞥了右手的指甲一眼,咧嘴笑了笑。

"当然。你尽管去跟普莱克斯谈生意吧。我去外面等着,反正也不会太久。"

他甚至朝着街道踏出了第一步。我回头看着普莱克斯。

"他究竟在说什么?"

普莱克斯缩了缩身子。

"我们,呃,我们还是改天吧,武。我们不能——"

"噢,不,"扫视房间之后,我立刻从螺旋状的灰尘分布看出了重力升降机的使用痕迹,"不,不,你告诉我——"

"我……我知道,武,但——"

"我付过钱。"

"我会把钱退给你——"

"我他妈要的不是钱,普莱克斯。"我盯着他,努力压抑着撕开他喉咙的冲动。没有普莱克斯,就没有上传。没有上传——"我他妈要的是我自己的身体!"

"没事的。你会拿回你的身体的。只不过现在——"

"只不过现在,科瓦奇,那些设备是我们在用。"那个黑道成员回到我的视线里,仍然咧嘴笑着,"说实话,那些设备从一开始就是我们的。不过这位普莱克斯恐怕没告诉你,对吧?"

我的目光在他们两人身上打了个来回。普莱克斯一脸尴尬。

我都开始同情这家伙了。我在米尔斯波特的联络中间人名叫伊莎,她刚刚十五岁,蓝紫色头发用剃刀修过,身上还有显眼的老式数据插头,她跟我谈起这场交易的内容和开销的时候,用上了一副厌世的口气。**回顾一下历史吧,伙计。历史对他一点也不公平。**

的确,历史似乎从来没有青睐过普莱克斯。他在三个世纪前带着幸平的名字出生,本可以成为那个家族里被宠坏而又愚蠢的幼子,最多只在某些体面的事业上——例如天体物理学或者考古学——运用一下他那点智慧。但实际上,幸平家族为动乱年代后期的子嗣所留下的只有整整十条街道上空无一物的仓库,以及没落贵族的魅力。普莱克斯曾经自嘲说,就连破产的人都比他受女人欢迎。我和他才认识三天,他就在我的雪茄攻势下把可悲的往事告诉了我。他似乎很想向别人倾诉,而特派探员都是优秀的聆听者。侧耳倾听,接触地方特色,然后加以吸收。你记下的这些细节回头没准儿能救你的命。

普莱克斯陷入贫困的先祖担心自己会过上仅有一条性命、无法更换身体的人生,于是开始学习谋生,但他们大都不怎么擅长。他们债台高筑,宵小之辈也乘虚而入。等到普莱克斯出生的时候,他的家族早已和黑道纠缠不清,低劣的犯罪成了生活的一部分。他多半是在这样好斗而懒散的混混之间长大成人的。坐在他父亲膝上的时候,他恐怕就学会了这种听天由命的困窘笑容。

他最不希望的就是惹恼他的主顾。

而我最不希望的就是用这具身体坐气垫船回米尔斯波特去。

"普莱克斯,我已经订好了'藏红女王号'的船票。船四个小时以后出发。你打算赔我的船票钱吗?"

"我们会补偿你的,武。"他用上了恳求的语气,"明晚还有一艘去恩皮的气垫船。我有门路,我是说幸雄他们——"

"别提我的名字,伙计!"那个黑道分子叫道。

"他们可以把你换到明晚的船上去,没有人会知道的。"他将恳求的目光转向幸雄,"对吧? 你们会这么做的,对吧?"

我也看了过去,"是吗? 就像你们要毁掉我目前的脱逃计划那样?"

"你早就毁了你的出路,科瓦奇。"幸雄皱着眉,大摇其头。他摆出一副前辈的架势,那种矫揉造作和一本正经多半是从他自己的前辈那儿照搬来的。"你知道现在有多少人在找你吗?整个上城区都能见到条子的嗅探小队。照我猜测,他们不到一小时就会赶到气垫船码头。整个荻户丸警察局都出动了,更别提要塞来的那些留着大胡子的突击队员朋友了。该死,伙计,你的手脚应该更干净些的。"

"我在问你问题,没要你批评我。你们会不会把我换到下一艘离港的船上去?"

"当然,当然,"他摆了摆手,"这你大可放心。但你不明白,科瓦奇,有些人有更严肃的事务要处理。你跑到这儿来,用你无脑的暴力惊动本地的执法机构,让他们头脑发热,冲我们派得上用场的人下手。"

"派得上什么用场?"

"这他妈不关你的事。"他不再故作老成,变回了纯粹的米尔斯波特街头混混,"接下来的五六个钟头里,你他妈只要保持低调,尽量别再杀人就好。"

"然后呢?"

"然后我们会联系你。"

我摇摇头,"这可不够。"

"不够?"他抬高了嗓门,"你他妈以为自己在跟谁说话,科瓦奇?"

我计算着距离——这次是为了攻击——以及随后的痛楚。我继续拿话激他,"跟谁说话?我面前只有个来自米尔斯波特的乳臭未干的街头混混,刚刚离开前辈的眼皮底下。而且我厌烦了,幸雄。把你那该死的电话给我,我要跟真正管事儿的人谈。"

怒气随即爆发。他瞪大双眼,手伸进夹克衫,掏摸藏在里面的东西。不过太迟了。

我已经打中了他。

跨越我们之间的距离,用我没有受伤的那一侧身体发起攻击。

我击中了他的咽喉和膝盖的侧面。他无法呼吸,倒了下去。我抓住他的一条胳膊,扭转过来,将藏刀悬在他的手掌上,举在他能看到的位置。

"这是一把生化编码武器。"我紧紧地按住他,"阿德雷辛出血热。只要我用这把刀割伤你,你身体的每一根血管都会在三分钟之内爆裂。你希望我这么做吗?"

他在我的掌控下大口喘息。我将刀身放得更低,也看到了他眼中的恐慌。

"这可不是什么好死法,幸雄。给我电话。"

他开始在夹克衫里翻找,电话掉了出来,滑落在永凝土地面上。我凑过去确认那不是武器,接着用脚尖挑到他空出的那只手里。他手忙脚乱地接过,青肿的喉咙发出嘶哑的喘息。

"很好。现在打给管事儿的人,然后把电话给我。"

他在显示屏上按了几下,把电话递给我,露出普莱克斯几分钟以前的那种恳求的神色。我盯着他看了很久,好好利用了一番廉价人造身体缺乏表情的特色,这才放开他的手臂,接过电话,退到他够不着的地方。他捂着喉咙,跌跌撞撞地退开。我把电话放到耳边。

"哪位?"一个文质彬彬的男性嗓音用日语问道。

"我叫科瓦奇。"我不由自主地换了语言,"你的小弟幸雄和我有些利益上的冲突,我想你或许想要解决。"

一阵冰冷的沉默。

"我希望你今晚就能抽空解决。"我轻声说。

电话那头传来嘶嘶的吸气声，"科瓦奇君，你犯了个错误。"

"是吗?"

"把我们牵涉进你的事务是很不明智的。"

"牵涉别人的不是我。眼下我正站在一间仓库里，看着我的某些设备原本存放的地方。我有足够的理由相信是你们拿走的。"

又一阵沉默。黑道在跟你谈话时总是会有长长的停顿。他们希望你思考，仔细聆听言外之意。

可我没这个心情。我的伤口疼得很。

"我听说你们六个钟头左右就能用完。我可以忍到那时候。但我希望你向我保证，设备会在那时送回这里，并且能让我正常使用。我要你的承诺。"

"安平幸雄就是负责——"

"幸雄只是个小弟。咱们还是坦诚相待吧。幸雄来这儿的唯一目的就是确保我不会杀死我们共同的服务提供商。顺带一提，他的表现可不怎么样。我赶到的时候已经没什么耐心了，根本没想过会再有耽搁。我对幸雄不感兴趣，我要你的承诺。"

"如果我不答应呢?"

"那么你们的几间办公室今晚就会变得和要塞里一样了。这点我可以向你保证。"

沉默。然后他答道:"我们不和恐怖分子谈判。"

"噢，拜托。你们有什么资格说这种话? 我还以为我是在和领导层打交道呢。难道我非得搞点破坏才行吗?"

电话那头的沉默变得不一样了。那个人似乎想到了别的什么事。

"安平幸雄受伤了吗?"

"没什么大不了的。"我冷冷地低头看着那个黑道分子。他恢复了正常呼吸,刺青边缘隐约可见一滴滴汗珠。"但这些都说不准。一切由你决定。"

"很好。"这句回答之前只停顿了几秒钟。以黑道的标准来说,这样慌张是很不得体的。"我叫田奈濑陀。我向你保证,科瓦奇君,你要求的设备会在你指定的时间送达并且可以使用。除此以外,你还会得到金钱方面的补偿。"

"谢谢。那——"

"我还没有说完。我还可以向你保证,如果你对我的手下做出任何暴力行为,我会通知全球同仁,务必将你逮捕并处死。我说的可是非常令人不快的真实死亡。你明白了吗?"

"听起来很公平。不过我想你最好让你的小弟识相点儿。他好像有点不知道天高地厚。"

"让我跟他说话。"

安平幸雄正躬身坐在地上,气喘吁吁。我朝他嘘了一声,把电话丢给他。他笨拙地单手接住,另一只手仍旧摩挲着喉咙。

"你的前辈要跟你说话。"

他眼泛泪光,恶狠狠地瞪了我一眼,但还是把电话贴到耳边。硬邦邦的日文单词断续传来,就像有人在用破裂的液化气罐即兴演奏。他身体僵硬,垂下脑袋。他的回答或是简短,或是说了半句就戛然而止。"是"这个字出现了很多次。黑道在一件事上是无人可比的:他们的等级制度严格至极。

单方面的谈话结束后,幸雄把电话递给我,不敢对上我的眼睛。我接过电话。

　　"问题解决了。"田奈濑陀在电话里说,"今晚请另作些安排吧。六个钟头以后,你可以回来,设备和你的补偿都会在这里等着你。我们不会再联系了。这场误会十分令人遗憾。"

　　他先前的口气可没有这么不安。

　　"你知道有什么早餐的好去处吗?"我问他。

　　沉默。礼貌的静电干扰音传来。我掂量了片刻,然后把电话丢还给幸雄。

　　"好吧,"我的目光从幸雄转向普莱克斯,又转回去,"你们俩知道有什么早餐的好去处吗?"

2

在里奥尼德·梅凯斯克救助藏红花列岛捉襟见肘的经济之前,获户丸市勉强维持开支的手段少之又少,只有周期性地为来自米尔斯波特或奥赫里德群岛的富有冒险家开具大型猎物狩猎许可证,以及捕捞网状水母以获取其体内的油脂。

生物荧光令这种水母在夜晚更易捕获,但捕捞过程通常每次只会持续一两个钟头。耽搁得太久的话,网状水母轻薄带刺的触须就会覆满衣物和甲板,船员吸入的毒气和皮肤灼痛也会让捕捞效率大为降低。整晚都有捕捞船入港,用廉价的生物溶剂清洗船员和甲板。清洗站的鲛鲽灯后面有一整排酒吧和饭馆。

普莱克斯一边没完没了地道歉,一边领着我从仓库区来到码头,走进一栋名叫"东京乌鸦"的房子。这儿跟米尔斯波特的船长酒吧没有多大差别,脏兮兮的墙壁上都有惠比寿和艾蒙的素描,间或点缀着惯例会有的许愿牌,上面用日本汉字或者美语写着愿望:风平浪静,渔获丰收。镜木吧台上方的显示器正在播放当地天气、交通路况以及全球最新消息。房间尽头,宽阔的投影装置播放着这种酒吧必不可少的全息色情影片。捕捞船的船员们坐在吧台和桌边,神情疲惫。他们人数不多,大都是男性,大都闷闷不乐。

"这顿我请。"我们才进门,普莱克斯便匆忙说道。

"见鬼,当然是你请。"

他怯怯地看了我一眼,"呃,是啊。你想喝点什么?"

"跟威士忌差不多的东西就成。要桶装原酒。要是不够劲,我这具蠢身体的味觉系统可尝不出酒味。"

他灰溜溜地走向吧台,我出于习惯找了张角落的桌子坐下。在那个位置,门口和酒客的情况尽收眼底。我找了张椅子坐下,牵动了粒子枪擦伤的肋骨,让我痛得缩了缩身子。

真他妈倒霉。

但也算不上太糟。我透过外套口袋的布料摸了摸那些存储器。我的目的达到了。

你究竟为什么不趁着他们睡着割开他们的喉咙?

我需要让他们知道。让他们亲眼看到。

普莱克斯从吧台走了回来,拿着两个玻璃杯和一盘放得有些久的寿司。不知为什么,他显得有些得意。

"你瞧,阿武。你用不着担心嗅探小队。要知道,你用的是人造身体——"

我看着他,"对。我知道。"

"而且,呃,你知道的。只剩下六个钟头了。"

"还有整个明天,直到那艘气垫船出发为止。"我抄起杯子,"我真觉得你还是闭嘴的好,普莱克斯。"

他照办了。沉闷的几分钟过后,我发现沉默并不是我想要的。在人造身体里的我神经兮兮,像毒品劲头过去时那样抽搐着,为自身的存在坐立不安。我需要找些消遣。

"你认识幸雄很久了?"

他愠怒地抬起头,"你不是想——"

"是啊。抱歉。今晚挨了一枪,这会儿我的心情不太好。我只是——"

"你挨了一枪?"

"普莱克斯,"我有意把身子向前靠了靠,"你他妈把声音放轻点儿。"

"噢。抱歉。"

"我是说,老兄,你究竟是怎么在这一行混下来的? 看在基督的分上,你根本不像罪犯。"

"这又不是我自己选的。"他生硬地回答。

"哦? 那又是为什么? 莫非这一行还有征兵制度什么的?"

"真好笑。我猜你是自愿当兵的,对吧? 刚到第十七个标准年就参了军?"

我耸耸肩,"没错,我做了选择。要么当兵,要么加入犯罪团伙。我穿上了军服。比我为非作歹时赚的钱更多。"

"噢,我没加入犯罪团伙。"他灌了一大口酒,"黑道确保了这一点。他们才不想让他们的投资对象加入什么帮派呢,实在太危险了。我在合适的导师手下进修,在合适的社交圈子打发时间,学习言行举止。那以后,他们再像摘果子那样把我摘下来。"

他的目光落在伤痕累累的木头桌面上。

"我还记得我父亲,"他语气苦涩地说,"我还记得自己接入家族数据堆栈时的那一天。那是我的成年礼派对的第二天早上。我宿醉未醒,精神恍惚,接着就看到田奈濑陀、嘉田还有安平站在他的办公室里,就像一群该死的吸血鬼。他那天哭了。"

"你是说安平幸雄?"

他摇摇头,"不,幸雄是他儿子。你想知道我认识幸雄多久了?我们是一起长大的。我们在同一堂日文课上打瞌睡,嗑同一种药,跟同样的女孩约会。我开始从事人类学/生物科技方面的事时,他去了米尔斯波特,一年后就穿着那件蠢外套回来了。"他抬起头,"你以为我喜欢背着我老爸的债务活着?"

答案似乎不言自明。我不想再听这种事了。我又喝了几口桶装威士忌,一面寻思用有真正味蕾的身体喝这种酒会是什么感觉。我端起杯子,"那他们今晚又为什么非找你不可?城里不可能只有你一个搞意识存储的。"

他耸耸肩,"有人捅了娄子。他们有自己的设备,不过受了污染。凝胶原料掺进了海水。"

"哈,所谓的团伙犯罪也没那么高明嘛。"

他看我的目光既愤恨又嫉妒,"你就没有家人吗?"

"无可奉告。"这话有点刺耳,但我没有必要向他透露真相。跟他说点别的什么吧,"我离家去了别的地方。"

"你是说进入存储?"

我摇摇头,"我去了外世界。"

"外世界?你去了那儿?"他语气里的兴奋显而易见,只是被残留的阴郁勉强压抑着。在格里莫星系,哈伦世界是唯一可以居住的行星。在格里莫五号星的黄道平面①进行的试验性环境改造至少还有一个世纪才能得到有用的结果。对哈伦人来说,外世界意味着一场跨星际意识转移。你要摆脱自己的肉体,载入许多个光年之外、在外星系的太阳照耀下的某颗星球上的另一具身体。这种事听起来非常罗曼蒂克。在大众中间,意识转

---

①假设行星并不移动,而恒星绕行星旋转时的轨道平面。

移者都会得到名人的待遇,就像太阳系内航行时代的宇航员返回地球时那样。

事实则是,这些当代的名人和宇航员不同。超空间传输旅行实际上不需要他们动一根手指,而且大多数超空间传输者只是徒有其名,对于这种技术本身没有丝毫了解。但这似乎并没有阻止公众去想象他们的星际征程如何光辉伟大。

在超空间传输的目的地方面,古地球自然是最受欢迎的对象。不过归根结底,只要你还能回来,那么去了哪儿都没太大区别。对于走下坡路的影星和过气的米尔斯波特交际花来说,这是他们重振声名的最佳方式。只要你能想办法攒足超空间传输的开销,基本上就意味着数年间在八卦杂志上占据一席之地,以及相应的丰厚酬劳。

当然了,特派探员不是这样。我们早就习惯了悄然离开,粉碎某颗偏远行星的起义,颠覆不为人知的政权,再扶植某个服从星际联盟的政府上台。我们穿越宇宙去屠杀和镇压,是为了更大的利益——也就是说,为了统一的摄政府的利益。

但现在,我已经不干这种事了。

"你去过地球吗?"

"还有很多别的地方。"脑海中那段接近一个世纪前的记忆让我露出了微笑,"地球烂透了,普莱克斯。死气沉沉的社会,永生不死、极端富有的上层阶级,还有麻木不仁的民众。"

他耸耸肩,苦着脸用筷子捅了捅寿司。

"听起来跟这儿一模一样。"

"是啊。"我又喝了口威士忌。哈伦世界和我见到的地球有许多细微差别,但我现在没心情一一列举,"你说得没错。"

"你在那儿做了什么? 噢,妈的!"

　　一时间，我还以为他在说那盘陈了的寿司。

　　这具破破烂烂的人造身体真是太差劲了，又或许只是过于疲惫的缘故，我花了整整一秒的时间才抬起头，循着他的目光看向吧台和门口，弄清楚那儿究竟有些什么。

　　乍看之下，那个女人很不起眼。身材苗条，外表精干，一身灰色的连体工作服，套着一件朴素的棉外套，头发出奇地长，面孔苍白得近乎憔悴。以捕捞船的船员而言，她的个性或许有点过分鲜明。接着你会注意到她的站姿：穿靴子的双脚微微分开，双手平按镜木吧台，脸部稍稍前倾，身体却不可思议地纹丝不动。然后，你的目光再转回到她的头发，以及——

　　就在她侧面不到五米远的门口处，一群新启示教的高阶教士正冷漠地站在那儿，审视着酒吧里的顾客。就在我发现他们的同时，他们显然也发现了那个女人。

　　"噢，真他妈的！"

　　"普莱克斯，闭嘴。"我透过咬合的牙齿，几乎不动嘴唇地轻声说，"他们没见过我的长相。"

　　"可是——"

　　"耐心等着。"

　　那些虔诚的恶棍大步走进房间。他们共有九人，留着滑稽的大主教胡须，脑袋剃得光溜溜的，神色冷酷而坚决。其中有三位主祭，淡赭色的长袍上披着黑色的福音选民披肩，头上的生物扫描镜磨损不堪，就像古老的海盗眼罩。他们径直朝吧台边的那个女人走去，仿佛猛禽朝猎物俯冲而下。在房间的另一边，她毫无遮掩的头发肯定就像在挑衅一般。

　　至于他们在街头巷尾做的地毯式搜查是不是为了找我，现在已经不重要了。我混进要塞时用的是人造身体，还乔装打扮了一番。我没有留下任何痕迹。

新启示教的骑士们早就在藏红花列岛肆意妄为,更像破裂的网状水母流下的毒液那样,污染了另一块大陆的极北地区。就我所知,现在他们又在南方的某些偏远地方——比如米尔斯波特——扎下根来,以他们在地球的伊斯兰-基督教祖先准会引以为傲的热忱宣扬着对于女性的厌恶。女人只身一人待在酒吧已经够糟的了,对头发不加遮掩的罪名更是严重得多。而这个女人——

"普莱克斯,"我轻声说道,"我重新考虑过了,我想你还是赶紧离开的好。"

"阿武,听我——"

我把致幻手雷的延迟引爆时间调到最大,随后拉开安全栓,将手雷缓缓滚了过去。听到这声音,普莱克斯忍不住轻声叫了起来。

"走吧。"我说。

为首的主祭来到吧台边。他站在距离那个女人半米远的地方,或许是在等她露出害怕的样子。

她彻底忽视了他。或者说,她对吧台桌面之外的一切都不理不睬。到这时我才意识到,她能借助镜木桌面的倒影看到对方的脸。

我不慌不忙地站起身。

"阿武,这样做不值得,伙计。你都不知道——"

"我说了快走,普莱克斯。"不知不觉间,狂怒的风暴已将我卷入其中,就像旋涡边缘的一艘小船,"接下的场面你还是不看为好。"

那个主祭渐渐厌倦了被人忽视。

"女人!"他吼道,"你应该遮好自己的头发。"

"嘿,"她咬字清晰地回敬,"你干吗不滚远点,找个带尖儿的东西操你自己呢?"

接下来是几乎滑稽的停顿。附近的酒鬼纷纷转过头来,表情像在说"她真的说了——"。

某个角落,有人大笑起来。

主祭粗糙的巴掌挥了出去。那记反手耳光本该把女人打倒在地。可实际上——

纹丝不动的姿态瞬间消失,比我在圣克宣四号星之战后见过的任何人更加迅速。我心里已经有所预料,但还是看不清她的动作。她的身影似乎朝侧面闪烁了一下,就像制作粗劣的虚拟现实,然后就不见了。我接近搏斗中的双方,战斗狂热引导着我的人造视力对准目标。我用眼角余光看到她伸出手,抓住那个主祭的手腕。我听到了手肘发出的噼啪响声。他惨叫着挣扎起来。她手下发力,他倒了下去。

某件武器挥出。吧台护栏的昏暗中传来雷鸣声与油腻的电光。血液和脑浆四下飞溅。高热的液滴泼洒在我脸上,烫伤了我的皮肤。

这是个错误。

她杀死了倒地的那个人,由此给了其他人反应时间。离得最近的那个牧师冲上前来,格斗指环挥出,她倒在那个主祭残破的尸体上。其他牧师也纷纷逼近,干涸血液色彩的长袍下伸出金属包覆的靴子。酒桌边的某人开始欢呼。

我伸手拽过一副胡须,割开下面的喉咙,直到脊骨。我推开那具尸体,向袍子的下方挥出一刀,感觉刀刃没入了血肉。我扭动刀身,然后拔出。温暖的血液在我手上流淌。藏刀滴落着鲜血。我再次伸出手,仿佛身在梦中。站定,拖过,抓牢,捅刀,然后一脚踢开。其他牧师开始转身,但他们并不擅长打斗。我划开脸颊,深可见骨,砍开手掌,直到手腕。我迫使他们远离地板上的那个女人。我咧嘴笑着,自始至终像暗礁鲨鱼那样笑着。

萨拉。

某人几乎撑破袍子的肚皮出现在我面前。我踏前一步,藏刀向前刺出。我跟正被我开膛破肚的那人目光交接。那张满是皱纹、留着胡须的面孔露出怒容。我能嗅到他的气息。我们的脸相隔只有几厘米,就这样持续了仿佛有几分钟,随后他的双眼才透出醒悟的神色:他终于明白我对他做了什么。我短促地点点头,感到紧绷的嘴角浮现出一丝微笑。他拖着自己的肠子蹒跚退开,尖叫不止。

萨拉——

"是他!"

是另一个人的声音。我的视野清晰起来,看到那个手被割开的家伙举起受伤的手,就像它是某种信仰的证明似的。他的手掌一片血红,伤口附近的血管已经开始爆裂。

"是他!是那个特派探员!那个罪犯!"

身后传来轻轻的一声"砰!"——致幻手雷爆炸了。

大部分文明都不喜欢屠杀他们的圣职者的行为。我不清楚这一屋子饱经风霜的捕捞船水手倾向于哪一方。哈伦世界对于宗教狂热向来没什么好感,不过在我离开期间,很多事都变了,大部分是朝不好的方向改变。耸立于荻户丸市街巷上方的要塞就是我在过去两年中所发现的改变之一。再说,无论在米尔斯波特北部的任何地方,圣职人员的主体总是穷人和迫于生计的民众。

还是谨慎行事的好。

爆炸的手雷就像个坏脾气的幽灵，将一张桌子推到旁边，但与酒吧里的血腥场面相比，这一幕几乎无从察觉。再过五六秒钟，喷射的单分子弹片就会钻入肺中，分解生效。

尖叫声淹没了周围垂死牧师的痛呼。混乱的呼喊夹杂着形形色色的笑声。受致幻手雷影响的对象，其体验完全因人而异。我看到有人奋力拍打似乎在他们头颅周围飞舞的无形之物。其他人或是看着自己的双手发呆，或是躲到墙角瑟瑟发抖。某处传来嘶哑的啜泣声。我在爆炸的同时屏住了气，这是多年战斗留下的好习惯。我转身面对那个女人，发现她正用吧台支撑着起身。

她的脸上青一块紫一块。

在周围的吵嚷声中，我不顾后果地吸了口气，对她大喊道："你能站起来吗？"

她坚定地点点头。

我指了指门，"出去。尽量别呼吸。"

我们跌跌撞撞地从教士们的尸体旁边走过。

那些还没有口眼流血的人正忙着应付幻觉，构不成任何威胁。他们步履蹒跚，被血滑倒，胡言乱语，朝面前的空气拍打不停。我相当确信在场的人都处于这种状况，但不怕一万就怕万一。我在一个没有明显伤口的家伙身边停下脚步。那是个主祭。我弯下腰去。

"有一道光，"他用高亢而惊讶的嗓音说着胡话，他的手朝我伸来，"一道天堂之光，天使已然降临。那些本已死去之人，那些耐心等待之人，将因此重生。"

他不可能知道她的名字。我这么做根本毫无意义。

"天使。"

我举起藏刀。我的嗓音因缺氧而干涩,"再仔细瞧瞧,主祭。"

"天——"接下来,他肯定透过幻象察觉了什么。

他的声音突然尖厉起来,连滚带爬地退开,瞪大眼睛看着刀刃,"不!我看到了苍老之人,重生之人。我看到了毁灭之人。"

"你终于明白了。"

这把藏刀的生化毒素编写在距刀刃半厘米的凹槽里。如果你不小心用这把刀划伤了自己,伤口多半不会深到触及凹槽。

我割开他的脸,转身离开。

足够深了。

酒吧外面,一群小巧的虹色鬼脸蛾飞出夜幕,在我头顶徘徊不去。我眨了眨眼,它们便消失不见,然后我深深地、艰难地吸了几口气。毕竟还是吸进了一点儿。该死。

清洗站后方的码头过道无论哪个方向都空空荡荡。没有普莱克斯的影子。没有任何人的影子。这种空旷似乎富有深意,伴随着种种骇人的可能。就算看到一对猛禽的巨爪撕开酒吧,将它抓到空中,我也不会感到奇怪。

噢,别这样,武。以你现在的状况,只要想象恐怕就会看到。

那条过道……

移动。

呼吸。

迅速离开。

阴沉的天空开始洒下绵绵细雨,填补了鲛鳒灯的光芒,效果类似软干扰。在清洗站的平坦屋顶之上,一条捕捞船的上层甲板朝我这边倾斜,闪闪发光的航行灯点缀其上。微弱的叫喊声越过船身和码头间的空隙,自动抓钩嵌进码头凹槽时的嘶嘶和叮当声传入耳中。这幕景象突然让我平静下来,就像我在新佩斯特①的童年时的某段异常平和的记忆。我早先的恐惧蒸发无踪,困惑的微笑爬上我的脸颊。

镇定点,武。这只是药物的作用。

在码头的另一边,某台静止的自动起重机下方,她正转过身来,长发在灯光下微微闪烁。我再次回头寻找追兵的踪迹,但酒吧的大门牢牢关着。微弱的噪声传来,我廉价的人造听觉只能勉强听见。完全可能是笑声,或者哭声——什么声音都有可能。致幻手雷不会留下什么糟糕的后遗症,但在效果持续期间,受影响的人通常会失去对理性思考及行为的兴趣。我很怀疑接下来半个钟头有人能找到门的位置,更别提打开门出来了。

那条捕捞船靠上码头,由自动抓钩将其固定。一个个人影跳上岸来,有说有笑。我悄无声息地来到起重机的阴影里。在昏暗中,她的面孔仿佛鬼魅般浮现,带着苍白而残忍的美。她的长发仿佛迸射出隐约可见的活力。

"刀子使得不错。"

我耸耸肩,"常练习罢了。"

她上下打量着我,"人造身体,生物编码武器。你是个拆解者?"

"不是。"

"噢,你确定——"她不再上下打量我,目光定格在我用外套遮掩的伤口上,"见鬼,他们伤到你了。"

我摇摇头,"上次狂欢留下的。不久之前。"

"是吗? 依我看,你该找医生瞧瞧了。我有几个朋友可以帮

---

①佩斯特(Pest)是匈牙利中部的一个州。

你——"

"没这个必要。再过几个钟头,我就会换掉这副身体。"

她皱起眉头,"更换身体？噢,好吧,你的朋友比我的厉害。我可没有换身体的闲钱。"

"没关系。是别人付钱。"

"别人付钱?"她转动眼珠的样子让我顿生好感,"莫非你是什么电影的演员？米基·诺萨瓦主演的那种？有一颗人类心脏的机械武士?"

"我恐怕没看过那一部。"

"没有吗？那是部重制影片,大概十年前上映的。"

"我错过了。当时我不在。"

码头那边起了骚乱。我连忙转身,只见酒吧的门被人推开,内部的灯光映照出身穿厚实衣物的人影。来自那艘捕捞船的新酒客闯进了致幻手雷的爆炸现场。

呼喊声和刺耳的哀号声自门内传出。我身边的那个女人绷紧身体,沉默不语。她昂着头的角度混合了性感和残忍,那种姿势难以形容,却让人心脏狂跳。

"他们肯定会发布召集令。"她说着,姿势再次变化,动作既迅速又流畅。在我看来,她仿佛融入了阴影。"我得走了。呃,你瞧,多谢了。谢谢。如果影响了你今晚的安排,我向你道歉。"

"反正也不怎么顺利。"

她转身走了几步,然后停下。在酒吧那边模糊的哀号声和清洗站的噪声中,我想我听到了某种庞大之物正在聚集力量,还有夜幕之后那种挥之不去的呜呜响声。我感觉到了某种潜在的力量,就像一头食肉怪物正在舞台的幕布之后就位。上方支柱遮掩下的光线为她的面孔罩上了一张破碎的白色面具。她的一只眼睛闪烁着银光。

"你有过夜的地方吧，米基君？你说还有几个钟头。在那之前你有什么打算？"

我摊开双手。这时我才意识到手里的藏刀，于是将它收好。

"没什么打算。"

"没有打算？"我没有感觉到海风吹来，但我似乎看到她的一缕发丝被风吹起。她点点头，"也没地方可去，对吧？"

我又耸耸肩，压抑着致幻手雷效果消退时的那种起伏不定的虚幻感，或许还有些别的什么感觉，"大概就是这样。"

"噢。你打算跟警察和那些大胡子就这么玩捉迷藏，努力让自己完好无损地看到太阳升起，是吗？"

"嘿，你应该去写影片脚本才对。你这么一描述，听起来还真有吸引力。"

"是啊，该死的浪漫剧情。听着，如果你想找个地方过夜，等你那些厉害的朋友为你做好准备，这我能办到。如果你想在获户丸市的街头扮演米基·诺萨瓦，"她又昂起头，"等这部片子上映，我肯定不会错过的。"

我咧嘴笑了。

"远吗？"

她的目光转向左方，"这边走。"

酒吧那边的狂呼乱喊中，有个声音高喊着"谋杀"以及"神罚"。

我们在起重机和阴影之间悄然远去。

3

康帕秋区灯火通明,永凝土筑成的坡道上竖立着许多鲛鲽灯,周围是系在码头上的各种陈旧气垫船的轮廓。在自动抓钩的另一头,破败的船身漂浮在水面,就像鱼钩钓起的大象。船侧开启的装货口隐约可见,涂着发光油漆的车辆来往于坡道,叉车臂上装满了各种设备。背景里的机械噪音和呼喊声从不间断,盖过了人们的交谈声。就好像有人从四英里外将清洗站的微弱灯光带了回来,然后细心栽培,让它得以茁壮生长。康帕秋区的光芒和声音吞噬了四面八方的夜色。

我们穿过密密麻麻的机械和人群,再通过载货坡道后方的码头区域。打折设备的零售商将商品堆成小山,商铺苍白的霓虹灯光照射在改造后的码头街面上,间或点缀着酒吧、妓院和植入诊所更加粗俗的色彩。每一扇门都敞开着,大多数入口宽敞得可比店铺本身。顾客三五成群,进进出出。我前方的一台机械来了个急转弯,上面装着大量"毕苏斯基"地形剖面智能炸弹,"当心、当心、当心"的警告声不绝于耳。某人从我身边走过,半是金属的面孔对我露齿而笑。

她带着我走进一间植入诊所的大堂，从八张工作椅旁经过。体格瘦削的男男女女正咬紧牙关坐在那里，借由对面的等身镜和上方的特写显示器观察自己生体强化的过程。也许这过程不怎么痛，但看着你自己的血肉被切开、剥下，为赞助商口中"所有拆解者本季都会植入的新玩具"腾出地方——这可不是什么有趣的事。

她在一张座椅旁边停下，看着镜子几乎容不下的那个光头壮汉。他们正对他右肩的骨头做着什么。脖颈皮肤剥开了一块，翻了下来，下面垫着一块染满鲜血的毛巾。炭黑色的颈部肌腱在瘀血中抽动不止。

"嘿，奥尔。"

"嘿！西尔维！"那壮汉似乎并没有咬紧牙关，内啡肽让他的眼神显得有些茫然。他无力地抬起身体另一侧的手，跟女人的拳头碰了碰，"忙什么去了？"

"出去觅食。你确定这伤明早就能好？"

奥尔竖起一根拇指，"要是好不了，我剥了这家伙的皮。不打麻药。"

那个植入技师紧张地笑了笑，继续手头的工作。类似的话他肯定早就听过了。壮汉的目光转到镜子里的我，也许他察觉到了我身上的血迹，但他似乎毫不在意。

话说回来，他自己身上也算不上干净。

"这个人造家伙是谁？"

"朋友。"西尔维说，"到楼上跟你说。"

"我十分钟之内就上去。"他瞥了眼那个技师，"没错吧？"

"得半个小时，"技师手下忙活个不停，"肌肉黏合剂需要些时间才能生效。"

"该死。"壮汉看了看天花板,"干吗不用'闪漆'?那东西几秒钟就能粘好。"

技师继续忙活着。一根管状针头发出轻微的吮吸声。"你要的是标准级服务,伙计。军用生化产品不可能包含在内。"

"噢,那升到奢华级要花多少?"

"大约再加百分之五十。"

西尔维大笑起来,"别管那个了,奥尔。反正都快完了,再奢华你也享受不了多久。"

"见鬼,西尔维,我在这儿一动不动都烦了。"壮汉在拇指上吐了口唾沫,伸了出去,"赶紧给我扣款。"

植入技师抬起头,耸耸肩,把他的工具放在托盘里。

"安娜,"他大喊道,"把'闪漆'拿来。"

他的助手匆忙拿来一个军用手提箱,里面装着那种新型生物化学制品。技师本人则从镜子那边的架子上拿出个DNA读取器,将读取端扫过奥尔的拇指。读取器的显示屏亮了起来,开始出现数字。技师回过头看着奥尔。

"这次交易结束,你可就赤字了。"他小声说。

奥尔瞪了他一眼,"别他妈管这种事。我明天就要出海,而且我很擅长那个,你知道的。"

技师又犹豫了一会儿,"就是因为你明天就要出海,"他开口道,"所以——"

"噢,真见鬼。麻烦看看赞助人的名字。藤原哈维。'让新北海道安全一整个新世纪'。我们可不是什么皮包公司。如果我回不来,恩卡基金就会赔偿你。你很清楚。"

"问题不在——"

奥尔颈脖处暴露的肌腱绷紧了,"你以为自己是谁?我的会计?"他坐起身来,盯着技师的眼睛,"赶紧扣款就是了。还有,给我拿点那种军用的内啡肽来。我回头再用。"

我们一直等到那个植入技师缴械投降,然后西尔维催促我继续往前走。

"我们在楼上等着。"她说。

"嗯,"壮汉咧嘴笑了,"我们十分钟后碰头。"

楼上是个斯巴达式的简朴套间,包括一个混合了厨房/起居室功能的房间,配有面朝码头的窗户。这里的隔音效果很好。西尔维脱下夹克衫,挂在一张躺椅的椅背上。她走向房间的厨用区域,回头看了看我。

"别拘束。如果你需要清洗一下,那边有盥洗室。"

我心领神会地走进盥洗室,在带镜子的小巧洗手池里洗去脸上和手上的大部分血污,然后回到大房间。她正在厨用设备那边翻箱倒柜。

"你们真的在藤原哈维手下混?"

"不,"她找到个瓶子,打开瓶盖,另一只手抄起两只杯子,"我们就是个天杀的皮包公司,甚至还不如。奥尔只不过知道某个数据漏洞,可以通过藤原公司的准许代码而已。想来点么?"

"这是什么?"

她看了看瓶身,"不知道。威士忌吧。"

我伸手接过一只杯子,"像这样的漏洞肯定不便宜吧。"

她摇摇头,"这是作为拆解者的附加福利。我们做的这些植入手术,比特派探员还要适合犯罪。我们的电子入侵手段是最顶尖的。"

她给我们俩各倒了一杯。在安静的房间里,瓶颈每次碰到杯口都会发出轻微的"叮当"声。"过去的三十六个小时里,奥尔一直在镇上寻花问柳、吸毒,全靠信用加上恩卡基金的承诺。我们每次出海时都这样。你可以把这看作某种艺术。干杯。"

"干杯。"这威士忌实在不怎么样,"呃,你跟他搭档很久了?"

她投来一个古怪的眼神,"很久了。问这个干吗?"

"抱歉,老毛病了。我过去干的是了解地方信息一类的工作。"我又举起杯子,"那就祝你们安全返回吧。"

"这种话只会带来坏运气。"她没有举杯,"你真的离开过好一阵子了,对吧?"

"确实。"

"介意聊聊吗?"

"能坐下来聊我就不介意。"

房间里的家具很廉价,甚至不是自动适应型的。我小心翼翼地坐上一张躺椅。我身侧的伤口似乎正在痊愈,当然仍旧受限于人造躯体的自愈机能。

"好吧。"她在我对面坐下,拨开面庞上的头发。几根发丝在她的动作下弯曲起来,发出微弱的噼啪声,"你离开了多久?"

"差不多三十年吧。"

"在大胡子们出现以前?"

我突然有些不快,"是啊,那些麻烦的家伙还没出现。不过我在别的地方也见过类似的。沙尔雅、雷蒂默,还有阿德雷辛的一些地方。"

"噢。这些名字我有印象。"

我耸耸肩,"我去的就是那些地方。"

在西尔维身后,一扇房门打开,一个身材苗条、神情傲慢的女人打着呵欠,漫步走进房间,身上套着一件敞开一半的轻质黑色合成材质紧身衣。她看到了我,于是走过来,靠在西尔维那张躺椅的椅背上,以毫无歉意的好奇打量着我。她的一头发茬间文着几个日文汉字。

"你有伴儿?"

"太好了,你终于把取景器升级了。"

"闭嘴。"她懒洋洋地对西尔维的头发弹了下她涂满指甲油的手指,然后冲着传出噼啪响声的发丝露齿而笑。

"这位是谁? 现在才搞出海前的一夜情,是不是有点晚啊?"

"这位是米基。米基,这是雅德维嘉。"听到那个全名,苗条女人的脸抽搐了一下,随后用口型说出"雅德"这两个字,"还有,雅德,我们没打算上床。他只是在这儿过夜。"

雅德维嘉立刻兴趣全无地点点头,转身走开。从背后看去,她头皮上的日文汉字的意思是"别他妈失手"。

"我们还有剩下的'战栗'吗?"

"你和拉兹昨晚应该全用掉了。"

"全部?"

"天哪,雅德。那场派对又不是我开的。去窗边的盒子里找找吧。"

雅德维嘉以舞者般的轻快步子来到窗边,把那个盒子翻了个底朝天。一个小瓶子落进她的手里。她把瓶子举到灯光下摇了摇,瓶底淡红色的液体颤动不止。

"好吧,"她用息事宁人的口气说,"还能撑上一两次。一般来说我会拿出来分享,不过——"

"不过你打算一个人独吞。"西尔维预言道,"又是新佩斯特的那套待客之道。我都见怪不怪了。"

"噢,这三八还批评我?"雅德维嘉不温不火地说,"在工作时间以外,你有哪次不是跟我们划清界限的?"

"这不是一回——"

"不,你更恶劣。谁都知道你是弃绝会僧侣的孩子,可你从来不肯跟我们分享你的技术。清香说——"

"清香才不会——"

"伙计们,伙计们。"我挥挥手,打破了雅德维嘉和西尔维之间紧张的对峙——雅德正每次几步地缓缓逼近西尔维,"没事的,反正我现在也不想靠药物消遣。"

雅德高兴起来,"你看。"她对西尔维说。

"不过如果奥尔上来的时候能分我点内啡肽,我会非常感激。"

西尔维点点头,目光却不离另一名女子。她显然还在生气,至于到底是因为对方不守待客之道,还是因为提到了她的弃绝会背景,我猜不出来。

"奥尔弄到内啡肽了?"雅德维嘉大声问道。

"对,"西尔维说,"他在楼下,正被人动刀子呢。"

雅德冷笑了一声,"愚蠢的时尚牺牲品。他永远都学不会教训。"她把一只手伸进那件敞开的外套,拿出一只滴管。

她的手指熟练地将那只小瓶固定在滴管尾部,随后仰起头,以同样机械般精巧的动作迅速分开一只眼睛的眼皮,将液体滴了下去。她紧绷的身体松弛下来,药物的效果迅速从双肩传遍全身。

"战栗"是种无伤大雅的毒品,一种亚致命剂的代用品,效力只有前者的十分之六。只要一两滴,就能让所有日常事务如梦幻般迷人,让再单纯不过的话题显得荒唐可笑。如果房间里的每个人都滴了这种东西,大家都会很愉快,但被漏掉的那些人却会觉得十分恼火。大致说来,这东西只会放慢你的节奏。我想这正是雅德——以及大部分拆解者——所追求的效果。

"你是从新佩斯特来的?"我问她。

"嗯哼。"

"现在那儿是什么样子?"

"噢,很美。"她不由自主地傻笑着,"北半球风景最好的湿地城市。值得一游。"

西尔维凑近身子,"米基,你也是从那儿来的吗?"

"对。很久以前的事了。"

公寓房门发出单调的乐声,然后开启。奥尔站在门口,仍旧上身赤裸,右肩和脖颈涂满黄色的组织结合剂。他看到雅德维嘉,咧嘴笑了笑。

"你又嗑高了,是吧?"他大步走进房间,将一团衣物丢到西尔维旁边的躺椅上,后者皱起了鼻子。

雅德摇摇头,朝那壮汉晃了晃小瓶,"是低,低得不能再低,低到冰点。"

"雅德,没人说过你嗑药成瘾吗?"

苗条女人吃吃窃笑,像早先的傻笑一样情不自禁。奥尔笑得更欢了。他模仿着瘾君子那种不时抽搐和颤抖的愚蠢表情。雅德维嘉大笑起来。她的笑很有感染力。我看到西尔维露出了微笑,发现自己也笑出了声。

"清香在哪儿?"奥尔问。

雅德朝她出来的那个房间点点头,"在睡觉。"

"拉兹洛还在追那个大胸脯的武器贩子小姐?"

西尔维抬起头,"什么?"

奥尔眨了眨眼,"你知道的。叫塔米辛还是塔米塔来着。就是向日愿景那边的酒吧里那个。"他撅起嘴,双手挤了挤自己的胸肌,随后牵动了手术的伤口,脸部抽搐着停了手,"就在你突然发火之前。天哪,你就在现场,西尔维。我可不觉得有人能忘掉那样的身材。"

"她的配备没法辨识那种类型的武器。"雅德维嘉咧嘴笑了。

"真够逊的。现在我得——"

"你们听说要塞那边的事了吗?"我不经意地发问。

奥尔咕哝了一声,"嗯,我在楼下看了新闻。听那口气,好像有个疯子把获户丸市里一半的大胡子都砍了脑袋。他们说还有存储器弄丢了,好像有人把存储器从他们的脊椎里挖出来了,手法很熟练,似乎这么干过很多次。"

我看到西尔维垂低目光,看向我的外套口袋,又抬起来看着我的眼睛。

"听起来有点残忍啊。"雅德说。

"是啊,不过真的没啥意义。"奥尔拿过厨案上的那只瓶子,"那些家伙反正也不能下载意识。他们有信条的约束。"

"该死的变态。"雅德维嘉耸耸肩,失去了兴趣,"西尔维说你在楼下弄到了些内啡肽。"

"噢,没错。"壮汉格外小心地给自己倒了一杯威士忌,"多谢关心。"

"啊,奥尔,别这么小气。"

灯光关闭,公寓里的气氛开始让人昏昏欲睡。奥尔进了另一个房间。西尔维将躺椅上雅德维嘉瘫软的身体推到一旁,凑近正为身侧不再疼痛而高兴的我。

"是你干的?"她轻声问我,"要塞那边的事是你干的?"

我点点头。

"有什么特别的理由吗?"

"有。"

短暂的沉默。

"没有'大英雄米基·诺萨瓦'干得漂亮,是吧?"她又开了口,"看样子你把事情闹大了。"

我笑了笑,内啡肽让我有些恍惚,"碰巧闹出来的,就叫它'意外之得'吧。"

"好吧。米基·意外之得,这绰号还挺上口的。"她板起脸,皱眉看着她的杯底,那儿跟酒瓶一样,早就空了,"我得说,米基,我喜欢你。我说不清,不过我的确喜欢你。"

"我也喜欢你。"

她晃晃手指。也许我的这种性格她不太喜欢。"和性无关,你明白吧?"

"我明白。没看见我肋骨上那个大洞吗?"我迟钝地摇摇头,"你当然看见了。光谱化学视觉芯片,对吧?"

她得意地点点头。

"你真的来自弃绝会家庭?"

她不快地做了个鬼脸,"没错。"

"他们很为你骄傲吧?"我指了指她的"头发"。"这种设备不就是为了上传吗? 从逻辑上说——"

"你说逻辑,可这件事其实是个宗教问题。说到宗教,弃绝会跟那些大胡子教徒一样不通情理。"

"就是说他们不喜欢你的这些装置喽?"

"在这方面,"她故意拿腔拿调地说,"各方观点存在分歧。野心勃勃的强硬派不喜欢这种装置,任何离不开人体的技术他们都不喜欢。适应派则希望抹稀泥,谁都不得罪,说任何虚拟界面都是迈向最终上传的步伐。他们觉得自己这辈子是看不到最终上传的那一天了,但能朝那个方向迈几步也不错。"

"那你的家人属于哪一派?"

西尔维在躺椅上又挪了挪身子,随后皱起眉,把雅德维嘉又推开了些,给自己腾出位置。

"从前是现代适应派,我就是在那样的家庭长大成人的。但过去的几十年里,因为那些大胡子和反存储运动,很多现代适应派都转变成了强硬派。我妈妈走的恐怕也是这条路,她一直是那种特别虔信的人。"她耸耸肩,"其实我也说不准。我有好些年没回家了。"

"是自己不想回家吗?"

"对。回去一点意思都没有。他们想做的无非是把我嫁给某个合适的当地人。"她轻蔑地笑出了声,"就好像我带着这东西还能嫁人似的。"

我稍稍坐直了身子,仍旧因毒品而头晕眼花,"什么东西?"

"就是这个,"她抓起一把头发,"这该死的玩意儿。"

它在她掌中发出微弱的噼啪声,仿佛一千条小蛇那样蠕动着躲开。在银黑相间的蜷曲发丝之下,那些较粗的导线悄然颤动,仿佛皮肤下的肌肉。

拆解者的数据技术,指挥型。

她这样的人我见过好几个:以火星技术为基础研发超速引擎的雷蒂默星就有一些不同于原型的变体,匈奴家园星系也使用过几个变体充当扫雷兵。无论什么最新技术,军方向来不用多久就会据为己有。这倒也合乎情理——为研发掏钱的人通常也是他们。

"还是挺有魅力的。"我小心翼翼地说。

"噢,当然。"她梳理着头发,将中央的那些导线单独挑出来,最后她手中握着的仿佛一条乌黑发亮的蛇。

"这样很有魅力吗? 是啊,每一个正常男性都爱死足有那话儿两倍长、在脑袋上晃来晃去的人体器官了,是吗? 不会引发他们的竞争焦虑症和恐同症①?"

我做了个手势,"女人肯定不会有这种恐惧——"

"是啊。很不幸,我是异性恋。"

"哦。"

"回答得没错,"她让导线垂下,随后晃晃脑袋,让乱糟糟的银色毛发恢复原样,"哦。"

一个世纪以前,这种人还很难辨识。那时的军方同样会将界面硬件植入负责电脑系统的军官头部,进行大量的虚拟现实训练。但那时的硬件是内置式的,人机交互专家看起来和其他人差不多——在虚拟环境中待太久的话,脸色或许会更苍白些。但随便哪个搞数据工作的人都是这副脸色。他们总是说,你得学会适应。

雷蒂默星系的考古发现改变了一切。在纵横星际的火星人的后院里翻了将近六百年垃圾之后,考古公会终于撞上了大运。

他们找到了飞船。数百甚至数千艘飞船,全部静静地停泊在古老的驻留轨道上。这些轨道环绕着一颗名叫圣克宣的小型恒星。各种迹象表明,那些飞船是一场大型太空战的幸存者,其中一些还拥有超光速的星际航行能力。大量证据表明,那些飞船的动力系统不但拥有自主机能,而且并未沉睡。最有说服力的例子是,考古公会的整整一个研究机构在那里人间蒸发了,其七百余名员工无影无踪。

_____

①指对同性恋的厌恶或恐惧。

在那之前，火星人留给我们的自主机械只有哈伦世界的轨道防御系统。没有人能接近那些系统。除此之外，还有些机械是自动化的，但绝对算不上智能，更不能称之为自主机械。而如今，考古专家们突然间得到了机会，能和那些据估算足有五十万年历史、负责舰队指挥的狡猾人工智能打交道了。

技术进步随之而来。这是确定无疑的。

现在，这种"进步"就坐在我对面，和我分享着军用内啡肽带来的快感，双眼盯着空空如也的威士忌酒杯。

"你为什么跟他们签约？"我没话找话地问。

她耸耸肩，"干这一行还能为什么？当然是钱。你以为只要完成几次委托就能挣够钱赎身，接下来就是净赚，存款只会越来越多。"

"其实不是这样？"

她讽刺地笑了笑，"其实还真是这样。但你要知道，你的生活方式都完全不同了。嗯，服务费用、升级、维修……钱花起来和流水一样。钱挣了——然后花个干净。怎么都跳不出这个循环。"

"但梅凯斯克促进法案不可能永远实行下去。"

"是吗？要知道，大部分地方还需要清扫。我们在德拉瓦那边的进展还很有限。就算这样，我们每到一处都还得挨家挨户地做清扫，免得军用智能机械卷土重来。他们说最好的情况下，十年后就可以再次移民。可我要告诉你，米基，个人来说，我觉得这完全是无脑的乐观主义，纯粹是为了安慰民众。"

"得了吧。新北海道洲没那么大。"

"'——该死的外世界来客如此评论。'"她伸了伸舌头，但看起来并不幼稚，更像毛利人的挑衅动作，"也许以你的标准来说不算大。我相信你们那儿肯定有许多五万公里方圆的大洲。不过这里有点不同。"

我笑了，"我也是本地人，西尔维。"

"噢，是啊。新佩斯特，你说过的。所以别跟我说新北海道很小。除了科苏特洲①以外，新北海道就是最大的了。"

其实，米尔斯波特列岛的陆地面积比科苏特和新北海道都大。但和构成哈伦世界主要地产的一众大岛一样，那儿的大片土地都是难以开发的多山地带。

你可能会觉得，面对一颗十分之九的面积都淹没在水下的星球——而且整个恒星系统没有其他可供居住的生物圈——人们会谨慎对待土地资源。你肯定以为，他们会认真制订方案，合理分配及利用土地，不会打那些愚蠢的仗，更不会用上那种会导致战区几个世纪内都不适合人类生存的武器。

实际上呢？

"我要上床了，"西尔维睡意蒙眬地说，"明天还有很多事呢。"

我看了眼窗户。晨光正悄然盖过鲛鳒灯的光芒，淡灰色渐渐成为世界的主色。

"西尔维，已经到明天了。"

"是啊。"她站起身，用力伸了个懒腰，直到某种东西发出噼啪的响声。躺椅上的雅德维嘉嘀咕了一句什么，四肢伸展到西尔维刚刚空出的位置上。

"我们的气垫船到午饭时间才会出发，大件货差不多已经装好了。听着，想睡一会儿的话，去拉兹洛的房间。看样子他不打算回来了。就是盥洗室左边那间。"

_____

①科苏特(Kossuth)，匈牙利著名革命家、政治家。

"多谢。"

她无力地对我笑了笑,"不算什么,米基。晚安。"

"晚安。"

我看着她摇摇晃晃地回到房间,查了查时钟芯片,决定还是不睡了。再过一个钟头,我就能回到普莱克斯那儿,不会打乱他那些黑道弟兄的安排。我思忖着看了看厨房区域,考虑要不要泡杯咖啡。

那是我失去意识之前最后的想法。

该死的人造身体。

4

　　敲打声吵醒了我。有人嗑了太多药,忘了怎么操作折叠门,只能按原始人的那一套办事。砰!砰!砰!我吃力地眨了眨眼睛,在躺椅上坐直身子。雅德维嘉躺在另一边,看样子依旧人事不省。她的嘴角流下一条细细的口水,躺椅破旧的贝拉棉椅套被弄湿了一小块。

　　窗户那边,明亮的阳光流入房间,照得厨房区域闪闪发亮。时间至少已经是上午了。

　　见鬼。

　　砰!砰!

　　我站了起来,隐隐的痛楚爬上我的身侧。我睡觉的时候,奥尔的内啡肽似乎失效了。

　　砰!砰!砰!

　　"妈的,什么声音?"里间有人喊。

　　听到那声音,雅德维嘉在躺椅上翻过身体。她睁开一只眼睛,看到我站在她面前,迅速摆出某种防卫姿势,想起我是谁以后才放松了些。

"有人敲门。"我恼火地说。

"是啊是啊，"她咕哝道，"我听到了。要是该死的拉兹洛又忘了密码，看我不好好教训他一顿。"

门上的敲打声刚才停止了，大概是因为听到了门里传来的说话声，现在又响了起来。我感到一阵头疼。

"该死的，谁去应个门！"是个女声，我之前没听过。大概是终于睡醒了的那个"清香"。

"这就去！"雅德维嘉大声回答，然后跌跌撞撞地穿过房间。她又小声嘀咕起来，"有人下去核对过货物吗？没有，当然没有。好吧好吧。这就去。"

她按下面板，房门随即自行折叠打开。

"你得了运动功能障碍吗？"她对门外那人刻薄地说，"我们早就听见——嘿！"

脚步跟跄的声音传来，雅德维嘉倒退回房间，努力不让自己摔倒。跟着她进门——并且刚刚给了她一拳——的那个人老练地扫视房间，发现了我的存在，以难以察觉的幅度点点头，然后朝雅德警告地晃了晃手指。

他有一副新潮的锯齿状牙齿，脸上挂着丑陋的笑，戴着烟黄色的视觉强化眼镜（十分小巧，镜片高度仅有一厘米），两边脸颊上文有伸展的双翼图案。

用不着多么丰富的想象力，我也能猜到随后进来的会是谁。

安平幸雄走进门来。另一个流氓跟在他身后，模样和刚刚推开雅德的那个人完全相同，只不过他没笑。

"科瓦奇。"幸雄这才看到我。他绷紧了脸，看起来正强忍着怒气，"你他妈以为自己在做什么？"

"我想这应该是我的台词吧。"

我用眼角余光瞥见，雅德维嘉的脸略微抽搐了一下，像是在用植入物发送讯号。

"我们提醒过你!"幸雄吼道，"我们做好准备之前，别惹麻烦。别惹麻烦——对你来说就这么难吗?"

"这就是你那些厉害的朋友吗，米基?"西尔维的声音从我左边的门里传来。她身穿一件浴袍，好奇地看着这些来客。我本能地感觉到，奥尔和另外某个人也在我身后某处露了面。我通过那两个小丑肌肉男的镜片反光看到了他们的动作，又从烟黄色镜片下略微绷紧的面孔得到了确认。

我点点头，"可以这么说。"

幸雄看向西尔维那边，皱了皱眉。或许是因为她口中的"米基"，或许只是觉察了己方人数上的劣势。

"你知道我是谁，"他开口道，"所以别再让事态复杂化——"

"但我不知道你他妈是谁，"西尔维平静地说，"只知道你是个不请自来的客人。所以我希望你最好离开。"

幸雄的脸上现出难以置信的神色。

"没错，快他妈滚出去。"雅德维嘉抬起双手，看起来既像防卫动作，又像在比画某种下流手势。

"雅德——"我开口想要阻止，但为时已晚。

雅德已经扑向前去，显然想来个以牙还牙，把那个肌肉男推出门去。对方伸出双臂，脸上仍旧带着笑。雅德飞快地做了个假动作，趁对方收势不及，使出某种柔道技巧，将那人摔倒在地。我身后有人大叫起来。随后，幸雄利索地掏出一把黑色的粒子枪，朝雅德开了火。

她倒在地上，苍白的粒子闪光照亮了她的身躯，烤肉的气味弥漫了房间。所有人的动作都停止了。

我肯定冲了过去,因为另一个黑道打手挡住了我。他一脸震惊,双手端着一把塞格德霰弹枪。我停住脚步,双手在身前摆出防御姿势。地板上的另一个混混试图起身,却被雅德的身体绊倒了。

"好吧。"幸雄扫视房间,大致朝西尔维的方向晃了晃粒子枪,"这就够了。我不知道这鬼地方究竟是怎么回事,可你——"

西尔维吐出两个字。

"奥尔。"

封闭的空间里,雷霆再次炸响。这一次,强光几乎令人目不能视。

我依稀看到一条弧形的白色火焰从旁经过,随后分叉,分别击中幸雄、我面前的打手,以及尚未爬起的那个人。那个打手张开双臂,仿佛在拥抱那团将他胸部以下全部吞没的强光。他张大了嘴巴,他的墨镜反射着彩虹般的光芒。

火焰熄灭,渐渐瓦解的余像在我的视野中呈现出紫罗兰的色调。我眨巴着眼睛,努力看清细节。

那个打手分成两半的身躯在地板上瞪着我,霰弹枪仍旧握在手中。过度的热量把武器焊接在了他的手上。

想起身的家伙再也爬不起来了。他再次倒在雅德身边,胸口以上什么都没剩下。

幸雄倒在地下,身体多了个透明窟窿,所有内脏几乎全都没了。烧焦的肋骨末端从完美的椭圆形伤口的上半部分伸出,你能穿过窟窿看到他身下的瓷砖,仿佛某种廉价的影片特效。

房间里突然弥漫着内脏的恶臭。

"噢,这东西看来还管用。"

奥尔从我身边走过,低头看着显然出自他手的杰作。

他依旧赤裸着上身。我看到他背部的一侧打开了数个垂直的喷口,看上去像巨大的鱼鳃,边缘处因为散发的热量而摆动不止。他径直走到雅德维嘉身边,蹲下身子。

"窄粒子束,"他断言道,"摧毁了心脏和大半个右肺。我们没什么可做的了。"

"谁去把门关上。"西尔维提议。

如果说这是作战会议,那么开得实在有点太仓促了。这支拆解者小队已经共事了几年,其沟通方式极其简略,难以捉摸。除了正常的语言,还包括内部暗码,以及各种含义复杂的手势。马力全开的特派探员直觉只能让我勉强跟上他们的对话。

"报告?"清香开口问道。她身材苗条,那具毛利人的身体显然是特别定制的。她一直低头看着地板上的雅德维嘉,咬着嘴唇。

"向谁?"奥尔飞快地竖起大拇指和小指,另一只手抚摸着脸上的刺青纹路。

"噢。那他呢?"

西尔维做出某种表情,指了指下方。我没能看清,只能尽力猜测。

"他们是来找我的。"

"噢,这是废话。"奥尔带着毫不掩饰的敌意看着我。他背上和胸口的喷口已经合拢,但我看着那些隆起的肌肉,不难想象它们再次打开、喷出火焰的样子。"你还真是有些好朋友啊。"

"要不是雅德冲过去,我不觉得他们会动手。这是个误会。"

"误你妈的会!"奥尔瞪大了眼睛,"雅德死了,你个混蛋。"

"没有真死。"我不肯让步,"你可以切除存储器,然后——"

"切除?"他嗓音轻柔,却满怀恶意。他逼近我身前,"你要我切开我朋友的身体?"

我在记忆中回放那些青铜色的喷管所在的位置。我估计他的右半边身体应该大都是人造的,为喷口提供动力的电源组埋藏在胸腔的下半部分。

纳米技术的进步让你可以将大量能量发射到有限距离内的任何地方。纳米控制下的引导破片像冲浪运动员那样驾驭着能量束,将其导往发射数据所选择的方向。

我在心里记下一笔:如果非得动手跟他打,记得冲向他的左侧。

"抱歉。但我不觉得还有什么别的法子。"

"你——"

"奥尔。"西尔维朝空气虚劈了一掌,"这地方、这时间,不行。"她摇摇头,打了个手势:一只手扳开另一只手的拇指和食指。从她脸上的表情看,我觉得她同时还在用小组网络发送数据,"缓存,一样。三天。木偶。点火抹消,马上。"

清香点点头,"有理,奥尔。拉兹?噢。"

"好吧,这样还行。"奥尔并没有完全买账。他仍旧很生气,语速也很慢,"好吧。行。"

"设备?"清香再次开口,她的一只手做着某种复杂的计算,头微微一歪,"引擎?"

"不,还有时间。"西尔维摊了摊手,"奥尔和米基。简单。你们抹消。这个,这个,也许还有这个。下去。"

"明白。"说话间,清香开始确认视网膜上的屏幕,眼球朝左上方移动,浏览着西尔维发来的数据,"拉兹?"

"还没好。我会给你信号。去吧。"

用着毛利人身体的女人匆匆返回自己的房间，片刻后再次出现，身上多了一件厚重的灰色夹克。她走出大门，有些犹豫地回过头，看了一眼雅德维嘉的尸体，随即离开。

"奥尔。刀子。"她的拇指指着我，"格瓦拉刀。"

壮汉阴郁地最后看了我一眼，走到房间角落的一个箱子旁边，从里面拿出一把沉重的震动小刀。他走了回来，拿着那把武器站到我面前。我不由得绷紧了神经。只有那个显而易见的事实让我没有发起攻击——奥尔不需要什么刀子也能干掉我。我身体的反应肯定相当明显，因为那壮汉不屑地咕哝了一声。他把刀子在掌中转了一圈，将刀柄那头递给我。

我接了过来，"你们想让我来？"

西尔维走到雅德维嘉的尸体旁，低头看着伤口。

"我想让你挖出你那两位朋友的存储器。我想你以前练过很多次了。雅德你别碰。"

我眨了眨眼，"你们不打算管她？"

奥尔又轻蔑地哼了一声。西尔维看着他，做了个螺旋手势。他压下一声叹息，回房去了。

"雅德就留给我来操心吧。"她表情淡漠，似乎身在我无法触及的另一个层面，"动手就好。干活儿的时候，你能告诉我这儿死的是什么人吗？"

"当然。"我走到幸雄的尸体旁，用力把残余的部分翻到正面，"这人是安平幸雄，本地的黑道，好像是某个重要人物的儿子。"

刀子在我手中嗡嗡地运转起来，震动牵扯着我身侧的伤口。我尽力不理会那种让人牙根发酸的震颤，一只手拢成杯状，撑在幸雄的颅骨后部，开始切割脊椎。焦肉和粪便散发出的混合臭气难闻极了。

"另一个呢?"她问。

"只是个炮灰混混。我从没见过他。"

"值得带上他吗?"

我耸耸肩,"我猜还是扔了的好,可以在去新北海道的半路上把他丢下船。要是我的话,这一个我会留着,收赎金。"

她点点头,"我也这么想。"

刀刃穿过最后几毫米的脊柱,飞快地切开下方的脖颈。我关掉开关,换了只手,在几节椎骨的下方又划开一道口子。

"这伙黑道来头不小,西尔维。"想起和田奈濑陀的电话交流,我不禁心生寒意。那个黑道头子是以幸雄完好无损为前提跟我达成协议的。他相当明确地说过,如果幸雄出什么意外,他会做出什么事来。"跟米尔斯波特有联系,或许还牵涉到第一家族的关系网。他们会不惜一切代价追捕你们的。"

她的眼神难以捉摸,"也会追捕你。"

"这就留给我自己操心吧。"

"你可真够厚道的。"她顿了顿。奥尔穿好衣服回来了,他短促地点点头,随后朝大门走去。"不过我想我们自己能应付。阿香这会儿正在抹去我们的电子痕迹。半个小时以后,奥尔会把所有房间烧个精光。这样一来,他们能找到的不过是——"

"西尔维,我们惹上的可是黑道。"

"——不过是目击证人,还有附近的录像数据,而我们大概两小时后就会上路,前往德拉瓦。没有人会一路追踪,跟着我们过去的。"她的语气中突然多了某种傲气,"黑道不会,第一家族不会,就连那些该死的特派探员也不会。没有人想跟军用智能机械打交道。"

和大多数人一样,她的大话里满是破绽。首先,六个月前我从一位老朋友那儿听说,特派调查局参与了新北海道的合同投标,只不过他们的报价太高,无法满足对于不受约束的市场力量重新燃起信心的梅凯斯克政府。谈到这件事的时候,我们正在乘渡船从阿坎前往新神奈川洲的途中,分享着一根雪茄。村上托多瘦削的脸上挂着轻蔑的笑容,河湾上空飘扬着芬芳的烟气,背景声是大旋涡轻柔而单调的噪音。村上原本特派探员式的平头已经长成了长发,随着水面上的轻风微微飘舞。他本来不该在那儿跟我说话,但想让特派探员循规蹈矩总是很难。他们清楚自己的价值。

嘿,里奥·梅凯斯克真操蛋。我们的价码他负担不起,这是谁的问题?他想让我们帮他节约人力物力,拿特派探员的性命去冒险,就为了让他能给第一家族多交点税?见鬼去吧。我们又不是操蛋的本地人。

你是本地人,托多。我忍不住指出。**你是米尔斯波特出生长大的。**

你明白我的意思。

我的确明白。地方政府没有资格支使特派探员。特派探员只会去摄政府需要他们去的地方,而大多数地方政府只会向自家供奉的神明祈祷——同时希望永远不要引起摄政府足够的兴趣,导致发生特派探员造访的意外。

对于所有人来说,特派探员插手干预所造成的后果都是十分令人不快的。

总之,做这种投标简直蠢透了。托多朝栏杆上方吐出一口烟。**没有人付得起我们的酬劳,没有人信任我们。我实在不明白,你呢?**

我觉得是为了弥补你们这些家伙无所事事期间的开销。

噢，是吗？我们什么时候无所事事了？

我听说你们现在生意清淡。我是说，从匈奴家园以后，生意一直不好。不然，你跟我说几个我不知道的秘密镇压行动？

嘿，老兄。他把雪茄递给我。你已经不是我们的一员了。记得吗？

我记得。

伊涅恩！

那一幕在记忆的边缘炸开，仿佛一颗被击落的掠夺者炸弹在远处爆炸，又没有远到让人真正觉得安全的地步。红色的激光炮火与垂死者的尖叫声传来，那是罗琳病毒，正在活生生吞噬他们的大脑。

我打了个哆嗦，吸了口雪茄。以特派探员特有的敏感，托多察觉到了我的反应，于是转换了话题。

那个传闻又是怎么回事？我听说你最近在跟拉杜尔·西格斯瓦混。

是啊。我阴郁地看着他。这些你是从哪儿听来的？

他耸耸肩。附近呗。你明白我用的法子。好吧，你为什么又要去北面？

震动小刀再次刺入血肉。我关掉电源，开始将安平幸雄脖颈位置的那块脊椎骨挑出来。

黑道分子，已死，无存储。出手者武·科瓦奇——无论我这会儿怎么做，到时候，标签上写着的肯定是这么一行字。

田奈濑陀肯定会找我报仇。安平那老东西恐怕也会。

也许他把自己的儿子看成个口无遮拦的废物——事实也正是如此。但不知为什么，我对此不抱希望。再说，就算他真的这么想,哈伦世界的黑道所推崇的每一条原则都会迫使他向我寻仇。集团犯罪就是这样。无论拉杜尔·西格斯瓦在新佩斯特的海德西黑帮,还是这些黑道,无论北方还是南方,他们都他妈一模一样。

一群喜欢称兄道弟的废物。

我已经和黑道宣战了。

你为什么又要去北面? 我看着切下的脊椎骨和手上的血。三天前,我乘气垫船到荻户丸市来的时候,脑子里想象的可不是这么一幅画面。

"米基?"我对这个名字一时间毫无反应,"嘿,米基,你没事吧?"

我抬起头。她看我的目光带着一丝担忧。我强迫自己点点头。

"嗯。我没事。"

"噢,你能不能稍微加快点速度?奥尔就快回来了,到时候他肯定想马上开始。"

"当然可以。"我转向另一具尸体,小刀再次震动起来,"我还是很想知道,你们打算对雅德维嘉怎么做。"

"等着瞧吧。"

"难不成还有什么绝活要表演?"

她什么也没说,只是走到窗边,凝视着窗外的灯火和新一天的喧嚣。我开始切割第二条脊椎的时候,她回头看向屋里。

"你干吗不跟我们一起走呢,米基?"

我手下一滑,刀刃整个刺了进去,"什么?"

"跟我们一起走。"

"去德拉瓦?"

"噢,难道你想说,你在获户丸对付那些黑道更轻松?"

我拔出刀子,完成了切割工作。"我需要一具新身体,西尔维。对付智能机械,这具身体不管用。"

"如果我能替你安排呢?"

"西尔维,"我咕哝一声,用力撬起那节脊椎骨,"你他妈在新北海道的哪儿能帮我找到替换身体? 那地方连人都没几个。你打算上哪儿找那些设备?"

她犹豫起来。我停下手里的活儿。特派探员的直觉让我醒悟过来:她话里有话。

"我们上次外出作业是在肖普朗东边的丘陵地带。"她缓缓地说,"我们发现了一座政府的指挥地堡。那个系统的智能锁太复杂,我们没时间破解——那地方太靠北了,到处都是智能机械。不过,以当时破解的程度,我还是弄到了基本清单:全套的医疗实验设备,完整的身体更换设备单元,还有低温克隆水槽。二十来具身体,据说还用了生化作战技术。"

"噢,我明白了。你们打算把雅德维嘉带到那儿去?"

她点点头。

我思忖着,看看手里那节脊骨,还有尸体上被我切开的那条参差不齐的伤口。我思索着,如果黑道撞见仍在使用目前这具身体的我,会对我做些什么。

"你们要在那边待多久?"

她耸耸肩,"要看活儿多久干完。我们准备了三个月的给养,但上次我们只用了一半时间就完成了工作量。愿意的话,你可以提前回来。德拉瓦随时都有气垫船出来。"

"你们确定那座地堡里的设备还能正常运转?"

她咧嘴笑笑,摇了摇头。

"什么?"

"那儿可是新北海道,米基。那儿的所有东西都能正常运转。这就是最大的麻烦。"

5

　　气垫船"格瓦拉炮群"可谓名副其实。这艘船外形很不起眼,装甲却无比厚实,船身后部配备着密密麻麻的武器,看上去就像海洋生物的背棘。与来往于米尔斯波特与藏红花列岛之间的商务气垫船相比,这艘船最大的不同之处在于,它没有外部甲板或者塔楼。舰桥位于船身暗灰色的上部构造的前方,仿佛一个不起眼的水泡。船侧曲线平滑,毫无特色。船首两边的那两扇装货舱口看上去完全能装下战斗机或者导弹。

　　"真的能蒙混过去吗?"来到进坞坡道前方时,我问西尔维。

　　"放松点,"身后的奥尔粗声粗气地说,"这又不是藏红花航班。"

　　他说得对。尽管政府方面声称有严格的安全守则,对拆解者的登船审核却草率到了极点。每扇舱口旁边各站着一位身穿肮脏蓝色制服的乘务员。他们检查完打印文件,随后用一只像从移民年代的影片里拿出来的古旧读取器进行授权验证。参差不齐的乘员队伍在坡道上蜿蜒行进,每人脚边都堆放着随身行李。

酒瓶和雪茄在冰冷明亮的空气中来回传递。队列里气氛愉快，同时高度紧张。人们时不时争吵几句（不过没什么恶意），不厌其烦地嘲笑那台读取器之老旧。乘务员一遍遍地对这些笑话报以微笑，神情十分疲惫。

"拉兹那家伙到底去哪了？"清香问道。

西尔维耸耸肩，"他会来的。他总是这样。"

我们加入最近那列队伍的尾部。前面几个拆解者转过身，打量了一眼西尔维的头发，然后继续刚才的争论。在这群人里，她算不上不寻常。再往前几组人的位置有个高大的黑人，他那头长发绺的成分就跟西尔维十分相似。植入设备不那么起眼的人更是随处可见。

雅德维嘉静静地站在我身边！

"拉兹这种习惯简直变态，"清香对我说，目光刻意避开雅德，"每次都非得迟到很久。"

"这习惯已经刻进他骨子里了。"西尔维漫不经心地说，"他是侦察兵，当然喜欢玩玄的。"

"嘿，我也是侦察兵，我就能守时。"

"你不是首席侦察兵啊。"奥尔说。

"噢，是啊。听着，我们都——"她瞥了眼雅德维嘉，"'首席'表示的只是职位。拉兹的植入跟我没有区别，而且——"

光是看着雅德，你绝对猜不到她已经死了。我们在公寓里为她清理了一番——还好光束武器的烧灼不会留下太多血迹——给她穿上一件有些发紧的海军陆战队战斗背心，再披上一件夹克衫，把伤口遮得严严实实，再为她充满震惊的双眼戴上沉重的黑色强化视觉眼镜。西尔维通过小队网络控制她身体的运动系统。我猜她需要集中精神。不过说到专注程度，肯定没法跟到了新北海道以后,她通过网络调度队员以对抗智能机械时相比。她让雅德走在她的左肩旁,我们其他人在她们俩身边围成一个方阵。对面部肌肉发出的简单命令让雅德双唇紧抿,面色灰白,好在她戴着那副强化视觉眼镜,肩头还挎着一只灰色的海豹皮包,看起来跟"战栗"加上内啡肽失效后那种失魂落魄的样子差不了多少。还有,我不觉得我们其他人的脸色能好到哪去。

"请出示授权文件。"

西尔维递过那叠打印文件,乘务员接了过去,一张一张地在读取器下扫描。与此同时,西尔维通过网络对雅德维嘉的颈部肌肉发送了一小股电流。那个死掉的女人略有些僵硬地侧过头去,仿佛在扫视这艘气垫船装甲厚重的船身。这个动作看起来相当自然。

"大岛·西尔维。五名队员。"乘务员说着抬起头,清点着人数,"设备已装入货舱。"

"没错。"

"客舱分配中。"他眯着眼睛,看了看读取器的屏幕,"完成。下层甲板,P19到22号。"

坡道顶端附近传来骚动声。我们全都回头望去,只有雅德维嘉除外。我看到了赭色的长袍和大胡子,还有愤怒的手势和抬高的嗓门。

"出什么事了?"西尔维漫不经心地问。

"噢——是那些大胡子。"乘务员把扫描过的文件重新整理好,"他们整个早上都在码头这边转来转去。好像他们昨晚跟两个拆解者在这儿东边的什么地方起了冲突。你知道的,他们对这种事特别计较。"

"是啊。狗娘养的复古派。"西尔维接过文件,塞进夹克衫,"他们有没有说那两个拆解者的模样?还是说打算随便抓两个走?"

乘务员得意地笑了,"他们说没有录像。那地方的全部视频功能都用来播放全息色情片了。不过他们有目击证人的描述。有个女人,还有个男人。噢,那女人还有头发。"

"天哪,说不定是我呢。"西尔维大笑起来。

奥尔以古怪的眼神看了看她。在我们身后,吵闹声更响了。乘务员耸了耸肩。

"是啊,我今早检查过的几十号指挥员都有可能。嘿,我想知道的是,一群牧师干吗要跑到播放全息色情片的地方去?"

"去打手枪?"奥尔猜测道。

"宗教。"西尔维说着,喉咙里咔咔一声响,好像要呕吐似的。在我身边,雅德维嘉身子晃了晃,猛地扭过脑袋,速度大异于常人。"有没有人想过——"

雅德发出一声低沉的哼哼。我瞥了眼奥尔和清香,看到他们绷紧了脸。乘务员好奇地看着她,但并没有太当回事。

"——人类的所谓圣礼不过是廉价的托词,而且——"

又一阵那种仿佛呕吐的咔咔声。西尔维滔滔不绝,那些字眼仿佛原本埋藏在夯实的泥沙之下,此时正奋力破土而出。雅德维嘉摇晃得更厉害了。这会儿就连乘务员的表情也变了:他嗅到了些许令人不快的气味。

至于排在我们后面的拆解者,他们的注意力也渐渐从坡道顶端的争吵转到那个肤色苍白、语无伦次的女人身上。

"——整个人类历史也许只是个该死的借口,因为他们太过无能,没法给女性提供哪怕一次真正的性高潮……"

我踩在她的脚上，踩得很重。

"闭嘴。"

乘务员紧张地笑了。在哈伦世界的文化中，奎尔主义者的论调——即使是早期富于抒情意味的那些——至今仍然贴有"小心轻放"的标签。对奎尔主义的热情很可能会影响一个人的政治观点，并让他将观点化为实践。愿意的话，你大可以把自己的气垫船冠以某个革命家的名字，但这些人必须非常古老，古老得没人能想起他们当初究竟为何抗争。

"我——"西尔维茫然地说。奥尔走过去，扶住了她。

"回头再讨论这个吧，西尔维。咱们还是先去客舱的好。你瞧，"他用手肘推了推她，"雅德都快挂了，我也觉得不太舒服。要不我们——"

她听出了言外之意，挺直身子，点点头。

"好吧，回头再说。"她说。雅德维嘉的尸体不再摇晃，甚至逼真地将手背贴到了额头上。

"药劲刚过去。"我说着，冲乘务员挤了挤眼。他的紧张顿时烟消云散，还咧嘴笑了笑。

"都是过来人嘛，明白。"

坡道顶端传来哄笑声。我听到了大声说出的"怪物"这个词，然后是放电的声音。大概是格斗指环之类东西。

"他们还想上船搜人呢。"乘务员望向我们身后，"打算对整整一码头的拆解者恶声恶气，他们该多带几把武器才对。好吧，这些事交给我们。你们可以过去了。"

我们畅通无阻地穿过载货舱口，穿过回荡着脚步声的金属走廊，寻找着我们的客舱。在我身后，雅德的尸体维持着机械的步伐。小队的其他成员都摆出若无其事的样子。

"妈的,刚才究竟怎么回事?"

大约半个钟头以后,我终于有机会问出了这个问题。

西尔维的队友们站在她的客舱里,一脸的不自在。奥尔不得不弯着腰,免得碰到天花板上的加固托梁。清香的目光透过狭小的单向舷窗,在船外的水域里寻找有趣的景色。雅德维嘉面朝下趴在铺位上。拉兹洛依然不见踪影。

"出了故障。"西尔维说。

"故障。"我点点头,"这种故障经常发生吗?"

"不。算不上经常。"

"也就是说从前发生过。"

奥尔朝我这边弯下腰,"你就不能消停一会儿吗,米基? 没人强迫你跟来。不喜欢这些事,你大可以走人。"

"我只是想知道,如果西尔维在你们遭遇智能机械的时候突然掉链子,开始满口奎尔主义,我们该怎么办。"

"智能机械就留给我们操心吧。"清香的语气平板单调。

"是啊,米基,"奥尔不屑地说,"那是我们的活计。你只管享受旅行,别碍事就行。"

"我只想——"

"你给我闭嘴,否则——"

"听着,"她的声音很轻,但奥尔和清香全都应声转过头去,"能不能让我和米基两个人单独谈这件事?"

"呃,西尔维,他根本——"

"他有权知道,奥尔。能麻烦你们俩先出去一会儿吗?"

她目送他们离开,等待货舱门合拢,然后走过我身边,坐到座位上。

"多谢。"我说。

"你瞧。"我花了点时间才明白,她这句话真的是字面上的意思。她把手伸进头发里,拿起那根中央导线,"你知道这东西的原理。这东西的数据处理能力比大多数城市的数据库还强。非得这样才行。"

她放下导线,晃了晃脑袋,让头发盖住它。她的嘴角掠过一丝笑意,"到那边以后,我们会遭到强大的病毒攻击,强大到能像掏空果瓤一样掏空人的大脑。还有企图复制自身的智能机械交互代码、机械入侵系统、人格建构界面、通信阻塞攻击……什么都有。我必须能够包容这一切,加以整理、利用,同时避免任何东西渗入我们的网络,这就是我的工作,不断重复的工作。完事以后,无论你花多少钱做系统清理,总有些渣滓会留下来。难以清除的代码残余、痕迹。"她微微发抖,"还有,有些东西的残像。至于藏在最深处的那些东西,我连想都不愿去想。"

"听起来,你该换一套新硬件了。"

"是啊,"她阴郁地笑了笑,"只不过我碰巧手头没这么多闲钱。明白我的意思吧?"

我明白,"新技术向来这么可恶,对吧?"

"是啊。全新的技术,无耻的价格。他们领了公会补助金,还有摄政府防御部门的赞助,最后却把圣克宣星上那些实验室的研发成本转嫁给我这样的人。"

我耸耸肩,"进步的代价。"

"是啊,我也看过那个广告。一群混蛋。你瞧,刚才那些不过是工作中会有的麻烦,没什么好担心的。说不定跟我尝试控制雅德有关。这种事我不常做,相关机能很少使用,数据管理系统经常往那个区域倾倒无用的残留数据。肯定是因为我在操控雅德的中枢神经系统。”

“还记得你说了些什么吗？”

“不太记得。”她一只手揉了揉脸，指尖按在合拢的眼皮上，“关于宗教？关于那些大胡子？”

“是啊。你突然间神情恍惚，然后开始大谈奎尔克里斯特·法尔科内的观点。你不会是个奎尔主义者吧？”

“见鬼，不是。”

“我也觉得不是。”

她沉吟着。在我们脚下，“格瓦拉炮群号”的引擎发出轻轻的嗡鸣。我们即将启航，前往德拉瓦。

“说不定我被哪台病毒无人机感染了。东边那儿还有很多无人机——不值得政府悬赏去拆解，所以基本上没人管，除非它们感染了当地的通信线路。”

“那些无人机有没有信奉奎尔主义的？”

“噢，有啊。在新北海道搞破坏的无人机派系里，至少有四五个分支受过奎尔主义思想影响。见鬼，我还听说，动乱年代刚开始的时候，她本人就在那边战斗过。”

“传说罢了。”

门铃响了。西尔维对我点点头，我走过去打开房门。微微摇晃的走廊里站着个结实的矮个子，一头黑色长发扎成马尾辫。他满头大汗。

“拉兹洛？”我猜测道。

“对。你他妈又是谁？”

“说来话长。你想跟西尔维说话吗？”

“您批准的话就太好了。”他的话里满是讽刺。我站到一旁，让他进了门。

西尔维懒懒地打量了他一眼。

"钻进救生筏弹射口,"拉兹洛大声宣布,"从那儿蹦跶了几趟,还有一次爬上七米高的光溜溜的金属烟囱。小菜一碟。"

西尔维叹了口气,"不值得骄傲,拉兹,也不明智。总有一天你会赶不上船的。到时候我们该上哪儿去找个首席侦察兵?"

"噢,在我看来,你们已经准备好替补了嘛。"他斜眼看了看我这边,"说真的,这位是谁?"

"米基,这是拉兹洛。"她懒洋洋地在我们之间比画了一下,"拉兹洛,这位是米基·意外之得。暂时的旅伴。"

"你是用我的身份让他上船的?"

西尔维耸耸肩,"反正你从来不用。"

拉兹洛瞥见了床上的雅德维嘉,瘦削的脸上浮现出笑意。

他大步穿过客舱,拍了拍她的屁股。见她没有反应,他皱起眉头。我关上了舱门。

"老天,她昨晚磕了什么?"

"她死了,拉兹。"

"死了?"

"目前是这样。"西尔维的目光转向我,"昨天好多热闹你都没赶上。"

拉兹洛循着西尔维的目光望过来,"这些热闹都跟这个又高又黑的人造身体有关,是吗?"

"对。"我说,"我告诉过你,说来话长。"

拉兹洛走到洗手池边,接了一捧水。他把脸埋进水里,醒了醒鼻子,把剩下的水抹在头发上,站直身体,在镜子里看了我一眼。他转了个身,故意面朝西尔维,而不是我。

"好了,头儿。我听着呢。"

6

前往德拉瓦的旅途耗时一天一夜。

横渡安德拉西海的半途中,"格瓦拉炮群号"减缓了速度,传感器网络尽可能地扩展开来,武器系统也随时待命。梅凯斯克政府的官方说法是,那些智能机械是设计成地面战专用的,因此不可能离开新北海道。现场拆解者的报告则是,他们目击了军用智能机械档案中没有记载过的机械,这就意味着那些武器中至少有一部分找到了演化并且超越初始程序参数的方法。民间传言说实验中的纳米技术发生了失控。官方则声称动乱时期的纳米技术系统太过粗糙,水平也十分低下,无法应用在武器方面。那条传言被视为反政府谣言而遭到摒弃,官方则在所有相关场合加以嘲笑。

在没有卫星覆盖,也无法进行空中侦察的情况下,没人能证明究竟何者为真。流言和谬误在此泛滥。

欢迎来到哈伦世界。

"难以置信。"拉兹洛喃喃地说。此时我们的船正缓缓穿过最后几公里,准备进入海湾,朝德拉瓦荒芜的造船厂前进。"都在这颗蠢星球上待了四个世纪了，我们还是没法飞上天空。"

我们刚进入德拉瓦基地的扫描范围，他就不知用什么法子混进了气垫船的装甲外壳上那些露天的观测通道之一。他还想办法让我们也一起混了进去，于是如今我们一面站在清晨潮湿寒冷的风中瑟瑟发抖，一面看着德拉瓦寂静的码头景色从旁掠过。

在头顶，天空的灰白仿佛无边无际。

奥尔翻起夹克衫的领子，"拉兹，等你什么时候想出拆解轨道卫星的法子，别忘了告诉我们。"

"是啊，算我一个。"清香说，"只要能弄下一颗卫星，你这辈子每天早上都会有米姿·哈伦来给你口活儿。"

这种说法在拆解者之间非常流行，类似于米尔斯波特的酒吧里那些客船船长讲的下流段子。

无论你从新北海道带回多么巨大的猎物，都只是人类级别的。无论那些智能机械有多危险，终究都是我们自己制造出来的，而且已经是差不多三世纪以前的古董了。和大约五十万年前，火星人在哈伦世界的轨道上留下的那些诱人的机械设备相比，只能算是小巫见大巫。那些机械会投下天使的火焰长枪，击落飞上天空的所有东西——至于理由嘛，只有它们自己知道。

拉兹洛朝双手呵气，"要是他们想的话，早就把那些轨道卫星弄下来了。"

"噢，天哪，又来了。"清香翻了个白眼。

"关于轨道卫星，有很多说法纯粹是在胡扯啊。"拉兹洛顽固地说，"比如'轨道卫星会攻击任何比直升机更大、飞得更快的东西'。可在四百年前，我们的殖民飞船不是顺利降落了吗？再比如——"

奥尔哼了一声。我看到西尔维闭上了眼睛。

"——再比如'政府把所有大型超级喷气机藏在极地地区，那些喷气机可以飞行，什么事都没有'，再比如'轨道卫星也攻击过地表的东西，只不过官方避而不谈'。这些说法谁都知道。但我打赌，你们肯定没听说昨天离开萨辛海岬的那艘船被撕成碎片的消息——"

"我还真听说了，"西尔维不耐烦地说，"昨天早上等你出现的时候听说的。新闻里说那条船触礁了。你这番阴谋论完全是鸡蛋里挑骨头。"

"他们当然会这么说，他们肯定会这么说。"

"噢，妈的，得了吧！"

"拉兹，老兄。"奥尔用沉重的胳膊勾住首席侦察兵的双肩，"如果真是什么天使之火，肯定轰你个灰飞烟灭，连个渣都不剩。这你很清楚。还有一件事你也很清楚：轨道卫星的覆盖并不周全，在赤道附近有个空隙。只要计算准确，足够一整支移民舰队通过。所以你还是省省那套狗屁阴谋论，好好欣赏你拖着我们来看的风景吧。"

风景的确令人难忘。德拉瓦曾是整个新北海道内地的通商口岸与海军港口。这里的海滨见证过来自全世界每一座大城市的船只，码头后方的建筑绵延至十多公里外的山脚，为至少五百万人提供住处。在贸易最繁盛的时候，德拉瓦的财富与技术水平堪与米尔斯波特相比，驻守的海军也曾是北半球最强大的海上力量之一。

如今我们所看到的却是一排排破破烂烂、可以上溯到移民年代的仓库。集装箱和吊车在码头上东倒西歪，就像孩童的玩具。到处都是抛锚的商船。我们周围的水面漂浮着青灰色的化学污渍,眼中所见的活物只有一小群在仓库倾斜的瓦楞屋顶上方拍打着翅膀、模样可怜的裂翼鸟。我们的船经过时,其中一只转过脑袋,挑衅地尖叫了几声,但谁都能看出它心不在焉的样子。

"对这些家伙最好小心点儿。"清香阴着脸说,"虽然看起来不像,可它们相当聪明。在海岸地区,鸬鹚和海鸥几乎都不是它们的对手,而且众所周知,它们还会袭击人类。"

我耸耸肩,"毕竟这儿是它们的星球嘛。"

拆解者滩头防区的防御工事映入眼帘。数百米锋利的活导线在巡逻范围里不知疲倦地爬行,队列参差不齐的阻挡蜘蛛蹲伏于地面,机器哨兵则潜伏在周边的屋顶上。在水中,几艘自动化迷你潜艇将潜望镜伸出水面,其火力足以覆盖整个海湾。不时有侦察风筝飞过,风筝线有的系在吊车上,有的系在滩头防区中央的通讯桅杆上。

"格瓦拉炮群号"关闭了发动机,漂入两艘潜艇之间。码头上,几个人影停下了手头的活儿,他们说话的声音飘过水面,传到我们耳中。这里的大部分工作都由悄无声息的机器完成。滩头防区警卫系统询问了气垫船的航行情况,随后放行。接着,自动抓钩系统与码头上的插口对话,安排弹道,实施弹射。钩索随后绷紧,将船身拖入船坞。铰接式的登陆过道被唤醒、展开,与码头那边的装卸货舱口相连。反重力上浮装置随即开启。片刻间,气垫船的吃水线达到了可以抛锚的位置。舱门随之解锁。

"该走了。"拉兹洛说着,像钻进洞里的老鼠那样消失在扶梯下。

奥尔朝他的背影做了个下流手势。

"这么急着走,干吗还带我们上来?"

扶梯上的脚步声已经远去。

"噢，随他去吧。"清香说，"反正在我们去找车屋之前，谁也走不了。那边会排起长队的。"

奥尔看着西尔维，"我们该拿雅德怎么办？"

"把她留在这儿。"西尔维凝视着殖民地里那些丑陋的灰色气泡房屋，一脸陶醉的神情。肯定不是因为眼前的景色。也许她正感官全开，聆听着机械系统的话语，迷失在大量传输的数据之中。她蓦地摆脱了那种状态，转身面对队友，"直到今天中午，这几间客舱都是我们的。在弄清该怎么做之前，带着她走没有意义。"

"设备呢？"

西尔维耸耸肩，"也一样。等着车屋给我们分配任务期间，我可不想拖着那些东西到处走。"

"你觉得他会及早给我们分配任务吗？"

"在上次那件事以后？我很怀疑。"

下层甲板的狭窄走廊里塞满了拆解者，随身工具挂在肩头，或是顶在头上。

客舱的门全都开着，里面的人正在精简行李，准备加入下船的队伍。粗鲁的叫喊声在人群的头顶和行李上方回荡。人流以龟速向前，随后向左，朝着登陆舱口前进。我们加入缓缓前进的人群，奥尔走在最前面。我跟在最后，尽可能地保护我受伤的肋部。时不时会有颠簸牵动伤口。我咬紧牙关，强自忍耐。

不知过了多久，我们终于走出登陆通道，站在那些气泡房屋之间。拆解者们纷纷挤到我们前方，穿过气泡房屋，朝中央的通讯桅杆走去。

半路上，拉兹洛坐在一只掏空了的塑料包装箱上，等着我们。

他咧嘴笑着。

"怎么来得这么慢？"

奥尔佯装恼怒，朝他吼了一声。西尔维叹了口气。

"至少告诉我，你拿到了排号签。"

拉兹洛学着魔术师的样子，一本正经摊开手，掌心是一块小巧的黑色晶体。晶体里隐约透着光，映出"57"。看到这个数字，西尔维和其他人不禁低声咒骂起来。

"是啊，还得等上一会儿。"拉兹洛耸耸肩，"昨天留下的人排在我们前面了。他们还在分配积压的任务。我听说昨晚在'已清扫区'出了大事。咱们最好还是先吃点东西。"

他领着我们穿过这片营地，来到一辆紧挨一段分界围栏的银色长拖车前。廉价的模制桌椅放在上菜窗口周围。三三两两的顾客睡眼惺忪地喝着咖啡，吃着包着锡箔、装在盘子里的早餐。窗口里面，三个服务生来来去去，仿佛脚下铺着自动轨道。蒸汽和食物的气味扑面而来，味道之辛辣，连我这具人造躯体那可怜的味觉/嗅觉系统都有所反应。

"大家都要米饭配味噌汤？"拉兹洛问。

拆解者们咕哝着表示同意，一边找了两张桌子坐下。我摇了摇头。对人造味蕾而言，最好的味噌汤尝起来也像洗碗水。我跟着拉兹洛走到窗口边，看看还有什么可点的。最后我选了咖啡和两块富含碳水化合物的酥皮点心。我正要掏信用片，拉兹洛伸出了手。

"这顿我请。"

"多谢。"

"没什么。欢迎来到西尔维的潜入者小队。昨天我忘了说这句话。抱歉。"

"噢,当时事多嘛。"

"是啊。你还想要点什么吗?"

柜台上的售货机有止痛膏药出售。我拿了几张,朝服务生晃了晃。拉兹洛点点头,掏出一张信用片,丢到柜台上。

"这么说你受伤了。"

"是啊。肋骨那儿。"

"从你走路的样子就看得出来。是昨天那几位朋友干的?"

"不。在那之前。"

他扬了扬眉毛,"真是个大忙人。"

"忙得要命。"我撕开一张,挽起袖子,贴上膏药。化学药物带来的舒适感顺着手臂蔓延开来。我们用托盘端起食物,带回桌边。

拆解者们一反先前的聒噪,闷声不响地吃着东西。

我们周围的桌子逐渐坐满了人。有几个人经过时朝西尔维的队友们点头致意,不过大多数拆解者固守着自己的小圈子,对外人十分冷淡。零星的说话声不时传来,其中充斥着术语,还有我在过去一天半里渐渐习惯的那些缩略语。服务生大声喊着订单号。有人还带来了一台无线电接收器,正在收听移民年代的爵士乐曲。

在药物的作用下,我的神经放松下来,伤口也不再疼痛。听到那首乐曲的时候,我不由得回忆起了在新佩斯特的少年时代、每周五晚上在渡边的店里消磨的时光。老渡边是移民年代那些爵士巨星的死忠粉丝,从不间断地播放他们的曲子,他那些年轻顾客很快就从抱怨变成了习惯。只要在渡边的店里待得够久,无论你原先对音乐有什么倾向,都会被逐渐磨平。到了最后,那些怪腔怪调的老曲子会刻进你的脑子里。

"真够老的。"我冲着拖车顶上的喇叭点点头。

拉兹洛哼了一声,"欢迎来到新北海道。"

我们相视一笑,击掌致意。

"你喜欢这些玩意儿啊?"清香嚼着满嘴的米饭问我。

"差不多吧。我听不出——"

"迪兹·席桑戈和巨型笑菇乐队。"令我意外的是,奥尔插了嘴,"这首是《黄道那一头》。不过原作是黑人拓也花车乐队的成名曲,拓也绝不会允许小提琴就这么堂而皇之地加进去。"

我吃惊地看了壮汉一眼。

"别听他的。"西尔维懒洋洋地挠挠头发,告诉我,"回去听听早期的拓也和艾德的作品吧,里面到处是那种吉卜赛人的拨弦音。只不过在米尔斯波特演出的时候做了改良。"

"那可不是——"

"嘿,西尔维!"一个外表颇为年轻、头发根根竖起的指挥员在桌边停下脚步。他的左手拿着一托盘咖啡,右肩挂着一卷粗粗的、正不断抽动的活缆线,"你们几个这么快就回来了?"

西尔维咧嘴笑了笑,"嘿,御石。想我了?"

御石装模作样地鞠了个躬。他手里的托盘纹丝不动。

"一如既往。肯定比车屋君想你。你打算今天去见他吗?"

"你不去?"

"不,我们不打算出去。卡莎昨晚受到了某种反智能攻击,得等几天才能下床活动。我们正在休整。"御石耸耸肩,"反正有人掏钱。是应急资金。"

"应急资金?"奥尔坐直了身子,"这儿昨天出了什么事?"

"你们还不知道?"御石扫视众人,瞪大了眼睛,"昨晚的事你们都没听说?"

"没,"西尔维耐心地说,"所以才问你。"

"噢,好吧。我还以为这会儿应该谁都知道了。我们发现了一支还在四处活动的联合机械集群。就在已清扫区。昨天晚上它们开始组装火炮。自行火炮,很大个儿,蝎式底盘。车屋只好匆忙动员所有人发起攻击,抢在它们开火之前。"

"全都解决了吗?"奥尔问。

"不知道。我们解决了负责装配的机械,还有那门火炮,但有很多小型机械逃走了。无人机、从属机之类的垃圾,还有人说看到了机械人偶。"

"噢,胡扯吧。"清香哼了一声。

御石又耸了耸肩,"都是听说的。"

"机器傀儡? 这他妈怎么可能。"清香来了兴致,"已清扫区已经超过一年没人见过机械人偶了。"

"也很久没人见过联合机械了。"西尔维指出,"倒霉事总会发生的。御石,你觉得我们今天有可能分配到任务吗?"

"你们?"御石又笑了笑,"没可能,西尔维。毕竟上次发生了那种事。"

西尔维面色阴郁地点点头,"我也这么想。"

爵士乐在一阵上扬的旋律后渐渐淡去。取而代之的是个沙哑但坚定的女声,遣词造句方面颇有些古韵。

"凭借迪兹·席桑戈对经典之作《黄道那一头》的改良,古老的题材得以重获新生。奎尔主义让我们认清了地球式经济秩序的邪恶,迪兹的改革也与此相类。不用说,迪兹毕生都是坚定的奎尔主义者,正如他多次说过的——"

周围的拆解者们呻吟起来。

"是啊,他一辈子都是个该死的瘾君子。"有人叫嚷道。

讥笑声中,DJ仍在继续高谈阔论。她这套论调已经重复了许多个世纪。但拆解者们抱怨的口气似乎十分愉快,就像我们在渡边的店里的抗议一样,仅仅出于习惯而已。我开始明白为什么奥尔如此熟悉移民时代的爵士乐了。

"我得走了。"御石说,"没准我们会在未清扫区赶上你们呢,对吧?"

"也许吧。"西尔维目送他离开,然后朝拉兹洛那边凑近了些。

"我们还得等多久?"

拉兹洛翻了翻口袋,拿出那枚排号签。数字变成了"52"。西尔维厌烦地呼出一口气。

"机械人偶到底是什么?"我问。

"就是机器傀儡。"清香轻蔑地说,"别担心,你在这附近是见不到的。我们去年已经把它们全部解决了。"

拉兹洛把排号签塞回口袋,"机械人偶是辅助单位,大小和外形各不相同。小的那些最初只有裂翼鸟那么大,只不过不能飞。它们有手有脚,有时还有武器,而且速度飞快。"他咧嘴笑了笑。

"听起来不怎么有趣。"

西尔维突然不耐烦了。她站起身。

"我要去找车屋谈谈。"她宣布道,"我想是时候自愿承担清扫工作了。"

她的话引发了众人的抗议,比电台DJ引发的抗议声更响。

"——说笑的吧。"

"清扫工作赚得太少了，头儿。"

"挨家挨户地找实在太麻烦——"

"伙计们，"她抬起双手，"好吧，我不在乎。不插队的话，我们得在这儿一直等到明天。这他妈一点也不好。提醒你们一句，要不了多久，雅德的气味就该惹人不满了。"

清香转过头去。拉兹洛和奥尔对着见底的味增汤碗咕哝了几句。

"有人跟我来吗？"

大家或是沉默，或是避开她的目光。我扫视众人，然后站起身，享受着痛意全消的感觉。

"我跟你去。那个叫车屋的不会咬人，对吧？"

说实话，他一副随时会咬人的样子。

在沙尔雅世界，我跟一位游牧民领袖打过交道。那位酋长的财富堆满了全世界的数据库，却每天都在贾汗大草原上放牧半驯养的基因改造野牛，住在太阳能动力的帐篷里。将近十万名身强力壮、拥有武装的草原游牧民直接或间接向他效忠。坐在那座帐篷里跟他谈判时，你可以清楚地感觉到他那种颐指气使的气势。

车屋重雄就像那位酋长的翻版，只是脸色苍白些。虽然他坐在一张堆满监控设备的书桌后，被等候任命的拆解者包围着，却以同样沉默寡言、目露锋芒的方式掌控着这间指挥室。他也是西尔维那种指挥员，灰黑相间的头发系成辫子，暴露在外的中央导线活像过时了一千年的武士发髻。

"特别任务，请让让。"西尔维在拆解者中间挤出一条路来，让我们能够通过，"请让让，特别任务。该死的，给我让个道。我有特别任务。"

大家不情不愿地让出一条路,我们终于来到了最前面。车屋几乎连头都没抬,他正和一支三人小队谈话,对方用的身体瘦削而年轻——我已经知道,那是侦察兵的标配。

他的脸上全无表情。

"我怎么不知道你们接受过什么特别指派,大岛君?"他轻声说道。周围的拆解者顿时怒不可遏。车屋的目光扫过他们,房间里随即安静下来。

"我刚刚说了——"

西尔维做了个安抚的手势,"我知道。重雄,我知道我没接到特别任务。但我想接。我自愿让我的小队去清除机械人偶。"

这番话引起了骚动,只是比上次低了不少。车屋皱了皱眉。

"你要求做清扫工作?"

"我要求的是通行许可。我的队员在家乡欠下了一屁股债,他们六个钟头前就想开始赚钱了。就算这意味着挨家挨户去找,我们也愿意干。"

"你他妈好好排队去,臭婊子。"我们身后有个人说。

西尔维略微绷紧了身子,但没有转身。"我早该猜到你会这么想的,安东。你也打算自荐吗?带着你的队员来个地毯式搜查?我觉得他们不会为此感激你。"

我回过头,在那群拆解者中找到了安东。他个子高大,肌肉发达,头发染成五六种互不相容的色彩。他的眼睛植入了透镜,瞳孔看起来就像钢制的轴承。从他斯拉夫血统的面颊能看出皮下的网格状电路。

他的脸略微抽搐了一下,但没有做出进一步的举动。他铁灰色的双眼望向车屋。

"得了吧,重雄。"西尔维笑了笑,"别告诉我这些人排队是为了清扫工作。没几个老手会自愿干这种脏活儿。你打算派新手去处理,因为其他人看不上这么点酬劳。我是在帮你的忙,你知道的。"

车屋上下打量了她一番,点头示意那三个侦察兵退开。他们阴沉着脸走开,面前的那张全息地图也关闭了。车屋靠向椅背,看着西尔维。

"大岛君,上次我提前给你安排工作的时候,你抛下了分配给你的职责,消失在了北面。我怎么知道你这次不会这么干?"

"重雄,你要我去察看残骸。有人比我们先到,那儿什么都没剩下。我告诉过你了。"

"你终于再次出现的时候是这么说的。"

"噢,讲点道理吧。已经被捣毁的东西,我还能怎么拆解?我们匆匆离开,是因为那儿已经半点东西都没了。"

"你没有回答我的问题。我这次又凭什么相信你呢?"

西尔维夸张地叹了口气,"老天啊,重雄。你那根马尾辫的分析能力那么厉害,干吗不自己计算一下? 我提议帮你的忙,为的是尽快赚上一笔。不然就得等到几天以后才能轮到我,而你只能找几个新手去干活。这个结果对大家都没有好处。这样究竟有什么意义?"

好一会儿,两人一动不动。然后车屋瞥了眼桌子上的监控设备之一。上方的数据化显示屏亮了起来。

"这个人造人是谁?"他漫不经心地问。

"噢,"西尔维郑重其事地做了个表示介绍的手势,"他是新成员。米基·意外之得。负责军械支援。"

车屋扬了扬眉毛,"奥尔什么时候需要——或者说愿意——

让别人帮忙了?"

"只是个尝试。我的主意。"西尔维轻快地笑道,"在我看来,帮手永远不嫌多。"

"也许吧,"车屋转而看向我,"但你这位新朋友受了伤。"

"只是一点擦伤。"我告诉他。

显示屏的色彩变了。车屋转过目光,屏幕顶部出现了几个数字。他耸耸肩。

"很好。一小时内到营地大门去,带上你们的工具设备。你们每天会得到标准维护费用加上百分之十的资深津贴。我只能做到这个地步了。你们每干掉一台都有奖金,以军用智能机械情报库的标定酬劳为准。"

她灿烂一笑,"那就很好了。我们很快就会做好准备。能再次和你谈生意可真好,重雄。来吧,米基。"

我们刚要转身离开,她的脸便因为传输过来的数据抽搐了一下。她转过身,恼火地看着车屋。

"怎么?"

他对她温和地笑了笑,"只是想把话说清楚,大岛君。我要把你和其他人连接起来,随时接受扫描。如果你这次又想玩忽职守,我就会知道。我会取消你的许可。就算动员全体人员,我也会把你抓回来。只要你不怕被一群菜鸟逮捕,五花大绑押回来,那就尽管试试看吧。"

西尔维又叹了口气,悲伤地摇摇头,穿过正在排队的拆解者。经过安东身边的时候,他咧开了嘴。

"维护费用。这么便宜啊,西尔维。"他讥笑着说,"看来你终于明白自己的水准了。"

紧接着,他身躯震颤,眨巴着眼睛,神情茫然——西尔维对他的头脑做了些什么。他摇晃起来,旁边的拆解者不得不扶住他的胳膊。他像个刚刚吃了一记重拳的拳手那样咆哮起来,声音模糊不清,充满愤怒。

"该死的——"

"滚开,蠢货。"她抛下这句简短的回答,随后我们便扬长而去。

她看都没看他一眼。

7

营地大门只是一块灰色的装甲合金板，足有六米宽、十米高。两边的反重力升降机的轨道嵌在两座二十米高的塔楼内部。塔楼顶部配有机器岗哨设备。如果你站得离那块灰色金属足够近，就能听到另一边活导线永无休止的刮擦声。

车屋找来的清扫志愿者三三两两聚在大门前，窃窃私语中不时响起几句豪言壮语。不出西尔维所料，大部分人既年轻又缺乏经验，这两点从他们操作器材时的笨拙模样就能看出来。他们仅有的那点装备也不怎么起眼。武器看起来都是老旧的军方处理品，交通工具总数不会超过十二辆，大概只够运送这五十来名拆解者中的半数，其中几辆甚至没有反重力系统。看样子，剩下的那些人打算步行清扫。

人群里没几个指挥员。

"就是这么回事。"清香自鸣得意地说。她倚着我坐着的那辆反重力双人摩托的车头，交叠双臂。小巧的车身在停泊软垫里微微摇晃起来。我调高反重力场的功率，平衡车身。"大多数新手没什么资产可言，加入这一行时对游戏规则几乎一无所知。他们想靠清扫工作赚取升级资金,或许再在未清扫区的边缘找些容易对付的猎物。如果撞了大运,他们的表现会引起别人的注意。某些缺人手的小队或许会接纳他们。"

"如果没人接纳呢?"

"那他们就得自己想办法长出那种头发了。"正在另一辆摩托的挂篮里东翻西找的拉兹洛笑道,"对吧,头儿?"

"是啊,没错。"西尔维的口气里带着一丝暴躁。她和奥尔站在第三辆摩托旁边,正努力让雅德维嘉看起来像个活人。我能看出她的疲态。我自己对这件事也谈不上喜欢。我们本来打算把死掉的雅德放上一辆摩托的前座,但通过雅德操纵摩托超出了西尔维的能力,于是雅德只能坐在我的后座上。这段等待出发的时间里,如果我自己下车,让她独自坐在后座,外人看来会很古怪。所以我只能留在车座上。西尔维让那具尸体的一条胳膊亲昵地搭着我的肩膀,另一条放在我的大腿上。雅德维嘉的脑袋还会时不时转动一下,戴着墨镜的那张脸会摆出某种近似于笑容的表情。我能做的只是尽量让自己的表情自然些。

"别听拉兹的。"清香告诉我,"二十个新手里,愿意植入指挥系统的连一个都没有。没错,接入那东西倒是很简单,但普通人只会精神失常。"

"是啊,比如咱们的头儿。"拉兹洛在挂篮里翻找完毕,封好盖子,走到车身另一边。

"正常情况下,"清香耐心地解释道,"新手会去找些愿意吃苦的家伙,跟他们合作。然后他们囤积资金,熬到能买得起那种头发外加所有队员的基础植入式硬件的那一天。一支全新的小队就这样打造完成。你在看什么?"

最后那句话是对旁边那个年轻的拆解者说的。他正羡慕地打量那些反重力摩托车，还有车上的设备。清香的口气让他倒退了一步，仍旧一脸渴望的表情。

"德拉库牌的?"他问。

"没错。"清香用指节敲了敲摩托的外壳，"德拉库的'41'系列，米尔斯波特制造，刚出厂三个月。你听说的有关它的一切都百分之百真实：全遮蔽引擎，内置式电磁脉冲装置，粒子束电池，流体反应护盾，努哈诺维奇综合智能系统。你叫得出名字的它都有。"

雅德维嘉扭过头，看向那个年轻拆解者。我猜她了无生气的双唇正努力摆出笑容。她的手离开我的肩头，顺着我的身侧滑下。我在车座上挪了挪身子。

"得花多少钱?"我们的新粉丝问道。在他身后，一小群志趣相投的硬件发烧友正渐渐聚拢。

"比你们任何人一年挣的都多。"清香得意地比画着，"基本型就要十二万。而且这还不是基本型。"

年轻人又走近了几步，"我能不能——"

我瞪了他一眼，"你不能。我正坐着这辆呢。"

"过来吧，孩子，"拉兹洛拍了拍他正在捣鼓的那辆摩托，"别去打扰那对鸳鸯——他们眼里容不下别人。来看看我这辆吧。让你们在下一季之前有些可以期待的东西。"

一阵大笑。菜鸟们对这份邀请趋之若鹜。我和清香交换了一个释然的眼神。雅德维嘉拍拍我的大腿，头靠在我的肩头。我看了看西尔维。就在这时，我们身后响起了电子合成音。

"先生们、女士们，大门将在五分钟内开启。请确认各自的身份标识。"

接下来是重力马达的呜呜声，还有缺乏维护的轨道滚轮的轻微刮擦声。大门摇摇晃晃地升到轨道允许的二十米高度,随后拆解者们或步行或骑行——取决于他们的财政状况——穿过门下的空间。

我们的身份标识清出一片空地:活导线蛇行盘卷着退开,自行组成高过头颅、蠕动不止的篱笆。我们在它们让出的道路上前进,两侧的篱笆起伏不定,仿佛噩梦里的情景。

在更远处,阻挡蜘蛛侦测到了我们的身份标识,开始在它们的多重底座上挪动身子。我们接近的时候,它们将自己庞大的身躯搬离满是裂纹的永凝土地面,迅速爬到一旁。这套动作与其设计程序中的"阻挡－碾碎"掉了个个儿。我小心翼翼地驾着摩托从它们中间穿过。在匈奴家园的某个晚上,我曾坐在防御工事后面,听着阵阵惨叫:那是阻挡蜘蛛将一整群来袭的叛乱科技忍者彻底歼灭的声音。尽管那些机械身躯庞大,反应迟钝,但那场战斗并没有持续多久。

小心翼翼地前进十五分钟之后,我们离开了滩头防区防线,以松散的队列进入德拉瓦的街道。瓦砾遍布的大道取代了码头的路面,路边偶尔有几座完好无损的公寓楼,高度都在二十层左右。建筑风格符合移民年代的功利标准。在如此接近海边的地方,这些住处全都是为了当时刚刚起步的港口服务,几乎没有考虑过美观方面的因素。一排排狭小的凹陷式窗户全部面朝海边。朴素的永凝土墙壁因为炮火和年久失修而布满裂纹。在抗生涂料失效的位置,可以看到斑驳的青灰色苔藓。

淡薄的阳光透过云层的遮蔽,洒落在前方寂静的街道上。一股狂风从海湾吹来,仿佛在催促我们前行。我回过头,看到活导线和阻挡蜘蛛在我们身后重新聚拢,像正在愈合的伤口。

"我想还是抓紧干活的好。"西尔维的声音从我的侧面传来。奥尔骑着另一辆摩托与我并驾齐驱,我们指挥员坐在他的后座上,脑袋前后摇晃,仿佛在寻找某种气味。"至少现在没下雨。"

她按下身上那件通信夹克上的某个按钮。她的声音骤然炸响,在废弃的建筑外墙之间回荡。拆解者们转过头来,神情紧张而期待,就像一群猎犬。

"好吧,朋友们。听好了。我可不想就这么厚着脸皮来指挥——"

她清了清嗓子,然后轻声道:"但如果我不指挥,那么——"
又一声咳嗽。

"总得有人他妈的做点什么。这不是什么训练。"她轻轻晃了晃脑袋。她的声音变大了,再度在墙壁间回荡,"我们为之奋斗的不是什么该死的政治幻想。事实是,那些当权者组成联盟,做出选择,然后夺走了我们选择的权利。我不想,我不想——"

她的声音戛然而止,头也低了下去。

拆解者们站定在那儿,等待着。雅德维嘉无力地靠在我的背上,随后开始滑出车座。我向后伸出一条手臂,拦住了她。疼痛穿透了止痛剂柔和绵软的灰色阴霾,让我的身体颤抖起来。

"西尔维,"我哑着嗓子,朝不远处的她道,"该死的,抓住重点,西尔维。振作起来。"

她抬起头,透过一头乱发看着我。有好一会儿,她就像在看着个陌生人。

"抓住重点。"我轻声重复。

她的身体一阵颤抖。她站起身,又清了清嗓子,随即轻快地挥了挥手臂。

"政治。"她说,等待着的拆解者大笑起来。她等待笑声平息,这才继续,"先生们、女士们,政治并不是我们来这儿的目的。我知道我不是这里唯一的指挥员,但我想或许我比其他人更有经验一些。所以,对那些还不太清楚该怎么干这份活儿的人,下面就是我的建议:以放射模式搜索,在每个路口分头前进,直到每个驾驶车辆的人员分配到一条街。其余人可以跟着你们的朋友走,我建议每支搜索分队的人数不要少于六人。驾车人员在每条街上领路,那些不够走运的步行搜查建筑物。搜索建筑物时,整支搜索队都要停下来。驾车人员不要离开搜索范围,室内人员如果发现任何情况,我是说**任何情况**,只要有可能跟智能机械有关,立刻呼叫驾车人员增援。"

"好吧,那猎物呢?"有人大喊道。

其余的人低声附和。

"我解决的猎物是我自己的,别指望我跟你们分享。"另一个人大声道。

西尔维点点头。

"你们会发现,"经过放大的声音盖过了不满的抱怨,"成功的拆解者要经历三个阶段。首先,你们要解决一台智能机械;接着,你们要注册对它的所有权;再之后,你们必须活到能返回滩头、收取酬金的那一刻。要是你们被开膛破肚,身首分离,后面那个阶段就很难实现了。如果你们打算只凭自己解决一窝机械人偶,这种情况大有可能发生。'队伍'这个词有它的意义。对于那些立志加入队伍的人,我建议你们想想这个意义。"

吵嚷转为低语。在我身后,雅德维嘉的尸体挺直背脊,不再压在我的胳膊上。西尔维扫视人群。

"好了。采用放射搜索模式,大家很快就会分散开来,所以你们一定要确保地图设备始终在线。给清扫过的每条街道做上标记,互相之间保持联系,准备好在搜索圈出现空隙时前去弥补。做好空间分析。别忘了,智能机械的空间分析能力是我们的五十倍。只要你们留下空隙,它们就会发现,并且加以利用。"

"如果这儿真有智能机械的话。"人群里传来另一个声音。

"如果真有的话。"西尔维赞同道,"可能有,也可能没有。欢迎来到新北海道。好了。"她踩在重力摩托的脚踏板上站起身,扫视周围,"还有人有什么建设性意见要提的吗?"

沉默。有几个人不安地挪了几步。

西尔维笑了,"很好。我们开始清扫吧。就像先前说的那样,放射状搜索。开启雷达。"

参差不齐的欢呼声响起,有些人还晃动着手里的设备。甚至还有个白痴朝天开了一枪。呼喊声随之响起,伴随着火山爆发般的热情。

"……好好教训那些狗娘养的智能机械……"

"我要赚上一票,伙计。狠狠赚上一票。"

"德拉瓦宝贝,我们来了!"

清香从另一边走到我身旁,冲我眨了眨眼。

"他们需要激情。"她说,"这点激情还不够呢。你会明白的。"

不到一个钟头,我就明白了她的意思。

清扫工作耗时漫长,同时令人沮丧。以网状水母的速度沿着街道前进五十米,绕开残垣断壁和报废的地面车辆,察看雷达画面。然后停下。等待步行的清扫者从前方和后方进入建筑物,一步一步爬完二十多层楼。收听他们在各栋建筑的交叉通讯。察看雷达画面。为清扫完毕的建筑物做上标记。等待步行清扫者下楼。察看雷达画面。继续前进五十米。察看雷达画面，然后停下。

我们什么也没找到。

太阳渐渐被云层遮蔽。过了一会儿，开始下雨了。

察看雷达画面。沿着街道前进。然后停下。

"跟广告里吹嘘的不一样，是吧？"清香骑在她的摩托上，雨点被隐形挡风屏全数拦下。她朝走进建筑物的那些步行清扫者点了点头。那些人早已全身湿透，神经紧张，一个钟头之前热血沸腾的劲头已然消失无踪。"新北海道的无人之境，机会和冒险等待着你——记得带上雨伞。"

坐在她身后的拉兹洛咧嘴笑笑，打了个呵欠，"行了，清。大家都有过青涩时代。"

清香坐回车座，转头望去，"西尔维，我们还要等多——"

西尔维做了个手势，是和幸雄交火之后面对残局时的那种简略的密语手势。特派探员的观察力让我看到清香的一侧眼皮微微颤抖了一下，表明她正从指挥员那里接收数据。

拉兹洛满意地自顾点头。

我没法像那样接入指挥员的大脑，只好按下他们给我的代用通信器。

"西尔维，发生什么我应该知道的事了吗？"

"没。"奥尔不屑的回答声传来，"需要让你知道的话，我们会通知你的。对吧，西尔维？"

我回头看着她，"西尔维，是这样吗？"

她有些疲惫地笑了笑，"现在不是拌嘴的时候，米基。"

察看雷达画面。沿着坑坑洼洼、雨水打湿的街道前进。头顶的挡风屏飞溅着水花,令摩托上的雷达屏幕闪闪发光。步行清扫者们咒骂连连,浑身湿透。

我们一无所获。

正午时分,我们已经进入城区两三公里,紧张感逐渐被厌倦取代。离我们最近的人员分别位于左右两边六条街远的地方。地图设备显示他们的车辆毫无章法地停放着。如果把无线电调到公共频道,你会听到步行清扫者上下楼时一直抱怨个不停,早先那种杀气腾腾已经荡然无存。

"噢,瞧啊。"奥尔突然低声道。

我们正在搜索的这条大道蜿蜒向右,然后眼前豁然开朗:那是一座圆形广场,周围是一层层台地,很有东方佛塔的风格。广场最远处是一座由圆柱支撑的多层式庙宇,圆柱之间的间距很宽。在这片空地上,雨水在铺路石的破损处汇聚成池。除了一门毒蝎炮歪斜的庞大残骸之外,没有任何可以遮风避雨的地方。

"这东西就是他们昨晚干掉的那个?"我问。

拉兹洛摇摇头,"不,它在这儿已经有些年头了。另外,听御石的口气,昨晚的武器还没建好底盘就给干掉了。而这家伙在挂掉之前可是一台狗娘养的能走路、会说话的自走式智能机械武器。"

奥尔皱眉看了他一眼。

"最好让那些菜鸟下楼。"清香说。

西尔维点点头。她用本地频道催促清扫者们离开目前所在的建筑物,在重力摩托后方集合。那些人抹着脸上的雨水,愤愤地来到广场。

西尔维踩着摩托后座的踏板站起身,碰了碰那件通信夹克。

"好吧,听着,"她对他们说,"这地方看起来相当安全,但没办法确定,所以我们要采用新的搜索模式。我们这几辆摩托会绕到另一边,确认庙宇底层的情况。大概要花十分钟。之后一辆摩托会留在那边充当岗哨,另外两辆从广场的两侧绕回来。等这两辆摩托平安回到你们这儿,所有人就以楔形阵型穿过广场,步行的人负责确认庙宇上面那几层的情况。大家都明白了吗?"

拆解者们闷闷不乐地表示赞同。他们已经彻底不在乎了。西尔维点点头。

"很好。那就开始吧。开启雷达。"

她转过身,再一次坐到奥尔的后座上。

她靠近他的那一刻,我看到她的嘴唇动了动,但我这具人造身体不够灵敏,没能听清她的话。摩托引擎的嗡鸣略微响亮了些,奥尔驱车驶入广场。清香也驾驶她和拉兹洛的那辆摩托跟在奥尔的左后方。我俯身按下按钮,跟在右后方。

与相对狭小、满是残砖断瓦的街道相比,毫无遮蔽的广场少了些压抑,但又多了某种暴露之感。空气似乎清新了些,拍打在挡风屏上的雨点也不那么激烈了。在空旷地带,摩托前进的速度加快了。我有种进展顺利——同时危机四伏——的感觉。

特派探员的本能在警告我。麻烦就在你感官的极限之外。有什么坏事就要发生了。

我说不清这次触动它的是潜意识里的哪段细节。在最好的情况下,特派探员的直觉也相当靠不住,而自从离开滩头防区之后,整座城市都让我觉得像是陷阱。

可你没法把这种本能抛诸脑后。

如果你曾在沙尔雅和阿德雷辛那样偏远而又天差地别的星球上多次被这种直觉救过性命,那么你肯定没法对它置之不理。

何况它早已刻进你的本质,远比你童年时代的记忆更加深刻。

我的目光扫过台地的外围地带。我的右手举在武器控制台的上方。

逐渐接近那台被毁的毒蝎炮。

距离还剩下一半。

出现了!

大量分泌的肾上腺素涌过我的人造身体。我的手飞快地按向发射按钮——

不。

只是破碎的残骸中萌芽的一丛野花。轻柔的雨点拍打在花朵上,它们仿佛在连连点头。

我呼出一口长气。我们从毒蝎炮旁边经过,危机来临的感觉仍然未去。

"你没事吧,米基?"西尔维的声音在我耳边响起。

"嗯,"我摇摇头,"没事。"

在我身后,雅德维嘉的尸体把我抱得更紧了些。

我们安然无恙地到达了庙宇下面。棱角分明的石墙耸立于我们头顶,将我们的视线导向那几座太鼓手的高大雕像。倾斜的承重支撑结构就像喝醉了似的,与熔融玻璃地板无缝接合。光芒从侧面的通风孔照下,屋顶流下的雨水永不停息地落入暗沉之中。奥尔继续驱车前行,在我看来,他的动作实在缺乏应有的谨慎。

"这样就行了。"西尔维的声音在周围回响。她站起来,靠在奥尔肩头,轻盈地转身踏上旁边的地面,"动作快点,伙计们。"

拉兹洛跳下清香的后座,在周围转悠了一会儿,察看庙宇的承重结构。奥尔和清香也下了车。

"我们这是要——"我才开口,耳中突然响起通信连接中断的嗡嗡声。我刹住车,扯下通信器,盯着它看了几眼。

我的目光转向拆解者和他们手里的活儿,"伙计们! 谁能告诉我,这究竟是怎么回事?"

清香经过时对我匆匆一笑。她的手里拿着一条腰带,上面绑着的爆破物足以——

"坐好了,米基。"她语气轻快地说,"我们很快就好。"

"这儿,"拉兹洛说,"这儿,还有这儿。奥尔?"

那个壮汉在这片无人区域的另一端挥了挥手,"正在进行中。跟你估计的一样,西尔维。最多再有两处就行。"

他们在布置爆炸物。

我抬起头,看着这座圆柱支撑的拱顶建筑物。

"哦不。哦不。你们这他妈的是在开玩笑吧。"我想下车,可雅德维嘉毫无生气的双臂却围拢了我的胸口,"西尔维!"

西尔维从地板上那台背负式黑色仪器面前略微抬起头。仪器显示出各种颜色标注的大量数据,数据随着她手指的动作不断变动。

"只要几分钟,米基。几分钟就好。"

我指了指身后的雅德维嘉,"让这该死的东西放开我,不然我可要自己动手了,西尔维。"

她叹了口气,站起身。雅德维嘉放开了我,身体软瘫下去。我在车座上转过身子,在她倒地之前接住了她。西尔维几乎同时伸出了手。她点点头。

"好吧。想帮忙是吗?"

"我想知道这他妈究竟是怎么回事。"

"回头再解释。现在,你可以把我在获户丸给你的那把刀子拿出来,帮我挖出雅德脊柱里的存储器。这似乎是你的拿手好戏,其他人恐怕都对这份活儿没什么兴趣。"

我低头看着臂弯里那个死去的女人。她刚才瘫倒时脸部朝下,墨镜因此滑脱下来,一只了无生气的眼睛反射着微弱的阳光。

"你要我马上开始?"

"对,马上。"她转动眼球,察看视网膜屏幕。炸药有计时器。"三分钟之内完成——我们只有这点时间。"

"这边搞定了!"奥尔喊道。

我下了摩托,把雅德维嘉放在熔融玻璃地板上。刀子仿佛有自我意识一般滑进我的手里。我划开尸体颈背处的衣物,露出下面苍白的皮肤。然后,我打开了刀子的开关。

听到这声音,庙宇另一边的其他人不由自主地抬起头来。

我瞪了一眼,他们转过头去。

我熟练地划了两刀,再略微一挑,雅德脊柱顶部的那一节应手而出。伴随着的气味绝对算不上怡人。我用她的衣服擦了擦刀子,塞进刀鞘,然后一边起身,一边确认还残留着肌肉组织的那节脊骨。奥尔迈开大步走到我身边,伸出了手。

"给我就好。"

我耸耸肩,"很乐意。给。"

"全部准备就绪。"仪器那边的西尔维以充满决定意味的动作合上了什么东西。她站起身来,"清,你来做吗?"

清香走过来,站在我身边,低头看着雅德残缺不全的尸体。她的手里有个光滑的灰色卵型物体。我们就这么沉默地站在那儿,感觉仿佛过了很久。

"时间不多了，清。"拉兹洛轻声道。

清香轻轻跪在雅德维嘉的头颅旁，把那枚手雷放进她后颈的那个空洞里。再次起身时，泪水滑下她的脸庞。

奥尔轻轻抚摸她的手臂。

"她会跟新的一样。"他告诉她。

我看着西尔维，"你们现在打算告诉我了吗？"

"好的。"指挥员指指那件背负式设备，"这东西能让我们脱身开溜。这些数据地雷几分钟后爆炸，让所有人的通信器和雷达都无法运作。再过几分钟，场面会一片混乱。雅德的碎片到处都是，这座庙也会塌下来。那时候我们已经从后门离开了。我们座驾的引擎配有遮蔽机制，可以经受电磁脉冲，等那些菜鸟的雷达恢复连线，我们早就跑得没影儿了。他们会找到雅德身体的碎片，以为我们惊动了机械人偶的老巢，或者触发了智能炸弹，在爆炸中汽化了。这下我们就又可以自由行动了。正合我们的心意。"

我摇摇头，"这他妈的是我听过的最烂的计划。万一——"

"嘿，"奥尔不怎么友好地瞪了我一眼，"要是不喜欢，你他妈就留在这儿吧。"

"头儿，"拉兹洛的语气里有一丝紧张，"与其在这儿讨论，不如赶快动手吧。只剩下两分钟了，对吧？你觉得呢？"

"是啊。"清香看了看雅德维嘉瘫倒在地的尸体，转过脸去，"我们赶紧离开这儿吧。"

西尔维点点头。潜入者小队全体骑上摩托，朝庙宇后面滴水声传来的方向前进。

没有人回头。

8

在所有人看来,结果都十分理想。

爆炸发生时,我们已经到了离庙宇另一边足足五百米远的地方。模糊不清的连环爆炸声传来:开始时低沉,逐渐上升为轰鸣。我在车座上转过身——现在雅德维嘉从我的后座换到了奥尔的口袋里,没有能遮蔽我视线的东西了,限制视野的只有我们走上的这条狭窄街道——我看到整座建筑物平淡无奇地坍塌下来,掀起一阵翻腾的尘云。一分钟过后,我们进入了一条地下通道,刚才那点有限的景致随之消失。

我和另外两辆摩托齐头并进。

"这些都是你计划好的?"我问她,"你从头到尾都知道自己打算这么做?"

在隧道的昏暗中,西尔维神情严肃地点点头。和庙宇那边不同,这里的昏暗环境并非出自刻意营造。在我们头顶,朽坏的照明面板为一切抹上了奄奄一息的淡蓝色彩,还不到晴朗的夜晚三个月亮同时升起时的亮度。导航灯在摩托前方依序亮起。地下通道转向右方,从入口照来的阳光离我们而去。空气开始变冷了。

"这条路我们已经走过四五十次了。"奥尔有气无力地说，"我们每次都会设想利用那座庙脱身，只不过从前不需要摆脱什么人。"

"噢，多谢你的分享。"

蓝色的微光中响起拆解者们的笑声。

"问题在于，"拉兹洛说，"让你参与的话，我们得用实时听觉通信。那样太麻烦了。通过小队网络，我们交流整个计划只花了大概十五秒。你参与的话，我们就得用语言跟你解释。滩头防区周围有各种各样的先进通信设备，没人知道会有谁偷听。"

"我们别无选择。"清香说。

"别无选择。"西尔维附和道，"肉体焚烧，天空呼啸，他们告诉我，我告诉自己——"她清了清嗓子，"抱歉，伙计们。我又被干扰了。等回到南边，我真得好好清理一次才行。"

我朝来时的路点点头，"那些家伙的雷达系统多久才能恢复连线？"

拆解者们面面相觑。西尔维耸耸肩。

"十到十五分钟吧，取决于他们用的是哪种故障保护软件。"

"如果这段时间里出现机械人偶，那就太糟糕了，对吧？"

清香哼了一声。拉兹洛扬起一边眉毛。

"噢，是啊，"奥尔低声道，"太糟糕了。这就是新北海道的生活，还是早点习惯的好。"

"总之，你瞧，"清香还在耐心地跟我解释，"德拉瓦根本没有什么愚蠢的机械人偶。他们不会——"

金属碰撞声从前方传来。

他们紧张地交换了几个眼神。三辆摩托的武器控制台同时亮起,迅速做好准备——这多半是西尔维的指挥系统强行控制的。这支小小的队伍停止了前进。奥尔在车座上挺直背脊。

前方的昏暗中是一台废弃的大型载具,看起来一动不动。那种疯狂的撞击声是从隧道的下一个拐角传来的。

拉兹洛在微弱的光线里紧张地笑了笑,"你刚才说什么来着,清?"

"嘿,"她无力地说,"我很愿意接受相反的证据。"

叮叮当当的声音停止了,然后再次响起。

"那他妈究竟是什么?"奥尔喃喃道。

西尔维的表情难以捉摸,"不管是什么,数据地雷应该已经干扰到它了。拉兹,想不想开始赚你的侦察兵酬劳?"

"当然。"拉兹洛冲我挤挤眼,扭身下车。他十指交叉前伸,直到指关节噼啪作响,"大个子,你呢?"

奥尔点点头,也下了车。他打开摩托踏板旁的储物空间,拿出一根半米长的撬棍。拉兹洛咧嘴笑了。

"好了,女士们、先生们,系好安全带,靠后点儿。开启雷达。"

话音刚落,他就沿着隧道的弧形墙壁迈开步子,尽可能以它为掩护,一直走到那台损坏的载具旁,随即飞快地向侧面跑去。在昏暗的光线里,他看起来跟他的影子一样虚幻不实。奥尔大步跟在他身后,低垂的左手握着那根撬棍,身影仿佛凶狠的猿人。我回头看向西尔维的摩托,只见她在车上低头俯身,用兜帽遮住双眼,表情奇特地混合了专注与茫然——这表明她正在进行网络交流。

这一幕美得像一首诗。

拉兹洛单手抓住那台载具,一借力,猿猴般轻松爬上车顶。

他的动作随即凝定,头也略微仰起。奥尔在转角处犹豫不前。西尔维用微不可闻的声音说了句什么,拉兹洛动了起来,只一跳就回到地面,随后迈步飞奔。他以斜线越过转角,跑向我看不见的某个东西。奥尔跟了上去,伸开双臂以维持平衡,上半身僵硬地面对拉兹洛跑去的方向,飞快却从容地踏出五六步,转眼间便同样消失在我的视野之外。

几秒钟过去。我们坐在车上,在蓝色的微光中等待着。

又是几秒钟过去。

接着——

"……这究竟是?"

西尔维的语气带着困惑。她缓缓脱离网络的影响,现实感官开始夺回主导权,说话的声音也逐渐响亮。她又眨了几次眼,看向身边的清香。

那个苗条女子耸了耸肩。直到这时,我才意识到她也参与进去了,出演了我旁观的这场芭蕾舞剧。她在车座上的身体略有些僵硬,而她的双眼和其他队员一样,远程锁定在拉兹洛的肩头,和他一同前进。

"西尔维,我他妈怎么知道。"

"好吧,"指挥员的目光转向我,"看起来没危险。来吧,我们去瞧瞧。"

我们小心翼翼地驾车绕过隧道的转角,然后下了车,瞪大眼睛看着拉兹洛和奥尔发现的那个东西。

隧道里那个跪倒在地的身影只能勉强算是类似人形。它有个脑袋,支在主体结构上。有什么东西剥开了它的外壳,让部分较为精细的内部结构暴露在外。在这东西最顶端的位置还残留着一只支撑环,像个光环一样,悬停在骷髅般的头部框架上方。

它也有肢体,与人类的四肢位置大致相同,但与其说像哺乳动物,不如说更像昆虫的肢爪。躯体一侧有四条肢体,其中两条无力地垂下,还有一条撕成了碎片,烤得焦黑;而在另一侧,一条肢体被彻底扯脱,周围的外壳遭到了严重破坏,另有两条显然也不堪再用。这些肢体不断尝试弯曲,但每次都会导致暴露在外的电路火花四溅,最后在抽搐中停止动作。闪烁的灯光在墙上投下痉挛不止的影子。

我看不出那东西的四条下肢是否功能正常,不过当我们接近时,它并没有起身的意思。那三条仍然正常的手臂只是更加奋力地伸出,探向地上那条金属巨龙腹中的某种莫可名状之物。

地上那台巨龙般的智能机械有四条看起来十分有力的侧装式下肢,末端是尖利的爪子。有角的狭长头颅上排满了多管式辅助武器。带刺的尾巴可以凿进地面,进一步维持平衡。

它甚至还有翅膀——向上弯曲的蹼状发射台,原本应该装载着它的大部分导弹。

它已经死了。

有什么东西在它的左侧划出了几道平行的裂口。裂口很深,令下方的那几条腿彻底垮了下去。发射台扭曲变形,无法瞄准,它的头部也被扭向了一侧。

"科莫多巨蜥发射器,"拉兹洛警惕地绕行周边,"还有机械人偶提供警戒。你输了,清。"

清香摇了摇头,"这他妈完全不合情理。它在这儿干什么?说到这儿,它在干什么来着?"

那只机械人偶仰头看着她。它那几条尚能使用的手臂伸向金属巨龙体侧的裂口,悬停在上方,看上去像在保护它。

"在修理?"我说。

奥尔粗声粗气地笑了，"得了吧，机械人偶只能提供某种程度的维护。如果损害太严重，比如这家伙，它们就会充当清道夫，把受损机械拆解成合作组件，再拼成新的机械。"

"那是另一回事。"清香扫视周围，"机器傀儡不会孤零零一个跑到这么远的地方来。其余的呢？西尔维，你什么也没发现，对吧？"

"对。"西尔维若有所思地上下打量这条隧道，蓝色灯光照亮了她头发中的几缕银丝，"这儿只有它一个。"

奥尔举起撬棍，"咱们到底要不要关闭它的机能？"

"它值不了几个钱，"清香咕哝道，"再说我们又不能真的去领赏。干吗不留在这儿，让那些菜鸟发现？"

"我可不想穿过隧道的时候让这东西留在身后。解决它，大个子。"

奥尔征询地看向西尔维。她耸耸肩，然后点点头。

撬棍迅疾挥下，砸进那只机械人偶蛋壳般的残破头颅里。金属开裂，光环松脱下来，落在隧道地板上，滚进阴影里。奥尔抢起撬棍，再次挥下。那台机械举起一条手臂试图格挡，但撬棍将手臂径直砸进了它的脑袋里。机械人偶保持着怪异的沉默，扭动下肢奋力起身。这时我才发现，那些肢体早已损坏得不成样子了。奥尔咕哝着抬起一只穿靴子的脚，狠狠踩了下去。

机械人偶倒在地上，胡乱拍打着潮湿的空气。壮汉走上前去，以老练的残忍再次挥下撬棍。

过了好一会儿，等他终于解决那台机械、脚边的残骸不再迸射出火花，奥尔这才直起身，擦了擦额头，粗重地喘息着。

他又看了眼西尔维。

"这样行了吧?"

"嗯,它的机能停止了。"她回到他们共乘的那辆摩托上,"来吧,我们还是赶快离开的好。"

等我们全部坐上座驾,奥尔发现我在看他。他和气地对我扬了扬眉毛,吐出一口长气。

"我最恨这种需要手动解决的情况,"他说,"尤其是刚刚用所有存款添置了新武器之后。"

我缓缓点头,"是啊,太让人不爽了。"

"啊,到了未清扫区会好点,到时候你就知道了。那儿有的是地方炫耀火力,没必要遮遮掩掩的。只不过,"他用撬棍指了指我,"再碰到这种情况,算你一个。下一个归你了。"

"多谢。"

"嘿,没什么大不了的。"他反手把撬棍递给西尔维,后者收了起来。摩托在他的双手下一阵震颤,随后飞快驶过机械人偶残骸。他再次扬起眉毛,咧嘴一笑。

"欢迎加入拆解这一行,米基。"

第二部　这是另一个人

像换身衣服一样换个躯壳
转眼间却犯下老错误——指头又搁火上了
　　　　——湾城生命中心刑事罪犯储存室外长椅上的涂鸦

9

————

沙沙的静电音。这是公用频道，无遮无挡，任何一方都可以使用。

"瞧，"毒蝎炮讲着道理，"你们根本没理由这么做。干吗不放过我们呢?"

我叹了口气，在崖下的狭小空间里动了动僵硬的肢体。

冰冷的极地风刮过这片风雨侵蚀的绝壁，冻僵了我的面孔和双手。头顶的天空是新北海道常见的灰色，北地冬季少得可怜的白昼早已过去了一半。在我身下三十米的地方，一条长长的石子路通向真正意义上的谷底，河湾和一小片古老的矩形预制房屋组成了这座早已废弃的奎尔主义者监听站。我们是在一个钟头前抵达这儿的。其中一栋残破的建筑物里烟雾袅袅——那门自走炮就是向那儿打出了最后一发智能炮弹。不是说程序设定不允许它射击奎尔主义基地吗? 屁话。

"放过我们，"它重复道，"我们也会放过你们。"

"那可不行。"西尔维语气轻柔，不带感情。她正通过网络调整队员的位置，准备战斗，同时在那台自走炮的协作系统中寻找着漏洞。这种时候，她的声音总是这么淡漠。她的意识如同薄纱织成的大网，落在这片地面，仿佛丝绸滑落地板。"你知道的。你们太危险了。你们的整个生命体系都对我们有害。"

"是啊。"我花了好些时间才适应雅德维嘉新身体的笑声，"除此之外，我们还需要这块该死的土地。"

"根据授权法案，"位于上游安全处的宣传无人机呆呆地说道，"这片土地的所有权不得违反共同利益的原则。共和经济体制……"

"你们才是侵略者。"毒蝎炮打断了无人机的发言，语气里带着隐约的不耐烦。它的发音程序带有很重的米尔斯波特口音，让我依稀想起了已故的安平幸雄，"我们想要的只是无人打扰地存在下去，像过去的三个世纪那样。"

清香哼了一声，"噢，得了吧。"

"这可行不通啊。"奥尔咕哝道。

的确如此。在我们悄然离开德拉瓦郊区、进入未清扫区的这五周里，西尔维的潜入者小队共计解决了四个联合体系，以及超过十二台形态大小各异的独立智能机械，还标记了我的新身体所在的指挥地堡里为数众多的备用设备。西尔维和她的朋友们积累起的酬劳金额已经极其可观了。

只要能摆平疑心病极重的车屋，他们就能当一阵子有钱人。

在某种程度上，我也一样。

"……凭借这种关系牟利者绝对不会允许出现真正的代议民主制……"

无人机仍在喋喋不休。

　　我动用双眼的生体强化机能扫视谷底,寻找那台合作式智能机械的踪迹。按照现代标准,这具新身体的强化机能相当简陋——比方说,它没有视觉芯片的时间显示,这种功能就连最廉价的人造身体都已经普及了——但用起来相当舒适。那座奎尔主义者基地突然间仿佛近在咫尺。我察看着那些预制房屋之间的空隙。

　　"……每当人类种族找到立足之处,这样的斗争就会接踵而至,因为这样的地方必定存在着——"

　　有东西动了动。

　　那是一团蜷缩起来的肢体,像某种巨大而害羞的昆虫。机械人偶前卫正快步跑过。它像开罐头似的撬开预制房屋的后门和窗户,溜进去,随后又跑出来。我看到的数量是七个,大约三分之一的兵力。按照西尔维的估算,这个联合体系的进攻力量有将近二十台机器傀儡以及三辆蜘蛛坦克,其中两辆是用废旧原料拼出来的。当然,还有作为核心的自走武器——毒蝎炮。

　　"那么你们就让我别无选择了。"它说,"我只好立刻采取行动,击退你们的进犯。"

　　"是啊是啊,"拉兹洛打着呵欠说,"你只能试试看了。那就开始吧,我的铁疙瘩朋友。"

　　"我已经动手了。"

　　想象着那件凶狠的武器朝山谷上方的我们接近、以热能追踪双眼搜寻我们的情景,我不禁微微发抖。我们在群山中跟踪了这个联合体系整整两天,如果事态真像那样急转直下,我们突然间从猎人变成猎物,那可实在算不上令人愉快。

　　这件带兜帽的匿踪服会遮蔽我身体发出的热量,我的脸部和双手也涂上了厚厚的铬聚合变色涂料,其作用与匿踪服大致相同。但考虑到头顶的悬崖,以及我勉强踩着的岩脊与地面之间整整二十米的距离,我还是禁不住有种身陷绝境的感觉。

只是恐高症发作而已,科瓦奇。镇定下来。

真是讽刺啊。在我经历的未清扫区的新生活里,这种讽刺不那么令人愉快。

我新近获取的这具身体是从前的"荣春堂有机株式会社"出品。除了标准的战斗生化科技以外,双掌和脚底还以壁虎基因进行了强化。我可以——假如我真的愿意的话——爬上一百米高的岩壁,不比大多数人爬楼梯费力。不下雨的时候,我光着脚都能攀上去,抓握力还会增加一倍。就算在这种天气,我也能紧紧攀附在岩壁上,随便多长时间都行。我的手掌上那一百万根细小的基因改造刺毛会牢牢固定在岩石里,而我新鲜出炉、协调性完美的肌肉系统只需要时不时改变一下姿势,就足以消除长时间绷紧带来的疲劳。

雅德维嘉的培养槽和我的紧挨着。爬出来以后,她急不可耐地想试试新身体的能耐。发现这项基因技术的那一刻,她发出一声震耳欲聋的欢呼,整个下午都像磕了药的蜥蜴似的,在墙壁和天花板上爬来爬去。

但我不一样。我不喜欢高。

在这个人人畏惧"天使之火"、不敢飞上天空的世界里,恐高相当常见。特派探员的训练能让你面对庞大的液压粉碎机也毫不畏惧,但它无法抹去种类繁多的戒备之心和厌恶之感——那些东西不能去除,没有它们,我们就无法应对日常生活。我已经在岩壁上攀附了将近一个钟头,恐高症让我恨不得纵身扑向那门毒蝎炮——哪怕我会在随后的交火中倒下。

我将目光转向山谷的北部山壁。雅德在那儿的某处等待着,我几乎能想象出她的样子。和我一样,她潜伏在暗处,比我镇定得多,但她同样没有能让她和西尔维以及其他队员紧密连接的内部线路。

和我一样,她只能通过内网里的加密语音频道,凑合着用感应式话筒和西尔维的其他队员联络。那些智能机械不太可能破解加密语音。它们在密码学方面落后了我们两百年,而且已经很久没有处理过人类语言的相关代码了。

毒蝎炮出现在我的视野里。它和机械人偶一样,呈单调的卡其色,但体积巨大,即使没有强化视力,我也能看得一清二楚。它距奎尔主义者基地仍有一公里,但已经过了河,正行驶在地势较高的谷底南侧。匆忙间藏身下游的其他队员完全在它的射界之内。令它得名的尾部主武器开始伸展,准备进行水平射击。

我进入加密频道,对着感应式话筒低声说:"联络,西尔维。要么现在动手,要么后撤。"

"别紧张,米基,"她淡漠地回复,"我正在准备呢。我们目前很安全,它不可能就这么朝着山谷随便开炮。"

"哦,是啊,它也不会朝奎尔主义者的设施开炮。这是程序参数设定的,对吗?"

短暂的停顿。雅德维嘉在频道里咯咯地学鸡叫,嘲笑我的胆怯。

公共频道里,宣传无人机还在高谈阔论。

西尔维叹了口气,"好吧,我弄错了它们的政治立场。你知道在动乱年代,这儿有多少对立的派系吗? 它们对抗的本来是政府部队,最后却自己伙里打了起来。你知道单凭修辞代码区分有的派系有多困难吗? 这些肯定是他们俘获的政府军火,在阿拉巴多斯之后被某些奎尔主义分裂支派重新编码。1217协议先锋军，要不就是德拉瓦修正主义军。天知道是哪个。"

"谁他妈在乎。"雅德维嘉附和道。

"如果我们一个钟头前吃早饭的地方再偏左边一点点，"我反驳道，"我们就会在乎了。"

这么说不太公平。那颗智能炮弹之所以没有命中我们，完全是我们这位指挥员的功劳。那一幕在我的双眼之后无比清晰地重放：餐桌边，西尔维猛地起身，面色茫然，意识探向只有她能接收到的微弱的电子噪音。她以机器般的高速完成了病毒传输。几秒钟后，我听到了那颗智能炮弹飞过我们头顶的尖锐呼啸。

"校正！"她对我们嘶声喊道，双眼空洞，听起来像压低的尖啸，带着不似人声的韵律。那是纯粹的条件反射，她的大脑组织的语句正拼命跟上，以表达她正在传输的数据，仿佛一个人冲着声频线路使劲比画个不停，"校正你们的参数。"

炮弹落下。

一声闷响，主引爆系统爆炸，小块残片拍打在我们上方的屋顶上，随后——什么都没发生。她锁定了炮弹的主战斗部，从炮弹简陋的电子大脑里窃取出紧急停机协议，将战斗部与引爆系统隔离开来。她封闭了炮弹，随后用拆解病毒插件解决了它。

我们像贝拉草的草籽一般四下分散。和事先演习过的伏击策略一样，拉兹洛打头阵，西尔维和奥尔乘摩托在高处殿后。我们做好了伪装，潜藏等待，西尔维则将她头脑中的武器伸展出去，试探逼近的敌人。

"……我们的斗士将从平凡生活中奋起，毁灭这维持了许多个世纪的制度……"

如今，身处河流这边的我已经能看清第一辆蜘蛛坦克的样子。它的炮塔左右旋转，停在河边的植被边缘。与毒蝎炮庞大的身躯相比，这些坦克看起来很脆弱，甚至比我在沙尔雅和阿德雷辛干掉过的那些载人坦克更小，但它们的知觉与机警都是人类乘员无法比拟的。我对接下来的十分钟并不怎么期待。

这具战斗型身躯里，暴力的讯号仿佛毒蛇般蠢蠢欲动，它在指责我说谎。

第二辆坦克，然后是第三辆，小心翼翼地驶入湍急的河水。在一旁随伴坦克的是动作飞快的机械人偶。

"该动手了，伙计们。"尖利的低语传来——那是说给雅德维嘉和我听的。

其他人应该已经知道了，内部网络的讯息传输比人类大脑形成清晰的想法更快。"目标装甲主体。听我的命令行动。"

自走炮正从那一小片预制房屋旁经过。基地下游不到两公里的地方，拉兹洛和清香已经就位。机械人偶组成的前卫应该就快到达他们那里了。随着它们的经过，谷地中的矮树丛和长长的银色野草摇曳不止。小型智能机械紧跟着体型较大的那些。

"开始！"

下游林木间爆发出苍白的火焰。奥尔朝最前方的机械傀儡开火了。

"上！上！"

为首那辆蜘蛛坦克在河水里犹豫不定。我已经动了起来，沿着我等待时在脑中勾勒了几十次的路线爬下岩壁。下滑几秒钟之后，荣春堂出品的这具身躯便取代大脑接过大权，让我的双手双脚精确地在石壁上移动。

我跳下最后两米,落在碎石斜坡上。由于地势不平,我的一只脚踝几乎扭伤——幸好有应急肌腱辅助系统。我站起身,迈步飞奔。

一辆蜘蛛坦克的炮塔转了过来。刚才还在我脚下的那些石头顿时彻底粉碎。

几块小石子砸中我的脑后,陷进我的脸颊。

"嘿!"

"抱歉,"西尔维嗓音中满是紧张,就像满盈眼眶的泪水,"马上就好。"

下一颗炮弹从我头顶上方飞过,目标或许是我爬下岩壁时的某道残留影像——多半是她塞进蜘蛛坦克的瞄准软件里的,也可能只是那台机械陷入了某种相当于恐慌的状态,胡乱开了一炮。我松了口气,发出一声咆哮,从背后的皮套里抽出罗宁破片枪,继续靠近那些智能机械。

西尔维对这支联合体系的破坏粗暴而有效。

蜘蛛坦克像醉汉似的摇晃不定,朝天空和山谷两边的峭壁胡乱开炮。在它们周围,机械人偶像将沉的木筏上的耗子那样四处乱窜。毒蝎炮伫立在这一切的中央,车身放低了不少,好像已经丧失了行动能力。

我将这具身体在无氧活动方面的生物技术发挥到了极限,只用了不到一分钟就赶到毒蝎炮附近。离它还有十五米的地方,一台尚具部分机能的机械人偶跌跌撞撞地拦住了我,几条上臂胡乱挥舞着。我用左手中的罗宁枪给了它一家伙,听着粒子束发射时仿佛轻声咳嗽的响动,看着狂怒的单分子破片将它撕成碎片。破片枪朝弹匣里又填装了一发弹药。面对小型智能机械,这件武器的破坏力十分强大,但毒蝎炮装甲厚重,普通枪炮的火力很难对其内部系统造成损伤。

我靠近过去，将一颗超振地雷贴在它高耸的金属侧腹上，然后企图在它爆炸前远远避开。

就在这时，出了岔子。

毒蝎炮突然侧倾。它背部的武器系统苏醒过来，开始旋转。一条巨大的机械臂伸展了一下，随后挥了出去。

不知是有意还是无意，这一下擦过了我的肩膀，让那条胳膊彻底麻木，也让我的整个身体倒在高大的野草丛里。我的手指突然间失去知觉，破片枪脱手落下。

"妈的。"

那门炮也动了起来。我跪坐起来，看着这一幕。

在毒蝎炮外壳的上方高处，第二座炮塔正努力将机枪的枪口对准我。我看到了草丛间的那把枪，俯身扑了过去。战斗激素涌入我的肌肉，那条麻木的手臂也迅速恢复了知觉。在我的头顶，也就是那台自走式武器的车体上方，机枪塔开了火，金属子弹掀起一块块草皮。我抄起枪身，发疯般朝毒蝎炮的方向翻滚接近，想以此避开机枪的火力范围。机枪子弹紧跟在我身后，撕开大地，粉碎野草。

我用一条手臂挡住双眼，将罗宁枪交到右手，朝枪声传来的方向随意开了一枪。多亏我受过的作战训练，这一枪多半命中了目标附近——冰雹般的枪声戛然而止。

超振地雷启动了。

那种声音感觉就像秋天里一大群疯狂抢食的火甲虫，而且像在纪录片里那样放大了许多倍。一阵尖利的唧唧声响起，那是炸弹打散原本紧密连接的分子，将厚重装甲变成铁屑的声音。金属粉尘从地雷炸出的裂口喷涌而出。我朝毒蝎炮的侧翼迅速后退,一边从弹药带上取下第二颗地雷。

这种地雷的外形跟拉面碗很像,大小也差不了多少,但如果卷入爆炸范围,你会变成一摊肉泥。

第一颗地雷的尖啸声停止了——它的力场向内崩塌,自身随即化为尘埃。缺口处仍有烟雾不断涌出。我拉开第二颗地雷的引信,把它丢进缺口。毒蝎炮的几条腿抬了起来,然后重重踩下,和我蹲伏的位置仅有毫厘之差。不过这个动作看样子只是一阵痉挛,并非有意。这台智能机械似乎已经无法判断攻击来自何处了。

"嘿,米基。"雅德维嘉在秘密频道里开了口,"你那边需要什么帮助吗?"

"应该不用。你呢?"

"用不着,你应该能看到——"第二颗地雷爆炸的尖啸盖过了剩下的话。外壳上的破口喷出新的粉尘和紫罗兰色的电火花。

在公共频道里,毒蝎炮发出高亢的电子啜泣声——超振地雷正在吞噬它的内部零件。这声音让我全身寒毛直竖。

在背景里,有什么人在大喊。听起来像是奥尔。

毒蝎炮体内有什么东西爆炸了,那次爆炸肯定也破坏了地雷,因为那种尖利的虫鸣声也在同一瞬间停止了。啜泣声仿佛渗入灼热泥土的鲜血般消散无踪。

"你说什么?"

"我说,"奥尔喊道,"指挥员倒下了。重复一次,西尔维倒下了。赶紧撤退。"

感觉仿佛某个庞然大物开始摇摇欲坠——

"说起来简单,奥尔。"雅德的话语伴随着高度紧张的笑声,

"这会儿我们这边可不轻松。"

"这边一样。"拉兹洛用沙哑的声音说。他用的也是语音线路，西尔维的倒下肯定导致了内网崩溃。"我这儿正应接不暇呢，大个子。我们可以用——"

清香插嘴道："雅德，你稍微——"

我的视野边缘亮起一道闪光。我猛地转身，恰好看到一台机械人偶伸出八条肢体朝我扑来。现在它不再东倒西歪了，正以全速逼近。我偏头避开一条镰刀般的上肢，在极近距离开了枪。这一枪把机械人偶轰得四分五裂，下半部分更是粉身碎骨。为防万一，我又朝它的上半身开了一枪，然后迅速转身，绕过毒蝎炮毫无生气的外壳，双手紧握着那把罗宁枪。

"雅德，你在哪儿？"

"在那条该死的河里。"线路里，她的声音伴随着短促低沉的爆炸声，"寻找那辆沉下去的坦克，还有一百万台想抢救它的混账机械人偶。"

我拔腿狂奔。

在前往河边的路上，我又干掉了四台机械人偶。那些家伙的行动非常灵活，显然没有受到任何影响。无论是什么东西打倒了西尔维，肯定没给她留下足够的时间来完成系统入侵。

声频线路上，拉兹洛大叫一声，随后破口大骂。听起来像受了伤。

雅德维嘉对智能机械滔滔不绝地说着下流话，伴随着她的破片枪单调的开火声。

我硬着头皮从最后一台机械人偶东倒西歪的残骸旁跑过，奔向河岸。到了河边，我纵身一跃。冰凉的河水拍打在我的腹股沟处,我的耳边突然充斥着轰轰的水声。我的脚底踩着覆满苔藓的石头,脚下有种冒汗的感觉——那是我脚底的尖刺本能地勾住了靴子的内部,以保持平衡。我险些一头栽进河里,但我的身体像狂风中的树木那样摇晃了一阵,勉强抑制住了前冲的势头,仍旧站在及膝深的水中。我寻找着那辆坦克的踪迹。

我在对面河岸附近发现了它,它倒在大约一米深的急流之中。强化过的视觉让我看到雅德维嘉和拉兹洛蜷缩在那具残骸的背风处,机械人偶们在岸上缓缓行进,似乎不打算就这么踏入湍急的河水。其中一两台跳上了坦克的车身,但没法站稳。雅德维嘉正单手朝它们胡乱开枪。她的另一条胳膊搂着拉兹洛。他们俩的身上都有血迹。

距离大约一百米,用这把破片枪无法进行有效的火力打击。我又在河里冲了几步,直到水面没过胸口。但距离仍旧太远。水流不断冲刷着我。

"狗娘养的——"

我猛地一蹬,笨拙地游了起来,同时用一条胳膊将罗宁枪揽在胸前。

急流立刻将我朝下游拖去。

"妈的——"

河水冰冷,压迫着我渴望呼吸的肺,麻痹了脸上和手上的皮肤。水流仿佛活物一般,顽固地拖拽着我的双腿和双肩。我用力拍打着河水,破片枪和装着超振地雷的弹药带也在同样努力地将我拖向水下。

我被拖进了水下。

我奋力破开水面,大口呼吸着,吸进的一半是空气,一半是水,然后我再次沉了下去。

稳住,科瓦奇。

动动脑子。

快他妈给我稳住。

我扑向水面,强迫自己直起身来,吸了一口长气。我估量了一下那辆离我越来越远的蜘蛛坦克的残骸,然后沉入水下,抓住河底的一块石头。

掌中的刺毛帮我抓稳了它。我的双脚终于能够使力,帮助我对抗急流,缓缓穿越这片河床。

花去的时间比我预想的更长。

在这段路上,我选择借力的有几块石头太小,还有几块松动了。我的靴底还几度打滑。每次我都会浪费掉几秒钟的时间,或是被河水冲得后退几米。有一次我险些弄丢了枪。还有,无论这具身体的无氧活动能力有多强,每隔三四分钟,我还是得上浮呼吸一次。

但我还是做到了。

在冰冷刺骨的河水里吃力地前进了仿佛无限久之后,我在及腰深的水中起身,摇摇晃晃地爬向岸边,一路上气喘吁吁,身体也瑟瑟发抖。有那么一会儿,我除了跪在那儿咳嗽以外,什么也做不了。

机械的嗡鸣声响起。

我挣扎着站起来,努力用仍旧颤抖不止的双手握住那把破片枪。我的牙齿在打战,仿佛下巴肌肉里的某个元件短了路。

"米基。"

奥尔跨坐在一辆摩托上,抬起的那只手里握着一把长管罗宁枪。他上身赤裸,胸膛右侧那几个粒子喷射口尚未完全合拢,热量令喷口周围的空气模糊不清。他的脸上残留着匿踪用聚合物,以及看起来像是碳化粉末的东西。他的胸口和左臂受了点伤,那是机械人偶的劈砍留下的。

他停下摩托,以难以置信的表情看着我。

"你他妈怎么回事?我到处找你都找不见。"

"我、我、我、人、人、人偶——"

他点点头,"已经解决了。雅德和清正在收尾,那两台蜘蛛坦克也完蛋了。"

"那西西西西尔维呢?"

他避开了我的目光。

10

"她怎么样了？"

清香耸耸肩。她将绝缘床单盖到西尔维脖颈的位置，又用生化湿巾擦了擦她的脸。"很难说。她的热度很高，不过还不算太离谱。我更担心的是那个。"

她的大拇指对准床边的医疗监护仪。其中一台设备上方出现了数据化全息显示屏，屏幕上充斥着眼花缭乱的色彩和动作。在屏幕角落依稀可辨的，是一张粗糙的人类脑电活动图。

"是指挥软件？"

"对。"清香在屏幕上指点着，指尖周围跃动着深红、橙黄和亮灰的色彩，"这就是大脑和指挥网络功能的主要耦合装置。紧急分离系统也在这个位置。"

我看着那团斑斓的色彩，"活动很频繁啊。"

"没错，频繁过头了。运行结束后，这个区域的大部分应该是黑色或者蓝色。这套系统还会泵入止痛剂，以减少神经通路的肿大。耦合装置也会暂时关闭。平常的话，她睡一觉就没事了。像现在这样，"她又耸耸肩，"我从来没见过。"

我在床沿坐下，注视着西尔维的脸。预制房屋里很暖和，但河水的寒意仍在我的骨髓中徘徊不去。

"清，今天那边究竟出什么岔子了？"

她摇摇头，"我不知道。要猜的话，我会说我们遇上了一套熟知我们的入侵系统的抗病毒软件。"

"三百年前的软件能有这种水平？别扯了。"

"我知道。"

"他们说这些东西会自我进化。"拉兹洛站在门口，脸色苍白，手臂上那道机械人偶留下的、深及骨骼的伤口上缠着绷带。

在他身后，新北海道的白昼正渐渐让位于黑夜。"再说它们完全失控了。你也知道，这就是我们来这儿的原因。为了阻止它们。你看，政府有个秘而不宣的人工智能培育计划——"

清香从齿缝间吐出一句话，"现在别来这一套，拉兹，真见鬼。你不觉得我们有更重要的事要操心吗？"

"——然后他们的计划失控了。我们要担心的就是这个，清。至于现在，"拉兹洛走进屋里，指着显示屏，"这是个地下市场搞出来的黑软件。如果我们弄不清它的结构，它会吞噬西尔维的大脑。这是个坏消息啊——因为设计这东西的人全都在他妈的米尔斯波特。"

"你这些根本是胡说八道！"清香吼道。

"伙计们！"令我惊讶的是，他们同时闭了嘴，看向我这边，"呃，你瞧，拉兹，我不觉得有什么进化过的软件能这么轻松就侵入我们的系统。我是说，这种可能性有多大？"

"因为双方系统的设计者根本就是同一伙人，米基。想想吧。给拆解者写程序的人是谁？是谁设计了整个拆解程序？秘密研究纳米黑科技的又是谁？都是该死的梅凯斯克政府。"拉兹洛双手一挥,做了个全部涵盖在内的手势,"某些种类的智能机械,多少份报告、多少我认识的人提到过,可天杀的档案里对它们根本没有任何描述! 伙计,这块大陆只是一场实验,而我们只是其中微不足道的参与者。我们的头儿不过是只被扔进迷宫的小白鼠。"

又有人来到门口,是奥尔和雅德维嘉,被吵嚷声引过来的。壮汉摇了摇头。

"拉兹,你真该买下新佩斯特的那家海龟养殖场。去那儿把自己关起来,跟海龟蛋说这些去吧。"

"去你妈的,奥尔。"

"去你妈的才对,拉兹。现在不是说笑的时候。"

"她没有好转吗,清?"雅德维嘉走到屏幕边,一只手搭在清香肩上。她和我一样,新身体以标准的哈伦世界模板培育而成。斯拉夫和日本血统的混合造就了她美丽的颧骨,还有淡翡翠色的双眸,外加一张大嘴。为了满足格斗需要,生化技术让这具身体肌肉发达、肢腿修长,但原始基因库又给身体带来了一种奇特的纤弱之感。她的肤色呈褐色,在新北海道的恶劣天气下度过五周后,离开培养槽时的苍白早已不见踪影。

我看着她穿过房间的样子,就像看着镜子里的我自己。我们简直像是兄妹或者姐弟。就身体而言这倒是事实。地堡里的克隆库共有五种不同组合的基因模块,每种模块可以培育十几种不同的身体。西尔维用了同一种模块培育出了我们俩的身体,对她来说,这么做最简便。

清香伸出手,拉住雅德维嘉新身体那五指纤长的手。和过去下意识的亲密动作不同,这个举动是有意为之,而且有些迟疑。更换身体以后,这是个常见问题。新身体散发的信息素不可能和原来一样,而性爱关系几乎绝大部分取决于信息素。

"她的情况糟透了,雅德。我没办法帮她,甚至不知道该从哪里着手。"清香又指了指数据屏幕,"我根本不知道这是怎么回事。"

沉默。所有人都注视着屏幕上狂风骤雨般的色彩。

"清。"我犹豫起来,心中不断权衡。参与了一个月的拆解任务以后,我在某种程度上已经成了小队的一员,但至少奥尔仍把我看作外人。其他人则取决于心情。拉兹洛平时还算和蔼友善,但因为我隐瞒了自己过去的经历,他时不时就会妄想症发作,觉得我既阴暗又邪恶。

我和雅德维嘉比较亲密,不过大部分恐怕是因为这两具身体的基因匹配度。至于清香,早晨时脾气总是坏得要命。我不太确定他们对我的话会有什么反应,"听着,我们有没有办法启动分离装置?"

"什么?"奥尔的反应一如我的预料。

清香面露不快,"我手里的药物也许能办到,不过——"

"你他妈别碰她的头发。"

我从床边站起身,面对着壮汉,"如果她脑子里的东西要了她的命呢? 你宁愿她留着长发却送了命吗?"

"你他妈闭上你的——"

"奥尔,他说的有道理。"雅德维嘉不动声色地挡在我们之间,"既然西尔维被那个联合体系的病毒感染了,她自己的抗病毒软件又没法运行,那就是用到分离系统的时候了,不是吗?"

拉兹洛用力点点头,"没准是她唯一的希望,伙计。"

"她以前也变成过这副模样。"奥尔顽固地说,"就是去年在亚蒙峡谷染上的那东西。她昏迷了几个钟头,热度高得吓死人,结果一觉睡醒就全好了。"

我看到了他们脸上浮现的神情。不,并不是真的"全好了"。

"启动分离装置的话,"清香缓缓地说,"我不清楚她会受到怎样的损伤。不管大脑里发生了什么,总之,它在让她全力运行指挥软件。所以她才会发烧。她本该切断连接的,可却没有。"

"是啊,可是,她没切断连接是有理由的。"奥尔瞪大眼睛看着我们,"她是个顽强的斗士,直到现在也没有放弃。如果她想启动分离装置,早就自己动手了。"

"没错,但也许是她对抗的那东西不肯让她切断。"我转身面对床铺,"清,她做过备份对吧?存储器跟指挥软件应该没有关联吧?"

"对,存储器有安全缓冲机制。"

"也就是说,照她现在这个样子,存储器的更新功能是锁定的,对吧?"

"呃,是啊,可……"

"那么,就算分离给她造成了伤害,我们也还有存储器里完好无损的她。你们的更新周期是多久?"

他们又交换了一番眼神。清香皱起眉,"不太清楚,我猜应该跟标准差不多。也就是每隔几分钟一次吧。"

"那么——"

"噢,这样就称了你的心意了,是不是啊,狗娘养的·意外之得先生?"奥尔用力指了指我,"杀死身体,用你的小刀取人性命。你他妈到底随身带着多少个存储器?那些又是怎么回事?你打算拿它们做什么?"

"这不是我们眼下该关心的事。"我温和地说,"我想说的是,就算西尔维因为分离受了损伤,我们也可以在存储器更新之前把她抢救出来,然后回那个地堡——"

他大步走过来,"你是想要她的命。"

雅德维嘉把他推了回去,"奥尔,他是想救她的命。"

"那此时此地这个还活着、还在呼吸的她怎么办？就因为她的大脑受了损伤,而我们手里有更好的备份,你就打算割开她的喉咙吗？对那些你从来不愿谈起的人,你做的也是这种事？"

我看到拉兹洛眨巴着眼睛,突然以怀疑的目光打量着我。我听天由命地抬起双手,"好吧,忘了这回事。你们想做什么就做什么吧,我只管拿钱干活。"

"我们不能这么干,米基。"清香又擦起了西尔维的额头,"如果损伤很轻微,我们恐怕要花上好几分钟才能察觉,那时损伤已经更新到存储器里了。"

可以杀死这具身体,我在心里想着,**趁着情况还没恶化,马上割断它的脖子,挖出存储器——**

我回头看看西尔维,把这句话咽回肚里。就像看着雅德维嘉和我基因相连的克隆身体,西尔维也像一面镜子,我从中窥见了我的某道侧影。

或许奥尔说得对。

"有件事可以肯定。"雅德维嘉阴郁地说,"以现在这种情况,我们不能留在这儿。既然西尔维倒下了,我们在未清扫区转悠的幸存率不会比一群菜鸟高多少。我们得想法子回德拉瓦去。"

一阵更加漫长的沉默。所有人都在衡量着这个主意。

"带她走没问题吗？"我问。

清香做了个鬼脸,"有问题也没办法。雅德说得对,我们不能冒险留在这儿。必须撤退,最迟不能超过明天早上。"

"是啊,我们还得找些掩护。"拉兹洛咕哝道,"这段路超过六百公里,没人知道我们会撞见什么。雅德,我们得在途中找几个朋友。我知道,这么做有风险。"

雅德维嘉缓缓点头,"也许值得冒这个险。"

"得花一整晚的时间。"拉兹洛说,"你那儿有冰毒没?"

"要是我哪天不带冰毒,米姿·哈伦就该是异性恋了。"

她又碰了碰清香的肩头,但爱抚的动作中途起了变化,最后只是公式化地拍了拍她的后背,转身离开。拉兹洛意味深长地回头看了我一眼,随后跟着她出了门。奥尔站在西尔维身边,双臂交叠。

"你他妈别碰她。"他警告我。

离开相对安全的奎尔主义者监听站以后,雅德维嘉和拉兹洛用当晚剩下的时间搜索频道,在这片未清扫区里寻找友善的存在。他们的电子触须在这片大陆探索,在毒品的作用下睡意全无地坐在那儿,凝视着便携式显示屏上的斑斓色彩,留意着蛛丝马迹。在驻足旁观的我眼中,这一幕倒是和阿兰·马里奥特的那些老片里狩猎潜艇的桥段很相似。比如《极地猎杀》和《深海追逐战》。问题在于,拆解者很少进行长途通信,因为通信讯号很可能会被智能机械的火炮系统或者巡行中的机械人偶清道夫接收到。远距离电子通信仅限于最低程度的超空间通信,通常为了登记自己消灭的猎物。其余时间里,各支拆解者队伍几乎默然无声。

只是几乎。

凭借一些窍门,你还是能察觉到拆解小队的队员间通过内部网络的低声交流。拆解者身上电子活动的痕迹就像烟鬼衣服上的烟味那样挥之不去。只要熟悉这些窍门,你就能看出这种痕迹和智能机械的痕迹的分别。接下来,只要有正确的扰频代码,你就能开启与他们的通信。

一直忙到黎明前不久,雅德和拉兹洛终于联系上了另外三支拆解小队,他们正在我们和德拉瓦滩头防区之间的未清扫区活动。加密后的超空间通信来来往往,确认着身份和相关许可。雅德维嘉坐在那儿,脸上挂着嗑多了药之后的欣快笑容。

"有朋友可真好。"她对我说。

说明情况之后,那三支拆解队全都同意在他们的活动范围内为我们的撤退提供掩护,只是热情程度各不相同。在未清扫区内为同行提供援助,这算是拆解者中间的一条不成文的规定。毕竟没人知道自己何时会落难。勉强的态度则源自同行之间的无情竞争。头两支拆解队的位置让我们不得不选择漫长曲折的撤退路线,他们也对跟我们会合、护送我们往南显得不情不愿。第三支拆解队则友善得多。

御石·埃米内斯库跟九名全副武装的队员正在德拉瓦西北两百五十公里处扎营。他提议立刻朝我们这边移动,等我们离开前一支小队的掩护范围以后立刻接应我们,把我们一路带回滩头防区。

"说实话,"他对我说出这句话的时候,我们正站在营地的中央,看着短暂的冬日下午的天光渐渐褪去,"我们也该歇歇了。你们到达德拉瓦前一晚不是出过事吗?卡莎当时受了点伤,一直没好全。她说她没事了,但等到行动的时候,我们通过内网发现她还没恢复。其他人也很累了。再说,过去一个月里我们已经干掉了三个联合体系,外加二十来个自走单位。对我们来说暂时足够了。没必要太拼命。"

"很理智。"

他大笑道:"别拿西尔维的标准衡量我们。不是所有人都像她那么有拼劲。"

"我还以为拼劲是这块土地带给你们的呢。不是说'尽我所能,拆解一切'吗?"

"是啊,宣传语是这么说的。"他讽刺地笑了笑,"这是他们向菜鸟兜售的概念。另外,没错,软件也有这种倾向,会让你过度努力。所以伤亡率才居高不下。不过说到底,软件也只是软件而已。程序罢了,伙计。要是凡事都听程序的,你觉得自己会变成什么样的人?"

我注视着渐渐暗下去的地平线,"我不知道。"

"那你可得好好想想才行,伙计。很有必要。否则你早晚会为这个送命。"

在一栋气泡房屋的另一边,有人穿过逐渐深沉的暮色,用黑话喊了句什么。御石笑了笑,大声回答。笑声此起彼伏。我嗅到了烟的气味,我们身后有人在生火。这是一座标准的拆解者临时营地,由经过吹制、加固的气泡房屋组成。拔营出发的时候,它会再度分解消失,速度和建造时一样快。过去五周里,除了在奎尔主义者监听站之类的地方偶尔过夜以外,我和西尔维的队员的住宿条件大致与此相仿。不过御石·埃米内斯库那种平静而温和的气质却是我见过的大多数拆解者所不具备的。在他身上看不到同行们咄咄逼人的气势。

"你干这行多久了?"我问他。

"噢,有一阵子了。我自己觉得太久了,不过——"

他耸耸肩。我点点头。

"不过这行有钱赚。对吧?"

他自嘲地笑了笑，"对。我有个弟弟在米尔斯波特学习火星文物科技，父母眼看也得换身体了，可他们负担不起。照眼下的经济情况，我只有干这行才能收支相抵。更何况梅凯斯克把教育宪章和身体租借制度全改了，现在那些机构全都认钱不认人。"

"是啊，跟我在这儿的时候比，他们的确搞砸了好些事。"

"那以后就远走高飞了？"他并没有像普莱克斯那样追问我。这是哈伦世界的古老礼节。他明白，如果想告诉他详情，我早晚会说的。就算我不愿意，这件事毕竟和他无关。

"是啊，三四十年了。这儿变化很大。"

他又耸耸肩，"变化早就开始了。以前，奎尔主义者逼着哈伦世界的精英阶层吐出了些油水。可从吐出来那天开始，那些家伙就在一点点收回去。梅凯斯克那一套只不过是近期的新发展而已。"

"杀不掉的敌人。"我喃喃道。

他点点头，替我说完了那句名言："你只能予以重创，迫使它隐匿，同时告诫你的后代，警惕它的卷土重来。"

"我猜大概是有人的警惕性还不够吧。"

"不是这样的，米基。"他转过头去，看着西面将逝的暮光，双臂交叠，"只是时代跟奎尔那时不一样了。不管在这儿还是别的星球，就算推翻了那些先期移民的'第一家族'的统治，摄政府马上就会插手干预，把一大群特派探员倒在你头上。这种情况下，谁还会造反呢？"

"你说得有几分道理。"

他又咧嘴笑了，这次多了几分由衷的愉快，"伙计，这可不是'有几分道理'。这是真理。这是当时和现在唯一显著的分别。

如果在动乱年代就存在特派探员部队，奎尔主义者恐怕只能撑个半年。你没法跟那些混蛋斗。"

"他们在伊涅恩打了败仗。"

"是啊，可从那以后他们打输过几次？严格来说，伊涅恩只是一次小挫败，是全局中微不足道的一点。"

记忆奔涌而来。吉米·德索托尖叫着抓向自己伤痕累累的脸，他的手指挖出了一只眼睛，要不是我出手阻止，他的另一只眼睛也……

我强行压下记忆。

小小的挫败。全局中微不足道的一点。

"也许你说得对。"我说。

"也许。"他平静地赞同道。

随后，我们静静地伫立了半晌，注视着夜幕的到来。天空晴朗，正值下弦的大黑月在北方的山头露出半张脸，浑圆却遥远的鞠华音月像铜币一样高挂在我们头顶，硕大的布袋月仍旧低垂在西方的地平线下。

在我们身后，营火终于燃起。在摇曳的红光间，我们的影子逐渐清晰可见。

等到周围热得让人不舒服的时候，御石礼貌地找了个借口离开了。他走以后，我又忍着后背的烘烤待了一分钟，这才转过身，眨着眼看着营火。御石的几个队员正凑在营火的另一边暖手，透过灼热的空气，摇曳的人影依稀可辨。他们在低声交谈，没有人看我这边。至于究竟是出于御石那样的旧式礼节，还是拆解者常有的排外，我不太清楚。

你他妈在这儿做什么呢，科瓦奇？

这个问题并不难以回答。

我离开火堆,沿路返回我们小队的三栋气泡屋。出于稳妥考虑,我们跟御石那队人的小屋隔开了一段距离。柔和的冷风吹拂着我的脸庞和双手,我的皮肤这才发觉温暖已然不再。

月光照耀在这几座气泡屋上,让它们仿佛无垠草原上的几只破酒瓶。来到安置西尔维的小屋时,我发现门缝里透出明亮的光。另外两栋屋子都黑乎乎一片。两辆摩托倾斜着停在停车架上,车上的转向装置和武器直指天空。第三辆摩托不见了。

我按下门铃,拉开活板门,走了进去。屋子的里侧,雅德维嘉和清香在乱糟糟的床铺上匆忙分开。她们对面那盏蒙着的夜明灯旁,西尔维尸体般躺在睡袋里,头发被人仔细地梳理到脑后。她的脚边有台便携式加热器正在发热。屋里看不到其他人的影子。

"奥尔去哪儿了?"

"不在这儿。"雅德怒气冲冲地整理着衣服,"该死的,米基,你应该先敲门。"

"我敲了。"

"好吧,你应该先敲门,再等着。"

"抱歉,我没想到会这样。奥尔去哪儿了?"

清香晃了晃胳膊,"骑摩托跟拉兹洛出去了,他们自愿去营地周边放哨。我们觉得最好还是主动帮点忙,毕竟那些人明天要带我们回去。"

"那你们干吗不去另一栋屋子?"

雅德维嘉看了看西尔维,"这儿也需要有人放哨。"她轻声说。

"交给我吧。"

她们同时迟疑地看了看我,又对视了一眼。

接着清香摇了摇头。

"不行。奥尔准会杀了我们。"

"奥尔又不在。"

她们又交换了一个眼神。雅德耸耸肩。

"好吧,见鬼,有什么不行的。"她站起身,"来吧,清。离下次换岗还有四个钟头呢。再说奥尔也不是什么机灵鬼。"

清香犹豫不决。她朝西尔维弯下腰,一只手按在她的额头上。

"好吧,但只要发生——"

"只要有事,我会叫你们。好了,快去吧。"

"好,清,我们走吧。"雅德维嘉催促着清香走到门边。

即将出门那一刻,她停步回头,笑吟吟地看着我,"还有,米基。我见过你看她的眼神。不准对她毛手毛脚,知道了吗?别碰不属于你的馅饼。"

我笑着回答:"去你的,雅德。"

"噢,想得美。做你的梦去吧。"

清香像平时那样规规矩矩地小声道谢,然后她们走了。我坐在西尔维身边,平静地注视着她。半晌后,我伸出手,模仿清香的动作轻抚她的额头。她没有动。她皮肤滚烫,而且干巴巴的。

"得了,西尔维。快出来吧。"

没有回答。

我收回手,又盯着她看了一会儿。

你他妈在这儿做什么呢,科瓦奇?

她不是莎拉。莎拉已经不在了。你他妈在这儿——

噢，闭嘴吧。

我没有别的选择，不是吗？

"东京乌鸦"酒吧的记忆突然间占据了我的脑海。当时的我跟普莱克斯安稳地坐在桌边，享受着隐姓埋名的惬意，心里知道明早就会拿到离开的船票。我还记得自己当时是怎么站起身来，甩开可能的安逸，仿佛受到海妖歌声的诱惑一般，投身于血腥而狂热的搏斗。

回顾过去，那个时刻显得如此重要，充斥着关于命运转折的暗示。我迈出决定性的那一步之前，那一刻真该朝我放声尖叫才是。

回想起来，征兆总是无处不在。

我得说，米基，我喜欢你。她的嗓音因睡意和毒品显得模糊。**在公寓房间的窗户外，黎明正悄然现身。我说不清。可我的确喜欢你。**

我的手掌和手指微微发痒，编制在基因中的程序渴望着攀爬。不久前我已经发现，这种感觉虽然常有，但大多出现在紧张和踌躇难决的时刻。这只是小小的不便，是下载意识的代价之一。就连克隆出来的新身体也有它的历史。我几次攥紧拳头，又把手伸进口袋，摸到了那几个存储器。它们滑过我的指缝，在我的掌心聚拢，像所有价格不菲的机械组件那样重量均匀。我的藏品，现在又加入了安平幸雄和他的喽啰。

过去的一个月里，在我们踏上未清扫区的那条"搜索——摧毁"的疯狂道路上，我抽空用化学药品和电路板刷清洗了这些战利品。在夜明灯的灯光下，我摊开手掌。存储器闪闪发光，先前的骨骼碎片和脊椎组织不见了踪影。六个闪闪发光的金属圆柱体，唯一不够完美的只有一端凸出的导线。幸雄的存储器与众不同——中央位置有一圈精巧的黄色条纹,上面蚀刻着生产商的硬件代码。知名设计师出品。不出所料。

其他存储器——包括安平幸雄手下的——都是标准式样的流水线产品,没有可见的标识。我小心翼翼地在那个黑道喽啰的存储器上缠上黑色绝缘胶带,好跟其他那些区分开来。

这样做很有必要。那家伙跟幸雄不同,没法用来讨价还价,但我觉得不应该把普通黑帮成员跟要塞那些牧师混淆起来。我不太确定该怎么处理他。我在最后一刻莫名其妙地改了主意,没有像我先前跟西尔维暗示的那样,把他扔进安德拉西海。

我把他和幸雄放回口袋,低头看着手掌里那四个存储器,思索起来。

这样就够了吗? 在另一颗行星上(在哈伦世界看不到它环绕的恒星),我遇见过一个以买卖存储器为生的人。他根据重量购买和贩售,像对待香料和廉价宝石一样给其中蕴藏的生命估价。当地的政治局势让这个行当成了利润极高的生意。为了吓退竞争者,他自称为当地版本的死神化身,然后,尽管过程被人吹得有些过头,那个头衔最终落到了我头上。

我真想知道,如果他能看到现在的我,会做何感想。

这样就——

一只手抓住我的胳膊。

震惊仿佛电流,窜过我的身体。我用力攥紧手里的存储器,瞪大眼睛看着面前那个女人,而她正用一只手肘在睡袋里撑起身子,一脸绝望的神情。她的眼神就像看着个陌生人。她紧紧抓住我的胳膊,紧得像机械。

"你,"她说的是日语,然后连声咳嗽,"帮帮我。帮帮我。"

那不是她的嗓音。

11

我们进入俯瞰德拉瓦的山丘地带时，天空飘起了雪花。间歇到来的阵雪，外加盘桓不去的刺骨寒意。下方那座城市的街道和屋顶白蒙蒙的，仿佛刚刚喷过杀虫剂。东边的天空阴云密布，这场雪短时间内显然不会停。某个公共频道里，一架支持政府的宣传无人机正在发布微型暴风雪警告，并将坏天气归咎于奎尔主义者。我们踏入城市和破损不堪的街道，发现所见的一切都结了霜，地面的积水也已冻结。怪异的沉默仿佛和雪花一起飘落世间。

"圣他妈的诞快乐。"御石的队员之一嘟囔道。

笑声响起，只是稀稀落落。寂静太过强大，德拉瓦的雪幕又太过寒冷。

在进入城区的路上，我们看到了新近安装的哨卫系统。这是车屋对六周前的联合体系入侵做出的回应。哨卫系统是种头脑单纯的机械化武器，它们严格按照拆解宪章的规定，思考能力远低于智能机械的水准。但就算这样，只要奥尔驾车经过某台机械，西尔维就会瑟瑟发抖。当其中一台直起身子，发出微弱的

"啾啾"声,核查我们的通行标识时,她甚至转开了空洞的目光,把脸藏在壮汉的肩头后面。

她醒来的时候,高烧并未消失。它只是像潮水那样渐渐褪去,留下汗水淋漓、格外脆弱的她。而且你能看出,看似退至远处的浪潮仍在几近无声地拍打着她。你甚至能想象她鬓角的血管里发出的难以察觉的咆哮。

还没有结束。早得很呢。

穿过荒无人烟、混乱不堪的城市街道。接近滩头防区的途中,我的新身体强化过的感官在寒冷中嗅到了微弱的海水气息。在盐腥味和各种有机体的气息痕迹中,始终不变的是贝拉草的浓郁气味,以及流进海湾的化学原料的刺鼻塑料臭味。我这才意识到过去那具人造身体的嗅觉系统是多么糟糕——从荻户丸市前往这里的途中,我对这些气味毫无察觉。

随着我们的到来,滩头防区的防线做出了反应。阻挡蜘蛛起身为我们让道,活导线摇曳着退后。我们经过时,西尔维耸起肩,垂着头,颤抖不止。就连她的头发也似乎更加贴近头皮了。

在病毒程序中暴露过久,御石的队医是这么说的。当时西尔维不耐烦地躺在扫描器下,而他眯着眼睛看着成像装置。**离痊愈还早得很呢。我建议你在更温暖也更开化的地区静养一两个月。比如米尔斯波特。找家电子诊所,做一次全身检查。**

她发火了。一两个月?去见鬼的米尔斯波特?

队医以拆解者事不关己的姿态耸了耸肩。**至少得回荻户丸市,确认有没有病毒残留。以你这种状态,没法继续干活儿。**

潜入者小队的其他队员一致同意,尽管西尔维突然恢复了意识,我们还是得回去。

花点存款,雅德维嘉笑着说,**开个聚会。荻户丸夜生活,我们来了。**

滩头防区的大门颤动着升起,我们走进大门,来到空地。与上次我在这里时相比,这地方几乎可以用"荒凉"来形容。气泡房屋之间只有寥寥几个身影来往,用推车搬运着设备。天气太冷了,所有人都不愿意出门。通信桅杆上系着的几只侦察风筝在风雪中狂乱地摆动。看来他们预测到了暴风雪的到来,提前将其他风筝都取下来了。越过气泡屋的屋顶,可以清楚地看到码头那艘大型气垫船被积雪覆盖的上半部分,但船边那辆卸货用的吊车却一动不动。整个营地里弥漫着一种大难当头的悲凉气氛。

"还是去跟车屋谈谈吧。"御石说着,跳下他那辆磨损不堪的单人摩托,这时大门重新放了下来。他的目光扫过他的队员和我们,"让他给你们弄几个铺位。要我猜的话,这儿恐怕没多少空床位了。恐怕直到天气转好,今天来的那批人才能分配到活儿。你说呢,西尔维?"

面容憔悴的西尔维把外套拉得更紧了,她不想跟车屋谈话。

"我去吧,头儿。"拉兹洛提议。他用那条没受伤的胳膊笨拙地倚着我的肩膀,跳下我们共乘的那辆摩托。

他脚下的积雪嘎吱作响,"你们其他人,去弄杯咖啡什么的吧。"

"好的,"雅德维嘉说,"别太给老车屋好脸色,拉兹。如果他不喜欢我们的说辞,让他见鬼去。"

"好好,我就这么跟他说——"拉兹洛翻了个白眼,"——才怪。嘿,米基,要不跟我一起去,提供点精神支持?"

我眨眨眼,"呃,好。当然好。清、雅德,你们哪位帮忙停一下摩托?"

清香滑下后座,漫步走了过来。拉兹洛走到御石那边,回头看着我。他的头朝营地中央摆了摆,"那就快来吧。赶紧解决这档子事。"

不出所料,看到西尔维的队员时,车屋一点也不高兴。他让我们俩在指挥室缺乏供暖的外间等着,自己则在里屋处理御石的报告,为他分配住处。

隔断墙边摆着一整排廉价塑料椅,房间一角的壁挂式屏幕正以背景音量播放全球新闻。一张低矮的桌子上放着一台开放浏览式的数据化显示器,供嗜好刨根问底的家伙使用。

我们呼出的白气依稀可见。

"好吧,你想找我谈什么?"我说着,朝手心哈了几口气。

"什么?"

"得了吧。你要是需要精神支持,雅德和清就该想要男人了。出什么事了?"

拉兹洛脸上浮出笑容,"噢,你知道的,我总是好奇那两人的事。就是让男人晚上睡不着觉的那种。"

"拉兹!"

"好吧,好吧。"他用没受伤的胳膊靠着椅子,双脚搭在矮桌上,"她醒来的时候你正陪着她,没错吧?"

"对。"

"她对你说了什么? 我是说真的。"

我转头看着他,"我昨晚已经全部告诉你们了。没什么值得一提的。只是求救。呼唤那些根本不在的人。一通胡话。她几乎从头到尾都神志不清。"

"是啊。"他摊开手,审视着掌心,仿佛那儿有张地图似的,"你瞧,米基,我是个侦察兵。首席侦察兵。我能活下来全靠观察细节。我观察到的细节就是,你看西尔维的眼光和以前不一样了。"

"真的吗?"我努力让语气维持温和。

"嗯,真的。昨晚之前,你看她的模样就像个饿汉看着一顿美味大餐。可现在呢,"他转头看着我的眼睛,"你好像没胃口了。"

"因为她身体不好,拉兹。我不喜欢病快快的人。"

他摇摇头,"别骗我了。她离开监听站的时候就病着,可你照样有胃口。也许不那么强烈了,但毕竟还在。现在你看她的目光就像在等着什么事。好像她是颗炸弹。"

"我是在担心她,跟你们一样。"

我说着这些,内心却暗流汹涌。**你说观察细节是你幸存的原因,是吗拉兹? 噢,我可得告诉你,谈论这种细节更可能让你送命。如果换个场合,我恐怕已经要了你的命了。**

我们坐在那儿,陷入了暂时的沉默。他自顾自点点头。

"这么说你不打算告诉我了,嗯?"

"我没什么可以告诉你的,拉兹。"

又一阵沉默。屏幕上正在插播突发新闻。某个籍籍无名的哈伦家族继承人在米尔斯波特的码头区意外身故(存储器已回收),科苏特海湾有台风正在酝酿,梅凯斯克预计将在年底大幅削减公共卫生开销。我无聊地看着新闻。

"你瞧,米基。"拉兹洛犹豫起来,"不是说我相信你,因为说真的,我不信。但我跟奥尔不同。我不会因为西尔维妒忌你。

你知道的,对我来说,她就是头儿,仅此而已。我也相信你能照看好她。"

"多谢。"我干巴巴地说,"可你为什么这么信任我?"

"啊,她跟我说过你们两个相遇时的一些事。那些大胡子的事。足够让我明白——"

房门打开,御石走了出来。他咧嘴笑笑,用大拇指比了比身后。

"归你们了。回头酒吧见。"

我们走了进去。在那之后,我再也没机会得知拉兹洛明白了什么,又或是他的了解有多么偏离真相。

车屋重雄坐在他的办公桌前。看到我们进门,他没有起身。他面无表情、身体僵硬,传达出的愤怒却和大吼大叫同样清晰。这一招倒是相当经典。他身后的全息显示屏在墙壁上制造出了凹室的幻象,阴影和月光在依稀可见的卷轴周围摇曳。一台显示屏摆在书桌上他手肘边,一尘不染的台面上映射着斑斓的光彩。

"大岛病了?"他语气平淡地问。

"是啊,她在高地那边遭到了联合体系的攻击。"拉兹洛挠挠耳朵,扫视空荡荡的房间,"这儿看起来挺冷清啊。暴风雪要来,所以封闭营地了吗?"

"高地,"车屋没理会他的问话,"位于约定的工作区域北方将近七百公里处。我跟你们签的合同可没让你们去那儿。"

拉兹洛耸耸肩,"噢,你瞧,那是头儿的决定。你应该——"

"你们签了合同。更重要的是,你们有责任在身。你们欠滩头防区、欠我一个人情。"

"我们当时受到了攻击,车屋君。"多亏特派探员的训练,这句谎话无比流畅。

这就是所谓"急中生智"——上次我这么干已经是很久以前的事了。"庙宇的那场伏击后,我们的指挥软件出现了故障,身体也受到了严重损伤,包括我本人和另一位队员。我们只能像瞎子那样逃跑,慌不择路。"

我的话带来的是一阵沉默。在我身边,拉兹洛一副欲言又止的样子。我警告地瞥了他一眼,他这才镇定下来。滩头防区指挥官的目光在我们之间来回扫视,最后落到我脸上。

"你是米基?"

"对。"

"那个新队员。你是在代表你们小队发言吗?"

找到关键,抓住不放。"在这件事上,我欠着人情,车屋君。没有这些同伴的支持,我早就在德拉瓦城里死掉,再被机械人偶肢解了。是他们带着我脱离险境,还给我找了一具新身体。"

"是啊。这样我就明白了。"车屋低头看看桌子,又抬头看看我,"很好。目前为止,你说的这些跟你们小队在未清扫区发来的报告没什么区别,但同样缺少细节。麻烦你向我解释一下,为什么你们逃命的时候没有选择返回滩头防区。"

这个问题就简单多了。在未清扫区度过的那一个多月里,我们每晚都会围着营火商量、完善这套谎话。"我们的系统受了干扰,但一部分功能仍然正常。系统显示我们身后有智能机械活动,截断了我们的退路。"

"也就是说,它们同样威胁着你们承诺保护的那些清扫者。可你们并没有前去协助。"

"天啊,车屋老兄,我们当时简直跟瞎子没啥两样。"

滩头防区指挥官的目光转向插嘴的拉兹洛,"我没要你来解释情况。安静。"

"但——"

"我们退到东北方,"我说着,又将警告的眼神投向拉兹洛,"因为就我们所知,那儿是安全区域。随后我们继续前进,直到指挥软件重新连上网络。那时我们几乎已经离开了城市。当时我流血过多,濒临死亡。至于雅德维嘉,我们只来得及抢救出存储器。出于非常明显的理由,我们决定进入未清扫区,前往先前标记并寻找过的一座配有克隆培养槽和身体更换设备的地堡。这些在报告上也提到了。"

"我们?你也参与了决定?"

"我当时濒临死亡。"我说。

车屋再次垂下目光,"你或许有兴趣知道,在你们描述的那场伏击之后,那个区域再也没有人目击到智能机械的活动。"

"是啊,那是因为我们把整座庙都砸在它们身上了!"拉兹洛突然开口,"去那儿翻翻看,你会找到碎片。从隧道逃出去的时候,我们还亲自动手干掉了两个。"

车屋再次冷冰冰地看向拉兹洛。

"眼下没有时间也没有人力做挖掘工作。远距传感器指出,废墟内的确有智能机械留下的痕迹。但你们引发的那场爆炸几乎炸毁了庙宇的大部分下层构造。如果那儿——"

"如果?你他妈跟我说如果?"

"——真有你们声称的智能机械,恐怕也早就汽化了。我们发现了隧道里的那两台,这似乎证实了你们安全到达未清扫区时发送过来的说法。你们也许还有兴趣知道,在此期间,你们抛下的清扫者的确在几个钟头以后,于西方两公里处发现了机械人偶巢穴。在随后的镇压行动中,二十七人死亡。其中九人是真实死亡,存储器未能取回。"

"真是个悲剧,"我不紧不慢地说,"但我们恐怕也无能为力。就算我们带着伤员和受损的指挥系统返回,也只会成为负担。在当时的情况下,我们只能设法尽可能快地恢复实力。"

"是啊。你们的报告也是这么说的。"

他沉思了好一会儿。我又瞥了眼拉兹洛,免得他又开口乱说话。车屋抬起头,和我四目相对。

"很好。我暂时安排你们跟埃米内斯库的队员住在一起。我会找个软件医师给大岛做检查,费用你们出。只要她的情况稳定下来,再等到天气转好,我们会去庙宇那边进行全面调查。"

"什么?"拉兹洛踏前一步,"你指望我们就这么留在这儿,等你们挖掘废墟?这他妈没门儿,伙计。我们要走了。乘外面那条破烂气垫船回获户丸去。"

"拉兹——"

"不,我不是指望你们留在德拉瓦。我是命令你们。不管你们喜不喜欢,都得服从指挥。只要你们企图登上'大黑之晓号',就会有人阻止你们。"车屋皱起眉头,"我不想把事做绝,不过你们继续逼我,我就只好关你们禁闭了。"

"禁闭?"有那么一会儿,拉兹洛的样子像是从没听说过这个词儿,正等着车屋给他解释。"你他妈说关禁闭?我们上个月干掉了五个联合体系,超过一打自走型智能机械,搞定了一整个地堡里的麻烦设备,这他妈就是我们得到的感谢?"

随后他大叫一声,蹒跚后退,手掌捂住一边眼睛,仿佛车屋刚刚戳了那儿一指头。防区指挥官在办公桌后站了起来。他的嗓音沙哑,带着突然间喷涌而出的怒火。

"不。这只是因为我不再相信我曾为之担保的你们了。"他突然看向我，"你，米基，把他弄出去，再把我的命令传达给你的其他同伴。我不希望再有这样的谈话了。你们俩都出去。"

拉兹仍旧捂着眼睛。我一只手按上他的肩膀，想带着他离开，他却愤怒地甩开了我。他嘀咕着，用一根颤抖的手指指着车屋，随后似乎想通了什么，这才转过身去。他几大步走到门口。

我跟着他走了出去。在房门边，我回头看了看那位指挥官。从他绷紧的脸上很难看出表情，但我觉得自己还是看出了点端倪：有对违抗行为的愤怒，更强烈的则是对无法控制局面和情绪而产生的悔恨，还有对于恶化的事态的厌恶，或许也是对整个梅凯斯克促进法案带来的自由化市场的厌恶。

恐怕还有对于整个该死的星球的种种变化的厌恶。

他是个守旧派。

到了酒吧，我请拉兹喝了一杯，听着他把车屋骂了个狗血喷头，之后才动身去找其他人。我离开时，他有不少人陪着——这地方挤满了坐'大黑之晓号'前来、烦躁不安的拆解者，他们大声抱怨着天气和因此导致的停工。过时的快载风爵士乐构成了刺耳的背景音，但总算替代了过去一个月里摧残我耳朵的政治宣传。烟雾和噪音充斥着这间气泡屋。

我发现雅德维嘉和清香坐在酒吧一角，专注地对视着。她们的谈话带着些紧张气氛，似乎不容我加入。雅德不耐烦地告诉我，奥尔跟西尔维待在某间住宿用的气泡屋里，御石应该就在附近，也许在吧台那儿跟什么人聊天，总之就在她的胳膊随意一挥的方向附近。我听懂了她话里的暗示，于是转身离开，不再打扰她们。

御石并不在雅德维嘉指着的方向，但他的确在吧台那边，正跟另外几个拆解者聊天。我只认出了其中一个,是他的队员。他笑着举起酒杯,欢迎我的到来。他抬高嗓音,盖过周围的喧嚣。

"看样子,受了一番拷问吧?"

"差不多吧。"我抬手招呼酒保,"他给我的印象是,潜入者小队越界已经不是第一回了。给你满上?"

御石审慎地看看杯中剩下的酒。"不用。'越界',可以这么说。他们当然不是这儿最有集体观念的小队。但他们的成绩经常排在前几名。有这种名声,就算车屋这种家伙也得让他们几分——至少在一段时间之内。"

"名声这东西还真不错。"

"是啊,这么一说我想起来了。有人在找你。"

"噢?"他说那句话的时候盯着我的眼睛。我努力镇定下来,又扬起一边眉毛,以配合我语气中伪装出来的那种随意的好奇。我跟酒保要了一杯米尔斯波特纯麦芽酒,然后转头看着御石,"你知道那人的名字吗?"

"跟他说话的人不是我。"御石对他那个并非队员的酒友点点头,"这位是希米,阻断者小队的首席侦察兵。希米,那个四处打听西尔维和她的新队员的人,你知道他的名字吗?"

希米皱眉眯眼,转过头去。然后他舒展额头,打了个响指。

"噢,想起来了。科瓦奇。他说他叫科瓦奇。"

12

一切仿佛都静止了。

酒吧里的所有噪音仿佛在我耳中凝结成了冰冷的淤泥。烟雾停止了流动,我身后的人流也仿佛缓慢下来。自从我更换这具荣春堂出品的身体之后,从来没有体会过如此震惊的感觉,即使在和智能机械陷入苦战的时候也没有过。我的目光越过梦境般寂静的这一刻,看到御石正专心地打量着我,于是我本能地将酒杯举到唇边。纯麦芽酒顺着我的喉咙流下,当温暖的酒液触及胃袋的那一刻,世界突然间恢复了运转:音乐、噪音,还有我身后拥挤的人群。

“你说‘科瓦奇’,”我说,“真的吗?”

“你认识他?”希米问我。

“听说过。”我只能给出这种半真半假的回答,毕竟御石正盯着我的脸呢。我又抿了口酒,“他说他有什么目的了吗?”

“没,”希米摇摇头,显然不怎么感兴趣,“只是问我你们去了哪儿,你有没有跟潜入小队一起出去。那是几天前的事了,所以我告诉他,没错,你们都去未清扫区了。他——”

"他有没有——"我及时住了口,"抱歉,你刚才想说什么?"

"他好像非常希望跟你谈谈。他说服了一些人带他去未清扫区看看,我想应该是安东和骷髅帮小队。这么说你认识那个人喽?他要找你麻烦吗?"

"不过,"御石轻声说道,"也许他不是你认识的那个科瓦奇。这名字很常见。"

"确实有可能。"我承认。

"可你不这么想?"

我装作不在意地耸耸肩,"可能性不大。他在找我,我也听说过他。最可能的情况是,我们有些旧事未了。"

御石的队员和希米同时无所谓地点点头。喝酒对他们来说更重要些。御石本人似乎好奇得多。

"那个科瓦奇,你听说过他的什么事?"

我这次耸肩的动作自然多了,"没什么好事。"

"是啊,"希米赞同道,"这就对了。我看他就是个顽固又疯狂的混球。"

"他是一个人来的吗?"我问他。

"不,整整一个小队的打手跟着他。四五个吧,都有米尔斯波特口音。"

噢,太好了。这么说这事闹大了。田奈濑陀还真是重信守诺啊。全球通缉令。而且他们不知从哪儿知道——

这倒不一定。眼下还不能确定。

噢,得了吧。肯定是这样。不然干吗用这个名字?你觉得这种幽默感像谁的?

除非——

"希米,听着,他没有提过我的名字,对吧?"

希米对我挤挤眼睛,"你叫什么来着?"

"好吧,别管它了。"

"那人只问了西尔维的事。"御石解释说,"他知道她的名字,看样子也知道潜入者小队。但他真正感兴趣的似乎是西尔维可能招募的那个新队员。至于那个新队员的名字,他不知道。对吧,希米?"

"嗯,差不离。"希米看了看自己空空的酒杯。我示意酒保给大家满上。

"再说说那几个米尔斯波特人。你觉得他们会在这儿留下人手继续查问吗?"

希米抿着嘴唇,"有可能。不清楚。我没看到骷髅帮离开,也不知道他们带了多少人走。"

"但这是合理的做法。"御石轻声说道,"如果那个科瓦奇事先调查过,他就会知道在未清扫区追踪别人有多难。按理说,他会留下几个人,以防你回到这里。"他顿了顿,看着我的脸,"如果你真的回来了,他们就会用远程通信联系其他人。"

"没错。"我喝干杯里的酒,身体微微有些发抖。我站了起来,"我想我该去找队友们谈谈了。各位先生,失陪。"

我奋力挤过人群,回到雅德维嘉和清香所在的角落。她们正旁若无人地激情拥吻。我悄无声息地在一旁的座位坐下,拍了拍雅德维嘉的肩膀。

"停一停,你们俩。我们有麻烦了。"

"噢,"奥尔咕哝道,"我觉得你压根儿是胡说八道。"

"是吗?"我努力压抑着火气,心里却后悔不迭:真不该信任我的拆解者同伴的判断能力。"我们说的可是黑道的事。"

"这一点还无法确定。"

"自己琢磨吧：六周以前，我们一起造成了某位黑道高层之子和他的两个打手的死。而现在，有人来找我们了。"

"不，有人在找你。至于是不是在找我们其他人，还没人知道。"

"你们都给我听好了。"我的目光在他们为西尔维安排的这间没有窗户的宿舍里扫了一圈。简朴的单人床铺，嵌入墙壁的一体式储物柜，还有角落的一张椅子。指挥员蜷缩在床上，她的队员站在周围，让房间显得分外狭小，紧张压抑。"他们认识西尔维，他们打听我的下落时提到了她。御石的朋友是这么说的。"

"伙计，我们当时可是把那个房间彻底打扫——"

"我知道，雅德，但那还不够。他们找到了见过我们两个的证人，也可能是周边的摄像头什么的。问题在于，我认识这个科瓦奇。相信我，如果你们打算就这么等着他出现，到时候你们就会明白：他找的是我还是西尔维还是我们俩，其实全都无所谓。那家伙以前是个特派探员。为了不让事情传开，他会解决掉这个房间里的每一个人。"

特派探员的恶名见效了。西尔维已在恢复药物和疲倦的双重作用下沉入梦乡，奥尔则因为与我的争执火气正旺，但其他人都吓了一跳。在拆解者刻意营造的冷静外表下，他们也和其他人一样，是听着阿德雷辛和沙尔雅的恐怖故事长大的。特派探员来了，他们会撕碎你的世界。当然，事实没这么简单。真相要复杂得多，也可怕得多。但在这个宇宙里，谁又想知道真相呢？

"或许我们应该先下手为强？"雅德维嘉思忖道，"找到科瓦奇在滩头防区留下的同伙，在消息送出之前解决他们。"

"恐怕已经太迟了，雅德。"拉兹洛摇摇头，"我们已经回来几个钟头了。想知道的人现在肯定已经知道了。"

势头不错。我保持沉默,看着事态朝我希望的方向发展。清香皱着眉头加入了争论。

"再说我们也没办法找到那些混蛋。米尔斯波特口音、板起的面孔,这两样在这儿再平常不过了。最低限度,我们需要查阅滩头防区数据库。"她指了指胎儿般蜷缩着的西尔维,"可眼下根本办不到。"

"就算西尔维能连上网络,我们也放不开手脚。"拉兹洛阴郁地说,"就凭车屋眼下对我们的看法,只要我们稍微行差踏错,他就会暴跳如雷。那东西真的有反窃听功能吗?"

他朝放在椅子上的那台个人式空间共振扰频器点点头。清香也点点头,动作在我看来有点不耐烦。

"这可是最新技术,拉兹。如假包换。我们出海前我在专卖黑货的丽子那儿买的。米基,重点在于,我们实际上已经被关了禁闭。你说科瓦奇会来找我们,那你建议我们怎么做?"

是时候了。

"我建议我今晚乘'大黑之晓号'离开,另外我建议西尔维跟我一起。"

寂静笼罩了房间。我打量他们的眼神,揣摩他们的情绪,以此推测我的提议引发的反应。

奥尔活动了一下脖子,像斗技场里的斗士开始热身。

"你,"他不慌不忙地说,"滚回家操你自己去吧。"

"奥尔——"清香开了口。

"这他妈没门儿,清。他哪儿也别想带她去。有我在,没门儿。"

雅德维嘉眯缝着眼睛瞅着我,"那我们其他人呢,米基?要是科瓦奇想回来大开杀戒,我们又该怎么办?"

"躲起来。"我告诉她,"找人帮忙,藏在滩头防区的隐蔽处,或者说服其他队伍带你们到未清扫区去。见鬼,你们甚至可以让车屋逮捕你们,如果他关你们的地方够安全的话。"

"嘿,我们用不着把西尔维交给你也能——"

"你能吗,奥尔?"我盯着壮汉的双眼,"你能吗? 你能带着这副样子的西尔维去未清扫区? 谁愿意带上她? 哪支小队? 哪支小队愿意带上这么个累赘?"

"他说得对,奥尔。"拉兹洛耸耸肩,"连御石都不会带她出去。"

奥尔扫视周围,露出走投无路的眼神。

"我们可以把她藏在这儿,就在——"

"奥尔,你根本没听我说的话。为了找到我们,科瓦奇会把这儿翻个底朝天。我了解他。"

"车屋——"

"忘了什么车屋吧。有必要的话,他可以像天使之火击落飞机那样轻易干掉车屋。奥尔,只有一件事能阻止他对付你们,那就是让他得知西尔维和我已经离开了。因为他没法把时间浪费在找你们其他人身上。等我们赶到荻户丸市,我们会确保这个消息传到车屋那儿;等科瓦奇来到这里时,我们溜掉的事已经传开了。一得知这个消息,他会立即乘下一班气垫船离开这里。"

又是一阵寂静,这次给人的感觉像倒计时。我看着他们一个接一个地转为认同。

"这样行得通,奥尔。"清香拍拍壮汉的肩膀,"不怎么光彩,但很有效。"

"至少这么一来,头儿就能远离危险了。"

奥尔抖了抖身子，"我他妈可不相信。你们看不出他是在吓唬你们吗？"

"没错，而且他成功吓着了我。"拉兹洛厉声道，"西尔维倒下了。如果那个黑道雇了特派探员做杀手，我们完全不是对手。"

"我们需要保证她的安全，奥尔。"雅德维嘉盯着地板，仿佛在考虑要不要挖条地道，"但在这里，我们办不到。"

"那我一起去。"

"恐怕这是不可能的。"我平静地说，"我想拉兹洛能把我们弄进救生筏弹射口。当初在荻户丸，他就是用这个法子上船的。可你身上带着那些武器设备和能源，如果在未经授权的情况下潜入气垫船，不触发'大黑之晓号'的所有渗漏警报器才怪。"

这番话只是我的猜想，是凭借特派探员的直觉得出的推论，但结果似乎相当成功。队员们面面相觑，最后拉兹洛点点头。

"他说得对，奥尔。我没法子让你从弹射口潜入。"

壮汉盯着我看了很久，至少感觉上像是很久。

最后，他转过头，看向床榻上的那个女人。

"要是你敢伤害她——"

我叹了口气，"奥尔，我只知道想伤害她，最好的办法就是把她留下，而我并不打算这么做。你的狠话还是留给科瓦奇吧。"

"没错。"雅德维嘉阴郁地说，"我在此发誓，只要西尔维重新连上网络，我们就去找那个狗娘养的，然后——"

"决心值得钦佩，"我赞同道，"只是现在说这个还嫌太早。回头我们再策划怎么复仇，好吗？眼下还是把精力都放在生存上比较好。"

当然了,说时容易做时难。

逼问之下,拉兹洛承认:在康帕秋区,登船舷梯的周边保安松懈得可笑;而在德拉瓦的滩头防区,由于常年存在智能机械袭击的威胁,码头周围肯定配备了大量的电子入侵反制设施。

"这么说,"我努力维持耐心和冷静,"你从没在德拉瓦钻过救生筏弹射口?"

"呃,好吧,有过一次。"拉兹洛挠挠耳朵,"不过当时有苏琪·巴尤克帮我做干扰。"

雅德维嘉哼了一声,"那个小婊子。"

"嘿,别嫉妒。她是个了不起的拆解指挥员。就算磕多了药,她破解起通行代码来也能像——"

"我听说她那个周末干的好事可不止这些。"

"伙计,就因为她不是——"

"她在这儿吗?"我大声问道,"在滩头防区吗?"

拉兹洛又挠起了耳朵,"不清楚。我想我们可以查查看,不过——"

"这会花很多时间。"清香预言道,"而且,如果她知道我们的用意,也许就不愿意帮忙破解代码了。帮你上船当然没问题,拉兹,违抗关我们禁闭的车屋可就没什么吸引力了。你明白我的意思吧?"

"我们用不着告诉她。"雅德维嘉说。

"别那么不厚道,雅德。我可不想让苏琪莫名其妙地惹上什么——"

我清了清嗓子,"御石如何?"

他们全都转过头看着我。奥尔皱起眉头,"也许可以。他和西尔维是老交情了,在菜鸟时代就是同行。"

雅德维嘉咧嘴笑了，"他当然愿意。只要米基开口。"

"什么？"

每个人的脸上都现出了笑意。

先前的紧张气氛一扫而空。清香捂嘴窃笑。拉兹洛故意抬头看着天花板。几声模糊的"扑哧"笑声传入我耳中。只有奥尔太过愤怒，没有被欢乐的气氛感染。

"过去几天，你一点都没发现吗，米基？"雅德维嘉努力换上一本正经的口气，终究还是忍俊不禁，"御石喜欢你。我是说，他真的很喜欢你。"

我扫视小房间里的同伴，再看看面无表情的奥尔。但最让我恼火的还是我自己。我没有察觉，至少没看出雅德维嘉说的那件事。作为特派探员，漏掉这种可用资源算得上严重失误。

前特派探员。

是啊，多谢提醒。

"那好，"我用平淡的语气说，"那我就去跟他谈谈吧。"

"是啊，"雅德维嘉板着脸说，"看看他愿不愿意朝你'伸手'。"

哄然大笑声在狭小的空间里回荡。我也不由自主地露出了微笑。

"你们这些狗娘养的。"

根本没用，他们笑得反而更欢了。笑声令床上的西尔维翻了个身，睁开了眼睛。她用一只手肘撑起身子，痛苦地咳嗽了几声。笑声像来时一样骤然消失。

"米基？"她的嗓音虚弱而沙哑。

我转头看着她。我的眼角瞥见了奥尔朝我投来的憎恨目光。我朝她弯下腰去。

"嗯，西尔维。我在。"

"你们在笑什么?"

我摇摇头,"这个问题很难回答啊。"

她一只手紧紧抓住我的胳膊,和在御石的营地那晚同样紧。我镇定心神,准备聆听她接下来的话。可她只是颤抖了一阵,看着她陷进我的外套里的手指。

"我,"她喃喃自语着,"它认识我。它。就像个老朋友。就像——"

"别打扰她,米基。"奥尔想用肩膀把我挤开,但西尔维的那只手抓得很紧。她不解地看着他。

"怎么了?"她问道。

我侧头看向壮汉。

"你跟她说吧,好吗?"

13

　　夜幕在飘雪中降临德拉瓦,仿佛一张破旧的毛毯,落在滩头防区拥挤的气泡房屋周围,也落在更高处棱角分明的城市废墟之上。微型暴雪的锋面随狂风而至,盘旋降落的密集雪花足以盖住你的面孔,钻进你的衣领,然后盘旋离开,渐渐稀薄,直到几乎不复存在,随后却又卷土重来,于营地鮟鱇灯的漏斗状光芒中翩翩起舞。雪花在空中上下翻飞,下落五十米,接着飘起,之后再度落下。这可不是适合出门的天气。

　　我蜷缩在码头一端某只废弃集装箱的影子里,思索着那个科瓦奇在未清扫区里会怎么做。他和我一样,肯定有身为新佩斯特人对寒冷的厌恶,而且他应该——

　　但你无法确定,你不知道他究竟是不是真的——

　　得了吧。

　　可是,黑道怎么会弄到一位前特派探员的备用人格拷贝? 他们为什么要冒这么大的风险? 剥开所谓地球古老血脉的虚伪外表,他们其实只是该死的罪犯,他们不可能——

　　得了吧。

这是我们必须忍受的麻烦，是现代科技的代价。如果在你人生的某个难以形容的时刻，他们复制了你。如果你被存储在某台机器里，过着鬼知道什么样的平行虚拟人生，或者单纯地只是沉睡，等待着踏入现实世界的那一天。

又或者，已经来到了现实世界。

你在影片里看过这种故事，你听过朋友的朋友转述的都市传说：发生了某种稀奇古怪的故障，于是某人遇上了虚拟的自己——或者，在更加罕见的情况下，遇见了真实的自己。还有拉兹洛那种阴谋论的恐怖故事，比如军队授权进行的多重分身实验。你聆听着这些故事，享受着那种恐惧传遍全身的感觉。许多年中，你总会听到那么一个令你有几分相信的故事。

我就遇见并杀死过一个拥有分身的人。

我也曾遇见过我自己，结果并不尽如人意。

我一点儿也不急于让那一幕重演。

再说我还有很多事要操心。

在码头边，距离这儿五十米的地方，风雪让"大黑之晓号"的庞大身影显得模糊不清。它比"格瓦拉炮群号"更加庞大。从外表看，它像一艘老旧的商用气垫船，刚刚离开封存它的仓库，并为运送拆解者做了一番改造。它带着些许古老而庄严的气质。舷窗里射出令人愉快的光线，船身上部更是布满了红白相间的斑斓灯光。早些时候，准备乘船离开的拆解者登船的时候，舷梯上还能看到稀稀拉拉的身影，还有灯光照亮舷梯；但如今，舱门已然关闭，气垫船孤独地停泊在新北海道的寒冷夜色中。

在我的右方，几个身影穿行在黑与白的无声世界中。我手按藏刀刀柄，定睛望去。

是拉兹洛，以侦察兵特有的灵活步伐一马当先，冻僵的脸上挂着恶狠狠的笑容。御石和西尔维并肩走着。西尔维平静的神情显然归功于药物,另一位指挥员的举止则紧张得多。他们穿过码头附近的开阔地带,悄然藏身于集装箱后。拉兹洛抬起双手揉了揉脸,接着甩掉手指上开始消融的积雪。

他尚未痊愈的胳膊装上了军用的伺服驱动夹板,看起来感觉不到什么痛楚。我嗅到了他呼吸里的酒味。

"搞定了吗?"

他点点头,"所有感兴趣的人,再加上不怎么感兴趣的几个,现在都知道车屋关了我们禁闭。雅德还在那儿,冲着每个愿意听的人大声抱怨。"

"御石,你那边呢?"

御石严肃地看了看我,"就等你这边了。我说过,你最多只有五分钟时间。想不留下任何痕迹,我只能保证五分钟。"

"五分钟足够了。"拉兹洛不耐烦地说。

所有人都看着西尔维。她在我们的目光下勉强挤出一个微笑。

"好吧,"她回应道,"开启雷达。我们动手吧。"

连上网络之后,御石的神情立刻专注起来,自顾自地微微点头。

"他们让导航系统处在待命状态。二百二十秒后检查引擎和系统。引擎启动的时候,你们最好已经下水了。"

西尔维勉强显示出了点专业兴趣,低低地咳嗽了一声。

"船体的保安系统呢?"

"已经开启。不过匿踪服应该能反射大部分的扫描。你们下水以后,我会把你们伪装成几只准备在船尾乱流中觅食的裂翼鸟。等系统测试开始,你们立刻爬上滑槽。我会在内部扫描器上抹去你们的信号,这样导航设备就会推定裂翼鸟已经离开了。信号里也包括你的,拉兹洛。所以记得留在水里,等船开远再上岸。”

“太妙了。”

“你给我们弄了客舱吗?”我问他。

御石的嘴角微微上扬,“当然。不过亡命天涯的时候就别奢求享受了。下层右舷的客舱基本是空的,你们的是S37。推门进去就好。”

“该走了,”拉兹洛哑着嗓子道,“一次一个。”

迈着在未清扫区时那种鬼祟步伐,他匆匆离开集装箱的掩护,仅有片刻暴露在沿岸的空地上,随后便轻盈地跳下码头,消失不见。我瞥了眼身旁的西尔维,然后点点头。

她迈开步子,虽不如拉兹洛那般流畅,却也有些相似的优雅。这一次,我觉得听到了一点点水声。我又等了五秒钟,然后跟了上去,穿过风雪肆虐的空地,矮身抓住检修用梯,飞快地顺梯而下,滑入海口恶臭的化学废料之中。等海水没过腰间,我放开手,沉入水里。

虽然身穿匿踪服,外面又套了几件衣服,入水的震撼依旧十分强烈。寒意穿透衣物,攥住我的腹股沟和胸口,将我肺里的空气从紧咬的牙关间挤出。手掌中的壁虎刺毛又开始蠢蠢欲动了。我换了口气,在水中寻找其他人的踪影。

“这边。”

拉兹洛在一片波纹荡漾的水域挥了挥手。他和西尔维扶着一台腐蚀严重的缓冲发生器漂在水上。我游了过去,将经过基因改造的双手贴在发生器的永凝土外壳上。拉兹洛急促地喘息了几下,随后透过打战的牙齿开了口。

"到船船船尾去,游到码码码头和船身间。你会看看看到弹射口。呃,别别别把水喝喝喝下去。"

我们咬紧牙关,相视一笑,随后游开。

在刺骨的海水中,我们奋力对抗着蜷缩身体的本能。没等游到一半,西尔维就落后了,我们只好回去帮她。她呼吸急促,牙齿打战,双眼也开始翻白。

"我不不不行了了了。"拉兹洛推着她靠近我怀里,她低声道,"别告告诉我我我们就快成功功功了,大功告什么来来来来着?"

"不会有事的。"我努力吐出这几个字,"撑住。拉兹,你继续前进。"

他哆嗦着点点头,转身游去。我带着西尔维笨拙地跟在后面。

"见鬼,就没有别的办法了吗?"她用几近耳语的声音呻吟道。

我好不容易带着她来到大黑之晓高耸的船尾处,拉兹洛正等在那里。我们绕过船身与码头间的缝隙,随后我一手按在永凝土墙壁上,稳住身子。

"还还还有不到到到一分分钟,"拉兹洛说,多半是参照视网膜屏幕上的数据,"但但但愿御石石石那边顺顺顺顺利。"

气垫船动了。先是反重力系统的模式从漂浮改为航行,随后响起尖锐的进气音,船身的"裙摆"附近充斥着嗡嗡的响声。我能感觉到船身周围水流的变化。船尾处喷出一团水花,洒在我身上。拉兹洛睁大眼睛冲我笑了笑,伸手一指。

"就在那儿!"他努力让嗓门盖过引擎的噪音。

我循着他的手臂望去,看到了一排三个圆形开口。三扇舱门正像螺旋状的花瓣那样渐渐打开。斜槽里亮起了维护指示灯，一条链条式检修软梯连接着"裙摆"和第一道开口，一路垂至水面。

引擎声变得低沉平稳。

拉兹洛率先爬上梯子，双脚踩在"裙摆"上方狭窄的弧形凸出部位。他背靠船壳，低头看着我。我把西尔维推向梯子，大声要她开始攀爬，随后欣慰地看到她尚有听从指示的意识。一等她爬到梯顶，拉兹洛便拉住了她，一番努力之后，两人消失在通道里。我用麻木的双手尽可能快地攀爬梯级，最后矮身钻进斜槽，引擎的噪音也随之隐去。

在我上方几米远的地方，我看到了西尔维和拉兹洛，正伸展四肢，借着弹射管道内部的凸起处奋力向上。我想起了第一次见到拉兹洛时他夸下的海口——爬上七米高、光溜溜的金属烟囱。根本不是他说的那样。这条管道远远算不上光滑，金属内壁设计了许多支撑点。我试探着抓向头顶那条凿出的横档，发现不费多少力气就能借力爬上去。爬了一段以后，我才发现内壁还有些光滑的圆形凸起，足以承担我的一部分体重。我在轻微震颤的管道里略微休息了片刻，猛然想起御石说的五分钟限时，又重新迈开步子。

在斜槽的顶端，我看到浑身湿透的西尔维和拉兹洛，正抓着一道舱门下方拇指粗细的门框——门是开着的，里面塞满了松垂的橙色合成帆布。拉兹洛疲惫地看了我一眼。

"就是它，"他拍拍合成帆布，"这就是最底层的救生筏。最先弹出的就是它。你们挤进去，爬到筏子上面，就会找到一扇检修舱门，门后是楼层之间供维修使用的空隙。你们只需要推开最靠近的检修口盖板，就能进入走廊。西尔维，你先走。"

我们把救生筏推到一边,温暖、发霉的空气吹进管道。真舒服啊,我不由得笑出了声。拉兹洛郁闷地点了点头。

"噢,好好享受吧。有人可要回到那该死的水里去了。"

西尔维爬了进去,我正准备跟上,拉兹洛拽了拽我的胳膊。我转过身。他却犹豫起来。

"拉兹,有话就说,伙计。我们时间不多了。"

"你,"他警告地抬起一根手指,"我把她交给你了,米基。你要照看好她。你得保证她的安全,直到她能重新连上网络。"

"好吧。"

"我把她交给你了。"他重复了一遍。

然后他转过身,松开手,顺着弹射斜槽飞速滑下。他消失在斜槽底部时,我听到了轻微的一声"呼",像有东西沉入水中又浮起的声音。

我目送他离开,仿佛过了很久,我才转过身,恼火地爬过阻挡在我和我新负起的职责之间的那道合成帆布屏障。

回忆如潮水,翻涌而回。

在那间气泡屋里——

"你。帮帮我。帮帮我!"

她的目光定格在我身上。她脸部的肌肉在绝望中绷紧,双唇微张。

这一幕却令我的身体出乎意料地兴奋起来。她掀开睡袋,身子前倾。在朦胧的夜明灯光下,在她伸出的手臂下,我能看到她胸前那两处诱人的隆起。这并不是我第一次看到她这副模样。潜入者小队的成员绝对算不上腼腆;在未清扫区经历了一个月的宿营生活之后,我凭记忆就能画出他们大多数人赤裸身体的样子。但西尔维的神情和姿势却突然间显得无比性感。

"摸摸我，"那不属于她的粗哑嗓音令我脖颈的寒毛根根竖起，"让我知道你他妈是真的。"

"西尔维，你根本不——"

她的手动了，从我的胳膊一直摸到面孔。

"我想我认识你。"她惊讶地说，"黑暗旅的精锐，没错。哲也营。奥德修斯？小川？"

她用的日语非常古老，已经过时了好几个世纪。我压下一阵颤抖，继续用美语说："西尔维，听我说——"

"你叫西尔维？"她满脸疑惑，换成了和我同样的语言，"我不记得了，我，那是，我不——"

"西尔维。"

"没错，西尔维。"

"不，"我透过麻木的双唇说，"你才叫西尔维。"

"不对。"她的语气里突然有了恐慌，"我的名字，我的名字，他们叫我，他们叫我，他们——"

她突然停住话头，避开我的目光。她奋力想爬出睡袋。她的手肘在光滑的衬里上打滑，整个身子倒向了我。我伸出双臂，她肌肉紧绷的温暖身躯便投入我的怀中。刚才她开口的时候，我原本紧攥的那只手不由自主地松开，掌心的那些存储器也洒落在地。我的手掌按在紧绷的皮肤上。她的长发拂过我的脖颈，我能嗅到她的气息，那温暖的、属于女性的汗味从敞开的睡袋里传来。

我腹部下方有东西在蠢蠢欲动，或许她感觉到了：她对着我的喉咙发出了低沉的呻吟。在狭小的睡袋里，她的双腿不耐烦地挪动着，随后为我伸进睡袋、正抚摸她的臀部的那只手而分开。我本能地开始爱抚她。

"对，"她兴奋地喊道，"对。"

这次她坐了起来，大腿分开到睡袋的空间所能允许的极限。我的手指探入她的身体，而她发出紧张的嘶嘶声，收回了钩住我脖颈的双手，更怒视着我，仿佛我刚刚捅了她一刀。她的手指陷进我的肩膀和上臂。我的手指缓缓地揉搓，而她的臀部扭动着，像在抗议我如此从容的动作。她的呼吸逐渐短促刺耳。

"你是真的，"她不时低声说道，"噢，你是真的。"

她的双手伸了过来，手指缠上我夹克衫的拉扣，抚摸着我兴奋起来的胯部，又捏住我的下巴。她似乎没法决定该拿我的身体如何是好，而我也开始察觉，随着渐渐进入高潮，她的语气越来越确定，语速也越来越快：**你是真的，你是真的，你他妈是真的，不是吗，你是真的，哦，你是真的，噢该死的，对，对，你是真的你他妈是真的——**

她突然喘不过气来，声音戛然而止，她的腹部在高潮的影响下几乎弯成对折。她的身体缠绕着我，仿佛平田礁那种长长的贝拉草茎。她的双腿夹住我的手，仰起身子，贴上我的胸膛和肩膀。不知为什么，我知道她正越过我的肩头，看着气泡屋另一边的那些影子。

"我叫牧田·娜迪亚。"她轻声道。

我又一次有种仿佛触电的感觉，就像她抓住我手臂的那一刹那。这个名字在我脑海中反复回响。**这不可能这不——**

我轻轻将她拉开，这个动作却让我的身体再一次蠢蠢欲动。我们的脸相距只有几厘米。

"米基，"我说，"我是米基·意外之得。"

她的头仿佛鸟儿般飞快贴近，印上我的双唇，也阻止我再说下去。她的舌头滚烫,她的双手拉扯着我的衣物,这次带着明确的目的。我费力地脱下夹克衫,解开合成帆布制成的厚实长裤,她的手立刻钻了进去。在未清扫区度过的那几周连打打手枪的隐私都没有,加上这具身体本来已经冰封了几百年,所以她的手握住我的生殖器时,我竭尽全力才做到了隐忍不发。她有所察觉,脸上浮现出笑意,双唇与我分开,我听到了几不可闻的牙齿摩擦声和她喉中传出的轻笑声。

"想进来吗?"她的口气很认真。

我摇摇头,"怎样都好,西尔维。怎样都——"

她用力一扯我的生殖器,"我不叫西尔维。"

"娜迪亚。怎样都好。"我抓住她的臀部一侧,用力将她拉向我。在进入的那一刻,我们十指相扣。

我们在昏暗的气泡屋里无力地拥抱着彼此,浑身汗水,颤抖不止。加热器向我们交缠的肢体和紧贴的身躯投下红色的光。半明半暗中,能听到微弱的声音,既像女人的哭泣,又像屋外的风在寻觅可以钻入的缝隙。

我不想看她的脸,确认究竟是哪种声音。

在嗡嗡作响的"大黑之晓号"内部,我们经由维修空隙爬进走廊,拖着湿淋淋的身子前往S37客舱。和御石说的一样,门应手而开。灯光照亮了屋内意外豪华的陈设。在潜意识里,我还以为自己会看到"格瓦拉炮群号"上那种简朴的双床位房间,但御石为我们考虑得相当周到。这间客舱配备齐全,自动成形床铺可以通过程序改为两张单人床或是一张双人大床。房间里的设施有些磨损的痕迹,空气中有股抗菌卫生球的微弱气味,让一切显得更加古朴。

"真不错。"我低声说着，一边锁上舱门，"干得漂亮，御石。太感谢了。"

这儿的卫生间几乎有单人客舱那么大，淋浴室里甚至配了喷气烘干机。我们脱得一丝不挂，抛开湿透的衣物，轮流淋浴，用暴雨般的热水与狂风般的热气彻底赶走深入骨髓的寒意。轮流沐浴多花了不少时间，但西尔维走进淋浴室时，脸上没有露出半分邀请的表情。我只好留在外面，搓着冻僵的身体。有那么一次，我看到她在淋浴间里转过身，热水冲刷着她的双乳和腹部，从她的双腿之间滴下。我感到自己的下体硬了起来，连忙从我的那堆匿踪服上拿起夹克衫，尴尬地坐在地上，用衣服遮掩我的勃起。

淋浴室里那个女人察觉了我的动作，好奇地打量着我。但她什么都没说。她也没理由开口。上次我和牧田·娜迪亚见面的时候，她正在新北海道平原上的那栋气泡屋里陷入性交后的昏睡，嘴角挂着微笑，一条胳膊松垮垮地搂着我的大腿。我抽出那条腿的时候，她只是在睡袋里翻了个身，嘀咕了一句什么。

从那以后，她再也没有出现过。

而你却赶在别人回来之前穿戴整齐，像个想掩饰自己足迹的罪犯。

面对奥尔怀疑的目光，你甚至用上了特派探员的欺骗技巧。

你跟着拉兹洛回到自己的住处，当晚一夜无眠，不敢相信自己所见所闻与所做的一切。

终于，西尔维走出淋浴室，开始烘干身体。我费力地将目光从她突然间格外性感的曲线上挪开，跟她换了位置。她什么也没说，只是用一只并未捏紧的拳头碰了碰我的肩膀，随后便走进了隔壁房间。

　　我在淋浴室里待了将近一个钟头,在几乎烫伤皮肤的热水下转动身体,茫然地自慰着,努力不去细想到达获户丸市以后该怎么做。

　　在引擎的嗡鸣声中,"大黑之晓号"向南驶去。

　　离开淋浴室时,我将我们湿透的衣物丢进卫生间,将烘干机开到最大,这才缓步走进卧室。

　　盖着被单的西尔维早已沉入梦乡,可她的身下却是她用程序调成的双人大床。

　　我站在那儿,就这么盯着她看了很久。她张着嘴,纠缠的头发披散在她脸上。那根乌木色的中央导线仿佛阳具般搭在她的一边脸颊上。这可不是我想看的画面。我把导线拢回她的头发里,让她的面庞再无遮挡。

　　她在睡梦中低声说了句什么,像刚才那样,用并未攥紧的拳头碰了碰自己的嘴。我又伫立凝视了片刻。

　　她不是她。

　　我知道她不是她。这不可能——

　　噢,就跟还有另一个武·科瓦奇在追杀你一样不可能,是吗?你的想象力哪去了,武?

　　我驻足凝望。

　　最后我恼火地耸耸肩,爬进她身边的床上,努力入睡。

　　过了好一会儿,睡梦方才到来。

14

返回荻户丸耗费的时间比我们乘坐"格瓦拉炮群号"时短得多。"大黑之晓号"坚定地穿过新北海道海岸附近的冰海,不像她的姊妹船航行时那样小心翼翼,大半航程都是全速行进。按照西尔维的说法,太阳升起后不久(透过我们昨晚忘记调成遮光模式的那扇窗户照了进来,晒醒了她),我们就在地平线上看到了荻户丸市的影子。之后不到一个钟头,我们就在人流中挤上了通往康帕秋区的舷梯。

我在阳光明媚的客舱醒来,气垫船的引擎寂静无声,而西尔维穿戴整齐,双臂交叠放在床边她跨坐着的椅背上,注视着我。我冲她眨巴着眼睛。

"怎么了?"

"你昨晚究竟做了些什么?"

我在床单下坐起身,打了个呵欠,"你能说得详细一点吗?能不能提示一下?"

"我说的是,"她厉声道,"我醒来时,你的老二顶着我的后背,硬得像破片枪的枪管。"

"呃,"我揉了揉眼睛,"抱歉。"

"你当然应该抱歉。我们从什么时候开始睡在一起的?"

我耸耸肩,"我猜是从你决定把床铺调成双人开始。我还能怎么做? 像只蠢海豹似的睡在地板上?"

"噢,"她转过脸去,"我不记得这回事了。"

"但事实如此。"我翻身想下床,突然发现自己的下体仍然坚挺。

我冲她身上的衣物点点头,"看来衣服已经干了。"

"呃,没错。多谢你把衣服烘干。"她匆匆走开,多半猜到了我的尴尬,"我去把你的衣服拿来。"

我们离开客舱,来到最近的登陆舱口,一路上没有遇到任何人。在明媚的冬日阳光下,几个安全人员站在舷梯附近,聊着渔获和海滨地区房地产业的繁荣。我们经过时,他们几乎看都没看一眼。

我们走下舷梯,混入康帕秋区早晨的人流。在距离码头两三个街区的地方,我们找到了一间破烂得不可能配备监控系统的廉价旅馆,租了一个能看到内院的房间。

"我们最好给你掩饰一下。"我说着,用藏刀割下一块破旧的窗帘,"你也知道这附近的街上有多少宗教疯子,胸前的口袋里还都放着你的照片。给你,戴上看看。"

她接过那条临时凑合的简陋头巾,一脸嫌恶地试了试,"不是说要有意留下线索,让别人知道我们来这儿了吗?"

"对,但不是让要塞那些暴徒知道。别惹无谓的麻烦。"

"好吧。"

这个房间里的数据化显示终端称得上是我见过的最破旧

的，就嵌在床边的一张桌子里。我激活屏幕，关闭我这边的图像显示，随后输入康帕秋区港务局局长的通信号码。不出所料，对方的回复是合成画面。是个二十出头的金发女子，只是细节太过精致，一看就不是真人。虽然看不到我，她依旧面露微笑。

"我能帮您什么忙吗？"

"我有重要的消息要告诉你。"我告诉她。他们会验证我的声音，但这具封存了三百年的身体又能留下什么痕迹？就连当初制造这些身体的公司都早就不存在了。再说他们看不到我的脸，很难以此追踪我的行迹。这些应该能暂时确保我们的安全。"我有理由确信，新近抵达的气垫船'大黑之晓号'在离开德拉瓦时，遭到了两名未授权乘客的入侵。"

又是那种合成的笑容，"这不可能，先生。"

"是吗？那就去S37号客舱看看吧。"我切断了通信，对西尔维点点头，后者正努力将最后一丝乱发塞进窗帘做成的头巾下。

"真合适。总算像是位举止端庄的虔诚女士了。"

"去你的。"她发间的导线仍在奋力挣扎，想钻出头巾。她则努力把那块布往后拉，免得挡住视线，"你觉得他们会找过来吗？"

"早晚的事。但他们得先去检查客舱。对于这种骚扰电话，他们肯定不会急着查证。然后他们会跟德拉瓦那边确认，那以后才会追踪这次通话。今天他们是不会来了，或许明天也不会。"

"也就是说，我们不把这地方烧光也没关系？"

我扫视着这个狭小破旧的房间，"嗅探小队恐怕找不到太多信息，毕竟这儿之前住过十几个人呢。也许只够和客舱里的痕迹做对比。不值得费那个事。再说我手头也没有燃烧弹。你呢？"

她冲着房门点点头，"康帕秋码头的随便什么地方，几百块就能买一箱。"

"听起来很诱人。只不过对其他住客就不太好了。"

她耸耸肩。我笑了。

"嘿，看来戴着那玩意儿真的让你很恼火。来吧，换个地方再提抹消痕迹的事吧。先离开这儿再说。"

我们走下倾斜的塑料楼梯，找到旅馆的侧门，没有结账就到了街上。我们再次融入来来往往的拆解者中。一群菜鸟在街角表演，以求引人注目。从旁经过的那些拆解小队给人一种队员之间互为补充、面面俱到的感觉——这点是我去了德拉瓦以后才注意到的。男人、女人和机械都带着设备。街上有指挥员，也有毒品经销商。各种新奇的小型装置在阳光下闪闪发光。古怪的宗教狂人慷慨陈词，路人则回以讥笑。街头艺人模仿当地名人以逗人发笑，用廉价的全息设备和更加廉价的木偶戏讲着故事，额度近乎告罄的信用片稀稀落落地落在他们面前的托盘里，而他们只能指望不会有太多看客给出的芯片已分文不剩。我们来来回回走了一会儿，一方面是因为我规避监控设备的习惯，另一方面则是我对某些表演的确有些兴趣。

"——疯子卢德米拉和补丁之男的惊悚故事——"

"——拆解者诊所的有料录像！来看看外科和身体测试方面的先进技术吧，先生们、女士们，最最先进的技术——"

"——英勇无比的拆解者小队夺取德拉瓦的过程纪实，全彩上映——"

"——上帝——"

"——完整盗印重制版。百分之百真实可靠！光·约瑟芬娜、米姿·哈伦、伊藤·马里奥特和其他许许多多。在第一家族最曼妙的胴体环绕中飘飘欲仙吧——"

"——拆解者纪念品。机械人偶碎片——"

在街道的一角,有块发光的招牌上用掺杂了日文的美语字母写着"武器"。我们推开上千只贝壳串成的门帘,走进商店空调营造的暖意之中。

重弹霰弹枪和电能枪挂在墙壁上,旁边是放大后的全息原理图,以及不断回放的、在新北海道的贫瘠土地上与智能机械的战斗录像。隐藏式扬声器里传出轻柔的背景音乐。

入口附近的柜台后面有个面容憔悴的女人,从头发能看出是个指挥员。她对我们简短地点点头,然后转身取下一把有些年头的等离子破片卡宾枪。旁边有个菜鸟似乎有意购买。

"瞧,你只要把这部分拉下来,备用弹药就会自动装载。看到了吧?你可以再开十几枪,之后才需要换弹药。交火的时候非常好用。对付新北海道的机械人偶群时,手头有这把武器,你会谢天谢地。"

那个菜鸟用我听不见的声音嘀咕了一句什么。我四下徘徊,寻找适合藏在身上的武器。西尔维站在那儿,暴躁地抓挠着头巾。菜鸟终于付了账,胳膊下面夹着他买的东西,转身离开。那女人这才将注意力转到我们身上。

"发现什么喜欢的东西了吗?"

"算不上,"我走到柜台边,"我不打算出海。我想找的是能造成生体损伤的武器。最好是能带到聚会上去的那种。"

"啊哈,你是个血肉杀手。"女人挤了挤眼,"噢,可能跟你的想象不同,这种事在这儿并不罕见。咱们来看看。"

她转向柜台后墙壁上的一台终端,激活了显示屏。近看之下,我这才发现她的头发里缺少那根中央导线和较粗的几根连接线。其余那些头发一动不动地贴着她苍白的皮肤，却掩不住她额头一角的环形伤疤。疤痕组织在终端屏幕前隐隐发光。她的动作僵硬，缺乏西尔维和其他拆解者的那种优雅之感。

她感受到了我的目光，目光不离屏幕地笑出了声。

"没怎么见过我这样的人，是吗？像我这样的人，我想大都不喜欢在获户丸市闲晃，免得想起当初完整的人生。有可以回的家，有可以回的故乡。如果我能想起自己有没有家乡，或者家乡在哪儿，我早就回去了。"她轻轻笑出了声，就像水管里潺潺的水声。她的手指操作着屏幕，"血肉杀手。咱们开始吧。能把人撕成碎片的武器如何？罗宁 MM86 型。短管式破片枪，能在二十米内把活人打成肉酱。"

"我要的是能随身携带的那种。"

"是啊是啊。好吧，以短射程来说，罗宁公司没出过几把比86型还小的枪。或许你想要重弹霰弹枪？"

"不，破片枪就很好，不过得更小些才行。你们还有什么？"

女人抿住上唇，这动作让她活像个老太婆。

"好吧，这儿还有些地球老家那边的牌子：H&K、卡拉什尼科夫，通用系统。你懂的，基本都是二手货。菜鸟用这些东西折价换购能杀伤智能机械的武器。瞧，这把是通用出产的'狂想曲'，配有反扫描功能，纤细轻巧，藏在衣物下时难以察觉。枪托有自动调节功能，随体温反应，在手中会变回原本大小。这把如何？"

"射程多远？"

"根据使用的模式而定。集中模式下，我得说只要你的手不发抖，应该能击中四五十米之外的目标。如果用散射模式，射程会非常有限，但它能帮你清空一整个房间的敌人。"

我点点头，"多少钱？"

"哦，价钱方面好商量。"女人笨拙地挤了挤眼，"你朋友也要买东西吗？"

西尔维站在商店的另一边，距离我们大概五六米。

她听到了那女人的话，转过头来。

"嗯，我要买你这边目录上的塞格德电磁枪。你们只有这些弹药？"

"呃……是的，"老女人对她眨眨眼，又看回显示器，"不过塞格德电磁枪也能用罗宁公司的电磁弹，两者可以兼容。需要的话，我可以给你找来两三个弹夹——"

"好。"西尔维对上我的目光，脸上挂着我无法理解的神情，"我去外面等你。"

"好主意。"

我们沉默不语，直到西尔维推开门帘，走了出去。我们盯着她看了好一会儿。

"原来她是那个类型啊。"最后，那女人轻声道。

我看着那张满是皱纹的脸，揣摩着她是否话里有话。虽然那头公然炫耀着拆解者力量的头发裹在西尔维的头巾下，但她在极远距离看清屏幕细节的本领已经足够引人瞩目了。我不清楚那个老女人的大脑还有多强的分析能力，或是她是否关心生意之外的事。又或是她在几小时后是否还会记得我们。

"只有点小技巧而已。"我无力地说，"我们，呃，是不是该谈价钱了？"

回到街上，我发现西尔维站在一群人的外围，人群前方是个全息图像说书人。那是个老头儿，但他操纵显示控制器的那双手却十分灵活,喉咙上贴着的合成系统不断调节着他的声线,以契合故事中的不同人物。那台全息显示器是在他脚边的一个苍白的球体,里面是各色人物。我扯了扯西尔维的胳膊,这时"奎尔"两个字传入我的耳中。

"天哪,你觉得自己在这儿还不够显眼吗?"

"嘘,闭嘴。好好听着。"

"奎尔离开贝拉草商人的家以后,看到一群人在码头区域大喊大叫,做着愤怒的手势。她看不太清发生了什么。记住,我的朋友们,那儿可是沙尔雅,那里的阳光炽热灼人,而且——"

"而且那儿根本没有贝拉草这种东西。"我在西尔维的耳边嘀咕。

"嘘——"

"——于是她眯起眼睛,更仔细地打量,可是……噢。"说书人放下控制器,朝手指呵了口气。在全息显示器里,奎尔的身影静止不动,她周围的场景也暗淡下来,"或许我今天该收工了。天气太冷,我也不再年轻了,我这把老骨头——"

人群中响起了异口同声的抗议。信用片瀑布般落进说书人脚边那只翻转过来的水母滤网里。那人笑了笑,又拾起控制器。全息屏幕亮了起来。

"各位真是好心。噢,于是奎尔走进叫嚣的人群,看到中央处躺着个年轻妓女,衣服被撕得破破烂烂,她那对樱桃色乳头、形状完美的乳房傲然挺立在温暖的空气中,也暴露在所有人面前,至于她细长光滑的大腿间那丛柔软的黑色毛发,简直就像凶残的裂翼鸟阴影下的一只受惊的小动物。"

全息画面善解人意地切换到了特写镜头。我们周围的几个人踮起了脚尖。我叹了口气。

"站在她面前、紧盯着她不放的,是两个臭名昭著的黑袍宗教警察,留着大胡子、手握长刀的牧师。他们的双眼闪烁着对血腥的渴望,他们的牙齿在胡须间闪闪发光,为他们有权对那位无助女子的年轻肉体肆意妄为而得意扬扬。

"奎尔将自己的身体挡在刀尖与那个年轻妓女暴露的肉体之间,随后她用悦耳的声音说道:**这算什么?** 人群听到她的声音,顿时沉默下来。她再次问道:**这算什么?你们为何迫害这名女子?** 所有人都缄口不言。最后,两个黑衣牧师之一声称那个女人因卖淫而被捕。根据沙尔雅的法律,她将被处以死刑,她的鲜血将洒进沙漠,尸体将抛入大海。"

有那么一瞬间,我的脑海边缘闪现出些许悲伤和愤怒。我强行压下,用力呼出一口气。我周围的听众纷纷挤向前去,或是弯腰,或是伸长脖子,只求看清屏幕。我身边有人用力推挤着我,我狠狠一肘撞上他的肋部。我听到了尖叫与怒骂声,然后是其他人的嘘声。

"于是奎尔转向人群,询问说,**你们有谁从未与妓女犯下过淫欲之罪?** 人群更加安静,谁也不敢对上她的目光。但其中一位牧师却愤怒地指责她干涉神圣律法的执行,于是她直截了当地问他,**你是否从没睡过妓女?** 人群中有许多认识他的人,这时纷纷大笑起来,他也只能承认有过这种事。但他又说,喇嘛的追随者是不一样的。**那么你就是个伪君子。** 奎尔说着,从她的灰色大衣里掏出一把大口径左轮手枪,朝那牧师的两边膝盖各开了一枪。他惨叫着倒在地上。"

全息显示器里传来两声轻微的"砰",然后是微弱的尖叫声。说书人点点头,清了清嗓子。

"**把他带走**,奎尔命令道。听到她的话,两个人走了出来,抬走了那个尖叫不止的牧师。要我说的话,我想他们很乐意趁机离开,因为看到奎尔手里的那把武器时,所有人都害怕得说不出话来。惨叫声在远处消失,码头上的海风和奎尔脚边那个漂亮妓女的呜咽声打破了寂静。这时奎尔转向另一个牧师,那把大口径左轮手枪对准了他。**轮到你了,**她说。**你敢不敢说自己从没睡过妓女?** 那牧师站起身,回望她的双眼,说:我是个牧师,我这辈子从没睡过任何女人,因为我不想玷污我神圣的身躯。"

说书人摆了个戏剧化的姿势,等待着。

"他这么说有点冒险啊,"我对西尔维低声道,"要塞可就在山上。"

她却置若罔闻地俯视着那只小小的全息显示球体。

我看到她的身躯有些摇晃。

噢,该死。

我抓住她的胳膊,她却不耐烦地甩开了我。

"啊,奎尔站在一袭黑袍的男人面前,看着他黑玉般的炽热双眼,知道他说的是真话。她看了看手里的左轮手枪,又看回那个人。然后她说,**那么你就是个顽固不化的狂信徒。** 接着她朝他的脸开了一枪。"

又是一声微弱的"砰",全息显示画面染成了鲜红。接下来是牧师中弹的面孔的特写镜头。人群中传来鼓掌与喝彩声。说书人露出谦卑的笑容,等待人们安静下来。在我身边,西尔维的样子仿佛刚刚睡醒。说书人咧嘴笑了。

"好了,我的朋友们,你们应该也想象得到,这位美丽的年轻妓女非常感谢她的救命恩人。等人群抬走第二个牧师的尸体以后,她邀请奎尔去她的家,在那儿——"说书人又一次放下控制器,双臂抱住自己。他夸张地发起抖来,双手用力揉搓着胳膊。

"可天气实在太冷,我恐怕没法再说下去了。我不能——"

又一轮抗议声中,我再次抓住西尔维的胳膊,拉着她离开人群。她没有反对。走出几步后,她茫然回头,看了看说书人,又看了看我。

"我从没去过沙尔雅。"她用困惑的语气说。

"是啊,我敢打赌他也没去过。"我小心翼翼地看着她的双眼,"奎尔肯定也从没去过那儿。但这仍然是个好故事。"

15

　　我从码头某个地摊商人那儿买了一捆一次性手机,掏出一台打给拉兹洛。他的声音有些不清晰。干扰和抗干扰信号始终笼罩着新北海道,就像几千年前地球的大城市终年烟雾弥漫那样。

　　"麻烦你大点声说。"我告诉他。

　　"⋯⋯她还没恢复到能用网络,是吧?"

　　"她说还没有。她的状况不太好。听着,我已经留下了线索。你要做好心理准备,明天车屋恐怕就会恶狠狠地去你那儿敲门。你最好现在就想好不在场证明。"

　　"我?需要吗?"

　　我忍不住笑了起来,"那个科瓦奇有什么动静吗?"

　　在强烈的静电音和噪音中,他的回答难以分辨。

　　"麻烦再说一遍。"

　　"⋯⋯今天早上,说他昨天在肖普朗附近看到骷髅帮小队和几张他不认识的面孔在一起,看起来就⋯⋯快速前往南方。或许今晚就能回到滩头防区。"

"好吧。等科瓦奇出现的时候,你们要当心。那家伙是个危险的混蛋。千万记住。保持警惕。"

"我们会的,"一阵漫长的、夹杂着静电音的停顿,"嘿,米基,你在好好照看她吧?"

我哼了一声,"没有,我正打算剥了她的头皮,把剩下的那些卖给数据中间商。你以为呢?"

"我就知道你——"又一阵干扰抹去了他的声音,"——果不能,就带她去找能帮她的人。"

"噢,我们正在这么做呢。"

"……米尔斯波特?"

我猜到了他的问题,"我不知道。总之现在还不会去。"

"有必要的话就去吧,伙计。"他的声音渐渐小了下去,因遥远而微弱,又因干扰而模糊不清,"不惜一切代价。"

"拉兹,我听不清你的话了。我得挂了。"

"……保重,米基。"

"噢,你也是。我会再联系你的。"

我切断了通信,把电话从耳边拿开,在手里掂量了一下。我对着大海眺望了好一会儿,然后又翻出一台手机,拨出了某个在记忆中封存了数十年的号码。

就像哈伦世界的许多城镇那样,荻户丸市建在山间,而山脉的半山腰以下都淹没在海水中,可供建筑的土地少之又少。与即将进入更新世①时的地球相比,哈伦世界的气候变化似乎反其道而行之。两极冰盖消融,海平面升起,淹没了这颗小小行星上几乎所有的大陆,只有两块例外。物种灭绝随之到来,其中包括颇具潜力的长牙海岸居民。某些证据显示他们已经发展出了粗

①地质时代第四纪的早期,显著特征为气候变冷,人类也于该时期出现。

糙的石制工具,学会了火的使用,还根据哈伦世界的三颗月亮的复杂引力规律创建出了一种宗教。

很明显,这些不足以让他们幸存下来。

但是,当火星人殖民者抵达这颗星球的时候,土地的问题却似乎未曾困扰过他们。他们在最陡峭的山坡上建造高大复杂的"鹰巢塔",对海平面位置的那些小块平地几乎视而不见。五十万年后,火星人已然离去,鹰巢塔的废墟承受着新一波人类殖民者的惊讶目光,却大都无人问津。凭借着火星的废弃都市里发掘出的宇航图,我们来到了这颗星球,但在抵达之后,我们能依靠的只有自己。人类没有翅膀,又被轨道卫星禁止了大部分常用飞行技术,只能在两块大陆上建起传统的城市,在米尔斯波特群岛中心建立跨岛式的庞大都会,并在便于航路中转的各个地点建起小型港口。

荻户丸市是一座十公里长、建筑稠密的条状海滨城市,从海边一直朝崇山峻岭之间延伸,建筑物也逐渐稀疏,最后完全消失。这里有一座怪石嶙峋的山麓小丘,高大的要塞就耸立其上,多半是想在高度方面与几近神话的火星人遗迹靠拢。更远处则有一条人类考古队很久之前用炸药开辟出的狭窄山道,通往真正的遗迹。

现如今,已经没有考古队继续发掘荻户丸市的火星人遗迹了。所有与破解轨道卫星军用机能无关的项目,研究经费都被大量削减。那些拿不到军方合同的公会会长早就借由超空间传输去了雷蒂默星系。有些特别固执的考古队仍在米尔斯波特和南方地区的几座重要废墟挖掘,只不过资金大部分是他们自掏腰包。但在荻户丸这边的山坡上,挖掘营地早已废弃,就像旁边骨架般的火星高塔那样荒凉。

"听起来好得不真实。"在码头的临街商店购买口粮的时候，我说，"你确定那地方既没有年轻情侣，也没有网络流浪汉？"

作为回答，她意味深长地看了我一眼，扯了扯一丝逸出头巾的头发。我耸耸肩。

"那好吧。"我拿起一瓶密封包装的安非他命可乐，"樱桃口味的行吗？"

"不要，味道太恶心了。原味的就好。"

我们买了几只装口粮用的背包，在码头区随便选了条上坡的街道，往前走去。不到一个钟头，周围的喧嚣和房屋便开始减少，街道的坡度也越来越陡。我们放慢了步速，每次落脚也更加谨慎。我不时打量西尔维，但她没有表现出丝毫动摇。

看起来，清新的空气和冰冷的阳光对她挺有好处。她从早上开始不时绷紧的眉头此时舒展开来，甚至还露出了一两次笑容。随着高度的增加，周围岩石上的矿脉开始折射阳光，风景也值得欣赏了。我们数次停下休息，一边喝水，一边眺望着海岸上的荻户丸市与更远处的大海。

"当个火星人一定很酷。"在路上，她只说了这么一句话。

"我想也是。"

在一道巨大的岩石壁之后，第一座鹰巢塔映入我们的眼帘。

这座火星塔的高度足有将近一千米，塔身扭曲肿胀，让人觉得很不舒服。塔周有凸出的落脚平台，看起来就像切成薄片的舌头。塔顶宽阔，还有通风口。入口的形状基于椭圆形，却千变万化，从阴道般的细长到丰满的心形，令人眼花缭乱。到处都悬垂着缆索。你会有种转瞬即逝却不断重复的印象：这座高塔会在强风中高歌，甚至会像巨大的风车那样旋转。

在这条通往鹰巢塔的小路两旁，矮小而坚固的人造建筑物挤成一团,就像童话里公主脚边的一窝丑陋的小狗儿。这五栋小屋的建筑风格跟新北海道的废墟相似,老旧的自动系统控制下的蓝色灯光从屋内照射出来。我们在第一栋小屋边停下脚步,丢下背包。我眯起眼睛,计算天使之火发射的角度,记下敌人来袭时可用的掩体,以及如何抵抗可能的攻击。这些或多或少是个无意识的过程,也是特派探员特有的消磨时间的方法。

西尔维扯下头巾,晃了晃头发,神情明显放松了不少。

"一会儿就好。"她说。

我继续下意识地评估这个挖掘场地的防御机能。

在任何能轻易飞上天空的行星,我们只能算是活靶子。但一般的规则在哈伦世界并不适用。在这里,最重型的飞行机械只是使用古老的螺旋桨、限载六人的直升机,而且不能配备智能系统和激光武器。否则你会在半空中化为灰烬。使用反重力设备的个人飞行器或者纳米级直升机也是相同下场。天使之火的限制似乎既包括科技水平,又包括物理质量。高度上限是大约四百米。我们所在的海拔已经超过了这个数字,因此可以断定,如果有人想接近我们,唯一的方法就是步行沿路上来。或者,如果他们愿意的话,也可以从旁边的悬崖爬上来。

在我身后,西尔维满意地嘟囔了一声。我转过身,看到小屋的门自行打开了。她讽刺地打了个手势。

"教授先生,您先请。"

我们刚把背包搬进屋里,待机指示灯便闪烁着从蓝变白,不知何处传来空调打开的声音。数据显示屏在角落的一张桌子上亮起。周围弥漫着抗菌剂的气味,但随着系统登录为"已占用",空气开始逐渐变化。我把背包丢到墙角,脱掉夹克衫,拉过一张椅子。

"厨用设施在另外一栋屋子里。"西尔维说着,继续在屋里走来走去,打开几扇通向里间的房门,"不过我们买的大部分口粮都是自加热式的。其他必需品这儿都有。盥洗室在那儿。床在那儿、那儿和那儿。很抱歉,都没有自动成形功能。我在房间里找到的说明书上写着,这儿一共能睡下六个人。这里接入了数据系统,直接通过米尔斯波特大学的数据堆栈连接到全球网络。"

我点点头,懒洋洋地伸手拂过数据屏幕。在我的对面,一位衣着庄重的年轻女性在微光中凭空出现。她古雅而正式地鞠了一躬。

"意外之得教授。"

我瞥了西尔维一眼,"真有趣。"

"我是挖掘301号。您需要我做什么?"

我打了个呵欠,扫视了一圈房间,"这地方有什么防御系统吗,301号?"

"如果您指的是武器,"合成影像谨慎地答道,"恐怕没有。在重要的外星文明废墟附近动用武器或是难以驾驭的能量,这些都是不可原谅的行为。只不过,挖掘场的所有单位都由极端难以破解的加密系统保护着。"

我又瞥了眼西尔维。她咧嘴笑了笑。我清了清嗓子。

"好吧。那监控系统呢?你们的传感器能扫描到山下多远的地方?"

"我的意识范围只能覆盖挖掘场和从属的建筑物。然而,通过完整的全球数据线路,我可以接入——"

"噢,多谢。就这样吧。"

合成影像消失不见,房间里一时间显得昏暗而寂静。西尔维走到房门边，关上了门。她比画了一下周围。

"你觉得我们在这儿安全吗？"

我耸耸肩，想起了田奈濑陀的威胁。**向全球发出逮捕你的命令**。"反正不比我想到的其他地方更危险。个人来说，我更想今晚就去米尔斯波特，但那正是——"

我停了口。她好奇地看着我。

"正是什么？"

正是我决定让你来拿主意，而不是听从我自身想法的原因。因为我能想到的所有躲藏的方法，他很可能都想得到。

"正是他们认为我们会去的地方。"我换了个说法，"如果我们走运的话，他们一到荻户丸市，就会找来尽可能快的交通工具，赶去南边。"

她拉过我对面的椅子，跨坐在上面。

"是啊。那我们这段时间该做什么呢？"

"你这是在向我求欢吗？"

我这句话不经大脑就说出了口。她瞪大了眼睛。

"你——"

"抱歉。很抱歉，我只是，呃，在说笑。"

这句谎话的水平足以让我成为其他特派探员的笑柄。我几乎能看见维吉尼亚·维杜拉难以置信地大摇其头。

这句谎话就连罗伊高星上刚刚接受过信任圣礼、处在"接纳双周"期间的僧侣都不会相信。当然更不可能骗过大岛·西尔维了。

"你瞧，米基。"她缓缓地说，"我知道大胡子那次我欠你一个情，而且我喜欢你。相当喜欢你。可——"

"嘿，我是说真的。只是说笑。就是不太高明。"

"我可没说我没考虑过。我想我甚至有几个晚上梦到过。"她咧嘴笑笑,我的小腹骤然一热,"你能相信吗?"

我又故作轻松地耸耸肩,"你说什么就是什么吧。"

"只不过,"她摇摇头,"我不了解你,米基。我甚至不比六个星期前更了解你,这有点让人害怕。"

"是啊,我换过身体了。这可以——"

"不,不是这样。你把内心封闭起来了,米基。比我见过的所有人封闭得都要严密。相信我,我不是没见过世面的人。你走进那家酒吧,光凭身上的一把刀子就杀掉了所有人,还一副轻车熟路的样子。而且自始至终,你脸上都挂着那种微笑。"她摸了摸头发,动作在我看来有些尴尬,"靠这东西,只要我愿意,就能清楚地回想起来。我看到了你的脸,到现在还能看见。你一直在笑,米基。"

我一言不发。

"我不认为我愿意跟那样的人上床。好吧,"她自嘲地笑了笑,"这是说谎。一部分的我愿意,非常愿意。但我早就学会不去信任那部分自我了。"

"或许这是个非常明智的决定。"

"是啊。或许。"她甩开面前的头发,换上更坚定的微笑,再次与我四目相对,"你去过要塞,挖出了他们的存储器。为什么,米基?"

我回以微笑,站了起来,"你知道的,西尔维,一部分的我真的很愿意告诉你。可——"

"好吧,好吧。"

"——但我早就学会不去信任那部分自我了。"

"真幽默。"

"我在努力。你瞧,趁着天色还没暗下来,我得去外面确认一两件事。很快就回来。如果你还觉得欠着我的情,那就在我出去的时候帮我个小忙吧:忘了我刚才一时嘴快说出的蠢话。我会非常感激。"

她转过头看向数据化显示屏。她的声音放得很轻,"当然。没问题。"

不,有问题。我把这几个字咽回肚里,走向房门。**问题大了。而且我毫无解决的办法。**

第二个号码几乎立刻就接通了。电话那头是个粗鲁的男性声音,听起来没兴趣跟任何人说话。

"喂?"

"雅罗斯拉夫?"

"是。"口气很不耐烦,"你哪位?"

"一只小蓝虫。"

寂静蔓延开来。就连静电音也掩盖不住。

与我和拉兹洛的通讯相比,这次的线路十分顺畅。我甚至能听到电话那一头的震惊。

"你哪位?"他的语气完全变了,硬得像干燥后的永凝土,"打开视频功能,我得瞧瞧你的脸。"

"开了也没用。我这具身体你是认不出来的。"

"我认识你吗?"

"这么说吧:我去雷蒂默星系的时候,你就不怎么信任我,我也完全没有辜负你对我的怀疑。"

"你! 你回到哈伦世界了?"

"噢,不,我是在轨道上打给你的。你他妈以为我在哪儿?"

长长的停顿。呼吸声。我条件反射地将警惕的目光投向康帕秋区码头的方向。

"你有什么目的?"

"你知道我有什么目的?"

又一阵犹豫,"她不在。"

"得了吧。让她接电话。"

"我是说真的。她走了。"他说这话的时候,语气里有一丝慌张——这足以让我相信他了,"你什么时候回来的?"

"不久之前。她去哪儿了?"

"不知道。非要猜的话……"喘息中,他的声音渐渐小了下去。我瞥了眼从未清扫区的地堡里弄来的手表。在人类离开的三百年里,它始终分毫不差地走着。这几年用惯了内置计时芯片,手表让我有种怪异的陈旧感。

"你最好猜猜看。这事很重要。"

"你没告诉任何人你要回来。我们以为——"

"是啊,我可不想要什么欢迎派对。现在猜猜看吧。她去了哪儿?"

我甚至听得出他绷紧了嘴唇,"去维切拉看看吧。"

"维切拉海滩? 噢,得了吧。"

"爱信不信。反正不关我的事。"

"她现在才想到去那儿? 我还以为——"

"是啊,我也一样。但她离开以后,我试过——"他住了口。我听到他吞咽口水的声音,"我们的联名账户还在。她搭乘一艘科苏特快速货船去了南方,到那儿以后又买了一具新身体,冲浪者规格。花光了存款才买下,一点儿不剩。她肯定是,我知道她肯定是跟那个杂种——"

　　他的声音戛然而止。难堪的沉默随之而来。残存的自尊心让他没法再说下去了。

　　我努力换上轻柔的语气。

　　"这么说,你觉得布拉西还在那儿?"

　　"维切拉海滩还能有什么?"他语气苦涩。

　　"好吧,雅罗。这些就够了。多谢了,伙计。"这句话让我自己也有些惊讶,"你也看开点吧。"

　　他咕哝了一声。就在我打算挂断电话的时候,他清了清嗓子,开了口。

　　"听着,如果你见到她,跟她说……"

　　我静静等着。

　　"妈的,还是算了。"然后他挂了电话。

　　白昼正在远去。

　　在我脚下,夜幕从海上席卷而来,荻户丸市的灯火也渐次亮起。浑圆的布袋月挂在西方的地平线上,朝水面投下一条橘黄色。正值上弦的鞠华音月挂在头顶,投下铜色的月光。放眼海面,深沉的暮色中点缀着捕捞船的夜航灯。码头的喧嚣声依稀传来。

　　我回头看向那栋式样古老的小屋,眼角余光扫到了火星人的鹰巢塔。它庞大而单薄,耸立在我右方昏暗的天空下,就像某种死去多年之物的骸骨。铜中间橘的月光照进鹰巢塔上的孔洞,有时又以出人意料的角度折射出来。寒风随着夜色到来,塔身悬垂的缆索在风中懒洋洋地摇晃着。

　　人类远离鹰巢塔,是因为它们在我们的世界里缺乏价值。但我总觉得这并非全部的理由。我认识的一位考古学家曾对我说,在摄政府管理下的每颗星球,人类的聚落形态都会避免与火星文明的遗迹有任何相似之处。她说这是一种本能,是我们传承自先祖的恐惧。挖掘工作停止的那一刻,因此兴起的城镇也开始消亡。只有别无选择的人才会留下。

我注视着鹰巢塔下破碎的月光和阴影,那种古老的恐惧也有些许渗进了我的心里。不难想象,在渐沉的黄昏中,诸多双翼宽阔、仿佛猛禽的侧影在夜空中缓缓转向,比地球上人类见过的所有飞禽更加庞大,也更加棱角分明。

我恼火地把这番想象抛到脑后。

还是来关注真正的问题吧,对吧,米基?需要操心的事已经够多了。

小屋的门收缩打开,灯光洒落出来,让我突然意识到周围的空气变得多么寒冷。

"你要进来吃点东西吗?"她问我。

16

在山上的时光并没有带给我们什么好处。

第一天早晨,我睡到很晚才起,头却反而隐隐作痛,走出卧室时仍旧意识蒙眬。荣春堂的这具身体看来不是为生活颓废的人设计的。西尔维不在附近,桌上散落着好几种早餐,包装大都已经打开。我翻找了一阵,找到一罐还没开过的咖啡,打开包装,站在窗边喝了一大口。梦中的情景在我脑海中依稀掠过,大都与溺水有关。

这是这具身体储藏在水槽中的漫长岁月所遗留的痕迹。刚到未清扫区的那段时间,我也做过这种梦。但与智能机械的搏斗以及潜入者小队的快节奏生活压抑了这种影响,让我每天面对的更多是传统的战斗/逃跑的选择,以及我重叠复合、杂乱无章的意识所产生的那些胡思乱想。

"您醒了。"挖掘301号说着,在我视野边缘的微光中现身。

我转头看向她,举起罐装咖啡,"差不多吧。"

"您的同事给您留了言。您想听吗?"

"大概吧。"

"米基，我要去城里一趟。"西尔维的声音从合成影像的口中传出，其外观却没有相应的改变。对尚未彻底清醒的我来说，这句话带来的打击意外地沉重。除了强烈的不协调感以外，还让我想起了那个令人不快的核心问题。"我得去找家数据中心，试试能不能接入网络，最好能跟奥尔他们联络上。看看那边情况如何。我会带些吃的东西回来。留言结束。"

"留言结束"这几个字是合成影像的声音，感觉十分突兀，令我一阵茫然。我点点头，端着咖啡来到桌边，拂开盖在数据化屏幕上的早餐包装，盯着它沉思了一会儿。挖掘301号停留在我身后。

"我可以用这玩意儿连接到米尔斯波特大学的网络，在他们的公共数据堆栈里搜索，没错吧？"

"您问我的话会更快。"合成影像谦逊地说。

"好吧。帮我进行概要搜索。"我叹了口气，"奎尔克里斯特·法——"

"进行中。"不知是因为废弃多年导致她缺乏耐心，还是仅仅因为语音识别机能太过糟糕，总之我还没说完，合成影像就开始了搜索。

屏幕亮起，随后扩展开来。挖掘301号的袖珍头像出现在屏幕顶端，进行着搜索。

说明性图像出现在头像下方。我打着呵欠看着那些图片。"相符结果之一：奎尔克里斯特草，又称奎尔谷，哈伦世界特有的两栖类野草。奎尔克里斯特草是一种浅水海草，外观为黄褐色，主要生长于温带。具备一定的营养价值，但无法与地球原生及人工培养的杂交谷物相比，因此不被视为拥有足够经济价值的粮食作物。"

我点点头。这不是我想找的内容，不过——

"成熟的奎尔克里斯特草中可以提炼出某些药用成分，但除了米尔斯波特群岛南部的特定小团体以外，真正进行提炼的情况相当少见。奎尔克里斯特草的特色其实只是它不同寻常的生命周期。长时间处于无水环境下，它的豆荚会晒干为黑色的粉末，可以随风飘洒到数百公里以外。它的其余部分会枯萎腐烂，但草粉在与水接触的那一刻便会重组为细小的叶片，随后仅需几周时间就能长成完整的植物。

"相符结果之二，奎尔克里斯特·法尔科内，是动乱年代的反叛军领袖与政治思想家牧田·娜迪亚所用的化名。牧田·娜迪亚于星际殖民纪元47年4月18日出生于米尔斯波特，105年10月33日去世。她是米尔斯波特记者牧田·斯蒂芬与航海工程师木村夫佐子的独女。牧田·娜迪亚曾在米尔斯波特大学研究民主动态学，出版过一篇引起争议的硕士论文，《性别角色泄露与新时代神话》，另外还有三本充满隐喻的诗歌集，后者面世不久便被米尔斯波特文学界顶礼膜拜。死后——"

"这部分麻烦你讲得仔细些，301号。"

"星际殖民纪元67年的冬天，牧田·娜迪亚离开学术界。据说她分别拒绝了社会科学系待遇良好的研究职位，以及第一家族某位主要成员对其文学创作的资助。67年10月至71年5月，她在哈伦世界广为游历，旅费部分由她的父母提供，部分通过收割贝拉草和采摘岩架果之类的卑贱工作赚取。人们普遍认为，牧田·娜迪亚与这些工人共同劳作的经历更加坚定了她的政治信仰。这两类工人的工薪与工作环境同样糟糕，另外，衰弱疾病在贝拉草农夫中十分常见，而岩架果采摘工人则有高空坠亡的风险。

　　"星际殖民纪元69年初,牧田·娜迪亚在激进期刊《新星》与《变幻之海》上发表了多篇文章(她的父母同时订阅了这两份期刊),从中可以看出与她学生时代的改革派倾向的差异。她提出了一种革命性的新道德标准,其内容借鉴了极端主义的'存在搁浅论',但观点更为激进,对搁浅论与统治阶级的政策进行了同样严厉的批评。这套理论并没有得到当时的激进知识分子的支持,而她发现自己尽管被视为杰出的思想家,却渐渐脱离了变革的主流。由于她的新政治理论难以准确概括,她在一篇名为《偶然革命》的文章中将其命名为'奎尔主义'。在这篇文章中,她提出**现代革命虽然会在强权的压迫下丧失活力,但其精髓必定会传播到四面八方,就像奎尔克里斯特草粉那样,无所不在,无迹可寻,却拥有在合适的场所与时机死灰复燃的力量。**人们普遍相信,她改用化名就是在得到奎尔克里斯特草的启迪之后不久。但她所用的姓氏'法尔科内'的由来却仍有争议。

　　"在71年5月于科苏特洲发生的贝拉草暴乱与对应的镇压之后,牧田·娜迪亚头一次作为游击队员出现在——"

　　"等等。"罐装咖啡不怎么有效,这些熟悉的事实让坐着的我有些昏昏欲睡。我又打了个呵欠,起身丢掉罐子,"好吧,或许还是别这么详细了。稍微跳过一些部分吧。"

　　"这是一场革命,"挖掘301号顺从地说,"但新近崛起的奎尔主义者毫无获胜的希望,因为他们面对着内部的敌对——"

　　"再多跳过一些。从第二次战争开始。"

　　"整整二十五年后,那段原本看来夸张的修辞如今成了至理名言。借用牧田·娜迪亚本人的比喻,康拉德·哈伦所说的那场'悲惨的正义风暴'将奎尔克里斯特草粉散播到了四面八方。奎尔主义失败的余波中,新的抵抗运动于十余个不同地方再次掀起。第二次战争的开始正如牧田·娜迪亚的预料,但叛乱却最终发展到了面目全非的地步。在当时的——"

我在背包里翻找着咖啡,同时懒洋洋地听着叙述。这些我都知道。到了第二次战争期间,奎尔主义已经不再是新生事物。在哈伦家族镇压下蛰伏了一整个时代之后,它已经成为这颗星球上仅剩的激进势力。其他政治团体或是武力抵抗,或是出卖灵魂,最终全都无法避免垮台的命运。面对摄政府支持的政府军队,那些曾经光鲜的名字终究成了过去时。

而在此期间,奎尔主义者却隐姓埋名,悄然远去。他们不再抵抗,而是像牧田·娜迪亚所要求的那样,过起了各自的生活。**科技实现了我们的祖先只能想象的漫长人生,所以如果我们希望实现梦想,就必须利用这份漫长,依靠这份漫长存活下去。**二十五年后,事业有成、家庭圆满、子女都已长大的他们卷土重来,再次投身斗争。他们的年岁增长不多,却久经世故,更加睿智,更加坚定,也更加强大。而那个传闻始终鼓舞着每一位起义者的心灵:奎尔克里斯特·法尔科内也将归来。

如果说牧田·娜迪亚二十五年来逍遥法外的事实——这几乎成了人们口中的传奇——已经让政府部队焦头烂额,那么她的归来则是更加沉重的打击。她当时已经五十三岁,但换了新身体,就连从前的密友都认不出来。她仿佛复仇的幽灵般穿过上一次革命的废墟,而她的第一批猎物就是旧日盟友之中的背叛者。这一次,她不会再让派系争斗影响大局,也不会再让叛徒有机会割断她的脚筋,将她出卖给哈伦家族。

新共产派、公有社会党、新日之道、渐进主义议会与自由社会党……她找到了这些对过去权势念念不忘的家伙,把他们全部杀光。

等到她转而攻击第一家族和他们的忠实走狗之时,所掀起的已经不再是一场革命。

而是动乱。

是战争。

为时三年,最后是对米尔斯波特的袭击。

我打开第二罐咖啡,在301号给故事收尾时喝了起来。这个故事我小时候就已经听过无数次,每次听的时候,我都期待着最后一刻的大逆转,就算把无可避免的悲剧延后一些也好。

“米尔斯波特牢牢掌控在政府部队的手中,奎尔主义者的攻势遭到挫败。这时,政府军提出了相当合理的和解方案。牧田·娜迪亚却相信敌人还有比抓捕她更为紧要的事务需要操心。她坚信政府的唯利是图。错误的情报导致她误判了自己的被俘或死去对和平协议的决定性影响。等她意识到错误的那一刻,敌人已经布下了天罗地网……”

不折不扣的“天罗地网”。哈伦派去包围阿拉巴多斯火山口的战舰比战争中任何一场海战都多。飞行员们几近自杀地将直升机悬停在四百米上限高度的边缘。特种部队的狙击手挤满机舱,配备的武器火力达到了推测中轨道卫星的程序允许的极限。他们接受的命令是不惜一切代价消灭所有逃跑的飞行器,有必要的话,甚至可以进行空战。

“到了最后,牧田·娜迪亚的追随者们孤注一掷,冒险使用无装甲的喷气直升机进行高空飞行,以为轨道卫星不会注意。然而——”

“噢,好了,301号。这些就够了。”我喝光了咖啡。然而,结果却糟糕透顶。然而,他们的计划存在瑕疵(或者参与者里有个心思缜密的叛徒)。然而,一道天使之火却从阿拉巴多斯的天空落下,将那架喷气直升机瞬间烧得一干二净。然而,牧田·娜迪亚的有机分子与金属灰烬一同缓缓飘落到了海面上。"关于她成功脱逃的传说呢?"

"就像所有英雄人物那样,有关奎尔克里斯特·法尔科内死里逃生的传言层出不穷。"挖掘301号的语气似乎带上了一丝责备,但那恐怕只是我昏沉之中的想象。"有人相信她一开始就没有坐上那架喷气直升机,随后又乔装打扮,跟着地面部队离开了阿拉巴多斯。更可信的理论则认为,在她死前的某个时刻,法尔科内的意识做了备份。战争引起的风波过去以后,有人复活了她。"

我点点头,"那么,她的意识储存在哪儿?"

"说法有很多种。"合成影像优雅地抬起一只手,依次伸出纤细的手指,"有人声称她被超空间传输去了外世界,或是外太空的某个数据储存库——"

"这种可能性……哼哼。"

"——或是送去了她的朋友所在的其他星际殖民地。最常见的说法是阿德雷辛和恩克鲁玛。另有说法暗示她在新北海道的战斗中受到可能致命的伤势时就做了备份。可是,等她痊愈以后,她的追随者把备份忘了个一干二净——"

"哼哼。对于你最崇拜的英勇领袖的意识备份,谁不是说忘就忘呢。"

我的插话让挖掘301号皱起了眉头,"那种说法有个前提:大规模混战中,大量人员死亡,通信全面崩溃。这类情形在新北海道战役期间的确发生过好几次。"

"唔。"

"米尔斯波特则是传说中的另一个储存地点。当时的历史学家提出,牧田氏的家庭足以跻身中产阶级,因此肯定有财力使用秘密储存设备。许多数据中介公司都打赢过关于维护用户隐私的官司。米尔斯波特都会区域的秘密储存意识的总量大约超过——"

"你相信哪种说法?"

叙述声戛然而止,301号的嘴巴都没来得及合拢。投射影像泛起一阵涟漪。微小的机械代码短暂地出现在她的右臀、左胸和眼前。

她换上了机械式的单调语气。

"我是哈坎尼数据系统服务影像,仅具备基础互动水平。我无法回答你的问题。"

"就是说你什么也不信喽?"

"我所认知的只有数据,或许还有数据提供的趋势。"

"听起来不错。那么算算看吧。这些说法里,可能性最大的是哪个?"

"根据现有数据计算,可能性最大的结论是:牧田·娜迪亚乘上了阿拉巴多斯的奎尔军喷气直升机,随后被轨道卫星的攻击汽化,不复存在。"

我又点点头,叹了口气。

"好吧。"

一两个钟头以后,西尔维带着新鲜水果和一盒热腾腾的五香虾糕回来了。这一餐的大部分是在沉默中吃完的。

"你连上网络了吗?"期间我问了这么一句。

"没,"她一边咀嚼一边摇头,"有点不对劲。我能感觉到。我能感觉到他们就在那儿,可我不能确定具体位置,所以没法建立通信线路。"

她垂下目光,皱起眉头,看起来似乎很痛苦。

"有点不对劲。"她轻声重复道。

"你没把头巾摘下来吧?"

她看向我,"不,我没摘掉头巾。它不会影响功能的,米基,只是让我不爽而已。"

我耸耸肩,"我看着也很不爽。"

她的双眼看向我平时放着存储器的衣袋,却什么也没说。

我们保持着距离度过了这一天。大部分时间里,西尔维都坐在显示屏前,偶尔还在不开口也不触摸屏幕的情况下改变显示的内容。在此期间,她去了一次卧室,然后躺在床上,盯着天花板看了整整一个钟头。

在去盥洗室的路上,我经过她的卧室门口,看到她的双唇无声地翕动着。我洗了个澡,站在窗边,吃了些水果,又喝了些我并不想喝的咖啡。最后我走到屋外,绕着鹰巢塔的底部边缘闲逛,一路上随意地跟挖掘301号聊着天——出于某种理由,她觉得自己有责任跟来。或许她是想确保我不会弄坏这儿的东西吧。

冰冷的山地空气中弥漫着难以名状的紧张。就像准备做爱的时候,或是面对阴沉天空的时候。

我们没法永远留在这儿,我很清楚。

天黑了下来。寡言少语地吃完又一顿饭以后,我们早早回了各自的卧室。在小屋的隔音墙板营造出的死寂中,我躺在床上,想象着大都只在南方的夜间才能听到的种种声响。我突然想到,差不多两个月前我就该去那儿了。特派探员的适应力

——专注当前环境并融入其中的能力——帮助我在过去几周里把这件事抛到脑后，但一有闲暇，我的思绪就不由自主地回到了新佩斯特和野草湖。倒不是说那儿会有人真的想念我，但由于我未能按时赴约，拉杜尔·西格斯瓦多半会怀疑我的悄然消失意味着失手被捕，并为我感到惋惜。西格斯瓦欠我个人情，但这种债务的价值难以界定。再说，面对南方黑帮的时候，最好还是别把人情太当回事。黑帮可没有黑道那种道德规范。而且在迟到两个月的情况下，他的耐心恐怕已经达到了极限。

我的双手又开始发痒了。改造过的基因渴望爬上岩壁，离开这鬼地方。

面对现实吧，米基。是时候放下这些了。你作为拆解者的生涯已经结束了。这段日子还算有趣，你还弄到了一张新面孔和这双壁虎般的手。但还是到此为止吧。是时候回归正途了。是时候处理手头的活儿了。

我翻过身，看着房间的墙壁。在墙的那边，西尔维肯定也独自一人躺在同样安静、同样布置的房间里。或许也跟我同样全无睡意。

我该怎么做？抛下她？

更无情的事你也做过。

我看到了奥尔责难的目光。**你他妈别碰她。**

听到了拉兹洛的声音。**我把她交给你了，米基。**

是啊，我自己的声音传来，语气带着讥笑。**他托付的人是米基。他可没见过武·科瓦奇。**

可如果她真是她自称的那个人呢？

噢，得了吧。奎尔克里斯特·法尔科内？挖掘301号的话你也听到了。奎尔克里斯特·法尔科内早就在阿拉巴多斯上空七

百米的地方化作了灰烬。

那她又是谁？我是说那个鬼魂，藏在存储器里的那个意识。也许她不是牧田·娜迪亚，但她非常确定自己就是。还有，她百分之百不是大岛·西尔维。那她到底是谁？

不知道。这真的是你要操心的问题吗？

我不清楚，你觉得呢？

你的问题在于，黑道从不知哪个数据堆栈里拖出了你的备份，然后雇用他来解决你。听起来倒是很有意思，但你很清楚，他的表现多半不会太糟。他手边的资源肯定应有尽有——别忘记，你可是被全球通缉了。还有，不用说，他会有非常诱人的奖赏。你很清楚，两个相同的意识是不可共存的。

而眼下与你现在这具身体相关的，就只有睡在你隔壁的那个女人和她那些低劣的雇佣兵伙伴。所以你应该尽快跟他们断绝关系，然后去南方处理手头的工作。这对所有人都有好处。

手头的活儿。没错，这样一来，你所有的麻烦就都解决了，米基。

妈的，别再这么叫我了。

我不耐烦地掀开被子，跳下床去。我打开门，看到门后的房间空荡荡的。桌子和数据化显示屏在黑暗中发着光，我们的两只背包靠在墙角。布袋月的光芒将地板染成了淡橘色。我一丝不挂地穿过月色，蹲在背包旁边，翻找着罐装的安非他命可乐。

还他妈的睡个屁。

我听到她的声音从我背后传来，突然间产生了一种陌生的不安感。好像不知道我将会面对什么人。

"你也一样啊？"

是大岛·西尔维的声音，还有大岛·西尔维那种略带嘲弄和残忍的表情。她就那么站在我面前,双臂环抱自己。她同样全身赤裸,乳房压在交叉成 V 字的双臂之下,就像一份打算送给我的礼物。她的双腿一前一后,臀部略微翘起。妆容不整的脸上披散着乱发。在布袋月的照耀下,她苍白的皮肤带上了温暖的铜色。她犹豫不决地笑了笑。

"我怎么都睡不着。大脑好像在超速运转。"她朝我手里的可乐罐点点头,"喝这东西更睡不着了,你很清楚。"

"我不怎么想睡觉。"我的声音有些沙哑。

"是啊,"她的微笑淡去,换上了郑重的神情,"我也不怎么想睡觉。我想做你之前想做的事。"

她展开双臂,双乳跃然而出。她有些害羞地抬起手,拂开面前的乱发,随后将双手按在后脑。她挪动身体,让大腿贴合在一起。她的目光穿过抬起的双肘之间,上下打量着我。

"你喜欢我这样吗?"

"我。"她的姿势让双乳更显高耸。我能感到自己的下体开始充血。我清了清嗓子,"我非常喜欢你这样。"

"很好。"

她就这么站定看着我。我把可乐放回背包,朝她走近一步。她分开双臂,绕过我的肩膀,紧紧地搂住我的背脊。我一只手握住她柔软的乳房,另一只手伸向她的双腿之间,想起了当时的——

"等等,"她推开我伸向下面的那只手,"那儿还不行。"

我感到些许不快:这和两天前在气泡屋里的过程不太一样。我把这个念头抛到脑后,两只手同时按住她的乳房。她的手向下伸去,攥住我勃起的生殖器,来回揉搓,动作柔和得让我几乎感觉不到。

我皱起眉头，回想起当时的她那双更加有力、更加自信的手。我抓住她的双手。她吃吃地笑了起来。

"噢，抱歉。"

我跌跌撞撞地将她推向桌边，拉开她的那只手，跪在她身前的地板上。她发出低沉的喉音，略微分开双腿，身体向后靠去，双手按住桌面以支撑身体。

"我要你吻我。"她含混不清地说。

她的一只手缠住了我的头发。这时她已经说不出连贯的话了。她开始喃喃低语，但我不知道她是说给我听还是她自己。起先只是不断重复代表赞同的音节，但随着逐渐接近高潮，她的语言也丰富起来。我太过投入，好一会儿才听懂她说的内容。在极度的兴奋之中，大岛·西尔维正吟诵着一段机器代码。

她在剧烈的颤抖中吟诵完毕，随后用力将我的头压进她的双腿之间。我把手探向身后，轻轻地撬开她的手掌，接着站起身，面露微笑。

这时我才发现，我面对着的是另一个女人。

那种改变无法用言语形容，但我凭借特派探员的敏锐感官得以察觉。与此同时，我的心仿佛坠落的电梯厢那样，猛地一沉。

牧田·娜迪亚回来了。

她眯起眼睛，一边嘴角上扬。这些不是大岛·西尔维会有的表情。饥渴之感仿佛火焰，舔舐着她的面颊。她的呼吸短促刺耳，仿佛刚才的兴奋此时又开始重放。

"你好啊，米基·意外之得。"她嗓音沙哑。

她的呼吸变得缓慢，脸上挂着笑容。她滑下桌子，伸出手，开始抚摸我的双腿之间。力道带着我记忆中那种自信，可我却在震惊中软了下去。

"有什么不对吗?"她低声道。

"我——"她同时用上了双手,动作就像在拖拽着绳索。我觉得自己又硬了起来。她看着我的脸。

"有什么不对吗?"

"什么也没有。"我飞快地回答。

"很好。"

她优雅地单膝跪下,目光不离我的双眼。她的一只手仍在揉搓,另一只则摸上我的右边大腿,用力抓住。

这太他妈疯狂了,残留的那部分冷静务实的特派探员自我说。**你应该立刻停止。**

可她的双眼始终看着我,直到她用舌头、牙齿和手将我带上愉悦的巅峰。

17

事后，我们汗水淋漓地躺在我的床上，彼此的手因为最后那阵疯狂的爱抚仍旧交扣着。但是，当她开口时，语调的变化令我顿时不寒而栗。

"什么？"她显然察觉到了我的颤抖。

"没什么。"

她转头看着我。我能感觉到她灼热的目光盯着我的侧脸，"回答我。你在想什么？"

我短暂地闭上双眼。

"你是娜迪亚？"

"对。"

"牧田·娜迪亚。"

"对。"

我瞥了她一眼，"你究竟是怎么到这儿来的，娜迪亚？"

"这算什么？玄学问题吗？"

"不，是技术问题。"我单手撑起自己，指了指她的身体，超然的冷静甚至让我自己都觉得惊讶，"你不可能对整件事一无所知。你活在指挥软件里，有时你会出来。根据我的观察，我猜想你是以本能为渠道，借助冲动而现身。性爱，或许还有恐惧和愤怒。这些东西能遮蔽头脑的大部分机能，于是给你让出了空间。可——"

"你是个什么专家吧？"

"以前是，"我留意着她的反应，"我曾经是个特派探员。"

"什么？"

"没什么。我想知道的是，你在这儿的时候，大岛·西尔维会怎么样？"

"谁？"

"妈的，你用的是她的身体，娜迪亚。别跟我装傻。"

她仰躺下来，双眼盯着天花板，"我不是很想谈这件事。"

"是时候谈谈了。大岛·西尔维在哪儿？"

她翻过身去，背对着我。

"难道我是她的保姆吗？"她没好气地问，"你以为这是我能控制的？"

"也许不是。但你肯定不会毫无头绪。"

又一阵沉默，只是这次的气氛有些紧张。我耐心等待。最后，她转身面对我，目光里满是无奈。

"你知道吗？我总能梦见那个该死的大岛。"她嗓音沙哑，"她就是个该死的梦。我怎么知道我醒来时她会去哪儿？"

"是啊，她也总是梦见你。"

"你说这话是想让我好受些？"

我叹了口气，"跟我说说你的梦吧。"

"为什么？"

"因为，娜迪亚，该死的，我想帮你的忙。"

她的双眼闪现出怒火。

"好吧，"她厉声道，"我梦见你吓坏了她。那是怎么回事？我还梦见她在琢磨你打算拿那些死去牧师的灵魂做什么。梦见她在琢磨米基·意外之得究竟是谁，和他相处是否安全。他会不会一有机会就利用她。或者上了她然后拍拍屁股走人。如果你想跟那个女人做爱，米基，不管你究竟是什么人，我看还是放弃吧。你有我就该知足了。"

我一时间沉默不语。她朝我露出一个微笑。

"你想听的就是这种话？"

我耸耸肩，"暂时就这样吧。是你怂恿她和我做爱的？为了自己能出来？"

"我不太想告诉你。"

"我也许能从她那儿打听出来。"

"假如她能回来的话。"她再次露出微笑，这次笑得更欢了，"如果我是你的话，可不会做这种假设。"

之后的情况也差不多就是这样。我们针锋相对了一会儿，但在性交之后的化学反应下，没有人真的说出多重的话来。到了最后，我放弃了追问，坐在外侧床沿，看着门外的客厅和布袋月透过窗户投在地板上的光亮。几分钟后，我发现她的手按在我的肩头。

"抱歉。"她轻声说道。

"噢？为什么？"

"我刚刚想到这事是我挑起来的。我是说，是我问你在想什么的。如果我不想知道的话，干吗还要问呢？"

"的确是这样。"

"只是，"她犹豫起来，"听着，米基，我有点困了。另外，我刚才撒了谎。我根本不知道大岛·西尔维会不会回来,以及什么时候回来。我甚至不知道明早醒来的会不会是我。这够让人抓狂的了,对吧?"

我看着客厅地板上的橙色斑点,一时间有种头晕目眩的感觉。我清了清嗓子。

"不想睡着的话,那儿有安非他命可乐。"我含混地说。

"不,我早晚会睡着的。说不定就是现在。我很累,更糟糕的是,我既愉快又放松。我觉得如果非走不可的话,不如现在就走。我知道这是感情用事,可我没法一直抵抗下去。我想我会回来的。我就是有这种感觉。但现在我不知道会是什么时候,也不知道我会到哪儿去。这让我害怕。你能不能,"她又停顿了片刻,在这阵寂静中,我能听到她吞咽口水的声音,"你愿不愿意抱着我,直到我离开?"

橙色的月光照在破旧发黑的地板上。

我抓住了她的手。

和我用过的大多数战斗定制身体那样,荣春堂出品的这具身体也配有内置唤醒机能。到了我在脑中设定的那个时刻,我正在做着的每一个梦都会变成热带太阳在平静水面上冉冉升起的画面。水果和咖啡的香气从看不见的某处传来,愉快的交谈声隐约响起。我的光脚踩着清晨时的冰凉沙砾,一股从不止息的微风吹拂着我的面颊。还有,那是维切拉海滩的浪花声吗?

我双手握拳,塞在褪色的冲浪便裤的口袋里,口袋边缘留着沙子的痕迹——

醒来的那一刻,那种感官印象瞬间消失。没有咖啡,也没有能让我品尝咖啡的海滩。我的脚下和掌中都没有沙子。

视野里也有阳光,与唤醒影像相比显得淡薄无色。它透过窗户照进房间,照出房间里灰白压抑的寂静。

我小心翼翼地转过身,看着睡在我身边的那个女人的脸。她一动不动。我想起了昨晚入睡之前,牧田·娜迪亚眼中隐约可见的恐惧。那时的我看着她的意识渐渐消失,就像一根滑过手掌的绳索,随后她会努力清醒过来。直到那突然而意外的一刻,她彻底放手,一去不回。此时我躺在床上,看着酣睡的她脸上的安详神态,但这并没有让我的心情转好。

我翻身下床,默默地去另一个房间穿好衣服。她起床的时候,我不想在场。

我更不想主动叫醒她。

挖掘301号在我对面现身,张口想要说话。

我的反应快了一拍。我朝自己的喉咙做了个切割的动作,又用大拇指比了比卧室。我从椅背上抄起夹克衫,套在身上,朝门那边点了点头。

"出去说。"我低声道。

屋外的天色比先前好了许多。阳光冷冰冰的,但如果你站在室外,又没有云层遮蔽,想暖和起来还是没问题的。西南方的大黑月仿佛一把若隐若现的弯刀,海面上盘旋着一排斑点,多半是裂翼鸟。以我的视力,不用强化功能就能看到下方有几艘船。在山顶的寂静里,荻户丸市的喧嚣仿佛背景中的低语。我打了个呵欠,看看手里的安非他命可乐,然后塞进夹克口袋。我现在不需要更清醒了。

"说吧,你有什么事?"我问身边的合成影像。

"我想我应该告诉您,挖掘场来了访客。"

生体强化开始起效。随着这具荣春堂出品的身体进入战斗状态,周围的时间仿佛减缓了一般。我难以置信地看向身旁的挖掘301号。就在这时,第一道粒子束从我身边掠过。我看到那道闪光穿过合成影像,我旋身退开的同时,夹克已经着了火。

"狗娘养——"

没有枪,也没有刀子。我把武器都留在屋里了。来不及赶回去了,何况特派探员的本能也在驱使我远离小屋。直到这时,我才意识到了直觉早就告诉我的事——返回屋里无异于自杀。夹克上的火还没熄灭,我就地一滚,躲到小屋的墙壁后面。

粒子束再次亮起,但和我差了十万八千里。他们在朝挖掘301号开火,恐怕是误把她当成真人了。

不是什么忍者级别的战斗技巧,我的脑中闪过这个念头。**这些家伙是本地雇来的打手。**

是啊,但他们有枪,而你没有。

是时候换个战场了。

夹克衫的阻燃材料压下了火势,剩下的只有烟雾和我的肋部感受到的热量。烧焦的纤维不断渗出阻尼聚合物。我深吸一口气,迈步飞奔。

身后传来叫喊声,语气很快从怀疑转为愤怒。也许他们以为第一枪就撂倒了我,也许他们就是没什么脑子。他们又等了几秒钟才开始射击。但在那时,我几乎已经赶到第二栋小屋旁。炸裂声不绝于耳。炽热的粒子束从我的屁股旁边飞过,令我肌肉绷紧。我退到一旁,背靠小屋,扫视前方的地面。

另外三栋小屋在这座古老的考古挖掘场旁大致围成弧形。小屋远处,鹰巢塔借助巨大的悬臂式支架耸入云霄,仿佛几千年前那种古老的火箭在等待发射。我昨天没去塔里,毕竟那边的地势太过陡峭,还有一片整整五百米高、和下方山坡相连的悬崖。但根据我以往的经验,火星人遗迹与人类建筑并非毫无相似之处。我还知道,我作为特派探员受的那些训练会帮我渡过难关。

等等。本地雇来的打手。

他们最多只会犹豫不决地跟我进塔,内部复杂的构造会让他们头晕目眩。如果我的运气够好,他们甚至会出于迷信而惶恐。他们会恐慌,他们会害怕。

他们会犯错。

这样一来,鹰巢塔就成了完美的杀戮场所。

我飞快地穿过剩下的开阔地带,躲进两座小屋之间,随后跑向最近处的那块火星合金:它突出于岩石地表,就像一根足有五米粗的树根。考古学家们在旁边留下了一段固定在地面上的金属阶梯。我一步三级地登上阶梯,踏上那块突出地表的合金,靴底在淤青色的金属表面连连打滑。我扶住最近处的那条悬臂支架一侧的浅浮雕,稳住身形。那条支架起码有十米高,我左边几米处有一条用环氧基树脂黏合在浮雕表面的梯子。我抓住梯级,开始攀爬。

小屋那边又传来呼喊声。枪声停止了。听起来他们正在房屋转角处搜索,但我没时间动用生体强化来确定了。我的体重压得梯子吱嘎作响,晃动连连,我的手心也渗出了汗水。环氧基树脂对火星合金的黏合力实在不理想。我把速度加快了一倍,爬到梯子顶端,释然地呼出一口气。接下来,我躺在这条悬臂支架的顶端,喘息着,聆听着。生体强化让我听到下方毫无章法的搜索发出的噪音。有人企图用枪炸开小屋的锁。我仰望天空,思索了片刻。

"301号? 你在吗?"我低声说道。

"是的,我在通信范围内。"挖掘301号的声音仿佛凭空传入我耳中,"您可以继续用这个音量说话。根据您的情景语境,我相信你不希望我在您周边显形。"

"你想得没错。我希望你做的是,在我给出命令的一刻,出现在下面某个上锁的小屋里。如果你能做到多重投影的话,最好能出现一个以上的你。能做到吗?"

"在任何时候,我能进行一对一互动的人数上限为原301号挖掘队的人员总数,外加最多七名访客。"她的音量没什么变化,语气中却似乎带着一丝愉快,"我可以同时生成六十二个独立形象。"

"噢,呃,眼下三四个应该就够用了。"我小心翼翼地翻身趴下,"还有,听着,你能投影成我的样子吗?"

"不行。我可以在列表中选择投影的形象,但我无法进行更改。"

"包括男性形象吗?"

"包括,不过数量比女性要少——

"噢,那就行了。从列表里选几个外表像我的就好。男性,体格跟我相近。"

"您打算什么时候开始?"

我把双手放到身下。

"现在。"

"生成中。"

几秒钟后,下方的小屋之间一片大乱。枪声此起彼伏,穿插着高声警告与匆忙的脚步声。而在上方十五米的高处,我双手猛地一撑,直起身来,开始狂奔。

这条悬臂越过五十余米的空间,随后与鹰巢塔的主体无缝连接。结合处下方是宽阔的椭圆形入口。挖掘队沿着悬臂顶部装上了安全栏杆,但和那架梯子一样,环氧基树脂的黏合力不够持久。某些地方的缆索松脱,悬垂在两边,还有些地方的缆索已经不翼而飞。我苦着脸看着悬臂与塔身结合处的那块宽阔的法兰,脚下丝毫不停。

生体强化将喧闹中的一句话送入我的耳中——

“——狗娘养的,停火!停火!都他妈给我停火!上面,他在上面!”

一阵不祥的寂静。我不顾一切地加快了脚步。粒子束随即撕裂了空气。我脚下一滑,几乎从栏杆的缺口摔落下去。我稳住身子,继续飞奔。

挖掘301号的声音在我耳边响起,在生体强化的放大下如同雷鸣。

“这座遗迹的某些部分目前不够安全——”

我大吼一声。

背上传来粒子束的热量,鼻子闻到了离子化空气的臭味。

下面那个声音又响了起来,在生体强化的作用下显得近在咫尺,“妈的,把枪给我。我来教教你们——”

我侧身从法兰上跑过。接下来那一枪让我的背部和肩头一阵灼痛。在这种距离,用的还是那么笨重的武器,那人的准头真的很好。我俯下身,熟练地就地一滚,然后爬起来,直冲向最近的椭圆形开口。

又一道粒子束与我擦身而过。

将近半小时后,他们才下决心追进来。

我躲在这座结构复杂的火星人建筑里,将生体强化发挥到极限,尽可能地按照原先的计划行动。在这么低的位置,我找不到能看清外部状况的有利地形——该死的火星人建筑师——但鹰巢塔内部构造所产生的独特的狭管效应让我能听见随风传来的对话声。虽然话声时断时续,但不难推断出对话主旨:本地的打手想收拾东西回家,他们的头儿却想要我的命。

没人能责怪他。如果我是他,也会做出相同的决定。

活儿没干完可不能回去见那些黑道。更不能把自己的后背亮给特派探员——这一点他比其他人更明白。

他的声音比我预想的还要年轻。

"——你们都他妈怕死这地方了。老天,你们可都是在山下长大的。那地方就他妈是个废墟而已。"

我扫视着塔内起伏的曲面和凹口,看着那些线条缓慢但坚定地一路向上,直到双眼隐隐作痛。冷硬的晨光经由头顶那些看不见的通风孔洒落下来,但在过程中却莫名地软化下来。淤青色的合金表面仿佛会吸收光线,让反射回来的光变得异常柔和。我所在的夹层下面,阴暗间隐约可见楼层地板上的裂隙和孔洞——任何头脑正常的人类建筑师都不会搞出这种设计。在下方远处,能看到山坡上灰色的岩石和稀疏的植被。

只是个废墟。是啊。

他比我预想中还要年轻。

我头一次开始推算他究竟有多年轻。

他肯定没有我在火星人文物方面的那些经历。

"瞧啊,他甚至连武器都没有。"

我抬高嗓门,好让外面的人能听清。

"嘿,科瓦奇!你他妈这么有自信,干吗不自己进来解决我?"

突然的沉默。一阵低语声。我想我听到了其中一个本地人捂着嘴偷笑的声音。然后,他把嗓门抬得和我一样高。

"他们给你配备的窃听器可真不错。"

"谁说不是呢。"

"你是想跟我们打上一场,还是像这样一边偷听,一边说风凉话?"

我咧嘴笑了,"我只想给你们省点事。不过如果你想打的话也没问题——进来就行。想带上那些帮手就带吧。"

"我有个更好的主意。不如我让我的帮手们拿你的旅伴乐一乐,一直乐到你出来为止?你大可以用你的生体强化听着全过程。不过说真的,用不着那玩意儿你应该也能听清。这些家伙可是很热情的。"

愤怒刺穿了我的身体,快到让我无法理性思考。我脸部的肌肉颤抖不止,这具荣春堂出品的身体也僵硬起来。在两次缓慢的心跳之间,他成功地惹火了我。随后,特派探员的行为模式冷冷地渗入这种情感,冷静地进行评估。

他不会那么做的。如果田奈濑陀用大岛和潜入者小队当线索寻找你,那他就知道她也和安平幸雄的死有关。这么一来,他肯定希望把她完好无损地抓回去。田奈濑陀是个守旧派,他喜欢用旧式的方法处决敌人。那个人不会接受损坏的货物。

另外,那家伙也是你。你知道你做得到什么样的事,而这并非其中之一。

可那个我更年轻,现在的我已经不同了。我把这个念头赶出脑海。那边的我更年轻。没人知道——

这是特派探员的唬骗手段,你很清楚,你自己就用过很多次。

"你没什么想说的吗?"

"我们都知道你不会这么做的,科瓦奇。我们都知道你在替谁干活。"

他回答前的停顿几乎难以察觉。好快的反应,令人钦佩。

"作为逃亡者,你的消息似乎很灵通嘛。"

"我那些年的训练也不是白费的。"

"接受并消化本地信息,是不是?"

这是一个主观世纪以前,维吉尼亚·维杜拉在特派探员训练课上说过的话。我真想知道,对他来说那是多久以前。

"差不多吧。"

"告诉我,伙计,因为我真的很想知道。经过那么多年的训练,你怎么会选择下贱的杀手行当? 我只能说,你的事业转型让我大惑不解。"

我听着他的话,心里涌出一股凉意。我皱了皱眉头,略微挪了挪步子,一言不发。

"'意外之得',对吧? 你叫'意外之得'?"

"我还有个名字,"我大声回答,"只不过被某个蠢货偷走了。在我拿回来之前,就叫我'意外之得'好了。"

"也许你没法拿回去了。"

"噢,多谢你的关心。不过我认识那个蠢货。他神气不了多久了。"

他的回答仅仅慢了一拍。只有特派探员才能察觉他刚刚燃起就迅速压下的怒火。

"是这样吗?"

"是啊,我说过了。他就是个蠢货。天生的短命鬼。"

"有点过分自信了啊。"他的语调略微有些变化。我的某些用词刺伤了他，"也许你并没有自己以为的那么了解那家伙。"

我放声大笑，"你在说笑吧？他的每个花招都是我教的。没有我——"

来了。不出我的意料。当我和外边那个声音唇枪舌剑的时候，就连生体强化也没法让我听到其他动静。有个弯着腰、一袭黑衣的身影，正从我下方五米处的开口悄然进入。特种部队式的传感护目镜让他的外表十分怪异，就像顶着个昆虫的脑袋。热敏成像系统、声波定位器、运动感知器，至少还有——

我已经开始了下落。跳下壁架，靴跟对准那副护目镜下面的脖子，准备将其折断。

护目镜的某种机能提醒了他。他跳向一旁，抬起头来，枪口对准了我。在那副护目镜后面，他张嘴想要大喊。那道粒子束撕裂了我刚刚离开之处的空气。我以蹲伏的姿势着地，距离他的右肘只有几厘米。我挡住他挥来的枪管。他惊叫出声，嗓音因震惊而颤抖。我以手作刀，向上一挥，击中了他的喉咙，他的惊叫成了干呕。他步履蹒跚。我站起身来，冲过去又是一手刀。

又来了两个。

他们肩并着肩挤在开口那儿。全靠他们的无能，我才捡回一条命。先锋突击队员在我脚下窒息而死的时候，他们随便哪个人都可以朝我开枪——可他们却同时动手，结果彼此牵绊，乱成一团。我径直朝他们扑去。

在我去过的某些世界，你可以杀死拿着刀出现在你十米以内的人，并声称这是自卫。法律论据则是，缩短这点距离用不了多长时间。

这话说得没错。

如果你的头脑足够清醒，连刀子都不需要。

眼下只有五米，甚至还不到。我的攻击迅如疾风，踩向他们的胫骨和脚背，挡下他们挥来的武器，将其中一人的手肘砸向另一个人的脸。一把枪脱手，我一把接过，在极近距离扣动了扳机。

含混的尖叫声传来，烧焦的肉体短暂地喷出鲜血。白汽升腾，他们的身体瘫倒下去。我深吸一口气，低头瞥了眼我双手握着的那把武器。见鬼，是塞格德白炽枪。另一道粒子束在我脑袋旁边的合金表面炸了开来。他们开始大举进攻了。

经过那么多年的训练，你怎么会选择下贱的杀手行当？

因为太无能了吧，我猜。

我开始后撤。有人把脑袋探进椭圆形开口，我几乎没有瞄准就是一枪，吓得那家伙缩了回去。

而且太他妈把自己当回事了。

我单手抓住一处凸起，借力抬起身体，双腿勾住那条宽阔的螺旋斜坡——它通往我原先在夹层的藏身处。可壁虎基因带来的攀爬能力却在合金表面失灵了。

我的手掌滑脱，徒劳地乱抓了一把，接着便掉了下去。又有两个突击队员从我左边的开口冲了进来。我用塞格德枪随便朝低处开了一枪，那道白炽光束切断了右边那人的一只脚。她尖叫一声，踉跄几步，抱着伤腿笨拙地倒下，掉进了地板上的一道裂口。她的第二声尖叫从裂口间传来。

我站起身，扑向她的同伴。

这一架打得很难看。我们俩都被手里的武器妨碍了行动。我用塞格德枪的枪托向前砸去，他成功挡下，想举起他自己那把枪。我撞开他的枪管，踢向他的膝盖。他同样一脚踹向我的胫骨。我将塞格德枪的枪托撞向他的下巴。他丢下武器，双拳同时打中了我的喉咙侧面和腹股沟。我勉强握着塞格德枪，步步后撤，却突然发现自己到了能开枪的距离。就在这时，危险接近之感透过痛楚向我高声示警。那家伙抽出了一把手枪，已经瞄准了。我退到一旁，忽视身体的痛楚和头脑里的示警，端起了枪。

敌人那把枪射出刺眼的光束。昏迷射线的冰冷触感传来。

我的手掌痉挛着张开，塞格德枪不知掉到哪儿去了。

我蹒跚后退，脚下的地板忽然消失不见。

——该死的火星人建筑师——

我像炸弹那样坠出鹰巢塔，意识也飞快地消失不见。

18

"别睁开眼睛,别松开左手,一动别动。"

听上去像祷文,又像咒语,似乎有人这么对我念诵了好几个钟头。我不确定自己能否违背它的命令——我的左臂从拳头到肩膀全都麻木冰凉,眼皮也像被胶水黏上了一样。我的肩膀痛得厉害,恐怕是脱臼了。身体的其他部位也因为昏迷射线隐隐作痛。我全身冰冷。

"别睁开眼睛,别松开左手,一动别动。"

"我听到了,301号。"我的喉咙像是堵住了。我咳嗽了一声,令人心慌的眩晕感顿时传来,"我在哪儿?"

短暂的犹豫,"'意外之得'教授,或许您应该稍后再处理位置相关的信息。别松开您的左手。"

"是啊,我知道。左手,别松开。那只手废了吗?"

"不,"挖掘301号说,"看起来没有。但它是阻止您坠落的唯一原因。"

震惊仿佛插入胸膛的木桩。随后,多年的训练开始发挥效力,心中涌现出虚假的镇定。特派探员本该擅长这种事才对

——在意外之处醒来正是工作内容之一。他们不会恐慌，只会收集数据，处理问题。我用力吞了口口水。

"明白了。"

"您现在可以睁开眼睛了。"

我压下昏迷射线带来的痛楚，努力张开眼皮。我眨了几次眼睛，好让视野清晰起来——马上就后悔了。我的头正耷拉在我的右肩上，我能看到的只有下方五百米全无阻碍的空间，以及这座山的底部。我突然明白冰冷与眩晕的感觉从何而来了。我正像个吊死鬼那样晃来晃去，只凭自己的左手悬吊在这儿。

震惊感再次涌现。我费力地将它压下，笨拙地扭过头，向上望去。我的拳头缠在一圈浅绿色的缆索里，缆索的两端与烟灰色的合金外壳无缝结合。我的周围是由同种合金制成、角度怪异的扶垛与尖顶。我仍旧因昏迷射线而头晕眼花，花了不少时间才辨认出这是鹰巢塔的下侧。看起来，我并没有坠落多远。

"这是怎么回事，301号？"我哑着嗓子说。

"您掉下去的时候，抓住了一根火星人的个人用缆索。正如我们对其功能的预想，它收缩回来，并将您带到了休憩处。"

"休憩处？"我扫视周围墙壁上的凸起部分，想找个看起来能站住脚的地方，"这要怎么个休憩法？"

"我们也不确定。似乎火星人——至少是成年的火星人——从您如今所在的位置，可以轻松地利用您周围的这些结构，到达鹰巢塔下侧的开口处。这儿还有好几个——"

"好吧，"我阴郁地抬起头，盯着自己紧握的拳头，"我昏迷了多久？"

"四十七分钟。看起来您的身体对神经频率武器具有高度的抵抗力，而且设计成适合在高海拔、高危险度的环境中存活。"

荣春堂有机会社的产品质量真是没说的。

真不知道这家公司是怎么倒闭的。

只要他们开口,我肯定会以名誉给他们担保。我以前也见识过作战用身体的潜意识求生机能,但这具身体堪称生物科技中的经典之作。在被昏迷射线混淆的记忆中,我搜索着当时的情形。我记起了自己对眩晕的恐惧,以及坠落的感觉。就在射线的效果仿佛冰冷的黑色斗篷般包裹我的时候,我抓向了某个依稀可见的东西。意识消失的同时,我的身体像被什么东西扯了一下。就这样,三个世纪前实验室里的那群生物科技书呆子和他们的创新热情救了我的命。

在这将近一小时里,肌肉绷紧和负重拉伸对我的肌腱和手臂关节会产生什么影响?想到这个,我脸上虚弱的笑容随即褪去。我不知道这次经历是否会留下永久的损伤。如果会的话,我这条胳膊恐怕是彻底报废了。

"其他人呢?"

"他们走了。已经离开了我的侦测范围。"

"这么说他们以为我彻底摔下去了。"

"看起来是这样。你称作科瓦奇的那个人派了几名雇员去山脚搜索。我想他们是希望回收你的尸体,还有你在交火中打残的那个女人。"

"那西尔维呢?我的同事呢?"

"他们带着她离开了。我录下了一段影像——"

"现在不用。"我咳嗽了一声,这才意识到嗓子干得厉害,"嘿,你说过口什么的,能从这儿回到鹰巢塔里面的那种。最近的那个在哪儿?"

"在您左方的三重弯曲下旋坡道后面,有一处直径九十三厘米的入口。”

　　我伸长脖子，看到了挖掘301号所说的那个入口，至少我认为是。那条两米高的下旋坡道看起来就像一顶倒转的女巫帽，还有个巨人狠狠打了这帽子三拳头。鹰巢塔下昏暗的光线照在它凹凸不平的淤青色表面，映出的光泽看起来湿漉漉的。最靠下的那处变形导致坡道几近水平，让我觉得可以把那儿当作立足点。它离我悬吊的位置还不到两米。

　　简单。易如反掌。

　　前提是你废了一条胳膊还能跳过去。

　　前提是你的手掌对火星合金的附着力有所改善。

　　我伸出右臂，握住缆索的环形部分，靠近我的另一只手。我慢慢地加强握力，开始把重心转移到另一边。压力退去的同时，左臂原本麻木的肌肉变得滚烫。我的肩膀嘎吱作响。

　　那股炽热经过我饱受摧残的韧带，渐渐转变为程度相似的剧痛。我试图舒展左手，却只觉得手指像是着了火。肩膀的痛楚逐渐增长，开始渗入手臂的肌肉。再过一会儿，手臂肯定会痛得要命。

　　我再次试着活动左手的手指。这一次，灼热变成了刻骨的抽痛，让我忍不住泪盈眼眶。手指没有反应。我的手像是焊死在那儿了。

　　“您希望我呼叫紧急服务吗？”

　　所谓紧急服务，也就是荻户丸市的警察，身后必定紧跟着拆解者中的保安部队，准备向我传达车屋的不满。此外还有收到风声的本地黑道，他们会笑逐颜开地带着另一个我赶来。说不定还有新启示教的骑士——如果他们拿得出给警察的贿赂，又对时事足够关注的话。

"谢了,"我无力地说,"我想我能搞定。"

我抬起头,看看自己动弹不得的左手,再看看那条三重弯曲下行坡道的最下方。我深深地吸了口气。接着,我缓缓地将右手顺着缆索移动,直到触到左手为止。

我又吸了口气,奋力将上半身抬到缆索以上。腰腹部刚刚恢复的神经组织连连抗议。我试图用右脚勾住缆索,结果失了准头。我再次甩出右脚,这次成功勾住了。我的脚踝压在缆索上。左臂承受的压力又少了些。隐隐的痛楚转变成关节和肌肉难熬的剧痛。

再吸一口气,再看一眼下——

不,见鬼,别再看下面了。

再吸一口气,咬紧牙关。

然后我开始动用拇指和食指,一次一根地将我麻痹的手指从缆索上撬开。

半个钟头之后,我离开了鹰巢塔内部淡蓝色的昏暗空间,但依然有种狂笑的冲动。肾上腺素带来的愉悦感伴随着我穿过那条悬臂,爬下那段晃晃悠悠的考古用梯子——一条胳膊几乎没法动弹的情况下,这可不太容易——最后走下阶梯。我踏上地面时仍旧傻笑个不停,就这样带着根深蒂固的警惕心和欢快的"扑哧"笑声走向那几栋小屋。甚至当我返回我们住过的那栋小屋,走进门去,看着西尔维先前所在的那张床时,我还能感到残留的笑容牵动着嘴角,胸中的笑意也徘徊不去。

真是九死一生。

将手指撬下缆索的过程不怎么有趣,但与这场惊天脱逃的其余部分相比,前者已经算得上赏心乐事了。撬开最后一根手指以后，我的左臂垂落下来，悬荡在身侧，那种痛楚简直像拔牙。这条胳膊现在完全成了累赘。咒骂了整整一分钟以后，我这才将右脚挪下缆索，接着借助右手摇摆身体，借助惯性笨拙地跳向侧面的下旋坡道。我伸手抓去，发现火星人用的材料总算有了像样的摩擦力，随后我踩在坡道底部的立足点上，喘息连连。我在那儿停留了整整十分钟，期间脸一直贴着冰冷的合金表面。

谨慎地探头窥视一番后，我发现了挖掘301号所说的入口。如果能站在这条下旋坡道的顶端，入口可说是触手可及。我舒展左臂，手肘以上有了些反应，我认为它应该能派上用场，至少可以固定在入口那儿了。这样一来，我应该就能抬起双腿，荡进塔里。

十分钟以后，大汗淋漓的我做好了尝试的准备。

紧张的一分半钟过后，我躺在鹰巢塔的地板上，咯咯笑着，一面聆听这座救了我性命的外星建筑里的回声。

易如反掌。

最后，我爬起身，走了出去。

他们踢开了那栋小屋里的每一扇可能暗藏威胁的门。我和西尔维睡过的那间卧室里留着扭打的痕迹。我一面扫视屋内，一面揉搓肩膀。

轻巧的床头柜翻倒在地，被单拧成一团，还被人从床上拖到了地板上。除此以外，他们什么都没碰。

房间里没有血迹。也闻不到开枪以后的那种气味。

在卧室的地板上，我找到了我的刀子和那把通用"狂想曲"。

它们随着翻倒的床头柜一起落在地上，分别滑去了两个不同的角落。他们甚至没把这些东西带走。

看来他们真的很急。

急着做什么？为了下山给武·科瓦奇收尸？

我捡起两把武器，略微皱了皱眉头。他们居然没把这地方翻个底朝天。按照挖掘301号的说法，那家伙派人去山下回收我残破的尸体了；但这种事用不着动用全部人力。他们至少应该在房间里粗略地搜索一番，这样才说得通。

我想知道，山脚的那些人正在用什么样的方法搜寻。我想知道，他们找不到我的尸体时会怎么做，以及他们打算寻找多久。

我想知道他会怎么做。

我回到小屋的客厅，坐在桌边。我凝视着数据化显示屏的深处。左边手肘的疼痛似乎减轻了一点儿。

"301号？"

伴随着嘶嘶声，她在桌子的另一边现身。一如既往地完美，丝毫没有受到过去几小时那些事件的影响。

"有何吩咐，'意外之得'教授？"

"你说你录下了相关影像？是覆盖整个挖掘场的吗？"

"对，录制和播放都是使用同样的成像系统。这座挖掘场每八立方米就配有一台微型摄影机。但在鹰巢塔内部，录制的影像有时不太——"

"没关系。我想看的是科瓦奇的影像。关于他在这儿所做和所说的一切。就在这边的屏幕上播放吧。"

"进行中。"

我小心翼翼地用右手把狂想曲和藏刀放在桌上。

"另外，301号。如果再有人从那条路过来，等他们进入你的侦测范围，立刻通知我。"

他弄了副好身体。

我把影像设成快进,寻找最清晰的角度,找到了入侵者从山路走向小屋的画面。我把画面定格在他身上,盯着看了一会儿。他的身材是久经沙场的人才会有的,又带着某种灵动,举手投足的动作更像舞台演员而非士兵。那张脸巧妙地融合了许多种族的特征,这在哈伦世界可不多见。这么说是定制身体了。从外世界买来的基因代码。皮肤晒成陈旧琥珀的色彩,双眼则是湛蓝色。颧骨宽阔凸出,厚实宽大的嘴唇,还有波浪形的黑色长发,用静电穗带扎在脑后。非常英俊。

而且非常昂贵,即使对黑道而言也非常昂贵。

我压下心中轻微的不安,让挖掘301号为我展示其他入侵者的影像。另一个身影吸引了我的目光。他高大强壮,头发五颜六色。挖掘场的微型摄影机随即拉近,映出他冷酷苍白的脸上配有金属透镜的双眼和皮下植入的电路。

是安东。

安东沿路走来,至少两名身材瘦削的侦察兵跟在他身后,带着拆解者执行任务时那种从容协调的步调。

其中一个是在鹰巢塔里被我一枪打残的女人。安东的身后又跟来了两三个人,不,多得多,但和先前那队手下那种松散却有序的队列格格不入。

看到这一幕,我的心里悄然涌起些许失落感。

安东和骷髅帮。

科瓦奇把他在新北海道招募的走狗也带回来了。

我回想小屋间和鹰巢塔里混乱的交火过程,忽然觉得一切都合情合理起来。一群黑道打手和一支拆解者小队,联手合作却处处掣肘。对特派探员来说,他的后勤管理水平真够糟糕的。就算我在他那个年纪,也不可能犯下这种错误。

你在说什么呢?这错误正是那个年纪的你犯下的。外面那个人就是你。

我的背脊微微发冷。

"301号,再播放一次卧室那边的影像。他们把她带走的过程。"

屏幕抖动一下,然后亮了起来。一头乱发的女人在乱糟糟的被单里醒了过来。外面的交火声吵醒了她。她意识到那是什么声音,随即睁大了眼睛。然后房门突然打开,房间里充斥着挥舞武器大喊大叫的高大躯体。等他们弄清状况时,叫喊声变成了轻笑。他们收起武器,有人朝她伸出手来。

她一拳打中了他的脸。她抵抗了片刻,接着好几个人扑了上去,压得她动弹不得。他们扯开被单,老练地朝她的大腿和心窝处挥出几拳,她瘫软下来。等她在地板上连连喘息的时候,有个咧嘴笑着的恶棍捏住她的一边乳房,在她的两腿之间摸索,又在她身前模仿动物发情的动作。他的几个同伙笑出了声。

这是我第二次观看这段影像,但怒火却再次在我心头燃起。我手掌里的壁虎刺毛根根竖立。

第二个打手出现在门口。看到这一幕,他用日语怒吼起来。那个恶棍连忙从地板上的女人身边退开,紧张地鞠躬行礼,结结巴巴地道歉。新来的人走上前去,狠狠地反手给了那家伙三巴掌。恶棍退到墙边瑟瑟发抖,新来那人仍旧训斥个不停。

在花样百出、我闻所未闻的日语脏话之间,他吩咐别人给俘房拿些衣物来。

督促搜索行动的科瓦奇返回小屋的时候,他们已经给她穿好了衣服,让她坐在小屋客厅中央的一张椅子上。她的双手放在膝盖上,手腕处的绑缚很是巧妙:两只手相互交叠,几乎看不见绳索。黑道分子们谨慎地和她保持着距离,武器仍未收起。那个对西尔维毛手毛脚的家伙愠怒地站在角落,手无寸铁,一边嘴角肿起,上嘴唇也破了。科瓦奇扫视了一圈房间,然后转头看向他身边那个打手。他们低声交谈了一会儿,但微型摄影机没能辨识出内容。他点点头,又看看面前那个女人。我从他的站姿看出了奇怪的犹豫。

随后他转身面向房门。

"安东,你想进来吗?"

骷髅帮的指挥员走进房间。女人一看到他,嘴唇顿时因愤怒而扭曲。

"你这狗娘养的叛徒。"

安东撇了撇嘴,但什么也没说。

"看来你们认识。"科瓦奇这句话带着些询问的语气,而且仍旧看着面前那个女人。

西尔维抬头看着他,"对,我认识这个混蛋。又怎么样?反正是你干的好事,对吗,蠢货先生?"

他盯着她,而我在椅子里的身体绷紧了。这段影像我还是第一次看,我不知道他接下来会有什么举动。我在那个年纪会怎么做?不,这么说不太对。那个年纪的我是怎么做的?我的思绪穿过淤积了数十年的暴力和愤怒,努力揣摩着。

他只是笑了笑。

"不,大岛小姐,这件事现在跟我已经没关系了。你只是一件我必须妥善送达的包裹,仅此而已。"

有人嘀咕了一句什么,另一个人大笑起来。在生体强化的作用下,我依稀听到那是个关于包裹的笑话。在屏幕里,年轻版本的我顿了顿。他的目光转向被打破嘴唇的那家伙。

"你,过来。"

那个打手很不情愿,这点能从他的站姿看出来。但他是个黑道,他们终究都要面对这一刻。他站直身子,对上科瓦奇的目光,冷笑着走上前去。科瓦奇面无表情地看着他,随后点点头。

"右手伸出来。"

黑道歪了歪头,目光不离科瓦奇的双眼。这是个十分无礼的举动。他翻过手掌,伸展手指,摆出类似弯刀的形状。他把头歪向另一边,仍旧盯着那个棕褐色混球的双眼。

科瓦奇的动作宛如鞭子抽击。

他抓住那只手的手腕,向下拧去,并封锁住对方所有可能的反击。他拉直那人的胳膊,另一只手举枪瞄准。粒子束伴随着嘶嘶声喷出枪口。

打手尖叫起来。他的手着了火。科瓦奇肯定把枪的威力调小了。绝大部分光束武器都能干脆利落地切断一条肢体,并汽化碰触到的那部分肉体。但这一枪只是烧没了皮肤和血肉,留下骨骼和肌腱。科瓦奇又等了片刻才放开手,一肘撞在那家伙的脑袋侧面。打手瘫倒在地,烧焦的那只手夹在臂弯里,裤子显然已经湿了。他不由自主地哭泣起来。

科瓦奇平复了一下呼吸,随后扫视房间。其他人都面无表情地与他对视,只有西尔维转过头去。我几乎能闻到烤焦血肉的臭味。

"除非她企图逃跑,否则你们不准碰她,也不准跟她说话。所有人都一样。听懂了吗?在这件事上,你们的价值还不如指甲缝里的泥巴。在我们回到米尔斯波特之前,这个女人就是你们的神。听懂了吗?"

沉默。黑道头子用日语大声说了句什么,几个人喃喃称是。科瓦奇点点头,转向西尔维。

"大岛小姐,麻烦你跟我来。"

她盯着他看了一会儿,随后站起身,跟着他走出小屋。黑道分子依次跟出门去,留下他们的头儿和地板上的那个人。黑道头子盯着受伤的打手看了一会儿,接着凶狠地一脚,踢上那家伙的肋骨,又朝他身上吐了口唾沫,这才走了出去。

在屋外,他们把我在鹰巢塔里干掉的那三个人抬到一副折叠式重力担架车上。黑道头子派了一个人驾驶,然后领着以科瓦奇和西尔维为中心的护卫队出发了。

在担架车的旁边和后方,安东和剩下的四名骷髅帮成员组成了松散的后卫部队。挖掘场的户外微摄镜头追随着这支小小的队伍,只见他们沿着前往荻户丸市的山路走去,最后消失在视野中。

那个胆敢碰触大岛·西尔维的倒霉黑道蹒跚地跟在队伍后方的五十米处,护着受了重伤却无人医治的那只手。

我看着他离开,同时心里努力揣摸这一切。

努力梳理这一切。

在我思考的时候,挖掘301号问我是否只有这些要求,是否还想再看看别的影像。我心不在焉地告诉她不用了。在我的头脑中,特派探员的直觉已经在做着非做不可的事了。

那就是在我原先的推测上放一把火,把它们彻底烧光。

19

我到那里的时候,贝拉棉幸平区九点二六号的灯光已经全部熄灭,但右方六个铺面远处的那栋房子,楼上的窗户不时透出光亮,仿佛里面着了火。混合了礁石潜水与新派朋克风格的狂热乐曲在夜色中回荡,乐声甚至透过了摇下的卷帘门。三个矮小壮实、身穿黑色外套的身影站在外面,不时呵出白汽,拍打着手臂御寒。幸平·普莱克斯或许拥有足够开办大型派对的场地,但他负担不起保安机器人的开销。看样子比我预想的还要简单。

前提是普莱克斯真在这儿。

你在说笑吧? 下午我打电话过去的时候,年方十五的伊莎用米尔斯波特口音不屑地对我说。**他当然在。今天是星期几?**

呃。我估算了一下。**星期五?**

没错,星期五。那些乡巴佬在星期五会做什么?

我他妈怎么知道,伊莎? 还有,别这么看不起人。

呃,你说星期五? 你还在吧? 听说过渔民聚会、惠比寿之夜吗?

他在开派对。

他在用廉价的场地和人际关系赚钱，就是这么回事。她慢吞吞地说。他有那么多仓库，还在黑道家族有那么多朋友。

我想你肯定不知道具体是哪间仓库吧。

蠢问题。穿行于道路规划杂乱无章的仓库地区算不上什么赏心乐事，但到了贝拉棉幸平区以后，寻找派对地点就简单多了——不管在哪个方向，你隔着五六条巷子都能听到音乐声。

这我可不知道。伊莎在电话那头打了个呵欠。我猜她从没熬过这么久的夜。嘿，科瓦奇。你是不是把那边的人惹火了？

没。干吗问这个？

这个嘛，噢，我也许不该免费告诉你。不过算是看在我们那段过去的份上吧。

我忍住嘴角的笑意。伊莎和我共度了足有一年半的时间。我猜对十五岁的女孩来说，这段时间相当之长。

噢？

这儿的警察正在大规模搜捕你。还出了大价钱买你的消息。所以如果我是你的话，我就会开始转过我嗓音低沉的新身体的脑袋，留神背后了。

我皱起眉头，思索了片刻。怎么个搜捕法？

就算我清楚，也不会免费告诉你的。不过说真的，我不清楚。只不过有些个腐败的米尔斯波特警察跟我谈过话——只要你出得起"天使码头"里口活儿的价钱，就能收买他们。幕后主使可能是任何人。

我想你应该没把我的事告诉他们吧。

我想没有。你还打算继续煲电话粥吗，科瓦奇？我跟你可不一样。我是有社交生活的。

不,我这就挂了。多谢你这些消息,伊莎。

她哼了一声。**我的宝贝儿,要是你能完好无损地回来,或许我们还能做几笔生意。**

我将这件新外套的密封拉链一直拉到领口,在黑色的合成材质手套里活动了一下手指——左手传来短暂的剧痛——随后绕过这条小巷的转角,学着黑道流氓那样大摇大摆地向前走去。想象一下安平幸雄最傲慢自大时的模样吧。先忽略外套并非手工缝制的事实——时间有限,我能弄到的只有临街商店的现成货色,真正的幸雄死也不肯穿上这种衣服的。但哑光黑色的衣服和手套的颜色很搭,这种光线下应该能蒙混过关。其余的就得靠特派探员的欺骗手法了。

我也短暂地考虑过用比较生硬的方式不请自来,加入普莱克斯的派对:全副武装从正门冲进去;或者翻过仓库后墙,砸破天窗,来个从天而降。但左臂从指尖到脖颈仍旧隐隐作痛,我不知道紧急情况下它能派上多大用场。

几个看门的察觉了我的接近,聚拢起来。生体强化辅助下的视力让我在远处也能看清他们的样子:廉价的码头工人式肌肉,从动作上看,像是做过相当程度的格斗强化。其中之一的脸颊上有海军陆战战术部队的刺青,但多半是山寨货,是那些贩售军用软件的商店的附赠品。

又或者,他和战术部队的大多数成员一样,退伍以后找不到糊口的法子。

裁员。这是整个哈伦世界的普遍现象。没有什么比预算削减更可怕的了,就连军队也无法幸免。

“站住,伙计。”

开口的是那个有刺青的家伙。我冷冷地看了他一眼,停下脚步。

"我跟安平·普莱克斯有约。我可不打算让他等太久。"

"有约?"他的视线转向左上方,在视网膜屏幕上确认宾客名单,"今晚不行。他很忙。"

我瞪大眼睛,用上了挖掘301号拍摄的影像中那个黑道头子火山喷发般的愤怒眼神。

"你知道我是谁吗?"我厉声说道。

脸上有刺青的看门人耸了耸肩,"我只知道我没在名单里看到你的脸。在这儿,这就是说你不能进去。"

我身边的其他人以职业兴致上下打量着我,看看哪个部位最容易打断。我压下摆出搏斗架势的冲动,以做作而厌恶的眼神看着他们。

开始唬人。

"很好。麻烦你通知你的雇主,就说你把安平幸雄赶走了。多亏了你对工作的勤勉,明天早上,他会在田奈濑陀前辈在场的情况下和我谈话。"

三人互相交换了几个眼神。因为那些名字,再加上真正的黑道人物的影响力,脸上有刺青的看门人犹豫起来。我转过身去。刚转到一半,他就拿定主意,开了口。

"好吧。幸平君,麻烦稍等。"

团伙犯罪最大的好处在于,他们以敬畏来维持手下及相关人等的忠诚。这是暴徒的等级制度。同样的模式在其他星球也不少见,比如匈奴家园的三合会、阿德雷辛的家族警戒会、恩克鲁玛之地的无政府帮。这些帮派的活动范围天南地北,但它们有一个共同点:通过对惩戒的畏惧收获尊敬的果实。问题在于,阶级制度同时也阻碍了积极性。没有人愿意独立做出决定,因为独立的行为在他人看来可能显得缺乏敬意。为这种破事,你搞不好会来个真实死亡,所以倒不如交给上级决定的好。那个看门人掏出电话,拨通了他的头儿的号码。

"听着,普莱克斯,我们——"

他就这么听了一会儿,脸色毫无变化。愤怒的嗡嗡声从电话里传来。用不着动用生体强化,我也知道对方说了什么。

"呃,是啊,我知道你说过这话。但这儿有位安平幸雄找你,我——"

又一阵停顿,但这一回,看门人的脸色愉快了不少。他点了几次头,描述了我的相貌和刚才说的话。我能听出电话另一头的普莱克斯在瑟瑟发抖。我又等了一会儿,然后不耐烦地打了个响指,指了指电话。看门人听之任之地交给了我。我凭借数月前的记忆开始模仿幸雄的说话风格,再用标准的米尔斯波特黑帮习语加以润色。

"普莱克斯。"我的语气阴沉而不耐烦。

"呃,幸雄? 真的是你吗?"

我学着幸雄那种尖刻的语气,"不,我只是个可怜的擦壁架工人。你以为呢? 我们有些重要的事务要谈,普莱克斯。你知不知道我多想好好教训你的这些门卫? 你他妈居然敢让我在门口等着。"

"好的,幸雄,好的。别介意。只不过,伙计,我们都以为你已经不在了。"

"噢,好吧。该死的街头谣言。我回来了。不过田奈濑陀恐怕没告诉你,是吧?"

"田奈濑陀——"普莱克斯吞口水的声音清晰可闻,"他也来了吗?"

"别管田奈濑陀了。按照我的推测,在获户丸警察全体出动之前,我们只有四五个钟头的时间。"

"全体出动去干吗?"

"干吗?"我又用上了尖酸的口气,"你他妈以为呢?"

我就这么静静听着他的喘息声。背景里有个模糊的女性嗓音。我激动了片刻,马上又泄了气。不是西尔维,也不是娜迪亚。普莱克斯恼火地对她吼了句什么,我没听清她的名字。普莱克斯又回到话筒前。

"我想他们——"

"你他妈究竟让不让我进去?"

虚张声势见效了。普莱克斯要求和看门人说话,片刻后,那人用钥匙打开金属卷闸门上的一道窄门。他走了进去,示意我跟着他。

普莱克斯的俱乐部跟我预想中的差不多,完全是米尔斯波特类似场合的廉价版:半透明合金隔板墙,舞者头顶的空中悬浮着全息影像,而那些舞者除了人体彩绘之外只有阴影遮羞。混合风格的响亮乐声覆盖了整个场地,充斥于每个人的双耳,节拍令半透明的墙板也随之震动。那声音在我体内震颤,仿佛即将引爆的炸弹。在人群上方,两个舞者在空中舒展着完美调谐过的身体,摊开的双手抚过身躯,给人带来感官方面的强烈刺激。但如果你仔细观察,就会发现他们用的并非反重力装置,而是吊索。全息影像也只是录像,并非米尔斯波特夜总会里那种直接取白客户大脑的样品。我猜伊莎肯定对这儿相当不屑。

两个负责搜身的家伙不情不愿地从墙边破旧的塑料椅里站起身。这地方已经塞满了人,他们显然以为今晚的活儿已经结束了。他们没好气地看了我一眼,开始挥舞手里的探测器。透过半透明的墙壁，几个舞者看到了这一幕，他们露骨地笑着，一边模仿着那两人的动作。我的护送者简短地点点头，示意那两人重新坐下，然后我们走了过去，绕过透明墙板，来到舞池中。温度攀升到了血的温度。乐声更加吵闹。

我们平安无事地穿过拥挤不堪的舞池。有那么几次，我不得不用力挤开别人，但得到的回应无非是微笑、道歉或是狂喜后的空虚眼神。这地方跟哈伦世界的其他夜总会没什么不同：谨慎挑选的致幻剂让人群保持着欣快状态，在这种情绪的影响下，你不会遇上什么恶劣态度，最可怕的结果不过是被人拥抱，沾上些口水。

经历了几次爱抚和上百次夸张的笑容以后，我们来到了一条金属斜坡的底部，随后走向一对周围搭着脚手架、前方装有镜木嵌板的码头集装箱。凹凸不平的集装箱表面反射着全息影像的光芒。我的护送者领着我走向左手边的集装箱，一只手按下门铃，一道先前不可见的镜木门板随即打开。真的是打开，就像临街商店的大门那样。看样子甚至不是折叠门。护送者站到一旁，让我先进门。

我走了进去，扫视着里面的样子。前方是面孔涨红的普莱克斯，上身赤裸，正奋力套上一件扎眼的荧光色丝质衬衫。在他身后，两个女人和一个男人懒洋洋地躺在宽大的自动成形床上。他们的身体都非常年轻漂亮，脸上带着同样空洞的笑意，不着寸缕的身上只有胡乱涂抹的油彩。不难猜到他是从哪儿找来的这些人。集装箱的后墙上有一整排显示器，上面显示的是夜总会内部装设的摄像头拍摄的监控画面。舞池的画面在显示器间不断切换。混合风格的乐声透过墙壁传来，虽然模糊了不少，但足以让人伴随节奏翩翩起舞。

天知道他刚才在做什么。

"嘿,幸雄老伙计。让我好好看看你。"普莱克斯走上前来,抬起双臂,他迟疑地笑了笑,"真是副好身体,伙计。你从哪弄来的? 定制培育的?"

我对他的玩伴点点头,"让他们走。"

"呃,当然。"他转向自动床,拍了拍手。

"好了,姑娘们、小伙子们,乐子结束了。我跟这位先生有些事要谈。"

他们像不肯晚睡的小孩子那样,不情不愿地走了。其中一个女人经过时伸手想摸我的脸。我恼火地抽身躲开,她不悦地撅起了嘴。看门人目送他们离开,随后以质询的目光看向普莱克斯。普莱克斯看看我。

"对,他也得走。"

看门人走的时候关上了门,喧闹的乐声减弱了不少。我回头看着普莱克斯,他正走向装设在侧墙上的内部照明型待客模块。他的动作怪异地混杂了倦怠和紧张,无力和不安正在他的体内一决雌雄。他把手伸进模块上层的灯光里,笨拙地在华丽的透明小瓶和精致的纸包间摸索着。

"呃,想来根雪茄吗,伙计?"

"普莱克斯,"我把虚张声势的技巧发挥得淋漓尽致,"这他妈究竟是怎么回事?"

他开始发抖,说话也结巴起来。

"我,呃,我还以为田奈濑陀会——"

"去你妈的,普莱克斯。告诉我。"

"你瞧,伙计,这不是我的错。"他的语气开始愤愤不平,"我从最开始就告诉过你们,她的脑袋有问题,满口 kaikyo 之类的胡言乱语。可你们他妈的不听我的。我了解生物科技,伙计,我知道那玩意儿出问题的时候是什么样。那个头上有导线的婊子很不对劲。"

我的思绪回到两个月前,在仓库外的那个晚上:我用着人造身体,双手沾满牧师的鲜血,刚刚被粒子束打穿了肋部,偷听着普莱克斯和幸雄的对话。Kaikyo——意思是"海峡""销赃负责人""财务顾问""污水排放口",还有"灵魂附体的圣人"。或许也可以指被三个世纪前的革命者灵魂附体的女人。娜迪亚附体的西尔维·奎尔就藏在她的身体里。

"他们把她带去了哪儿?"我平静地发问。

这不是幸雄说话的口气,不过我反正也不打算再装下去了。我知道的那点东西没法在幸雄从小玩到大的熟人面前伪装太久。

"我猜去了米尔斯波特,"他给自己点了根雪茄,也许是为了平衡嗑药以后的意识模糊,"我是说,幸雄,难道田奈濑陀真的没有——"

"米尔斯波特的什么地方?"

他终于反应过来了。我看到他露出恍然大悟的表情,突然把手伸向模块的上层储物架的下侧。或许他这副苍白的贵族身体也做过些生体强化,但对他来说只是多了件装饰。何况毒品还拖慢了他的速度。

我等着他找到那把枪,等着他把枪从架子下面抽出一半。接着我踢开他的手,反手一拳把他打倒在自动成形床上,再一脚踢上架子。华美的玻璃器具摔成碎片,纸包飞出,架子也从中断裂。

那把枪掉在地板上。看起来像是把小型破片枪,比我外套里的通用"狂想曲"的火力强多了。我抄起那把枪,转过身,恰好看到普莱克斯连滚带爬地朝墙上的警报按钮靠近。

"停。"

他停止了动作,目不转睛地盯着枪口。

"去那边。坐下。"

他一屁股坐进自动化床铺里,手捂着被我踢中的那条胳膊。他运气不错,我不无残忍地想。虽然我似乎有些用力过猛,但他的胳膊并没有断。

现在来个火上浇油吧。

"你,"他张开嘴巴,"你是谁?你不是安平。"

我把手放到面前,做出取下能剧①面具的动作。我微微鞠了一躬。

"说得对。我不是安平幸雄,但他就在我的口袋里。"

他皱起眉头,"你他妈究竟在说什么?"

我把手伸进夹克衫,随便拿出一枚存储器。其实它并非安平幸雄的黄色条纹特别定制款,但从普莱克斯的表情来看,效果已经达到了。

"妈的。你是科瓦奇?"

"猜得好,"我把存储器塞回口袋,"正是本人。如假包换。好了,如果你不想跟你的童年玩伴一起待在我的口袋里,我建议你把我当作他本人,继续回答我的问题。"

"可是,你,"他摇摇头,"你做出了这种事,别指望还能脱身,科瓦奇。他们找了、他们找了你来对付你,伙计。"

"我知道。他们肯定是走投无路了,对吧?"

"这不好笑,伙计。他是个该死的疯子。他们这会儿还在计

---

①日本传统的戏剧形式,通常以神话为背景,演员衣着华丽,佩戴面具。

算他在德拉瓦留下的尸体数目呢。都是真正的死亡,存储器都完蛋了。"

我有那么片刻的震惊,但那是一种似乎离我很远很远的震惊。震惊之后,是我在挖掘301号的录制影像里看到安东和骷髅帮时感受到的那种阴冷的寒意。科瓦奇去了新北海道,在那儿用特派探员的手段打开了局面。他带回了他需要的东西:结论。至于用不着的那些,他只会破坏然后抛弃。

"普莱克斯,他杀了哪些人?"

"我、我不清楚,伙计。"他舔舔嘴唇,"很多人。她的所有队员,所有她——"

他停了口。我点点头,抿紧嘴唇。我以事不关己的态度为雅德、清香和其他螳臂挡车者感到遗憾。

"没错,她。下一个问题。"

"你瞧,伙计,我帮不了你。你甚至不应该——"

我不耐烦地朝他走去。我炽热的怒火几乎能点燃纸张。他又发起抖来,程度比他以为我是幸雄的时候更严重。

"好吧,好吧。我告诉你。只要你别伤害我。你想知道什么?"

总算开始了。

"首先,我想知道你知道,或者你认为自己知道的所有有关大岛·西尔维的事。"

他叹了口气,"伙计,我告诉过你别掺和这事的。在酒吧里我就提醒过你。"

"是啊,看起来你也没忘记提醒幸雄。你还真是热心助人啊,就这么跑来跑去,警告所有人。普莱克斯,她究竟有什么地方让你这么害怕?"

"你不知道？"

"你就当作我不知道吧。"我抬起一只手，努力转移呼之欲出的怒意，"还有，如果你胆敢对我撒谎，我说不定会一枪烧掉你的蠢脑袋。"

他吞了口口水，"她是，她说她是奎尔克里斯特·法尔科内。"

"是啊。"我点点头，"她真的是吗？"

"见鬼，伙计，我怎么知道？"

"以你的专业观点来看，她有可能是她吗？"

"我不清楚。"他的口气几乎有些悲伤，"你指望我得出什么结论？你跟着她去了新北海道，你知道那儿是什么样子。我觉得，好吧，我觉得她可能是她。她说不定撞见了储存起来的备份人格，然后不知怎么的被感染了。"

"但你不相信这回事？"

"看起来可能性不大。我不觉得储存起来的人格会设置成病毒传播的方式。这根本不合逻辑，就算对那些疯狂的奎尔主义者来说也一样。这么做有什么意义？更别提是他们视若珍宝的狗屁革命偶像的备份了。"

"这么说，"我语气平板地说，"你不怎么喜欢奎尔主义者喽？"

在我印象中，普莱克斯似乎头一次摆脱了内向胆小的外表。他恼火地哼了一声——照我看，换作比较没教养的人，这时候恐怕就该吐口水了。

"看看你周围，科瓦奇。要不是动乱年代影响了新北海道的贝拉草贸易，你觉得我会过这种日子吗？你觉得这事是谁的功劳？"

"这是个复杂的历史问题——"

"历他妈的史。"

"——所以恐怕我不够资格来回答。但我明白你为什么发火。在这种二流水准的舞厅里找玩伴肯定很辛苦吧。而且你连第一家族巡回派对规定的着装都负担不起。我同情你。"

"同他妈的情。"

我能感到自己的脸色冷了下来。他显然也看到了,于是他的怒气突然间几乎无影无踪。为了免得自己一拳打过去,我又开了口。

"我在新佩斯特的贫民窟长大,普莱克斯。跟所有人一样,我的母亲和父亲在贝拉草磨坊干活。临时合同,每日付酬,没有福利。运气好的时候,我们每天能吃上两顿饭。而且当时没有什么见鬼的贸易不景气,贝拉草的生意一如既往的好。可只有你和你家人这种狗娘养的家伙能够发家致富。"我吸了口气,努力转换成讽刺的语气,"所以请原谅,我不会同情你不幸衰落的贵族家世。你说呢?"

他舔舔嘴唇,点点头。

"好吧。好吧,伙计,没关系。"

"嗯,"我也点头回应,"好了。你说过,他们不可能把奎尔的备份设置成病毒传播的形式。"

"对。没错,就是这样。"他吃力地转回到安全的话题,"总之,你瞧,她——大岛配备了各种各样阻挡病毒渗入耦合装置的手段。那种拆解者的指挥软件代表当今的顶尖水平。"

"是啊,所以这样一来,我们就又回到了原点。如果她不是真的奎尔,那你干吗这么怕她?"

他眨了眨眼,"我干吗怕……见鬼,伙计,因为不管她是不是奎尔,她都觉得自己就是。这是严重的精神失常。精神病人操控着她配备的那种软件,谁不害怕?"

我耸耸肩,"从我在新北海道的见闻来看,一半拆解者都符合精神病人的标准。这一行实在算不上安稳。"

"是啊,但我不觉得会有太多人认为自己是三个世纪前就已死掉的革命领袖的转世。我也不觉得他们能引用——"

他停了口。我看着他。

"引用什么?"

"各种东西。你知道的。"他焦躁地转过头去,"动乱时期战场上那些事。你肯定听她说过,用的还是那种旧式的日语。"

"是啊,我听过。但你要说的不是这个,普莱克斯。告诉我。"

他试图站起身来。我走近几步,他的动作停住了。我低头看着他,脸上挂着我谈起自己家人时的那种表情。我甚至没有抬起破片枪。

"她引用了什么?"

"伙计,田奈濑陀会——"

"他不在这儿,可我在。引用了什么?"

他虚弱地摆了摆手,彻底放弃了抵抗,"我想说的话,我甚至不知道你能不能理解,伙计。"

"试试看吧。"

"呃,这事很复杂。"

"不,是很简单。让我帮你开个头吧。我来取自己身体的那天晚上,你和幸雄正在说她的事。我猜你们是在跟她做什么生意。还有,你带我去吃早餐的那家廉价酒吧就是你跟她碰面的地方,对吧?"

他不情不愿地点着头。

"很好。我唯一不明白的是,看到她出现的时候,你为什么会那么吃惊。"

"我没想到她会回来。"他咕哝道。

我想起了那天晚上第一次看到她的情景:她盯着镜木吧台映出的自己,还有脸上那种出神的表情。特派探员的记忆力帮我发掘出了另一个细节:那天稍后,在康帕秋区的公寓里,奥尔谈起拉兹洛的糗事时说过——

……还在追那个大胸部的武器贩子小妞?

西尔维说:什么?

你知道的。她的名字叫塔米辛,还是塔米塔来着。就是向日愿景那边的酒吧里那个。就在你突然发火之前。天哪,你就在现场,西尔维。我可不觉得有人能忘掉那样的身材。

雅德说:她的配备没法辨识那种类型的武器。

我发起抖来。是啊,正是如此。记忆模糊的她每晚在获户丸市里游荡,人格在大岛·西尔维和牧田·娜迪亚——也就是他妈的奎尔克里斯特·法尔科内——之间来回转换。她什么也做不了,只是偶尔会在挖掘出的回忆和梦境的碎片指引下行动,前往某家依稀记得的酒吧。就在她努力将破碎的意识拼凑起来的时候,一群面色冷酷的大胡子混蛋,手持以上帝之名实施杀戮的许可证,前来迫害他们心目中低下卑劣的女性。

我想起了幸雄在第二天闯进公寓时的情景。他脸上的极度愤怒。

科瓦奇,你他妈以为自己在做什么?

还有他看到西尔维时对她说的话。

你知道我是谁。

这并不是在陈述他显而易见的黑道身份。他以为她认识自己。

　　还有西尔维平静的回答。**我不知道你他妈是谁。**因为在那一刻，她的确不知道。特派探员的记忆力在我脑海中重现了幸雄难以置信的表情。那根本不是什么虚荣心受挫。他是真的非常震惊。

　　在那场短暂的对峙中，在结束后烧焦的血肉之间，我完全没有想过去质疑他如此愤怒的原因。

　　愤怒对我来说太平常了。在过去的两年多里，它是我形影不离的伙伴，无论是我对自身的愤怒，还是身边那些人的愤怒。我不再质疑愤怒，它是不变的事实。幸雄愤怒是因为他的自身。因为他是个愚蠢的男性，像我父亲和其他男性那样妄自尊大，而我却在普莱克斯和田奈濑陀面前羞辱了他。因为他是个愚蠢的男性，就像其他男性那样，所以愤怒就成了默认设置。

　　又或者：因为他正在进行一场复杂的交易，对方是个危险又不可靠的女人，却满脑袋都是尖端的战斗技术软件，而且——

　　什么？

　　"她卖给你们的是什么，普莱克斯？"

　　他呼出一口气，身体也仿佛垮了下来。

　　"我不清楚，阿武。我真的不清楚。应该是某种武器，动乱年代的武器。她把那东西叫作'奎尔谷协议'。某种生物学方面的东西。我帮他们接洽之后，他们就把那东西拿走了。我刚刚完成初步确认，他们就拿走了。"他又转过头去，只是这次不再紧张，他的语气带着模糊的苦涩，"他们说这事太重要，不能托付给我。他们不相信我能守口如瓶。他们从米尔斯波特带来了好些专家，该死的幸雄也是跟他们一起来的。他们把我隔绝在外了。"

　　"可你当时也在。你那天晚上见过她。"

"是啊,她给他们的那东西储存在空白的拆解者芯片里。每次只有几块,你明白的,因为她不信任我们。"他干笑了一声,"毕竟我们也不怎么信任她。我本该每次都跟去,检查初始部分代码,确保那些是真正的古董。幸雄会把我确认属实的那些带去给他可笑的专家小组。我从此再也没见过那些芯片。你知道当初发掘她的人是谁吗?是我。她最初是来找我的。结果他们给了一笔介绍费,然后就把我打发走了。"

"她是怎么找到你的?"

他沮丧地耸耸肩,"就是平常的渠道。看起来,她在获户丸市四下打听了好几个礼拜。她在找能帮她把那东西脱手的人。"

"可她没告诉你那是什么东西?"

他闷闷不乐地拨弄着自动成型床上的一块身体油彩,"没。"

"得了吧,普莱克斯。她爆的料都够让你去找你那些黑道朋友的了,你还说她没有透露过那是什么东西?"

"她要见的是那些该死的黑道,不是我。"

我皱起眉头,"真的?"

"真的。她说他们会感兴趣,说那东西他们用得上。"

"噢,这是胡扯,普莱克斯。黑道怎么可能对三个世纪前的生物科技武器感兴趣?他们又没在打仗。"

"或许她觉得他们能帮她把那东西卖给军方。她可以按比例抽成。"

"但她说的不是这话。你才跟我说过,她说那东西他们用得上。"

他抬头盯着我,"是啊,也许吧。我不清楚。我可不像你那样,有特派探员那种该死的完全记忆能力。我记不清她究竟是怎么说的了。而且我他妈根本不在乎。就像他们说的,这事已经跟我没关系了。"

我转身走开,后背靠在墙上,心不在焉地检查着手里的破片枪。我借助眼角的余光看到,他还坐在床上的那个位置。我呼出一口气,感觉压在心头的大石刚刚挪走,就又再次压下。

"好吧,普莱克斯。还有几个问题,很简单的问题,然后我就不再打扰你了。他们找来的那个新版本的我,他追捕的是大岛,不是我,对吧?"

他咂了咂嘴,那声音几乎被屋外传来的混合乐曲完全盖了过去。

"他在追捕你们两个。田奈濑陀因为你对幸雄做的事打算要你的命,但主要的目标并不是你。"

我阴郁地点点头。有那么一阵子,我还以为西尔维昨天去获户丸市的时候不小心露了马脚。跟错误的对象说话,被监视摄像头捕捉到了踪迹,总之做了些什么,让那些家伙仿佛天使之火那样追踪而至。但事实并非如此。事实更简单,也更糟糕——他们是因为我在毫无防护的情况下浏览奎尔克里斯特·法尔科内的资料追踪过来的。自从出了状况以后,他们肯定一直在监视全球的数据流向。

而你径直踏进了陷阱。干得好。

我面露苦相,"这件事是田奈濑陀负责的吗?"

普莱克斯犹豫起来。

"不是他? 那幕后主使又是谁?"

"我不——"

"别想骗我,普莱克斯。"

"嘿,我他妈真的不知道。我不知道。可我知道那个人的地位很高。我听说属于第一家族,米尔斯波特的王家女间谍头子。"

我心里平衡了些。这么说给我找麻烦的不是黑道。还好，我还没掉价到那种程度。

"你知道那女间谍头子叫什么吗？"

"当然。"他突然站起身，走到待客模块那边，他低头看着粉碎的内部装饰，"她叫艾拉。从各方面来看都是个麻烦人物。"

"你没见过她？"

他拨弄着我留下的碎片，找到了一支完好无损的雪茄，"不。最近我连田奈濑陀的面都见不着，更别提参与第一家族那种水准的事务了。不过关于这个艾拉倒是有不少流言。她可是个名人。"

我哼了一声，"是啊，这种人都一样。"

"我是说真的，阿武。"他点燃雪茄，透过升起的烟雾责备地看着我，"我可是在帮你的忙。你记不记得六十年前那件破事儿？科苏特洲出版的三流色情片里盗用了米姿·哈伦的形象。"

"记得一点儿。"我当时正在维吉尼亚·维杜拉和小蓝虫公司里，忙着盗窃生物武器和外世界的数据债券。那是伪装成政府委托的高回报犯罪。我们看到新闻里说警方正大力追查犯人，但也仅此而已。我们可没空去关注哈伦世界的贵族阶级从不间断的丑闻和流言。

"这么说吧，据说那个艾拉为哈伦家族做的是损害控制和清理之类的活儿。她以严重侵害的罪名关闭了那家制片公司，逮捕了所有相关者。我听说大部分人都被送上了天。她在晚上把他们带去了里拉峭壁，给每个人系上反重力背包，然后按下开关。"

"真够讲究的。"

普莱克斯深吸一口烟，摆了摆手。他的嗓音变得有些刺耳。

"这就是她的做事方式。你知道的,守旧派的人都这样。"

"你知道她是从哪儿搞来的我的备份吗?"

他摇摇头,"不知道,不过我猜是摄政府的军用仓库。他很年轻,比你年轻得多。我是说和现在的你相比。"

"你见过他?"

"嗯,上个月他刚从米尔斯波特过来的时候,他们要我去接待。你能从一个人说话的方式看出很多事。他仍然把自己称作特派探员。"

我再次面露苦相。

"他看起来充满了活力,像是等不及想开始干活似的。他很自信,无所畏惧,毫无顾忌,笑对一切——"

"噢,好吧,他很年轻。我知道了。他说过关于我的事吗?"

"恐怕没有,大部分时间他都在提问和聆听。只不过,"普莱克斯又抽了口雪茄,"他给我一种印象,怎么说呢,他像是有点失望什么的。关于你近来做的那些事。"

我感觉自己眯起了眼睛,"他这么说了?"

"没,没,"普莱克斯晃了晃雪茄,鼻子和嘴里渗出烟来,"只是我的印象而已。"

我点点头,"好吧,最后一个问题。你说他们带她去了米尔斯波特。米尔斯波特的哪儿?"

又一阵迟疑。我好奇地看了他一眼。

"得了吧,你还有什么可损失的? 他们带她去了哪儿?"

"阿武,随它去吧。这就像酒吧那儿的事重演了一样。你会让自己卷进没法挽回——"

"我已经卷进去了,普莱克斯。田奈濑陀要对付我。"

"不,听着,田奈濑陀可以跟你和解。伙计,你手里有幸雄的存储器。你可以拿它做谈判的筹码。他会接受的，我了解他。他和老安平是一个多世纪的老朋友了。他还是幸雄的前辈，基本上相当于他的叔叔。他会跟你达成协议的。"

"那你觉得艾拉就会放过我吗？"

"她没理由不放过你啊，"普莱克斯用雪茄比画了一下，"她已经得到她想要的了。只要你能置身——"

"普莱克斯，想想看。他们制造了我的分身。这是联邦重罪，所有相关人等都会受到重罚。更别提他们当初私自扣留服役中的特派探员备份这件事了。如果摄政府得知了这件事，那么不管有没有第一家族的关系，女间谍头子艾拉都得在存储器里待上很久。等她出来的时候，太阳恐怕都变成红矮星了。"

普莱克斯哼了一声，"你真这么想？你真以为星际联盟会跑到这儿来，为区区一个制造分身的罪名去动摇地方寡头政治？"

"如果这件事传开的话，他们就非来不可了。到那时候，他们就别无选择了。相信我，普莱克斯，我很清楚，我以前就是靠这个谋生的。整个摄政府体系能够维持下去，前提就是没人敢做出头鸟。一旦有谁干了出格的事，还能逍遥法外，那么无论罪名有多不起眼，都会是星际联盟这座大坝上的第一条裂纹。如果他们的所作所为公开化，摄政府肯定会要求他们乖乖交出艾拉的存储器。如果第一家族不服从，他们就会派出特派探员，因为地方寡头政治的不肯服从只代表一件事：叛乱。而叛乱，无论发生在何处，都必须成功镇压下去，不惜一切代价。"

我看着他，看着他渐渐理解我的话，就像我刚听到德拉瓦那边的消息时那样。明白自己做了些什么，明白自己选择了怎样的路，明白我们无可避免也无法逃脱的境况。也明白那个事实：除非某个名叫武·科瓦奇的人死去，否则这件事永远不算完。

"这个艾拉，"我平静地说，"把自己逼到了角落里。我很想知道原因，我很想知道这件事为什么他妈的如此重要，能让她冒这样的险。不过也无所谓，反正不是我死就是他亡。对她来说，最简单的办法就是不断派他来追杀我，直到他杀死我或者我杀死他为止。"

他回头看着我，瞳孔在烟草和毒品的混合作用下放大。他忘了吸雪茄，拢起的手里逸出淡淡的烟气。就好像他一时间没法理解这么多的事。就好像我只是他吸毒后的幻象，又拒绝变化成某种令人愉悦的形象，或者干脆消失。

我摇摇头，努力把西尔维的队员们抛出脑海。

"好了，我说过的，普莱克斯，我必须知道。我真的必须知道。大岛、艾拉，还有科瓦奇。我应该去哪儿找这些人？"

他摇摇头，"这样不好，阿武。我是说，我会告诉你的。你真的很想知道，所以我会告诉你。但这根本没有好处。你什么事也做不了。你不可能——"

"你还是干脆告诉我吧，普莱克斯。早点放下担子。把计算的事留给我来操心。"

于是他告诉了我。我做了计算，结果令我担忧。

出去的一路上，我一直在担忧，就像一条单腿踩进陷阱的狼。一路上都忧心忡忡。我经过闪光灯下神志恍惚的舞者，经过正在播放的幻象录影和微笑的瘾君子。经过颤动不止的半透明墙板，那儿有个上身赤裸的女人对上我的目光，又将身体贴在玻璃上让我看。我经过看门人廉价的肌肉和检测器，摆脱最后一丝夜总会的温暖和礁石潜水风格的乐声，踏入仓库区域冰冷的夜色。天开始下起雪来。

第三部　那是很久以前的事了

　　那个奎尔，当然了，伙计，她是干过些事，干过些能让你深思的事。问题在于，有些事能持续下去，有些事不能。但有时候你会发现，有些事没能持续下去，不是因为它消失了，而是因为它在等待时机卷土重来。或许在等待改变。音乐就是这样。还有生活，伙计，生活也是这样。

——迪兹·席桑戈在《天之新蓝》杂志访谈中的言论

20

南方各地都拉响了风暴警报。

在我去过的某些星球,人们能控制风暴。他们用卫星追踪,为风暴绘制模型,预测它的去向,必要时还会运用高精密度的光束武器,在风暴造成破坏前直接将其消灭。在哈伦世界上,我们没法这么做,而火星人要么是觉得不值得为这种事给轨道卫星编写程序,要么就是轨道卫星自己停止了对风暴的处理。也许它们因为遭受抛弃而生着闷气。总而言之,我们只能像黑暗时代那样,使用基于地表的监控装置,还有飞行高度低得离谱的直升机进行勘察。

尽管有气象 A.I.帮助预测,但哈伦世界的三个月亮和0.8倍的重力导致气候系统异常混乱,风暴的前进模式也非常诡异。所以当哈伦世界的风暴出现的时候,你除了远远躲开以外,几乎什么都做不了。

这场风暴已经酝酿许久——我还记得我们溜出德拉瓦的那一夜,新闻报道里提到的预兆——能躲的人早就躲远了。整个科苏特海湾的木筏屋和海上工厂都以全速驶向了西方。行驶在东部洋面、难以返航的拖网渔船和捕鳐船则选择刺青浅滩那些相对安全的码头停泊。自藏红花列岛出发的气垫船航线也改为绕过海湾西侧,航程增加了整整一天。

"海德西之女号"的船长倒是很看得开。

"这算不了什么。"他低声说着,一面凝视着舰桥上的显示器,"回想90年代的风暴时节,我们甚至会在新佩斯特的港口里躲上一个多月。那时候,去北方的航路没有一条是安全的。"

我态度暧昧地咕哝了一声。他把目光转向我。

"你那时候不在,对吧?"

"是啊,去了外世界。"

他发出刺耳的笑声,"噢,没错。一场奇妙的异星之旅。我什么时候能在科苏特网上看到你那张英俊脸蛋儿? 到时候会不会跟杉田玛姬来一场对手戏?"

"给我点时间,伙计。"

"还要时间? 你赋闲的时间还不够久吗?"

离开荻户丸之后的一路上,我们就这样互相开着玩笑。和我认识的几位货船船长一样,阿里·贾帕里泽也是个精明但相对没什么想象力的人。他对我几乎一无所知,而他告诉我,他喜欢让乘客保有自己的秘密。但是,没人可以愚弄他。如果有人在出发前一小时登上你破旧的货船,为狭小的客舱付出等同于藏红花航线船票的费用——那么不用专家也能看出来,他跟执法机构的关系恐怕不怎么友好。对贾帕里泽来说,我对哈伦世界过去几十年的缺乏了解只有一种非常简单的解释:我那时候"不在"。对犯罪者来说,这个词有个历史悠久的含意:"蹲大牢"。我每次都会以事实反驳,说我去了外世界,而他每次都会报以刺耳的大笑。

这倒是正合我意。人们总是相信他们想相信的事——看看那些该死的大胡子吧——而我觉得贾帕里泽过去肯定也被存储过一段时间。我不知道他是怎么看待我的，但在离开获户丸市的第二晚，他就邀请我去了舰桥；等到我们离开藏红花列岛最南端的艾科兹岛的时候，我们已经开始交流各自喜好的新佩斯特酒馆与烤牛排的口味了。

我努力不为流逝的时间而焦虑。

也努力不去考虑米尔斯波特列岛，以及我们航向西方、渐渐远离那儿的事实。

我难以入眠。

"海德西之女号"的舰桥成了我在夜晚的另一个去处。我坐在贾帕里泽身边，喝着廉价的米尔斯波特混调威士忌，看着这艘货船分开海浪，前往更温暖的南方海洋。周围的空气弥漫着贝拉草的芳香。我像维持货车前进的引擎那样机械地说着话，讲述着性爱和旅行的故事，还有对新佩斯特和科苏特内地的回忆。我揉搓着仍旧隐隐作痛的左臂肌肉，伸展左手，同时抗拒着这个动作带来的痛楚。而在内心，我思索着杀死艾拉和另一个我的方法。

到了白天，我会在各层甲板踱步，同时尽可能避免和其他乘客接触。反正那些家伙也算不上讨人喜欢：三个疲惫不堪、满口怨言的拆解者要往南方去，也许是回乡，也许只是去晒太阳；成天板着脸的水母捕捞业企业家和他的保镖，带着一批油脂要去新佩斯特；在艾科兹岛上船的新启示教年轻牧师和他包裹得严严实实的妻子。还有五六个给人留不下印象的男人和女人，比我还低调；每次有人跟他们说话，他们都会避免视线接触。

但一定程度上的社交互动还是无可避免的。"海德西之女号"是艘小船。本质上说,它只是一艘配备了四个双层货运吊舱和一台强大气垫引擎的拖船而已。

通行台架连接着上下两层甲板,从货船的前部甲板通往后部狭小的透明观测罩,中途经过货运吊舱。这里仅有的居住空间十分拥挤。早些时间有过几次口角,包括食物被窃的争执,最后贾帕里泽不得不威胁说要把他们丢在艾科兹岛,双方这才偃旗息鼓。但等到我们离开藏红花列岛的时候,所有人都或多或少适应了船上的生活。我在吃饭时被迫和那几个拆解者交谈过几次,努力对他们的倒霉经历和在未清扫区的英勇行径表现出兴趣。那个贩卖网状水母油的商人不断向我鼓吹梅凯斯克政权的紧缩政策将带来的商业利润。那个牧师我倒是没跟他说过话,因为我懒得在事后处理他的尸体。

从艾科兹岛前往海湾的路上风平浪静,看不到丝毫风暴的迹象。我发现自己平常用来沉思的场所挤满了人。所有乘客都走出了客舱,享受着新奇的温暖气候和足以晒黑皮肤的阳光。没人能责怪他们。天空一片蔚蓝,还能清晰地看到高挂空中的大黑月和布袋月。东北方向吹来的劲风维持着宜人的温暖,更从起伏的洋面掀起一团团飞沫。庞大的弧形礁石区域传来隐约的破浪之声,预示着南方的科苏特海湾即将出现在视野里。

"这儿真美,不是吗?"一个平静的声音对栏杆边的我说。

我转过头,看到了那个牧师的妻子。周围十分温暖,她却仍旧戴着头巾、裹着长袍。她是独自一人。她的脸——当然是我能看到的那部分——透过头巾露出的狭小开口略微朝我扬起。那张脸由于她所不习惯的炎热气温缀满汗珠,却看不到犹豫之色。她早已将头发拢到了脑后,没有一丝逸出头巾。她非常年轻,恐怕不久前还只是个少女。我还意识到,她已经有几个月的身孕。

我转过身去,紧紧抿住嘴巴。

目光凝视着栏杆外的景色。

"我从没来过这么远的南方,"见我不打算接上她的第一个话题,她便继续说道,"你呢?"

"来过。"

"这儿总是这么热吗?"

我又面无表情地看了她一眼,"这儿不热,只是你的穿着不太对头。"

"噢,"她将戴着手套的双手按在栏杆上,做出仔细打量的样子,"你觉得这样穿不好?"

我耸耸肩,"这跟我没关系。这个世界是自由的,难道你不知道吗? 里奥·梅凯斯克是这么说的。"

"梅凯斯克,"她轻轻地啐了一声,"他跟其他人一样堕落。唯物论者都一样。"

"是啊,不过我得说句公道话:如果他的女儿被人强暴,他不太可能顾及颜面就把她殴打致死。"

她的身子瑟缩了一下。

"你说的只是一起孤立事件,这不能——"

"四起,"我伸出僵硬的手指,竖在她面前,"我说的是四起孤立事件。这还只是今年的。"

我看到她的脸颊涨红了。她似乎低下了头,看着自己略微隆起的腹部。

"新启示教里最狂热的那些人有时并不是最遵守教义的人,"她喃喃道,"我们中的许多人——"

"你们中的许多人只会循规蹈矩,希望能从你们信奉种族灭绝的体系的不那么疯狂的教义里找出些有价值的东西,因为你们既没有头脑,也没有胆量去创造全新的东西。我知道。"

这下子,估计连她藏在头巾后面的头发根都红透了。

"你错看我了,"她摸了摸头上的头巾,"这是我自己的选择。是我凭借自身意志做出的选择。我相信新启示教,我有我的信仰。"

"那你就比看起来还要蠢了。"

她气得说不出话来。我则用这阵沉默压下胸中翻涌的怒火。

"你说我蠢?就因为我选择了端庄妇道,我就是个蠢人?就因为我不肯像米姿·哈伦那种婊子那样无所不用其极地展示和贬低自己,就因为——"

"嘿,"我冷冷地说,"你干吗不动用一些你的端庄,闭上你那张妇道的小嘴巴?我真的不在乎你是怎么想的。"

"你看,"她的语气变得有些尖利,"你和其他人一样渴望她。你拜倒在她那些廉价的肉欲把戏和——"

"噢,拜托。在我看来,米姿·哈伦只是个愚蠢肤浅的荡妇。可你知道吗?至少她看起来过的是她自己的生活。她可不会甘于匍匐在那些长着大胡子的蠢猴子身下。"

"你这是把我丈夫叫作——"

"不。"我转身看向她。看样子我完全没能压下怒气。

我伸出双手,抓住她的肩膀,"不,我是把你叫作女人中的无胆叛徒。我理解你丈夫的角度:他是个男人,好处全在他那边。可是你!你白费了几个世纪的政治斗争和科学进步,就为了坐在暗处,向自己灌输女性毫无价值的迷信念头。你就这样任由自己的人生——你最有价值的东西——被人一小时又一小时、一天又一天地偷走,只为了在你的男人施舍给你的生存空间里苟延残喘。然后,等你最终死去的时刻——希望很快,我的姐妹,我真的这么希望——你才会开始懊悔,为你原本可能拥有的人生而懊悔,也为你放弃我们为自己赢得的终极权力、那种从头再来的权力而懊悔。你所做的一切都是为了你那该死的信仰。如果你肚子里的孩子是女性,那么她注定要承受同样该死的命运。"

一只手拉住了我的胳膊。

"嘿,伙计。"是一个拆解者,水母企业家的保镖站在他身后。他的表情惊恐却坚定,"够了。放过她吧。"

我看着他握住我手肘的手指。一时间,我想折断他的手指,制住他的胳膊,然后——

我的脑海中突然浮现出一段记忆:父亲摇晃着母亲的肩膀,就像摇晃一根不肯被连根拔起的贝拉草,高声的辱骂和威士忌的酒气扑向她的面孔。七岁大的我扑向他的胳膊,企图拉开他。

他当时几乎漫不经心地给了我一巴掌,便让我倒退着撞上墙角。然后他又抓住了她。

我松开自己抓住那女人双肩的手,甩开那个拆解者的手掌。也在精神上甩开扼住我的喉咙的我自己。

"走开吧,伙计。"

"我会的。"我轻声说道,"就像我说过的,我的姐妹,这个世界是自由的。你那些事与我无关。"

几个钟头之后,风暴给了我们一记响亮的耳光。围巾般的长条状乌云笼罩着舷窗外的天空,狂风也开始吹向"海德西之女号"的舷侧。当时我正平躺在客舱的床上,凝视着铁灰色的天花板,为自己先前不理智的举动而自责。我听到引擎的嗡鸣声响亮了不少,猜想贾帕里泽应该是提高了重力系统的输出功率。几分钟以后,狭小的客舱开始倾斜。在床铺对面的桌子上,有只玻璃杯滑开了几厘米,随后防滑桌面将它固定在了原位。杯里的水危险地摇晃了几下,泼出了一点儿。我叹了口气,跳下床铺,扶着墙板来到舷窗边,向外望去。雨水开始拍打舷窗的玻璃。

货船内部的某处,警报声响了起来。

我皱起眉头。如果只是弄洒了几杯水,应该不至于这么夸张。我套上从某个货船船员那儿买来的薄夹克,把我的藏刀和"狂想曲"塞进衣服,然后悄然步入走廊。

我们又惹上麻烦了,是不是?

算不上。但如果这条船要沉,我想提前知道。

我循着警报声上到主甲板,踏入雨幕。有个船员经过我身旁,手里举着一把长管枪械。

"出什么事了?"我问她。

"不清楚,伙计。"她阴郁地看了我一眼,朝船尾方向甩了甩头,"主机显示货舱上有裂口。也许是哪只裂翼鸟想进来避避风暴。但也许不是。"

"要我帮把手吗?"

她犹豫起来,脸上短暂地掠过怀疑的神色,然后做出了决定。也许是贾帕里泽跟她说过我的事,也许她只是喜欢我这副新身体的脸。又或许她只是害怕了,想找人帮忙。

"当然好。多谢。"

我们吃力地沿着通行台架朝货舱方向走去。每次船身晃动,我们都得抓牢栏杆。狂风中的雨水以狂乱的角度拍打在我们身上。风雨声中,警报器暴躁地尖声鸣响。而在前方,在风暴带来的沉闷昏暗中,能看到一排红色的指示灯在左手边的吊舱上明明灭灭。闪烁的警报信号灯下,略微开启的舱门边缘透出苍白的光。女船员倒吸一口凉气,用枪管指了指。

"原来如此,"她走向前去,"有人在里面。"

我瞥了她一眼,"不一定是人。可能是裂翼鸟,对吧?"

"是啊,不过得是非常聪明的裂翼鸟才知道该按哪个按钮。通常来说,它们只会用鸟喙把系统啄到短路,指望靠这种方式进去。可我没闻到什么燃烧的气味。"

"我也没有。"我衡量着台架的空间,还有头顶的货运吊舱的高度。我拔出狂想曲,调节成最大散射模式,"好吧,咱们理智点儿。我先进去。"

"可按理说——"

"是啊,我同意。不过我过去是靠这种活儿吃饭的,所以还是让我来吧。你留在这儿,朝任何钻出舱门的东西开枪,除非你听到我打招呼。"

我踩着摇摇晃晃的甲板,尽可能小心地来到舱门边,检查舱门的闭锁机构。看起来没有丝毫损坏。

舱门朝外略微开启了几厘米,或许是在船身摇晃时甩开的。

也就是说,在那位忍者海盗打开并破解了门锁以后。

我努力不去理会风暴声和警报声,聆听着舱门另一边的动静。我将生体强化发挥到了极致,就连沉重些的呼吸声也无法逃过我的耳朵。

门里却寂静无声。里面根本没人。

但也可能是受过隐匿作战训练的人。

拜托,闭嘴吧。

我一脚踩住舱门的边缘,小心翼翼地晃了晃。整扇门却就这么重重地甩了开来。我未及细想便扭身钻入开口,狂想曲的枪口对准里面。

什么也没有。

一排排高及腰际、闪闪发亮的金属桶子摆放在货舱区域。桶子之间的空隙太过狭窄,连个孩子都藏不下,更别提忍者了。我走向最近的那只桶子,看了看上面的标签。**最优级藏红花海冷光异种水母提取物,冷压过滤。网状水母油脂,名家设计,更显尊贵。**

那位企业家真该好好学学什么叫谦虚。

我大笑几声,感觉体内的紧张一扫而空。

只不过——

我嗅了嗅。

货运吊舱充满金属气息的空气里,有股气味飞掠而过。

然后不见了。

我只是凭借这具身体的敏锐感官勉强得知那种气味的存在。等到我尝试分辨的时候,它却早已消失。我莫名其妙地回想起了自己的童年,那是一段一反常态的、关于温暖和欢笑的愉快印象,可我记不清是在什么时候了。无论那是什么气味,肯定是我非常熟悉的。

我收起狂想曲,回到舱门边。

"里面没东西。我要出来了。"

我回到温暖的雨幕中,用力将舱门再次合拢。在安全螺栓的碰撞声中,门重新锁上了,也将我察觉的那种关于过去的气味封闭起来。我头顶那些闪烁的红光熄灭了,在我耳中早已成为背景音的警报声也戛然而止。

"你们在那儿做什么？"

发话的是那个企业家。他绷着脸，眼看就要发火了。他的保镖跟在身旁，还有几个船员挤在后面。我叹了口气。

"检查你的财产。不用担心，里面的东西安然无恙。看样子只是吊舱的锁失灵了。"我看向那个拿着枪的女船员，"也或许是只格外聪明的裂翼鸟来过，而我们把它吓跑了。听着，虽然这话听起来有点不着边际，不过，船上有什么嗅探装置吗？"

"嗅探装置？你是说警察用的那种？"她摇摇头，"我想没有。你可以去问船长。"

我点点头，"好吧，我说过——"

"我问你话呢。"

企业家脸上的表情已经变成了愤怒。他身边的保镖也怒视着我。

"没错，而且我已经回答了。好了，请原谅我——"

"你哪儿也别想去，托马斯。"

没等那保镖做出反应，我瞪了他一眼。

他愣了愣，挪动了一下双脚。我转而看向那位企业家，压抑着不顾后果大闹一场的冲动。

自从跟那个牧师的妻子争论过以后，我一直想通过暴力宣泄我的焦躁。

"如果你的狗腿子敢碰我，他就得进手术室了。如果你不给我让开，那你也一样。我已经告诉你了，你的货物很安全。现在，我希望你能让到一边，免得让我们双方都下不了台。"

他回头看向托马斯，显然从他的表情里看懂了什么。他让开了。

"谢谢。"我从聚集的船员中间挤过，"有人看到贾帕里泽了吗？"

"大概在舰桥上。"有人答道,"不过伊都子说得对,船上没有嗅探设备。我们可不是该死的海上警察。"

一阵大笑。有人唱起了同名影片的主题曲,其他人也跟着唱了几段。我微笑着挤进人群。离开的时候,我听到那个企业家大声要求立即重新打开舱门。

噢,好吧。

反正我本来也要去找贾帕里泽。至少他能给我弄点喝的。

风暴过去了。

我坐在舰桥上,看着气象扫描仪上的风暴朝东方渐渐远去,一面希望心中的愤怒也能随之离开。窗外的天空明亮起来,浪花也不再拍打"海德西之女号"的船身。

贾帕里泽关闭应急驱动装置,打开重力引擎,货船的行驶恢复了以往的平稳。

"好了,伙计,告诉我实话吧。"他又给我倒了杯米尔斯波特混调酒,然后坐回导航台对面的椅子里。舰桥上只有我们两个。"你是去踩点的,对吧?"

我扬了扬眉毛,"噢,如果我真是去踩点的,你现在问我可就不太明智了。"

"噢,这可不见得。"他眨眨眼,一口喝干他那杯酒。确定恶劣的天气已经过去之后,他允许自己稍微喝醉一点儿。"那个聒噪的蠢货,我不介意你拿走他那批货。只要你等货物下船再动手就行。"

"好吧。"我朝他举起杯子。

"那么,是谁?"

"什么?"

"你为谁打探？黑道？野草湖的黑帮？问题在于——"

"阿里，我是说真的。"

他冲我眨眨眼睛，"什么？"

"好好想想吧。如果我是黑道负责踩点的，你问我这种问题，下场只怕就是真实死亡了。"

"噢，胡说八道。你不会杀我。"他站起身，朝我倾过身子，看着我的脸，"你的眼神跟那种人不一样。我看得出来。"

"是吗？"

"是啊，另外，"他坐回椅子里，举着杯子胡乱比画了一下，"如果我死了，谁能把这艘破船开到新佩斯特去？她跟藏红花航线那些人工智能宝贝儿可不一样，你知道的。她时不时地需要人类的触摸。"

我耸耸肩，"我猜我可以恐吓个把船员去驾驶，用你闷烧的尸体来激励他们。"

"这倒是个好主意，"他咧嘴笑笑，又伸手去拿酒瓶，"我可没想到。不过我说过了，你的眼神不像那种人。"

"这么说，你见过很多和我一样的人？"

他倒满了自己的杯子，"伙计，我以前和你一样。我像你一样在新佩斯特长大，也像你一样当过海盗。我那时跟着'百分之七天使号'干些航路抢劫之类的勾当。抢的都是快船，只有些不值钱的货色。"他顿了顿，看着我的眼睛，"后来我被捕了。"

"真不幸。"

"是啊，太不幸了。他们剥夺了我的肉体，把我的意识存储了将近三十年。等我出来的时候，他们换给我的却是个见鬼的瘾君子的身体。我的家人要么长大成人，要么远走他乡，要么，你知道的，死掉了。我有个女儿，我进去的时候七岁大，等我出

273

来的时候,她的年纪反而比我新换的身体年长十岁。她有了自己的生活和家庭,不想了解我。我在她眼里只是三十年的空白期。她妈妈也一样,她另找了个男人,有了孩子。噢,你知道的,我们之间也就那样了。"他放下杯子,身子有些颤抖,然后透过突然含泪的双眼凝视着我。他又给自己倒了杯酒,"我哥哥在我进去的几年后死于车祸。他没买保险,所以没法更换身体。我姐姐也进了存储,比我晚了十年进去。我还有个弟弟,在我进去的几年后才出生,我都不知道该跟他说什么。我父亲和我母亲分开了——他先去世,转生申请获得通过,去了别的地方,又过上了年轻、自由和单身的生活。他甚至不肯等她。我去探望过她,可她自始至终只是微笑着注视窗外,嘴里不断说着'快了,快了,就快轮到我了'。简直他妈的让我毛骨悚然。"

"于是你就重回'天使号'当海盗了。"

"猜得好。"

我点点头。这不是什么猜测,只是重演我在新佩斯特的许多旧相识的人生而已。

"是啊,我回到了'天使号'上。他们接纳了我,干的勾当也不再是小打小闹。其中有几个我当初做海盗时的熟人。他们用里应外合的法子抢劫开往米尔斯波特的气垫船。获利很可观,而我需要那些钱,因为新身体的毒瘾。就这样,我跟他们干了两三年。然后我又被捕了。"

"是吗?"我努力装出有些吃惊的样子,"这次是多久?"

他笑了笑,表情就像面对着熊熊烈火,"八十五年。"

我们在沉默中对坐了一会儿。最后,贾帕里泽又倒了些威士忌,小口喝着,就好像他其实不想喝什么酒。

"这一次,我和他们的联系彻底切断了。无论我母亲得到了怎样的第二人生,我都错过了。她还决定放弃再次转生的机会,只把自己储存起来,只在清单上列出的家族大事到来时临时转生。她的儿子阿里刑满释放不在那张清单上,所以我明白了她的暗示。我哥哥仍然死着,姐姐在我进去以后离开了存储,等我出来时已经搬去北方住了几十年,我不知道具体地址。也许她是去寻找父亲的。"

"你女儿的家庭呢?"

他大笑几声,耸耸肩,"女儿,还有外孙。伙计,那时候我已经比他们落后了两个世代,根本没有赶上的希望了。我拿上属于我的东西一走了之。"

"就是这个?"我冲他点点头,"这具身体?"

"是啊,这具身体。你也许会说我交了好运。它曾经属于一艘捕鳐船的船长,那家伙因为在第一家族的海上庄园外召妓被捕。这具身体很结实,保养得也好。配备了一些有用的航海软件,还有对天气的诡异直觉。这具身体帮我描绘出了事业蓝图。我贷款买了条船,赚了些钱。我换了条大船,赚了更多的钱。然后换了这条货船。我在新佩斯特找了个女人,还生了几个孩子。"

我举起杯子,丝毫不带讽刺地说:"祝贺你。"

"噢,是啊,我说过,我交了好运。"

"你告诉我这些,是因为?"

他朝我前倾身子,看着我,"你知道是因为什么。"

我忍住笑。这不是他的错,他并不知情。他已经尽力了。

"好吧,阿里。你放心,我不会动你船上的货。我会改过自新,放弃海盗这一行,组建自己的家庭。多谢提点。"

他摇摇头,"我跟你说的这些其实你都知道,伙计。我只是提醒一下而已。人生就像大海。三个月亮影响下的潮汐涌动不停，随波逐流的话，你会失去所有你关心的人和物。"

他的话当然是对的。

但他的提醒来得太晚了些。

几个钟头之后，夜幕终于追上了转向西方的"海德西之女号"。夕阳仿佛裂开的两半鸡蛋，中央是升起的布袋月，淡红的色彩朝两侧的地平线晕染开去。

科苏特海湾的海面为这一幕添上了深黑的底色。在头顶高处，厚厚的云层发出仿佛加热后的硬币般的光芒。

我避开了前甲板，因为其他乘客都聚集在那里欣赏日落。经过今天的几番表现以后，他们恐怕不会欢迎我的到来。我转过身，沿着通行台架走了一段路，随后找到一段梯子，爬到吊舱顶上。那儿有一条狭窄的走道，我盘腿坐了下来。

我没有像贾帕里泽那样愚蠢地荒废青春，但结果并没有太大不同。我年纪很小的时候就明白了一点："愚蠢的犯罪"必然导致"关进存储器"。但仅此而已。十八九岁的时候，我利用自己在新佩斯特帮派的关系，加入了哈伦世界的海军陆战战术部队——假如你想在帮派里混，就该加入最大的帮派，而战术部队没人敢惹。有那么一段时间，这似乎是个明智的选择。

过了七年身穿军服的生活以后，特派调查局的招募人员找到了我。在常规筛选出的简短名单上，我名列前茅。随后我又受邀参加特派探员的训练。这种邀请可没人能够回绝。几个月之后，我去了外世界，空白期随之开始。当我以超空间传输前往星际殖民地执行任务的时候，时间会随之飞逝；不执行任务的时候，我会进入军方的存储器和虚拟环境，时间也随之缓慢下来。

　　但无论时间是加速还是放缓，在星际距离的对比下都变得毫无意义。我开始忘却过去的人生。返乡休假的机会很少，每次的那种错位感也让我难以鼓起回家的勇气。作为特派探员，我有整个摄政府作我的后盾。当时的我觉得，或许我还有机会施展抱负。

　　接着就是伊涅恩之战。

　　离开特派调查局以后，你会发现可选的行当非常有限。没有人会信任到借给你资金，而且根据星际联盟法律，你既不能开办公司，也不能担任政府岗位。你能选择的除了一贫如洗的生活，只剩下当雇佣兵和犯罪了。

　　相比之下，犯罪更安全，也更简单。和在伊涅恩溃败后辞职的几位同僚一起，我回到了哈伦世界，把当地的执法机构和小毛贼玩弄于股掌之间。我们赢得了声誉，在这一行中遥遥领先，如同天使之火那样毁灭阻挡在前的一切。

　　我尝试组织了一场家庭聚会。开头非常糟糕，随后更急转直下。最后在叫骂和泪水中结束。

　　在这件事上，我和她们负有同样的责任。我的母亲和姐妹几乎与我形同陌路。与我作为特派探员的光辉经历相比，亲情纽带的回忆显得模糊不清。我早就和她们失去了联系，对她们过着怎样的人生毫不知情。其中最令我惊讶的要数我母亲与一位摄政府招聘主管的婚姻。我见过他一次，真想动手杀了他。恐怕他的感受和我相同。在我家人的眼里，我的行为越了界。更糟糕的是，她们是对的。我们的分歧只在于界线的位置。对她们来说，我的越界发生在离开摄政府的军队、开始谋取私利的犯罪行为之时。但对我来说，却是在我为特派调查局工作时的某个不起眼的时刻。

但要跟没有亲身经历的人解释这些，真的很难。

我也努力做过解释。那些内容立刻引起了我母亲明显的不快，足以让我停止讲述。她不需要知道这些丑恶的事。

地平线上，太阳只剩下熔融的残渣。我望向夜色渐浓的东南方，大致面朝新佩斯特的方向。

我不打算顺路去探望什么人。

皮质的双翼掠过我的肩头。我抬起头，看到一只裂翼鸟在货运吊舱上方转了个弯，最后一抹阳光为它漆黑的羽毛染上了耀眼的金色。它在我的头顶盘旋了几次，随后张狂地落在离我五六米远处的走道上。我小心地转过身，上下打量它。与德拉瓦相比，科苏特周边的裂翼鸟较少成群结队，个头也更大。这一只从喙到带蹼的爪子足有一米长。我开始庆幸自己带了武器。它唰的一声合拢翅膀，朝我这边扭过身子，用一只眼睛目不转睛地盯着我。它像是在等待什么。

"你他妈看什么？"

那只裂翼鸟就这么沉默了很久。接着它弓起脖子，伸展双翼，朝我尖叫了几声。见我没有反应，它又安下心来，探询地竖起脑袋。

"我不会去见她们的，"过了一会儿，我告诉它，"所以别再劝我了。已经过去太久了。"

但在飞快落下的夜幕之中，货舱里的那种熟悉之感再次浮上心头，就像来自过去的温暖。

就像不再独自一人。

我和那只裂翼鸟相隔六米，沉默地打量着彼此。在此期间，夜晚也悄然到来。

21

次日午后不久,我们驶入新佩斯特港,又费了好一番力气才来到停泊处。整个港口挤满了气垫船和为躲避东海湾恶劣天气而来的其他船舶。港务管理软件根据某种不可理喻的数学系统为那些船安排入港,而"海德西之女号"并不具备所需的接口。贾帕里泽将货船转为手动控制,一边痛骂着机器的愚蠢——尤其是港口管理A.I.——一边辗转穿过港口里看似水泄不通的船只。

"总他妈的升级这个,升级那个。要是我真想当什么技术人员,我就去拆解者那儿找活干了。"

他和我一样,一整天都带着轻微的宿醉症状。

我们在舰桥道别,随后我去了前甲板。没等自动抓钩将船身完全拉到岸边,我就把背包丢到岸上,从栏杆上跳过正在合拢的缺口。我的举动让几名旁观者侧目而视,但并没有引来制服人员的注意。风暴迫在眉睫,码头满负荷运转,港口保安根本无暇顾忌我这种至多只能算鲁莽的行为。我拾起背包,搭上肩头,随后融入码头沿岸稀疏的人流。炎热的空气让我大汗不止。几分钟后，我离开了海边，汗流浃背地拦下一辆自动出租车。

"去内港。"我告诉它，"游船出租总站。快点儿。"

出租车来了个 U 形转弯，回到穿越城区的主干道上。新佩斯特的景色在我面前铺展开来。

这几个世纪里，新佩斯特改变了许多。我长大成人的这座城镇曾经和所处的地势一样低洼，在海洋与泥沙淤积的大湖——也就是后来的野草湖——之间的地峡中依靠防风暴结构和高强度护罩进行无序扩张。当时的新佩斯特带着贝拉草的芬芳和各种工业生产带来的恶臭，就像廉价妓女身上混合了香水与体臭的气息。只要待在城里，这两种气味始终与你如影随形。

随着动乱年代逐渐成为历史，哈伦世界恢复了相对的繁荣。在野草湖的内岸和长长的海岸线上，繁荣带来的增长如雨后春笋般涌现。新佩斯特中枢地区的建筑物高度陡然飙升，其数量足可与米尔斯波特比肩。除了归功于风暴管控技术的进步以外，更是因为萌芽的富有中产阶级既需要住在投资项目的附近，又不想闻到那儿的味道。

我加入特派调查局的时候，环境法规本来已经着手改善空气质量。在那之后，我很少返乡，也没去注意这座城市的发展趋势是在什么时候、又因为什么倒转过来的。我只知道，现在城市南部的几个区域重新弥漫着臭气，海岸线与野草湖的发展也开始一公里又一公里地土崩瓦解，只剩下荒废与破败。

中央城区的大多数高楼外，都能看到街头的乞丐和武装保安。透过自动出租车的侧窗向外望去，我从人们走路的方式看出了焦虑与紧张，而这些在四十年前根本不存在。

进入市中心后，我们转上了一条高架优先车道。除了一两辆豪车和寥寥可数的几辆出租车以外，我们几乎独占了这条高架道路。计价器上跳动的数字快得变成了一团模糊。这种状况没有持续太久。等到车子转上野草湖公路之后,计价速度也恢复到了正常水平。我们离开高楼林立的地带,来到了棚屋区域。一栋栋低矮的房屋紧挨着道路。这里的事我已经听西格斯瓦讲过了。我离开的时候,他们卖掉了道路两侧的路堤空间,出于健康和安全考虑所设的限制也放宽了。我瞥见一个赤裸身子的两岁女孩抓着屋顶平台周围的铁丝网,入迷地看着两米远处飞快掠过的车流。在前方的另一片屋顶平台上,两个不比她大多少的孩子掷出纸做的导弹,那枚"导弹"没能碰到车身,落在了我们后方的路面上。

进入内港的通道映入眼帘。自动出租车以机械的迅疾转弯横穿几条车道,随后减缓到更接近人类的速度。我们沿着这条螺旋状道路穿过棚户区,来到野草湖的边缘。我不清楚出租车的程序为什么选择这条路线。也许是想让我欣赏风景。终点站本身还是相当值得一看的。道路上方笼罩着铁制结构的防护栏,镶有蓝色的合成金属和玻璃。车道就这么穿其中,就像穿过浮子的渔线。

我们平稳地到达港口内部,计价器上以闪烁的淡紫色数字显示着车费。我给了它一块信用片,等待车门解锁,随后走出车门,进入空调控温的凉爽拱顶之下。几个人在附近来回游荡,或是坐在地上,不是在乞讨,就是在等人。租赁公司的办公桌沿着这栋建筑物的一面墙壁排开,办公桌上配备有色彩斑斓的全息影像,大都包括虚拟的客户服务系统。我选择了一张后面坐着真人的办公桌,那是个十八九岁的小伙子,正没精打采地面对柜台,摆弄着脖子上的简易接口。

"你这儿能租船吗?"

他头也不抬,翻起了无生气的双眼,打量着我。

"妈妈。"

我正想给他一耳光,随即想到这并非什么隐晦的侮辱。他在使用植入的体内通信系统,又懒得放低他的音量。他看向不远处的空气,聆听着某人的回答,然后又看回我这边,双眼也稍稍有了焦点。

"你想去哪儿?"

"维切拉海滩。只需要把我送过去就行。"

他做了个苦脸,"是啊,维切拉海滩——它有足足七百公里呢,伙计。维切拉海滩的哪儿?"

"南部海岸。条状地带。"

"源头镇。"他怀疑地瞥了我一眼,"你是个冲浪运动员?"

"我看起来像吗?"

这种问题显然没什么保险答案。他不快地耸耸肩,转过头去,双眼上翻,再次接入体内线路。不久以后,一个身穿贝拉草农夫牛仔裤和褪色的T恤衫、长相粗野的金发女人从院子那边走了过来。她五十来岁,眼角和嘴角已经有了岁月的痕迹,但那条牛仔裤却显示出了她如同游泳选手的苗条双腿,背脊也挺得笔直。T恤上写着"给我米姿·哈伦的活儿——我躺着也能干"。她的额头有一滴汗珠,指尖也有油脂的痕迹。她和我握了握手,手掌干巴巴的,长满老茧。

"苏西·佩特科夫斯基。这是我儿子米哈伊尔。这么说你希望我把你送去狭长地带?"

"我是米基。没错,我们多久以后能出发?"

她耸耸肩,"我刚刚拆开一台涡轮发动机,只是例行检查而已。大概一个钟头以后吧,如果你不在乎安全问题的话,半个钟头就好。”

“一个钟头就行。反正我得先去见个人。这一趟要花多少?”

她透过齿缝吹了声口哨,扫了一眼大厅里其他竞争者的办公桌,以及寥寥无几的客人,“去源头镇的路可不短,要往野草湖的最远处再过去一点儿。你有行李吗?”

“就我身上这些。”

“收费是两百七十五块。我知道你只需要过去,不过我还得回来。这么一来一去,一整天就过去了。”

她的开价很高,几乎像在催促我把价钱砍到两百五十以下。不过我刚才坐出租过来的开销就有将近两百了。我耸耸肩。

“没问题。听起来很合理。能让我看看你的船吗?”

苏西·佩特科夫斯基的快船几乎没做过任何改装。那是一艘圆形船首、二十米长的双发涡轮船,比那些来往于大洋上的巨型船舶更配得上“气垫船”这个名字。它没有反重力系统来提供浮力,只依靠引擎和装甲裙摆乘风破浪,是大迁移前地球上使用的那种粗糙机械的变体。船体前部的客舱里配备了十六张座椅,后部是货仓。在主甲板以上,从驾驶舱到船尾之间有两条带栏杆的走道。驾驶舱后方的屋顶上是廉价的自动炮塔,装备了一门看起来很是凶恶的超振榴弹炮。

“你用得上这东西吗?”我指着那门大炮的炮管问。

她熟练、优雅地跳上已经拆开的涡轮发动机的底座,然后低下头郑重地看着我,“野草湖地带还有海盗活动,如果你想问的就是这个的话。不过那些大都是孩子,要么嗑多了毒品,要么——”她不自觉地回头看了眼终点站大楼,“就是做过大脑植入。先是政府的复兴计划因为预算减少全面垮台,然后街头出现了严重的治安问题,再然后发展成了海盗行为。但他们没什么可怕的,半点也不用怕。一般来说,开一两炮警告一下就能吓跑他们。如果我是你的话根本不会担心。你要把背包留在客舱吗?"

"不用了,不算重。"我留下她去对付涡轮发动机,自己退回到码头尽头的荫凉地带,空无一物的板条箱和桶子随意堆放在那里。我找了个干净的容器坐下,打开背包。我在电话里翻着,拿出一台从没用过的。

我拨出了一个本地号码。

"南部不动产,"一个雌雄难辨的合成音说,"请说出——"

我一口气说出了那个毫无关联的十四位密码。合成音变成了嘶嘶的静电音,然后沉默。一阵长长的停顿之后,一个人类的声音响了起来,是个清晰的男性声音。那口音节缺失、元音模糊、带着新佩斯特口音的美语,和我多年前在这座城市的街道上与他初遇时同样难听。

"科瓦奇,你他妈去哪儿了?"

我忍不住笑了起来,"嘿,拉德①,我也很高兴。"

"都他妈快三个月了,伙计。我开的又不是宠物旅馆。我的钱呢?"

"才两个月而已,拉杜尔。"

"不止两个月了。"

"那就是九个星期——不可能再多了。"

他在电话那头大笑起来,那声音让我想起了飞快卷起的绞车拖网,"好吧,阿武。你这趟出行收获如何?抓到鱼了吗?"

①拉杜尔的昵称。

"噢,抓到了。"我摸了摸放着存储器的衣袋,"我还把说好的那份带来给你了。都已经装进罐子里,方便携带。"

"这是当然。我可没指望你带活的回来。那该有多臭啊。更何况都放了三个月了。"

"是两个月。"

拖网又开始卷起,"我想我们已经达成过一致了,九个星期。这么说你到这儿了?"

"差不多吧。"

"要过来看看吗?"

"噢,你瞧,这就是问题所在。我手头有点急事,来不了。可我又不希望你错过这些鱼——"

"噢,我也不想错过。你的上一批代销商品卖得不太好,近来已经没什么销路了。我手下那些小伙子觉得我还在卖那些东西根本是发疯,可我告诉他们,武·科瓦奇是个老派的人,他会还清他的债务。我们只要照他要求的去做,等他最终出现的时候,他就会做他该做的事了。"

我犹豫起来,斟酌着字句。

"我眼下没法把钱还给你,拉德。我没法接近大型信用转账设施。这么做对你对我同样没好处。我需要时间来解决这个问题。但你可以拿走我的鱼,只要你能派人一小时内赶来就行。"

线路那头重新沉默下来。这番话把我们之间的信任关系推到了破裂的边缘,而且我们都清楚这一点。

"你瞧,我手里有四条鱼,比预计的还多一条。你现在就可以全部拿走。你可以直接拿去,想怎么用就怎么用。如果你觉得我已经不值得信任了,也可以完全不用。"

他一言不发。他在电话那头的存在令人压抑,就像野草湖上潮湿的热气。特派探员的直觉告诉我大事不妙,而特派探员的直觉很少出错。

"你的钱很快就会到账,拉德。有必要的话,我会多付一笔额外费用。等我解决了另一件破事儿,我们就可以像平常那样做生意了。眼下绝对只是暂时的。"

他还是一言不发。寂静开始歌唱,唱着那首绞索拉紧的致命之歌。我望向湖面远处,仿佛这样就能看到他的身影,与他的目光接触。

"他原本会抓住你的,"我生硬地说,"你知道的。"

沉默又持续了一会儿,随后戛然而止。西格斯瓦的声音带着虚假的热情,"阿武,你在说什么?"

"你知道我在说什么。我们当初那位贩毒的朋友。你跟其他人一起跑了,拉德,可你那会儿伤了腿,根本不可能逃掉。只要他过了我这关,就能追上你。你知道的。其他人跑了,可我留下了。"

在电话的另一头,我听到他呼出一口气,就像有什么东西松开了。

"好吧,"他说,"额外费用,百分之三十如何?"

"听起来很合理。"这是谎话,但这句谎话对我们双方都好。

"是啊。但我想你先前的那些鱼恐怕得撤下菜单了。不如你过来这边,我们开个派对,再谈谈延迟还款的相关事项。"

"没法子,拉德,我告诉过你了,我只是路过。再过一个钟头,我就得出发了,起码一个礼拜回不来。"

"那么,"我几乎能看到他耸肩的样子,"你只好错过派对了。"

"我也不想。"这是对我的惩罚,是在我自愿增加的百分之三十之外的额外损失。西格斯瓦早就摸清了我的性格，这是团伙犯罪的核心技巧，而他精于此道。科苏特黑帮也许并不具备北方黑道的威望和世故，但它们从本质来说并无不同。如果你想靠敲诈谋生，最好先学会怎么对付人。

"那就来吧，"他温和地说，"我们可以一起喝醉，或许还可以去渡边的店里怀旧一下。'怀旧'，听起来如何？还可以再抽上一根。我得看着你的眼睛，我的朋友。我得知道你没有变。"

拉兹洛的面孔突然出现在我的脑海。

我把她交给你了，米基。你要照看好她。

我转过头，看着正在取下发动机顶盖的苏西·佩特科夫斯基。

"抱歉，拉德。这事太重要，没法耽搁。你想要你的鱼，派人到内港这边来。游船出租总站，七号坡道。我会在这儿等一个钟头。"

"不要派对了？"

我面露苦相，"不要了。我没那个时间。"

他沉默了片刻。

"我觉得，"他最后说道，"我现在非常想看看你的眼睛，武·科瓦奇。或许我应该亲自赶来。"

"当然可以。我很乐意见到你。不过你得在一个钟头之内赶到。"

他挂了电话。我咬紧牙关，一拳打在我身边的板条箱上。

"妈的。妈的。"

你要照看好她。你得保证她的安全。

好的好的。好的。

我把她交给你了，米基。

好好,我他妈听到你的话了。

电话铃响了。

有那么一会儿,我傻乎乎地把刚才那台手机举到耳边。然后我才意识到,那声音来自我身边那个敞开的背包。我俯下身,拨开三四台手机后才找到亮着显示屏的那台。那是我之前用过的,包装拆开过。

"哪位?"

没人回答。线路接通了,却听不到说话声。连静电音都没有。漆黑的寂静在我耳中弥漫。

"喂?"

黑暗之中传来一声耳语,只比我刚才听到的那种漆黑的寂静稍微响亮一点儿。

赶快。

又是一片寂静。

我放下电话,瞪着屏幕。

我在获户丸市打过三通电话,用过背包里的三台手机。给拉兹洛打过,给雅罗斯拉夫打过,给伊莎打过。刚才响起的电话可能就是那三台中的一台。想知道究竟是哪一台,我得确认手机里的拨出号码记录才行。

但我用不着确认。

漆黑的寂静中的耳语。从无法估量的远处传来的声音。**赶快。**

我知道是哪一台手机。

我知道打来的人是谁。

22

　　西格斯瓦很守信用。挂断电话的四十分钟后,一艘装饰俗气、红黑相间的敞篷赛艇以显然非法的高速呼啸着跨越湖面,进入港内。在新佩斯特靠近大海的那一边,这样的行驶方式会立刻招致港务局的强力干预,船只会不光彩地在水中抛锚。我不知道究竟是内港这边的设备太差,还是西格斯瓦花大价钱给他的昂贵玩具安装了反干扰软件,又或者野草湖的黑帮早就将内陆港务局收归己有——不管怎么说,这条耗资不菲的赛艇没有中途熄火。它来了个急转弯,扬起一片水花,随后取直线飞快地驶向六号和七号坡道间的空隙。离目标只有十几米的时候,它关闭了发动机,凭惯性向前滑行。舵轮后面的西格斯瓦看到了我。我点点头,抬起一只手。他挥手回应。

　　我叹了口气。

　　拉杜尔·西格斯瓦的这种张狂习惯是多年前留下的。跟他的赛艇尾部掀起的浪头不同,它不会消失无踪。它只会徘徊不去,就像沙尔雅的沙漠巡逻车尾部扬起的沙尘;如果你掉头驶回来时的路,往昔的烟尘会呛得你咳嗽不止。

"嘿,科瓦奇!"

他故意抬高嗓门,欢快地叫道。西格斯瓦站在驾驶舱里,双手不离舵轮。他戴着宽大的鸥翼边框太阳镜,显然是在表达对米尔斯波特流行的一指宽镜片的不屑。他的身上套着一件纤薄如纸、手工打磨的虹色沼泽豹皮夹克。他又挥了挥手,笑容满面。艇首处射出一条钩索,金属碰撞声传来。那只抓钩的形状就像鱼叉,它并未使用坡道边缘的任何一个插孔,而是直接刺进码头岸堤的永凝土里,就在我脚下半米远的位置。赛艇开始收回钩索,让艇身靠近岸边。西格斯瓦钻出驾驶舱,站在艇首,抬头看着我。

"你应该再大声叫几次我的名字,"我心平气和地说,"免得有人一开始没听清。"

"啊呀。"他昂起头来,高举双臂,假惺惺地做了个抱歉的动作——看得出他还怀着怨气,"我就是这么心直口快。那现在我们该叫你什么?"

"别管这个了。你想在下面站一整天吗?"

"谁知道呢。你要拉我一把吗?"

我伸出手去。西格斯瓦握住我的手,借力踏上码头。我的手臂传来一阵刺痛,继而减退为隐隐的痛楚。我在鹰巢塔下死里逃生的债还没还清。西格斯瓦抚平剪裁完美的夹克衫,用一只保养良好的手梳理齐肩的黑发。拉杜尔·西格斯瓦早就赚够了克隆原本身体的费用,太阳镜下的那副面孔同样是他自己的,尽管经历风雨,却依旧苍白,消瘦坚定,丝毫看不出日本血统留下的痕迹。

他的身体也同样瘦削,年龄照我估计才二十八九。

成年后不久,西格斯瓦就开始使用克隆身体,而且每一具身体,按他的话说,都只用到"不能想干就干想打就打"为止。我不清楚他更换了多少次身体,因为自从我成年并离开新佩斯特之后,就失去了对他年龄的概念。他和我以及大多数黑帮成员一样,也曾有过存储监禁的经历。

"这身体不错,"他说着,在我身边绕起圈来,"非常不错。原本的身体去哪儿了?"

"说来话长。"

"而且你不打算跟我讲,"他绕了一圈,摘下太阳镜,盯着我的双眼,"对吧?"

"对。"

他夸张地叹了口气,"实在令人失望,阿武。非常令人失望。你跟那些该死的小眼睛北方佬混得太久了,口风也变得跟他们一样紧了。"

我耸耸肩,"我本来就是半个小眼睛北方佬,拉德。"

"是啊,的确。我都忘了。"

他没忘。他只是想惹火我。在某种角度上,我们跟在渡边的店里打混时并没有不同。回想当初,挑起殴斗的家伙总是他。当初招惹那个毒贩子也是他的主意。

"总站那边有咖啡机。想去喝一杯吗?"

"如果你很想去的话。要知道,如果你到农场那边来,你可以喝到真正的咖啡,还有海麻烟卷,手工卷制,摆在钱能买到的最好的全息色情女星的大腿上。"

"下次吧。"

"是啊,你他妈永远这么忙,是不是?不是特派探员或者新奎尔主义者,就是什么该死的私人复仇计划。你知道的,阿武,这事真的不该由我来说,不过总得有人告诉你:你应该停下脚步,好好闻闻贝拉草的味道,伙计。记住自己还活着。"他重新戴上太阳镜,脑袋朝总站那边摆了摆,"好了,咱们走吧。毕竟那儿有咖啡机,这可是新鲜事儿。"

我们回到凉爽的室内,找了张靠近玻璃墙板、能看清整个码头风景的桌子坐下。还有五六个人坐在同一区域,带着他们的行李,等待着。有个衣衫破烂、看起来嗑多了药的人走到每个人面前,手里端着一只用来放信用片的托盘,还给感兴趣的人讲他的不幸故事。大多数人都没兴趣听。空气里多了一丝淡淡的廉价抗菌剂的气味。清扫机器人肯定刚刚来过。

咖啡很糟糕。

"你瞧,"西格斯瓦夸张地皱着眉头,推开他面前的杯子,"就因为你让我喝这玩意儿,我就该打断你的腿。"

"你可以试试看。"

有那么一会儿,我们目光交汇。他耸耸肩。

"我在说笑话,阿武。你已经失去幽默感了。"

"是啊,我的幽默感现在要百分之三十的额外费用。"我面无表情地抿了口咖啡,"从前我的朋友可以免费得到,不过现在时代变了。"

他沉默片刻,然后抬起头,看着我的双眼。

"你觉得我待你不公平?"

"我觉得你很精明,刚好忘掉了'你救了我的命,伙计'这句话的真正意义。"

西格斯瓦点点头,仿佛我的回答正如他所料。他低头看着我们之间的桌面。

"那是一笔旧债,"他平静地说,"而且是一笔经不起推敲的旧债。"

"你当时可不是这么想的。"

那段过去太过久远，回想起来可不容易。我得回顾参加特派探员训练之前的时光，回顾过去的数十年岁月冲淡的那些记忆。我印象最深的是那条巷子的臭味。贝拉草加工厂排放的碱性沉淀物，还有增压水槽的液压系统倾倒的废油。毒贩子的咒骂声，还有他透过潮湿的空气朝我挥来的那把长长的倒钩鱼叉的闪光。其他人都逃走了——就在那只磨光的铁钩伸出，在拉杜尔·西格斯瓦的腿上撕开那条从膝盖到大腿的口子时。恐惧让年轻混混们的抢劫热情迅速蒸发，他们大喊大叫，飞快地逃入夜色，就像被驱逐的恶灵，留下痛呼不止的拉杜尔拖着受伤的腿，一步一步地跟在后面，也留下十六岁的我赤手空拳对抗钢铁。

过来啊，你这小杂种。毒贩子在昏暗中对我咧开嘴，语调仿佛在低声吟唱。他踏前一步，挡住我的去路。**敢在我的地盘上惹我。小家伙，我会给你开膛破肚，把你的内脏塞进你的嘴里。**

有生以来，我头一次感觉自己仿佛被冰凉的双手扼住了脖子。我知道，如果我不阻止面前这个人，他会杀死我。

并非像我父亲那样毒打我，也并非像新佩斯特街头的某个愚蠢的暴徒那样割伤我，而是杀死我。他会杀死我，恐怕还会挖出我的存储器，丢进港口漂着浮渣的水里，直到所有我认识和关心的人全部死去，也不会有人取回它。正是脑海中的那幅画面，对沉入并失落于污秽海水的恐惧，驱使着我向前冲去，让我避开他挥来的倒钩鱼叉，趁他收势不及、失去平衡的时候打中了他。

接下来，我们在淤泥、碎石和处理厂垃圾的恶臭中扭打，我奋力抢夺着那把鱼叉。

从他手中夺走。

　　然后用力挥出，凭借运气而非判断力撕开了他的肚子。

　　他的斗志消失不见，就像流进下水道的水。他发出响亮的咯咯声，双眼睁大，紧盯着我。我回瞪着他，愤怒和恐惧仍旧充斥于我太阳穴的血管，我身体里的每一个化学开关都已打开。我几乎意识不到刚才做了什么。随后他的身子向后倒下，摔进一摊污泥里。他坐在那儿，仿佛那是他最喜爱的扶手椅。我奋力站直身体，碱性的烂泥从我脸上和头发上不断滴落，仍旧盯着他的双眼，仍旧握着那把倒钩鱼叉的握柄。他的嘴唇无力地翕动着，他的喉咙发出沉闷而绝望的声音。我低头看去，看到他的内脏仍然缠在我手里的鱼叉上。

　　震惊朝我袭来。我的手不由自主地松开，鱼叉脱手掉落。我摇摇晃晃地转过身，大口呕吐起来。大吐特吐的声音盖过了他发出的无力的哀求声。新鲜的呕吐物散发出的臭气与小巷里挥之不去的恶臭混合为一。我吐到浑身抽搐，最后倒在那摊污物里。

　　我后来起身去帮西格斯瓦的时候，他还活着。他的呻吟伴随着我离开那条巷子。第二天的新闻报道里说，他最后是在接近黎明时因流血过多而死的。但呻吟声又伴随着我度过了几个星期，每当我周围足够安静的时候就会响起。在接下来的大半年里，我仍旧时常会听到那种声音。

　　我停止回忆，眼前又出现了总站的玻璃墙板。在桌子对面，西格斯瓦专注地看着我。也许他也在回忆。他面露苦相。

　　"这么说你觉得我没有生气的权力？你一声不吭就消失了九个星期，留下我拿着你那些破烂，被其他黑帮看成傻子。现在你又要重新安排还款日期？你知道换作别人跟我这么说，我会怎么做吗?"

我点点头。我不无讽刺地想起了几个月以前在荻户丸市，我用着那具受了伤的人造身体时，对普莱克斯的愤怒。

"你觉得百分之三十不公平?"

我叹了口气，"拉德，你是混黑帮的，而我，"我打了个手势，"也好不到哪去。我想我们对公平与否都没什么了解。你想做什么就做吧。我会给你弄来钱的。"

"好吧，"他仍旧盯着我，"百分之二十。这样够合适了吧?"

我摇摇头，一言不发。我掏出口袋里的存储器，攥在手心，递了过去，"给你。这是你来拿的东西。四条鱼。你想怎么处置都行。"

他推开我的胳膊，愤怒地指着我的脸。

"不，我的朋友。我会按你的想法处置。我这是在帮你，你他妈别忘了这一点。好了，我说百分之二十。这样够合理吗?"

我不知从哪儿冒出一股决心，快到就像有人一巴掌拍上我的后脑勺。事后回顾时，我无法确定它的诱因是什么，只是觉得仿佛又听到了那个黑暗中的微弱声音，告诉我赶快。感觉就像手掌里突然渗出了汗水，还有对可能赶不上某件重要事务的担心。

"我刚才的话是认真的，拉德。你决定。如果这事让你在你的黑帮伙伴那儿丢脸，那就算了吧。我会把这些鱼在湖上找个地方丢掉，整件事就这么作废。你把账单寄给我，我再想办法弄钱给你。"

他做了个摊手的动作，那是我们还年轻时，他从《艾琳·科兹玛的朋友和亡命徒之声》之类黑帮电影里学来的。"好吧，见鬼。百分之十五。拜托，阿武，这很公平了。如果再少，我自己的手下就该为我糟糕的管理水平赶我下台了。百分之十五,如何?"

我耸耸肩,又伸出攥紧的那只手,"好吧,百分之十五。这些你还要吗?"

他的手掌拂过我的拳头,用街头扒手的手法灵巧地接过存储器,塞进口袋。

"你他妈真会讨价还价,阿武。"他愤愤地说,"有人跟你这么说过吗?"

"你这是在赞美我,对吧?"

他又愤愤地哼了一声。他站起身,抚平衣物,就好像刚才是坐在码头上似的。就在我跟着他站起的同时,那个衣衫破烂、端着乞讨托盘的人朝我们走来。

"退役拆解者,"他喃喃道,"在让新北海道安全一整个新世纪的时候受了伤。消灭过很多联合集群。你们有——"

"我没钱。"西格斯瓦不耐烦地说,"你瞧,愿意的话你可以拿走这杯咖啡。它还是温的。"

他看到了我的眼神。

"怎么?我可是个该死的黑帮成员,对吧?你以为我会怎么做?"

野草湖上,寂静无处不在。就连快船涡轮发动机的嗡鸣也显得小了许多,被空旷与头顶潮湿的云团所吸收。我站在栏杆旁,飞快前进的船身让我的头发随风飘扬,鼻腔里充斥着贝拉草鲜明的芳香。湖里长满了贝拉草,只要有船经过,草茎就会浮上水面。我们在身后留下了撕碎的野草和浑浊的灰色乱流,后者要过大半个小时才会平息。

在我的左边,苏西·佩特科夫斯基坐在驾驶舱里,一手掌舵,另一只手拿着香烟。她眯着眼睛,透过烟气和多云的天空投下的光线看向前方。米哈伊尔在另一边的过道上,无力地靠着栏杆,就像一袋压舱物。他从航程一开始就闷闷不乐,充分表达了他对于非得跟来不可的怨恨,但也仅此而已。他时不时地会愁眉苦脸地抓挠脖子上的接口。

一座废弃的装卸站从右舷掠过,它的规模很小,只有一两栋气泡屋和一段发黑的镜木码头。我们先前也看到了几座装卸站,有些仍在运作,内部亮着灯光,还在朝自动驳船上装载货物。但那时我们的航线还紧挨着新佩斯特的湖畔区域。在距离岸边这么远的小岛上,这些废弃的设施反而加重了孤寂感。

"贝拉草生意不景气,是吧?"我抬高嗓门,盖过涡轮的噪音。

苏西·佩特科夫斯基短暂地瞥了我一眼。

"你说什么?"

"贝拉草生意,"我又喊了一遍,指了指被我们抛到身后的那座装卸站,"最近不怎么景气,对吧?"

她耸耸肩。

"商品市场嘛,从来都是起起落落的。很久以前,大部分个体经营者就出了局。大型机动器械都掌握在科斯集团手里,用来做他们自己的加工和装卸工作。别人很难跟他们竞争。"

这不是什么新观点。四十年前,在我离开以前,这个世界就曾有人对经济萧条给出了同样冷漠的答复。同样沉重,同样一支接一支地抽着烟,同样冷漠的耸肩,仿佛政治是某种庞大而多变、让你无能为力的气候体系。

我转过头,继续看着地平线。

过了一会儿,我左边口袋里的手机响了起来。我犹豫片刻,接着恼火地将嗡嗡作响的手机贴到耳边。

"喂,什么事?"

幽灵般的喃喃声从紧贴耳边的沉默中传来,扰乱了这片寂静,就像一双黑色的翅膀,在我的头顶拍打不停。我依稀听到一个声音,仿佛耳语的字眼钻入我的耳里。

没剩多少时间了。

"是啊,你说过了。我已经尽快赶来了。"

没法再抵挡他们了……

"是啊,我已经在想办法了。"

现在就想……听起来像是个问句。

"是啊,我说了——"

这儿有翅膀……一千只翅膀拍打,整个世界破裂……

声音渐渐远去,就像调得不太准的无线电频道,在摇曳和翕动声中趋近沉默。

从边缘到边缘的破裂……真的很美,米基……

戛然而止。

我等了一会儿,然后放下手机,在手掌里掂量着。我苦笑一声,把它塞回衣袋。

苏西·佩特科夫斯基朝我这边看来。

"坏消息吗?"

"哦,可以这么说。我们还能再快点儿吗?"

她已经转回头,继续看着前方的水面,单手点着了又一根烟。

"想安全的话就不行。"

我点点头,想着刚刚在电话里听到的话。

"如果不考虑安全的话,我该付多少钱?"

"大概翻倍?"

"好。开始吧。"

她的嘴角浮现出一抹冷笑。她耸耸肩，掐灭香烟，架到耳后。她的手伸向驾驶舱的显示器，按下弹出的几个画面。雷达图像放到了最大。她用匈牙利街头黑话对米哈伊尔吼了句什么，我去外世界的时候已经把这种语言忘得差不多了，所以只能勉强听懂话里的要点：赶紧下来，手别碰……什么来着？他怨恨地看了她一眼，然后离开栏杆，走回客舱。

她转头对我说话，但目光几乎不离操纵台，"你也一样。最好回来找个地方坐下。加速以后就很难站稳了。"

"我可以抓住栏杆。"

"噢，但我更希望你回来陪着他。让你有人可以聊天，我待会儿肯定会很忙。"

我想起了我在客舱里看到的那些设备。

插接式导航部件，娱乐设备，音乐调协装置。

电缆和插座。我想起了米哈伊尔的举止，他抓挠颈部接口的动作，还有他那种对整个世界都缺乏兴趣的样子。难怪他先前对我那么慢待。

"有道理。"我说，"有人聊天总是件好事，对吧？"

她没有回答。或许她已经沉浸在雷达的斑斓图像之中，或许她在沉思别的什么事。我没去打扰她，转身朝船尾走去。

在我头顶，涡轮发动机发出尖锐而狂乱的噪音。

23

终于,野草湖的时间凝定下来。

首先你会注意到细节:特佩斯灌木的拱形根部露出水面,仿佛某个溺亡巨人尚未完全朽坏的骨骸;几块没有种植贝拉草、显得异常清澈的水面,你甚至能看到水底淡翡翠色的沙子;一片耸起的泥滩,或许是几个世纪前遗弃在那儿的收割用皮艇,尚未被坂手苔完全覆盖。但那样的景色寥寥无几,你迟早会望向长长的地平线,而在那之后,无论你多少次移开目光去细看某处的景色,你的视线都会不由自主地转回地平线那边。

你会坐在那儿,聆听引擎的节奏,因为你没有别的事好做。你会看着地平线,陷入自己的思绪,因为你没有别处可去。

……赶快……

我把她交给你了,米基。你要照看好她,她,她,她……

她。西尔维,一头银灰长发。她的脸——

她的脸微妙地起了变化:那个悄然出现的女人窃取了她的身体。她的嗓音也微妙地改变了……

我根本不知道大岛·西尔维会不会回来,以及什么时候回来。

娜迪亚,该死的,我是想帮你的忙。

她在琢磨米基·意外之得究竟是谁,和他相处又是否安全。他会不会一有机会就利用她。或者上了她然后拍拍屁股走人。

她在琢磨你打算拿那些死去牧师的灵魂做什么。

渡船上,村上托多瘦削而专注的面孔。雪茄的烟随风飘散。

那个传闻又是怎么回事?我听说你最近在跟拉杜尔·西格斯瓦混。你为什么又要去北面?

是时候回归正途了。是时候处理手头的活儿了。

手头的活儿。没错,这样一来,你所有的麻烦就都解决了,米基。

妈的,别再这么叫我了。

还有尖叫声。还有脖颈位置的脊骨上敞开的窟窿。还有我掌中存储器的重量,因黏着的血肉而发滑。还有,那个窟窿永远不会填满。

莎拉。

手头的活儿。

该死的,我是想帮你的忙。

……赶快……

我把她交给你了……

该死的,我是想帮你……

……赶快……

我是想帮——

"海岸线。"苏西·佩特科夫斯基的声音从客舱的扬声器里传来,简明扼要,语气坚定,"十五分钟内抵达源头镇。"

我放下思绪,望向左边正在迅速接近的科苏特海岸。它原本只是平淡无奇的地平线上的一段起伏的黑色轮廓,随后仿佛骤然增长，化作一排低矮的小山，以及不时在山峦缝隙间掠过的白色沙丘。那是维切拉海滩的背面。那座古老的山脉经历了漫长的地质年代，最后化作七百公里长的弧形湿地。它的一侧是天然的防波堤，另一侧是水晶般的白色沙滩。

将近半个世纪之前，有个在源头镇住了很久的人告诉我：**总有一天，海水会泛滥过来**。越过这道屏障，灌入野草湖，就像一支入侵的军队攻破争夺已久的边境。击溃仅存的堡垒，毁掉这片海滩。**总有一天，伙计**，那个源头镇人缓缓地重复着，他刻意重读那几个字，同时对我咧嘴微笑——那时我已经认识到，这是典型的冲浪者的超然态度——**总有一天，但不是现在**。在那天到来前，你只需要时时眺望海面，伙计。只要眺望海面，不要回头张望，别去操心那些始终不变的东西。

总有一天，但不是现在。只要眺望海面。

我想，你可以把这称之为哲学。在维切拉海滩上，很多人都会把这看作哲学。也许视角有限，但以我的见闻来看，不少关于宇宙认知的宏大理论都比不上它。

我们来到野草湖的南部边缘时，天空的阴云已经消散无踪，我在阳光中看到了人烟的迹象。源头镇其实算不上什么镇子，它只是个近似的表达方式，用来称呼那段长达一百七十公里的条状沿海区域，区域内有冲浪服务以及各种相关设施。在最冷清的地方，只能看到海滩上零散的帐篷和气泡房屋，围着篝火的人群和露天烤肉场，做工粗糙的贝拉草棚屋和酒吧。人口的稠密程度与距离理想冲浪地点的远近成反比。在"大冲浪"区域，居住人口的密度几乎和一座城市相当。沙丘后的群山上出现了真正的街道，街道两边有照明的街灯，一座座永凝土平台和防波堤耸立在山峦后部，一直延伸到野草湖边。上次我来这儿的时候,这里有五处类似的聚居地,每一处的狂热支持者都赌咒发誓说"这块大陆最好的冲浪地点就他妈是这儿了,伙计"。就我所知,他们每一方都可能是正确的。就我所知,眼下这种聚居地已经变成了十处。

和聚居地一样,当地的居民数量也在不断变化。整个条状地带的人口以缓慢的幅度上下波动。至于原因,和哈伦世界的五个季节有关,和三个月亮的复杂潮汐规律有关,也和冲浪者漫长而怠惰的人生节奏有关。人们来了又去,去了又来。有时他们对某部分海滩的忠诚会随着一次次转生延续下去,有时则会变化。

有些时候,他们从一开始就没什么忠诚可言。

在条状地带找人从来不是什么简单的事。这也正是许多人来到这里的原因。

"凯姆丘就在前方。"佩特科夫斯基的声音在涡轮发动机的轰鸣中响起,语气中透出疲倦,"这样可以吧?"

"噢,其实停在哪儿都行。多谢。"我眺望着渐渐接近的永凝土平台,还有他们建造在野草湖面之上的低矮房屋,以及一直蔓延至远处山丘的凌乱建筑群。几个身影坐在阳台或是防波堤上看着风景,但这座小型聚居地的绝大部分看起来都缺乏生机。我不清楚这儿是不是源头镇的最右端,但我总得找个地方开始。快船向左倾斜的同时,我抓住一根扶手带,借力站起。我的目光越过船舱,看向我沉默的旅伴。

"多谢你陪我聊天,米哈伊尔。"

他没理睬我,目光紧盯着窗户。和我一起待在客舱里的时候,他自始至终没说过半句话,就这么没精打采地眺望窗外乏善可陈的景色。有那么一两次,他抓挠颈部接口的时候发现我在看他,于是立刻绷紧面孔,停止了动作。但即便在那时,他还是一言不发。

我耸耸肩,打算走到带栏杆的甲板上去,想想又决定作罢。我穿过客舱,身体靠在玻璃上,挡住了米哈伊尔·佩特科夫斯基的视野。他朝我眨眨眼,暂时脱离了那种神游天外的状态。

"要知道,"我轻快地说,"你能有这样的妈妈真是交了好运。但外面全都是我这样的家伙。我们他妈的才不在乎你是死是活。要是你不爬起来找点事儿干,没人会照看你。"

他哼了一声,"这他妈跟你——"

换作某个更有街头经验的人,应该能看懂我的眼神,但他太过沉溺于虚拟空间,又在母亲的庇护下不知天高地厚。

我轻而易举地抓住他的喉咙,手指用力,把他从座位上拽了起来。

"明白我的意思了吧?现在谁会来阻止我捏碎你的喉咙?"

他嘶声叫了起来:"妈——"

"她听不见的。她正忙着赚你们两人的生活费呢。"我把他扯近了些,"米哈伊尔,其实你远不如她努力让你以为的那样重要。"

他伸出手,企图扳开我的手指。我忽视了他无力的抵抗,手指更加用力。他看起来真的开始害怕了。

"以你现在的趋势,"我平静地告诉他,"你最后只会成为手术托盘上的备用器官。对我这样的人来说,这是你唯一的用处。而且我们来找你麻烦的时候,没有人会阻止我们,因为他们没有在乎你的理由。你真的只想成为一堆备用器官吗?"

他挣扎拍打,面孔涨成了紫色。他用力摇头否认。我又把那个动作维持了一会儿,随后放开手,把他扔回椅子里。他又是咳嗽又是干呕,瞪大眼睛看着我,眼眶里满是泪水。他伸出一只手揉搓刚才被我掐住的喉咙。我点点头。

"米哈伊尔,看到了吗?看到周围这一切了吗?这就是生活。"我朝他倾过身子,他瑟缩了一下,"找点事儿干吧。趁你还有机会。"

船身轻轻地撞上了什么东西。我站起身子,走到船舷边的甲板上。突如其来的热气和明亮笼罩了我。我们漂浮在两条交叉的镜木防波堤之间,堤身饱经风霜,每隔一段距离就由沉重的永凝土系泊支墩进行加固。快船的引擎维持着低沉的嗡嗡声,也让船身轻柔地贴着最近处的栈桥。镜木表面反射着下午的耀眼阳光。苏西·佩特科夫斯基在驾驶舱里直起身,面对反光眯起眼睛。

"费用得加倍。"她提醒我。

我递给她一块芯片,等着她扣去信用点。米哈伊尔没有离开客舱。也许他在思考自己的人生。他的母亲把芯片递还给我,手搭凉棚,指了指。

"往那边走三条街,有个地方能低价租到摩托。往那根传信桅杆过去就是。挂着龙旗的那根。"

"多谢。"

"不用。希望你能找到想找的东西。"

我没去租车,至少一开始没有。我信步穿过这座小镇,消化吸收看到的一切。在那座小山的山顶,我所看到的与普通的新佩斯特湖畔社区并无差别。最显眼的是同样的实用型建筑物,同样的水上科技和软件商店的门面,与饮食店及酒吧混合在一起。同样破旧脏污的熔融玻璃街道与同样的气味。但站在山顶向下看,你会有种如梦初醒的感觉,相似感也顿时消失无踪。

在我的下方，另一半向下蔓延的聚居地用所有你能想到的材料毫无章法地搭建而成。气泡房屋紧挨着木质结构的房子和浮木棚屋，而在接近山脚处，还能看到真正的帆布帐篷。熔融玻璃的大道换成了算不上整齐的永凝土路面，然后换成沙子，最后则是宽阔而苍白的沙滩本身。这里的街道比湖畔那边更加热闹，大部分人都半裸身子，在下午的阳光中朝海岸前进。每三个人就有一个带着冲浪板。大海本身被低沉的日头染上了脏兮兮的金色，海面上人头攒动，冲浪者们或跨坐或站在冲浪板上，漫不经心地穿过和缓的海浪。阳光和距离让他们在我眼里只是一堆无名的黑色轮廓。

"风景真他妈不错，是吧，伙计?"

是个尖利的童声，与他说出的字眼格格不入。我转过身，看到一个大概十岁的男孩正在某栋屋子的门口看着我。他古铜色皮肤，身体皮包骨头，穿着一条冲浪便裤，眼睛在阳光下呈淡蓝色。他的头发浸泡过海水，显得乱糟糟的。他靠在门上，双臂冷漠地抱着赤裸的胸口。在他身后的店铺里，我看到了一块块显示屏，屏幕上切换着水下技术软件的介绍。

"确实不算差。"我承认。

"头一次来维切拉?"

"不。"

他的嗓音带上了失望，"这么说你不是来上课的?"

"不，"我停顿了片刻，理智地权衡着，"你在条状地带待了很久吧?"

他咧嘴笑了，"我一辈子都在这儿。为什么问这个?"

"我在找些朋友。我想你没准认识。"

"噢? 你是个条子? 打手?"

"现在不是。"

这看起来是正确答案。他的笑容回来了。

"你那些朋友,他们有名字吗?"

"上次我来的时候还有。布拉西、阿多、特雷斯,"我犹豫了一下,"或许还有维杜拉。"

他扭动嘴唇又紧紧抿住,接着开始咝咝吸气。这些动作都是在另一具年长得多的身体上学来的。

"杰克·索尔·布拉西?"他警惕地问。

我点点头。

"你是小蓝虫的人?"

"现在不是。"

"那就是多重升华公司?"

我吸了口气,"不。"

"巴克鲁姆男孩的人?"

"你有名字吗?"我问他。

他耸耸肩,"当然。米兰。这儿的人叫我刚戈特尔。"

"好吧,米兰,"我不紧不慢地告诉他,"你他妈快要惹火我了。你到底能不能帮上我的忙? 你到底是知道布拉西的下落,还是说他三十年前在这儿放了个屁,让你回味到现在?"

"嘿。"那双淡蓝色的眼睛眯缝起来。他放下双臂,双手在身体两边捏成小小的拳头,"妈的,伙计,你很清楚,我就是这儿的人。我冲浪。你还在你妈妈的子宫里扑腾的时候,我就在维切拉海滩乘风破浪了。"

"这我可不信,不过争辩就免了。我要找杰克·索尔·布拉西。不管你帮不帮我,我都能找到他,但你可以帮我省些时间。问题在于,你到底要不要帮我?"

他回瞪着我，表情仍旧愤怒，姿势仍旧带着敌意。但在他这具十岁大的身体上，实在没什么气势。

"问题在于，伙计，帮你能有什么好处？"

"噢。"

收了钱以后，米兰不情不愿地说着零碎的信息，同时极力掩饰和弥补他极其有限的信息。我在他那家店对面的街头咖啡馆里买了一杯朗姆酒和一杯咖啡给他，听着他的讲述。他告诉我的大部分内容只是古老海滩的传奇故事，但从他提到的一两件事上，我断定他真的见过布拉西几次，甚至还跟他一起冲过浪。他们上次遇见似乎是大约十年前的事。他们肩并着肩，英勇地和来自凯姆丘南方几公里处、过来砸场子的哈伦死忠派冲浪者徒手肉搏。面对数倍于己的敌手，米兰表现出了外人想象不到的凶狠，他的身上添了几道伤口——**你真该看看那具身体上的伤疤，伙计，有时候我还挺想念它的**——但布拉西才是搏斗中最出彩的人。**他就像一头该死的沼泽豹，伙计。那些混球砍开了他的胸口，可他毫不在意。他把所有人都撂倒了。打完以后，他也累得筋疲力尽。那些家伙回去的时候，没有一个不挂彩的。**接下来是一场狂热的庆祝：篝火的光辉，女人高潮时的尖叫，还有背景里冲浪的人们。

这一幕在维切拉再平常不过了，我也曾在其他狂热分子的支持下成为类似画面的主角。略过明显添油加醋的部分不提，我找到了一些有用的细节。布拉西是个有钱人——**是啊，他在小蓝虫公司干了那么久。他的谋生手段肯定不是教导菜鸟、出售滑板和帮某个该死的米尔斯波特贵族多余的身体提前五年做冲浪训练**——但那个人并不赞同使用克隆体转生的做法。他多半换上了优秀的冲浪者身体，但这样一来，我就认不出他的长相了。**你得注意他胸口的伤疤，伙计**。没错，他的头发还是留得很长。最近有流言说他躲在南边某个寂静的海边小村里。显然他开始学习萨克斯管了。有个曾与小席桑戈乐团合作过的爵士乐演奏者告诉米兰……

我付了饮料的钱，起身准备离开。太阳已经落入地平线下，脏兮兮的金色海洋化作基本金属①的晦暗光泽。在我们下方的海滩上，萤火虫般的灯光渐次亮起。我开始寻思自己能否赶在关店前租到摩托。

"那个贵族，"我懒洋洋地说，"你花五年时间教他的身体冲浪，帮他磨炼反应力。你会拿到什么好处？"

米兰耸耸肩，抿了口剩下的朗姆酒，酒精和酬金让他彻底放松下来，"我们会交换身体。等我十六岁的时候，我会跟他现在的身体交换。所以我的好处是一具三十多岁的贵族身体，这具身体会接受整容，在外人见证下交换，免得我冒充他的身份。那可是顶级的克隆产品，所有外设都符合标准。不错的买卖吧？"

我漫不经心地点点头，"是啊，如果好好照看眼下那具身体的话。我见过的那些贵族的生活方式可是很能磨损身体的。"

"不不，那家伙保养得很好。要知道，他时不时会到这儿来察看他的投资项目，再游游泳，冲冲浪什么的。要不是哈伦家的豪华游轮出了事儿，他这个礼拜原本还打算过来。出了这事以后，他那边压力不小，当然也没时间来冲浪了。不过这事不难解决，只要我——"

"哈伦家的豪华游艇？"特派探员的警觉突然涌现。

"是啊，你知道的。哈伦诚知的游艇。那家伙跟哈伦家旁系的血统很近，所以——"

①指铜、铁、锡、铅、锌等非贵重金属。

"哈伦诚知的游艇发生了什么?"

"你没听说?"米兰眨眨眼,笑了起来,"伙计,你跑哪儿去了? 这事从昨天起就传遍网络了。哈伦诚知带着他的儿子和儿媳坐船去里拉,结果游艇在河湾附近直接没了。"

"怎么个没了?"

他耸耸肩,"他们还不知道。那东西就这么爆炸了。从他们拍摄的录影看,像是从内部爆炸的。炸剩的部分几秒钟就沉了。他们还在寻找碎片呢。"

他们是在碰运气。每年这个时候,大旋涡都会到达那边海域,河湾地区的水流于是十分危险,无法预测。那些残骸恐怕会被水流带到几公里之外方才沉底。哈伦诚知和他家人破碎的遗体多半会散落在米尔斯波特群岛的十余座小岛和礁石之间。找回存储器的行动会是一场噩梦。

我的思绪飘回到贝拉棉幸平区与普莱克斯含糊的低语。**我不清楚,阿武。我真的不清楚。应该是某种武器,动乱年代的武器**。他说那是某种生物学方面的东西,不过他承认自己的了解并不完整。黑道高层和哈伦家族的雇员艾拉禁止他继续参与。那个艾拉负责为哈伦家族进行损害控制和清理的工作。

又一段细节浮现于我的脑海:大雪中的德拉瓦。我等在车屋的办公室外,兴趣缺乏地看着向下滚动的全球新闻。某个籍籍无名的哈伦家族继承人在米尔斯波特的码头区意外身故。

这些谈不上有什么关联,但特派探员的直觉并不这么认为。它会继续堆砌数据,直到逐渐窥见端倪。直到关联显露在你眼前。

我还没能发现任何异样,但这些碎片正像暴风雨中的风铃那样对我高声歌唱。

还有背景里那个微弱却徘徊不去的节奏:**赶快,赶快,没时间了。**

我凭借依稀的记忆,用维切拉的方式和米兰握了握手,然后转身爬上山坡,脚步匆忙。

摩托租借处的灯仍然亮着,里面坐着露出无聊神色、有冲浪者体格的接待员。他仔细看了我好一会儿,最后确定我不是什么弄潮儿,也并不立志成为冲浪者,随后便换上了机械式的客户服务模式。但他仍旧成功地让我租下了一辆色彩艳丽的单座式高速摩托,又在街道地图软件上向我展示了条状地带上可用的归还点。在我的要求下,他还拿出了一套预制式的合成材质防撞装和一顶防撞头盔。当然,这么一来,他对我原本就低的评价直接跌穿了地板。看起来,维切拉海滩还是有很多人分不清冒险和愚行的区别。

是啊,或许也包括你,阿武。你最近做过什么安全的事吗?

十分钟以后,我穿戴整齐,在傍晚的昏暗中,驾驶打开车头灯的摩托驶出了凯姆丘。

我往南方驶去,一路留意,看有没有跑调的萨克斯管的乐声。

这条线索实在算不上理想,不过有一点对我非常有利。我了解布拉西。我知道,如果他听说有人在找他,他多半不会躲起来。他会出来直面问题,就像一个人赤着脚走向滔天的海浪。就像降服那些哈伦死忠派。

只要弄出足够大的噪音,我就用不着找他了。

他会找到我的。

三个钟头之后，我驶离公路，转入一间通宵营业的餐厅兼机械修理店飞虫围绕的鮟鱇灯的冷光之下。我疲惫地回头看去，判断自己弄出的噪音够多了。我身边的小面值信用片已经用光了，又因为在穿过条状地带的一路上跟人喝了太多的酒，抽了太多的烟，我的视野有些模糊，右手的指节隐隐作痛。那是在海滩边的一座酒馆里揍人以后留下的。那儿的人对打听当地传说的陌生人不怎么友好。

鮟鱇灯下，夜色凉爽宜人。三三两两的冲浪者聚集在停车区说笑，手里拿着酒瓶和雪茄。有人用高亢而激动的嗓音说了个船底漏水的故事。一两个比较严肃的小团体聚集在拆开的车辆周围，进行维修。激光切割器不时亮起，在异星合金上洒下怪异的绿色或是紫色的火花。

我在柜台买到的咖啡异常美味，我端着它走出店去，看着那些冲浪者。我年轻时在新佩斯特没有接触过这种文化——帮派规章不允许你全身心地投入水肺潜水和冲浪这样的运动，再说我先接触的是潜水。我从没有过改弦易辙的打算。水下那个寂静的世界始终吸引着我。那里的寂静无边无际，令人呼吸放缓，也让我暂时摆脱街头的疯狂和更加不堪的家庭生活，稍稍喘一口气。

我简直愿意死在那儿。

我喝光咖啡，回到餐厅。拉面汤的气味弥漫在空气里，令我食指大动。我突然想起，自从在"海德西之女号"上跟贾帕里泽吃过那顿早中饭以后，我就再也没吃过东西。我找了张凳子坐下，对刚刚卖给我咖啡的那个年轻瘾君子点了点头。

"闻起来真香。你们都有什么口味的？"

他拿起一只破破烂烂的遥控器，对准自动厨师机的大致方向按了下去。全息屏幕在几只平底锅上方浮现出来。我扫视了一番,最后选择了我多年来的最爱。

"请给我辣味鳐鱼。用的是冷冻鳐鱼,对吧?"

他翻了个白眼,"你以为是鲜鱼? 在这种地方? 卖这个价钱?"

"我离开过一段时间。"

这话没有在他被毒品麻痹的脸上引来任何反应。他只是开启了自动厨师机,慢慢走到窗边,凝视着那些冲浪者,仿佛那是水族馆里的一群罕见而又美丽的海洋生物。

我的拉面快吃完一半的时候,身后那道门打开了。没有人说话,但我已经知道了。我放下碗,在凳子上缓缓转过身。

他是一个人来的。

那张脸跟我印象中不一样,甚至半点也不相似。和从前的身体相比,他的五官更英俊,脸也更宽了,长长的金色的乱发带着一丝灰色,脸颊能看出不少斯拉夫人的基因,那是出于他对阿德雷辛风俗的喜爱。但他的身体并没有太大改变。在那件宽松的连体工作服里,他的身高、胸围和肩宽都一模一样,还有同样瘦削的腰部和双腿,以及那双大手。他的动作也仍旧散发出那种漫不经心的气质。

他拉开工作服,露出胸口的伤疤时,我确认了他的身份。

"我听说你在找我。"他温和地说,"我认识你吗?"

我咧嘴笑了。

"你好啊,杰克。维吉尼亚最近如何?"

24

"我还是不敢相信真的是你,孩子。"

她坐在沙丘的斜坡上,就在我身边,用一支小型鱼叉在双脚间的沙子里画着三角形。她刚游过泳,身上还湿答答的,冲浪者的黝黑皮肤上到处可见晶莹的水珠,头上是修剪过的黑发。我渐渐习惯了她那张小巧的脸蛋。她比上次见面时至少年轻了十岁。而且她多半跟我有同样的问题。她说话时低头看着沙子,表情令人费解。她吞吞吐吐、欲言又止,就像她今早在客房叫醒我,问我是否愿意跟她去沙滩走走时那样。她有一整晚的时间可以接受我突然造访的事实,可她仍然只敢偷眼看我,仿佛那是什么大逆不道的事。

我耸耸肩。

"我可是实实在在的,维吉尼亚。死而复生的人又不是我。还有,别叫我'孩子'了。"

她露出微笑,"我们都在某个时刻死而复生过,阿武。这一行可是很危险的,你还记得吧?"

"你知道我的意思。"

"是啊。"说完,她将目光转向海滩的景色。此时的太阳还只是晨雾中模糊的血色轮廓,"你相信她说的吗?"

"说她是奎尔?"我叹了口气,抄起一捧沙砾,看着它从指间和手掌侧面缓缓溜走,"我只相信她自以为是奎尔。"

维吉尼亚·维杜拉不耐烦地做了个手势,"我还见过自以为是康拉德·哈伦的疯子呢。我问你的不是这个。"

"我知道你在问什么,维吉尼亚。"

"那就好好回答我的问题。"她用冷静的语气说,"我在特派调查局里不是教过你吗?"

"你说她是不是奎尔?"游泳留下的水分让细小的沙砾粘在我的手掌上,我搓着双手,"她怎么可能是? 奎尔已经死了。汽化了。事实就是如此,无论你在那栋房子里的伙伴们有怎样的政治幻想。"

她回头看去,仿佛觉得他们会听到似的。阳光追随着我们的脚步照上海滩,准备狠狠晒我一顿。

"我记得你从前也期待过,阿武。你也曾期待她会回来。你的想法为什么变了?"

"因为'圣克宣四号'。"

"噢,是啊。'圣克宣四号'行星。在那里,革命的规模比你预想的要大,是不是?"

"你不清楚那里的情况。"

我的话带来了一阵寂静。她转过头去。布拉西那群人都是名义上的奎尔主义者——至少也是新奎尔主义者——但其中有特派探员背景的只有维吉尼亚·维杜拉一个。

她有能力摒弃对传说故事或是教条的轻信,以完全客观的角度看待问题。在我看来,她会给出值得聆听的观点。她能看透这件事的本质。

我等待着。拍打沙滩的海浪保持着缓慢而平稳的节奏。

"很抱歉。"她最后说。

"不用道歉。谁的梦想没被践踏过呢,对吧? 如果你不为此痛苦,只能说明那个梦想其实没什么了不起的。"

她弯起嘴角,"原来你还会引用她的话啊。"

"这叫改编。你看,维吉尼亚,如果我说错了,请你纠正。没有任何记录表明牧田·娜迪亚进行过意识备份,没错吧?"

"也没有任何记录表明武·科瓦奇做过意识备份。可外面似乎还有一个你。"

"是啊,不用提醒我了。不过那是该死的哈伦家族干的,而且你也看得出,他们有充分的理由。你也知道,我是个有价值的人。"

她瞥了我一眼,"噢,看样子,'圣克宣四号'的那段经历并没有影响你的自我评估嘛。"

"得了吧,维吉尼亚。我是前特派探员,我是个杀手。我能派上用场。我不觉得哈伦家族会备份那个几乎摧毁了他们的女人。而且不管怎么说,像这种重要历史人物的备份,没可能会跑到一个无足轻重的拆解者脑袋里。"

"她可不算是无足轻重。"她又在沙子上画了起来。沉默片刻之后,她再次开口:"武,你知道雅罗斯和我……"

"嗯,我跟他通过话。是他告诉我你在这儿。他说如果我能见到你,帮他带个好。他希望你平安。"

"真的吗?"

"噢,他说的其实是'妈的,还是算了',不过我能听得出他的言外之意。这么说你们之间不太顺利?"

她叹了口气，"是啊。不太顺利。"

"想谈谈吗？"

"谈那个没意义，都是很久以前的事了。"她用鱼叉狠狠捅了几下沙子，"真不敢相信，他竟然还耿耿于怀。"

我耸耸肩，"所以，要实现梦想，我们就必须利用我们的祖先只能想象的漫长人生。"

这一次，她露出了和新面孔很不相称的难看脸色。

"你这他妈是在搞笑？"

"不，我只是发现奎尔主义思想的涵盖面居然如此——"

"闭嘴，阿武。"

特派调查局里不提倡传统的上下级观念，至少跟人们普遍认为的不同。但那种认定教官的发言值得聆听的习惯却很难改掉。而且，如果你对教官曾经有过那种感情——

噢，别提这个了。

我闭了嘴，聆听海浪的声音。

片刻过后，屋子那边传来了略显刺耳的萨克斯乐声。维吉尼亚站起身，回头看去。她手搭凉棚，表情柔和了些许。布拉西的屋子跟我昨晚在条状地带闲逛时见到的那些临时住处不同，是一点点建造起来的。镜木立柱反射着越来越强烈的阳光，仿佛硕大的利器那样熠熠生辉。风雨侵蚀的墙面上是淡黄绿色与灰色的阴影，但在这栋四层楼的房子上，每个临海房间的窗户都明亮无比，冲我们眨着眼。

萨克斯管吹出一个离题万里的音节，让本就磕磕绊绊的曲子跑调到了九霄云外。

"哎哟。"我抽搐了一下，动作可能有点太夸张了。她的神情突然温柔起来。

"至少他在努力。"她含糊不清地说。

"是啊。不管怎么说,我猜他们现在都醒了。"

她斜眼看着我,仍然像是在做什么大逆不道的事。她不快地撇了撇嘴。

"阿武,你真是个混蛋。你知道吗?"

"有一两个人这么对我说过。这边的人早上都吃什么?"

冲浪者。

他们在哈伦世界几乎无处不在,因为哈伦世界几乎到处都有浪花翻涌、让人不顾一切去追求的大海。这里的"不顾一切"并非夸张。哈伦世界的海洋跟地球上完全不同。别忘了,这里的重力只有0.8G,还有三个月亮。在维切拉海滩的某些位置,你可以驾着一道海浪跨越十来公里的距离,有些浪头的高度说出来你都不会相信。但低重力和三个月亮也有它的缺点:化学成分、温度和潮流的变化十分巨大,大海经常做出恶毒无情的举动,而且几乎毫无预警。湍流理论家至今仍在模拟实验,试图了解这里的大海。

而在维切拉海滩,他们进行的是另一种截然不同的研究。我不止一次目睹"年轻人效应"在看似稳定的九米高水体上完美地展现,就像逐帧播放的普罗米修斯神话故事。可是,原本完美的浪头会突然间在冲浪者脚下起伏打转,随后仿佛遭到炮轰一般分崩离析。大海张开嘴巴,吞下冲浪板,也吞下冲浪者。我也曾数度帮忙把遭遇这类意外的冲浪者拖上海岸。我见过他们茫然的笑容,面孔仿佛也黯淡无光,嘴里说着诸如"我可饶不了这臭婊子"或是"伙计,你看到那是怎么回事了吗?"最常听到的则是:"老兄,我的冲浪板没事吧?"我看到那些手脚没有脱臼或者摔断、脑袋也没有摔坏的家伙再次踏上冲浪板，也看到不得不暂时养伤的那些人眼里的渴望。

我了解那种感受。只不过我解决这种渴望的方式是杀人。

"为什么来找我们？"玛丽·阿多用生硬无礼的口气问道，显然她觉得取外世界名字的人都该是这副腔调。

我咧嘴一笑，耸耸肩。

"我想不到其他更蠢的人了。"

听到我的话，她摆出猫科动物那样的挑衅姿势，耸了耸一侧肩头，然后转过身，朝窗边的咖啡机走去。看样子她使用的是上一具身体的克隆体，但在我的印象中，四十年前的她的性格里看不到这种深入骨髓的不安分。她显得消瘦了些，眼眶有些凹陷，脑后扎着的短马尾仿佛绷紧了整张脸的皮肤。那张定制的阿德雷辛面孔修改过颅骨的构架，让她的弯鼻子更像鹰喙，清澈的深色眸子色彩更深，下巴也显得更加坚定。但这些和她并不相称。

"噢，看来你的胆子真的大了不少，科瓦奇。从'圣克宣四号'回来以后就这样了吧？"

坐在桌对面的维吉尼亚动了动。我轻轻地摇了摇头。

阿多看向一旁，"你觉得呢，希拉？"

希拉·特雷斯和往常一样沉默不语。她的面孔同样比我印象中要年轻，精雕细琢的五官风格介于米尔斯波特的日本人和基因美容院对印加美女的概念之间。

那张脸上看不出任何端倪。她背靠着咖啡机边上染成蓝色的墙壁，双臂交叠在用料节约到极点的合成材质比基尼上装前。和这栋房子里刚刚被吵醒的大多数人一样，她身上只穿着喷涂式泳装和几件廉价的首饰。她用戴着银戒指的手指漫不经心地勾着一只喝得干干净净的咖啡杯。

但她的目光却在玛丽和我之间游移，要求我做出回答。

在餐桌周围，其他人发出同情的嘀咕声。不过他们同情的是谁却很难说。出于特派探员的习惯，我面无表情地记下他们的反应，留待以后评估。真伪的问题昨晚已经解决了：他们将程式化的审问伪装成叙旧，从而确信在这具新身体里的正是我本人。眼下的问题不是盘问。

我清了清嗓子。

"要知道，玛丽，你想去的话大可以去。不过'圣克宣四号'是个完全不同的星球，那儿没有潮汐，海面平得跟你的胸一样，所以我实在看不出你对我能有什么用处。"

这句侮辱既拐弯抹角又歪曲事实。作为小蓝虫公司的前雇员，玛丽·阿多在从事暴动方面的天赋高得吓人。还有，她的身体曲线至少不比这个房间里的其他女性逊色，包括维吉尼亚·维杜拉在内。但我知道她对自己的身材很在意，而且她跟维吉尼亚或我不同，她从没去过外世界。我那番话的言外之意其实是，她集"乡巴佬""冲浪宅""毫无性吸引力的廉价性服务者"于一身。要是伊莎看到这一幕，准会高兴得叫出声来。

他们提到了"圣克宣四号"的事，有点把我惹火了。

阿多的目光看向桌子另一头的那把老橡木扶手椅。

"把这狗娘养的扔出去，杰克。"

"不，"对方的口气懒洋洋的，仿佛还没睡醒，"现在不行。"

他在椅子上伸了个懒腰，双腿伸向前方，身体伸得几乎呈水平状。

"他很没礼貌，杰克。"

"你也一样。"布拉西挺直背脊，然后前倾身体。

他和我目光交汇。他的额头渗着细小的汗珠。我认出了那种症状。尽管换了新身体，但他并没有改变多少，也没有摒弃从前的恶习。

"不过她说的有道理，科瓦奇。为什么来找我们？凭什么觉得我们会帮你？"

"你他妈很清楚，这不是为了我。"我撒着谎，"如果奎尔主义在维切拉海滩已经灭绝了，那就赶紧告诉我该去什么地方找。我赶时间。"

桌边传来轻蔑的哼声。一个陌生的年轻男性冲浪者开了腔："伙计，你连那人是不是奎尔都不知道。瞧瞧你，你自己都不相信。就因为某个拆解者女疯子的脑袋出了问题，你就要我们帮你对抗哈伦家族？没门儿，老兄。"

周围传来几声咕哝，在我听来像是赞同。但大部分人仍旧沉默地看着我。

我对上那个年轻冲浪者的目光，"你叫什么名字？"

"老兄，这他妈关你什么事？"

"这位是丹尼尔，"布拉西语气轻松地说，"前不久才来的。没错，他的外表和真实年龄一样。说话不经大脑的程度只怕也差不多。"

丹尼尔涨红了脸，露出受了背叛的表情，"杰克，我们说的可是里拉峭壁群。除非受到邀请，从没有人进去过。"

笑意迅速从布拉西蔓延到维吉尼亚·维杜拉，再出现在希拉·特雷斯的脸上。就连玛丽·阿多都对着自己的咖啡坏笑起来。

"怎么了？他妈的怎么了？"

我看着丹尼尔，谨慎地没去嘲笑他。我们也许还需要他。

"恐怕你暴露了自己的年龄,丹。虽然只有一点点。"

"夏目,"阿多用给孩子解释的口气说道,"听过这个名字没?"

丹尼尔茫然的眼神已经说明了一切。

"夏目·尼古拉。"布拉西又笑了起来,不过这次是要给丹尼尔台阶下,"别在意这个,你得早出生几百年才会记得他。"

"那是真事?"我听到有人嘀咕着,心里忽然泛起一股陌生的悲伤,"我还以为只是为了宣传编造出来的。"

另一个我不认识的冲浪手在椅子里扭了扭身子,脸上露出抗议的表情,"嘿,夏目根本没进去。"

"不,他进去了。"阿多说,"别信现在的学校里那些胡说八道。他——"

"关于夏目的功绩,我们可以下次再谈。"布拉西和蔼地说,"至于眼下,只需要知道有前人侵入过里拉峭壁就行了。"

接下来是短暂的沉默。那个不相信夏目存在的冲浪者在丹尼尔耳边窃窃私语。

"好吧,就算是这样,"另一个人开了口,"可如果哈伦家族已经抓到了那个女人——无论她是谁——我们再组织突袭还有意义吗? 以里拉那边的审讯技术,她早就什么都说出来了。"

"这可未必。"维吉尼亚·维杜拉身子前倾。在她的喷涂式泳衣下,那对小巧的乳房轻轻摇晃。她这身冲浪打扮让我感觉很陌生。"拆解者用的是最先进的设备,都是经过人脑工程师特别设计的,功能甚至比大多数 A.I. 主机都强。别忘了,在理论上,这些技术甚至比火星人的情报处理系统更优秀。我想,就算最强大的审讯软件对拆解者也没什么效果。"

"他们可以直接拷打她。"阿多回到了座位上,"我们说的可是哈伦家族啊。”

我摇摇头，“如果他们真的这么做，她可以躲进指挥系统里去。再说，他们需要她在多个层次上保持意识的协调性。对她造成短暂的痛楚没有意义。”

希拉·特雷斯抬起头来。

“你说她在跟你通话？”

“嗯，我想是的。”我没理睬那些质疑的声音，“要我猜的话，她应该是用她的拆解者设备连上了我不久前用来呼叫她的某个队员的那台电话。她大概是搜索到了队伍内网里留下的痕迹。但那个队员已经死了，所以通讯连接不稳定。”

好几个人发出大笑，其中也包括丹尼尔。我记下了他们的长相。

也许布拉西也注意到了。他示意他们安静。

“她的队员全都死了，是吗？”

“对。我听说是这样。”

“四个拆解者，在塞满拆解者的营地，”玛丽·阿多做了个鬼脸，“就这么被宰掉了？真让人难以置信，不是吗？”

“我可没——”

她抬高嗓门，打断我的话，“我是说，他们居然坐视这种事发生。那家伙叫什么来着，车屋吗？他那种守旧派的老拆解者，会允许哈伦家的喽啰就这么走进来，在他眼皮底下做这种事？其他拆解者呢？难道他们就没有团队精神可言吗？”

“的确，”我不紧不慢地说，“他们没有。拆解者用的是‘搞定就给钱’的赏金竞争机制。队伍内部联系紧密，但在队伍以外就没多少忠诚可言了。只要寡头政府施加一点压力，车屋只能服从。他一向不怎么喜欢西尔维的潜入者小队，肯定不会为他们顶撞当权者。"

阿多撅起了嘴,"听起来倒像是那么回事。"

"这个时代就是这样。"布拉西出人意表地说。他看着我。"剥掉所有忠诚与忠贞以后,我们必然看到恐惧和贪婪。没错吧?"

听到这句引用的名言,所有人都沉默不语。我扫视着房间里的一张张面孔,试图判断他们究竟是支持还是反对,又或者选择中立。希拉·特雷斯意味深长地扬起一边眉毛,未置一词。

"圣克宣四号",该死的"圣克宣四号",它的影响总是笼罩着我,在我身边徘徊不去。我在那里干过的事,他们完全可以解释为出自恐惧和贪婪。

我注视着的这些脸庞上,好几张已经露出了这两种神情。

但话说回来,他们都没去过那儿。

他们都他妈没去过那儿。

布拉西站了起来。他扫视着桌子周围的面孔——或许他要找的东西和我一样。

"你们都好好考虑吧。无论结果好坏,都会影响我们所有人。你们能坐在这儿,是因为我相信你们能管好嘴巴。另外,如果有什么应该做的事,我也相信你们会出手帮助我。今晚日落后开会,我们投票表决。所以,好好考虑吧。"

他从窗边的凳子上拿起他的萨克斯管,漫步踱出房间,仿佛他的人生里没有任何重要的事一样。

几秒钟后,维吉尼亚·维杜拉站起身,跟着他走了出去。

她看都没看我一眼。

25

之后，布拉西在海滩上找到我。

他一只胳膊下面夹着冲浪板，费力地钻出海水，身上只有短裤、喷涂式短靴，以及累累的伤疤。他用空闲的那只手抹去头发上的海水。我朝他挥手示意，于是他朝坐在沙滩上的我小跑过来。他冲了好几个钟头的浪，所以跑起来不大轻松。跑到我身边时，他有些上气不接下气。

我眯着眼睛，看向背对太阳的他，"看起来很有趣。"

"要试试吗?"他摸了摸冲浪板，把一头递给我。只要是用过一两天的冲浪板，冲浪者通常不愿借给别人。而这块板子看起来比他这具身体还要古老。

杰克·索尔·布拉西。即使在维切拉海滩上，他也如此特立独行。

"多谢，不过还是算了。"

他耸耸肩，把冲浪板插进沙地，一屁股坐在我身边。

海水从他身上淌下，"随你便吧。今天的潮水不错。没什么危险。"

"你肯定觉得很无聊吧。"

他咧嘴大笑,"那可就糟糕了。"

"是吗?"

"是啊。"他指了指大海,"只要在海里,你会尽可能驾驭每一道海浪。但要是失去了兴趣,你恐怕就得回新佩斯特去了。永远离开维切拉。"

我点点头,"这样的人很多吗?"

"你说热情燃尽的人?是啊,不少。不过离开还算好的。反倒是留下的那些让人看了揪心。"

我瞥了眼他胸口的那些疤痕。

"你真是个敏感的人,杰克。"

他朝大海露出微笑,"我一直在努力。"

"所以你才不愿意做克隆,是吗?你要尽可能使用每一具身体?"

"是尽可能从每一具身体上学习,"他轻声纠正我,"对。另外,你恐怕不会相信如今保存克隆体的开销有多大——即使是在新佩斯特。"

"阿多和特雷斯好像并不在乎这个。"

他又笑了起来,"玛丽有大笔遗产可以挥霍。你知道她真正的姓氏,对吗?"

"是啊,我记得。那特雷斯呢?"

"希拉在这一行人脉很广。我们洗手不干以后,她跟黑帮合作过一段时间。新佩斯特还有不少人欠她的人情。"

他略微发起抖来,双肩随即抽动了一下。他突然打了个喷嚏。

"看来你还没戒掉。阿多也是?所以才这么瘦?"

　　他用古怪的眼神看着我，"阿多瘦是因为她希望自己苗条。她想做什么是她自己的事，不是吗？"

　　我耸耸肩，"没错。我只是好奇。我还以为你们早就玩腻了自体感染了。"

　　"啊，但你从最开始就不喜欢，不是吗？我记得上次你来的时候，玛丽还想卖给你匈奴家园流感病毒呢。你在这方面一向有点拘谨。"

　　"我只是看不出让自己难受有什么乐趣。作为正牌的医生，你也不应该做这种蠢事。"

　　"等到下次你嗑药以后失魂落魄的时候，我会用这句话提醒你的。或者等你宿醉的时候。"

　　"这不是一回事。"

　　"你说得对，"他点着头，"酒和毒品已经是石器时代的玩意儿了。而我呢，我用免疫系统和加入抑制剂的匈奴家园流感样本对抗。十年了，得到的只有兴奋感，还有些很酷的谵妄梦。没有头痛，没有严重的器官损伤，只要抑制剂和病毒啮合，我连鼻涕都不会流。告诉我，有哪种毒品能做到这一点。"

　　"你最近感染的就是这个？匈奴家园流感？"

　　他摇摇头，"最近不是。维吉尼亚不久前给我们弄了些阿德雷辛的特产，改造过的脊髓发热复合病毒。伙计，你真该看看我现在做的梦。有时候我甚至会尖叫着惊醒。"

　　"真为你高兴。"

　　有那么一会儿，我们一起看着海面上的那些人影。布拉西不时会咕哝一句，然后指着其中一个冲浪者前方的什么东西。但那些在我看来都没什么意义。看到某个人滑下冲浪板的时候，他甚至鼓起掌来，但当我转头看去时，他的脸上却见不到嘲讽的表情。

过了一会儿,他指着那块冲浪板,又问了我一遍。

"真的不想试试看?不想试试我的板子?伙计,你的老古董身体一看就是为冲浪打造的。说到这个,它不怎么像军用制式的身体。有点太单薄了。"他懒洋洋地用两根手指捅了捅我的肩膀,"说实话,你用的简直是完美的运动型身体。什么公司的?"

"噢,一家早就倒闭的公司,我听都没听过。叫荣春堂。"

"荣春堂?"

我惊讶地看着他,"对,荣春堂有机会社。你知道?"

"见鬼,当然。"他朝后坐了坐,然后面对着我,"阿武,你用的可是经典设计的身体。他们只制造了这么一批,比同行的水平至少超前了一个世纪。那些功能都是前所未有的。壁虎刺毛,可复原式身体构造,还有出色到让你不敢相信的自主求生机制。"

"噢,我相信。"

他没在意我这句话,"灵活性和耐久性都高得吓人,反应接线系统也是独此一家,直到三个世纪前才由哈坎尼公司再次采用。老兄,他们现在可造不出这种产品了。"

"当然造不出。他们倒闭了。"

他用力摇摇头,"不是因为产品,是政治。荣春堂是德拉瓦的一家合作社,成立于80年代,创办者是一群典型的温和派奎尔主义者。我想他们根本没打算隐瞒这一点。他们的确经营不善,差点关门,不过所有人都知道,他们制作的运动型身体是整个星球最好的。最后他们居然还成了第一家族半数成员的供应商。"

"运气不错。"

"嗯,没错。就像我说的,他们是无与伦比的。"他的脸上浮现出狂热的神情,"接着,在动乱年代,他们宣布支持奎尔主义者。哈伦家族因此无法原谅他们。战争结束后,他们把所有在荣春堂工作过的人都加入了黑名单,甚至以叛徒和恐怖分子的罪名处决了几个顶尖的生物技术人员。说他们为敌人提供武器,反正就是那一类废话。而且在德拉瓦发生了那种事以后,他们也差不多完蛋了。老兄,我真不敢相信你用的是他们的身体。它简直是活生生的历史。"

"噢,谢谢你告诉我这些。"

"你确定你不想——"

"卖给你? 多谢,免了吧,我得——"

"我是说冲浪,伙计。你确定你不想冲浪? 拿上这块冲浪板,去沾点儿海水? 看看你这具身体有多大能耐?"

我摇摇头,"我还是留着悬念的好。"

他盯着我看了好一会儿,然后点点头,继续眺望海面。你能从他的表情看出端倪。他在平复内心翻涌的狂热。我努力压下心里的嫉妒。

"也许下次吧,"他平静地说,"等你不再背负这么多的时候。"

"是啊。也许吧。"可我不觉得自己会有这种时候,除非他说的是从前,而我不觉得自己有办法回到过去。

他似乎意犹未尽。

"你从没冲过浪,对吧? 在新佩斯特的时候也没有?"

我耸耸肩,"我知道怎么放下冲浪板,如果你想问的是这个的话。小的时候,我在当地海滩冲过好几个夏天的浪。后来我开始跟一群人混,他们只玩水下运动。所以嘛,你明白的。"

他点点头，或许想起了自己在新佩斯特的少年时代。又或许想起了上次我们聊起这个话题的时候，不过这种可能性不大。那已经是五十多年前的事了，而他又没有特派探员的记忆力。

"真他妈蠢。"他嘀咕道，"你是跟哪些人混来着？"

"暗礁斗士。大部分是平田组的人。潜得自由，死得自由。把糟粕留在海面。当时要是看见你这类人，我们肯定会来找架打。你呢？"

"什么？噢，我想我当时活得挺自由。暴风骑士，滔天海浪，维切拉黎明合唱团。还有些别的，我记不太清了。"他摇摇头，"真他妈蠢。"

我们看着浪花。

"你来这儿多久了？"我问他。

他伸了个懒腰，闭紧眼睛，仰头面对太阳。他发出好似猫儿呼噜的响声，最后转为一阵轻笑。

"来维切拉？不清楚，我不记这种东西。我猜断断续续有将近一个世纪了。"

"可维吉尼亚说小蓝虫公司是二十年前倒闭的。"

"是啊，差不多吧。我说过，希拉不时还会出去接点活儿。不过这十年来，我们大部分人干过的最坏的事也就是海滩殴斗了。"

"希望你们的身手没有变迟钝。"

他又冲着我笑了起来，"你还真喜欢想当然。"

我摇摇头，"不，我只是听得够仔细。无论结果好坏，都会影响我们所有人？你说得对。无论其他人怎么选择，你都会跟我去。你相信这事是真的。"

"是吗?"布拉西平躺在沙滩上,闭上双眼,"或许你应该听听我知道的某些事,好好想想。奎尔主义者还在跟第一家族争夺新北海道控制权的时候,有许多传言说政府的敢死队盯上了奎尔和其他应急委员会的主要成员,算是对黑暗旅的还击。你知道奎尔主义者的应对措施吗?"

"噢,我知道。"

他睁开一只眼睛,"你知道?"

"不。我只是不喜欢反问。如果你想说什么,直截了当地说好了。"

他又闭上了眼睛。他的脸上似乎浮现出痛苦的神情。

"好吧。你知道数据弹片是什么吗?"

"当然。"这是个老词儿,几乎已经不流行了,"是种廉价病毒。石器时代的产物,是通过无线电广播使用、能够残杀同类的代码。把这种代码发到敌人的系统里,它们就会按照设计进行循环运作,用相互矛盾的命令阻碍程序执行。不过这只是理论。我听说实际用起来的效果不怎么样。"

事实上,我亲眼见证过这种武器的局限。

一百五十年前,阿德雷辛最后一股叛军散播了数据弹片,想拖慢特派探员部队在曼扎纳盆地的推进,那是他们仅有的根据地。收效甚微。

随后在聂鲁达街道上进行的白刃战给我们造成的损失更大。但杰克·索尔·布拉西继承了他从未去过的那个星球的文化和热情[1],我没必要告诉他这些事。

他在沙滩上动了动修长的身体。

"是啊,但新北海道的应急委员会不像你这么多疑。也许他

---

[1]指地球。布拉西一词原文为"Brasil",即葡萄牙语中的巴西(brazil)。

们已经不在乎后果了。总之,他们想出了个类似数字化人体货运的法子。他们为每个委员会成员制作了意识外壳:集合了基本记忆和自我的表层意识——"

"见鬼,你是在说笑吧!"

"——然后装进广播数据地雷,配置在奎尔主义者的防区内,只要受到入侵就会触发。不,我没在说笑。"

我闭上了眼睛。

噢,妈的。

布拉西的话无情地继续着,"是的,他们打算在溃败时启动地雷,把他们的几十名追随者留在爆炸区。这个区域里可能还有一些入侵方的先头部队。这些人都会坚信自己就是奎尔克里斯特·法尔科内。或者别的什么人。"

远处传来浪花声和海上依稀的呼喊声。

你愿不愿意抱着我,直到我离开?

我看着她的脸。我听到了不属于大岛·西尔维的声音。

摸摸我。让我知道你他妈是真的。

布拉西还在说话,我能听出他的语气渐渐平静下来,"说起来,这方法还真是够聪明的。在那样的混乱里,你他妈能信谁,又他妈该抓谁? 这么一来,真正的奎尔或许就有了逃脱的时间。制造混乱。最后一击。谁又知道呢?"

等我再次睁开双眼的时候,他已经坐了起来,眺望着海面。他脸上的平静与幽默都已消失,就像卸下了伪装,就像阳光下蒸发的海水。在那具肌肉发达的冲浪者身体里,不知从何处冒出了愤怒与痛苦。

"这些是谁告诉你的?"我问他。

他转头看着我,先前的笑容又恢复了些许。

"是个你该去见的人。"他轻声说道。

我们坐上他的摩托，那是一辆朴素的两座型摩托，比我租的那辆单人摩托大不了多少。但后来我才发现，它的速度快得多。布拉西不嫌麻烦地穿上了那套看起来相当破旧的豹皮安全服，让他在公路上更显与众不同——其他傻瓜全身上下只穿着泳衣，速度又快到一旦翻车就会头破血流的程度。

"噢，是啊，"我向他提起这件事的时候，他答道，"有些事值得冒险。别的那些纯粹是寻死。"

我拿起头盔，戴到头上。我的声音通过扬声器传出，显得有些瓮声瓮气。

"这种家伙你见得多了，是吧？"

他点点头，"太多了。"

他启动摩托，戴好头盔，踩下油门，以正好每小时两百公里的速度载着我朝北方驶去。

沿着我寻找他时走过的那条路。我们经过了那家通宵营业的餐馆，经过了我打听他的时候去过的其他人群汇聚之处，经过了凯姆丘，然后继续向前。在阳光下，条状地带的浪漫情调少了许多。我昨晚看到的星点灯火只是阳光曝晒下的实用型低层住宅和气泡屋。霓虹灯和全息招牌都已关闭，或是调节为几乎看不见的亮度。这座海滩小镇的街道褪去了夜晚繁华而温馨的外衣，只剩下散落在公路两边的杂乱的房屋。只有海浪的声音和空气中的芬芳始终如一，但车速太快，我根本来不及回味。

在凯姆丘北面二十公里的地方，有条破破烂烂的小路通向沙丘之间。布拉西放慢车速——在我看来还不够慢——转上那条小路。摩托扬起永凝土块之间的沙砾，洒在作为路基的岩床上。对反重力载具来说,铺砌路面的作用往往只是标示道路的方向。就在第一排沙丘之后,铺设道路的人来了个半途而废,换成了间距十米的照明带和碳纤维标杆。布拉西放慢了速度,我们沿着标杆指出的曲折路线,平稳地在这片沙地上前进。路线两旁有几座荒废的气泡屋,在周围的斜坡上倾斜成难以置信的角度。我不太清楚里面有没有住着人。前进了一段路以后,我看到一条装配齐整的快船停靠在防尘帐篷下。听到摩托的引擎声——也可能是因为引擎发出的热量——蜘蛛似的看守系统开始像缩小版的机械人偶那样伸展身体。它们朝我们这边靠近了几步,见我们只是从旁经过,便重新趴回地上。

我们攀上最后一排山丘,布拉西把摩托停在靠海那一边。他摘下头盔,前倾身子,靠在控制板上,对山坡下面点点头。

"这边来。我说的你都记住了吧?"

很久以前,有人把一艘配备装甲的气垫船开到了海滩上,让船首插进成排的沙丘,然后好像就径直丢下不管了。船的裙摆部位已经坏得不成样子,船身也倒在沙地上,仿佛一头趴在地上想要袭击猎物、却被当场击毙的沼泽豹。后部的操舵叶片被当地的大风掀了起来,而且看起来已经卡住了。沙砾钻进参差不齐的外壳,堆积在裙摆上,让气垫船侧面的装甲仿佛埋在沙地里的巨大建筑物的上半部分。透过船侧的炮眼,我看到了直指天空的粒子炮管。液压调速器显然中过弹,炮眼对面的舱门炸了个稀巴烂。

在船身中央的侧面,靠近舰桥拱顶的位置,我看到了一丝色彩。红与黑组成熟悉的图案,仿佛一只冰冷的手在轻抚我的背脊:那是经过风雨侵蚀的奎尔克里斯特蕨叶标记。

"这不可能。"

"是啊，"布拉西在车座里扭过身子，"的确难以置信。"

"它难道是那时候……"

"嗯，是的。"

我们乘着摩托下了沙丘，在搁浅的气垫船的尾部下了车。

布拉西关掉引擎，摩托像只温顺的海豹般趴在沙地上。

气垫船高耸在我们前方，智能金属装甲吸收了阳光的热量，附近的空气因此有些冷。遍布凹痕的船侧装有三条登船梯，两端分别位于裙摆栏杆和沙地里。在贴近地面的船尾，另一架登船梯向外倾斜，几近水平。布拉西没碰梯子，直接抓住裙摆栏杆，轻巧地借力攀上甲板。我翻了个白眼，也跟着爬了上去。

我刚站直身子，便听到有人说话。

"这么说这就是他?"

我在阳光下眨眨眼，看到略微倾斜的甲板上站着个瘦削的身影。他大概比布拉西矮一个头，穿着简朴的灰色连身工装，剪掉了两边的袖子。从稀疏白发下的那张脸来判断，他起码有六十多岁了，但暴露在外的双臂依然肌肉发达，还有一双瘦骨嶙峋的大手。他轻柔的声音里蕴含着力量，语气带着近乎敌意的紧张。

我走前几步，来到布拉西身旁。我模仿那个老人的模样，双手垂在身边，仿佛两把随时可以使用的武器。我满不在乎地对上他的双眼。

"嗯，我就是。"

他看似避开了我的目光，其实并非如此。他是在上下打量我。然后是一阵沉默。

"你跟她说过话?"

"对。"我的语气软化了少许。我误会了他语气里的紧张

——那不是敌意，"我跟她说过话。"

气垫船的内部意外地宽敞，而且采光良好。这种作战用舰船通常相当狭窄，但漱石炬易有大把改建的时间。他拆除了几道防水壁，又剥开了几块上层甲板，制造出了几个五米高的采光井。阳光透过瞭望舱口和敞开的舱门倾泻而入，又透过开裂的装甲照射进来——那些裂口也许是战斗中受到的损伤，也可能只是改造的成果。植物在这些开阔场所茁壮生长，从挂篮和开裂的船壳里探出头来。某些区域的照明面板被精心更换了，另一些地方则继续留着积灰。

看不见的某处传来流过岩石的潺潺水声，与船外低沉的浪花拍打声相得益彰。

漱石领着我们来到一处采光井下方的桌子旁，让我们坐在摆放得整整齐齐的坐垫上。他给我们端上了气垫船的自动厨师机做好的饭菜，一举一动似乎都带着旧式的礼仪。那台自动厨师机就放在他身后的架子上，看起来运转良好。除了烤肉和煎面条，他还端上了一壶贝拉草茶，还有头顶那些植物长出的果子：蔓藤梅和长达三十厘米的科苏特特产链莓。布拉西以冲浪了一整天的人特有的胃口大口吃着每一道菜。而我为了礼貌，每样都吃得不多，只有那些莓子除外。那是我吃过的最美味的链莓。面对我用餐时提出的问题，漱石始终板着脸，不做任何回答。

最后，布拉西把最后一块链莓皮丢进盘子，用餐巾擦了擦手，冲我点点头。

"告诉他吧。我跟他讲过大概，不过具体应该由你本人来讲。"

"我——"我的目光越过一片狼藉的餐桌，看到了漱石眼里的期待，"噢，那是不久前的事。几个月前吧。我当时在荻户丸，有事要办。我去了码头一家叫作'东京乌鸦'的酒吧。她——"

我讲述着这些，感觉却很陌生。感觉既陌生，又十分遥远。

我听着自己的声音，突然难以相信在那个充斥鲜血、尖叫与幻觉的夜晚之后，我走过那样的道路，去过智能机械横行的新北海道荒原，然后又返回南方，逃离我的分身。在码头酒吧里堂吉诃德式的骑士精神，疯狂而又精神分裂的性爱，在金属头发的神秘女子陪伴下的数度海上之旅，还有与我的意识残片在火星人遗迹所在的山坡上进行的枪战。这一切简直就是影片里的情节。

难怪拉杜尔·西格斯瓦不愿相信我的说法。听到这种混乱、离奇的故事，两年前去找他帮忙的我自己都会放声大笑。

不，你不会笑的。

你只会冷冷地、事不关己地看着对方，漫不经心地听着，心里却想着别的事。想着下一场对新启示教的屠杀、藏刀上的鲜血、野草湖边的深坑，还有不断回荡的凄厉尖叫……

你会忘掉那个故事，无论它真实与否，并用自己脑海里的故事取而代之。

但漱石却一言不发，专心致志地听着。在我中断讲述、看向他的时候，他也没问任何问题。他耐心地等着，只有一次看到我停顿太久，才轻轻做了个手势，示意我继续。最后，等我讲述完毕的时候，他又静静地坐了一会儿，然后点点头。

"你说她第一次回来的时候，用几个名字称呼过你。"

"对，"特派探员的记忆力帮我从脑海深处打捞出了那几个名字，"奥德修斯。小川。她以为我是她手下的哲也营的士兵。黑暗旅的一分子。"

"这样啊。"他转过头去,神情令人费解,然后轻声说道,"谢谢你,科瓦奇君。"

之后便是沉默。我和布拉西交换了一个眼神。布拉西清了清嗓子,"这是坏事吗?"

漱石深吸一口气,仿佛这个问题让他感到了痛苦。

"没什么。"他又看向我们,露出悲伤的笑容,"我在黑暗旅待过。还有,哲也营不属于黑暗旅,它是个独立部队。"

布拉西耸耸肩,"也许她只是搞错了。"

"是啊,也许吧。"但他的双眼仍然透出悲凉。

"那些名字呢?"我问他,"你有印象吗?"

他摇摇头,"小川在北方算不上罕见的名字,但我不记得哲也营有叫作小川的人。过了这么久,这种事很难百分之百确定,不过我确实没什么印象。至于奥德修斯,好吧,"他耸耸肩,"我认识一位剑道老师叫这个名字,但我不认为她过去是奎尔主义者。"

我们在沉默中对坐了片刻。最后,布拉西叹了口气。

"噢,该死的。"

不知为什么,这句抱怨让漱石打起了精神。他又露出了微笑,双眼浮现出我从没在他身上见过的希望之光。

"你听起来很沮丧啊,我的朋友。"

"是啊。你知道的,我还以为时机已经到了。我还以为我们要去大干一场了。"

漱石开始把碗碟收到肩膀后面的窗台上,动作流畅而简练。与此同时,他开了口。

"你们知道下周的周几有大事吗?"他用轻松的口气问道。

我们困惑地看着他。

"不知道？你们过得真不健康。我们总是把自己封闭起来，只关心自己的生活，不是吗？对更广阔的空间和群体视而不见。"他俯下身子去拿最远处的那些碟子，我递给了他，"谢谢。下周，下周的周末，就是康拉德·哈伦的诞辰。米尔斯波特会举行法定的庆典。他们会毫不吝惜地燃烧烟火，大肆庆祝。"

布拉西比我先明白过来，他面露喜色，"你是说……"

漱石露出微笑，"我的朋友，就我所知——借用你的说法——时机已经到了。无论是真是假，我们真的要大干一场了。因为我们别无选择。"

这正是我想听到的回答，但我还是觉得难以置信。在骑着摩托往南的路上，我设想自己能争取到布拉西和维杜拉，或许还有几个新奎尔主义的死忠，为了实现他们未竟的理想而加入我。但布拉西那个数据弹片的故事与新北海道的种种细节如此契合，而他竟然亲历过那段历史。再加上和这个沉默寡言、对待园艺与食物十分认真的小老头儿的碰面——这一切都让我越来越相信，我这是在浪费时间。

而他出乎意料的回答让我几乎晕头转向。

"想想看吧，"漱石说着，语气似乎发生了某种微妙的改变，"也许这个牧田·娜迪亚的鬼魂真的只是鬼魂。但她不也是个已经复苏、并且渴望复仇的鬼魂吗？足以让这些傀儡寡头统治者惶惶不可终日，进而违背他们和地球的主人们定下的契约。我们怎么能不去大干一场？又怎么能不去夺回这件让他们惊恐又愤怒的东西？"

我和布拉西又对视一眼。我扬起一边眉毛。

"要让其他人信服可不容易。"布拉西神情阴郁地说，"如果确信能夺回奎尔，公司的大部分前成员都会拼命，还会去说服其他人。但我不确定他们会不会为复苏的鬼魂做到这些,不管她他妈的有多渴望复仇。"

漱石洗完了碗碟,又拿起一块餐巾纸,打量着自己的双手。他发现手腕上沾着一点链莓汁,于是用纸擦去。擦拭的同时,他又开了口:"如果你希望的话,我会去跟他们谈。但说到底,如果他们没有自己的信念,就算奎尔本人也不会要求他们去战斗,我也不会。"

布拉西点点头,"很好。"

"漱石,"我突然好奇起来,"你觉得我们在追寻的真是个鬼魂吗?"

他发出介于笑声和叹息之间的声音。

"我们都在追寻鬼魂,科瓦奇君。活得像我们这么久的人,又怎么可能不去追寻鬼魂呢?"

萨拉。

我强行压下这个念头,担心他看到了我眼角的抽动。担心他不知怎么听见了我的心声。

我的嗓音沙哑起来。

"我问的不是这个。"

他眨眨眼,突然笑了起来。

"噢,的确不是。你问我是否相信,而我回避了你的问题。请您原谅。在维切拉海滩,廉价的玄学理论和廉价的政治观点密不可分,而且同样受欢迎。只要稍做一点努力,你就能靠推销这些说法过上不错的生活,但养成习惯之后就很难改掉了。"他叹了口气,"你问我是否相信奎尔克里斯特·法尔科内能够归来?我全身上下的每一条纤维都渴望相信,但我跟其他奎尔主义者不同:我总是强迫自己面对现实,而现实与我希望相信的事存在矛盾。"

"也就是说，不是她。"

"确实不太可能。但在不那么狂热的时候，奎尔本人曾为类似的情况提出过解决之道。她说，如果现实对你不利，而你又无法忍受放弃信仰——那么，你可以暂时不做出结论。等着看。"

"我觉得，犹豫不决在行动时是很大的不利因素。"

他点点头，"大部分情况下是这样。但我希望她是真正的奎尔，和我们行动与否，这两件事并无关系。因为我相信一点：即使这个鬼魂仅仅只有象征性的价值，它也应该留在这儿，留在我们之中。无论如何，改变都会来临。哈伦家族的看法和我们相同，而他们已经动了手。我们只能做出反击。就算到最后，我必须为那个鬼魂战斗，为奎尔克里斯特·法尔科内的记忆而死，那也比束手待毙好得多。"

他的这番话萦绕不去。我们留下漱石去做准备、乘着摩托再次穿过条状地带的时候，我的脑海中仿佛仍有那番话的回音。还有他那个简单的问题，以及问题背后简单的信念。

但她不也是个已经复苏，并且渴望复仇的鬼魂吗？

但是，对我来说并不是这样。因为我拥抱过那个鬼魂，也曾看着月光洒在山间小屋的地板上，而她渐渐进入梦乡，却不知自己能否再度醒来。

如果她能够醒来，我可不想亲口告诉她真相。等她得知真相的时候，我也不想在场。

26

之后的进展快得惊人。

年轻时的奎尔曾经说过，**思想与行动，这两者不可混淆**。后来我才发现，这番话的主旨毫不客气地借鉴了哈伦世界的古老武士传统。**等到行动的时机来临，你的思想必须已经完备。行动开始以后，再没有思想的空间。**

布拉西回到其他人身边，宣布了漱石的决定。

那些因为"圣克宣四号"的事无法原谅我的冲浪者表示了反对，但他们并没有坚持太久。就连玛丽·阿多都自暴自弃似的放下了敌意，因为很明显，我的事对大局而言无关紧要。在落日余晖和客厅的灯光下，维切拉海滩的人们一个接一个地表了态。

看起来，光是复苏的鬼魂，已经足够召唤他们了。

突袭的准备迅速而顺利，在容易轻信的人看来，简直像有神明或是命运从旁襄助。对漱石来说，这只是不可阻挡的历史洪流，和重力或是热力学法则同样毋庸置疑。他确信时机已经来临：这颗星球的政治格局已经天翻地覆。当权者的处境必将变化，而且必将急转直下。除此之外，还有别的可能吗？

我告诉他,我觉得我们很走运,而他只是笑了笑。

总而言之,一切就绪。

人员:

小蓝虫公司。公司本身已经有名无实,但留下的老员工足以构成堪称传奇的组织核心。许多年来,被传奇的声名吸引来的新晋成员为数众多,他们同样以"小蓝虫"自称。经过这些年后,布拉西开始信任其中一些人。他见过他们冲浪,也见过他们打架。更重要的是,他亲眼见证这些人采纳了奎尔的格言,在无法武力对抗的时候选择充实的生活。新老成员联合的实力,几乎是这个世上最接近当年的奎尔特遣部队的——想更接近的话,只能指望时间机器了。

武器:

随意停放在漱石家后院的那艘军用快船,最清楚不过地表明了条状地带的人们的爱好。隐居在维切拉海滩的犯罪分子可不是只有小蓝虫而已。海浪对于布拉西和他那些人来说充满魅力,那种魅力也可以视作对离经叛道的热爱。源头镇挤满了隐退的罪犯和革命家,他们似乎都没有彻底放下本行的打算。如果你拿起条状地带,好好晃一晃,掉下来的各类军火恐怕比米姿·哈伦床上的香水瓶和性爱玩具还多。

计划:

布拉西的大部分手下根本没什么计划可言。里拉峭壁几乎和从前位于岛津大道的秘密警察总部同样臭名昭著。当年,黑暗旅成员艾菲·蒂姆成功地袭击了那个总部。他引爆体内的生化酶炸弹,把审讯者和房子一起炸上了天。我几乎能看见他们去里拉峭壁重演那一幕的渴望。我花了不少时间才说服那些较为狂热的人,让他们明白对里拉峭壁的全面进攻是毫无意义的自杀行为,其成果也完全无法和艾菲相比。

"这也不能怪他们。"漱石以黑暗旅老兵的口气说道,"为了这个复仇的机会,他们已经等了太久太久。"

"丹尼尔没有。"我尖锐地说,"他生下来到现在还没有二十年呢。"

漱石耸耸肩,"对不公的愤怒就像森林大火,它会迅速蔓延到每一棵树上,无论树龄老幼。"

我停止了跋涉,转头看着他。看他的模样,好像随时会被海浪冲走似的。此时的我们就像传说中的海巨人,站在1:2000比例的米尔斯波特群岛的岛屿和礁石间齐膝深的虚拟海洋里。希拉·特雷斯动用了黑帮那边的关系,让我们能够使用高分辨率的立体地图。这套地图属于一家船舶设计公司,其商业管理手法不大经得起法律方面的推敲。他们不怎么乐意借出这套虚拟实境,为了讨好黑帮才不得已而为之。

"漱石,你真的见过森林大火吗?"

在一颗百分之九十五都是海洋的星球上,森林大火肯定不会太常见。

"没有,"他摆摆手,"这只是个比喻。但我的确见过不公之举最终招致的报应。报应持续了很久。"

"是啊,我知道。"

我转过头,望向南方的水面。这套模型再现了缩小版的海中旋涡,它汩汩作响,将我的双腿拖向水面之下。要是水的深度也和模型比例相同,我恐怕已经立足不稳了。

"你呢？你见过森林大火吗？也许在外世界？"

"是啊，见过几次。在罗科星，我还帮忙点过火。"我继续盯着旋涡，"那是在飞行员叛乱期间。他们有好些受损的飞船在叶卡捷琳娜地区迫降，接着利用掩护打了几个月的游击。我们只好放火把他们赶出来。当时我还是特派探员。"

"我明白了。"他的语气听不出变化，"成功了吗？"

"是啊，暂时成功了。我们用这招干掉了他们很多人。但像你说的，这种抵抗行动能持续好几代人。"

"是啊。那森林大火呢？"

我又回头看着他，阴郁地笑了笑，"花了好久才扑灭。听着，布拉西对防线缺口的判断有误。只要我们绕过这边的岬角，就会暴露在新神奈川岛的安全扫描装置下。瞧瞧这个。而另一边有暗礁。我们没法从那边通过，船会被撕成碎片。"

他趟过那片水域，打量了一番。

"是啊，如果他们知道我们会来的话。"

"他们知道**有人**会来。他们知道有我在，也知道我会去救她。见鬼，他们手里还有另一个我。他们只需要问问我——问问他——那个浑蛋就会告诉他们我会怎么做。"

背叛的感觉痛苦而又强烈，就像胸口被人撕下了一块肉。就像**萨拉**。

"那他会不会到这儿来？"漱石轻声问道，"到维切拉海滩来。"

"我想不会。"我回忆着自己在"海德西之女号"上所做的猜想，希望说出口的时候显得足够可信，"他太年轻了，不可能了解我在小蓝虫公司的经历。他们也没有官方记录能给他看。他认识维杜拉，但对他来说，她仍然是特派局里的教官。他不会有兴趣了解她如今的动向，也不会关心过去在特派局里的熟人。那个婊子艾拉会把关于我的资料给他，也许还会加上维吉尼亚的。但他们拥有的资料并不多，即使那些也和事实不符。我们是特派探员，我们每踏出一步，都会掩盖痕迹，并用假象扰乱相关的数据。"

"你们真够细心的。"

我在他那张满是皱纹的脸上寻找讽刺，但没看到明显的痕迹。我耸耸肩。

"这是适应力。我们受过训练，可以在几乎完全陌生的星球上隐匿行踪。在从小长大的地方更是轻而易举。那些狗娘养的只能从黑社会传闻和几次存储刑期里挖掘线索。在这么广阔、飞行又严重受限的星球，他们的调查肯定相当艰难。再说那家伙恐怕认定我会对新佩斯特避之唯恐不及。"

我压下在"**海德西之女号**"上就曾浮现过的那种回家的感觉，长长地呼出一口气。

"那他会去哪儿找你？"

我对着前方密集的岛屿与平台之间的米尔斯波特模型点点头，"我想他恐怕正在那儿找。我不在外世界的时候总是去那儿。它是这颗星球上最大的城市，也是最容易隐姓埋名的地方——如果你懂得技巧的话。而且它和里拉峭壁群只隔着一片海湾。如果我还是特派探员，就会去那儿。藏身暗处，随时可以发起攻击。"

我俯瞰着码头和街道，不习惯的视角让我一时间有些头晕。不连贯的人生里那些片断记忆，缺乏焦点，新的和旧的混合在一起，难以分开，形成一片熟悉的模糊。

他就在那儿的某处。

得了吧，你不可能确定——

他就在那儿的某处，就像某种经过精心制造、足以与特定的入侵病毒对抗的抗体。他会在人来人往的城市中耐心打听，他会贿赂、威胁、阴谋破坏——用上所有我们当初学到的技巧。

在此期间，他会享受那种黑暗的愉悦感。他的这种生活，正是杰克·索尔·布拉西的人生理念的反面。

普莱克斯的话语缓缓浮现于我的脑海：

他看起来充满了活力，像是等不及想开始干活似的。他很自信，无所畏惧，毫无顾忌，笑对一切——

我回想着过去这一年里跟我扯上关系的人，那些可能因我而遭受威胁的人。

村上托多——如果他仍旧是个无业游民，四处闲晃的话。年轻版本的我认识他吗？村上几乎和我同时加入特派调查局，但我们早先没什么来往，直到恩克鲁玛和伊涅恩才有机会合作。艾拉手下的那个科瓦奇会发现我们的关系吗？他有本事把村上玩弄于股掌之间吗？说到这个，艾拉会让她创造的分身大摇大摆地出现在现役特派探员附近吗？她有这个胆子吗？

也许没有。另外，村上有整个特派调查局做后台，他能照顾好自己。

伊莎。

噢，见鬼。

十五岁的伊莎，尽管披着一层无比坚韧的世故外衣，可她是米尔斯波特所剩无几的中产阶级家庭抚养长大的。她非常聪明，也非常脆弱。就像我离开特派调查局之前的小米托，只是更口是心非一些。如果他找到伊莎，那么——

放心，你不会有事的。她顶多只能供出你在荻户丸。就算

他们找到伊莎，也什么都问不出来。

可是——

在那漫长的、一次心跳的时间里，我担心起来。一股强烈的厌恶涌上心头。

可是，如果她挡了他的道，他就会毫不留情地解决她。他会像天使之火那样径直穿透她。

他会这么做吗？如果她能让你想起米托，对他来说会不会也一样？毕竟，米托对你们来说都像妹妹一样。他会因此罢手吗？

会吗？

我回想着在特派调查局里的那段阴郁的日子。我无法确定。

"科瓦奇！"

声音自天空传来。我眨眨眼，从米尔斯波特街巷的模型处抬起头来。布拉西悬浮在虚拟实境的空中，身穿色彩鲜艳的橘黄色冲浪短裤，周围的云团包裹着他。他体格健美，平流层的风扬起他的长发，看起来像个声名狼藉的二流明星。我抬手招呼他。

"杰克，你真该过来看看北边的路线。我们没法——"

"没时间了，武。你得登出虚拟实境。马上。"

我有些吃惊，"怎么了？"

"公司的事。"他语焉不详地说，随后便在扭曲的白光中消失不见。

船舶设计师及流体力学工程师祖林达·图季曼·斯克莱普的办公室位于源头镇的北部。在那里，条状地带开始转变为度假村和能够安全冲浪的海滩。那儿是布拉西手下平时宁死也不会去的地方,不过混迹在游客中的他们并不显得突兀。只有眼儿特别尖的人,才能看出在胡乱配搭的名牌海滩装后面——这对他们就像迷彩服——他们骨灰级冲浪家的气质。而在人行道上方十层楼高处,无噪音会议室的宁静环境里,这伙人简直就像某种怪异的反企业真菌感染大爆发。

"你说有个牧师,他妈的牧师?"

"恐怕是的。"希拉·特雷斯告诉我,"看起来是独自行动。就我所知,这对新启示教来说不太寻常。"

"除非他们偷学了沙尔雅殉道旅的那些把戏。"维吉尼亚·维杜拉脸色阴沉地说,"受过祝福的独行刺客,专门对抗异教徒。你都做了些什么,阿武?"

"这是私人恩怨。"我低声道。

"从来都是。"维杜拉做了个鬼脸,扫视着周围的众人。布拉西耸耸肩,特雷斯也恢复了平时的扑克脸。

但阿多和漱石看上去很生气,很在意,"阿武,我想我们有权利知道出了什么状况。这件事有可能危害我们正为之努力的一切。"

"这跟我们正在做的事毫无关系,维吉尼亚。毫不相干。那些大胡子浑蛋太蠢了,不可能影响我们。他们根本处在食物链的最底层。"

"无论愚蠢与否,"漱石指出,"其中一个成功跟踪你到了这儿。这会儿他正在凯姆丘打听你呢。"

"很好。我这就去杀了他。"

玛丽·阿多摇摇头,"不行,你不能一个人去。"

"嘿,这是我自己的问题,玛丽。"

"阿武,冷静。"

"我他妈冷静得很!"

降噪环境吸收了我的吼叫声,就像静脉注射的内啡肽盖过了痛苦。一时间,所有人都沉默不语。玛丽·阿多故意转头看向窗外。希拉·特雷斯扬了扬眉毛。布拉西格外细致地打量着地板。我做了个苦脸,又平静地重复了一遍。

"伙计们,这是我的问题,我希望自己解决。"

"不行,"漱石说,"没时间了。我们已经用掉了两天时间做准备,没有余裕解决这种事。我们不能再拖延下去了。你的个人仇怨留待以后再说吧。"

"这不会用什么——"

"我说了不行。反正到了明天早上,你那位大胡子朋友就不可能在这儿找到你了。"这位前任黑暗旅突击队员转过身去。过去,我们在特派探员训练课上表现不佳时,维吉尼亚·维杜拉也是这样冷落我们。"希拉,我们必须调高虚拟实境的时间和现实时间的比率。不过恐怕也没法调得太高,对吧?"

特雷斯耸耸肩,"设计规格都这样,你明白的。他们通常不关心时间,恐怕最多只能比现实时间快四五十倍。"

"没关系。"漱石说话的口气酝酿出了某种气氛,让我想起了动乱年代时那些在隐蔽密室里的秘密会面、昏暗灯光下的潦草计划,"这就够了。不过我们需要它以两个独立的层面运行:地图架构和配有会议设施的虚拟旅馆套房。我们必须能够随意在两个层面之间切换。使用某种简单的触发动作,比如连续眨两下眼。我可不想在规划方案的时候非得回到现实世界不可。"

特雷斯点点头,转身离开,"我这就去让图季曼修改设置。"

她迅速离开了这间无噪音室。沉重的房门在她身后轻轻地关上。漱石转过身，看着其余的人。

"现在，我建议我们花几分钟的时间清除杂念，因为等设置完成以后，我们就要一直待在虚拟实境里，直到筹划结束为止。运气好的话，我们能在真实时间今晚之前完工，然后出发。还有，科瓦奇，我想你至少应该向这儿的某些人好好解释一下。只是我个人的看法。"

我对上他的目光，心里顿时升起一股对他这套手腕的厌恶，让我的眼神也冷漠起来。

"你说得太对了，漱石。只是你的个人看法。所以你说给自己听就行了，不是吗？"

维吉尼亚·维杜拉清了清嗓子。

"阿武，我想我们应该下去喝杯咖啡什么的。"

"是啊，走吧。"

我又瞪了漱石一眼，朝门那边走去。我看到维杜拉和布拉西交换了一个眼神，接着她跟着我走了出去。我们俩一言不发地乘着观光电梯穿过明亮的中央空间，来到地面。半路上，我看到图季曼在一间玻璃墙壁的大办公室里，正朝无动于衷的希拉·特雷斯大吼着什么，只是在这儿什么也听不见。显然他不怎么接受我们对高分辨率虚拟实境的要求。

电梯载着我们来到一座前门敞开的中庭，外面街道的喧嚣传入耳中。我穿过大厅，融入人行道上的游客，随后挥手拦下了一辆自动出租车。出租车落地的同时，维吉尼亚抓住我的另一条手臂。

"你要去哪儿？"

"你知道我要去哪儿。"

"不。"她手上使力，"不，你不能去。漱石说得对，我们没时间做这种事了。"

"不会久到让你们担心的地步的。"

我竭力想走向自动出租车开启的车门，但不经过一番搏斗，恐怕我是走不了了。考虑到对手是维杜拉，这不是什么合理的选项。我转过身，恼火地看着她。

"维吉尼亚，放开我。"

"如果出岔子的话该怎么办？如果那个牧师——"

"不会出岔子的。我这一年多以来一直在宰那些该死的杂种，而且——"

我住了口。维杜拉的冲浪手身体几乎和我一样高，我们的眼睛相距只有一掌宽。我的嘴唇能感受到她的呼吸，还有她身体的紧张。她的手指陷进了我的胳膊。

"对。"她说，"冷静下来，跟我谈谈，阿武。你冷静下来，跟我好好谈谈这件事。"

"你想谈什么？"

她在镜木桌子的另一头对我微笑。她的面孔跟我记忆中的没有多少共同点。比方说，这张脸起码年轻了好些岁。但她的新身体却和许多年前在我目睹下死于卡拉什尼科夫冲锋枪下的那一具有几分相似之处。同样修长的肢体，同样梳向一侧的乌黑长发。

还有她略微抬起头，甩开遮住右眼的发丝的动作。她抽烟的样子。她吞云吐雾的样子。

萨拉·萨奇罗沃斯卡。她已经离开存储，过着她的生活。

"噢，我猜没什么。如果你过得快乐的话。"

"我很快乐。"她有些恼火地吐出一口烟。忽然间，她又像是我熟悉的那个女人了。"我是说,我怎么会不快乐?我靠缴纳罚款得到了减刑。而且钱财还在滚滚而来,接下来十年都有生物编码的活儿可干。这还只是本地的活儿。总得有人去模拟未郁洋流和来自科苏特洲的暖流相遇时产生的影响,再进行预防。政府那边一拨下资金,我们马上投标。约瑟夫说以这样的赚钱速度,只需要再花十年,我就能付清整个刑期的罚款。"

"约瑟夫?"

"噢,对,我忘记跟你说了。"她又露出了微笑,这次笑得更欢快,也更坦率,"他真的很好,阿武。你应该见见他。他负责那儿的项目,也是让我首批离开存储的原因之一。他的工作是虚拟听证。我离开存储的时候,他是我的联络员。后来我们就,呃,你明白的。"

她低头看着膝盖,脸上仍旧挂着微笑。

"你脸红了,萨拉。"

"我没有。"

"真的,你脸红了。"我应该为她高兴才对。我知道,可我做不到。我的脑子里有太多关于她纤细苍白的身体在旅馆套房和破旧公寓的床上与我缠绵的回忆,"这么说,那个约瑟夫是认真的?"

她迅速抬起头,看了我一眼。**我们都是认真的,阿武。**

"他让我快乐。前所未有的快乐,我想。"

那你干吗还要来看我,你这蠢婊子?

"太好了。"我说。

"那你呢?"她狡黠的语气里带着关切,"你快乐吗?"

我扬起一边眉毛,想争取些时间。换作从前,这样的动作总会让她开怀大笑。但这一次,她露出的却是母亲纵容孩子那样的微笑。

"噢,快乐,"我拉长了脸,"这东西我从来都不是特别擅长。对了,我像你一样,也提前离开了存储。联邦政府的特赦。"

"嗯,我听说了。你还去了地球,对吧?"

"去过一阵子。"

"现在的打算呢?"

我做了个暧昧的手势,"噢,我在工作。没有你们在北岛的工作那么体面,不过足够付清这具身体的钱了。"

"合法吗?"

"你在说笑?"

她沉下了脸,"你知道的,如果真是这样,阿武,我就不能再跟你见面了。这是更换身体的条件之一。我还在假释期,不能结交……"

她摇摇头。

"不能结交罪犯?"我问。

"别取笑我,阿武。"

我叹了口气,"我没有,萨拉。我只是觉得你这样真是太好了。我只是,怎么说呢,想象不出你编写生物代码的样子。而不是去偷。"她又笑了。在这场谈话中,她常常微笑,这次的笑容却带着一丝痛苦。

"人是可以改变的。"她说,"你也应该试试看。"

接下来是一阵难堪的沉默。

"也许我会的。"

又是沉默。

"你瞧,我真的该回去了。约瑟夫大概还不——"

"噢,别这样。"我指了指放在满是磨痕的镜木桌面上,孤零零、空荡荡的那两只杯子。曾几何时,在桌上堆满喝干的酒杯和用完的一次性烟斗之前,我们根本舍不得离开这样的酒吧。"你就没点自尊吗? 再留下喝一杯。"

她照做了,但这并没有缓和我们之间的尴尬。喝完那杯酒以后,她站起身,吻了我的双颊,留下我独自坐在那儿。

从那以后,我再也没见过她。

"萨奇罗沃斯卡?"维吉尼亚·维杜拉皱着眉头,在记忆中搜索着,"高个子,对吧? 发型很蠢,像这样遮住一只眼睛,没错吧? 对。记得你有次带她去参加派对,雅罗斯和我那时还住在鹈饲街。"

"嗯,没错。"

"然后她去了北岛,而你加入了小蓝虫。为了侮辱她,对吧?"

阳光和这家露天咖啡馆的廉价金属陈设的反光刺痛了我的双眼,而她的问题刺痛了我的心。我转过头去,望向大海。但这一招似乎不如对布拉西那么有用。

"不是那样的,维吉尼亚。我去见她的时候,已经跟你们联系上了。我甚至不知道她出来了。我从地球回来的时候,听说她的刑期一点儿没减。毕竟她杀过警察。"

"好吧。"维杜拉戳了戳面前的咖啡杯,又皱起眉头。咖啡的味道让人不敢恭维。"也就是说,你们在不同时间离开存储,因此失去了彼此。这种事令人悲伤,但也很常见。"

在浪涛声后,我又听到了贾帕里泽的话。

人生就像大海。三个月亮影响下的潮汐涌动不停,随波逐流的话,你会失去所有你关心的人和物。

"是啊,没错。这种事很常见。"我转过头,目光越过冰凉的桌面,对上她的脸,"但我并不是因为这种事失去她的,维吉尼亚。是我放了手。我由着她跟那个混蛋约瑟夫在一起,自己离开了。"

她像是明白了什么,"原来如此,难怪你突然对雷蒂默和'圣克宣四号'来了兴趣。要知道,我一直不明白为什么你会突然间改变主意。"

"不只是因为那件事。"我撒了谎。

"好吧。"她的表情在说"随你怎么说吧,反正我不信"。

"你离开的时候,萨奇罗沃斯卡究竟出了什么事,让你去屠杀那些牧师?"

"米尔斯波特群岛的北岛。你猜不到吗?"

"他们信教了?"

"他信教了。她是被拖着一起入教的。"

"真的?这样她就算是受害者了吗?"

"该死,维吉尼亚,她还有契约要履行!"我住了口。围屏能阻隔一部分热量和声音,但还是有不少渗透出去。

其他桌子边上的人转过头来。我压下心中的怒火,努力维持特派探员式的超然态度。我的声音平静下来,"政府和人一样会变。她才去了那儿几年,他们就削减了北岛计划的预算。他们引入了全新的、反对工程的道德理念,来为削减预算正名。别插手行星生态系统的自然平衡。让未郁洋流自己平静下来吧,这是更好也更明智的解决之道。不用说,也更便宜。她还需要七年才能付清罚款,这还是以她之前做生物代码顾问工作的收入而言。那儿的大部分村庄都一无所有,是未郁计划让他们摆脱了贫穷。这么一来,他们又得去做近海渔夫讨生活了——天知道他们心里会有多窝火。"

"她可以离开的。"

"该死的,他们有了个孩子,你知道吗?"停顿,呼吸。眺望大海。压下怒气。"他们有了个孩子,一个女孩,才几岁大。他们突然间变得一贫如洗。还有,他们本来就是在北岛出生的,这也是她能假释离开的原因之一。谁知道呢,也许他们觉得还能找到度日的法子。我听说在那次彻底叫停之前,未郁计划的预算就曾几经波折。也许他们只是觉得还有改变的可能吧。"

维杜拉点点头,"然后,改变真的来了。新启示教。"

"是啊。真是经典的局面:贫穷的时候,人们总会把一切当作救命稻草。如果要在宗教或是革命之间做选择,政府肯定乐得靠边站,让那些牧师接手处理。反正那些村子本来也有些旧式的信仰。新启示教带去的是简朴的生活方式,严格的社会秩序,男性至上。就像该死的沙尔雅世界那样。只需要经济萧条和新启示教的激进派联手出击,准能得到那种结果。"

"之后发生了什么? 她惹恼了某个有地位的男性?"

"不,不是她,是她的女儿。捕鱼时出了意外。我不清楚细节,不过她死了,我是指存储器可回收的那种死。"冰冷的愤怒再次涌现,几乎冻僵了我的颅骨,"只不过当然了,这是新启示教不允许的。"

真是莫大的讽刺。火星人曾经让旧地球的宗教信仰颜面扫地——这种拥有数百万年历史、早于人类之前的星际文明让人类对自身地位的理解分崩离析。如今,新启示教却把他们鼓吹成了天使:他们是上帝的信徒,有翼的造物,还有,他们留下的仅有的几具木乃伊化的尸体里,根本找不到任何类似意识存储器的东西。对于满脑子只有教义的狂信徒来说,得出以下推论是无可避免的：更换身体是人类科学的黑暗心脏里滋生的罪恶，人们本应前往天国与上帝身边，却因此偏离了正道。更换身体是令人不齿的恶行。

我眺望大海。我吐出那些话语，就像吐出灰尘，"她想逃跑。一个人逃跑。约瑟夫已经被那些牧师洗了脑，不肯帮助她。于是她带上她女儿的身体，偷了一条快船独自逃跑。她沿着海岸向西去，寻找能够前去南方的米尔斯波特的海峡。他们追上了她，把她带了回来。约瑟夫当了帮凶。他们把她带到牧师们设在村子中央的惩戒椅上，强迫她看着他们挖出她女儿脊椎骨里的存储器，然后拿走。接着，他们对她做了同样的事，而且是在她意识清醒的时候下的手——为了让她'感受救赎'。"

我咽了口口水。喉咙很痛。在我们周围，游客来来去去，像一股五颜六色的白痴浪潮。

"之后，整个村子都为她们的灵魂得到自由而庆祝。按照新启示教的教义，意识存储器必须熔成渣滓，以此驱逐其中蕴藏的恶魔。北岛那边的教徒更迷信些。他们把那些存储器密封在声呐反射塑料里，放到一艘双人小艇上。他们在海上航行了五十公里，途中，主持仪式的牧师将存储器丢下了船。牧师不知道船的路线，而舵手不知道存储器是在何时丢下去的。"

"这套做法听起来满是漏洞。"

"也许吧。不过那一次没什么漏洞可钻。我折磨了那两个人，直到他们死掉，可他们什么也没法告诉我。如果萨拉的存储器埋在塌方的岩石下面，我找到的可能性恐怕还会大一些。"

我感觉到了她的目光，终于转头面对。

"所以你才会来。"她喃喃道。

我点点头，"那是两年前的事了。从雷蒂默那边回来以后，我去见她。可我看到的却是在她的坟墓边哭哭啼啼的约瑟夫。我从他那里听说了整件事。"想起那段回忆,我的脸不由得抽搐起来,"花了我不少时间。他把舵手和那个牧师的名字给了我,于是我找到了他们。就像我说的,他们没能告诉我什么有用的线索。"

"然后呢?"

"然后我回到了村子,杀光了剩下的人。"

她略微摇摇头,"剩下的什么人?"

"村子里剩下的所有人。她死去的时候村子里的每一个成年人。我在米尔斯波特找了个数据专家,帮我调出了人口资料,包括名字和长相。那些明明可以帮助她,却坐视不理的人。我拿上那张名单,回到那儿,杀光了他们。"我看着自己的双手,"还有几个挡我的道的人。"

她盯着我,仿佛看着个陌生人。我恼火地比了个手势。

"噢,得了吧,维吉尼亚。我们在其他星球上做过更可怕的事,次数多到我都记不清了。"

"你那时有特派探员的职责在身。"她麻木地说。

我又比了个手势,"十七颗行星,五颗卫星。还有在涅夫斯基的居留地。还有——"

"你取走了他们的存储器?"

"只有约瑟夫和那些牧师的。"

"然后把它们毁掉了?"

"我干吗要毁掉? 这就称了他们的心意了。死后的湮灭。不再归来。"我犹豫起来,但现在住口似乎毫无意义。

如果我连维杜拉都没法信任,那就没人可以信任了。我清了清嗓子,拇指朝北面比了比,"在野草湖那边,我有个黑帮的朋友。他做的生意之一就是豢养斗兽用的沼泽豹。有时候,如果那些豹子够优秀,他就会给它们装上意识存储器。这么一来,他就能把受伤的冠军豹子的意识下载到新身体里,增加自己这边获胜的概率。"

"我想我有点明白了。"

"嗯。他收了我一笔钱,然后拿走我给他的存储器,把那些人的意识下载到已过壮年的豹子体内。我们会给他们一段适应的时间,再放进低水平的斗兽场去,看看成果如何。我那位朋友靠这种比赛发了大财,那些观众好像还形成了某种病态的亚文化圈。"我拿起咖啡杯,看着底下的残渣,"我猜他们现在多半都疯了。被困在异类生物的头脑里肯定不怎么有趣,而且你还得在泥坑里用爪子和牙齿搏杀。我不觉得他们能残留什么人类意识。"

维杜拉低头看着膝盖,"你是这么觉得的?"

"不,只是猜想而已,"我耸耸肩,"也许我错了。也许他们还能留下些作为人类的意识。也许还不少。也许在头脑比较清醒的时候,他们会觉得自己下了地狱。不过无论是哪一种,我都没意见。"

"你的钱从哪儿来的?"她小声问我。

我努力挤出个龇牙咧嘴的笑容,"噢,跟普遍看法相反,我在'圣克宣四号'上的某些遭遇给我带来了不少好处。我不缺钱。"

她抬起头,面孔绷紧,几乎像是愤怒,"你用'圣克宣四号'来赚钱?"

"这是我应得的。"我轻声道。

她的表情软化下去,藏起了她的愤怒,但她的语气仍然生硬,"那些钱够吗?"

"够什么?"

　　"噢,"她皱起眉头,"够完成你的复仇。你在寻找村子里的那些牧师,可——"

　　"不,我去年就全都找到了。我没花太久,毕竟人数也没那么多。目前我在寻找在她遇害时,属于教会高层的那些人。就是那些编写了害死她的教规的人。这件事花的时间比较久。他们的数量更多,地位也更高。得到的保护也更周全。"

　　"但你不打算罢手?"

　　我摇摇头,"我根本没有这种打算,维吉尼亚。他们没法把她还给我,对不对? 所以我干吗要罢手?"

27

回到已经设置完成的虚拟实境。我不清楚维吉尼亚跟其他人说了多少。我留在地图区域，其他人都去了旅馆套房区域——我忍不住觉得他们"就在楼上"。我不知道她跟他们说了什么，但我并不特别在乎。也许让其他人了解这件事，对我来说也是种解脱。

不再独自保守秘密。

当然，伊莎和普莱克斯之类的人听过零星的片段，拉杜尔·西格斯瓦知道得更多些。新启示教则一直隐瞒着我对他们做过的那些事。他们不希望造成负面影响，或是让类似第一家族的异端当权者插手。他们用事故、盗窃犯行凶、遭遇抢劫之类的借口来掩饰。在此期间，我从伊莎那里听说，教会高层下令追捕我。教会也有武装部队，但他们显然不打算太依赖那些人，觉得完全可以雇佣几个米尔斯波特的杀手来解决这个问题。有天晚上，在藏红花群岛的一座小镇上，为了试探他们雇来的帮手的水准，我故意留下线索，让杀手之一找到了我。结果证明水准不怎么样。

我不知道维吉尼亚·维杜拉跟她的冲浪手同僚说了多少。那个牧师出现在凯姆丘,这件事表明我们袭击里拉峭壁后没法再回到条状地带了。如果新启示教都能追我追到这儿,更有能力的人当然也能办到。

作为避难所,维切拉海滩已经完蛋了。

玛丽·阿多说出的恐怕是大多数人的看法。

"这事是你搞砸的,是你把私人恩怨带到了这儿。你去想法子解决。"

所以我想出了法子。

运用手头的工具解决问题,这是特派探员最擅长的技巧之一。我审视眼下的局面,思索着我能动用的资源,然后想出了办法。既然是私人恩怨惹来的麻烦,就让私人恩怨帮我们摆脱困境吧,更别提还能顺便解决我自己的几个麻烦了。想到其中的讽刺,我不由得笑了起来。

但并非所有人都这么愉快。阿多就是其中之一。

"要我们相信那个该死的黑帮!"她的语气中带着米尔斯波特上流出身的人所特有的不屑,"谢谢,还是不了。"

希拉·特雷斯扬起一边眉毛。

"我们从前也利用过黑帮,玛丽。"

"不,是你利用过他们。我可跟那些人渣毫无关系。不管怎么说,这个黑帮分子你甚至都没听说过。"

"我听说过。我跟那些跟他打交道的人打过交道。听说他是个说到做到的人。不过我可以去调查一下他。科瓦奇,你说他欠你人情?"

"很大的人情。"

她耸耸肩,"那应该就可以了。"

"噢,该死的,希拉。你不能——"

"西格斯瓦是个可靠的人,"我插嘴道,"他很看重欠下的人情。只需要付他足够的钱就行。如果你们有的话。"

漱石看看布拉西,后者点点头。

"有的,"他说,"要弄到这笔钱不算难。"

"噢,他妈的生日快乐,科瓦奇!"

维吉尼亚·维杜拉瞪了阿多一眼,"你他妈给我闭嘴,玛丽。又不是你的钱。你那些都好好地存在米尔斯波特商业银行里,不是吗?"

"那又跟——"

"够了。"漱石说,于是所有人都闭上了嘴。希拉·特雷斯去走廊另一头的某个房间里打了几通电话,我们其余的人回到了地图区域。在经过加速的虚拟实境里,特雷斯离开了一整天——但外部世界大约只过了十分钟。在这样的虚拟实境里,你可以利用这种差异同时进行三到四场通话,利用长达几分钟的间隔来改换通话的对象。在电话那头听来,你只不过停顿了几秒钟而已。凭借这几通电话,特雷斯收到了许多关于西格斯瓦的评价,完全印证了她早先的看法。西格斯瓦是那种老派的黑帮分子,至少在他自己看来是这样。我们回到旅馆套房,我用没有可视屏幕的免提电话拨通了那个加密号码。

线路不太好。西格斯瓦接起电话时,背景里传来许多噪音。有些是现实与虚拟连接产生的杂音,有些不是。不是的那些听起来很像某人的尖叫声。

"我现在有点儿忙,阿武。你能不能回头再打来?"

"你想不想要我还清欠款,拉德? 就现在,直接转账到加密户头上。之后还会有一笔差不多的款项。"

在虚拟实境里，他的沉默拖长到了几分钟。在线路的另一头，他大概只停顿了三秒钟。

"我非常感兴趣。让我看看你的钱，然后我们再谈。"

我看了布拉西一眼，后者摊了摊手，一言不发地走出房间。我迅速计算起来。

"确认一下账户，"我告诉西格斯瓦，"你的钱十秒之内就会到。"

"你是在虚拟实境里给我打电话？"

"去确认你的资金流动，拉德。我等着。"

剩下的部分就很简单了。

在暂住式的虚拟实境里，你不需要睡眠，大部分程序也不会加入实现睡眠所需的子程序。但长期居住在这种地方并不健康。在暂住式的虚拟实境里停留太久，你的理智最终会一点点崩溃。如果待上几天时间，产生的影响还只是古怪而已。就像同时服用四甲安菲他明和"顶点"或者"合成阵痛"之类的聚焦类毒品。你的注意力会时不时像过热的引擎那样卡死，但有种技巧可以应付这种状况。

让你的头脑放松一下，类似于出门在街区里散个步，用某种不相干的事物作为思维的润滑剂。这么一来，你就不会有事了。就像服用"顶点"和"合成阵痛"那样，你可以从大脑不断升高的抗议声中得到某种狂乱的快感。

我们用了整整三十八个钟头，消除袭击计划里的漏洞，对假设的情况进行分析和争辩。时不时地，我们中的某个人会恼火地咕哝一声，躺倒在地图区域及膝深的水里，以仰泳的姿势离开群岛，游向海平线。只要你的路线经过精心选择，不会意外撞上某个小岛，或者被礁石擦伤背脊，这倒是种理想的逃避方式。你可以就这么漂浮在海上,听着其他人的声音越来越远,越来越微弱,你的意识也会放松下来,就像放松绷紧的肌肉。

还有些时候,你可以通过眨眼的方式回到旅馆套间,从而得到相似的放松效果。那里有充足的食物和水,虽然两者都不会真正抵达你的胃里,但味觉和酒醉相关的子程序可是一应俱全。

在虚拟实境,你不需要进食,正如你不需要睡眠,但吃喝的过程仍然有舒缓情绪的效果。于是,三十个钟头过后,我独自坐在那儿,吃着一碟瓶背鲨刺身,喝着藏红花米酒。这时维吉尼亚·维杜拉出现在我面前。

"你在这儿。"她的语气里带着古怪的轻松。

"我在这儿。"我承认。

她清了清嗓子,"你的大脑怎么样?"

"冷静下来了。"我一手端起酒杯,"来点儿吗?藏红花群岛最上等的浊酒①。这上面写的。"

"还是别相信商标上的话比较好,阿武。"

但她仍旧接过酒瓶,径直在另一只手里召唤出杯子,斟了一杯。

"干杯。"她说。

"Pornosotros②。"

我们一饮而尽。她坐在我对面的自动床铺上,"你这是想让我得思乡病吗?"

"谁知道呢?难道你想跟本地人打成一片?"

"我离开阿德雷辛已经超过一百五十年了,阿武。现在,这儿就是我的家。我属于这儿。"

---

①清酒的一种。

②西班牙语,意为"让我们",和上一句的"干杯"相对。

"是啊,你早就跟这颗星球的政治局面缠在一块儿了。"

"还有海滩生活。"她略微倚着床头,一条腿斜放在床上。维切拉海滩的生活让她的大腿肤色黝黑、肌肉结实,她的动作绷紧了身上的喷涂式泳衣。我感到脉搏有些加速。

"真美。"我承认道,"雅罗斯说你把一切都花在这具身体上了。"

她似乎意识到了自己的姿势过于性感,于是放下了腿。她捧起自己的酒杯,身子前倾。

"他还跟你说了些什么?"

"噢,那段通话不算长。我只是想弄清楚你们在哪儿。"

"你在找我。"

"对,"不知为什么,我忍不住又补充了一句,"我在找你。"

"现在你找到我了,然后呢?"

我的脉搏狂跳起来,而且没有任何减退的迹象。停留过久带来的不适再度归来。我的脑海中涌现出无数影像:维吉尼亚·维杜拉,冷漠坚定、高高在上的特派探员教官,在培训时出现在我们面前,是所有人无法企及的理想女性。在这种定义模糊的关系里,她的一颦一笑都能可能点燃欲望之火。在训练营的酒吧里,吉米·德索托曾经笨拙地向她调过情,遭到了无情的拒绝。她居高临下的态度让人彻底打消了非分之想。随着训练逐渐深入,我心中那些幻想也在对她的无限尊敬下慢慢平息。

至于多年训练后仍然存留的那些爱慕,也在随后的作战中消散无踪。维杜拉在十几个世界的十几具身体的不同面孔,带着痛苦或是愤怒,又或只是执行任务时的专心致志。在罗科星的月球背面的狭小太空梭里,她许久未曾清洗的身体的恶臭,还有在泽西克星的某个血腥之夜,几乎死去的她的鲜血在我手上的触感。

还有她下令消灭聂鲁达的所有反抗力量时的表情。

我本以为与那些时刻相比，性爱根本不值一提。那些深邃的感情让性显得那么肤浅。

当我来到维切拉海滩，看到布拉西对维吉尼亚的钟爱时（光是她的阿德雷辛血统就足以让他燃起欲望之火），心里还有种模糊的优越感。即便在她和雅罗斯拉夫分分合合的那段时间里，我也始终相信，他并不了解那个曾经与我并肩作战——而且是在普通人所无法想象的繁多世界里——的女人的真正内心。

我换上质询的神情，感觉就像在给自己找退路一样。

"你真觉得这是个好主意？"我问她。

"不。"她用沙哑的嗓音说，"你呢？"

"唔。说实话，维吉尼亚，我越来越觉得这种事不重要了。话说回来，跟杰克·索尔·布拉西有关系的人又不是我。

她大笑起来，"杰克才不会在意这种事呢。再说在虚拟实境，这种事甚至不是真的，阿武。反正他也不会知道的。"

我扫视套间，"他随时都可能出现。其他人也一样。我可没兴趣表演给别人看。"

"我也一样，"她站起身，朝我伸出手，"跟我来吧。"

她领着我离开套间，进入走廊。毫无特征的灰色地毯两边是完全相同的房门，在几十米外淡化为一片灰白的雾气。我们手拉着走，走向走廊开始淡出的位置，感受着微微发冷的空气。维杜拉打开左边的最后一扇门。我们溜进门里，开始对彼此上下其手。

"既然你已经找到我了，"她说，双眼的焦点开始涣散，"现在你打算做什么？"

"现在，"我告诉她，"我想弄清楚这双腿的肌肉是不是像看起来那么结实。"

她的双眼亮了起来，脸上又浮现出笑容。

"我会让你全身青肿，"她承诺道，"我会压碎你的脊骨。"

"你可以试试看。"

对抗的欲望在极度的快感中渐渐淡去。

我们的皮肤开始渗出汗水，在我们交握的手心里发滑——

恶狠狠的微笑，还有更像啃咬的亲吻——

紊乱而失控的呼吸——

我的脸埋进她并不高耸的双峰，汗水在那之间流淌——

她的脸摩擦着我的头部侧面——

在那痛苦的一刻，她用尽全力想要挣脱我——

一阵尖叫，也许是她的，也许是我的——

精疲力竭。

"好了，大兵。你早就想这么做了，对吧？"

我虚弱地回以笑容，"从一开始就想了而已。你呢？"

"我的确有过一两次这种念头。"她用两脚的脚跟抵着墙壁，手肘拄着地板坐起身来。她的目光扫过自己的身体，又打量起我来，"但我从不跟新兵上床。天哪，瞧瞧我们搞出的这一团乱。"

我伸出一只手，抚过她满是汗水的腹部。

"想冲个澡吗？"

她做了个鬼脸，"噢，恐怕我们是得冲个澡了。"

之后，我和希拉·特雷斯与杰克·索尔·布拉西一起站在海滩上，看着落日的最后一抹亮铜色光辉照在升起的鞠华音月上，思索自己是否做错了什么。但我没法清醒地思考,因此无法确定。我们进入虚拟实境的时候,锁定并关闭了物理反馈机制,尽管我和维吉尼亚·维杜拉翻云覆雨了一番,我真正的身体却仍然充斥着尚未发泄的荷尔蒙。至少在某种程度上,这件事可以说从未发生过。

我偷偷瞥了眼布拉西,继续思索着。维杜拉和我相隔几分钟进入地图区域——进入位置还是在群岛的两端——的时候,他没有表现出任何明显的反应。他以同样沉着、友善而优雅的态度和我们商讨袭击与撤退的安排。他更不经意地将一只手按在维杜拉的腰上,对我微微一笑,随后和她意味深长地同时登出了虚拟实境。

"放心,我会把钱还给你的。"我告诉他。

布拉西的脸不耐烦地抽动了一下,"我知道,阿武。我不关心那些钱。只要你开口,我们完全可以帮你还清欠西格斯瓦的债,就当给你的酬劳。现在也不晚——你愿意的话,就把这当作我们对你的谢意好了。"

"没这个必要,"我生硬地说,"我会把这当作借款。等风平浪静以后,我会第一时间还清的。"

希拉·特雷斯模糊地哼了一声。我转头看着她。

"我说了什么好笑的话吗?"

"对。就好像还会有风平浪静的那一天似的。"

我们看着海面上铺展开来的夜色。在昏暗的海平线处,大黑月缓缓升起,和鞠华音月一起高挂在西方的天空中。在海滩远处,布拉西的其余手下正在准备篝火。堆砌起来的漂流木周围传来欢笑声,我能看到一个个模糊的身影。尽管特雷斯和我或许心怀不安,这个夜晚却格外沉静。它温柔而凉爽,仿佛我们脚下的沙砾。看起来,在虚拟实境忙碌了几个钟头以后,直到明天之前我们都可以安心休息了。就在此时,明天正在星球的另一边翻涌前行,就像自深海涌来的波涛。如果我是漱石的话,恐怕还能看到历史停下脚步、屏息等待的样子。

"我想今晚恐怕没人会早睡了。"我对着正在准备的篝火点点头。

"说不定我们几天之内就会真实死亡,"特雷斯说,"到时候有的是时间睡觉。"

她突然交叉双臂,把T恤衫脱了下来,丢到沙滩上,朝海滩跑去。

"我要去游个泳。"她回头对我们大喊,"有人要一起来吗?"

我看了眼布拉西。他耸耸肩,跟了上去。

我看着他们跑到水边,跳了下去,朝更深的地方游去。游出几十米以后,布拉西潜入水下,几乎立刻钻出水面,对特雷斯喊了一句什么。她踩着水,听他说了几句话,随后也潜了下去。布拉西也紧随其后。这次他们在水下潜泳了大约一分钟,然后同时浮出水面。他们拍打着水,聊着天,此时和岸边相距已有将近一百米。**就像在平田礁看海豚一样**,我心想。

我转向右边,沿着海滩朝篝火那边走去。

他们对我点点头,其中几个甚至露出了笑容。连那个丹尼尔——他正和另外几个人一起坐在沙滩上——都抬起头来,递给我一瓶什么东西。拒绝会显得很没礼貌。我喝了一大口,里面粗劣到只可能是自制的伏特加呛得我咳嗽起来。

"真够劲。"我喘着气,把瓶子递了回去。

"没错,跟这边的酒不一样。"他醉醺醺地比画着,"坐下再喝点儿吧。这是安德莉雅,我最好的朋友。这是阿宽。小心点儿,他比看起来老得多。他在维切拉海滩待的时间比我活得都久。这位是玛格达。她有点不好惹,不过如果跟她混熟了,你会发现她是个不错的人。"

玛格达开玩笑地拍了他的脑袋一巴掌,然后抢过那个瓶子。我也没别的事可做,于是坐到他们中间。

安德莉雅凑过身子,想跟我握个手。

"我只想说,"她用带米尔斯波特口音的美语说,"多谢你为我们做的事。没有你,我们永远也不会知道她还活着。"

丹尼尔点点头,伏特加让他的动作带上了夸张的严肃。

"说得对,科瓦奇君。你刚来的时候,我根本不相信你的话。说实话,我那时觉得你根本满口胡言。觉得你根本在捕风捉影。不过现在有了漱石加入,该死的,我们终于行动起来了。我们要把整个星球搅得天翻地覆。"

他们低声应和着,只不过在我看来有点狂热过头。

"我们要把动乱年代彻底比下去。"阿宽说。

我拿起瓶子,喝了一口。第二口的味道似乎没那么糟了。也许我的味蕾已经麻木了。

"她是个什么样的人?"安德莉亚问。

"呃。"那个认为自己是牧田·娜迪亚的女子浮现于我的脑海,我身体里的荷尔蒙开始蠢蠢欲动,"她?与众不同。很难解释。"

安德莉亚点点头,愉快地笑了,"你真走运。我是说能遇见她。能跟她说话。"

"你也有机会的,而且,"丹尼尔有些含混地说,"要不了多久,我们就能把她从那群狗娘养的手里带回来了。"

参差不齐的欢呼声。有人点燃了篝火。

　　阿宽冷着脸点点头，"没错。是时候让哈伦家族付出代价了。让第一家族的那些渣滓付出代价。真实死亡即将降临在他们身上。"

　　"这可真好，"安德莉亚和我们一起看着火苗升起，说道，"终于又有人知道该做什么了。"

第四部　这才是真正重要的事

有件事你们必须明白：革命需要牺牲。

——桑德尔·斯帕文塔，《奎尔先锋队的任务》

28

从科苏特州往东北方向前进,跨越半个星球之后,就到了位于漆器海中央、仿佛碎掉的碟子那样的米尔斯波特群岛。许多年前,这儿曾是一片庞大的火山群,占地数百公里方圆。时至今日,你还能从边缘岛屿那形状怪异的海岸线看出它留下的痕迹。这些火山早已不再活动,却留下了一片高大蜿蜒的山脉,只不过海平面升高以后,钻出海面的只有峰顶而已。与哈伦世界的其他群岛不同的是,这里有火山沉积物带来的肥沃土壤,大部分土地都覆盖着茂盛的植物。

后来火星人来了,带来了他们自己的植物。

再后来,人类来了,也做了同样的事。

在这片群岛的中央,永凝土和熔融玻璃构成的米尔斯波特市散发着光彩。这里集合了无数市政工程的杰作,每一座峭壁、每一片山坡都高楼林立,一直延伸到几公里外的海面上那些宽阔的平台上。过去的四百年里,科苏特和新北海道的城市的规模和财富增加了许多倍,但仍然无法和这座大都市相提并论。它拥有两千万人口,是轨道卫星网络允许的唯一商业航空发射窗口,也是政治、商业和文化的中心。无论你站在哈伦世界的什么地方,都能感觉到米尔斯波特像旋涡一样吸引着你。

"我恨这鬼地方。"玛丽·阿多说这话的时候,我们正在归户岛富裕的街道上寻找一间名叫"牧田家"的咖啡馆。她和布拉西一样,对这场突袭的狂热正渐渐减退。这种变化让她很恼火。"该死的大都会暴政全球化。没有哪座城市有这么大的影响力。"

这句抱怨并不新鲜——出自《奎尔手册》。几个世纪以来,他们对米尔斯波特的评价本质上完全相同。而且当然了,他们说得对,但不断的重复令人恼火,让你忍不住想去唱反调。

"你是在这儿长大的,不是吗?"

"那又如何?"她将愤怒的目光转向我,"这就代表我得喜欢这儿吗?"

"不,我猜不是。"

我们在沉默中继续前进。我们面前的归户岛熙熙攘攘,比我记忆中三十年前的这里更加繁忙,也更加体面。对贵族和青年企业家来说,老码头曾经是个破旧且略显危险的游乐场,如今的这里的零售门店和咖啡馆却鳞次栉比。我记忆中的许多酒吧和毒窝都已经关门大吉,其余的那些也改造得面目全非,让人唏嘘。街道上的每栋屋子的门面都涂着新油漆和抗菌涂层,在阳光下闪闪发光。我们脚下的铺路石也一尘不染。就连几条街外飘来的海风似乎也消过了毒——我闻不到腐烂野草或是倾倒的化学垃圾的恶臭。码头里停满了游艇。

咖啡馆"牧田家"符合米尔斯波特的主流审美。场地异常整洁,却努力让自己看起来破旧不堪。巧妙地沾着尘垢的窗户挡住了大部分阳光,室内则装饰着动乱时代的摄影作品的影印版,还有做工精致的小镜框里的奎尔主义警句。房间一角无可避免地摆放着那位女子的全息肖像,就是下巴上有弹片伤痕的那一幅。音响里播放着迪兹·席桑戈的曲子。米尔斯波特巡回演唱会曲目,《野草的梦想》。

深处的某个包间里,伊莎坐在那儿,面前是一大杯几乎见底的饮料。她今天的头发是鲜艳的红色,比过去更长了些。她脸上涂着两块对称的扇形灰色,制造出类似丑角的效果。双眼涂着能够吸收血红蛋白的荧光粉,让她眼白里的细小血管闪烁发光,简直像要爆炸一样。她那些数据插头仍旧自豪地插在脖子上,其中之一和她随身带着的处理单元相连。上方空气中的数据屏幕营造着假象:她只是个正在进行考前复习的学生。考虑到上次我们碰头时的状况,它应该也能产生某种巧妙的干扰场,让外人无法偷听这个包间里的对话。

"怎么这么迟才来?"她问我们。

我笑着坐了下来,"迟到是当今的流行,伊莎。这是玛丽。玛丽,这是伊莎。我们的进展如何?"

伊莎以傲慢的眼神久久地打量着玛丽,然后转过头,以优雅而老练的动作露出后颈。

"进展顺利。而且做得神不知鬼不觉。米尔斯波特的警方网络没有任何动静,第一家族雇用的那些私人保全机构也一样。他们不知道你们来了。"

我点点头。尽管这个消息令人愉快,但也合乎情理。我们分成六个独立的小组,在本周初的几天内陆续抵达米尔斯波特。我的假身份达到了小蓝虫的标准,加上各种不同的交通工具,从廉价的高速货船到藏红花航线豪华游轮。考虑到整个星球的人都在为了庆祝哈伦纪念日而赶来米尔斯波特,所以除非运气差到离谱,或者我们的行动安排糟糕到离谱,否则根本不可能有人露出马脚。

不过这仍旧是个好消息。

"里拉峭壁那边的保安状况如何?"

伊莎摇摇头,"没什么大动静。如果他们知道你们的打算,就应该换一套全新的安保协议,但事实上没有。"

"也许你没注意到。"玛丽说。

伊莎冷冷地看着她,"亲爱的,你真的知道什么叫数据流吗?"

"我了解我们要处理的任何水平的加密程序。"

"噢,我也一样。告诉我,你以为我是靠什么来付学费的?"

玛丽·阿多审视着自己的指甲,"我猜是靠犯罪吧。"

"真有意思。"伊莎看向我这边,"她是哪里来的,阿武?米夫人手下的姑娘?"

"友好点儿,伊莎。"

她发出一声年轻人特有的、缺乏耐性的叹息,"好吧,阿武。为了你。为了你,我不会扯掉这个多嘴婊子的头发。还有玛丽,告诉你吧,我每晚都有丰厚的收入。我用假身份编写安全软件程序,跟我合作过的公司恐怕比你在后街小巷吹过的箫还要多。"

她绷紧身体,等待着。玛丽用精光毕露的双眼盯着她看了一会儿,随后露出微笑,身子略微前倾。她的嗓音也不比讽刺的低语声更加响亮。

"听着,你这愚蠢的小处女,如果你以为能惹我跟你动手,那你就大错特错了。还有,你很走运。就算你有办法真的惹毛我,也根本料不到我会在什么时候动手。所以我们不如还是谈妥眼下的事务，然后你大可以继续装出世故的模样，跟你学校里的搭档玩你的数据犯罪去。"

"你这该死的婊——"

"伊莎！"我的语气中带上了严厉，又伸出一只手，阻止了正要起身的她，"够了。她说得对，她赤手空拳就能杀了你，连一滴汗都不会流。现在友好点儿，否则你就拿不到酬劳了。"

伊莎用遭受背叛的眼神看着我，又坐了回去。有丑角似的妆容掩盖，我看不清楚，但我觉得她已经涨红了脸。

也许是那句关于处女的讽刺触动了她的神经。玛丽·阿多倒是教养良好，没有摆出得意扬扬的表情。

"我又不是非得帮你们不可。"伊莎小声说道，"我一周前就可以把你供出去，阿武。恐怕他们愿意给我的比你为这些破事付给我的还要多。可别忘了这点。"

"我们不会忘的。"我向她保证道，又警告地看了阿多一眼，"好了，除了没人发现我们来这儿的事实以外，你还知道些什么？"

伊莎掌握的资料全都存在一块不起眼的哑光黑色数据芯片里，而它便是这次突袭的基础。里拉峭壁的安全系统的原理图，包括修改后的哈伦纪念日节庆活动内容，全都包含其中。还有下周内海口洋流的最新动态预报图，以及庆典期间米尔斯波特警方的街头部署与水路交通管理方案。最重要的是，作为游离于米尔斯波特数据犯罪界边缘的精英人物，她本人也加入了行动。她答应过要帮忙，如今已经深陷其中——我怀疑这就是她此时暴躁失控的缘由。

而且这毕竟意味着她要亲自参与对哈伦家族产业的袭击，带来的紧张比平时进行非法数据入侵的时候多得多。要不是我用了点儿激将法,她恐怕根本不会跟我们扯上关系。

十五岁的年轻人怎么看得穿激将法呢?

我在她这个年纪肯定办不到。

看得穿的话,我也许就不会留在那个小巷里,面对毒贩跟他的钩子了。或许——

噢,是啊。这种事哪会有重新选择的机会呢?我们早晚都会陷入这种窘境。接下来,你能做的就只有走一步算一步了。

伊莎的表现值得赞赏。无论她心里多么不安,等我们完成转交工作的时候,她已经平静下来,那种简练的米尔斯波特口吻也回来了。

"你找到夏目了吗?"我问她。

"噢,看起来是的。但我觉得你不会想跟他说话。"

"为什么?"

她咧嘴笑了,"因为他信教,科瓦奇。他现在住在一座修道院里,就在鲸背九号岛上。"

"鲸背岛? 弃绝会僧侣的地盘?"

"当然,"她摆出一副庄严虔诚到荒谬的姿势,跟她的发型和脸蛋毫不相称,"苏醒与醒觉兄弟会。弃绝众生与全世界。"

我的嘴抽搐起来。玛丽·阿多板着脸坐在我身边,就像一只裂翼鸟。

"我对那些家伙没什么意见,伊莎。他们没有害处。在我看来,他们蠢到回避女性的陪伴,这是他们的损失。可我没想到夏目那样的人也会相信他们那一套。"

"噢,你离开太久了。他们现在也接纳女人了。"

"真的?"

"真的,差不多十年前开始的。我听说他们在教友里发现了几个隐瞒身份的女性。已经好些年了。你以为从身材就能看出来，对吧？但每个换过身体的人都可以在性别上撒谎。"说到自己熟悉的领域，伊莎的语速快了一拍，"除了政府以外，谁也没有资金做类似的数据检查。如果你在男性身体里待得够久，就连精神外科学也很难检查出不同。总之，在弃绝会里，要么选择新启示教那套'一个身体用完拉倒'的做法，要么选择既摩登又平等的路子。瞧啊，天上的声音就这样改了口。"

"他们该不会把对教会的称呼也改了吧？"

"恐怕没有。还是兄弟会。兄弟拥抱姐妹。"她以年轻人特有的方式耸了耸肩，"我不太确定姐妹对这种拥抱的感受如何，不过入门的标准确实变了。"

"说到'入门'，"玛丽·安多说，"他们允许我们进修道院吗？"

"噢，他们接受探访。你们也许得在那儿等夏目，不过多半不会太久。这就是弃绝世人最大的好处，"伊莎咧嘴笑了，"他们不必为时间和空间之类的事操心。"

"做得好，小伊。"

她给了我一个飞吻。

就在我们打算离开的时候，她略微皱了皱眉，显然做出了决定。她抬起一只手，勾了勾手指，示意我们靠过去。

"听着，伙计们。我不清楚你们要去里拉峭壁干什么，说实话我也不想知道。但我可以免费告诉你们一件事。老哈伦这次不会离开他的窝。"

"真的？"在他的诞辰纪念日，这种事可不太寻常。

"是真的。这是我昨天打探来的坊间流言。他们在奄美沙滩又失去了一个继承人。看起来是被人用打包刀砍死的。他们没把这事公开，不过米尔斯波特警方最近在保密方面有点马虎。我一直在留意哈伦家族相关的消息。从数据流里挑拣出来。总之,上星期诚知跟游艇一起炸上西天以后,他们就不敢再冒险了。他们把家族成员的公开露面减少了一半。看起来,就连米姿·哈伦身边的特工都增加了一倍。哈伦老头子的意识也留在存储器里。这一点可以肯定。我想他们打算让他通过虚拟连接观看庆典。"

我缓缓点头,"多谢。这条消息很有用。"

"嗯,希望不会因此毁掉你们宏大的暗杀计划。不过假如你们真的白跑了一趟,我会很遗憾的。"

阿多微微一笑。

"我们来这儿为的不是这个。"我飞快地说,"不过还是多谢了。听着伊莎,你记不记得几星期前,还有个哈伦家族的小角色在码头区被杀的事?"

"记得。马利克·哈伦-土屋。嗑多了毒品,从卡罗维瓦利码头摔下去,撞到脑袋然后淹死了。令人悲痛啊。"

阿多不耐烦地做了个手势。我抬起一只手,阻止了她。

"你觉得,会不会是有人帮我们的朋友马利克掉下去的?"

伊莎拉长了脸,"我猜有可能吧。卡罗维瓦利在天黑以后是不太安全。不过他们这会儿应该已经给他换过身体了,这事也完全不像是谋杀的样子。而且——"

"而且如果是谋杀,他们就不会允许这事公开了。没错。"我能感觉到内心的特派探员直觉在蠢蠢欲动,但眼下线索还太模糊,看不出端倪,"好吧,伊莎。多谢你的新闻简报。这件事跟我们的目的没有任何关系,不过还是请你继续留意,好吗?"

"没问题,老兄。"

我们付了账,把双眼布满血丝,一副小丑妆容的她留在那儿。发着光的数据化屏幕在她的手肘边摇曳,就像一头驯化的小魔怪。我回头的时候,她挥了挥手。我的心里不禁油然升起一股对她的好感,伴随着我一直走到街上。

"愚蠢的小婊子,"我们走向码头的时候,玛丽·阿多说,"真受不了她那种假模假样的腔调。"

我耸耸肩,"噢,反抗是有很多种形式的。"

"是啊,可她哪种也不属于。"

我们乘着一条有真正龙骨的渡船穿越海口,来到他们称之为东阿坎的水上郊区——命名者显然希望那些住不起阿坎区的人会选择定居在这儿。玛丽去买茶,我站在栏杆旁,看着来往的船只,还有随着渡船航行不断变化的风景。米尔斯波特拥有某种魔力,不在这儿的时候,你会轻易地忘记它;但只要来到海口的水上,整座城市就像对你敞开了一样。拂面的清风与海水里贝拉草的强烈气息混合起来,抹去了大城市的严酷,海员式的乐天情绪往往在你上岸以后的几个钟头仍然存留。

为了不让这种情绪进入我的脑海,我眯着眼睛看向南方的海平线。

在那里,笼罩在旋涡掀起的海雾之中、时隐时现的,正是高大而孤独的里拉峭壁群。它并不是群岛的最南端,但也相差不远了。越过开阔水域继续向南二十公里,就能来到另一片有人定居的土地——新神奈川岛的尾端。大部分第一家族的成员早早抢占了米尔斯波特的好地盘,但哈伦的选择胜过了他们所有人。里拉峭壁的黑色火山岩是一座无名却有实的要塞。它优雅而强烈地提醒着整座城市,谁才是这儿的老大。就像一座新的鹰巢,用来代替火星人先驱者留下的那些。

伴随着一声微弱的"砰",我们的船停泊在东阿坎区的码头上。我如梦初醒。我找到了玛丽·阿多,走下登陆坡道,随后尽可能迅速地穿过笔直的街道,以便确保没人跟踪我们。十分钟以后,维吉尼亚·维杜拉打开了门,让我们走进布拉西选为作战基地的那间简朴的阁楼公寓。她的双眼扫过我们,就像在作临床诊断。

"还顺利吗?"

"嗯。玛丽没交到什么新朋友,这也是没办法的事,对吧?"

阿多咕哝一声,挤过我身边,钻进库房。维杜拉关上房门,在我讲述夏目的情况时一直站在门边。

"杰克会很失望的。"

"是啊,我也没料到。传奇人物也不过如此,对吧？你要跟我一起去鲸背岛吗?"我滑稽地扬了扬眉毛,"我是说在虚拟实境里。"

"这恐怕不是个好主意。"

我叹了口气,"是啊,恐怕你说得对。"

29

鲸背九号岛的修道院是个阴森而冷清的地方。

鲸背小岛连同另外十几座类似的小岛与开垦过的礁石一起,作为新神奈川岛的码头以及海洋产业工人的居住地。堤道和悬桥让工人可以随时越过这一小段水面,踏上新神奈川岛的土地。但这些卫星小岛上空间有限,意味着工人们只能住在兵营式的狭窄公寓里。弃绝会的修士们只占用了一百米的门面,还把所有窗户都钉死了。

"为了安全。"给我们开门的那位修士解释道,"我们这儿只有最基本的人手,却有很多昂贵的设备。在继续前进之前,请先交出武器。"

在修道院简朴的灰色连体服下,他用的是低档的防水人造身体,理论上内置了扫描装置。他的声音就像把不太顺畅的电话线路上的声音放大了一样,那张硅胶脸上挂着超然的表情,或许代表他对我们的态度,但也不好说——廉价人造身体上的小型肌肉组织没有那么精致。另一方面,就连廉价的人造身体也拥有机械级的反应力和力气,而且就算你用粒子枪在他的身体上开个窟窿,他多半也只会大为光火而已。

"听起来很公平。"我说。

我掏出那把通用狂想曲,把枪柄那一头递给他。在我身边,希拉·特雷斯也交出了一把外观沉重的粒子枪。布拉西愉快地摊开双手,那个修士点点头。

"很好。等你们离开的时候,我会把这些还给你们。"

他领着我们穿过昏暗的永凝土门厅——里面有一尊本星球强制摆放的康拉德·哈伦塑像,上面罩着一块塑料布——然后走进一个看起来曾是底层公寓的房间。两排外观看来就不怎么舒适、跟负责接待的那个修士的身体同样简陋的椅子摆放在书桌和一扇沉重的金属门对面。另一位接待修士在书桌后面等着我们。她和那位教友一样,用的是人造身体,穿着灰色的连体服,但面部表情似乎稍微生动那么一点儿。也许她只是在全新的男女平等的教令下更有干劲而已。

"你们哪几位要进去会面?"她用人造身体所能允许的最大限度愉快地问道。

杰克·索尔·布拉西和我举起手来,希拉·特雷斯直截了当地站到一旁。女修士示意我们跟着她,随后在金属门上输入密码。门伴随着老旧金属的摩擦音打开,我们走进一个灰色墙壁包围的房间,房间里配有六张塌陷的沙发,还有一台虚拟实境传输系统,看样子即使是人造身体也能使用。

"请找张沙发,坐得舒服点儿,再根据您右方全息屏幕的指示,连接电极和催眠耳机。"

"坐得舒服点儿"的要求很难办到。这些沙发既没有自动成形功能,制作者也完全没把舒适性纳入考虑。我正想努力找个舒服的姿势,那位女修士走到传输系统的控制装置前,打开了电源。低沉的声音通过催眠耳机传来。

"请把头向右转,看着全息画面,直到失去意识为止。"

奇怪的是,尽管这些装置看起来很是简陋,传输过程却比我想象中顺畅得多。在全息球体屏幕的中央,出现了颤抖着的数字"8",随后色彩开始不断变幻。耳机发出低沉的对位旋律。几秒钟内,色彩和图案扩展开来,占据了我的整个视野,耳中的声音也变成了湍急的流水声。我感到自己正向着那个不断震颤的数字贴近,紧接着穿了过去。一条条光带掠过我的面孔,随后缩减为白光和耳中奔腾咆哮的流水声。我脚下的一切都在倾斜,就好像整个世界转了一百八十度。突然之间,我站在了瀑布后面的一块磨损不堪的石头平台上。那些颤抖的色彩仿佛薄雾中折射的光线,随后渐渐淡去。我的脚边骤然出现了水洼,寒冷潮湿的空气扑面而来。

我转过身,想寻找出去的路。就在这时,身旁的空气浓稠起来,化作一团人形的光芒。那团光最后变成了杰克·索尔·布拉西。

在他化作实体的时候,瀑布的水声颤抖了一瞬间,随后恢复原样。

颤抖的色彩掠过空气,又再次消失。水洼闪烁微光,再次出现。布拉西眨眨眼,扫视周围。

"我想应该走这边。"我指着瀑布一侧的那段低矮的石头阶梯说。

我们沿着阶梯绕过一段峭壁,最后来到瀑布上方的明亮阳光里。阶梯在苔藓丛生的山坡转为一条铺砌石板的道路,与此同时,我看到了那座修道院。

它坐落于一片起伏的低矮山丘上,背后是巍峨的群山,其外观和藏红花群岛依稀有些相似。修道院共有七层,还有五座使用上好的木材和花岗岩、以宝塔式的风格建造的高塔。瀑布这边的这条路翻山越岭,最后通向一座在阳光下闪闪发光的镜木大门。其他相似的道路从修道院呈放射状延伸出去——看上去没有特别的规律——穿过山岭之间。我们能看到在道路上走着的一两个身影。

"这下你该明白他们选择虚拟实境的原因了。"我几乎自言自语地说,"这儿比鲸背九号岛好太多了。"

布拉西哼了一声。在从阿坎区前来的路上,他始终像这样沉默寡言。他似乎仍然没能从夏目·尼古拉抛弃世界和世人的事实中回过神来。

我们走上山丘,发现大门开着一条缝,足以让人进去。门里是一条走廊,走廊地板的材质是地球木,顶部有横梁支撑。走廊通往中央的庭院,那边的树上盛开着的像是樱花。两边的墙上挂着色彩绚丽的挂毯,等我们来到走廊中央时,其中一块挂毯上的图案散成一堆线条,悬停在空中,随后飘到地上,变成了一个人。他穿着我们在现实世界里见过的弃绝会修士的连体服,只是衣服下面的那具身体并不是人造的。

"需要我帮忙吗?"他轻声问道。

布拉西点点头,"我们在找夏目·尼古拉。我是他的老朋友。"

"夏目。"修士略一低头,又抬起头来。

"他正在花园干活。我已经将你们的来访告知了他。我想他应该很快就会过来。"

话音未落,便有个身材苗条、扎着马尾辫的中年男人步入走廊的另一头。尽管他的出现合情合理,但除非他说的花园就藏在走廊的转角处,否则光是他到来的速度本身就意味着系统程序在暗中发挥作用。而且他的连体服上没有任何水渍或是尘土。

"尼克①?"布拉西走上前去,"是你吗?"

"我想你说得没错。"夏目向前走了几步。近看之下,他身上的某种特质让我痛心地想起了拉兹洛。他的马尾辫和坚定的站姿,还有脸上的那一丝狂野的魅力。**蹦跶了几趟,还有一次爬上七米高的光溜溜的金属烟囱**。但拉兹洛的双眼始终带着对自我的压抑,而夏目却像是已经挫败了内心的躁动,得到了相对的平和。他的目光专注而严肃,对看到的世界无欲无求。

"但我现在更喜欢叫自己'诺利凯'。"

他向另一位修士做了几个表示敬意的手势,后者腾空而起,分散为一团彩色的线条,重新织进那块挂毯里。夏目目送他离开,然后转过身,审视我们两人,"很抱歉,我认不出你们两位的身体。"

"你根本不认识我。"我向他保证说。

"尼克,是我,维切拉的杰克。"

夏目盯着自己的手看了片刻,又抬起头看着布拉西。

"杰克·索尔·布拉西?"

"对。老兄,你在这儿做什么呢?"

他微微一笑,"学习。"

"怎么,你们这儿有海吗? 能像在四指礁那样冲浪? 有帕斯卡尼那样的峭壁? 得了吧,老兄。"

"事实上,眼下我在学习种植金银丝罂粟。真的太难了。或许你有兴趣看看我目前的进展?"

---

①尼古拉的昵称。

布拉西略微尴尬地挪了挪双脚，"你瞧，尼古拉，我们恐怕没时间——"

"噢，这儿的时间，"又是那种微笑，"是可以变通的。我会为你们留出时间的。来吧，这边走。"

我们离开走廊，向左绕过樱花盛开的方形院落，随后走进一道拱门，穿过卵石铺砌的庭院。两位修士在庭院的角落跪坐祈祷，没有抬头看我们。很难判断他们究竟是这座修道院的人类住户，还是只是类似门卫的程序。至少夏目看都没看他们。布拉西和我对望了一眼，他的脸上流露着不安。他的想法简直就像写在脸上一样：**这个人跟他记忆里不一样了，而他不知还能否继续相信他。**

最后，夏目领着我们穿过一条拱道，进入另一片四四方方的庭院，接着走下一段木制楼梯，踏进石板路环绕着的那个长满沼地野草的浅坑。在那里，十余株金银丝罂粟飘浮在蛛网般的灰色根须体系之间，将散发着紫绿光彩的零落花瓣伸向虚拟的天空。最高的那一株只有十五厘米出头。也许从园艺家的角度来看，这已经很惊人了。但对于曾经仅凭拳脚和一颗短效化学闪光弹就击退了一条成年瓶背鲨的人来说，这似乎算不上什么成就。更何况这个人曾经不靠反重力装置或是绳索就攀上了里拉峭壁。

"非常棒。"布拉西说。

我点点头，"是啊。你肯定对这些很满意吧。"

"不算太满意。"夏目用挑剔的目光扫视着那些零落的花朵，"我最后还是没能挽回那个明显的失败，就像大多数初入门者那样。"

他期待地抬头看向我们。

我回头看向布拉西,可他也帮不了我。

"这些花是不是有点矮小?"最后,我开口问道。

夏目摇摇头,咯咯笑了起来,"不,事实上,以这样的湿度,这种高度非常合适。而且——非常抱歉——我想我又犯了另一个园艺家常有的坏毛病。我自以为所有人都和我一样痴迷这些花儿。"

他耸耸肩,走回到阶梯,坐了下来。

他指了指那些植物。

"它们太鲜艳了。理想的金银丝罂粟是黯淡无光的。它们不应该这么闪闪发光,这太粗俗了。至少院长是这么告诉我的。"

"尼克……"

他看着布拉西,"我在。"

"尼克,我们得……我们得跟你谈谈。谈一些事。"

我等待着。这件事必须由布拉西来提。如果他不相信这个人,我也不打算替他说出来。

"一些事?"夏目点点头,"是什么事呢?"

"我们,"我从没见过布拉西这么吞吞吐吐的,"我需要你的帮助,尼克。"

"是啊,这很明显。但究竟是什么呢?"

"是……"

夏目突然笑了起来。他的笑声并不响亮,也没有太多嘲笑的意味。

"杰克,"他说,"我还是我。就因为我开始养花了,你就觉得你没法信任我了? 你觉得弃绝的意思是出卖人性吗?"

布拉西转头看向这座小花园的角落。

"你变了,尼克。"

"我当然变了。你以为呢?都过去一个世纪了。"夏目僧侣式的平静语气中头一次带上了些许恼火。他站起身,和布拉西面对面,"你觉得我会一辈子在同一片海滩冲浪?像自杀一样攀爬百米高的悬崖,就为了寻求刺激?破解其他公司的软件,偷走里面有料的东西,拿到黑市上换钱,然后还把这叫作新奎尔主义?这种革命未免太愚蠢了。"

"这不是——"

"我当然变了,杰克。要是不改变的话,现在我的精神还能正常吗?"

布拉西突然走下一级台阶,拉近和他的距离,"噢,你觉得这样更好?"

他朝那几株金银丝罂粟一挥手。它们格栅状的根须似乎随着他剧烈的动作摇晃起来。

"你宁愿爬进这个该死的幻想世界里种花,也不愿意好好活着,还要指责我精神不正常。见鬼去吧,尼克。你才是不正常的那个。"

"杰克,你在外面又能做到什么?你做了什么比这更有价值的事?"

"四天以前,我乘在十米高的浪头上。"布拉西努力让自己镇定下来,他的叫喊转为低语:"光是那个就比这堆虚拟的狗屁东西好上两倍不止了。"

"是吗?"夏目耸耸肩,"难道你的遗嘱里写着:'如果我死在维切拉的某道海浪下,千万别让我复活'吗?"

"这不是重点,尼克。我会复活,但我仍旧死过一次。死亡会让我损失这具新身体,而且我还得承受死去的痛苦。在你如此痛恨的现实世界——”

“我并不痛恨——”

“在那里，行动会有后果。如果我弄伤自己，就会体会到相应的痛苦。”

“是啊，直到你身体的强化内啡肽系统发挥作用，或者吃下几片止痛药为止。我不明白你想表达什么。”

“我想表达什么？”布拉西无助地指着那些罂粟，“这些都他妈不是真的，尼克。”

我的眼角余光捕捉到了某种动向。我转过身，看到两个修士被这边的叫喊声吸引过来，正在庭院的拱门前徘徊不去。其中之一甚至悬在空中。

他的脚距离起伏不平的石板地面足有三十厘米。

“诺利凯君？”另一个修士问道。

我略微动了动身子，漫不经心地想着他们是不是真的修士，如果不是的话，程序又会对类似的情况做出什么反应。如果弃绝会的修士运行内部保安系统，我们能打赢的概率是零。没有人跑进别人的虚拟实境还能大杀四方，除非他们希望你打赢。

“没事，卡塔纳君。”夏目匆忙用双手做了个复杂的手势，“只是朋友之间的观点分歧。”

“那么抱歉打扰了。”卡塔纳双手抱拳，鞠了一躬，接着和另外那人退回拱道。我看不出他们离开时有没有借助程序的力量。

“也许。”夏目轻声说道，随即停了口。

“抱歉，尼克。”

“不，你说的当然是对的。按照我们一贯的看法，这些都不是真的。但在这儿，我前所未有地真实。我能定义自己存在的方式。没有比这更大的挑战了,相信我吧。"

布拉西用我听不见的音量说了句什么。夏目坐回木头阶梯上。他回头看看布拉西,片刻之后,后者也在相隔两级台阶的高处坐下。夏目点点头,看着花园。

"这儿的东边有片海滩,"他心不在焉地说,"南边有片高山。如果我愿意,就能让它们相会。我可以在我希望的任何时间爬山、游泳。甚至可以冲浪,虽然我还没有尝试过。

"而在所有这些事里,我需要做出选择。关乎后果的选择。海里要不要瓶背鲨?要不要会让我刮伤流血的珊瑚?说到这个,要不要流血?这些都是需要事先思考的问题。在山岭间要不要完全的重力?如果我摔下山,要不要让自己死去?我又该对这里的死亡做何种定义?"他看着双手,仿佛那也是某种选择,"如果我受伤,要不要让自己疼痛?要的话,又该疼痛多久?我要等待多久才能痊愈?痊愈之后,我要不要让自己清晰地回忆起那种疼痛?这些又会让另一个次要问题——有些人也许会说那是主要问题——浮出水面:我做这些究竟是为了什么?我真的想要疼痛吗?如果是的话,那么为什么?我真的想要体验坠落吗?是的话,那么为什么?攀上顶峰或是在攀登的途中受苦,这些有什么意义?我究竟为什么要做这些事?究竟为了什么人?我自己?我父亲?还是劳拉?"

他对着那些金银丝罂粟微笑,"你认为呢,杰克?是因为劳拉吗?"

"那不是你的错,尼克。"

他的笑容不见了,"在这儿,我钻研着唯一能让我害怕的东西。那就是我自己。还有,在这个过程中,我不会伤害其他人。"

"也不会帮助其他人。"我指出。

"是啊。这不言自明。"他转头看向我,"你也是个革命者吗? 新奎尔主义的信徒?"

"算不上。"

"但你和弃绝会没什么共鸣?"

我耸耸肩,"就像你说的,弃绝会是无害的。但你们却假设我们所有人都愿意为你们的生活方式提供物质基础。在我看来,这就是弃绝会最大的问题。"

他对我的话报以微笑,"我们相信全人类最终都会追随我们进入虚拟世界。我们只是在为他们做准备。或者说,充当开路先锋。"

"是啊,"布拉西愤愤地说,"在此期间,外面的我们却要面对崩溃的世界。"

"那也不是一天两天的事了,杰克。你真觉得我们在外面做的那些事——那些偷窃和反抗——你真觉得能带来任何改变?"

"我们要带领一批人入侵里拉峭壁。"布拉西突然下了决心,"这就是我们要带去的改变,尼克。就在那儿。"

我清了清嗓子,"但得在你的帮助之下。"

"噢。"

"是啊,我们需要入侵的线路,尼克。"布拉克站起身,走到这座方形庭院的一角,抬高了嗓门,仿佛吐露秘密以后,他需要用声音来代表自己的决心,"你打算告诉我们吗? 看在从前的份上?"

夏目站起身,不解地打量着我。

"你以前爬过海边的悬崖吗?"

"没有。但我的身体知道该怎么做。"

有那么一会儿,他对上我的目光。就好像他的大脑正在处理我刚才说的话,却超出了它的负荷。接着,他突然放声大笑,笑声完全不像是刚才跟我们说话的那个人。

"你的身体知道怎么做?"他的大笑转为更加冷静的咯咯轻笑,随后又换上了质疑的语气,"光是这样可不够。你要知道,里拉峭壁里最高的那三座峭壁上都有裂翼鸟的群落。也许现在比我爬上去的时候更多了。你要知道,下层的护墙上有一整圈凸缘,而且从我那次爬上去以后,只有佛祖知道他们更新了怎样的反入侵技术。你要知道,里拉峭壁底部的海流会把你破碎的躯体带到海湾那边,再沉入海底。"

"噢,"我耸耸肩,"至少如果我摔下去,他们没法把我捞起来审讯。"

夏目瞥了眼布拉西。

"他多大了?"

"别管他,尼克。他用的是荣春堂的定制身体,他说他是在新北海道屠杀智能机械为生的时候找到的。你知道什么是智能机械吧?"

"知道,"夏目仍旧看着我,"我们这儿也听说了梅凯斯克的新闻。"

"这事已经算不上新闻了,尼克。"布拉西的语气带着明显的愉快。

"你用的真的是荣春堂的产品?"

我点点头。

"你知道这东西价值多少吗?"

"我已经好几次验证过它的价值了。"

布拉西在庭院的石板上不耐烦地挪了挪双脚,"听着,尼克,你究竟想不想把线路告诉我们? 还是说你害怕我们会打破你的记录？"

"你们会害死自己，而且是存储器无法回收的那种，你们两个都会。我干吗要帮助你们做这种事？"

"嘿，尼克——别忘了，你已经弃绝了世界和世人。你又何必在乎我们在现实世界出什么事呢？"

"我在乎的是你们都他妈疯了，杰克。"

布拉西咧嘴一笑，或许是因为他终于让自己从前的偶像吐出了一句脏话，"没错，但至少我们还没有出局。还有，你知道，无论你帮不帮忙，我们都会去。所以——"

"好吧，"夏目无奈地抬起双手，"我会告诉你们。就现在。我甚至会把每一步都说给你们听。只要对你们有用就行。是啊，去吧。去死在里拉峭壁吧。也许这样对你们来说才足够真实。"

布拉西只是耸耸肩，又咧嘴笑了起来。

"怎么，尼克？你难道是嫉妒了？"

夏目领着我们穿过修道院，来到三楼的一个铺着木头地板的房间。房间里家具很少，他站在中央，双手在空气中画出里拉峭壁的攀爬路线。部分画面直接取自他的记忆（如今已经存在于虚拟实境的代码中），但修道院的数据功能让他可以和真正的里拉峭壁群的结构进行对照。他所料不差：裂翼鸟的群落的确更加壮大，护墙上的凸缘也经过了改良。当然，修道院的数据堆栈只能对后者提供视觉方面的确认。我们没法知道还有什么危险在等着我们。

"但这些也不全是坏事，"他的语气中出现了一丝热情，这是他刚开始绘制路线时所没有的，"凸缘也挡住了他们的视线。他们没法看清下面的样子，传感器也经常因为裂翼鸟的活动出现混乱。"

我看了眼布拉西。这件事没必要让夏目知道:我们压根儿不担心峭壁群的传感器。

"我听说,"我抢先开了口,"神奈川那边的人会给裂翼鸟植入微型摄像系统,再训练它们。这种事有可能吗?"

他不屑地哼了一声。

"是啊,他们一百五十年前就说过同样的话。完全是妄想狂的胡言乱语,不过我猜现在仍然有人相信。在裂翼鸟身上装微型摄像头有什么意义? 它们总是尽可能避开人类的聚居地。而且如果我没记错的话,它们可没法轻易驯化。更何况轨道卫星很可能侦测到它们体内的植入物,然后直接击落。"他露出一脸坏笑,跟弃绝会修士的沉着气质截然不同,"相信我,光是爬过野生裂翼鸟的群落就够你操心的了,更别提特别培育的生化变种了。"

"说得对。多谢了。还有别的什么提示吗?"

他耸耸肩,"有。别掉下去。"

但他的眼神却与超然的语气背道而驰。在将数据上传到外部世界的期间,他沉默的样子带着紧张,与先前僧侣式的冷静也截然不同。

他带着我们沿路返回的时候,更是一言不发。

布拉西的造访就像轻风,吹皱了一池春水。如今,在涟漪阵阵的池水之下,庞大的影子正蠢蠢欲动。等我们到达门厅的时候,他转身看着布拉西,吞吞吐吐地开了口。

"听着,如果你——"

尖啸声传来。

弃绝会这套虚拟实境的渲染能力很不错——我能感觉到自

己手掌刺痛,我身体里的壁虎神经做好了攀爬岩壁的准备。透过突然清晰起来的周边视觉,我看到布拉西绷紧了身体——在他身后,我看到墙壁正在颤抖。

"躲开!"我大喊道。

起先,那块门卫挂毯上出现了一块凸起。然后我看到,那是挂毯后面的砖石正向前凸出,那样的巨力是现实世界是不可能存在的。那种尖啸多半是虚拟实境在模拟建筑物承受巨大压力时产生的噪音,也可能只是想要破墙而入的那东西的叫声。我们来不及确认了。几分之一秒过后,墙壁发出西瓜破碎般的响声,在向内倾塌的同时扯下了挂毯。随后,一个难以置信的十米高的形体踏入了走廊。

就好像某个弃绝会修士被人灌了一肚子优质润滑油,以至于身体的每个关节都渗出油来。我依稀看到这片混乱的中央是个穿着灰色连体服的人类身体,只是那具身体有闪闪发光的黑色液体不断涌出,随后悬浮在空中,化作一条条恶毒的触须。那东西的脸已经不复存在,喷涌而出的油将双眼、鼻子和嘴巴都撕得粉碎。那种物质从身体的每个孔洞和关节处脉动着流出,仿佛心脏仍在跳动一般。尖啸声伴随着脉动从它的全身传出,一阵接着一阵。

我发现自己俯下身子,摆出了搏斗架势。但我很清楚,这么做不会有任何好处。我们现在能做的就是逃跑。

"诺利凯君,诺利凯君。请尽快离开那个区域。"

这阵音调整齐、异口同声的呼喊来自对面的墙上。与此同时,一整队门卫从挂毯上飘然而下,优雅地对着入侵者抬起头颅,凭借狼牙棒、长枪与之对峙。他们刚刚成形的身体伸出一条条丝线,散发出金黄色的柔和光芒。

"请带您的客人立刻离开。这里交给我们来处理。"

金色的丝线碰触到那具破碎的躯体，它瑟缩了一下。尖叫声零落破碎，响亮程度却迅速攀高，让我耳膜刺痛。夏目转身看着我们，努力盖过这阵噪音。

"你们都听到了。这儿没有你们能做的事了，快点离开吧。"

"是啊，可我们怎么才能离开？"我大喊着回答。

"回到——"他的声音渐渐微弱，就好像有人调低了他的音量。在他的头顶，有东西在走廊的天花板上砸出了一个巨大的窟窿。大块的石头如雨点般落下，门卫们在空气中左右腾挪，挥出金色的光芒，让尚未落在我们身上的碎石瞬间分解。那个黑色线条构成的入侵者抓住他们分心的时机，伸出粗大的触须，将其中两个门卫撕成了碎片。我看到他们的身体涌出苍白的光芒，随后死去。透过屋顶的大洞——

"噢，该死。"

我看到了另一具浑身喷出黑油的躯体，比前者的体型还要大上一倍。它正将人类般的双臂伸进走廊，每只手的指节和指甲下都探出液态的利爪。破碎的头颅挤进窟窿，咧开嘴俯视着我们。那种黑色物质的液滴倾泻而下，仿佛那怪物破碎的嘴边滴下的涎水。液滴泼溅在地板上，顿时腐蚀了地面，露出底下的纯银丝工制品。一小滴黑油溅到我的脸上，烧伤了我的皮肤。破碎的尖啸声更加响亮。

"穿过瀑布，"夏目在我耳边低吼，"纵身跳进去。快去！"

第二个入侵者一脚踏下，整个走廊的天花板开始向内塌陷。我一把抓住正敬畏地抬头张望的布拉西，拖着他朝那扇开了一条缝的大门跑去。在我们周围，门卫聚集起来，朝新的敌人扑去。我看到剩下的那些挂毯里涌出了他们的援军，但其中半数尚未完全成形,就被天花板上的怪物抓住撕碎。雨水般的光芒洒落在石头地板上。走廊里响起悠扬的乐声,又被不和谐音所破坏。那个黑色的怪物把门卫们打得七零八落。

又添了几处轻微烧伤之后,我们赶到了门口。我将布拉西先推了过去。我短暂地转过身,但立刻就后悔了。我看到一根畸形的黑色触须碰到了夏目,又不知怎么在周围的噪音里听到了他的尖叫。刚开始,我听到的还是正常的人声,但片刻后就变得混乱不堪,仿佛有一只缺乏耐心的手在调节着他控制音色的装置。夏目像是正在游离自己的身体,他奋力挣扎,仿佛一条困在两块不断贴近的玻璃板之间的鱼儿。他自始至终都在融化和尖叫,却与那两个入侵者愤怒的吼声显得出奇地协调。

我走出门去。

我们朝着瀑布飞奔。在途中,我匆忙回头望去,只见修道院的整个侧面都在巨力下崩塌,那两个黑色触须包裹的形体变得更加高大,正朝蜂拥而至的门卫发起猛攻。头顶的天空阴沉沉的,仿佛有一场暴风雨即将来临,空气也突然变得冰冷。道路两边的草地上传来难以形容的嘶嘶声,就像倾盆大雨,又像泄露的高压瓦斯。就在我们沿着瀑布旁的曲折道路前进之时,我透过水幕看到了强烈的干扰图样。等我们赶到瀑布后方的平台上时,水帘突然停滞了片刻,露出光秃秃的岩石和空气,随后又恢复了正常。

我对上布拉西的目光。他的神情并不比我快活多少。

“你先走。”我告诉他。

“不,没关系的。你——”

震耳欲聋的尖啸声从路上传来。我用力一推他的腰背,等他的身体穿过轰然落下的水幕后,我也纵身跳了出去。我感受着瀑布的水拍打着双臂和双肩,感到身体渐渐倾斜——

——然后猛地在沙发上坐起身来。

我刚刚经历的是紧急意识传输。最初的几秒钟里,我仍然觉得全身是水,甚至深信自己的衣服被淋得湿透,头发也湿漉漉的紧贴脸颊。我有气无力地吸了口气,随后终于恢复了与现实世界的协调。我的身上是干的。我很安全。我扯下催眠耳机和电极,滚下沙发,瞪大眼睛扫视周围,心脏迟来地狂跳起来——我的现实肉体正在对我的意识做出反应,开始对肾上腺发号施令。

在传输室的对面,布拉西已经站起身来,正和阴沉着脸的希拉·特雷斯匆匆谈着什么,后者不知用什么法子拿回了自己的粒子枪和我的狂想曲手枪。房间里回荡着声嘶力竭的紧急警报声,我已经几十年没听过这种声音了。灯光也开始忽明忽灭。在穿过房间的途中,我遇到了那位女性接待修士。她抛下一片混乱的仪器面板,转过身来。即使人造身体的脸部肌肉十分有限,她仍然成功摆出了又惊又怒的神情。

“是你们带进来的吗?”她大喊道,“是你们感染我们的吗?”

“不,当然不是。用你们那该死的仪器去确认好了。那些东西还在里面。”

“那鬼玩意儿到底是什么?”布拉西问。

“要我猜的话,我会说那是潜伏的病毒。”我心不在焉地从特雷斯手里接过狂想曲手枪,确认里面的弹药,“你也看到它的样子了。那些东西的一部分曾经是个修士,用数字化的人形外观掩饰休眠中的攻击系统。等待合适的时机。伪装用的人格甚至不会意识到自己携带着病毒,直到它爆发的那一刻。”

“噢,可这是为什么?”

"夏目,"我耸耸肩,"他们恐怕早就盯上他了,自从——"

那个接待修士瞠目结舌地看着我们,就好像我们在用机械代码对话。她的同事出现在她身后的门口,走了进来。他的左手里有一块小巧的米黄色数据芯片,捏住芯片的那几根手指的廉价硅胶皮肤绷得紧紧的。他朝我们挥了挥芯片,然后凑近过来,让自己的话声盖过周围的警报声。

"你们必须离开。"他的语气斩钉截铁,"诺利凯君要求我把这个给你们,不过你们必须立即离开。你们在这儿既不受欢迎,也不安全。"

"哦,别废话了。"我接过那枚芯片,"如果我是你,就会一起离开。而且在离开前封死全部接入修道院的数据接口,然后找个像样的病毒清扫公司过来。就我刚才在里面看到的情形,你们的门卫根本不是对手。"

在我们头顶尖啸的警报声就像嗑多了毒品的派对狂人。他摇摇头,像要把噪音从头脑里赶出去一样,"不。如果这是考验,我们就会以上传的形式去面对。我们不会抛弃我们的弟兄。"

"还有姐妹。好吧,随你的便,这么做的确很高尚。但个人来说,我觉得你目前送进去的任何人都会带着遍体鳞伤的潜意识滚出来。你们亟须现实世界的支援。"

他瞪着我。

"你不明白。"他大喊道,"这儿是我们的领土,不是那些凡夫俗子的。上传也是。这才是人类种族的宿命。我们在这里最为强大,我们将会战胜敌人。"

我放弃了。我大声答道。

"好吧。好极了。记得把战果告诉我。杰克、希拉,我们赶紧走吧,让这些蠢货自杀好了。"

　　我们抛下传输室里的那两人。我最后看到的一幕是那个男性修士靠在一张沙发上，双眼直视前方，让那个女修士给他接上电极。他的脸上闪烁着汗水的光，但却全神贯注，充斥着决心和热情。

　　在外面的鲸背九号岛上，柔和的午后阳光将修道院的苍白墙壁染成了温暖的黄色，海湾那边的喧嚣随着海洋的气息飘来。向西的微风吹起了尘土和沟槽里干透了的孢子。前方有几个孩子正在街道上奔跑，一路上大喊大叫，追逐着一只样子像是机械人偶的迷你玩具机器人。周围没有别人，也看不出正在虚拟实境里进行的那场激战的任何迹象。我甚至觉得整件事都只是一场梦。

　　但在我们离开的时候，我经过强化的听力仍然能分辨出远处的警报声，就像某种虚弱无力的警告，提醒着我们即将到来的可怕混沌。

30

哈伦诞辰纪念日。

更准确地说,是哈伦诞辰纪念日前夕。严格意义上说,庆典要到午夜才开始,现在离午夜还有足足四个钟头。尽管夕阳最后的余晖在西方天空仍未褪去,节日游行的队伍却已经出发了。此时在新神奈川岛和丹池岛的闹市区,多半早已充斥着五花八门的全息影像和假面舞者,所有酒吧都会以政府补贴的特惠价格招徕客人。要确保专制政权成功运作,要点之一就在于懂得以正确的方法让臣民暂时摆脱束缚。在这方面,第一家族可谓大师。即使是痛恨他们的人也不得不承认,哈伦家族在举办街头派对方面很有一套。

在归户岛的海边,庆典活动相对高雅不少,但节日的气氛仍然浓厚。大约在午餐时间,商港的工作就结束了,码头工人三三两两坐在货船两边高高的栏杆上,分享着烟斗和酒,一边期待地仰望天空。在小艇船坞,大部分游艇上都在举行小型派对,规模稍大的一两场更从船上扩展到了防波堤上。四处响起的音乐声混合成杂乱无章的噪音,等到夜晚的灯光亮起,你就能看到那些船的甲板和桅杆都洒上了绿色和粉色的发光粉末。多余的粉末则在船壳与船壳间的水面上闪闪发光。

在和我们偷来的那条三体帆船相隔几条船的地方,有个穿得很少的金发女子轻佻地朝我招手。我举起同样是偷来的艾科兹雪茄,小心翼翼地打着招呼,希望她不会认为这是邀请她过来的信号。伊莎在甲板下面放着她声称的流行音乐,但这只是掩护而已。唯一伴随着节拍进行着的,只有对这条"鲍宾岛民"三体帆船内部的船用安全系统的入侵。擅闯这场派对的不速之客只会撞见希拉·特雷斯或是杰克·索尔·布拉西,他们会用甲板梯口下的那把卡拉什尼科夫破片枪来解决问题。

我弹了弹烟灰,在游艇的船尾座位区闲晃了几圈,努力摆出悠然自得的样子。我的腹部隐约有种紧绷的感觉,我不需要太丰富的想象力也能猜出原因。我的左臂隐隐作痛,这种痛楚的起因来自心理。

我一点也不想去爬里拉峭壁。

真他妈讽刺。整个城市都在开派对,可我今晚却要爬上一座两百米高的悬崖。

"你好啊。"

我抬起头,看到那个穿得很"节约"的金发女人站在舷梯上,露出灿烂的笑容。她穿着一双鞋跟细到夸张的高跟鞋,身子有些摇晃。

"你好。"我谨慎地回答。

"我没见过你,"她显然喝得不少,说起话来直截了当,"这么漂亮的船我不会没印象。你平常没把船停在这儿,对不对?"

"嗯,没错。"我拍了拍栏杆,"这条船是第一次来米尔斯波特。两天前才入港。"

至少对这条鲍宾岛民帆船和它真正的主人来说，这是事实。

船的主人是一对来自奥赫里德群岛的有钱夫妇——他们的致富之道是大规模贩售本地化的导航系统——而这是他们几十年里头一次来米尔斯波特。这条船是理想的目标，是伊莎在港务管理数据堆栈里找到的，同时找到的还有登上这条三十米长的三体帆船所需的一切。夫妇俩此时正在归户岛的旅馆里不省人事，布拉西手下的一对年轻的革命狂热者会确保他们随后两天都留在那儿。在哈伦纪念日庆典的这片混乱之中，恐怕不会有人想起他们。

"介意我上船看看吗？"

"呃，噢，我倒是很乐意，不过问题在于，我们就要出发了。再过几分钟，我们就会把船开到海湾那边去欣赏烟火。"

"那可太棒了。要知道，我真的很想去看看。"她在我面前舒展着身体，"我爱死烟火了。看烟火的时候，我简直都——"

"嗨，宝贝。"有条胳膊搂住了我的腰，鲜红色的头发让我的下巴有些发痒。伊莎依偎在我怀里，全身上下只有一件露腰泳装，以及令人瞠目结舌的身体镶嵌式珠宝。她恶狠狠地瞪着那个金发女人，"你这位新朋友是谁？"

"噢，我们还没，呃……"我做了个邀请的手势。

金发女人抿住了嘴。也许是出于竞争意识，也许是因为伊莎眼里的凶光，又也许只是看到十五岁的女孩跟两倍于她年纪的男人纠缠不休时产生的生理厌恶。更换身体有可能、也经常会导致某些怪异的搭配，但有钱到能开"鲍宾岛民"的人根本无须忍受这种麻烦——除非他们自己愿意。如果我的性伙伴看起来像是十五岁，她要么真的是十五岁，要么就是我希望她看起来像是十五岁。

"我想我该回去了。"她说着,晃晃悠悠地转过身。

她踩着高到可笑的鞋跟,迈着有些歪斜的脚步,尽可能体面地离开。

"是啊,"伊莎冲着她的背影大喊,"好好享受排队吧。或许回头还有机会再见。"

"伊莎?"我小声说道。

她抬起头,对我咧嘴一笑,"什么事?"

"放开我,见鬼,再穿上几件衣服。"

我们二十分钟后启航,循着通用引导光束驶离码头。去海湾欣赏烟火并不是什么特别有独创性的主意,我们也不是唯一一从归户岛的港口驶向那边的游艇。眼下伊莎正在甲板下部的舵手室盯着,一边让海上交通接口控制游艇前行。烟火秀开始的时候,就是我们离开这条船的时机。

前方的船长室里,布拉西和我取出各类装备。安德森公司出品的匿踪潜水服(这是希拉·特雷斯和她的黑帮朋友的礼物),以及从维切拉海滩的上百个私人军火库里拿来的武器。

这套潜水服的通用处理器加入了伊莎为这次突袭特别订制的软件,还配备了她今天下午刚刚从工厂偷来的扰频通信系统。就像这条鲍宾岛民昏迷不醒的主人那样,这套系统短时间内也不会有人去惦记。

我们站在那儿,看着装配完毕的设备,看着尚未启动电源、散发着黑色光泽的潜水服,还有各式各样的破旧武器。镜木地板上都快没地方放了。

"就跟从前一样,是吧?"

布拉西耸耸肩,"没有两道海浪是完全相同的,阿武。每次都是不一样的。回顾过去是你能犯下的最大的错误。"

萨拉。

"别再跟我宣扬那套廉价的海滩哲学了,杰克。"

我把他留在船舱里,然后去船尾察看伊莎和希拉·特雷斯的进展。我能感觉到布拉西盯着我后背的目光。我带着残留的恼怒穿过走廊,爬上三级台阶,走进驾驶舱。

"嗨,宝贝。"伊莎打着招呼。

"别再这么叫我了。"

"随你的便。"她满不在乎地咧嘴笑笑,看向靠着墙板站着的希拉·特雷斯,"你刚才好像并不介意嘛。"

"刚才是因为——"我放弃了解释,做了个手势,"潜水服准备好了。其他人那边有消息吗?"

希拉·特雷斯慢慢摇了摇头。伊莎朝通信屏幕点头示意。

"他们都在线上,你瞧。绿色光点,一个都不少。目前来说,这是我们最希望的情况。不然就意味着事情出了岔子。相信我,没消息就是好消息。"

我在狭小的驾驶舱里笨拙地转过身。

"现在上甲板去安全吗?"

"噢,当然安全。这条船很棒,装在索具上的发生器能张开防雨屏,我提前把一部分调成了不透明的。就算有好事的人看过来——比如你那位金发美女朋友——也根本看不清你的脸。"

"很好。"

我矮身钻出驾驶舱,走到船尾,来到座位区,再从那里爬上甲板。在这么远的北面,海湾的船只纷纷亮起了夜航灯,我们这条三体帆船几乎一动不动地停泊在海浪之间。我走向晴天时使用的露天驾驶舱,坐在其中一张椅子上,掏出又一支艾科兹雪

茄。这玩意儿甲板下面有一整箱呢，我想船主人应该不介意我
拿走几根。

这就是革命——大家都得做出牺牲。脚下的游艇发出嘎吱
的响声。夜幕已经落下，大黑月低垂在归户岛的上方，将海面染
成淡蓝之色。其他船只的夜航灯停留在周围，由交通软件均匀
地分隔开来。低沉的乐声越过水面，从新神奈川岛和丹池岛岸
边的灯火处传来。庆典已经达到了高潮。

向南望去，里拉峭壁耸立于海面之上，远看之下仿佛一把细
长的武器——一柄漆黑的弯刀，只有顶部的要塞亮着灯火。

我看着它，在沉默中抽了一会儿烟。

他就在那儿。

也可能正在闹市区寻找你。

不，他在那儿。面对现实吧。

好吧，他在那儿。她也一样。恐怕还有艾拉，以及几百个精
挑细选的哈伦家族的喽啰。等你爬到上面再操心这些吧。

一条发射驳船在月色中驶过，朝着更远处的发射点前进。
船尾的甲板上胡乱堆放着包裹、带子和氦气瓶。短小的船头上
层的栏杆边挤满了人，他们挥着手，对着夜空射出一颗颗照明
弹。尖利的鸣响从船上传来，刺耳的警报声中穿插着哈伦的生
日赞歌。

生日快乐，狗娘养的。

"科瓦奇？"

发话的是希拉·特雷斯。她在我毫无察觉之下进了驾驶舱，
这要么说明她善于隐秘行动，要么说明我疏于防范。我更希望
是前者。

"你还好吧？"

我思索了片刻，"我看起来不好吗？"

她做了个简洁的手势，坐到另一张椅子上。她就这么盯着我看了好一会儿。

"那孩子是怎么回事？"最后，她开口发问，"你是打算重温远去的青春吗？"

"不，"我用拇指朝南边比了比，"我远去的青春就在那儿的什么地方，正打算杀了我。这事跟伊莎没关系。我可不是该死的恋童癖。"

又一段长长的沉默。发射驳船在夜色中远去。跟特雷斯说话总是这样。换作平时，我多半会很恼火，但现在，在午夜前的这段寂静中，我却感到莫名地平和。

"你觉得他们用那种病毒追踪夏目多久了？"

我耸耸肩，"很难说。你想问的其实是，那是长期潜伏的病毒，还是专门为我们设下的陷阱，对吗？"

"如果你愿意这么理解的话。"

我弹了弹雪茄，盯着落在脚边的烟灰，"夏目是个传奇。的确，记得他的人不多，但我正是其中之一。所以我那个给哈伦家卖命的复制人也会记得。他现在多半已经知道我在获户丸跟一些人谈过话，因此得知他们把西尔维关在里拉峭壁。他能根据这条信息判断出我的打算。接下来靠特派探员的直觉就能搞定。如果他真的猜到了我的想法，那么没错，他或许会让他们用病毒软件盯着夏目，等着我的现身。凭借他眼下的靠山，想编写一两个空壳人格，再伪造个来自其他弃绝会修道院的假身份，这些简直易如反掌。"

我吸了口雪茄，感受着辛辣的烟气，再缓缓吐出。

"但话说回来，也许哈伦家族早就盯上了夏目。他们可不是那种宽容的人。就算他爬上里拉峭壁不过是奎尔主义狂热者的表演，这件事本身还是让他们颜面扫地。"

希拉沉默不语，透过驾驶舱的挡风玻璃看着前方。

"说到底还是一回事。"最后，她开口道。

"是啊。他们知道我们会来。"真奇怪，我说这话的时候不由得露出了微笑，"他们不知道确切的时间和方式，但他们确信我们会来。"

我们看着周围的游艇。我手里的雪茄已经只剩下烟蒂了。

希拉·特雷斯沉默地坐在那儿，一动不动。

"我猜'圣克宣四号'的那段日子很难熬。"她后来说。

"你没猜错。"

这次终于是她忍不住先开了口。我丢掉烟蒂，又取出两支。我将一支递给她，她摇了摇头。

"阿多觉得那是你的错，"她告诉我，"另一些人也是。但我不觉得布拉西会责怪你。他似乎很喜欢你。我想从很早以前就是了。"

"噢，我可是个讨人喜欢的人。"

她弯起嘴角，"看起来是这样没错。"

"你这话怎么说？"

她转过头去，看着这条三体帆船的前甲板。她的笑容不见了，恢复成平时那种猫儿般的冷静。

"我看到了，科瓦奇。"

"看到了什么？"

"看到你和维杜拉在一起。"

这几个字掷地有声。我用力抽了口雪茄，随后吐出一大团烟雾，以此掩盖情绪的波动。

"看到你想看的东西了吗?"

"我没在房间里。不过我看到你们俩一起走了进去。你们不像是去吃工作餐的样子。"

"不是,"想起维杜拉和我的虚拟身体缠绵的情景,我的心口不由得一阵刺痛,"的确不是。"

又一阵沉默。微弱的乐声从神奈川南部灯火密集之处传来。

鞠华音月爬了上来,与大黑月一同挂在东北方的天空中。就在游艇慢慢向南驶去的时候,我听到了大旋涡接近亚音速的水流的刺耳响声。

"布拉西知道吗?"我问她。

这回轮到她耸肩了,"不清楚。你告诉他了吗?"

"没。"

"她呢?"

又一阵沉默。我想起了维吉尼亚嘶哑的笑声,还有她用来打消我的担心的那三句话。

杰克才不会在意这种事。再说在虚拟实境,这种事甚至不是真的,阿武。反正他也不会知道的。

在十七个不同的星球上,我习惯了在炸弹和烈火间相信她的判断。但在这儿,我总觉得不太对劲。维吉尼亚·维杜拉和我一样熟悉虚拟实境。用一句"不是真的"就把那儿的事抛到脑后,在我看来,这只是逃避而已。

而且,我们当时的感觉再真实不过了。

是啊,可回到现实世界以后,你还是跟原先一样欲求不满。这件事并不比你还是个菜鸟新兵时做的那些关于她的白日梦真实多少。

嘿，可这次她也在场。

过了一会儿，希拉站起身，伸了个懒腰。

"维杜拉是个了不起的女人。"说完这句令人费解的话，她转身朝船尾走去。

快到午夜的时候，伊莎解除海湾的交通管控，布拉西接管了露天驾驶舱的操纵装置。常规的烟火已经开始升空，烟花仿佛绿色、金色和粉色的声呐显示屏，铺满了米尔斯波特的天际。几乎每一座小岛和每一片海上平台都在燃放自己的烟火，而在新神奈川、丹池和归户这样的大岛上，烟花更是随处可见。甚至连海湾里的几条船都拿出了存货。从距离我们最近的几条船上，火箭烟花带着摇曳的火花轨迹冲天而去，还有些船拿出呼救用的信号弹作为替代品。在公共广播频道里，在音乐和人声的背景下，有个愚蠢的主持人正多此一举地描述着这一切。

布拉西提高了船速，这条"鲍宾岛民"开始朝着南方乘风破浪。在距离岸边这么远的地方，风中带上了旋涡掀起的水滴。我感到薄雾般的水珠拍打在脸上，就像撞上了蛛网，但它们马上就转成了水滴成股流下时的冰冷与潮湿。

直到这时，烟花表演才真正开始。

"看啊。"伊莎说。故作老成的外表下，她的面孔短暂地浮现出孩童般的兴奋神色。和我们一样，她到甲板上来，为的是不错过这场表演的开头。她朝雷达显示屏一点点头，"先是第一批。升空了。"

在显示屏上，我看到我们所在位置的北部有不少光点，每一个都标记着锯齿状的闪电符号，代表飞行物。和所有富人的玩具一样，"鲍宾岛民号"有些毫无必要的仪器，甚至能告诉我们那些飞行物所在的海拔高度。我看着每个光点上方标注的数字，心里不由自主地生出些许敬畏。只要你在哈伦世界长大成人，就不可能感觉不到。

"他们已经切断了绳索，"主持人快活地解说道，"气球正在上升。我能看到——"

"我们非得听这个吗?"我问。

布拉西耸耸肩，"你来找个没在播放这些蠢东西的频道吧。反正我找不到。"

下一瞬间，天空绽裂了。

那些氢气球的吊篮里装满了爆炸性的压舱物，已经达到了四百米高的界限。最近处的轨道卫星以非人的精确和机械的迅捷察觉到了异状，放出了数条细长的天使之火。它们撕开黑暗的天空，划破西方高处的云团，以突如其来的蓝光照亮了周围参差不齐的山脉。几分之一秒之内，天使之火就命中了每一只气球。

压舱物立刻引爆。彩虹般的火花洒向整个米尔斯波特城。

天使之火所到之处，威严的雷声在群岛上方炸响。

就连电台主持人也闭上了嘴巴。

在南方某处，第二批气球到达了界限。轨道卫星再次射出激光，黑夜转为蓝色的白昼。天空再次被缤纷的色彩占据。灼烧的空气连声怒吼。

这时，整个米尔斯波特的重要地点和海湾里的驳船都放出了气球。高挂在我们头顶的那些外星机械开始经历连番挑战。不断闪烁的天使之火仿佛一条毁灭之鞭，从各种角度伸出云团，精密地抽打在所有胆敢到达四百米界限的所有飞行物上。连绵不绝的雷声震耳欲聋。海湾和远处的地貌仿佛闪光照耀下的静态图像。

无线电讯号中断了。

"该出发了。"布拉西说。

他露齿而笑。

我这才意识到，我也该出发了。

31

海湾里的海水冰冷，但算不上令人不快。我走下鲍宾岛民游艇的潜水阶梯，放开栏杆，感受着凝胶般的海水透过潜水服挤压着身体。那种感觉就像拥抱，而我任由绑缚在身上的武器和潜水服的重量将我带向水中。在水下几米深的地方，我打开了匿踪功能和浮力控制系统，让我的身体缓缓上浮。我将眼部以上露出水面，打开头盔面罩，甩干里面的水。

特雷斯在几米开外浮了上来。她抬起一只戴着手套的手，向我示意。

我寻找着布拉西的踪影。

"杰克?"

他的声音通过感应麦克风传来，声音颤抖，还不时哈着气。

"在你们下面。够冷的，对吧?"

"我早说过了，你该解决掉你的自体感染。伊莎，你在船上听着吗?"

"你以为呢?"

"那好。你知道该怎么做吧?"

我听到她叹了口气,"是的,老爸。坚守岗位,保持频道畅通。把其他人的所有消息转述给你们。别跟陌生人说话。"

"很好。"

我小心翼翼地抬起一条胳膊,看着匿踪系统启动潜水服的光折射机能。在接近水底的时候,标准的变色铬合金会发挥作用,让我跟那里的色彩融合无间,而在开阔水域,光折射机能会让我仿若幽灵,仿佛阴影笼罩的水面上一处稍纵即逝的异样,仿佛光线造成的幻觉。

这一点令人安心。

"好吧。"我吸了口空气,用力有些过猛,"行动吧。"

我根据新北海道南端的灯光,以及二十公里外黑黢黢的里拉峭壁判断出了方位。然后我潜入海水,懒洋洋地翻了个身,向前游去。

在不吸引注意力的前提下,布拉西已经把我们带到了尽可能远的北方,但我们距离峭壁仍然有很长的一段路。在正常情况下,游到那儿至少要花几个钟头。被大旋涡带向南方的水流能提供少许帮助,但让潜泳接近的方案真正可行的,却是改造过的浮力控制系统。轨道卫星制造的能量风暴有效地蒙蔽了群岛上的电子安全措施,没有人能发现水下的单人用重力引擎。只要施加一个合适的矢量,这具引擎就能以船舰行驶的速度将我们送向南方。

像"惠比寿之女"传说中的海上幽灵,我们悄然穿过暗沉的海水,彼此间只有一臂之遥。头顶的海面无声地绽放出色彩,映出那接连不断的天使之火的光芒。我的耳中传来轻柔的咔嗒声和气泡声,那是电解我周围的海水所产生的氧气,这些氧气随后和我背上的超压缩迷你气缸里的氦气混合,送入我的呼吸器,再耐心地将我呼出的空气撕裂分解为不到鱼卵大小的泡沫。

远方的大旋涡奏响了低沉的对位旋律。

一切都那么和平。

没错,这是比较轻松的部分。

在不时有闪光照亮的昏暗中,某段记忆浮现出来:和一个来自新佩斯特上流社会的女孩在平田礁外夜潜。某天晚上,她和西格斯瓦以及几个"暗礁斗士"的成员突然来到渡边的酒吧,她的气质像是贫民窟女孩和黑帮小子的混合体。伊娃?伊莲娜?

我只记得她系成辫子的蜂蜜色头发,细长的四肢,还有那双闪闪发亮的绿色眸子。当时她正用力吸着手里的海大麻烟卷,粗糙的混合烟草让她难以呼吸,喘息不止,惹得她那些更加惹眼的朋友大笑出声。她是我见过的最漂亮的女孩。

花费了好一番工夫以后(这对我来说可很少见),我把她从西格斯瓦身边引开(反正他似乎也把她当累赘看待),来到渡边酒吧靠近后厨的安静角落里,独占了她一整晚。她简直像来自另一个星球:她的父亲非常爱她、担心她(如果换个场合,我恐怕早就开口嘲笑了);她的母亲不喜欢当全职家庭主妇,找了份兼职工作;她家有一处位于镇外的房产,他们每隔数月就会去米尔斯波特和艾科兹一次;她的姑妈去了外世界工作,他们都以她为荣,还有个希望效仿的兄弟。她说这些时一副满不在乎的口气,显然相信这些事再普通不过了,说话的时候时不时还会被大麻烟卷呛到,也经常对我露出灿烂的微笑。

在其中一次微笑时,她问我:**你平时都找些什么乐子?**

我,呃,我。礁石潜水。

微笑变成了大笑。**是啊,你们是暗礁斗士嘛,我猜到了。你经常潜水吗?**

最后那句台词本该是我的,是我们用来泡妞的词儿,而她在我眼皮底下偷走了它。可我半点也不在乎。

我常去平田礁的那一边,我脱口而出。**你想找个时间试试看吗?**

当然,她毫不示弱地说。**现在如何?**

当时是科苏特的盛夏,内陆湿度早在几周前就达到了百分之一百。下水游泳的想法仿佛传染性的瘙痒。我们溜出渡边酒吧,接着我教她如何观察自动出租车的车流,选择了一辆没有乘客的出租车,爬上车顶。我们乘着它一路穿过城镇,风吹凉了我们体表的汗水。

抓紧喽。

噢,我从没想过还能这样。她大喊着回答,在扑面而来的风中冲着我大笑。

出租车在港务局附近停下载客,我们滚下车顶,吓得那位候车的顾客发出一连串尖叫。震惊随即转变为抱怨和憎恶的目光,而我们大笑着转身跑开。港口的安全系统在气垫船码头的东部角落有个缺口,那是某个十岁出头的小黑客去年为了取乐而制造的盲点。他拿这条情报跟"暗礁斗士"换了一段全息色情影片。我们穿过缺口,悄悄溜上一条气垫船,偷走了一条拥有真正龙骨的小艇。我们划着水,无声无息地离开港口,然后发动引擎,在飞溅的白色水花中大呼小叫着驶向平田礁。

随后,在寂静的水下,我抬起头,看着布袋月的照耀下涟漪阵阵的海面,看到她在我上方的身体。在浮力夹克的黑色束带与老旧空气压缩潜水衣的衬托下,她的身体显得那么洁白无瑕。她正茫然地随波逐流,或许是在注视我们身边高大的礁石之墙,也或许只是沉溺于冰凉的海水冲刷皮肤的感觉。在大约一分钟的时间里,我漂浮在她的下方,享受着这番美景,感到自己的下体渐渐坚硬。我用双眼勾勒出她的大腿和臀部的轮廓,注视着她的浮力夹克没能遮住的结实的小腹,还有她胸口明显的起伏。

紧接着发生了意外。也许是因为抽多了海大麻——这在潜水前可不是什么明智之举;又或许只是我自己的家庭背景引发的父性本能。侧面的礁石出现在我的视野里,在那可怕的一瞬间,它仿佛出现了严重的倾斜,正朝我们坍塌下来。她双腿的动作激发的性欲转变为强烈的担忧:我生怕她会死去。在恐慌中,我游向水面,双手抓住她的肩膀,将她的身体转了过来。

可她安然无恙。

她在呼吸面罩后的双眼惊讶地瞪大了少许,随后用双手碰了碰我。她露齿而笑,吐出一串气泡。

手势,爱抚。她的双腿缠住了我。她取出浮力调节器,示意我照做,然后亲吻了我。

"阿武?"

后来,我们来到暗礁斗士在礁石顶上搭建的工具屋里。她和我躺在发霉的冬季潜水服铺成的床上,为我谨慎的动作而吃惊。

你不会弄坏我的,阿武。我是个大女孩了。

随后,她的双腿再次缠在我身上,摩挲着我,发出欣喜的笑声。

抓紧!

而我沉醉其中,完全没想到可以盗用她在出租车顶上的那句回答。

"阿武,你听到我的话了吗?"

伊娃？阿丽安娜？

"科瓦奇！"

我眨了眨眼。是布拉西的声音。

"听见了，抱歉。什么事？"

"有船来了。"他话音刚落，我就听到了细小的螺旋桨搅动海水的呜呜声，在大旋涡的低沉咆哮声中显得格外尖利。我确认了自己的接近感应系统，却没发现任何重力引擎的踪迹。我切换到声呐，这才发现有船正从西南方朝海湾这边迅速驶来。

"是条有龙骨的船。"布拉西喃喃道，"我们该不该小心点儿？"

我并不觉得哈伦家族会用那种配有龙骨的旧式巡逻艇。不过——

"关掉引擎，"希拉·特雷斯替我做了回答，"切换到漂浮待命状态。没必要冒险。"

"是啊，你说得对。"我不情不愿地摸到了浮力调节装置，关闭了重力系统。我的身体立刻被这套行头的重量拖向海底。我连忙转动紧急漂浮旋钮，感觉到浮力夹克里的滞留用气囊开始充填。等到下降的势头中止，我立刻关闭充气，听着逼近的小艇的呜呜声。

又一道天使之火撕裂夜空，我看到了头顶那条船的庞大的龙骨。形状像鲨鱼，一侧有一大块畸形。我眯起双眼，凝视着光亮褪去后的这片昏暗，将生体强化后的视力发挥到极限。那条船似乎在拖着什么东西。

我的紧张顿时消失无踪。

"是出租的捕鱼船，伙计们。他们正拖着一条瓶背鲨的尸体。"

那条船吃力地分开海水,伴随着单调的呜呜声驶向北方。猎物的重量令船身有些倾斜,离我们仍有相当一段距离。

我借着强化后的视力看到,在闪烁蓝光的海面,那条死瓶背鲨的身后仍旧拖曳着细小的血迹。

庞大的鱼雷状身体在船首分开的浪花中无力地翻腾,钩爪拖在后面,就像一双破碎的翅膀。它背部的凸缘被扯得在水中摇曳不止,模糊了参差不齐的肿块和卷须组织。散乱的缆线缠绕其上。看样子他们用鱼叉射中了它好几次——租下这条捕鱼船的人肯定不怎么擅长捕鱼。

人类刚刚抵达哈伦世界的时候,瓶背鲨还没有天敌可言。它们处于食物链的顶端,是拥有极强适应力的海中猎手,也是拥有高度智慧的社会动物。

在这颗星球上,还没有什么东西演化到能够杀死它们的程度。

我们很快就改变了这一点。

"但愿这不是什么预兆。"希拉·特雷斯出人意表地喃喃道。

布拉西咕哝了一声。我排出了紧急用气囊里的空气,接着重新打开重力系统。我周围的海水仿佛突然间变冷了。自动进行线路检查和设备修正的过程中,我能感觉到一股模糊难明的怒意渐渐涌上心头。

"我们速战速决吧,伙计们。"

二十分钟过后,当我们游到里拉峭壁底部的浅滩时,那种情绪仍旧伴随着我,令我的太阳穴和眼皮跳动不止。

夏目的模拟软件的淡红色线路指针投射在我的潜水面罩内侧,仿佛在随着我的血液流动而闪烁。破坏的冲动在我体内愈加高涨,就像失眠或是狂喜。

我们找到了夏目提到的那条通道,用戴着手套的双手抓住凸出的岩石和珊瑚礁,缓缓穿行其中。

我们踩在一处狭窄的岩架上(软件特意将它染了色,并以恶魔的笑脸作为标记),钻出水面。**那就是入口**,夏目当时说,**敲敲门吧**。说这句话的时候,他带着戏谑的语气,完全不像平时那位避世独居的僧侣。我开始评估状况。大黑月的暗淡银光照耀着海面,但布袋月仍未升起,大旋涡和附近的海浪溅起的飞沫模糊了仅有的亮光。四周一片昏暗。天使之火投下的阴影掠过岩石,另一组烟花在北方某处的天空中亮起。

轰鸣的雷声在夜空炸响。我的目光扫过上方的山崖,随后转向我们刚刚离开的黑色海洋。没有行踪暴露的迹象。

我解开潜水头盔的外部框架,将它和潜水面罩分离开来,然后取下,接着脱掉橡胶蹼,舒展里面脚趾部位。

"大家都没事吧?"

布拉西咕哝着表示肯定。特雷斯点点头。我把头盔框架挂在腰背部位的腰带上,免得碍事,随后脱下手套,放进一只袋子里。调整了面罩位置,确认数据传输仍然正常后,我仰起头来,看到夏目当时攀爬的路线都清晰地标记出了支撑点。

"你们都能正常看到吧?"

"能,"布拉西咧嘴笑了,"有点败兴啊,是不是? 都标得这么清楚了。"

"你要先来吗?"

"你先吧,荣春堂先生。"

我没给自己思考的时间,直接抬手抓住标注出来的第一个支撑点,脚下发力,攀上了岩壁。

我甩动身体,让另一只手也抓住了支撑点。大旋涡造成的迷雾让岩壁湿漉漉的，但荣春堂的技术让我的双手毫不动摇。我抬起一条腿，踩上一块有些倾斜的岩架，随后再次甩动身体，抓住了支撑点。

也彻底离开了地面。

简单极了。

攀爬了大约二十米以后，这个想法突然出现在我的脑海，让我脸上露出了一丝疯狂的笑容。夏目曾经警告我说，**这段攀爬的初期极具欺骗性。会让你很有成就感**，他严肃地说。**有很多大幅度的动作，让你觉得自己就像只猿猴。而你那时的气力还很充足。你会感觉良好。但要记住，这不会维持太久。**

我像黑猩猩那样抿住嘴唇，发出低声的呼哨。

在我的下方，海浪不知疲累地拍打和侵蚀着岩石。气息和响声传向岩壁，将我包裹在寒意和潮气之中。我压下一阵颤抖。

甩动身体。抓住支撑点。

我渐渐发现，帮助我抑制眩晕感的并非特派探员的训练。岩壁就在我面前不到半米远处，荣春堂的强化生体技术几乎让我忘记自己正在攀爬绝壁。等我们爬到高处以后，岩石表面不再有飞沫的覆盖，不断重复的浪涛声也消退为背景里的模糊噪音。我掌中的壁虎刺毛让光滑而危险的支撑点舒适到可笑的程度。比所有这些因素（或许包括发挥到极限的感官能力）更重要的是——这具身体知道该怎么做。

接着，等到我抵达面罩显示屏上以"休息点"符号标记的那组支撑点和岩架以后，我低下头去看布拉西和特雷斯的情况——先前的努力因此毁于一旦。

在六十米下方（这还不到峭壁的三分之一高度），海面仿佛一件发黑的羊毛织物，在大黑月的照耀下时而泛动银光。在里拉峭壁的底部边缘,岩石竖立在水中,仿佛固态的影子。构成通道入口的那两块巨石看起来还没有我的手掌大。在巨石之间来回流淌的海水催人入眠,让我的身体沉重起来。整个景色仿佛在不停转动,令人头晕目眩。

我身为特派探员的训练开始发挥效力,抹平恐惧。就像头脑里的一道气闸门。我的目光再次转向岩壁。希拉·特雷斯伸出手,敲了敲我的脚。

"你没事吧?"

我这才发现自己已经发了大半分钟的愣。

"只是在休息而已。"

标记出来的支撑点偏向左侧,化作一条向上的斜线,绕过一堵宽阔的扶壁。夏目警告过我们,那面扶壁是几乎"无法攀爬"的。

他的做法是后仰身体,几乎头下脚上地在扶壁底部移动,将双脚塞在细小的支撑点和岩石的裂缝中,手指勉强抓住岩壁略带弧度的凸出部位,直到双手抓住扶壁那头的倾斜岩架,让身体恢复到接近垂直的姿势为止。

我咬紧牙关,开始照做。

爬到一半的时候,我的脚底打滑,身体失去了重心,带着右手松开了岩石。我不由自主地哼了一声,只凭左手悬挂在那儿,双脚慌乱地寻找着立足点。但附近却只有空气。要不是我尚未完全恢复的左臂肌腱还算可靠,我恐怕已经惊叫出声了。

"该死!"

抓紧喽。

壁虎刺毛抓得牢牢的。

我仰起上半身,本能地伸长脖子,竭力窥视面罩显示屏上标注出来的那些立足点,同时发出短促而恐慌的喘息。我的一只脚踩在岩壁的某块半圆形的凸出上,同时左臂承受的拉力略微增强了些。由于戴着面罩,我看不太清周围的景象,只能在黑暗中伸出右手,在岩壁上摸索另一处着手点。

找到了。

我将那只固定住的脚挪动了少许,又将另一只脚也固定在旁边。

我悬停在那里,气喘吁吁。

不,见鬼,别停下!

我用上了全部的意志力,才将右手挪向下一个着手点。移动了两次以后,我才艰难地下定决心,去寻找下一处。

又移动三次以后,姿势才稍微和缓了些,与此同时我意识到,自己已经接近了扶壁的另一侧。我抬起手,摸到了第一块倾斜的岩架,把自己拉了上去,随后坐直身子,伴着急促的呼吸咒骂起来。我面前是一处带有深邃沟槽的支撑点。我把双脚抬上最低处的岩架,然后贴着冰凉的岩石,无力地坐在那里,松了口气。

快他妈让出地方来,阿武。别让他们挂在那儿不能动。

我沿着一系列支撑点向上攀爬,最后来到了扶壁的顶上。一处宽阔的岩架在面罩显示屏上闪烁红光,上面标着一张笑脸。

休息点。我等在那里,这时希拉·特雷斯和布拉西先后钻出扶壁下方,来到我身边。那位大块头冲浪手此时笑得像个孩子。

“你可真让我捏了把汗,阿武。”

“用不着。你的担心是多余的。”

我们休息了大约十分钟。在我们头顶,要塞的城垛已经清晰可见,光滑齐整的边缘从嶙峋的怪石间现身。布拉西朝上面点了点头。

"没多远了,是吧?"

"是啊,现在我们要担心的只有裂翼鸟了。"我掏出驱鸟喷雾,把全身上下喷洒了一遍。特雷斯和布拉西也照做了。时而被照亮的黑暗中,喷雾散发出一股微弱而稀薄的气味。它也许不能百分之百保证赶走裂翼鸟,却无疑能让它们不敢靠近。如果这样还不够的话……

我从挂在肋部的皮套里拔出那把"狂想曲",按在胸口的通用型胶贴上。枪就那么固定在上面,方便我在几分之一秒内取下,不过前提是我能空出手来取枪。

考虑到我可能会面对整整一个山崖受惊而愤怒、准备保护雏鸟的裂翼鸟,我更希望用上背上的重型桑杰特粒子枪。但在这种条件下,我无法有效地使用那样的武器。我面露苦相,正了正面罩,再次确认了数据传输,随后深吸一口气,把手伸向下一组支撑点。

此时山壁变成了凸面状,开始向外凸出,迫使我们以后仰二十度的姿势攀爬。夏目曾经的路线在岩石间蜿蜒,途中像样的支撑点极为有限,寥寥无几的休息点更是相隔遥远。

等到凸面渐渐恢复成垂直,我的双臂已经从肩头到指尖都隐隐作痛,喉咙也因为剧烈的喘息而刺痛。

抓紧喽。

我找到了面罩标出的一道斜向的裂纹,顺着它向上爬去,给其他人留出空间。随后我将一条手臂伸进缝隙,直到手肘位置。我无力地悬挂在那儿,喘息不止。

几乎在那股气味飘来的同时,我也看到了蛛丝般纤细的白网从上方垂下。

油腻腻的,带着一股酸味。

到地方了。

我扭头看向上方,作为确认。我们就在那个裂翼鸟聚落的下方。这整片岩石都被裂翼鸟的奶油色网状分泌物层层覆盖着——裂翼鸟的胚胎就出生在这里,也会在此经历四个月的育熟期。在我头顶的某处,成熟的幼鸟会挣脱束缚,随后要么飞向自由,要么无助地滚落到下方的海水里。这里奉行的是达尔文那套"物竞天择"的理论。

现在不是想这些的时候,对吧?

我将生体强化发挥到极限,扫视着这个聚落。在这片白色里,那些深色的形体或是在突出的峭壁上整理羽毛,或是在拍打翅膀,好在数量并不多。夏目向我们保证说,**裂翼鸟留在巢里的时间很少。那儿没有需要孵化的蛋,胚胎能直接从网状物质吸收养分。**和绝大多数骨灰级攀岩家一样,他对这些生物颇有研究。**你会遇见几只放哨的鸟儿,三两只正在产仔的雌鸟,或许还有些吃饱了肚子的成鸟在给自己的领地分泌更多的油腻物质。如果脚步足够小心,它们或许会对你视若无睹。**

我做了个苦脸,开始沿着裂缝爬上。油脂的臭气加强了,网状物质的碎片开始黏附在我的外套上。接触到那种物质的衣料附近,变色系统开始运转,将衣服漂白。我不再通过鼻子呼吸,同时低头打量,看到跟上来的其他人也同样一副因为恶臭而扭曲的面容。

那道裂缝无可避免地到了尽头。面罩上显示,下一组支撑点埋藏在那些网状物质下方。我阴郁地点了点头,将手伸进那堆恶心的东西里,四下摸索,直到发现显示屏上标记为红色的那块凸出岩石为止。它的感觉倒是相当结实。我第二次将手伸进里面，找到了另一处更好的支撑点，接着将一只脚伸向侧面，寻找同样掩盖在底下的岩架。到了这时，尽管我是在用嘴巴呼吸，但嗓子里仍旧尝到了那种油腻的味道。

这比攀爬那块凸面还要难熬。支撑点都很稳当，但你每次都必须强迫手或脚穿过又厚又黏的网状物质，直到确认抓稳或是踩稳为止。你还必须留意悬挂在网里的那些依稀可见的胚胎，因为即使在胚胎里，裂翼鸟也能咬人。而且一旦不小心碰上，它们就会释放出表示恐惧的信息素，这等于朝周围拉响警报。那些"哨兵"会迅速赶来。我可不认为在那种情况下我们还能全身而退。

把手伸进去。舒展手指。

抓稳。移动。

抽出你的手。憋住气，别去闻那股释放出来的恶臭。再把你的手塞进去。

到了这时，我们的身上已经沾满了那种网状物质，而我发现自己不记得攀爬光滑的岩石是什么感觉了。在一块几乎清空的岩壁上，我经过了一只早已死去、正在腐烂的幼雏：它的爪子勾在一团纠缠的网状物质上，身体倒挂在空中，无力挣脱，最后活活饿死。这具尸体在臭气里增添了一种令人作呕的甜香气息。而在更高处，有只几乎长成的胚胎似乎转过了脑袋，看着小心地将手伸进半米远处的那团油腻的我。

我奋力爬上一处黏嗒嗒的岩架。

裂翼鸟猛扑而来。

它恐怕和我同样吃惊。这只鸟儿直扑向我的双眼，鸟喙重复地做着戳刺的动作，碰到的却是我的面罩，冲力大得让我头颅后仰。它的鸟喙在玻璃面罩上发出刮擦的噪音。我的左手松脱,身体以右手为中心旋转起来。那只裂翼鸟呱呱地叫着,凑近了些,鸟喙凿向我的喉咙。我感觉到了鸟喙锯齿状的边缘。我别无选择,只能将背脊贴着岩架,生体强化后的左手猛地伸出,攥住了那只蠢东西的脖子。我将它扯下岩架,朝下丢去。又是一声吃惊的"呱",它展开了那双皮质的翅膀。希拉·特雷斯大叫起来。

我用左手抓稳支撑点,向下看去。他们都没什么事。那只裂翼鸟化作一团不断远去的阴影,朝着海上飞去。我重新开始了呼吸。

"你们还好吧?"

"拜托,别再来一次了。"布拉西咬牙切齿地说。

其实他没必要提醒我。接下来,夏目的路线带我们穿过一片早已废弃的产仔区域,最后越过一小块较为厚实的分泌物,岩壁便恢复了光滑。又经过十来个牢固的支撑点以后,我们蹲伏在一面打磨过的石头平台上,头顶就是里拉要塞主城垛的边缘。

我们绷紧身体,相视而笑。平台上的空间足够让我们坐下。我碰了碰感应话筒。

"伊莎?"

"嗯,我在。"她的声音尖锐得反常,语气里带着紧张和仓促。我又笑了起来。

"我们到顶了。告诉其他人吧。"

"好的。"

我靠着城墙,松了口气。

我凝视着海平线。

"我可不想再爬一次了。"

"还差一点。"特雷斯说着,用大拇指比了比城垛。我循着她的动作,看着城垛的底部。

移民时代的建筑风格。夏目的语气近乎轻蔑。**简直奇形怪状——他们恨不得在墙上造个阶梯出来。**还有他作为弃绝会僧侣的这段岁月并未抹去的骄傲。**当然了,他们从一开始就没想过有人能爬到那儿。**

我审视着城垛底部的坡面上成排的雕刻。大部分只是标准的"翅膀与海浪"图案,但在某些位置,上面雕刻的却是康拉德·哈伦用线条勾勒出的头像,以及他在移民时代的几位知名亲属。只要有十平方厘米的石料,都能给我们提供稳固的支撑点,而城垛边缘凸出的部分将近三米宽。我叹了口气,打起精神。

"好吧。"

布拉西在我身边做着准备,又抬头去看城垛底部的角度。

"看起来够简单的,对吧? 你觉得那儿会有感应器吗?"

我把"狂想曲"手枪朝胸口按了按,确认它仍然固定在那儿。

我解开背上那把粒子枪的扣带,站直身子。

"谁他妈在乎这个。"

我伸出手,一拳打在康拉德·哈兰头像的眼睛上,手指塞进石块间的缝隙,然后不假思索地爬了上去。

凭借双手挪动了大约三十秒后,我来到了垂直的墙面上。我在那里找到了同样可供攀爬的雕刻图案。几秒钟之后,我蹲伏在了一道三米宽的矮墙上,看着下方那片回廊围绕的泪滴形区域仔细铺设的碎石地面和排列得整整齐齐的岩石。一尊哈伦的小型雕像竖立于中央,低头合掌,做出冥想的姿势。雕像后方是一尊更加高大的、理想化的火星人雕像,它伸展双翼,既代表保护,也代表授予力量。这片区域的远端是一条看起来颇为豪华的拱廊,我知道它通向要塞宾客区的庭院和花园。药草和岩架果的香气从我身边飘过,但周围除了轻风以外没有任何本地噪音。看起来,那些宾客都分布在中央建筑群里,那里灯火通明,庆祝的声音也不时随风飘来。我将生体强化运用到了极限,听出了欢呼声,还有伊莎讨厌的优雅乐曲,以及一副颇为悦耳的歌喉。

我从背上的皮套里取出粒子枪,打开动力开关。

我等待在这场派对边缘处的黑暗里,双手攥紧死亡,一时间觉得自己就像传说故事里的恶灵。布拉西和特雷斯已经来到我身后,在护墙上分散站好。大块头冲浪选手的双臂抱着一把沉重的古董破片步枪,特雷斯用左手举起了她的粒子枪,为右手的卡拉什尼科夫实弹枪腾出位置。她一脸冷漠,仿佛正用这两把武器维持平衡,又仿佛要把它们丢出去。天使之火不时撕裂夜空,朝我们投下略带蓝色的虚幻光芒。隆隆的雷声仿佛在煽动着我们。在远处的海面上,大旋涡的轰鸣低沉地传来。

"到地方了。"我轻声地说。

"是啊,你们恐怕走得够远的了。"花园散发芬芳的阴影里传来一个女人的声音,"请放下武器吧。"

32

　　全副武装的身影走出回廊,人数至少有十来个。我看到了好几张苍白的面孔,但多数人都戴着笨重的增强型夜视面罩,还有海军陆战战术小队风格的头盔。战斗装甲包裹着他们的胸口和四肢,就像多出来的肌肉。他们都拿着重型武器。破片粒子枪装着散射用的喇叭状枪口,破片步枪大约比杰克·索尔·布拉西带来准备狂欢的那把枪先进一个世纪。还有几把枪托笨重的等离子枪。在哈伦家这座鹰巢般的要塞里,没有人会轻视敌人。

　　我将桑杰特粒子枪的枪管缓缓垂向护墙。

　　我用一只手轻轻地抓住墙头,借着眼角余光看到布拉西放下了那把破片步枪,希拉·特雷斯也放低了手里的武器。

　　"噢,我的意思其实是交出武器,"那女人彬彬有礼地说,"但恐怕引起了你们的误解。也许我的美语还说得不够好。"

　　我转向发话者的方向。

　　"艾拉,是你吗?"

　　一阵漫长的沉默,接着,她从那条拱道里走了出来。又一道天使之火暂时照亮了她,随后昏暗再次降临,我只能凭借生体强

化后的视力才能看清细节。这位哈伦家族的安全主管拥有第一
家族那种典型的美貌——气质优雅，五官属于几乎永葆青春的
欧亚混血儿，乌黑的头发塑造成静电场里根根竖立的样子，衬托
出她洁白的面孔。她的嘴唇和目光透出灵动与智慧，眼角的细
小皱纹显示着她度过的岁月。她高挑苗条的身体裹在黑色和暗
红相间、式样简单的高领棉衣里，下身穿着宽松得离谱的长裤，
她站定时简直像是宫廷礼袍。她的脚上是一双平跟鞋，必要的
时候便于逃跑或是搏斗。还有一把破片手枪。枪口没怎么瞄
准，但也没有垂下。

她在昏暗的光线里露出微笑。

"没错，我是艾拉。"

"那个年轻版本的我在你那儿吗？"

她再次微笑，随后看向旁边，扬了扬眉毛。他从阴影笼罩的
拱廊里走了出来。他的脸上带着笑容，只是看起来不怎么有信
心。

"我在这儿呢，老家伙。你有什么要跟我说的吗？"

我看着他黝黑魁梧的身体，坚定的站姿和系在脑后的头
发。就像三流武士片里的反派角色。

"反正你什么也听不进去。"我告诉他，"我只想数清这儿究
竟有几个傻瓜。"

"是吗？我可不是刚刚爬了两百米山崖，然后掉进陷阱的那
个人。"

我没理睬他的嘲笑，回头看向艾拉，后者正愉快而好奇地打
量着我。

"我是来找大岛·西尔维的。"我轻声地说。

年轻版本的我大笑起来。几个全副武装的帮手也附和地笑

了,但没多久就停了下来。他们都很紧张,因为我们这边的武器仍然不少。艾拉一直等到笑声完全停止。

"我想我们都明白这一点,科瓦奇君。但我不觉得你还有机会实现这个目标。"

"噢,我希望你去把她带来给我。"

又一阵刺耳的笑声,那位安全主管的笑容却渐渐消失了。她迅速做了个手势,示意他们安静。

"别开玩笑了,科瓦奇君。我可没有无限的耐心。"

"相信我,我也没有。而且我累了。所以你最好派几个人过去,把大岛·西尔维从你们的审讯室里带出来。你们最好祈祷她安然无恙,因为如果她受了伤,谈判就结束了。"

这座石头花园再次陷入沉寂。没有人继续发笑。特派探员式的坚定,我说话时的语气、使用的字眼,还有轻松的姿势——这些都让他们信服。

"你究竟在拿什么做谈判,科瓦奇君?"

"米姿·哈伦的人头。"我简短地说。

周围的寂静绷紧了。艾拉的面孔看起来就像一尊石雕,站姿却有了细微的变化。我明白,她开始相信了。

"艾拉君,我不是虚张声势。两分钟前,康拉德·哈伦最爱的孙女被奎尔主义者的袭击小队掳走了。她的身边的特工分遣队已经全数阵亡,那些想救助她的人也一样。你们的注意力一直放在了错误的地方。现在你们只有不到三十分钟的时间,把完好无损的大岛·西尔维交给我——过了这个时间,我就没法影响结果了。无论我们死去还是被俘,这些都不重要。结果不会有任何区别。米姿·哈伦将在巨大的痛苦中死去。"

局面开始逆转。护墙上凉爽而安静,我能听到大旋涡的微弱声响。这项计划经过精心安排,相当可靠,但这并不代表我不会送命。我不禁思索,如果有人开枪把我打下护墙,后果会怎么样。或许我在坠进海水之前就会死掉。

"胡说八道!"发话的是另一个我。他走向护墙,显然正在努力压抑自己的怒气,"你在虚张声势。你根本不可能——"

我的目光和他相对,而他闭上了嘴。我有些同情:当我明白幕后主使的真正身份时,脸上也凝固着这种难以置信的神情。我从前也制造过自己的分身,但它只是当时的我的副本,不像现在这个,是来自我的人生的另一个时间和地点的回音。

"是吗?"我打了个手势,"你忘了自己跟我相差的那一百来年的人生。但这并不重要。我们讨论的不是这个。重要的是,有这么一队奎尔主义者,他们怀着三个世纪的怨恨,还有个没用的贵族婊子挡在他们和他们敬爱的领袖之间。就算这个蠢头蠢脑的年轻人不明白,你也应该明白,艾拉君。有必要的话,他们什么事都做得出来。而且我无论做什么都无法改变这一点,除非你把大岛·西尔维交给我。"

艾拉对年轻版本的我说了句什么。然后她从夹克里掏出一台手机,瞥了我一眼。

"请原谅,"她礼貌地说,"但我没法就这么相信你。"

我点点头,"随你怎么去确认吧。不过麻烦快点。"

这位安全主管很快就得到了她需要的答案。

她才朝话筒说了几个字,就有一阵恐慌而语无伦次的话声传来。即使没有生体强化,我也能听到电话那头说话的声音。她的表情严厉起来,厉声用日语下达了几句命令,然后按下挂机按钮,把手机塞回夹克。

"你们打算怎么离开?"她问我。

"噢,我们需要一架直升机。我知道你们这儿有五六架。不需要太高级,再配个飞行员。如果他不惹麻烦,我们还会把他安然无恙地送回来。"

"是啊,如果你们没被哪台抽风的轨道卫星击落的话。"那个科瓦奇慢吞吞地说,"今晚可不怎么适合飞行。"

我厌恶地看着他,"我愿意冒这个险。我以前做过更愚蠢的事。"

"那米姿·哈伦呢?"哈伦家的安全主管用猛兽般的眼神看着我,"你要怎么保证她的安全?"

这场对峙开始以后,布拉西头一次忍不住插了嘴。

"我们不是杀人狂。"

"是吗?"艾拉的目光向他射去,就像一台能够响应声频的哨卫炮,"这样的奎尔主义者倒是我闻所未闻的新品种。"

在我听来,布拉西气得连声音都变了,"去你妈的,你这刽子手。你的手上沾着好几代人的血,却来指责我们的道德水准?第一家族——"

"我想这个话题还是留到下次再谈吧。"我抬高嗓门,"艾拉君,你的三十分钟已经快用完了。杀死米姿·哈伦只会让奎尔主义者不受欢迎,我想你也知道,他们会尽可能避免这种结果。如果这样还不够的话,我就以我的名义向你保证吧。照我们的要求做,我会确保哈伦的孙女完好无损地回来。"

艾拉转过头,看了看另一个我。他耸耸肩,或许还略微点了点头,又也许只是想到了带着米姿血淋淋的尸体去面对康拉德·哈伦的情景。

我看得出来,她做出了决定。

"非常好,"她轻快地说,"你得遵守你的承诺才行,科瓦奇君。用不着我告诉你这意味着什么。等到清算到来之时,你在这件事上的表现或许会让哈伦家族对你手下留情。"

我短暂地笑了笑,"别威胁我,艾拉。等到清算到来的时候,我恐怕已经离这儿很远了。这倒是很可惜,因为我会错过一出好戏:你和你那些奸猾的主人得抢在人民大众把你们吊死在码头起重臂之前,把你们的战利品带去外世界。我的直升机怎么他妈的还不来?"

他们用重力担架把大岛·西尔维抬了上来。第一眼看到她的时候,我还以为小蓝虫公司不得不处决米姿·哈伦了。担架毛毯下的那具身躯苍白得像个死人,仿佛是我在荻户丸市见到的那个女子的仿冒品。几星期来注射的镇静剂让她面容憔悴,苍白的脸颊上带着发烧似的红晕,嘴唇咬得满是伤口,眼皮无力地盖在抽搐的眼球上。她的额头出了一层细细的汗珠,在担架的验伤灯下微微发光。她的面孔左侧裹着一条长长的透明绷带,那里有条纤细的割伤,从脸颊延伸到下巴。天使之火照亮这座石头花园的时候,大岛·西尔维就像淡蓝光辉中的一具尸体。

希拉·特雷斯和布拉西一下子既愤怒又紧张——与其说是我看到的,倒不如说是感觉到的。雷声在天空炸响。

"是她吗?"特雷斯生硬地问。

我抬起那只空闲的手,"沉住气。没错,就是她。艾拉,你们他妈的究竟做了什么?"

"我劝你们别有什么过激反应。"但你能听出这位安全主管语气里的紧张。她知道我们极度接近爆发的边缘,"这道伤口是她自己弄出来的,我们只是没来得及阻止。她对我们的询问不太配合。"

我的思绪飞回了伊涅恩,还有中了罗琳病毒的杰米·德·索托抓烂自己面孔的情景。我知道他们是怎么"询问"大岛·西尔维的了。

"你们给她吃过东西吗?"我用自己听来都颇为刺耳的嗓音说。

"只有静脉输液。"等待她的人把西尔维带来的时候,艾拉丢开了配枪。这时她走向前来,双手做出息事宁人的动作,"你们得明白——"

"我们太明白了,"布拉西说,"我们明白你和你那群人都是些什么东西。过不了多久,我们就会把你们赶出这个世界。"

他肯定做了什么动作,或许是那支破片步枪的枪管颤动了一下。

整个花园的人都惊慌地举起武器。艾拉转过身去。

"别动。所有人都别动。"

我瞥了眼布拉西,低声道:"你也是,杰克。别把这事搞砸。"

轻柔的螺旋桨转动声传来。在这座要塞长长的宾客区的上方,一架狭长的黑色"德拉库"突袭直升机朝我们疾飞而来,机首向下倾斜。它在花园上方转了个弯,飞到海面上空,对着泛出蓝光的天空犹豫了片刻,随后摇摇晃晃地飞了回来,伸出抓钩型起落架。引擎的响声小了些,接着机身以昆虫般的精准降落在右方的护墙上。即使飞行员担心轨道卫星的活动,也没有在降落的动作里表现出来。

我对希拉·特雷斯点点头。她在旋翼的柔和响声中弯下腰,跑到那架直升机旁边。我看到她探身进去,和飞行员简短地说了几句,然后回头看着我,做了个"没问题"的手势。我放下粒子枪,转身看着艾拉。

"好了,你和另一个我把她抬起来,带到我这边。你们得帮我把她抬上去。其他人都退后。"

场面相当尴尬,但我们三个还是把大岛·西尔维抬出了石头花园,来到护墙上。布拉西绕了过来,站在我们和悬崖之间。我架起西尔维的腋下,艾拉抬着她的背,另一个科瓦奇抬起她的双腿。我们一起把她无力的身躯抬到直升机上。

到了门边,在旋翼的低沉响声中,艾拉·哈伦的身体越过我们手里那具半昏迷状态的身躯,朝我靠近。这架突袭直升机是为了隐秘行动而设计的,但在如此接近旋翼的地方,噪音让我根本听不见她的话。我伸长脖子,靠近了些。

"你说什么?"

她再次凑近过来。她恶狠狠的声音径直传进我的耳朵。

"我说的是,你得把她全须全尾地送回来,科瓦奇。这些可笑的革命分子,我们的恩怨可以下次再解决。但如果他们胆敢伤害米姿·哈伦的头脑或身体的任何一部分,那么只要我的意识还存在,就绝对不会放过你们。"

我在噪音中对她咧嘴微笑。我对着抽身退后的她抬高了嗓门:

"你吓唬不了我,艾拉。我这辈子都在跟你们这样的人渣打交道。我会把米姿·哈伦送回来,因为我答应了你。你要是真的那么关心她,最好着手安排,让她去外世界度次长假。那些家伙下手的时候可有点不知轻重。"

她低头看着大岛·西尔维。

"这不是她,你知道的,"她大吼道,"不可能是她。奎尔克里斯特·法尔科内已经死了。真实死亡。"

我点点头,"好吧。可如果是这样的话,你们这些第一家族的混蛋又干吗这么在乎她呢?"

安全主管的喊叫声带着并非伪造的焦虑，"为什么？因为，科瓦奇，无论这个人是谁——反正她不是奎尔——无论这个人是谁，她都从未清扫区带回了一种瘟疫。一种全新的死亡。等她醒过来以后，你可以问问她奎尔谷协议的事，再问问你自己，我为了阻止她而做的这些事有什么不合理的。"

"伙计！"年轻版的我发话了，他的双臂勾在西尔维的双膝下，"我们究竟是要把这婊子装上飞机，还是站在这儿聊上一整晚？"

我盯着他看了很久，然后小心翼翼地抬起西尔维的头部和双肩，放到正在狭窄的机舱里等着的希拉·特雷斯身边。另一个科瓦奇重重一推，她身体的其余部分也滑了进来。这个动作让他靠近了我。

"这事没完，"他对着我的耳朵大吼，"你和我还有些恩怨未了！"

我将一条胳膊伸到大岛·西尔维的膝盖下面，用手肘推着他远离她。我们目光交接。

"别他妈引诱我，"我叫道，"你这混吃等死的废物。"

他发火了。布拉西连忙凑上前来。艾拉一只手按在另一个我的手臂上，对他说了句什么。他退到一旁，然后抬起食指，对准了我。他说的话完全被旋翼的噪音盖了下去。

接着，哈伦家的安全主管拉着他，沿着护墙退到安全距离。我转身登上那架"德拉库"，挤到布拉西身边，又冲希拉·特雷斯点点头。她跟飞行员说了句什么，随后直升机松开起落架的抓钩。我看着年轻版的科瓦奇，而他也瞪着我。

我们开始升空。

在我身边，布拉西笑个不停。我朝他疲惫地点点头。突然之间,我感到身心俱疲。长距离游泳,毫不松懈的压力,攀登时九死一生的时刻,紧张的对峙———一切的一切都卷土重来。

"我们办到了,阿武!"布拉西大吼道。

我摇摇头,努力找回说话的能力。

"只是目前还算不错。"我反驳道。

"噢,别这样嘛。"

我又摇了摇头,抓稳门的两边,把身子探出突袭直升机,低头看着里拉要塞迅速远去的灯火。只凭肉眼,我看不清花园里的那些人影,也没了动用生体强化的力气。

但即使我们之间迅速拉开距离,我还是能感受到他的视线,以及其中燃烧着的无情怒火。

33

我们在约定的地点找到了那条"鲍宾岛民"游艇。伊莎的驾船技术无可挑剔。希拉·特雷斯一直在跟飞行员说话。后者虽然和我们相识不久,看起来却是个正派人。尽管他是我们的人质,但他驾驶时并没有表现出多少紧张,甚至有一次,他的话逗得希拉·特雷斯大笑不止。这时她在他耳边说了句什么,他简洁地点点头,放大了仪表板上的几块屏幕,直升机便朝着游艇飞去。我示意他拿来那副无人使用的通信耳机,塞进耳朵里。

"艾拉,你还在吗?"

她的声音传了过来,一板一眼,又礼貌得可怕,"我在听,科瓦奇君。"

"很好。我们就要降落了。你这位飞行员很快就会回去,不过我得强调一下,我希望天上彻底清空——"

"科瓦奇君,我没有这么做的权限——"

"那就去弄。就算你办不到,我也不相信康拉德·哈伦没法清空整个米尔斯波特群岛的天空。如果我在接下来的六个钟头里看到任何一架直升机,米姿·哈伦就死定了。如果我在接下来的六个钟头里看到雷达上有飞行物的影子,米姿·哈伦就死定了。如果我看到任何一条尾随我们的船,米姿·哈伦——"

"你说得够清楚了,科瓦奇。"她语气里的彬彬有礼迅速蒸发,"不会有人跟踪你的。"

"谢谢。"

我把通信耳机丢回到驾驶员身边的座位。窗外,呼啸的空气浑浊不清。自从离开要塞以后,我们再也没看到轨道卫星的炮火。从北面昏暗的天空看来,烟花表演已经落下了帷幕。厚重的云团从西方飘来,盖住了正在升起的布袋月的边缘。在更高处,大黑月蒙着一层薄薄的面纱,鞠华音月则彻底消失不见。看起来像要下雨了。

那架"德拉库"在三体船上方盘旋了一圈。我看到面色苍白的伊莎站在甲板上,迟疑地挥舞着布拉西的一把古董破片步枪。

看到这一幕,我的嘴角浮现出了微笑。突袭直升机稍稍向后退去,降到海平面高度,再朝着那条"鲍宾岛民"平移过去。我站在门口,缓缓地摆了摆手。伊莎紧张的表情软化下来,也垂下了破片枪。飞行员把直升机停在甲板的角落上,转过头对我们大喊。

"到地方了,各位。"

我们跳下直升机,随后搬出西尔维半昏迷的身体,小心翼翼地放到甲板上。大旋涡的迷雾包裹着我们,就像海妖的冰冷气息。我把身子探进直升机。

"多谢了。这段旅行很顺利。你该走了。"

他点点头,我后退了几步。"德拉库"直升机松开抓钩,向上爬升。

机首掉头,很快便飞到了几百米开外,在微弱的旋翼声中飞入夜空。随着噪音渐渐远去,我也将注意力转回脚边的那个女人。布拉西弯下了腰,翻开她的一边眼皮。

"看起来情形还不算太坏。"他对跪在一旁的我喃喃地说。

"她在发低烧,不过呼吸还算顺畅。我去下面拿些设备来,给她做个更详细的检查。"

我用手背贴在她的脸颊上。在大旋涡掀起的飞沫中,她的面孔惨白发烫,就像在未清扫区里那样。尽管我不像布拉西那样了解医学,她的呼吸声在我听来还是不太对劲。

噢,是啊,那家伙喜欢摆弄病毒。我猜"低烧"只是个相对的概念,对吧米基?

米基?怎么不叫科瓦奇了?

科瓦奇正在上头舔艾拉·哈伦的鞋底呢。就这么回事。

我怒火中烧。

"我们还是把她抬到下面去吧。"希拉·特雷斯提议道。

"是啊,"伊莎不客气地说,"她看起来糟透了,伙计。"

我压下一股突如其来的恼火,"伊莎,漱石那边有消息吗?"

"呃。"她耸耸肩,"上次我确认的时候,情况还好,他们正在移动——"

"上次你确认的时候?伊莎,这他妈是什么意思?那是多久以前的事?"

"我不知道,我一直在雷达上留意你们!"她抬高了嗓门,语气有些委屈,"看到你们来了,我还以为——"

"伊莎,究竟多久以前?"

她咬住嘴唇,回头看着我,"好了,没多久!"

"你这——"我攥紧了身侧的拳头,努力维持镇定。这不是她的错,这些都不是她的错,"伊莎,我需要你立刻下去,到通信设备那里就位。拜托。呼叫漱石他们,确认一切正常。告诉他我们这边搞定了,正在离开的路上。"

"好吧。"她仍然带着委屈的表情,"我这就去。"

我看着她离开,然后叹了口气,帮着布拉西和特雷斯抬起大岛·西尔维无力而发烫的身躯。她的脑袋软软地垂下,我只好飞快地抬起一只手去支撑。她那头被飞沫打湿的灰发似乎在抽搐,但动作很微弱。我低头看着那张通红的面孔,沮丧地绷紧了下巴。伊莎说得对,她看起来糟透了。完全不是想象中动乱年代的那位目光如电、身手矫健的战斗女英雄。

也完全不像漱石描述的那个苏醒的复仇之鬼。

怎么说呢,她倒是真的快变成鬼了。

哈哈。见鬼。

伊莎出现在船尾的升降扶梯顶端,迎面朝我们走来。

我沉浸在阴郁的思绪里,好一会儿才抬头看她的脸。到了那时,一切为时已晚。

"科瓦奇,对不起。"她哀求道。

那架突袭直升机。

微弱的旋翼响声在大旋涡的喧嚣中传来。死亡与复仇正悄无声息地朝我们逼近。

"他们失败了,"伊莎哭泣着说,"第一家族的突击队找到了他们。阿多中了弹,还有其他人。一半的人都中弹了。米姿·哈伦在他们手里。"

"在谁的手里?"希拉·特雷斯一反常态地瞪圆了眼睛,"她在谁的手里?是漱石还是——"

但我已经知道了答案。

"他们来了!"

我尖叫着,打算尽快把大岛·西尔维送进船舱。布拉西跟我想法相同,但移动错了方向。我们两个拉扯着西尔维的身体。希拉·特雷斯开始大吼。我们就像是在烂泥里行走,动作笨拙,又慢得要命。

机枪的弹丸撕裂了船尾处的海浪,朝这条"鲍宾岛民"漂亮精巧的甲板倾泻而下,仿佛一百万只摆脱束缚、满怀愤怒的水妖。周围静得出奇。水花泼洒飞溅,显得平静又欢快,丝毫无害。木头和塑料的碎片在我们周围飞舞。伊莎尖叫起来。

我把西尔维放在船尾的座椅上,扑倒在她身上。在暗沉的天空中,紧随着经过消音的枪声传来的,是那架"德拉库"嗡鸣着低空掠过水面的声音。

机枪声再次响起,我滚下座椅,拖着西尔维毫无反应的身体一起。我在这狭小的空间落地之时,某种钝器撞上了我的肋部。我感到突袭直升机的影子从旁掠过,然后远去,拥有降噪功能的引擎声接踵而来。

"科瓦奇?"布拉西的声音从甲板上传来。

"我还在。你呢?"

"他回来了。"

"该死的,他当然会回来。"我把脑袋探出掩体张望,看到那架德拉库正在雾气迷蒙的空气里转弯。他刚才是试图偷袭——他还以为我们早就防备着他这一手呢。不过现在没关系了。他可以躲在安全的远处,慢慢地把我们撕成碎片。

狗娘养的。

和艾拉对峙时郁积在心里、无法宣泄的愤怒,全部在此时喷薄而出。我在船尾座椅上坐直身子,抓住扶梯,奋力跃上甲板。

布拉西正蹲伏在那儿,双手各持一把破片步枪。他阴沉着脸,朝前方点点头。我循着他的目光看去,心中燃起一股新的怒火。希拉·特雷斯倒在地上,一条腿破碎不堪。伊莎躺倒在她身边,浑身是血,呼吸急促而凌乱。在几米远处,她曾经拿在手里的那把破片步枪丢在了地上。

我跑向那支枪,抄起它,就像抱起心爱的孩子。

布拉西从甲板的另一边开了火。他的破片步枪发出响亮的枪声,枪口的火光足有一米长。那架直升机从右边转过来,看到枪口的火光,于是立刻向上飞去。机枪弹丸打断了游艇的桅杆,发出"砰"的一声。断掉的部分只有一小截,没什么可担心的。我努力在略微倾斜的甲板上站直身子,将枪托架上肩头。我瞄准了目标,开始朝转向飞回的突袭直升机开火。枪声在我耳中咆哮。打中的可能性不大,但标准的破片弹配有近炸引信,也许,只是也许——

也许他会放慢速度,好让你靠近? 得了吧,米基。

有那么一瞬间,我想起了自己在抬起大岛·西尔维的时候丢在护墙上的桑杰特粒子枪。如果那把枪还在我手里,我肯定能把那个狗娘养的打下来,就像吐一口口水那么容易。

是啊,可你手里拿着的却是布拉西的古董武器。干得好,米基。这个错误会害你送命。

地面火力的加强让直升机驾驶员略微有些惊慌,尽管我们射向天空的弹丸根本碰不着他。也许他并不是军队的飞行员。他以侧滑的角度掠过我们头顶,几乎撞上桅杆。机身飞得很低,我能看到他戴着面罩的脸向下窥视。我气得咬牙切齿,大旋涡扬起的飞沫打湿了我的脸。我将步枪的枪口随着他移动,尽可能长时间地瞄准,希望能命中目标。

就在这时,在响亮的枪声和飘动的雾气里,那架"德拉库"突袭直升机的尾部附近发生了爆炸。看来是我和布拉西打出的破片弹之一在近处引爆了。直升机摇晃了几下,掉过头来。它看上去没受什么损伤,但这发近炸子弹肯定吓坏了飞行员。他再次开始爬升,以急剧上扬的弧度绕过了我们。消音机枪再次开火,弹丸在甲板上的落点朝我接近。破片枪的弹夹打空了。我朝侧面飞身一跃,撞上了甲板,在飞沫打湿的木头地板上滑向舷侧的栏杆——

这时,天使之火降了下来。

它仿佛一根凭空出现的蓝色手指。它刺出云团,划开满是飞沫的空气,而那架直升机突然间没了踪影。没有朝我逼近的机枪火力,没有爆炸,除了光束的轨迹上空气的噼啪声以外,没有任何噪音。那架"德拉库"原本所在的天空只剩下一团火球,然后消失为我的视网膜上的一块光斑。

——直到这时,我才重重地撞上了栏杆。

在那个漫长的瞬间,我能听到的只有大旋涡的喧嚣,还有拍打船身的浪花声。我伸长了脖子,抬头望去。天空仍旧空无一物。

"上当了吧,你这狗娘养的。"我轻声说。

我想起了另一件重要的事,于是爬起身,跑向倒在血泊中——被飞沫稀释了不少——的伊莎和希拉·特雷斯。特雷斯背靠着露天驾驶舱,正努力用几根浸透血液的布条充当止血带。她紧咬牙关,用力一拉,仅仅发出一声痛呼。她对上我的目光,点了点头,随后转头看向蹲在伊莎身边的布拉西——后者的双手正在女孩躺卧在地的身体上忙碌着。我走上前,越过他的肩头看去。

她的腹部和双腿起码中了六七枪,胸部下方就像被沼泽豹抓过一样。她的神情平静下来,早先的急促喘息也放慢了速度。布拉西抬起头看看我,摇了摇头。

"伊莎?"我跪倒在她身边的血泊里,"伊莎,跟我说话。"

"科瓦奇?"她想转头看向我,却没那个力气。我凑近身子,脸贴着她的脸。

"我在呢,伊莎。"

"对不起,科瓦奇。"她呻吟道。她的声音像个小女孩,音量也不比耳语高上多少。"我没想到。"

我吞了口口水,"伊莎……"

"对不起——"

然后她突然停止了呼吸。

34

在这片名为"埃尔特文登"、仿佛迷宫般的小岛与礁石群的中央，曾经有一座高达两公里的塔。火星人从这里的海床直接建起了那座塔，至于理由只有他们自己清楚，然后在将近五十万年前，它同样令人费解地倒塌了。大部分残骸最后都散落在附近的海床上，但在某些地方，你能在陆地上找到一些庞大的碎块。时过境迁，这些残骸已经成了所在的小岛或是礁石的一部分地貌，但即使是这种微妙的存在，也足以确保埃尔特文登的大部分区域荒无人烟。米尔斯波特群岛北端的那些渔村位于几十公里远处，也是最为接近的人类聚居地。要去米尔斯波特城，还得再往南前进一百公里才行。而且埃尔特文登足以隐蔽一整支吃水线较浅的舰队，如果这支舰队想要躲起来的话。这里有植被茂盛的狭小海峡，两边露出地面的岩层高度足以完全遮住这条"鲍宾岛民"的主桅杆，海岬之间的海蚀洞要接近之后才能看到洞口。此外还有无处不在的火星人高塔残骸，繁茂的藤蔓笼罩其上。

这是个藏身的好地方。

至少适合躲避外来的追兵。

我靠着"鲍宾岛民"游艇的栏杆，看着清澈的海水。

水面下方五米处，一群色彩鲜亮的本地鱼类正在我们埋葬伊莎的那具白色速成混凝土石棺周围打转。我想过等安全之后联系她的家人，让他们知道她在哪儿，但这似乎是个毫无意义的举动。

身体死了就是死了。如果回收小队撬开这具石棺，发现有人从她的脊椎里挖走了存储器，伊莎的父母只会更加担忧。

伊莎的灵魂——我想不出更好的形容——如今就放在我的口袋里。我感受着它的重量，感觉自己也发生了变化。我不知道该拿它怎么办，但我不敢把它留下，唯恐其他人找到。伊莎全程参与了米尔斯波特的这场突袭，这就是说，如果有人找到她的存储器，就会带到里拉峭壁，让她去虚拟实境接受审讯。目前来说，我只能带着她，就像带着那些死去的牧师去南方接受惩罚，就像我带着安平幸雄和他的黑帮同僚作为交易筹码。

还在维切拉海滩的时候，我把那些黑道的存储器埋在了布拉西住处的沙地里。我没想到口袋里这么快又有了新的存储器。在前往米尔斯波特的路上，摆脱了负担的我甚至不时有种轻松的感觉，直到关于萨拉的记忆和憎恨的习惯卷土重来。

现在，我的口袋再次有了重量，就像传说里被惠比寿诅咒过的渔船拖网，注定永远只会打捞起溺亡的水手。

我的口袋仿佛永远不可能空无一物，而我已经弄不清自己的感受了。

曾经，在将近两年的时间里，一切并不是这个样子。那时的我可以把手伸进口袋，阴郁而满足地掂量着里面各式各样的东西。

这是一个缓慢积累的过程，就像在天平的一边秤盘里不断增加砝码——另一边则是萨拉·萨奇罗沃斯卡之死带来的庞大重量。在两年的时间里，我需要的只是那个口袋，还有里面那把偷来的灵魂。我不需要什么未来和前景，只需要填满我的口袋，再给西格斯瓦位于野草湖的沼泽豹围栏提供灵魂。

是吗？那荻户丸市发生的事又怎么说？

栏杆那边有动静。缆绳轻轻摇晃起来。我抬起头，看到希拉·特雷斯双手扶着栏杆，用她那条没有受伤的腿跳跃着前行。她原本缺乏表情的面孔此时满是沮丧。如果换个场合，这一幕或许会令我发笑。但是，她的另一条腿的裤管剪到大腿，腿上包裹着透明石膏，暴露出底下可怖的伤口。

我们已经在埃尔特文登躲藏了将近三天。布拉西利用这段时间，用我们有限的战地医疗设备为希拉做了处理。希拉的石膏下面的血肉青黑肿胀，那架突袭直升机的机枪弹丸多处打穿了她的腿部，不过伤口都已经过清洗，敷上了药粉。受伤部位都有蓝色和红色的标签，标出布拉西植入快速再生生物素的位置。石膏底部的脚上穿着弹性合金靴，以防外力冲击。但想靠这么一条腿走路，特雷斯恐怕还得多服些止痛药才行。

"你应该躺着休养。"我对走过来的她说。

"是啊，但我已经躺了很久了。别让我不好过，科瓦奇。"

"好吧。"我继续盯着水面，"有什么消息吗？"

她摇摇头，"大岛醒了。她想见你。"

我看着鱼群的目光暂时失去了焦点。然后我恢复了镇定。既没有离开栏杆，也没有抬头。

"是大岛还是牧田？"

"噢，这其实取决于你想相信什么，不是吗？"

我阴着脸点点头，"这么说她还是以为她是——"

"眼下来说，是的。"

我盯着鱼儿又看了一会儿。随后，我猛地站直身子，离开栏杆，又回头看着升降扶梯。我不由自主露出了苦笑，随后朝前走去。

"科瓦奇。"

我不耐烦地看向特雷斯，"怎么？"

"对她友善点儿。伊莎中弹不是她的错。"

"是啊。的确不是。"

在船首的一间客舱里，大岛·西尔维的身体背靠着枕头，坐在一张双人床上，看着舷窗外的景色。在我们以蜿蜒曲折、险象环生的路线逃到埃尔特文登躲藏起来的这些天里，她几乎一直在沉睡，只苏醒了两次，还伴随着狂乱的挣扎，说着令人费解的机器代码。尽管要驾驶游艇和察看雷达，但布拉西一旦抽出闲暇时间，就会给她贴上营养贴片，用无针注射器给她注射混合药物。其余的工作就交给静脉点滴了。眼下药物似乎起效了。她发烫的脸颊上那种不正常的红晕消退下去，呼吸也恢复到了平稳的节奏。她的面孔仍旧带着病态的苍白，但已经有了表情，脸颊上那条又长又细的伤疤看起来也在愈合。那个坚信自己是牧田·娜迪亚的女子透过这具躯壳的双眼看着我，嘴角露出无力的微笑。

"你好啊，米基·意外之得。"

"你好。"

"我本该下床的，不过他们希望我别这么做。"她对着一把和船舱墙壁相连的扶手椅说，"你还是坐下来吧。"

"我站着也没事。"

　　她似乎更加专注地盯着我看了片刻，或许是在评估什么。她的动作带着些许大岛·西尔维的影子，让我心里很不是滋味。但当她开口说话，又侧过脸去以后，那种影子便消失了。

　　"我想，我们恐怕很快就得离开了。"她平静地说，"步行离开。"

　　"也许吧。要我说的话，我们还有好几天的时间，不过说到底，这都要看运气。昨天晚上，有一支空中巡逻队经过。我们听到了他们的声音，但他们没有接近到能发现我们的位置，也没法带着复杂到足以搜寻体温或是电子活动的设备。"

　　"噢——还有那么多东西都是老样子。"

　　"你说轨道卫星？"我点点头，"是啊，它们还是按照同样的参数运行，就跟你——"

　　我停了口，然后比了个手势，"就跟从前一样。"

　　又是那种长长的、带着评估意味的目光。我温和地回望着她。

　　"告诉我吧，"她最后开口道，"已经过去了多久。我是指动乱年代结束后。"

　　我犹豫起来。感觉就像跨过一道门槛。

　　"拜托。我必须知道。"

　　"以这颗星球的纪年来算，大约三百年。"我又比画了一下，"差不多三百二十年。"

　　不需要特派探员的训练，我也能看懂她眼里的神情。

　　"都过去这么久了。"她喃喃道。

　　人生就像大海。三个月亮影响下的潮汐涌动不停，随波逐流的话，你会失去所有你关心的人和物。

　　这是贾帕里泽在驾驶室说出的朴素的箴言，却一针见血。

无论你是"百分之七天使号"上的恶棍,还是哈伦家族的大人物。有些东西会在所有人身上留下同样的痕迹。哪怕你是他妈的奎尔克里斯特·法尔科内。

也可能不是,我提醒自己。

对她友善点儿。

"你不知道?"我问她。

她摇摇头,"我不知道,我只是梦到过。我想我知道过去了很久。我想他们告诉过我。"

"谁告诉过你?"

"我——"她停了口,缓缓地将双手挪向床边,"我不知道。我不记得了。"

她的双手在床上轻轻地攥成了拳头。

"三百二十年。"她低声道。

"是啊。"

她躺了下来,思索了片刻。波浪拍打着船壳。我发现自己不知何时坐进了扶手椅里。

"我呼唤过你。"她突然说。

"是啊。快点儿,快点儿。我明白你的意思。然后你就不再呼唤我了。为什么?"

这个问题似乎难倒了她。她瞪大了眼睛,随后目光迷茫起来。

"我不知道。我只知道——"她清了清嗓子,"不,她只知道你会来找我。找她。找我们。是她告诉我的。"

我在椅子里身体前倾,"大岛·西尔维告诉你的?　她在哪儿?"

"在这儿的什么地方。就在这儿。"

床上的那个女子闭上了双眼。有那么一分钟,我还以为她睡着了。我本想离开客舱,回到甲板,可我在那儿也没什么想做的事。接着她的双眼突然再次张开,随后她对我点点头,仿佛刚才听到了什么人的确认。

"有那么个,"她咽了咽口水,"有那么个地方。就像一座千禧年前时代的监狱。成排的牢房。过道和走廊。她在那儿得到了什么东西。或许她的意思是得病?我弄不清了。你明白这是什么意思吗?"

我想到了指挥软件。我想起了大岛·西尔维在前往德拉瓦的渡船上说的话。

——企图复制自身的智能机械交互代码,机械入侵系统,人格建构界面,通讯阻塞攻击……什么都有。我必须能够包容这一切,加以整理、利用,同时避免任何东西渗入我们的网络。这就是我的工作。不断重复的工作。完事以后,无论你花多少钱做系统清理,总有些渣滓会留下来。难以清除的代码残余、痕迹。还有,有些东西的残像。至于藏在最深处的那些东西,我连想都不愿去想。

我点点头,思索着该如何才能逃出这样的监牢。你得是什么样的人——或者说东西——才行。

总有些渣滓会留下来。难以清除的代码残余、痕迹。

"嗯,我明白。"我不由得开口发问,"娜迪亚,这就是你出现的原因吗?你就是她得到的那样东西?"

她憔悴的脸上掠过一丝恐慌。

"格里高利,"她低声道,"那儿有个声音,听起来像是格里高利的。"

"格里高利?"

"石井·格里高利。"她的话声仍旧像在耳语。随后那种茫然的恐惧消失不见，而她用凌厉的目光看着我，"米基·意外之得，你觉得我不是真的，是吗？"

我的脑海掠过一丝不安。在我尚未成为特派探员的时候，似乎听过"石井·格里高利"这个名字。我看向床上的那个女子。

对她友善点儿。

见鬼去吧。

我站起身来，"我不知道你是什么。但我会免费告诉你一件事：你不是牧田·娜迪亚。牧田·娜迪亚已经死了。"

"是啊，"她细声细气地说，"我也差不多推测出来了。但很明显，她在死前做了备份存储，因为我就在这儿。"

我摇了摇头。

"不，不是的。从严格意义上说，你并不在这儿。牧田·娜迪亚已经不在了，汽化了。而且没有她做过备份的证据。从技术角度来说，没人能解释备份是如何进入大岛·西尔维的指挥软件的，即使这种备份真的存在。事实上，没有证据能证明你是伪造人格外壳以外的任何存在。"

"我想这就足够了，阿武。"布拉西突然走进客舱，他的脸色不怎么友善，"这个话题到此为止吧。"

我转身看着他，龇牙咧嘴地笑了笑，"杰克，这就是你深思熟虑后的医学见解吗？还是说只是奎尔主义者的革命信条？真相只能用小剂量给予。没有什么耐心治不好的病。"

"不，阿武，"他平静地说，"这是一次警告。别再胡言乱语了。"

我轻轻地舒展双手。

"别惹我，杰克。"

"不是只有你有生体强化,阿武。"

我们沉默地对视着,而我忽然意识到自己的愤怒有多么可笑。希拉·特雷斯说得对。伊莎的死并不是这个遍体鳞伤的女人的错,也不是布拉西的错。再说,我想对牧田·娜迪亚的鬼魂说的狠话已经全说出来了。我点点头,放松了绷紧的肌肉。我挤过布拉西身边,来到他身后的门口。我转过身,回头看向床铺上的那个女人。

"无论你是谁,我希望大岛·西尔维能完好无损地回来。"我用下巴指了指布拉西,"我给你带来了这些新朋友,但我并不是他们的一员。如果我觉得你做了什么伤害大岛的事,我就会像天使之火那样刺穿他们,来到你面前。记住这一点。"

她毫不动摇地回望着我。

"谢谢,"她的口气听不出讽刺,"我会的。"

在甲板上,我看到希拉·特雷斯吃力地坐在金属框架的椅子上,用一副望远镜扫视天空。我走过去,站在她身后,运用生体强化看向那个方向。能看到的东西不多。游艇此时躲在一块火星高塔残骸的阴影里——那块庞大而粗糙的残骸已经嵌进了浅滩,与礁石融为一体。在水面上,通过空气传播的孢子营造出了厚厚的匍匐植物和类似地衣的植被。在残骸下方向外张望,视野被悬垂的藤蔓遮蔽了不少。

"看到什么了吗?"

"我觉得他们动用了超轻型飞机。"特雷斯把望远镜放到一旁,"这儿距离太远,只能看到些闪光,不过礁石的缺口附近的确有东西在动。只不过那东西很小。"

"看起来,他们还在提心吊胆呢。"

"这不是理所当然的吗?第一家族的飞行器上次被天使之

火击落,恐怕都是一百年前的事了。"

"好吧,"我故作轻松地耸耸肩,"蠢到在卫星风暴期间发起空袭的家伙,的确一百年才有一个,对吧?"

"这么说,你也不觉得他飞到了四百米高?"

"我不知道。"我以特派探员的记忆力回忆着那架突袭直升机最后几秒的光景,"他上升得相当快。即使没飞到四百米高度,他的速度或许同样触发了防御机制。速度再加上武器。见鬼,谁知道轨道卫星在想什么?谁知道什么东西对它们才是威胁?谁都知道,轨道卫星早就打破这些'规则'。想想移民年代的岩架果采集机器人的遭遇吧。还有在奥赫里德玩飞艇竞速的那些家伙,记得吗?据说轨道卫星开火的时候,他们距离水面才一百来米。"

她看向我的目光带着笑意,"这些事发生的时候,我还没出生呢,科瓦奇。"

"噢,抱歉。你看起来年纪可不小。"

"谢谢你。"

"总而言之,他们似乎不愿派出太多飞行器来追捕我们。说不定那些负责预测的A.I.为求谨慎,做出了些不太乐观的预言。"

"也可能是我们运气好。"

"说得对。"我附和道。

布拉西爬上扶梯,大步朝我们走来。他的脚步带着反常的愤怒,看我的目光带着毫不掩饰的厌恶。我瞥了他一眼,随后继续凝视水面。

"我不会让你再这么跟她说话了。"他告诉我。

"噢,闭嘴吧。"

"我是认真的,科瓦奇。我们都知道你的政治观点不大一样,但我不会让你把那些愚蠢的想法灌输给那个女人。"

我猛地转向他。

"那个女人?那个女人?你还说我愚蠢。你说的那个女人根本连人类都不是。她是个意识碎片,最多只能算个幽灵。"

"这我们还不能确定。"特雷斯平静地说。

"噢,拜托。难道你们都不明白现在的情况吗?你们在把自己的心愿强加在那个该死的数字化人类仿冒品上。你们已经这么做了。如果我们把她带回科苏特,接下来会发生什么?我们是要用这么个神话人物的残渣来掀起一场见鬼的革命运动吗?"

布拉西摇摇头,"革命早就存在了。不需要我们做什么准备,随时都可以开始。"

"是啊,你们需要的只是个有名无实的领袖。"我转过身,内心的疲惫再度升起,甚至比愤怒更加强烈,"这可真方便,因为你们手里的正是这么一号人物。"

"这个你并不能确定。"

"是啊,你说得对。"我转身走开。在这条三十米长的游艇上,我走不了太远,但我还是尽可能跟这些突然变成白痴的家伙拉开了距离。然后我想起了什么,于是转过身去,面对甲板对面的两人。我的声音充满了愤怒,"没错,我不能确定。我不确定牧田·娜迪亚的整个人格有没有存储起来,再被丢弃在新北海道,就像一具没人想要的哑弹。我不确定它有没有找到办法上传到哪个路过的拆解者的头脑里。但这样的概率会有多少?"

"我们还无法作出判断。"布拉西说着,朝我走来,"我们得带她去见漱石。"

"漱石?"我恶狠狠地笑了起来,"噢,那可真好。去他妈的漱石。杰克,你真以为你还能再见到漱石?他恐怕已经变成米尔斯波特后巷里的一堆烧焦的肉块了。好些的情况是，他成了艾拉·哈伦审讯室里的贵客。杰克，你还不明白吗？已经结束了。你的新奎尔主义复兴已经完蛋了。漱石死了，其他人恐怕也一样。你们不过是在光荣的变革之路上添了几个牺牲者而已。"

"科瓦奇，你以为我对伊莎的遭遇无动于衷吗？"

"我以为，杰克，既然我们救出了这么个神话人物的仿冒品，你就不在乎谁死掉，或者怎么死掉。"

希拉·特雷斯笨拙地扶着栏杆走过来，"伊莎是自愿参与的。她知道风险，她也接受了酬劳，她是个自由人。"

"该死的，她才十五岁！"

他们一言不发，就这么看着我。海浪拍打船壳的声音清晰可闻。我闭上眼睛，深吸一口气，再次看向他们。我点了点头。

"没关系，"我疲惫地说，"我猜得到这件事的发展。我以前也见过这种事，在'圣克宣四号'上见过。该死的约书亚·肯普在印第戈城说过这种话：我们渴望的是革命的动力，弄到这种动力的方法并不重要。当然了，我也不希望引起道德辩论——就让历史来充当仲裁人吧。就算下面那个女人不是奎尔克里斯特·法尔科内，你也会把她变成奎尔。不是吗？"

他们两个对视了一眼。我又点点头。

"没错。可那样一来，大岛·西尔维又该何去何从？这可不是她的选择。她不是自由人，只是个无辜的旁观者。如果你们达成了目的，她只会是许多牺牲者之中的第一个。"

又一阵沉默。最后布拉西耸了耸肩。

"那你当初为什么来找我们？"

"因为我他妈看错你了，杰克。因为在我的记忆里，你并不是这么个只想着完成心愿的可悲混蛋。"

他又耸耸肩，"那就是你记错了。"

"看起来是这样。"

"我还以为你来找我们，是因为你别无选择了。"希拉·特雷斯冷静地说。

"而且你肯定早就知道，在我们看来，牧田·娜迪亚可能的存在要比宿主的人格更有价值。"

"宿主？"

"没有人想给大岛带来无谓的伤害。但如果牺牲是必要的，这个人又真的是牧田——"

"但她不是。该死的，张开眼睛自己看啊，希拉。"

"也许不是。不过我们还是说实话吧，科瓦奇。如果这个人是牧田，那么她对于哈伦世界的人来说，要比你碰巧看中的那个拆解者赏金猎人有价值得多。"

我看着特雷斯，心中忽然浮现出听之任之的消极念头。

感觉松了口气，就像回到了自己的家。

"也许她同样比某个残废了的新奎尔主义冲浪手有价值得多。你想到这点了吗？你准备好做出这种牺牲了吗？"

她低头看着自己的腿，又看了看我。

"当然准备好了，"她轻声说着，仿佛在向孩子解释，"你以为我来这儿是做什么的？"

一个钟头以后，隐秘通信频道突然传出了激动的声音。

细节虽然混乱，不过主旨却令人欣喜，十分清晰：经历了米姿·哈伦的溃败以后，漱石炬易和一小群幸存者杀出了重围。那条离开米尔斯波特的脱逃路线发挥了作用。

他们准备好来跟我们会合了。

35

我们的游艇驶入那座村庄的港口时,我扫视周围。似曾相识的感觉如此强烈,几乎让我嗅到了燃烧的气息。我几乎能听到恐慌的尖叫声。

我几乎能看见我自己。

冷静点,阿武。那件事并不是发生在这儿的。

的确不是。但这儿的水边竖立着同样饱经风霜、稀稀落落的房屋,海岸线附近的主干道也同样是最繁华(虽然十分有限)的地方,水湾的一侧也有着同样的货运码头区域。同样的近海拖网渔船和小艇停泊在码头附近,一艘装有舷外支架、外观朴素的庞大远洋捕鳐船鹤立其间。水湾的另一侧甚至也有同样废弃不用的未郁洋流研究站,在后方不远处,位于峭壁上方的祈祷所取代了研究站,成了这座村庄的中心——当然,这是在项目预算被取消以后的事。在主干道上,女人都用色彩单调的衣物裹住自己,就像是在做处理危险物质之类的工作。

但没有哪个男人这样打扮。

"赶紧把这事了结了吧。"我喃喃道。

我们把小艇停上海滩。在这里,脏污破旧的突堤式码头①胡乱地架在浅水区上。希拉·特雷斯和自称牧田·娜迪亚的那个女子坐在船尾,布拉西和我负责卸下行李。和所有来米尔斯波特群岛巡航的人一样,那艘"鲍宾岛民"的真正主人准备了几套"得体"的女性服装,在需要进入群岛北部的社群时穿戴。特雷斯和牧田用这些衣服裹住全身,只露出眼睛。我们尽可能体面地帮着她们下了小艇,拿起她们的海豹皮包,朝着主干道走去。我们走得很慢——希拉·特雷斯在我们离开游艇时服用了大量的作战用止痛药,但想凭借石膏和弹性合金靴行走,她只能学着老妪的步态才行。我们引来了几个人好奇的目光,但在我看来,那些都是因为布拉西的金发和魁梧的体格。我开始后悔没把他也裹起来了。

没人跟我们搭话。

我们在中央广场找到了这座村庄仅有的一间旅馆,订了一周的房间,用的是我们从维切拉海滩带来的两张崭新的身份芯片。那个披着围巾、身穿长袍的接待员亲切地和我们打招呼。当我解释说,我上了年纪的姑妈臀部受了伤,接待员的亲切马上转为了足以给我们惹出麻烦的关切。我回绝了去看本地医生的提议,在我们展现出来的男性威严面前,接待员退缩了。她抿着嘴巴,忙着检查我们的身份。透过她桌边的窗户,我可以看到广场的样子,包括那座高台,以及上面那把社群中惩处罪人的惩罚椅。我阴郁地盯着它看了一会儿,随后强迫自己审视面前的情况。我们在一台古老的扫描器上按了手印,然后去了各自的房间。

---

①前沿线与自然岸线呈较大角度的码头。与顺岸式码头相比,需要的自然岸线较少。

"你是不是跟这些人有什么过节?"进了房间以后,牧田脱下了头罩,"你看起来很生气。这就是你找他们的牧师复仇的原因吗?"

"有些关系。"

"我明白了。"她晃晃头发,用手指梳理了几下,随后看着另一只手里那副用金属和布料制成的头罩。正如大岛·西尔维在获户丸市被迫戴上头巾时一样,她眼里是不加掩饰的厌恶,"三月在上,怎么会有人愿意戴这种东西?"

我耸耸肩,"我见过人类做过比这更蠢的事。"

她用尖锐的目光看着我,"你这是在隐晦地批评我吗?"

"不,不是的。如果我想批评你什么的话,你会清楚明白地听到。"

她也耸了耸肩,"噢,我很期待。不过如果我说你不是奎尔主义者,应该不会有错吧。"

我重重地吸了口气。

"随你怎么想吧。我要出去了。"

在码头的贸易区,我漫无目的地走着,最后找到了一家向渔夫和码头工人供应廉价食物和饮料的咖啡屋。我点了一碗鱼肉拉面,拿到靠窗的座位那儿,一边吃着,一边看着码头上走来走去的船员和捕鳐船的舷外支架。过了一会儿,有个瘦削的中年本地人拿着托盘走到我的桌边。

"介意我坐在这儿吗? 这里有点挤。"

我扫视周围。今天客人不少,但还是有几张空位的。我粗鲁地耸耸肩。

"随你的便。"

"多谢了。"他坐在对面,掀起便当盒的盖子,吃了起来。有那么一会儿,我们就这么默不作声地吃着东西。接下来,无可避免的事发生了。他在吃饭时对上了我的视线,那张饱经风霜的脸上露出了笑容。

"这么说你不是这附近的人?"

我感到一阵紧张,"干吗这么说?"

"噢,你瞧,"他又笑了笑,"如果你住在附近,就不会问我这个问题了。你肯定会认识我。我认识仓港附近的每一个人。"

"真了不起。"

"你也不是那条捕鳐船上的人,对吧?"

我放下筷子,阴郁地思索起来,或许我回头得杀了这个人,"怎么,你是个侦探?"

"不!"他愉快地大笑起来,"我是个有资格证书的流体力学专家。有资格证书但无业。噢,应该说是半失业。最近我主要在那条拖网渔船上干活,就是绿色涂漆的那条。不过那个什么禾郁项目还在的时候,我的家人让我上了大学。是实时大学,他们负担不起虚拟实境的费用。整整七年。他们觉得关于洋流的饭碗应该很可靠,不过当然了,等到我拿到资格证书的时候,这一行已经完蛋了。"

"那你为什么要留下来?"

"噢,这儿不是我的故乡。我来自沿着海岸过去十来公里的地方,叫雅柏岬。"

这个地名就像一颗深水炸弹,沉入我的心中。我呆坐在那儿,等待它引爆的那一刻。并且思索到那时我该如何是好。

我努力找回了声音,"真的吗?"

"是真的,我带着大学时认识的一个女孩来了这儿。她的家在这儿。我们打算靠造船谋生，也就是修理拖网渔船之类的，直到我能做出些设计方案，然后去米尔斯波特的游艇公司工作。"他做了个鬼脸，"结果我后来成了家。眼下我光是为了食物、衣服和教育的费用就焦头烂额的了。"

"你的父母呢？你常和他们见面吗？"

"不，他们去世了。"说到最后几个字的时候，他的声音有些哽咽。他转过头去，突然抿紧了嘴巴。

我坐直身子，更加仔细地打量他。

"抱歉。"最后，我说。

他清了清嗓子，对上我的目光。

"用不着。这不是你的错。你不可能知道这种事。"他似乎有些痛苦地吸了口气，"他们是在一年前左右去世的。飞来横祸。有个该死的疯子拿着粒子枪疯狂杀人。死了好几十人。全都是老人，年纪都在五十朝上。真是病态。完全没有道理。"

"他们抓到那家伙了吗？"

"没。"他又痛苦地吸了口气，"他还在逍遥法外。他们说他还在杀人，而且看起来没法阻止他。如果我知道怎么阻止他，我一定会的。"

我短暂地想到了刚才在码头区远端的那些储物棚间发现的一条小巷。我在考虑要不要给他这么个机会。

"这么说你是没钱更换身体喽？我是说给你的父母。"

他瞪了我一眼，"你知道的，我们不能这么做。"

"嘿，你自己说过的。我又不是这附近的人。"

"是啊，可是，"他犹豫起来。他扫视这间咖啡屋，然后看向我。他压低了嗓音，"你瞧，我是新启示教的教徒。我并不赞同那些牧师说的每一句话，尤其是现在。但这是种信仰，是种生活方式。它能给你某种寄托，让你能把孩子养育成人。"

"你有儿子或者女儿吗？"

"两个女儿、三个儿子。"他叹了口气，"是啊，我知道。最扯淡的事就是我们的海水浴场。大多数村子都有海水浴场。我记得自己小的时候，会和朋友们在那里玩上整个夏天。大人们工作结束以后也会来。可现在不同了，他们在海里造了一堵墙。如果你去那儿玩，他们会让几个主祭自始至终盯着你，女人还得去墙的那一边。这么一来，我甚至没法跟自己的妻子和女儿一起游泳了。我知道，这他妈太蠢了。太偏激了。可我能怎么做？我们没有搬到米尔斯波特的钱，我也不想让我的孩子在那儿的街上游荡。我在那儿读书的时候就看清了那地方。那是一座充斥着堕落者的城市。那里的人没有心，只有愚蠢和污秽。至少这儿的人仍然有信仰，而不是只想满足动物本能。要知道，其实我并不想在另一具身体里再度过一次人生。"

"噢，那幸好你没有更换身体的钱了。要是受诱惑可就糟糕了，不是吗？"

再见到你的父母可就太糟糕了。我把这句话咽回肚里。

"没错，"他显然没听出我话里有话，"这才是关键。一旦你明白自己只有一次人生，就会更加努力把事情做好。你会忘掉所有物质上的东西，所有颓废和堕落。你会为这一段人生担忧，而不是考虑在下一具身体里能做些什么。你会关注那些重要的东西：家庭、社群、友谊。"

"当然了，还有遵守传统。"奇怪的是，我语气里的温和并非作伪。我们需要在接下来的几个钟头保持低调，但我这么说话的原因并不是这个。我好奇地审视自己的内心，却找不到这种情况下通常会有的轻蔑。我看向坐在对面的他，感觉到的却只

有疲惫。萨拉和她女儿的永久死去并不是他的错，他那时恐怕
还没出生呢。

也许在同样的情况下，他会像他的父母那样做一只埋头吃
草的绵羊。不过眼下，我不觉得这有什么重要。我没那么恨他，
不可能带他去那条巷子，把我真实的身份告诉他，再给他那个机
会。

"没错，遵守传统。"他顿时容光焕发，"这才是关键，这才是
其他一切的保障。你瞧，科学已经背叛了我们，它失控了，我们
没法再掌控它了。它让一切都变得太过简单。不会自然老化，
不用死去并面对我们的造物主。让我们忽视了那些真正有价值
的东西。我们一辈子省吃俭用，就是为了存够更换身体的钱，却
浪费了好好度过这一生的真正时间。如果人们能够——"

"嗨，米库拉斯。"听到这声欢快的问候，我抬起头，看到一个
年纪相仿的男人朝我们大步走来，"你折磨完这可怜人的耳朵了
吗？我们还有船壳要刮呢，伙计。"

"嗯，我这就来。"

"别理会他。"新来那人咧嘴笑着说，"他总觉得自己什么人
都认识。如果你的脸跟他心里那张名单对不上号，他就非得弄
清楚你是谁不可。我猜他已经这么干了，对吧？"

我笑了，"噢，差不多吧。"

"我就知道。我是丰雄。"他伸出一只厚实的手，"欢迎来到
仓港。如果你待得够久，我们或许还能遇见。"

"是啊，多谢。那样就太好了。"

"不过现在我们得走了。和你聊天很愉快。"

"是啊，"米库拉斯附和着，站起身来，"确实很愉快。你应该
好好想想我说的话。"

　　"也许吧。"出于谨慎，我叫住了正在转身走开的他，"告诉我，你怎么知道我不是从那条捕鳐船下来的？"

　　"噢，你说这个啊。这么说吧，你看他们的眼神，就好像对他们做的事很感兴趣似的。没有人会像那样盯着自己停在港口里的船瞧。我说的没错吧？"

　　"是啊，你猜对了。"我在心里略微松了口气，"也许你真的应该当个侦探。换个新行当。伸张正义，抓捕坏人。"

　　"嘿，的确值得考虑。"

　　"省省吧，等他抓到坏人以后，肯定就会动恻隐之心了。这家伙心软得要命。就连惩罚自己老婆都做不到。"

　　他们走向咖啡馆的大门，同时放声大笑。我也笑了。大笑缓缓地转为微笑，然后微笑褪去，只留下心里的些许释然。

　　我确实没必要跟上去杀死他。

　　我又等了半个钟头，然后走出咖啡厅，信步来到码头上。

　　捕鳐船的甲板上仍然有好些人影。

　　我站在那儿，看了好几分钟，最后有位船员走下踏板，朝我走来。他面色不善。

　　"我能帮你什么忙吗？"

　　"嗯，"我告诉他，"唱起赞美诗吧，为了在阿拉巴多斯的天空失落的梦想。我是科瓦奇。其他人在旅馆里。告诉你们的船长。我们等天黑就出发。"

36

　　这条捕鳐船名叫"天使之火的挑逗号"。和大多数同类船只一样,它在海上航行时既轻快又凶狠。既像战舰,又像大得过头的赛艇,以剃刀般锋利的龙骨为重心,搭配以双重舷外支架舱内数量多到荒谬的反重力悬浮设备,目的就是实现不计后果的速度。象鳐及其体型较小的近亲在水中动作迅速,更重要的是,它们的肉必须尽快处理才不会变质。当然咯,把捕获的鳐鱼冷冻起来,回头也能卖个好价钱;但如果能尽快将鱼儿带去米尔斯波特这样富有的大城市,就能在那里靠拍卖新鲜渔获大发横财。想办到这一点,就需要一条快船。哈伦世界的造船厂都明白这个道理,并且会按照这种要求去制造船只。有一点是大家心照不宣的,那就是某些肉质最为鲜美的象鳐栖息在仅限第一家族使用的水域里。在那里偷猎是重罪,就算你能开着快船扬长而去,想逃过追捕,你的船还得足够不起眼才行——无论是外表还是雷达上的信号。

　　如果你想逃避哈伦世界的执法机构,乘坐捕鳐船是个好办法。

出海的第二天，在确信我们已经离米尔斯波特群岛足够遥远，不可能再有飞行器来我们头顶侦察以后，我爬上甲板，站在左手边的舷外台架上，看着下方奔涌而过的海浪。飞沫随风扬起，大事件的预感向我袭来，令我措手不及。过去带着众多死者跟随在我们身后，连同那些为时已晚的选项与解答一起。

特派探员本该擅长这种事才对。

不知为何，我看到了维吉尼亚·维杜拉那张小巧可爱的新面孔。但这次我的脑海里并没有响起说话声，也没有听到她曾经灌输给我的那些理念。看起来，那个幽灵已经不会再帮助我了。

"介意和我一起看吗？"

那是一声呼喊，盖过了风声和龙骨破开海浪的声音。我望向右方的中央甲板，看到她扶着台架的入口，身上穿着她从希拉·特雷斯那儿借来的连体工作服和夹克衫。抓住台架的动作让她显得病快快的，仿佛站都站不稳。她银灰色的头发被风吹向脑后，但那些沉重的缆线又将长发压得很低，就像一面湿透的旗帜。她的双眼就像苍白面孔上的一对黑色的窟窿。

又一个该死的幽灵。

"当然。有何不可？"

她走上台架，行动时的样子比站立时有力了不少。她来到我身边，嘴角带着讽刺的微笑，嗓音在扑面而来的气流里显得格外坚定。

在布拉西的治疗下，她脸上的伤口已经缩减为一条淡淡的白线。

"这么说，你不介意跟意识碎片说话喽？"

在新佩斯特的某个色情虚拟实境里，我曾经沉迷于和虚拟的妓女谈天，试图破坏系统的"欲望满足程序"，但最后未果。那时我还很年轻。在阿德雷辛战役过后——那时我已经没那么年轻了——我曾在酒后和某个军用A.I.聊过被严格禁止的政治话题。在地球上,我曾经和自己的副本喝得酩酊大醉。那些谈话的目的其实都是一回事。

"别想太多了,"我告诉她,"我跟谁都聊得起来。"

她犹豫了片刻,"我想起了很多细节。"

我看着大海,一言不发。

"我们失败了,是吗?"

大海在我脚下奔涌而过,"是啊。好几次。"

"我记得——"她又开始犹豫不决,随后转过头去,"你抱住了我。那时我睡着了。"

"是啊。"我不耐烦地做了个手势,"这些是近来的事,娜迪亚。你只能想起这些了吗?"

"真的,很难。"她颤抖起来,"有些碎片,还有我想不起来的场所。感觉就像锁上的大门,就像头脑里的翅膀。"

是啊,那是意识外壳的限制系统,我很想这么说。**它的存在是为了防止你精神错乱。**

"你还记得有个叫普莱克斯的人吗?"我最后开口问道。

"普莱克斯,我记得。他是获户丸人。"

"你记得关于他的什么?"

她脸上的表情突然凌厉起来,就好像有人给她戴上了一张面具。

"我记得他是个廉价的黑道帮凶。言行举止像是贵族,灵魂却卖给了黑帮。"

"真诗意。不过他的确是个贵族。他的家族曾经是很有地位的商人,你们的革命战争让他们破产了。"

"我该为此内疚吗？"

我耸耸肩，"我只是告诉你事实。"

"就在几天前，你还说我不是牧田·娜迪亚。现在你突然又拿她在三百年前做过的事来谴责我。你应该先弄清楚自己相信什么，科瓦奇。"

我斜眼看着她，"你跟其他人聊过了？"

"他们把你的真名告诉了我——你想问的就是这个吧。他们还提到了一点你对奎尔主义如此不满的原因。还有你对付过的那个小丑，约书亚·肯普。"

我转过头，再次望向波涛汹涌的海面，"我没有对付过肯普。我是受命去协助他的。帮他在那颗名叫'圣克宣四号'的泥巴球上开展一场很他妈光荣的革命。"

"是啊，他们也说了。"

"没错，这就是他们派我去做的事。直到约书亚·肯普像我见过的所有该死的革命家那样，变成了一个令人作呕的煽动者，而且跟他试图取而代之的人一样坏。我们再把另一件事说清楚吧，赶在那些新奎尔主义者给出合理化借口之前。你口中的那个'小丑肯普'，他所做的包括核弹轰炸在内的每一桩暴行，都是以该死的奎尔克里斯特·法尔科内的名义犯下的。"

"我明白了。这么说有个疯子在我死掉几个世纪以后借用了我的名字，外加我说过的几句名言。而你打算因此责怪我。你觉得这公平吗？"

"嘿，是你想成为奎尔的。最好习惯起来吧。"

"你说得好像我有选择一样。"

我叹了口气，低头看着我在台架栏杆上的双手，"看来你确实跟其他人谈过了。他们跟你兜售了什么理念？革命的必要性？服从历史的脚步？怎么？见鬼，这有什么好笑的？"

笑容消失不见，转化为一副苦相，"没什么。你没有抓住重点，科瓦奇。你难道不明白吗？我是不是我认为的那个人其实并不重要。即使我只是个碎片，是奎尔克里斯特·法尔科内的拙劣模仿，那又如何？有什么区别？无论我如何回忆，都认为自己是牧田·娜迪亚。除了过她的人生以外，我还能做什么呢？"

"也许你应该做的就是把身体还给大岛·西尔维。"

"是啊，可眼下这是不可能的。"她厉声道，"不是吗？"

我对上她的目光，"我不知道。是这样吗？"

"你以为我在压抑她？你还不明白吗？不是这样的。"她抓起一把银色的头发，拉扯了几下，"我不知道怎么用这鬼东西。大岛远比我了解这套系统。哈伦家的人抓住我们的时候，她躲进了意识深处，留下身体自主运转。你们来接我们的时候，是她让我出现的。"

"是吗？那她这段时间又在做什么？补美容觉？整理她的数据仓库？得了吧！"

"不。她在哀悼。"

这话让我停了口，"哀悼什么？"

"你以为呢？当然是为她死在德拉瓦的整个小队。"

"胡说八道。她早就跟他们失去联系了。内部网络中断了。"

"是啊，你说得对。"我面前的女人深吸了一口气。她压低了声音，语气也渐渐平静下来，"网络中断了，她没法接入。她告诉过我。但接收系统储存了他们死时的每一个瞬间，如果她在意识深处开启错误的门，那些记忆就会泉涌而出。这些让她十分震惊。她知道这些，而且，只要这件事还没了结，她就会留在安全的地方。"

"这是她告诉你的?"

我们四目相对,一阵海风从我们之间吹过。

"是的,是她告诉我的。"

"我他妈半点也不相信。"

她和我对视良久,然后转过头去。她耸耸肩。

"你想相信什么是你的自由,科瓦奇。从布拉西告诉我的那些事来看,你只是在寻找容易对付的目标,好发泄你的愤怒而已。总比用建设性态度尝试改变来得简单,不是吗?"

"噢,别胡扯了! 你打算跟我提那些老套的蠢话? 建设性改变? 你们在动乱年代做的就是这个? 建设性? 让新北海道四分五裂为的就是建设性?"

"不,不是的。"谈话开始以后,我第一次在她的脸上看到了痛苦。她的语气从平淡转为疲惫。听到这里,我几乎相信她了。但只是几乎。她用双手牢牢抓住台架的栏杆,摇了摇头,"这些都不是我们希望看到的。然而我们别无选择。我们必须以武力掀起政治变革,全球性的变革。对抗大规模的镇压。他们不可能毫不抵抗就放弃自己的地位。结果变成这样,你以为我很高兴吗?"

"那么,"我不紧不慢地说,"你们就该制订更完备的计划。"

"是吗? 好吧,你当时并不在场。"

沉默。

我一时间以为她打算离开,去寻求政治立场一致的人的陪伴,但她并没有走。那句反驳和其中的些许轻蔑渐渐离我们远去。"天使之火的挑逗号"以接近飞行器的速度掠过并不平静的海面。我疲惫地意识到,它正带着一个传奇返回家乡,回到信仰她的人中间。将那位英雄带回历史。接下来的几年里,他们会为这条船——还有这段向南的航程——谱写各式各样的歌曲。

但他们不会提到这番对话。

这一点让我的嘴角浮现出了笑意。

"嘿,现在该你告诉我有什么好笑的了。"我身边的女人不快地说。

我摇摇头,"我只是在想,为什么你宁愿和我谈天,而不是和你的新奎尔主义信徒待在一起。"

"也许我喜欢挑战。也许我不喜欢唱诗班式的赞美。"

"那你恐怕不会太喜欢接下来的几天。"

她没有回答。但她的第二句话却让我想起了什么:那是我小时候读过的一段话。那是奎尔克里斯特·法尔科内在百忙之中随手写下的一首诗,记载在作战日志里。后来的整个教育体制都想把动乱年代掩盖成一次可悲而又显然可以避免的错误,于是,一个二流演员用愚蠢的悲伤语调重新演绎了这首诗。在演绎之后的诗中,奎尔表达了浓浓的伤感。她认清了自己做法的错误,但为时已晚,只能哀悼:

> 他们为我带来了
> 进度报告
> 但我看到的只有改变和烧焦的尸体;
> 他们为我带来了
> 目标达成的消息
> 但我看到的只有鲜血和错失的良机;
> 他们为我带来了
> 唱诗班式的赞美

　　　　　　但我看到的只有代价。

　　多年以后，在和新佩斯特的黑帮来往的时候，我弄到了一份原件的非法副本。那是在攻击米尔斯波特的几天前，由奎尔本人通过麦克风亲口阅读的。从那个无比疲惫的声音里，我听到了学校的版本试图从我们这里榨出的每一滴眼泪，但除此之外，原版却蕴藏着某种更加深邃，也更加有力的东西。在群岛外围草草建成的那栋气泡屋里，手下的士兵围绕在旁（随后的几天里，他们很可能遭受了真实死亡，甚至是更加凄惨的下场），而奎尔克里斯特·法尔科内并没有否认这种代价。她接受了这个事实，就像咽下一颗折断的牙齿，将它融入自己的血肉，以免忘记。以免其他人忘记。以免有人为光荣的革命谱写那些捕风捉影的民谣或是赞歌。

　　"把奎尔谷协议告诉我，"过了一会儿，我说，"就是你卖给黑道的那件武器。"

　　她的身体抽搐了一下，但没有看我，"你也知道了？"

　　"我是从普莱克斯那儿打听来的。但他对细节也不怎么了解。你启动了某种能够杀死哈伦家族成员的东西，对吧？"

　　她低下头，盯着海面看了好一会儿。

　　"你也太想当然了，"她缓缓地说，"竟然以为我能放心把这种事告诉你。"

　　"为什么？这是可逆的吧？"

　　她的身体僵住了。

　　"恐怕不是。"我得竖起耳朵才能勉强听见她在风中的声音，"我让他们相信存在着某种终止代码，所以他们才会留我活命，为的就是查清代码是什么。但我不认为有办法停止它。"

"它究竟是什么？"

这时她看向我，语气坚定起来。

"那是一件基因武器。"她直截了当地说，"在动乱年代，几位黑暗旅干部自愿改造自己的DNA，以携带这件武器。那是一种从基因层面上对哈伦家族血统的痛恨，会通过信息素触发。这是一种非常先进的技术，是德拉瓦研究室的产物。没人知道它能否奏效，不过在进攻米尔斯波特失败的情况下，黑暗旅希望我们能有垂死反击的机会。在经历了许多个世代以后，它将回归，让哈伦家族不得安宁。那些存活下来的志愿者会将这种武器传给他们的子女，而子女又会传给他们的孙辈。"

"真棒。"

"我们当时是在交战，科瓦奇。你以为第一家族的人不会把统治阶级的蓝图传给子孙后代？你以为同样的特权和高人一等的态度不会铭刻在他们的每一代人身上？"

"是啊，也许吧。但不会在基因层面上。"

"你确定吗？你知道第一家族的克隆水槽里有些什么吗？你知道他们获取并应用了怎样的技术吗？你知道他们为了永远维持寡头统治，都做了什么准备吗？"

我想到了玛丽·阿多，想到她抛弃了一切，只为了前去维切拉海滩。我一直不怎么喜欢她，但她有资格过上更好的人生。

"我想你还是说说这鬼东西究竟是怎么回事吧。"我直截了当地说。

大岛躯壳里的那个女人耸耸肩，"我想我已经说过了。任何携带这种改造基因的人，看到哈伦家族成员时都会本能地诉诸暴力。就像猴子所遗传的对蛇的恐惧，就像瓶背鲨对水面上的影子的本能反应。哈伦家的血液伴随的信息素能够触发这种冲动。在那以后,就是时间和性格的问题了。有些时候,携带者会当场发狂,徒手杀死一切。如果换一种性格类型,或许会选择等待,制订更加细致的计划。有些人甚至会试图抵抗这种冲动,但它就像性爱和竞争意识那样。生理本能终究会获胜。"

"基因编码暴动。"我点点头,语气单调而又冷静,声音越来越小,"好吧,我想从奎尔主义的理念扩展出来这些也是理所当然的。失败就隐姓埋名,下辈子再卷土重来。如果结果还是失败,就把使命交给你的曾孙辈,让他们以后的几代人为你战斗。真够忠诚的。那黑暗旅为什么从没动用过这件武器?"

"我不知道。"她拽了拽特雷斯借给她的那件夹克衫的翻领,"拥有访问代码的人并不多。而且要经过好几代人,才会出现像这样值得启用的情况。也许知道代码的人都没活下来。从你的朋友们的说法来看,在我……在我们失败以后,黑暗旅的大部分干部都遭到了追捕和剿灭。也许已经没剩下知情的人了。"

我又点点头,"又或许活下来的那些都下不了手。说到底,这可是个相当可怕的主意。"

她疲惫地看了我一眼。

"它是一件武器,科瓦奇。武器都是可怕的。你觉得通过血统锁定哈伦家族的人,就比他们在松江对我们进行的核弹轰炸更糟吗?四万五千人化成了灰烬,就因为奎尔主义者的安全屋位于那里的某处。你想知道什么是可怕?在新北海道,我曾见过整个镇子被政府军的平射炮火夷为平地。刽子手用一道粒子束贯穿站成一排的几百个政治嫌疑犯。这些就不可怕吗?和那些迫使你在贝拉草田地里泡烂你的脚,在炼油厂毁掉你的肺,在收割岩架果的时候坠崖而死的经济压迫制度相比——做那些事全都是因为你生来贫穷——奎尔谷协议有品位得多。"

"你说的那些情形三百年前就不存在了,"我轻声说,"但这不是重点。我同情的并不是哈伦家族,而是那些黑暗旅的可怜后代。因为早在他们出生前很久,他们的祖先就从细胞层面上决定了他们的政治立场。你可以说我守旧,但我在'杀什么人'和'为什么杀'这两件事上更想自己做决定。"我停顿了片刻,然后直截了当地说,"在我看来,奎尔克里斯特·法尔科内跟我的想法一样。"

一道长长的白色浪花飞快地掠过我们的下方。左侧舱室里的重力引擎发出依稀可闻的低鸣。

"这话是什么意思?"过了好一会儿,她才轻声发问。

我耸耸肩,继续说道:"但你还是启用了这件武器。"

"这是奎尔主义者的武器。"我想我听到了她语气里的绝望,"这是我唯一能够动用的武器。你觉得这比征召来的军队更恶劣?比摄政府让士兵用克隆的强化作战身体毫无同情、毫无悔恨地杀戮更恶劣?"

"不。但在我看来,这种观念违背了你说过的那句话:我不会要求你为任何事业去奋斗,去付出性命,除非你凭借自由意志理解并热爱着这项事业。"

"我知道!"这一次,绝望已经清晰可闻,仿佛她话语里的一道参差不齐的裂纹,"你以为我不知道吗?可我还有什么选择?我是独自一人。半数时间只能在幻觉中度过,梦到大岛的人生,还有……"她发起抖来,"别的一些东西。我没法确定自己下次醒来会是什么时候,也不知道醒来后会看到怎样的情景,有时候甚至怀疑自己再也不会苏醒。我不知道自己还有多少时间。有时候,我甚至不知道自己是不是真实的。你明白这种感觉吗?"

我摇摇头。在为特派局执行任务的时候,我见到过各种噩梦般的情景,但我对那些情景的真实性从来没有片刻的怀疑。特派探员的训练不会允许你怀疑。

她的双手再次抓紧了台架扶手,指节开始发白。她眺望着海洋,但我不认为她真的在看。

"为什么又要和哈伦家族开战?"我轻声问她。

她扭头看着我,"你以为这场战争停止过吗?你以为就因为我们三百年前迫使哈伦家族做了那么点让步,他们就不会再想方设法让我们回到移民时代的贫穷中去了?这样的敌人是不会善罢甘休的。"

"是啊,这是你解决不了的敌人。我在小时候就读过那段演讲。说来奇怪,对于一个只能偶尔醒来几星期的人来说,你倒是消息灵通得很。"

"事情不是你说的那样。"她说着,又看向翻涌着浪花的海洋,"在我第一次醒来之前,有好几个月的时间都会梦见大岛。感觉就像动弹不得地躺在医院的病床上,看着一台画面不太清晰的显示器里那个像是医生的人。我不明白她是谁,只知道她对我很重要。一半的时间里,我知道她知道的那些事。有时候,感觉就好像在她身体里漂浮。就好像在通过她的嘴说话。"

我这才意识到,她并不是在跟我说话:那些字眼就像岩浆一样喷涌而出,释放着来自深处的压力。

"我第一次真正醒来的时候,还以为自己会惊吓而死。我梦见了她梦见的事,关于她年轻时跟她睡过的一个男人。我在获户丸一家破旅馆的床上睁开眼睛,突然能动了。我有点宿醉,不过我还活着。我知道那是哪儿,知道那条街和那地方的名字,但我不知道自己是谁。我走出旅馆,在阳光下走到海边,人们都盯着我瞧,我才发现自己在哭。"

"那其他人呢？奥尔和小队的其他人呢？"

她摇摇头，"不，我把他们留在了镇子的另一头。离开他们独处，这是她自己的决定，但我想这事跟我也脱不了关系。我想她能感觉到我的出现，于是这件事发生的时候，她选择了独处。又或许是我让她这么做的。我也说不清。"

她的身体颤抖起来。

"我跟她说过这些。在深处那些牢房里，我告诉她的时候，她把这叫作渗流。我问她是否愿意让我时不时出来，可她没有回答。我知道几件事能解除隔离：性爱、悲伤、狂怒。但有时候，我会莫名其妙地来到意识上层，而她会把掌控权交给我。"她顿了顿，又摇摇头，"也许我们只是在谈判。"

我点点头，"你们两个中，是谁跟普莱克斯联系上的？"

"我不知道。"她看着双手，不断摊开又握紧，就像她并不熟悉的某种机械系统，"我不记得了。我觉得，没错，应该是她，我想她早就认识他。在犯罪圈里有过交集。获户丸是个小地方，拆解者又永远在合法边缘游走。普莱克斯做的生意就包括廉价的黑市拆解者装备。我不觉得他们做过生意，不过她认得他的脸，知道他是什么人。在我打算启动奎尔谷系统的时候，就从她的记忆里挖出了这个人。"

"你还记得田奈濑陀吗？"

她点点头，显得镇定了不少，"记得。很有地位的黑道元老。普莱克斯告诉他们初步数据核对无误的时候，他就站在幸雄身后。幸雄的资历不够，没法独自做决定。"

"再跟我说说那件武器的事。"

她再次投来那种审视的眼神。我在狂风中摊了摊手。

"拜托，娜迪亚。我给你带来了一支革命军。为了救你出来,我爬上了里拉峭壁。你总该对我有点感激吧?"

她又一次转开目光。我等待着。

"它是一种病毒,"她最后开口道,"高度感染、没有症状的流感变体。所有人都会患上,所有人都会传给别人,但只有受过基因改造的人会产生反应。这种病毒会引发内分泌系统的变化,并和哈伦家族的信息素相匹配。携带病毒的身体埋藏在秘密场所的密封贮藏器里。打算启动武器的时候,我们会派出一支小队,挖掘出贮藏容器,把意识转移进其中一具身体,然后到处走动。接下来的事就交给病毒了。"

把意识转移进其中一具身体。这句话在我脑海里滴答作响,就像滴进裂缝里的水。真相仿佛近在咫尺。就像复杂的机械装置开始渐渐转动起来。

"那些场所,都在什么地方?"

她耸耸肩,"大部分在新北海道,不过藏红花列岛的北端也有几处。"

"你带田奈濑陀去的地方是?"

"萨辛海岬。"

所有齿轮相互咬合,大门随之开启。回忆和理解仿佛晨光般涌入缺口。当"格瓦拉炮群号"驶入德拉瓦的码头时,拉兹洛和西尔维曾经这么争辩过。

但我打赌,你们肯定没听说昨天离开萨辛海岬的那艘挖泥船被撕成碎片的消息——

我还真听说了,就是我们昨天早上等你出现的时候听说的。新闻里说那条船触礁了。你这番阴谋论完全是鸡蛋里挑骨头。

还有前一天的早上,我和普莱克斯在"东京乌鸦"酒吧里的那番对话。**那他们今晚又为什么非找你不可？城里不可能只有你一个搞意识存储的。**

有人捅了娄子。他们有自己的设备，不过受了污染。凝胶原料掺进了海水。

哈，所谓的团伙犯罪也没那么高明嘛。

"科瓦奇，有什么好笑的吗？"

我摇摇头，"米基·意外之得。我想恐怕我得继续用这个名字了。"

她用怪异的眼神打量我。我叹了口气。

"这不重要。田奈濑陀为的又是什么？他取出这么一件武器又能有什么好处？"

她弯起嘴角，双眼仿佛在波浪的反光中闪闪发光，"罪犯就是罪犯，无论政治阶层如何。说到底，田奈濑陀和卡罗维码头的小混混没什么区别。黑道最擅长的又是什么？勒索。他们要的是影响力。是能让政府妥协的把柄。让政府对他们的某些行为视而不见，好从运营良好的政府企业中分一杯羹。他们可以帮忙镇压乱局，但要收取酬劳。一切都彬彬有礼。"

"可你却欺骗了他们。"

她面色阴沉地点点头，"我把地点告诉了他们，又给了他们代码。我告诉他们，病毒会通过性爱传播，于是他们以为一切都在掌控之中。事实上，我并没有说谎，而普莱克斯完全没把那些生物代码当回事，不可能去深入研究。我知道他一定会把事情搞砸。"

微笑再次从我脸上掠过，"没错，他有这方面的天赋。也许是贵族血统的关系。"

"肯定的。"

"再加上米尔斯波特的性产业掌握在黑道手里,这样一来,你的说法恰到好处。"这场巧妙的骗局让我几乎笑出声来。整个过程流畅而又面面俱到,简直与特派探员的规划能力不相上下。"你给了他们能够威胁哈伦家族的手段,而他们又拥有实现威胁的最佳工具。"

"是啊,看起来是这样。"她的语气又含混起来,再次沉浸在自己的回忆里,"他们打算让某个黑道打手把意识转移到萨辛海岬的其中一具身体里,然后带回米尔斯波特,去展示他们的手段。我不知道他有没有做到那一步。"

"噢,我想他做到了。黑道对于提升影响力的事可是相当重视的。老天,我真想看看田奈濑陀当时的脸色。我是说,他带着那东西去了里拉峭壁,却从哈伦家族的基因专家口中得知了实情。我很惊讶,艾拉竟然没有当场处决他。她很有自制力。"

"或者说很有大局观。杀了他没有任何用处,对吧。就在他们带上那具身体,前往获户丸的渡船时,病毒已经感染了足够多的中性载体,没人可以阻止它了。等他们来到米尔斯波特的时候,"她耸耸肩,"每个人的手上都有了看不见的传染病毒。"

"是啊。"

也许她从我的口气里听出了什么。她转头看向我,悲惨的表情里带着压抑后的怒火。

"好吧,科瓦奇。你他妈告诉我。换作是你,你会怎么做?"

我对上她的目光,看到了其中的痛苦和恐惧。我转过头去,突然有些羞愧。

"我不知道。"我轻声回答,"你说得对,我没法感同身受。"

她似乎终于从我口中听到了想听的话,就此转身离开。

只留下我独自站在台架上,看着飞掠而过的海面。

37

　　我们离开期间,科苏特海湾的气候已经安定下来。在东部海滨肆虐了一周有余之后,这场大风暴从维切拉海滩的北端掠过,徘徊到了南漆器海,人们都认为它最终会在那片接近极地的冰冷海域渐渐消失。等到风平浪静以后,所有人都试图弥补损失的时间,海上交通变得格外繁忙。"天使之火的挑逗号"行驶在这些船舶之间,仿佛是个跑进拥挤商场的街头小贩。这条船行驶在都会船"浮世绘号"龟裂的船壳旁边,等到夕阳的色彩在西方的海平线上晕染开来,它已经端庄地停泊在廉价的码头位里。

　　漱石炬易在码头上迎接我们。

　　我在捕鳐船的栏杆边看到了他在夕阳中影影绰绰的轮廓,于是抬起手臂招呼他。他没有回应。布拉西和我下到码头,来到他面前时,我才看到他的变化有多大。他皱纹满布的脸上如今带着饱满的热情,我看到了一道闪光,可能是他的眼泪,也可能是压抑过的怒气,这很难判断。

　　"特雷斯?"他轻声问我们。

　　布拉西用大拇指比了比那条捕鳐船,"还在养伤。我们留下她陪着。陪着她。"

"做得对。很好。"

接下来便是一阵沉默。海风胡乱地吹打着,拉扯着我们的头发,盐味刺激着我的鼻腔。在我身边,我与其说看到,不如说感觉到布拉西绷紧了面孔,就像准备接受验伤似的。

"我们看过新闻了,漱石。你那边有几个人回来了?"

漱石摇摇头,"不太多。维杜拉、青砥、索别斯基。"

"玛丽·阿多呢?"

他闭上了眼睛,"抱歉,杰克。"

捕鳐船的船长走下舷梯,身边跟着船上的几名官员——我跟他们见过几面,在走廊遇见时会互相点头致意。漱石似乎认识每一个人——他们粗鲁地拍了拍彼此的肩膀,又飞快地说了几句黑话,接着船长咕哝了一声,带着其他人朝港务局大厦走去。漱石转过身,看着我们。

"他们会在码头停泊很长一段时间,申请维修重力系统。左舷还有一条捕鲸船,船员是他的老朋友。作为掩饰,他们会买些刚杀的鲜鱼,然后运到新佩斯特去。而我们会在黎明时坐西格斯瓦的一条走私来的快艇离开。在我们能力范围内,这是最好的脱逃手段了。"

我的目光避开布拉西的脸,转而扫视"浮世绘号"的上层构造。我的心里充斥着自私的宽慰,因为维吉尼亚·维杜拉名列幸存者之中,但作为特派探员的那不起眼的一小部分我却在观察着晚间的人流,还有可能的监视或是狙击的位置。

"我们能相信这些人吗?"

漱石点点头。能够探讨细节,他似乎松了口气,"绝大部分都可以。'浮世绘号'是在德拉瓦制造的,它的大部分股东都是原先那些合作社负责人的后代。整个文化明显偏向奎尔主义。"

"是吗？在我听来有点乌托邦。那些临时船员呢？"

漱石的目光锐利起来，"临时船员和新来的乘客都明白状况。和其他那些船一样，'浮世绘号'名声在外。不喜欢它的人不会待太久。这里的文化会把他们过滤掉。"

布拉西清了清嗓子，"有多少人知道实情？"

"你是说知道我们在这儿？大概十来人。知道我们在这儿的原因？两个，都是黑暗旅前成员。"漱石抬起头看着那条捕鳁船，目光在寻找着什么。

"他们到这儿来，都是为了查明她的身份。我们在船尾下层甲板那里有一间安全屋，可以避人耳目。"

"漱石，"我挤进他的视野，"我们得先谈谈。有几件事你应该知道。"

他盯着我看了很久，满是皱纹的脸上看不出什么表情。但他的眼里带着某种渴望，让我明白，他恐怕听不进我的这些话。

"恐怕你得先等着了。"他告诉我，"我们眼下最关心的，就是确认她的身份。如果在此之前，你们能别用我的名字称呼我，我会非常感激。"

"是查明。"我语气尖锐。他那种明显在做价值评估的语气让我恼火，"漱石，你是说查明她的身份吧？"

他的目光扫过我的肩膀，又回到那条捕鳁船的侧面。

"是啊，我就是这个意思。"他说。

"浮世绘号"船尾下层的安全屋里，那对谈吐优雅的前黑暗旅成员——一男一女——正等着我们。但他们显然并非屋主。船尾下层是所有都会船或是工厂船上最廉价、最粗糙的区域，有选择的人都不会自愿住到那儿去。当我们沿着扶梯，从更加适宜居住的船尾上层来到下层的时候，我能感觉到"浮世绘号"的引擎震颤随之增强。等我们走进那间屋子的时候，引擎声已经成了从不间断的背景噪音。讲求实用的家具、磨损剥落的墙皮和最低限度的装潢都清楚地表明，这间屋子的主人很少在家中逗留。

"请原谅这儿的简陋。"那女人温文尔雅地说着，领我们进了公寓，"我们只会在这儿待一晚。由于接近引擎，监控几乎是不可能的。"

她的搭档带我们坐在一张廉价塑料桌的桌边。桌上放着点心，热腾腾的茶，还有组合寿司。非常正式。我们落座以后，他开口道："没错，而且我们距离最近的船体保养舱口不到一百米。你们明天就通过那里换船离开。他们会把快艇开到第六和第七根龙骨之间的承重梁下。你们可以从那儿直接爬下去。"他指了指希拉·特雷斯，"就算受伤的人，应该也没什么大问题。"

这番话听起来非常流利，像是练习过很多次。他不时瞥向借用大岛·西尔维身体的那个女人，又匆忙转开目光。自从我们带她离开"天使之火的挑逗号"以后，漱石也一直这么打量她。只有那位女性黑暗旅成员表现得非常镇定。

"好了，"她语气平静地说，"我是丝托·迪里亚。这位是塔恩清志。我们开始吧？"

开始身份查验。

在当今社会，身份查验只是个普普通通的仪式，正如庆祝重生的认亲会，又或是更换身体的夫妻的再婚仪式。这是种半程序化的仪式，有时会伴随着伤感的气氛，其形式与手续在不同世界和文化中天差地别。但在我去过的每一颗星球上，它在社会关系中都是深受重视的基础环节。除了耗资不菲的高科技心理记录程序以外,这是我们向朋友和家人证明我们的真实身份——无论我们用着怎样的身体——的唯一手段。身份查验对社会的核心作用在于,它能够定义现代人不断变化的身份。它之于我们,就像签名与指纹数据库之于前千禧年时代的祖先。

但这一切的前提在于,接受查验的是个普通人。

对于一位近乎神话般的英雄人物——或许还要加上"起死回生"——来说,身份查验的意义放大了一百倍。漱石炬易坐下的时候明显在发抖。他的同僚们用的身体较为年轻,表现得没那么明显,不过如果你用特派探员的目光去打量,就能注意到他们缺乏信心的夸张姿势,以咳嗽制止的笑声,还有不时颤抖的话声——那是口干舌燥的影响。

这两个男人和一个女人,曾经隶属于这颗行星历史上最令人畏惧的部队,此时突然在过往的灰烬中瞥见了一丝希望。面对那个自称是牧田·娜迪亚的女人,他们眼中明显带着死灰复燃的期待。

"很荣幸,"漱石停顿片刻,清了清嗓子,"很荣幸能提及这些事……"

在桌子对面,大岛·西尔维身体里的那个女人沉着地看着正在发言的漱石。她对他的某个间接问题给出了肯定的回答,对另一个问题充耳不闻。另外两位黑暗旅成员也先后开始提问。她在座椅里略微转了几次身,依次面对着他们,摆出一副颇具古韵的包容姿态。最初的诙谐谈笑结束后,我便退回旁观者的立场,看着身份查验正式开始。他们谈话的速度开始加快,迅速从最近几天发生的事转到漫长而严肃的政治回顾上,接着又谈起了动乱年代和随后的那些年。他们用的语言也飞快地切换,从现代的美语换成陌生的旧式日语方言,时不时夹杂几句黑话。

我瞥了眼布拉西,然后耸耸肩:谈话的主旨和句法已经是我们望尘莫及的了。

谈话持续了几个钟头。都会船的引擎费力地转动着,让我们周围的墙壁发出微弱的轰鸣声。"浮世绘号"在海上乘风破浪。我们静坐聆听。

"……让你思考。坠下任何一处岩架,你的内脏都会在(奔腾的潮水里?)洒得到处都是。没有回收计划,没有身体更换方案,甚至连给家人的抚恤金都没有。这种(狂怒?)在你的骨髓里滋长,然后……"

"……记得你当初是在什么时候醒悟的吗?"

"……我父亲关于殖民理论的一篇文章……"

"……在丹池的街道上玩(???)。我们都这么干过。我记得有一次,(街头警察?)想要……"

"……反应?"

"家族都是这样的……至少我的家族在(瘟疫?)期间一直(???)……"

"……你那时还很年轻,对吧?"

"我写下那篇东西的时候才十来岁。没想到他们拿去出版了。没想到还有人会(掏出大笔的钞票?认真对待?),而且还有这么多(???)"

"可是——"

"是这样吗?"耸肩,"当我(回顾?重新审视?)自己(手上的鲜血?)的时候,感觉可不是那样的。"

布拉西和我时不时地会站起身,去厨房新泡一壶茶。几位黑暗旅的老兵几乎毫无察觉。他们正在全神贯注地回顾过去的种种细节:毕竟,对面那个人让这些过去又真实起来了。

"……记得当时是谁做的决定吗？"

"显然不是——你们这些人就没有起码的(指挥系统？尊重?)……"

突然间，桌边的众人大笑起来。但你能看到他们眼里的泪光。

"……那儿太冷了，没办法隐蔽作战。红外线扫描会把我们全都照出来，就像……"

"是啊，那时候简直……"

"……米尔斯波特……"

"……最好撒谎说我们成功的可能性很大？不敢苟同。"

"那恐怕得有足足上百公里……"

"……以及补给品。"

"……奥德修斯，如果我没记错的话。他应该能维持某种(???)的平衡……"

"……关于阿拉巴多斯？"

长时间的停顿。

"不太清楚，感觉(???)。我记得跟直升机有关？我们是要上那架直升机?"

她在微微发抖。他们的话题转得很快，像一只正在躲避步枪子弹的裂翼鸟。

"……好像跟……"

"……本质上是种反应理论……"

"不，恐怕不是。如果我检查过其他(模型?)……"

"但不言自明的是，这种为了掌控(???)的(挣扎?)将会引发一些……"

"是吗？谁说的?"

"好吧。"尴尬的犹豫,对视的目光,"你这么做了。至少,你(强烈赞成? 准许?)了……"

"真是胡说八道! 我从没说过频繁的政策变化是改善状况的(关键?)……"

"可是,斯帕文塔声称你提倡——"

"斯帕文塔? 那个该死的骗子。他还活着吗?"

"……而且你在民主动态学方面的著作显示……"

"你瞧,我不是个该死的空想家。我们都面临着(海浪里的瓶背鲨?)而且我们不得不……"

"所以你是说(???)不是解决(???)和减少(贫穷? 无知?)的手段,也就是说……"

"当然会了。我从没说过会有什么不同。顺便问一句,斯帕文塔怎么了?"

"唔,好吧——他那时候在米尔斯波特大学教书——"

"是吗? 那个小混球。"

"嗯哼。我想或许我们可以谈谈这些事件的某种在(???)方面偏离较少的(版本? 观点?),而不是这样(保守? 粗糙?)的理论……"

"就目前来看,很好。不过请给我一个支持这些说法的(可信的例子?)。"

"啊啊……"

"正是。民主动态学不是(水中之血?)那样的东西,而是尝试……"

"可——"

对话就这么继续下去,直到廉价家具发出咔嗒的响声,漱石突然间站起身来。

"够了。"他粗声粗气地说。

我们交换了一下眼神。漱石绕过桌子侧面,那张老脸上写满了激动,就这么看向坐在那儿的那个女人。她面无表情地对上他的目光。

他伸出了双手。

"我刚才,"他吞了口口水,"一直在隐瞒我的身份。这是为了我们的目标,我们共同的目标。我是漱石炬易,隶属于黑暗旅第九分队。"

在大岛·西尔维的脸上,那张冷漠的面具融化了。某种像是笑容的表情取而代之。

"漱石?晃荡漱石?"

他点点头,紧抿双唇。

她握住他伸出的双手,而他扶着她站起身。

他转向桌子,目光扫过我们每个人。你能看到他眼里的泪水,听到他开口时嗓音的颤抖。

"这位就是奎尔克里斯特·法尔科内。"他坚定地说,"在我的脑海里,已经不再有怀疑的余地。"

接着他转过身,伸出双臂搂住了她。泪水在他脸颊上闪闪发亮。他的嗓音沙哑。

"为了这一天,我们等待了那么久。"他哭泣着说,"那么久。"

第五部　这就是将至的风暴

没有人听到惠比寿的归来，直到一切为时已晚，说过的话无法收回，做过的事无法抹消，所有人都必须领受相应的惩罚。

——古代海神的传说故事

风速与风向无法预测……预计未来气候将十分恶劣。

——科苏特风暴管控网极端状况警报

38

　　我在科苏特的酷热和低角度的阳光中醒来,宿醉让我有些头疼,周围传来参差不齐的咆哮声。在兽栏外,有人正在给那些沼泽豹喂食。

　　我看了看表。时间还很早。

　　我在裹到腰际的被单里躺了好一会儿,听着野兽的咆哮声,还有兽栏顶部台架上的饲养员刺耳的嗓音。西格斯瓦两年前带我参观过这地方,我仍然记得那些豹子用骇人的力量按住和人体躯干等大的鱼排时的情形。那时饲养员也在大喊大叫,但你听得越多,就越能明白,那只是对抗本能恐惧时的虚张声势而已。除了一两位老练的沼地猎人以外,其余的饲养员都是西格斯瓦专门从新佩斯特的码头和贫民窟雇来的,那里的孩子见到真正豹子和去过米尔斯波特的可能性不相上下。

　　几个世纪以前,情况还不是这样。那时的野草湖小很多,也没人清理湖的南部,为贝拉草的种植提供便利。在这片沼泽的某些位置,那些漂亮却有毒的树木和浮游植物几乎生长到了城市的边界,内港方面只好每两年就进行一次疏浚。在夏日的酷热中,沼泽豹在装载台上晒太阳的场面并不鲜见。它们能够变色的毛皮变得熠熠生辉,以此模仿炽热的阳光。在野草湖区域,它们的猎物的繁殖周期有时会产生怪异的变化,迫使它们徜徉于邻近沼地的街道上,毫不费力地撕开密封的垃圾罐,偶尔还会趁着夜色捕食流浪汉或者粗心大意的醉鬼。就像在沼泽环境那样,它们会匍匐于后巷,身体和四肢隐藏在会随着黑暗转为黑色的鬃毛和皮毛之下。在受害者眼里,它们就像一团深色的影子,直到一切为时已晚。受害者为警察留下的只有大摊的血迹,还有回荡在夜色中的惨叫。十岁那年,我第一次亲眼看到了那种生物:我和朋友们玩着"大家都是木头人"的游戏,毫无察觉地接近了那头昏昏欲睡的豹子,而它翻了个身,浓密脏污的鬃毛甩到我们身上,张开尖喙打了个呵欠。

那种恐惧转瞬即逝,就像童年时品尝过的大部分恐惧那样。

沼泽豹很吓人,如果你在错误的环境下与它们遭遇,后果会相当致命。不过说到底,沼泽豹也是我们世界的一部分。

外面的咆哮声似乎达到了高潮。

对西格斯瓦的员工来说,沼泽豹就像各种廉价全息游戏里的反派角色(或许再加上他们缺席的一堂学校生物课)突然间成真了。就像来自另一颗行星的怪物。

来自这颗行星的怪物。

也或许,在西格斯瓦手下的某些年轻混混看来(当然是在底层黑帮的生活方式让他们彻底麻木以前),这些怪物唤醒了他们心中令人毛骨悚然的存在主义思想,让他们明白自己距离家乡有多远。

又或许没有。

有人在我身边的床上翻了个身,呻吟起来。

"那些鬼东西就不能闭嘴吗？"

回忆和震惊同时到来，又相互抵消。我侧过头去，看到维吉尼亚·维杜拉把娇小的头颅压在枕头下面。她的双眼仍然闭着。

"喂食时间。"我说。我的嘴里黏糊糊的。

"是啊，我真不知道哪一边更让我恼火：是那些豹子，还是喂豹子的那些白痴。"她睁开了双眼，"早上好。"

"你也早上好。"我想起了昨晚跨坐在我身上的她。想到这里，我在被单下的身体起了反应，"我没想到在现实世界也会发生这种事。"

她回头看了我片刻，然后翻身平躺，看着天花板。

"是啊。我也没想到。"

前一天的情形缓缓地浮现于我的脑海。看到维杜拉的第一眼，她正平静地站在西格斯瓦那条低调的快艇的船头上，而快艇停在都会船那庞大的承重支架下方起伏的水面上。从船尾的开口处照下的晨光无法抵达两船之间的空隙，当我从维护舱口爬下时，她看起来只是个手持枪支、留着刺猬头的身影。她的轮廓透出果敢老练的气质，但当我们上船后，手电筒的光短暂地掠过她的面孔时，我看到了某种难以捉摸的表情。她短暂地对上我的目光，接着转过头去。

快艇在清晨的空气中穿过海湾，船上的人几乎全都一言不发。海上刮着一股毫不停歇的西风，炮铜色的冰冷光线照在我们身上，让人毫无谈天的兴致。接近海滩时，西格斯瓦的走私商舵手招呼我们全部进入室内，另一个表情严肃的年轻黑帮快步来到快艇的炮塔边。我们沉默不语地坐在狭小的船舱内，听着引擎声音的变化：快艇在接近海岸时开始减速。维杜拉坐进布拉西身边的椅子里,在昏暗中,他们的大腿贴在一起,我看到他们双手紧握。我闭上眼睛,靠着绝对算不上舒适的金属座椅里,在脑海中记下路线,以此消磨时间。

驶上海面,沿着维切拉北端某处的一片废水污染的破败海滩直线前进,尽可能用新佩斯特郊区的那些棚屋避人耳目:废水就是从那里的污水管道排出来的。没有人蠢到来这儿游泳或是钓鱼,也没有人看到这艘圆形船首、船裙沉重的快艇风驰电掣而来。越过后方油污浸染的泥滩,穿过窒息濒死的浮游植物,接着转进野草湖区域。为了掩盖痕迹,用标准行驶速度"之"字形穿过无尽的贝拉草水田,在三处不同的装卸站停下,每一处的员工都和黑帮有些关系,经过每一处装卸站后都会改变方向。旅途的终点是西格斯瓦的另一个家:沼泽豹牧场。

这段旅途花费了大半天的时间。在最后一个装卸站那里,我站在码头上,看着太阳落到野草湖对面的云朵背后,就像一块沾染血迹的纱布。在快艇的甲板上,布拉西和维杜拉正在激动地轻声交谈。希拉·特雷斯应该还在船舱里,跟船上那两名黑帮船员聊着闲话。

漱石正在别处忙着打电话。大岛身体里的那个女人绕过一大捆晒干的贝拉草(几乎跟我们一样高),在我身边停下脚步,循着我的目光看向地平线。

"景色不错。"

我咕哝了一声。

"这是我对科苏特的不多的印象之一。野草湖的夜空。我在1969年和1971年干过收割贝拉草的活儿。"她靠着那捆贝拉草坐下,看着双手,就像在审视她所说的劳作留下的痕迹,"当然了,他们大多数日子里都会让我们一直干到天黑,不过每当你看到这幕景象,就知道工作快结束了。"

我一言不发。她抬起头看着我。

"你还是不相信,对吧?"

"我不需要相信,"我告诉她,"我的想法在这儿无足轻重。你在'浮世绘号'上已经让他们相信了。"

"你真觉得我会故意欺骗那些人?"

我思索了片刻,"不,我不认为是这样。但这并不代表你就是自己认为的那个人。"

"那你要怎么解释这些?"

"我说过了,我不需要。愿意的话,就把它称作'历史的脚步'吧。漱石已经得到他想要的了。"

"那你呢? 你没有得到你想要的东西吗?"

我阴郁地看着天空,"我不需要任何我并不拥有的东西。"

"真的吗? 那你还真是容易满足。"她指了指周围,"这么说,你不想要比这更好的明天? 你对'重建公平的社会体系'不感兴趣?"

"你的意思是粉碎寡头政府和他们的统治地位,把权力交还给人民? 诸如此类的事?"

"诸如此类的事。"我不太确定她是在取笑我,还是表示赞同。

"你介不介意坐下? 这么跟你说话让我脖子疼。"

我犹豫起来。拒绝这种要求似乎很没礼貌,而且毫无必要。我坐到码头上,背靠着那捆贝拉草,等待着。

但她突然间沉默了。我们肩并着肩坐了一会儿。

我的心情出奇的平静。

"在我小时候,"她最后开口道,"我父亲接到了一份采访生

507

物科技的工作。你知道修复人体组织和增强免疫功能的那套系统吧？他要做的是了解纳米技术的发展，然后写一篇评论文章。我记得他给我看了些录像，内容是把这种尖端技术植入刚出生的婴儿体内。我当时吓坏了。"

她露出淡淡的笑容。

"我还记得自己看着那幅画面，然后问我爸爸，那个婴儿要怎么告诉这些机器该怎么做？他努力给我做了解释，告诉我婴儿用不着告诉它们怎么做，它们早就知道该做什么了。只需要给它们提供动力就好。"

我点点头，"真是个不错的比喻。但我不——"

"听我说完，好吗？想象一下吧。"她抬起双手，仿佛在勾勒什么东西的框架，"想象，如果有个狗娘养的家伙故意没有启动大部分纳米机械。或者这么说吧，只启动了和大脑以及胃部有关的那些。其余的都闲置着。更糟糕的是那些半闲置状态的，只会待在那儿消耗养料，却无所事事。或者被安排去做坏事，比如摧毁人体组织而非修复，比如放进多余的蛋白质，比如不去平衡化学成分。婴儿很快长成了孩童，开始出现健康问题。所有那些危险的本地微生物，那些在地球见所未见的东西，都会侵入孩子的身体里，让他患上地球上的祖先没有演化出丝毫抵抗力的种种疾病。接下来会发生什么？"

我做了个鬼脸，"埋掉他？"

"我是说，在那之前。医生们会赶来，建议开刀，或许再更换器官或者肢体——"

"娜迪亚，你真的离开太久了。在战场和选择性手术①方面，这样的事真的不——"

————
①指不需要尽快实施的手术。

"科瓦奇,我是在比喻,懂吗? 重点在于,你落得个状况糟糕的身体,需要你自己不间断的保养和外部协助。可这是为什么? 不是因为你有什么天生的毛病,而是因为纳米技术没有启用。我们就是这样。这个社会——摄政府掌控下的每个社会——就像一具百分之九十五的纳米装置没有启动的身体。人们从来不去做他们应该做的事。"

"比如什么?"

"比如做些实事,科瓦奇。掌握权力。关注社会制度。保持街道安全,管理公共卫生和教育。建造些什么。创造财富,安排数据,确保这两者流向需要的地方。人们愿意去做所有这些,他们有那样的能力,但他们就像纳米装置。必须有人去启动他们,去让他们明白。最后的结果就是奎尔主义社会——清醒的大众。这就是民主动态学在纳米技术上的运用。"

"没错——这么说,关闭了纳米装置的就是那些邪恶的寡头政府。"

她又笑了起来,"这话不全对。那些寡头统治者并非外在因素,他们更像是失控的封闭式子程序。换个说法的话,就像癌细胞。它们会从身体的其余部分吸收营养,无论会对身体系统造成怎样的负担,还会杀死一切与它对抗的东西。所以我们必须先解决它们。"

"是啊,我想我听过这套说法。摧毁统治阶级,一切就都会好起来,对吧?"

"不,但这是必要的第一步。"她的热情显然更加高涨,语速也越来越快。夕阳将彩色玻璃般的光辉洒在她的脸上,"在人类历史上,所有的革命运动都犯过同一个基本错误。它们都把权力看作某种静态的东西,就像一栋建筑物。但它并非如此。它是动态的,是拥有两种可能趋势的流动体系。权力或是积累,或是通过这个体系扩散出去。在大多数社会里,权力处于积累模式,而大部分革命运动真正的目的只是在新的场所重新积累。真正的革命必须逆转这种流向。从来没有人做到过这一点,因为他们都太害怕失去自己在历史进程中的光辉时刻。如果你只是破坏一种积累模式的权力机构,再换上另一个,结果不会有任何改变。你不会解决任何社会问题,那些问题只会以全新的角度再次出现。你必须创立能够自行处理问题的纳米装置。你必须建立起允许权力扩散而非聚集的结构。问责制度、司法权力体系、政治基础设施的使用——”

“哇哦。”我抬起双手。这些话的大部分内容,我在小蓝虫公司听过不止一次。我可不想坐下来再听一遍,无论这儿的景色有多美。“娜迪亚,这不是你第一次尝试了,这你也知道。而且根据我对殖民前时代的历史的印象,你如此信任的那些得到了权力的人民,转头就欢快地把权力拱手交还了压迫者,得到的回报无非是全息色情片和廉价燃料而已。或许我们所有人都该吸取教训。或许人们宁愿流着口水去关注约瑟菲娜·光和隆·巴托克的绯闻与艳照,却不在乎掌管这颗星球的人是谁。你想过这件事没有? 或许他们这样还更快乐些。”

她的脸上掠过轻蔑的神情,“是啊,也许吧。又也许你所说的那段历史被人曲解了。也许前千禧年时代的宪政民主并非撰写史书的人希望我们相信的那样。又也许,他们只是消灭了这种制度,把它从我们手中夺走,又对我们的子女撒了谎。”

我耸耸肩,“也许吧。但如果真是这样,他们倒是挺擅长这个的,因为同一套把戏他们用了一次又一次。”

“这是当然的。”她几乎在大喊大叫了,“这还用说吗? 如果你的特权、你的地位、你的整个安逸的人生都取决于此,你又怎么可能不倾尽全力? 你又怎么可能不把这些教给刚刚学会走路和说话的孩子?"

"可在此期间,我们其他人却没法向子孙后代传授有效的对策? 得了吧! 我们就非得用每几百年一次的动乱年代来提醒自己吗?"

她闭上双眼,头颅靠着那捆贝拉草。她像是在和天空说话,"我不知道。是啊,也许真是你说的那样。这是一场不公平的角逐。摧毁和破坏永远要比建设和教育容易得多。聚集权力也远比扩散权力容易得多。"

"是啊。又或许,只是你和你的奎尔主义者朋友不想看到进化后的社会。"我听到自己的嗓门开始拔高。我努力压低音量,话语却因此更加刺耳,"没错。就这么卑躬屈膝,照那个留着胡子或是身穿西装的男人的话去做吧。就像我说的,也许人民这样会比较快乐。也许像你和我这样的家伙只是一群恼人的沼泽飞虫,吵得他们睡不好觉。"

"你打算就这么逃跑,是吗?"她对着天空睁开双眼,然后转过头来,"把一切都交给第一家族那样的人渣,让其余的人类浑浑噩噩地过一辈子。放弃斗争。"

"不,恐怕现在已经太迟了,娜迪亚。"我发现自己的语气里并没有预想中那种冷酷的满足,我感到的只有疲惫,"像漱石那样的人一旦开始行动,就很难阻止了。这样的人数量不少。再说无论结果好坏,我们都已经开始行动了。我想你会得到你的新动乱年代的。无论我说什么,或者做什么。"

她的目光仍旧咄咄逼人,"而你觉得这完全是浪费时间。"

我叹了口气,"我想我只是在太多不同的世界看过太多失败的尝试,没法相信这次会有所不同。最好的情况下,你们在推翻政府的过程中会让很多人送命。最坏的情况下,你们会让特派探员部队来到哈伦世界——相信我吧,就算在你最可怕的噩梦里,你也不会想要他们出现。”

“嗯,布拉西告诉我了。你曾经是那些突击队员的一分子。”

“说得对。”

我们看着渐渐低沉的日头,就这么过了好一会儿。

“要知道,”她说,“我不是在假装知道他们在特派局里对你做过什么,但我以前也遇见过你这样的人。自我憎恨对你们有益,因为你们能将它疏导出去,再转为对需要毁掉的那些目标的愤怒。但这是种静态模式,科瓦奇。就像一尊绝望的塑像。”

“是这样吗?”

“是的。本质上说,你们并不希望事态有任何好转,因为这样一来,你们就会失去目标。如果你的憎恨失去了外在的焦点,你就要被迫面对自己的内心了。”

我嗤之以鼻,“面对内心的什么呢?”

“你是说具体是什么？我不清楚。但我可以斗胆做些猜测。滥用暴力的父亲或母亲。在街头的生活。在童年早期失去的东西。某种背叛。而且,科瓦奇,你早晚都得面对那个事实:你永远没法回到过去,弥补缺憾。人生必须向前看。”

“是啊,”我用单调的语气说,“毫无疑问,我该为光荣的奎尔主义革命服务。”

她耸耸肩,“这得是你自己的选择才行。”

“我已经做出了选择。”

“可你还是从哈伦家族的手里救出了我。你动员了漱石和其他人。”

"我是为了大岛·西尔维。"

她扬起一边眉毛,"是这样吗?"

"对,就是这样。"

又一次停顿。在快艇上,布拉西走进了船舱。我只看到了那个动作的最后一部分,但在我看来,他显得生硬而又不耐烦。我转过目光,看到维吉尼亚·维杜拉正抬头看着我。

"这么说,"那个自以为是牧田·娜迪亚的女人说,"看起来我跟你说这些完全是浪费时间了。"

"是啊。我也这么认为。"

就算她因此发了火,也没有表露出来。她只是又耸了耸肩,站起身,对我露出古怪的微笑,随后沿着夕阳染红的码头漫步走开,时不时越过码头边缘,看向浓稠的水面。

随后,我看到她跟漱石说了话,但在前往西格斯瓦那里的路上,她没有再来打扰我。

作为最终的目的地,这座牧场算不上多么壮观。它兀立于野草湖上,外观就像一队浸透了水的氢气飞艇沉入另一座 U 型装卸站的废墟。事实上,在联合企业出现之前,这地方曾经是独立的贝拉草装卸站。但和我们去过的那些装卸站不同的是,那些大公司并没有买下这儿,而它在一个世代内就荒废了。拉杜尔·西格斯瓦后来接管了这里,作为偿付的部分赌债。看到自己赢得的东西时,他肯定不怎么高兴。但他以细致的仿古风格整修了这座破败的装卸站,让它重新投入使用,还用上了最先进的湿地地堡技术(那是通过新佩斯特某个欠他人情的军方承包商弄到手的)。如今这片牧场里有一座独家经营的小型妓院,不少高雅的赌博设施,还有这里的重头戏,让顾客体会到城市之外独有的惊悚氛围的那样东西：斗兽场。

我们抵达时，这儿正在举办某种派对。黑帮总是夸耀他们的好客，西格斯瓦也不例外。他在旧装卸站尽头的码头上腾出了空间，布置好了食物和饮料，轻柔的音乐，芬芳的实木火炬，还有巨大的风扇——好让这儿潮湿的空气更加流通。英俊漂亮的男男女女端着沉重的托盘，身上的衣物极其有限：他们不是来自楼下的妓院，就是西格斯瓦在新佩斯特的某家全息色情制片厂。他们的汗珠巧妙地在裸露的肌肤上排成图案，辅以干扰信息素的香气；他们的瞳孔借助欣快剂的作用放大，巧妙地暗示着自己是否"可用"。对于新奎尔主义活跃分子的集会来说，这算不上理想，不过对西格斯瓦来说已经相当周到了。

他对政治可从来都没什么耐心。

不管怎么说，码头上都笼罩着沮丧的气氛，只是渐渐转变成了毒品刺激下的放纵，但也仅限于含混的抱怨和伤感而已。对米姿·哈伦的袭击和绑架，以及随后在新神奈川街头的交火过于血腥无情，不允许我们产生其他情绪。死者的缺席太过明显，他们死去的故事又太过残忍。

玛丽·阿多，被粒子束割成了两半，用最后一丝气力挣扎着将佩枪举到喉咙口，扣下了扳机。丹尼尔被破片粒子枪的弹丸撕成了碎片。

在海滩上跟他一起的那个女孩，安德莉雅，在敌人的突击队员轰开房门闯入时，被打成了肉酱。

其他那些我并不认识或是没有印象的人也以不同的方式死去，让漱石有机会带着他的人质逃离。

"你杀了她吗？"趁着他还没把自己灌醉，我这么问道。我们在乘坐捕鳁船前往南方的路上听到了那条新闻：奎尔主义谋杀犯可鄙地屠杀了一位无辜女子。但话说回来，就算是某个粗心大意的突击队员把米姿·哈伦打得四分五裂，新闻上还是会这么写。

他看向码头那边，"当然。他们现在应该从某个偏远的储存器里给她更换了新身体。我怀疑她失去的人生要比四十八个钟头多得多。"

"我们损失的那些人呢？"

他的目光仍未从装卸码头的另一边收回来。就好像他看到阿多和其他人正伫立在火炬忽明忽暗的光芒中，无论多少酒精和食物，都无法抹去这些阴森的魂灵。

"阿多在死前汽化了自己的存储器。我亲眼看到的。其余的人——"他似乎略微发起抖来，但那也许是因为野草湖上吹来的晚风，又也许他只是耸了耸肩，"我不知道，也许被他们抓到了。"

我们都明白那个符合逻辑的推论。如果艾拉找到了那些存储器，他们现在就该被关在虚拟实境里接受审问了。他们会遭受折磨——有必要的话会折磨至死——然后重新放进同一个虚拟实境里，以便再次审问。这个过程会不断重复，直到他们吐露自己知道的情报为止——或许在那之后还会重复下去，作为他们胆敢对第一家族成员动手的惩罚。

我咽下饮料，一阵颤抖从双肩传向背脊。我朝漱石举起空空的杯子。

"噢，希望这么做是值得的。"

"是啊。"

从那以后，我再也没跟他说过话。随着派对的进行，他走到远处，而我被西格斯瓦拉到了角落里。他的两边胳膊各挽着一个肤色洁白、妆容靓丽的女子,她们穿着同样闪闪发光的琥珀色薄棉布裙,看起来就像一对真人大小的人偶。他的心情似乎很不错。

"喜欢这场派对吗?"

"暂时还不。"我从一名侍者的托盘里拿起一块曲奇,咬了一口,"我会的。"

他微微一笑,"你可真难取悦,阿武。想去对你在兽栏里的朋友幸灾乐祸一下吗?"

"暂时不想。"

我的目光不由自主地越过泡沫翻涌的泻湖,看向沼泽豹斗兽场所在的地方。我非常了解这条路,而且多半没有人会阻止我进去,但在那时,我不认为自己该去那儿。我在去年的某个时刻发现,一旦那些牧师死去并换上豹子的身躯,对他们痛苦的欣赏就缩减为冰冷而又令人不快的、作为智慧生物的认同感。看着这些庞大的野兽在斗兽场里相互撕咬的情景,我没法联想到自己想要惩罚的人。也许那些精神外科医生的说法没错:在豹子身体里的他们早已失去了理智。

或许在几天之内,他们人类意识的核心就被吞噬殆尽,只剩下漆黑而可怕的疯狂。

在某个酷热沉闷的午后,我站在一座斗兽场外陡坡般的观众席里,周围是尖叫跺脚的人群。我感到惩罚的意义正在渐渐消失。

从那以后,我再也没去过那儿。我只把我偷来的存储器交给西格斯瓦,让他去处理。

他在火炬的光芒中冲我扬起一边眉毛。

"那好吧。或许你会对团体运动感兴趣? 我们要不要带着伊利娅和真由美一起到反重力体育馆去?"

我的目光扫过那两个妆容精致的女人,而她们各自朝我投来了一个敬业的微笑。她们看起来都没有嗑药,不过这一幕还是给人以怪异的感觉,就好像西格斯瓦正在通过她们腰背部光滑的皮肤上的孔洞操作着她们,就好像他那双手按着的那对曲线完美的臀部是塑料做的假货。

"多谢了,拉德。我年纪大了,更喜欢安静。你们去吧。没有我,你们也能玩得很愉快。"

他耸耸肩,"有你在肯定愉快不到哪去。说实话,你有五十年没好好放松一下了。你真的变成北方佬了,阿武。"

"我说过——"

"是啊,是啊,我知道。你本来就是半个北方人。问题在于,阿武,你年轻的时候还不会表现得这么明显。"他的右手握住了一只丰满的乳房。乳房的主人咯咯笑着,咬了他的耳朵一口。"来吧,姑娘们。我们别打扰科瓦奇君的思考了。"

我看着他们加入派对的人群之中,西格斯瓦走在前头。

弥漫着信息素的空气让我的身体依稀有些后悔。我味同嚼蜡地吃完了那块曲奇。

"噢,你看起来玩得挺开心的。"

"特派探员的伪装,"我条件反射式地回答,"我们在融入群体方面受过训练。"

"是吗?听起来你对你的教官不怎么满意啊。"

我转过头,看到维吉尼亚·维杜拉坏笑着站在那儿,两只手里各拿着一只平底酒杯。我寻找着布拉西的踪影,却怎么都找不到。

"这两杯里有给我的吗?"

"如果你想要的话。"

我接过其中一杯,抿了一口。米尔斯波特的单麦芽酒,或许是群岛西端的酿酒厂出产的高价货色。西格斯瓦是那种从不会让成见影响品位的人。我又喝了几口,接着看向维杜拉的双眼。她正在眺望野草湖。

"玛丽的事我很抱歉。"我说。

她收回目光,将一根手指举到唇边。

"现在别提这个,阿武。"

现在别提,以后也别提。我们就这么一言不发地溜出派对,来到地堡内部的走廊里。特派探员的本能随即浮现,就像应急用的自动驾驶功能:暗号般的眼神,还有强烈到令我眼睑刺痛的含意。

我突然想了起来。就是这样。这就是我们的生活,是我们渴望的生活。

在我的房间里,我们匆忙脱去衣物,抱紧彼此的身体,以特派探员的清晰感官感受着彼此的需要。在过去的一个多世纪里,我第一次开始思索自己离开的原因。

到了今天早上,这种感受在沼泽豹的咆哮声中已经不见踪影。

宿醉带来的晕眩程度轻得令我吃惊,思乡之情也随之浮现。等到我看着维杜拉在白色床单下晒成棕褐色的身体时,心里剩下的只有自以为是的占有欲,外加某种不知来由的担忧。

维杜拉仍旧盯着天花板上的那个窟窿。

"要知道,"她终于开了口,"我一向不怎么喜欢玛丽。她一直在努力向我们其他人证明什么。就好像成为小蓝虫的一分子还不够似的。"

"也许对她来说还不够。"

我想到了漱石描述的玛丽·阿多的死状,而我不禁思索,她在最后扣动扳机,究竟是为了逃避审讯,还是避免恢复她花费一生想要切断的家族纽带。我很想知道,她的贵族血统是否足以让她逃过艾拉的怒火;她该做些什么,才能离开审讯用的虚拟实境,换上新身体;为了脱身,她又该做些什么才能弥补。我很想知道,在最后的时刻,她用朦胧的双眼看着自己伤口里流出的贵族血液时,感觉到的是不是憎恨。

"杰克说了一通'大无畏的牺牲'之类的狗屁玩意儿。"

"噢,我明白了。"

她将目光转向我的脸,"我不是因为这个才来的。"

我一言不发。她继续看着天花板。

"该死的,好吧,我承认。"

我们听着屋外传来的咆哮和叫喊声。维杜拉叹了口气,坐起身来。她用双手的掌根处按着双眼,摇了摇头。

"你有没有想过,"她问我,"也许我们已经不是人类了?"

"因为我们是特派探员?"我耸耸肩,"我可不相信'颤抖吧'颤抖吧,新人类就要来了'的那类鬼话,如果你想说的就是这个的话。怎么了?"

"我不知道。"她恼怒地摇摇头,"没错,这真他妈蠢,我知道。但我跟杰克和其他人说话的时候,偶尔会觉得他们像是属于某个截然不同的物种。他们相信的那些事。明明证据少得可怜,他们却还深信不疑。"

"噢。这么说你也不相信了。"

"我不相信。"维杜拉恼怒地抬起一只手,她在床上翻了个身,面对着我,"她怎么可能是呢,对吧?"

"噢,我很高兴,原来我不是唯一一个。欢迎来到理性思考的少数派。"

"漱石说她的查验通过了。每一方面都是。"

"是啊。漱石盼这事盼了那么久,就算面前是一只裹着头巾的裂翼鸟,他都会相信那是奎尔克里斯特·法尔科内。身份查验的时候我也在场,无论她回答问题时多不自然,他们都没当回事。有人把她启动的那件基因武器告诉你吗?"

她转过头去,"嗯,我听说了。相当极端。"

"我想你的意思应该是:简直是对奎尔克里斯特·法尔科内所信仰的一切的彻底违背。"

"我们已经没法置身事外了,阿武。"她露出淡淡的微笑,"你知道的。在这种情况下——"

"维吉尼亚,如果你不小心点儿,就要证明自己是那些迷失于信仰、浑浑噩噩的旧式人类的一员了。如果你站到那一边去,就别指望我再跟你说话了。"

她笑得更欢了,随后更是大笑出声。她用舌头舔了舔上嘴唇,斜视了我一眼。我突然有种触电般的怪异感觉。

"好吧,"她说,"就让我们以非人的理性来讨论吧。但杰克说她记得对米尔斯波特的突袭。还有上了阿拉巴多斯的直升机。"

"是啊,这也就否决了她是'在交战期间储存在德拉瓦外的备份意识'的说法,不是吗?毕竟这两件事全都发生在她可能进行备份的时间以后。"

维杜拉摊开双手,"这同时也否决了她是某种数据地雷的人格外壳的说法。同样的道理。"

"噢,没错。"

"这么一来,我们又该相信什么呢?"

"你是说布拉西和维切拉那伙人该相信什么吧?"我语气恶毒,"很简单。他们只能徒劳地在其他胡编乱造的理论里寻找证据,以便继续维持信仰。对于那些新奎尔主义者来说,真是可怜啊。"

"不,我是说我们。"她的目光简直能看透我的心,"我们又该相信什么呢?"

我学着她先前做过的动作,揉了揉眼睛,以此掩饰自己腹部的轻微悸动。

"我倒是有个想法,"我开口道,"或许可以解释得通。"

门铃响了。

维杜拉扬起一边眉毛,"噢,看起来你还有位客人。"

我瞥了一眼手表,随后摇摇头。在窗外,沼泽豹的咆哮声似乎平息为低沉的咕哝,不时传来它们撕扯软骨发出的噼啪声。我穿上裤子,不假思索地从床头柜上拿起那把狂想曲,走过去开了门。

那扇门开了,让我看到了外面寂静而昏暗的走廊。用着大岛·西尔维身体的那个女人站在那儿,穿戴整齐,双臂交叠。

"我有个提议想告诉你。"她说。

39

　　我们来到维切拉海滩时,时间还只是清晨。被希拉·特雷斯拉起床——事实上是她的床——的那个黑帮舵手年轻又自大,而我们乘坐的仍然是来时的那条走私快艇。既然没必要再装作野草湖上一条过目即忘的平凡船舶,又无疑想给特雷斯留下深刻的印象,于是那位舵手让引擎马力全开,我们只用了不到两小时,就风驰电掣地来到了那座名为"阳光快乐码头"的停泊点。特雷斯跟他一起坐在驾驶舱里,不时发出鼓励的欢呼,而维杜拉和那个自称奎尔的女子一起留在甲板下。旅途中的大半时间里,我都独自坐在前甲板上,在迎面而来的凉风中休养生息:我的宿醉还没过去。

　　这座"阳光快乐码头"倒是名副其实,常来光顾的大都是乘坐观光快船从新佩斯特来这儿的游客,还有些开着豪华游艇的富家少爷。在一天里的这个时候,停泊的位置相当宽裕。更重要的是,从这里走到祖林达·图季曼·斯克莱普的办公室只需要不到十五分钟,这还是在配合腿伤未愈的希拉·特雷斯的情况下。我们来到门口的时候,他们才刚刚开张。

"我不太确定，"里面那个员工说（他的工作显然是比其他人起得都早，并在他们到来前来办公室值守），"我不太确定——"

"没错，就是我。"希拉·特雷斯不耐烦地告诉他。

她穿上了一条及踝长裙，好盖住那条正在迅速痊愈的腿，她的话声和站姿完全看不出受过伤。我们把那个舵手留在了阳光快乐码头上，特雷斯并不需要她。她完美地表现出了黑帮的傲慢。那个员工有些畏缩。

"你瞧。"他开口道。

"不，你自己瞧。我们是不到两周前来的。你很清楚。想打给图季曼的话，就打吧。但我不觉得他会感谢你这么早把他吵醒，就为了确认我们能不能使用上次用过的东西。"

到了最后，他还是打给了图季曼，挨了一通责骂，不过最后我们还是如愿以偿了。他们打开了虚拟系统，带我们去了沙发那边。希拉·特雷斯和维吉尼亚·维杜拉站在一旁，让大岛身体里的那个女人给自己接上电极。她把催眠耳机递给我。

"这东西是做什么用的？"

"高性能现代技术。"我努力露出笑容。除了宿醉以外，期待也为我增添了某种令人反胃的虚幻感，而这是我眼下并不需要的，"才投入使用几个世纪。像这样启动。让进入虚拟实境的过程更轻松。"

等大岛坐下以后，我躺进她旁边的沙发里，给自己戴上耳机，贴上电极。我抬头看着特雷斯。

"如果情况不对劲，你知道该怎么把我拉出来吧？"

她面无表情地点点头。我还是不太明白，她为什么会答应帮助我们，而不是让漱石或者布拉西来。在我看来，她似乎不该这么快就对奎尔克里斯特·法尔科内的鬼魂言听计从。

"那好。我们开始吧。"

超音波代码催眠我的时间比平时更久,不过到了最后,我终于感觉沙发间开始模糊,关于维杜拉在走廊尽头那个房间的记忆出人意料地向我袭来。

镇定点儿,阿武。

至少宿醉的感觉消失了。

虚拟实境里的我站在那儿,前方是一扇窗户,窗外是一片宽阔到难以置信的起伏绿地。在房间的另一边,靠近门的地方,有位长发女子的模糊轮廓正渐渐呈现出大岛的模样。

我们彼此对视了片刻,接着我点点头。我的动作大概看起来不太对劲,因为她皱起了眉头。

"你确定要这么做吗?要知道,你其实用不着跟我一起来的。"

"是的,我确定。"

"我没想到——"

"娜迪亚,没关系的。我接受的训练就是用新身体出现在外星球,然后立刻融入进去。这能有多难?"

她耸耸肩,"好吧。"

"那好。"

她穿过房间朝我走来,在不到半米外停下了。

她低下头来,银灰色的长发缓缓落下,遮住了她的脸。中央缆线滑到她的头颅侧面,随后悬挂在那儿,仿佛一条发育不良的蝎尾,上面布满了蛛网般的细丝。

在那一刻,她看起来就像我的祖先从地球的海湾那边带来的所有鬼故事的原型。她看起来就像个幽灵。

她的姿势凝固在了那儿。

我深吸一口气，随后伸出手去。我的手指分开她脸上帘幕般的头发。

后面空无一物。看不到五官，看不到构造，只有一个黑暗而温暖的缺口。它朝着我不断扩张，仿佛一根黑色的火把。我身子前倾，而她喉咙的黑暗随即敞开，缓缓地沿着她凝定身躯的纵轴线剥落。黑暗将她的身体分开到胯部，然后继续向下，撕裂了她双腿之间的空气。我能感觉到她正以越来越快——虽然加速的幅度很小——的速度离开。接下来是旅馆房间的地板，随后房间本身也开始皱缩，就像海滨篝火里的一块用过的抹布。温暖包围了我，空气里带着微弱的静电气息。脚下是无边无际的黑色。我左手里那根钢铁发丝变成了一根蟒蛇那样粗大、摇晃不止的电缆。我就这么拉着它，悬挂在虚空之上。

别睁开眼睛，别摊开左手，动也别动。

我眨了眨眼——或许是出于轻蔑吧——然后把这段记忆收藏起来。

我做了个鬼脸，接着放开了手。

就算我真的在下坠，也感觉不到。

周围没有呼啸的风声，没有能够判断移动与否的光源。就连我自己的身体也看不见。那条缆线似乎在我松手的同时就消失了。也许我正飘浮在还不到臂展宽度的反重力室里，但不知为何，我的感官却在告诉我，周围是个庞大的空间。感觉就像一只吐雨虫，正飘浮在贝拉棉幸平区九号的某个空荡荡的仓库上空。

我清了清嗓子。

锯齿状的闪电从我头顶掠过，然后停留在了那儿。我条件反射式地抬起手,指头拂过了精巧的细丝。我的眼睛看清了事实:那道光并非在无法触及的高空中掠过的闪电,而是一根细小的嫩枝,就在我头顶几厘米的地方。我轻轻地将它拿在手中,然后翻转过来。我的手指碰触之处,光芒随即涌出。我放开了它,而它就这么悬停在和我胸口齐平的空中。

"西尔维?你在吗?"

话音才落,我的脚底踩到了实处,眼前也出现了一间浸染在下午阳光里的卧室。从陈设来看,这间卧室应该属于一个大约十岁的孩子。墙上挂着米基·诺萨瓦和土屋莱利的海报(还有几个我不认识的明星),家具包括一张书桌和窗户底下的数据化显示屏,还有一张小床。一面墙壁上的镜木墙板让有限的空间看起来大了不少,对面是那种可以藏人的橱柜,里面挂着一堆缺乏整理的衣物,其中包括宫廷式样的礼裙。门背上贴着一张弃绝会的教义,但一角已经脱落了。

我透过窗户朝外张望,看到了一座位于温带地区的典型小镇。镇子的下坡处有一座港口,然后是狭长的海湾。水面带着贝拉草的色彩,布袋月和大黑月的月牙在刺眼的蓝色天空中依稀可见。她可能在任何地方。船舶和人类的身影移动着,看起来十分逼真。

我走向贴着那张教义的房门,转动门把。门没有上锁,但当我试图走进外面的走廊时,有个十来岁的男孩出现在我面前,把我推了回去。

"妈妈说你得留在自己的房间里,"他用令人不快的语气说,"妈妈说的。"

那扇门当着我的面重重关上了。

我盯着它看了很久,然后再次打开。

"妈妈说你——"

那一拳打破了他的鼻子,让他倒在对面的墙壁上。我略微攥起拳头,想看他会不会还手,但他只是顺着墙壁滑下,张大嘴巴,血流不止。他的眼神因为惊吓而呆滞。我小心翼翼地越过他的身体,沿着走廊前进。

才走出不到十步,我就感觉她出现在我身后。

墙壁的纹理发出沙沙的响声,边缘仿佛绉纱的阴影朝我的背后逼近。我停下脚步,等待着。某种像手指那样蜷曲之物越过我的头顶,搂住了我的脖颈。

"你好啊,西尔维。"

一眨眼的工夫,我就坐在了"东京乌鸦"的吧台边。她朝我身子前倾,摆弄着手里的一杯威士忌——我不记得我们真的去那儿的时候,她在不在喝酒。我的面前也有一杯相似的饮料。我们周围的人以快得惊人的速度来来往往,色彩淡去,只剩灰白,不比桌边的烟管里冒出的烟雾或是吧台的镜木桌面映出的扭曲影子更加真实。周围有声音,但模糊而又微弱,只能依稀听到。

"米基·意外之得,自从你走进我的人生以后,"大岛·西尔维不紧不慢地说,"我的一切似乎都开始分崩离析了。"

"一切不是从这儿开始的,西尔维。"

她偏过头看了看我,"噢,我知道。我说的是'似乎'。但表面看来就是这样,无论是真实还是假象。我的朋友都死了,真实死亡,而现在我发现,是你杀死了他们。"

"不是这个我。"

"是的,我明白。"她把那杯威士忌举到嘴唇边,"不知为什么,我并不觉得好受多少。"

　　她喝光了那杯酒，身体发起抖来。

　　换个话题吧。

　　"这么说，她在上面听到的东西都会渗透下来？"

　　"在某种程度上，是的。"酒杯又放回了吧台上。系统神奇地缓缓斟满了酒，仿佛有什么东西正在渗透虚拟实境的构造。西尔维忧郁地看着这一幕，"但我并不清楚我们通过感官系统的联系有多紧密。"

　　"西尔维，你像这样带着她多久了？"

　　"我不清楚。从去年开始？或许是亚蒙峡谷那儿？那是我最初出现记忆空白的时间。我先是醒来时不知自己身在何处，觉得自己的整个存在就像个房间，还有人走了进来，没有征求我的同意就挪动了家具。"

　　"她是真实的吗？"

　　她发出刺耳的大笑，"你竟然问我这个？在这儿？"

　　"好吧，那你知道她是从哪儿来的吗？你是怎么遇见她的？"

　　"她逃脱了。"大岛转过身，再次看向我。她耸耸肩，"她不停地说着这么一句话，逃脱了。当然了，我明白她的意思。她逃出了监牢，就像你刚才那样。"

　　我不由自主地回头看去，在走廊里寻找那间卧室。在烟雾缭绕的酒吧里，我看不到它的影子，也找不到它存在过的任何迹象。

　　"那是个监狱？"

　　"是的。指挥软件能构建出复杂的反应机制，自动建造在任何进入贮存地下室、并使用语言的物体周围。"

　　"想出来不怎么难嘛。"

　　"噢，你用的是什么语言？"

"呃——美语。"

"这就对了——从机器用语的角度看,美语算不上太复杂。事实上,它几乎简单到幼稚的程度。你的监狱是根据语言的复杂程度决定的。"

"你真的希望我留在里面吗?"

"不是我,米基。是软件。那东西是自动运作的。"

"好吧,也就是说,那个自动软件希望我留在里面?"

"如果你是个九岁大的女孩,又有个十来岁的哥哥,"她愤愤地说,"那你就得留在里面了,相信我。这系统的设计无法了解人类的行为,它们只能辨识和评估语言。其他东西都是按照机器的逻辑运作的。其中一部分构造取自我的潜意识。如果出现过于暴力的越狱行为,系统就会警告我。不过那些都和真正的人类无关。拆解者要对付的并不是人类。"

"所以如果娜迪亚——无论她真正的身份是什么人——如果她来的时候说的是,比方说,旧式日语,那系统也会把她放进我那样的牢房里?"

"没错。日语要比美语复杂不少,不过在机器看来,这种差异根本无足轻重。"

"所以她才会轻易逃出去,就像我那样。如果她足够小心,也就不会惊动你。"

"要比你小心,这倒是肯定的。逃出牢房没什么问题。不过要想在感觉界面和各种阻碍下找到进入我的大脑的方法,那可就难得多了。不过只要时间充足,她又有足够的决心……"

"噢,她的确有这份决心。你听她说过自己是谁,不是吗?"

她短促地点点头,"她告诉过我。就在我们为了躲避哈伦家族的审讯,一起藏在这儿的时候。但我想我已经知道了。我开始梦见她了。"

"你觉得她是牧田·娜迪亚吗？真的吗？"

西尔维拿起酒杯，喝了一小口，"我看不出她会是谁。"

"你知道后果可能是什么，还让她掌控大局？你连她是什么人或者什么东西都不知道，不是吗？"

她又耸耸肩，"我比较倾向以表现来判断人。她似乎挺不错的。"

"老天爷啊，西尔维，你明知道她可能是个病毒。"

"是啊，根据教科书里的说法，奎尔克里斯特·法尔科内也一样。他们在动乱年代不就是这么称呼奎尔主义的吗？毒害社会的病毒？"

"我可不是在跟你谈政治比喻，西尔维。"

"我也一样。"她举起杯子，一口喝干，然后放回吧台上。

"你瞧，米基，我不是政治活动家，也不是军人。严格来说，我只是个数据专家。我处理的只是智能机械和代码。如果我带着一支小队待在新北海道，我可以所向披靡。但我们并不在新北海道，而且你和我都清楚，我在短时间内不可能回德拉瓦去了。因此根据目前的情况，我想我应该把控制权交给这个娜迪亚。因为无论她是什么人或者什么东西，她都远比我适合处理这些事。"

她盯着杯子，直到系统将它斟满。我摇了摇头。

"这不像你，西尔维。"

"你错了。"她的语气突然凶狠起来，"我的朋友要么死了，要么下场比死还惨，米基。整个星球的条子外加米尔斯波特黑道都想置我于死地。所以别跟我说什么我不像我。你并不知道我究竟遭遇了什么，因为你根本没有过同样的经历。其实就连我自己也不清楚。"

"是啊,可你没有去查明真相,而是留在这儿,像你父母曾经希望的那样,当一个信仰弃绝会教义的乖女孩。你打算就这么待在这儿,跟你的数字世界玩耍,指望外面的那个人帮你解决问题。"

她一言不发,只是朝我举起刚刚斟满的酒杯。我突然感觉到一阵强烈的羞愧。

"抱歉。"

"不必。你想体验一下奥尔和其他人的遭遇吗?我在这儿随时都能调出来。"

"西尔维,你不能——"

"他们死得很惨,米基。所有人都受到了意识剥离。在最后一刻,清香像婴儿那样哭喊着要我去救她。我走到哪儿都无法摆脱这些画面——你想体验这种感觉吗?"

我发起抖来,而颤抖仿佛感染了整个虚拟实境的构造。微弱而冰冷的嗡鸣声在我们身边响起。

"不。"

我们在沉默中对坐良久。"东京乌鸦"酒吧的顾客在我们周围来来去去,仿佛鬼魂。

过了一会儿,她含糊地向上指了指。

"你知道的,弃绝会里的强硬派相信,这才是唯一真实的存在。外界的一切都是幻象,是先祖众神为抚育我们而创造的皮影戏,直到我们能够建造自己的定制现实并上传进去为止。听起来很令人欣慰,对吧。"

"如果你愿意相信的话。"

"你把她叫作病毒。"她若有所思地说,"作为病毒,她在这儿倒是非常成功。她轻轻松松就渗透了我的系统。或许她在那场皮影戏里也会同样成功。"

我闭上了眼睛，一只手按在脸上。

"米基，怎么了？"

"拜托告诉我，你不是在做隐喻。我可不想再应付又一个死忠信徒了。"

"嘿，要是你不喜欢聊这些，就他妈给我滚出去。"

听到她突如其来的尖刻语气，我的思绪回到了新北海道，还有似乎永无休止的拆解者之间的争吵。那段记忆意外地牵动了我的嘴角，让我不由得想要微笑。我睁开双眼，又看了看她。我将双手平放在吧台上，叹了口气，不再压抑自己的笑意。

"我是来带你出去的，西尔维。"

"我知道。"她按住我的一只手，"但我在这儿挺好。"

"我答应过拉兹要照顾你的。"

"那就照顾好她。这样我也就安全了。"

我努力思索着合适的说法，"西尔维，我想她恐怕是某种武器。"

"那又如何？我们不都是武器吗？"

我扫视酒吧，看着那些来去匆匆的鬼魂。周围传来低沉的混合杂音："这一切真的是你想要的吗？"

"此时此刻，米基，这些就是我能够应付的一切。"

我动都没动过的酒杯仍然放在吧台上。我站起身，拿起杯子。

"那我还是回去的好。"

"没问题。我这就送你出去。"

这杯威士忌廉价而粗糙，口感炽热，和我预料的完全不同。

她带着我走上码头。这里已是黎明破晓,天空冰冷而灰白。在冷漠的光芒下,我们看不到半个人影,即使是先前那种脚步快得离谱的模仿画也没有。清洁站大门紧闭,空无一人,停泊点和海面上也空荡荡的。这儿的所有东西看起来都光秃秃的,与此同时,安德拉西海愠怒地拍打着码头的石柱。望向北方,你会感到德拉瓦正匍匐于地平线之下,那里同样寂静无声,空无一人。

我们站在初次相遇时的起重机下。我忽然无比强烈地觉得,这是我和她见的最后一面。

"能问个问题吗?"

她眺望着海洋,"当然。"

"你的那位代理人说她在牢房里认出了某个人。石井·格里高利。你对这名字有印象吗?"

她略微皱了皱眉,"没错,听起来耳熟。我说不清是在哪儿听到的。但我不明白,为什么会有人类意识跑到我这里来。"

"噢,是啊。"

"她确定就是那个格里高利吗?"

"不。她说下面这儿有个说话的声音像是他的。不过解决那门毒蝎炮以后,你陷入了昏迷,等到在德拉瓦醒来的时候,你说'它'认识你,就像你的老朋友。"

西尔维耸了耸肩。她仍旧看着北方的地平线。

"那么'它'也许就是那些智能机械进化成的东西。某种能够在人脑内触发认知程序的病毒,让你以为自己看到或者听到了某种熟悉的东西。所有受它影响的个体应该都会分配到合适的那部分记忆。"

"这听起来不太可信。那些智能机械可没多少跟人类互动的经验。梅凯斯克才上台多久来着？三年？"

"四年。"她露出微笑，"米基，智能机械的设计目的是杀死人类。从三百年前开始，这就是它们的作用。没准真有些当初研究的病毒武器流传下来，或许还改良了不少。"

"你遇见过类似的东西吗？"

"没。不过这不代表那儿没有它的存在。"

"这儿也一样。"

"是的。"她简短地回答。她希望我离开。

"也可能只是又一颗人格外壳炸弹。"

"有可能。"

"是啊。"我又看了看周围，"好了。我该怎么离开？"

"那台起重机。"她的目光从北方收了回来，短暂地看向我。她朝上面点点头，有架金属梯通向那台机械纵横交错的框架内部，"只要往上爬就好。"

真棒。

"你要照顾好你自己，西尔维。"

"我会的。"

她短暂地亲吻了我的嘴唇。我点点头，拍了拍她的肩膀，然后退开几步。接着我转身走向梯子，双手放在冰冷的金属梯级上，开始攀爬。

它似乎很结实。不过话说回来，怎么都比裂翼鸟滋生的悬崖和火星人建筑物的底部要好。

在框架内爬了几米以后，她的声音传了过来。

"嘿，米基。"

我低头看去。她正站在起重机的底座上，抬头看着我。她的双手拢在嘴边。我小心翼翼地松开一只手，朝她挥了挥。

"什么事?"

"我刚刚想起来了。石井·格里高利——我们在学校里学过他。"

"在学校里学过关于他的什么?"

她伸展双臂。

"不记得了,抱歉。谁会记得那些狗屁玩意儿?"

"有道理。"

"你为什么不去问她?"

这是个好问题。但我可不打算像漱石和其他小蓝虫那样,这么轻而易举地相信奎尔的光荣回归。

"也许我会的。"

"好吧。"她抬起一条胳膊作为道别,"当心点,米基。继续爬,别向下看。"

"噢,"我朝下方大喊,"你也一样,西尔维。"

我向上爬去。清洗站变得就像孩子的玩具那么大。大海带上了灰色金属的纹理,化作一道倾斜的地平线。西尔维只是个面朝北方的黑点,小得看不真切。或许她已经不在那儿了。我周围的金属框架跟起重机看不出任何关联。冰冷的晨曦暗淡下去,化作金属上的一道闪烁的银光,看起来熟悉得令人恼火。我半点也不觉得疲倦。

我不再低头打量。

40

"怎样?"最后,她开口发问。

我透过窗户看向维切拉海滩,还有远处波涛上反射的阳光。在海滩上和海水里,想享受好天气的人类身影越来越多。祖林达·图季曼·斯克莱普的办公室拥有出色的环境防护系统,但你几乎能感受到逐渐升高的温度,几乎能听到逐渐高亢的噪声,还有游客们的大呼小叫。离开虚拟实境以后,我没再跟任何人说过话。

"你说得对。"我瞥了眼那个用着大岛·西尔维身体的女人,随后继续注视大海。宿醉又回来了,似乎比之前更强烈了。"她不肯出来。为了压抑悲伤,她转而向童年时接触过的弃绝会的狗屁教义求助,不打算出来了。"

"谢谢你。"

"嗯。"我独自离开窗边,转头看着特雷斯和维杜拉,"这儿没我们要做的事了。"

返回快艇的路上,没有人说话。我们挤过衣着鲜艳的人群,在沉默中逆着人流前进。我们的面孔好多次充当了通行证——

你能从那些匆忙让开的人的脸上看出来。但在阳光的温暖和下水游玩的热情的双重驱使下,所有人都没有对我们表现出哪怕一丁点儿关注。希拉·特雷斯皱着眉头,她的腿不时会被那些色彩鲜亮的海滨用具撞到,但她无论承受了多少痛苦,都始终紧闭着嘴巴——不知是因为药物,还是纯粹的意志力。我们都不希望给人留下印象。只有一次,她转过头,盯着某个格外笨拙的家伙,后者几乎是跑着离开的。

嘿,伙计们。我闷闷不乐地想。**你们不认得自己的英雄了吗?我们来解放你们所有人了。**

在阳光快乐码头上,舵手躺在快艇侧面的斜坡上,像其他人那样晒着太阳。我们上船的时候,他坐起身,眨了眨眼睛。

"真够快的。你们这就打算回去了?"

希拉·特雷斯卖弄似地扫视周围,看向无处不在的塑料反光。

"你有什么留下来的理由吗?"

"嘿,这儿也没那么坏。我有时会跟孩子们一起来,他们玩得很开心。这儿的人都还不错,不像南边的家伙那么目中无人。嘿,你,伙计。拉德的朋友。"

我吃惊地抬起头,"怎么?"

"有人打听过你。"

我停下了脚步。特派探员的警惕心随之涌现,附带着一丁点儿愉快的期待。

宿醉感退回到意识深处。

"他们想干吗?"

"没说。连你的名字都没说。不过把你描述得很像。那家伙是个牧师,是那些北方的怪胎。你知道的,留大胡子的混蛋。"

我点点头，期待成长为温暖摇曳的火苗。

"你告诉他什么了？"

"我告诉他滚蛋。我的女人是从藏红花列岛那边来的，她跟我提过他们在那儿搞的破事。要是再瞧见那些混蛋，我非得把他们抓起来严刑拷打不可。"

"那家伙是年轻人还是老人？"

"噢，挺年轻的。一副自以为了不起的样子。"

维吉尼亚·维杜拉的话语浮现于我的脑海。**受过祝福的独行刺客，专门对抗异教徒。**

好吧，至少这算不上出乎意料。

维杜拉走到我身前，一只手搭在我的胳膊上。

"阿武——"

"你跟其他人回去。"我轻声地说，"我来对付这家伙。"

"阿武，我们需要你去——"

我对她露出微笑，"借口不错。不过你们已经不需要我做任何事了。而且我刚刚在虚拟实境里卸下了最后一份职责。目前来说，这是我最该做的事。"

她冷静地回望着我。

"没事的，"我告诉她，"撕开他的喉咙以后，我就会回来。"

她摇摇头。

"这一切真是你想要的吗？"

这句话和我在虚拟实境的底层向西尔维提出的问题不谋而合。我不耐烦地做了个手势。

"我还能做什么？为光荣的奎尔主义事业而战？是啊是啊。为摄政府的稳定和繁荣而战？这两件事我都做过，维吉尼亚，你也一样，而且你和我同样清楚真相。这些都是胡说八道。"

无辜的旁观者血肉横飞,可这些全都是为了某种肮脏的政治妥协。维吉尼亚,我他妈已经受够了其他人的事业了。"

"可你的代替品是什么? 更多毫无意义的屠杀?"

我耸耸肩,"我知道该怎么去毫无意义的屠杀。我很擅长这个。这得归功于你,维吉尼亚。"

这句话仿佛扇在她脸上的一记耳光。她后退了半步。希拉·特雷斯和那个舵手好奇地看着我们。我注意到,自称奎尔的那个女人已经去了船舱里。

"我们都离开了特派调查局,"维杜拉最后说,"完好无损。而且更加睿智。现在你却要用剩下的人生当一根该死的火把? 就这么无休无止地复仇下去?"

我咧嘴笑了,"我的主观人生已经超过了一百年,维吉尼亚。我不会想念它的。"

"但这解决不了任何问题。"突然间,她抬高嗓音,开始叫喊,"这不会让萨拉活过来。就算你完成了复仇,她也还是个死人。你已经拷打并杀死了所有在场的人。这让你好受些了吗?"

"周围的人都在看我们。"我温和地说。

"我才不在乎。回答我。这让你好受些了吗?"

特派探员说谎的本领也是一等一的。但面对自己或者同事的时候却是例外。

"只在杀死他们的时候好受些。"

她严肃地点点头,"是啊,这就对了。你明白这是怎么回事,阿武。我们都明白。我们又不是没见过这种事。记得海布·奥利维拉吗? 还有尼尔斯·莱特? 这是病态的表现,阿武。表明你失控了。它会让你上瘾,到了最后,它会吞噬你。"

"也许是吧。"我身子前倾,努力压抑突然涌起的火气,"但另一方面,它不会让十五岁大的女孩送命。它也不会轰炸任何城市,或者大幅度削减人口。它也不会引发动乱,或者阿德雷辛战役。跟你那些玩冲浪的朋友不同,跟你在船舱里的那位新交的挚友不同,我可不会要求其他人做出牺牲。"

她毫不动摇地盯着我看了几秒钟。接着她点点头,就好像突然相信了某件她一直不愿相信的事。

她一言不发地转过身去。

快艇漂向侧面,离开停泊点,随后在泥泞的水花中掉过头,朝着西面飞快驶去。甲板上没人向我挥手。船尾溅起的几滴水花洒在我的脸上。我看着它伴随引擎声渐渐远去,化作地平线上的一个黑点,这才转过身,开始寻找那位牧师。

受过祝福的独行刺客。

在沙尔雅世界,我对付过其中几个。那是一群使用"神之右手"殉道者身体、精神错乱的宗教疯子。有人剥离斗士们的意识,让他们在虚拟实境里看到死亡彼端等待他们的天堂景象,接着再派他们去渗透摄政府的主要基地。就像沙尔雅世界的其他抵抗武装那样,他们在创造力方面不太高明——面对特派探员的时候,这成了他们最终的败因——但他们作为对手可绝对不弱。我们最后把他们杀得一个不留,但他们的勇气和作战时的忍耐力依旧令我们肃然起敬。

相比之下,新启示教的那些"骑士"根本不值一提。

他们空有热情,却缺乏传统。他们的信念以宗教为基础,通过煽动暴力与女性厌恶来实现目的。但到目前为止,由于缺乏时间和必要性,新启示教里并未出现战士阶层。他们只是些门外汉。

到目前为止。

我从靠近野草湖的那片海滩上的廉价旅馆开始寻找。我几乎可以确定，这个牧师就是在我们去米尔斯波特之前，去图季曼的办公室找我的那个。线索断了以后，他选择了等待。耐心是刺客普遍拥有的美德：你必须知道该在何时行动，但也必须做好等待的准备。那些花钱雇你的人会明白的——至少你可以让他们明白。

等待的时候，就该寻找线索了。比如花个一天时间到阳光快乐码头来，仔细确认一下来往的运输工具，尤其是那些与众不同的。比如在停泊处常见的那些鲜艳浮夸的游艇之中，有一条暗淡低调的走私快艇。唯一不符合职业杀手特征的，就是他竟然公开与舵手接触。我把这一点归因于他出于信仰的自大。

周围弥漫着腐烂贝拉草的臭气。缺乏保养的房屋墙面和暴躁的职员随处可见。狭小的街道被炽热的阳光分割成许多块。还有满是碎屑的潮湿角落，只在午后的几小时里维持干燥。

游客们漫无目的地来来往往，所谓的"阳光下的快乐"让他们显得疲惫又痛苦。我穿行其中，努力让特派探员的感官能力发挥作用，试图压抑头痛和在心中不断翻腾、渴望倾泻的恨意。

没到傍晚，我就找到了他。

他的踪迹并不难找。相对来说，科苏特洲尚未遭受新启示教的荼毒。人们会注意他们，正如你会在渡边酒吧里注意到米尔斯波特口音。我在每个地方问的都是同一个简单的问题。借用过去几周学到的冲浪手口吻，我轻而易举地突破了那些低收入工人的防备，找到了那个牧师的行踪。其余的部分则依靠合理运用的几块低面值信用片，外加目光冰冷的恐吓。等到下午的炎热开始消散的时候，我已经站在了"波涛宫殿"——这儿兼营旅社和船只出租生意——狭小的大厅里。这儿的选址有些糟糕,整个屋子以老旧的镜木地桩为基础,建造在野草湖平静的水面之上,贝拉草腐烂的气味顺着地板的缝隙不断飘来。

"当然,他是大约一周前入住的。"前台那个女孩把一堆陈旧的冲浪板放到墙边的架子上,一边主动告诉我,"我本以为会有很多麻烦,你知道的,因为我是女人,又穿成这样。不过他似乎完全不在乎。"

"真的?"

"真的,他看起来不温不火的,你明白我的意思吧?我想他甚至可能会去冲浪。"她以年轻人的方式无忧无虑地大笑起来,"够疯狂的,是吧?不过我猜,就算他们那儿也有冲浪手,对吧?"

"冲浪手无处不在。"我赞同道。

"这么说你想跟这个人说话?比如留个口信?"

"噢。"我看了前台后面的分类系统一眼,"事实上,我想留给他一样东西,如果可以的话。给他个惊喜。"

她兴趣盎然地笑着,站起身来,"当然,我可以帮你安排。"

她绕到前台的这一边。我在口袋里翻找着,找到了狂想曲手枪的一只多余的充能包,拿了出来。

"给你。"

她好奇地接过那个黑色的小玩意儿,"就这个?你不想写张字条给他之类的?"

"不,这样就好。他会明白的。告诉他我今晚会再来。"

"好吧,如果这就是你的要求的话。"她愉快地耸耸肩,转身回到前台,继续整理去了。我看着她把充能包放进74号储物格的灰尘里。

"事实上,"我以伪装出来的冒失口气说,"我能在这儿租个房间吗?"

　　她吃惊地转过身,"噢,呃,当然……"

　　"只住今晚。毕竟特意去别处住下再回这儿来也没什么意义。"

　　"当然,没问题。"她打开了前台上的一块显示屏,仔细察看片刻,然后再次露出爽朗的笑容,"如果你愿意的话,我可以给你安排跟他同一层的住处。隔壁不行,那儿有人了,不过相隔几扇门的那个房间倒是空的。"

　　"真是太感谢了。"我说,"不如这样吧,你告诉他我在这儿,把我的房间号告诉他,让他来找我。事实上,你可以把那件东西还给我了。"

　　一系列的变化让她皱起了眉头。她疑惑地拿起那只充能包。

　　"也就是说,你不用我把这个交给他?"

　　"现在不用了,多谢你。"我对她笑了笑,"我想我还是亲手交给他的好。这样更有意义些。"

　　楼上的那扇门是旧式的铰链结构。我毫无花巧地砸开了74号房间的门,就像个十六岁的街头混混砸开放着劣质潜水用品的仓库。

　　门后面的房间狭小而简朴。胶囊式的盥洗室,可以节约空间、省去洗涤麻烦的一次性的网状吊床,和墙壁相连的储物柜,还有一套塑料做的小号桌椅。透明度可变的窗户与房屋的温控系统笨拙地以电线连接。那牧师离开时,把窗户调成几乎不透光。我在这片昏暗里寻找着藏身之处,最后别无选择,只能躲进胶囊式盥洗室里。抗菌喷雾的气味刺激着我的鼻子——看来上次清洁就在不久前。我耸耸肩,呼出一口气,在柜子里寻找着止痛药,想缓解徘徊不去的宿醉症状。在一只抽屉里,我找到了一板供游客使用的中暑药丸。我直接吞了几片,坐在合上盖子的马桶上,等待着。

这儿有点不对劲,特派探员的判断力警告着我。有些东西对不上号。

也许他不是你想象的那种人。

噢,是啊——他是个谈判者,是来说服你的。上帝改了主意。

宗教只是赌注更高的政治而已,阿武。你很清楚,你在沙尔雅世界亲眼看过。在财政紧张的情况下,这些人没理由不这么做。

这些人只是羔羊。他们的领袖说什么,他们就会做什么。

萨拉掠过我的脑海。世界短暂地在我周围打转,连同我深邃的复仇之火一起。我第一千次想起了那幕情景,咆哮声在我耳中响起,仿佛远处的人群。

我拔出藏刀,低头看着它暗淡的深色刀刃。

看着它的时候,特派探员的冷静渐渐掌控了我的身体。我在狭小的胶囊里再次坐定,心中只剩下一个冰冷的目的。维吉尼亚·维杜拉的只言片语随之而来。

武器只是你的延伸。你才是杀手和破坏者。

一旦得手,迅速离开。

这不会让萨拉活过来。就算你完成了复仇,她也还是个死人。

最后那句让我略微皱起了眉头。发现你的偶像的自相矛盾之处,这可不是什么好事。你会明白,原来他们也只是和你一样的凡人。

门发出吱吱嘎嘎的响声，开始打开。

思绪在泉涌的力量中化作碎片，消失无踪。我钻出胶囊式盥洗室，绕到门边，举起刀子，准备刺出。

他的样子跟我想象的不同。快艇的驾驶员和楼下那个女孩都注意到了他从容随和的态度，现在我也看出来了。听到我的衣服发出的轻微响声，他转过身来，在狭小的房间里带起了一阵风。他身材瘦削，仔细地剃成了光头，那副大胡子在精巧的脸庞上显得格格不入。

"你在找我吗，神父？"

有那么一瞬间，我们目光交接，我手里的刀子似乎自行震颤起来。

接着他伸出手，扯了扯那副胡子，它伴随着短促的静电噼啪声脱落下来。

"我当然在找你了，米基。"雅德维嘉疲惫地说，"我找了你快一个月了。"

41

"你应该已经死了才对。"

"是啊,至少死了两次。"雅德愠怒地拿着那副假胡子。我们坐在廉价的塑料桌边,都没有看对方。"我猜这是我能在这儿的唯一原因。他们去找其他人的时候,没有来找我。"

她说这话的时候,我的脑海里又浮现出了德拉瓦的景象:漆黑夜空中飞舞的雪花,营地里结霜的星点灯火,还有建筑物之间偶尔出现的身影——在严寒中,那些身影都佝偻着身子。

他们在次日夜晚突然来到。没人清楚车屋究竟是受到收买、被上级威胁,还是直接被杀了。在安东的指挥软件以最大权限提供的协助下,科瓦奇和他的小队通过网络签名找到了西尔维的小队。他们闯进宿舍,要求投降。

显然他们没能如愿以偿。

"我看到奥尔解决了一个。"雅德回忆着当时的情景,机械式地讲述着,"我看到了闪光。他大声要所有人出去。我正好从酒吧带了外卖回去。我甚至没有……"

她停了口。

546

“没关系的。”我告诉她。

“不，这他妈有关系，米基。我逃跑了。”

“如果你不逃就死定了。是真实死亡。”

“我听到清香在尖叫。”她吞了口口水，“我知道已经太迟了，可我……”

我催促她跳过这段，“有人看见你吗？”

她痉挛似的点点头，“在去车棚的路上，我跟其中几个互相开了几枪。这些混蛋简直到处都是。但他们没来追我。我想他们大概以为我只是个路过的旁观者。”她指了指自己那具荣春堂的身体，“在网络上找不到痕迹。在狗娘养的安东看来，我就像个隐形人。”

她取出一台德拉库摩托，充满能源，然后径直驶离码头。

“开到海口那边的时候，我跟营地的系统吵了一架。”她说着，阴郁地笑了起来，“未经授权就让车辆下水是违反规定的。不过最后还是通行标识起了效。”

然后就是横跨安德拉西海。

我机械式地点点头，尽管心里几乎难以置信。她骑着摩托毫无间歇地行驶了将近一千公里的路程，在寂静的夜晚回到获户丸市，于城外东边的小海湾登陆。

她的口气满不在乎。

“挂篮里有食物和水。还有保持清醒用的四重冰毒。这台德拉库有努哈诺维奇导航系统。我最关心的就是尽可能地接近水面，让自己比起飞行器更像船只，免得惹来天使之火。”

“你又是怎么找到我的？”

“噢，这可就有点怪了。”她的语气里头一次出现了疲惫和愤怒之外的情绪，“我在算盘码头卖掉了摩托，换了一笔现金，然后步行去了康帕秋区那边。冰毒的劲头已经过去了。我觉得自己好像能闻到你的气味。就像我小时候，家里那张老吊床的气味。我循着气味——我刚才说过，冰毒的劲头已经过去了——就这么往前走。我在码头看到你上了那条破货船，'海德西之女号'。"

我恍然大悟地点点头：这么一来，很多事就说得通了。那种陌生的、对家人的渴望朝我袭来，让我头晕目眩。说到底，我们是双胞胎。是早已覆灭的荣春堂家族的两名血亲后裔。

"然后你偷偷上了船。风暴来袭时，试图钻进货运吊舱的人是你。"

她扮了个鬼脸，"没错，太阳还没下山的时候，我就在甲板上到处转悠了。没人会在天气不好的时候做这种事。我早该猜到他们会在那鬼东西上装报警器。该死的网状水母油，卖得跟库马洛神经系统一样贵。"

"第二天的时候，你从公共仓库里偷了食物。"

"嘿，你上船的时候，启航灯都亮起来了。也就是说，一个钟头之内就会出发。这可没给我留下多少储备给养的时间。饿了一天肚子以后，我发现你不打算在艾科兹下船，而是打算一直坐到终点。我都饿坏了。"

"你也知道，他们为这事差点儿打起来。你的一位拆解者同僚想把偷东西的人打得脑浆迸裂。"

"是啊，我听到他们的对话了。头脑发热的蠢货。"她的语气带着某种机械化的嫌恶，"就是那些没本事又没气量的废物败坏了这一行的名声。"

"也就是说，你后来还跟着我去了新佩斯特和野草湖。"

她又露出那种一本正经的微笑，"那儿可是我的主场，米基。另外,你坐的那条快艇留下的水痕,我就算蒙着眼睛也能找到。我雇的那个人在雷达上看到你乘的船停进了凯姆丘。我在日落后到了那儿,可你已经离开了。"

"没错。可在'海德西之女号'上,你有的是机会,可你为什么没来敲我客舱的门?"

她皱起眉头,"'我不相信你'这个理由如何?"

"好吧。"

"是啊,趁着我们说到了'为什么我还不相信你'这个问题,不如你跟我解释一下:你他妈对西尔维做了些什么?"

我叹了口气。

"有什么喝的吗?"

"不如你来告诉我。是你闯进了我的房间。"

我心中一动,突然间明白了自己见到她有多高兴。我不清楚这究竟是荣春堂产品之间的生物纽带,是在新北海道的患难与共中培养出的友情,还是因为她和布拉西那些突然重获新生的革命家截然不同。我看着她站在那儿,感觉就像安德拉西海的海风吹进了房间。

"能再见到你真好,雅德。"

"嗯,我也一样。"她承认道。

等我把一切向她和盘托出以后,天已经黑了。雅德站起身,在狭窄的房间里挤过我身边,站在透明度可调的窗边,向外看去。昏暗的街灯照在深色的玻璃上。

叫喊声从下方传来,像是几个醉鬼在争吵。

"你确定跟你说话的是她?"

"相当确定。我不认为这个娜迪亚,无论她是谁,或者是什么东西，我都不认为她能使用指挥软件。更别说生成连贯性那么强的幻觉了。"

雅德自顾地点点头。

"是啊，弃绝会那套狗屁教义早晚会让西尔维吃到苦头。小时候被洗了脑，长大以后永远也没法彻底摆脱。这么说，这个娜迪亚究竟是什么？你真觉得她是个人格地雷？我得说，米基，在新北海道干拆解工作的将近三年里，我从没见过或者听说过饱含这么多细节和深度的数据地雷。"

我犹豫片刻，运用特派探员以直觉引导的认知能力，想找到能够用语言这种粗糙的工具表达出的主旨。

"我不知道。我想她可能是某种特别设计的武器。一切都指向西尔维在未清扫区的那次感染。她去亚蒙峡谷的时候，你也在场吧？"

"嗯。她在交战时失去了知觉。后来她病了好几个星期。奥尔硬说是过度疲劳导致的虚弱，不过谁都能看出不同。"

"在那之前，她一直很健康？"

"噢，她是拆解者小队的头儿，这份工作可带不来健康。不过那些胡言乱语，那些昏迷不醒，还有跑到其他人清理过的地点，这些都是亚蒙峡谷以后的事。"

"其他人清理过的地点？"

"噢，你知道的。"在窗户的反光里，恼怒就像点燃的火柴，映红了她的脸颊，随后又骤然熄灭，"不，我仔细想了想，你那时不在，你一次都没碰上过。"

"碰上过什么？"

"噢，有那么几次，我们锁定了智能机械的活动，可等我们赶到那儿的时候，一切都结束了。看起来就像它们发生了内讧。"

我初见车屋时听到的对话浮现于我的脑海。

西尔维的花言巧语，还有营地指挥官冷漠的答复。

大岛君，上次我提前给你安排工作的时候，你抛下了分配给你的职责，消失在了北面。我怎么知道你这次不会这么干？

重雄，你要我去察看残骸。有人比我们先到，那儿什么都没剩下。我告诉过你了。

你终于再次出现的时候是这么说的。

噢，讲点道理吧。已经被捣毁的东西，我还能怎么拆解？我们匆匆离开，是因为那儿已经半点东西都没了。

我皱起眉头，看着这块严丝合缝的碎片。我正在揣摩的这套理论透出一股不祥的气息。

它跟我最近才开始相信的一切都对不上号。

"我们去争取清扫工作时，西尔维提到过那件事。她说车屋欺骗了你们，等你们赶到指定地点的时候，那儿已经只剩下残骸了。"

"噢，没错。不过那不是第一次了。我们在未清扫区碰到过好几次。"

"我还在那边的时候，你们从没提起过。"

"噢，是啊，拆解者嘛。"雅德对着窗玻璃上的自己摆出一张臭脸，"对于脑子里装满尖端科技的人来说，我们简直迷信得要命。我们觉得谈论这种事不太好。会带来厄运。"

"也就是说，智能机械自杀的事，也发生在亚蒙峡谷的事之后。"

"照我的记忆来说，没错。现在你打算把你那套特制武器的理论告诉我了吗？"

我摇摇头，努力消化这些新信息，"我不太确定。我认为她是用来启动那个针对哈伦家族的基因屠杀武器的工具。我不觉得黑暗旅的人会抛弃这件武器,我也不觉得他们在启动武器前就被彻底消灭了。我认为他们制造了这东西,作为最初的触发装置,再藏在新北海道。所以她是个人格外壳,内置的程序就是启动那件武器。她相信自己是奎尔克里斯特·法尔科内,因为这会给她以动机。但她说到底只是个动力系统,目的只是真正引发基因诅咒。说到底,真正重要的是目标。"

雅德耸耸肩,"好像所有我听说过的政治领袖都这个样子。'目的与手段'什么的。奎尔克里斯特·法尔科内为什么就是例外?"

"是啊,我也不知道。"她的愤世嫉俗令我的心里升起一股意外的抗拒感。我看着自己的双手,"看看奎尔的生平,你会发现她的大多数行为都符合她的哲学理念。但她的这个备份——或者说随便什么东西——甚至没法让行为契合自己的身份。她连自己的动机都搞不清楚。"

"那又怎样? 见鬼,人类就是这样。"

她话里的苦涩让我抬起头来。雅德仍旧站在窗边,凝视着她在玻璃上的影子。

"你当时真的是无能为力。"我轻声说。

她没有看我,也没有转开目光,"也许是吧。但我知道我的感受,'无能为力'这个理由根本不够。这具该死的身体改变了我。它把我隔绝在内部网络之外——"

"也救了你的命。"

她不耐烦地晃了晃光头,"它让我没法再和其他人分享感受,米基。它把我关在了外头。就连我和清的关系也不一样了,你明白的。我们再也没法像从前那样心心相印了。"

"这在更换身体时是很常见的。人类会学习——"

"噢,是啊,我知道。"她的目光离开自己的影子,看着我,"爱情没那么轻松,爱情需要维护。我们尝试过了,比从前的任何时候都要努力。任何时候,这就是问题所在。在以前,我们根本无须尝试。有时候,我只要看着她就会起反应。我们需要的只是一次碰触、一个眼神。可这些全都不存在了。"

我什么也没说。有的时候,你说什么都是白费力气。你能做的只是聆听、等待和见证。希望那些事就这么过去。

"我听到了她的尖叫。"雅德费力地说,"可我心里想的却是'这不重要'。没有重要到那种地步。我不觉得自己应该留下来战斗。但如果是我自己的身体,我一定会留下来战斗。"

"你是说留下来送死吧。"

她满不在乎地耸耸肩,动作有些颤抖。

"这全是胡扯,雅德。你内疚,是因为你活下来了。你只是在欺骗自己,其实你什么都做不了,而且你很清楚。"

她转头看着我,我这才发现她在轻声哭泣,脸上挂着珠串般的泪水与痛苦的表情。

"米基,你他妈知道些什么? 这一切都是另一个版本的你对我们做的。你就是该死的毁灭者,是个前特派探员废物。你从来都不是拆解者,你根本不明白作为拆解者的感受。你不明白我们之间有多亲近。你根本不明白失去这种亲近是什么感觉。"

我的思绪短暂地转回到特派局和维吉尼亚·维杜拉。想到伊涅恩之后的愤怒。那是我最后一次真正属于某个群体,而那是一百多年前的事了。在那以后,我感受过类似的东西,比如刚刚萌生的"友情"和"共同目的"——而我每次都会将它连根拔除。这些蠢东西会害你送命,会让你受人利用。

"好了，"我以冷淡的口气说，"现在你找到我了。现在你知道真相了。你打算做什么呢?"

她擦去脸上的泪水，动作凶狠得像挥动拳头。

"我想见她。"她说。

42

　　雅德有一条小巧破旧的快艇，是从凯姆丘租来的，就停在旅社后方租赁坡道那盏刺眼的安全照明灯下。

　　我们向旅社大门走去。经过前台时，那个女孩快活地向我们招了招手，看样子因为帮助我们成功团聚而感到由衷的喜悦。雅德解锁了快艇的滑动式船顶，爬到舵轮那儿，带着我飞快地驶上夜色笼罩的野草湖。条状地带的灯光在我们身后渐渐隐去时，她再次扯下胡须，把舵轮交给我，接着开始脱下长袍。

　　"你干吗要打扮成这样？"我问她，"有什么用意？"

　　她耸耸肩，"伪装。我猜至少那些黑道会来找我，再说我不清楚你的目的，也不知道你为谁效力。穿上长袍的效果最好。无论你去哪儿，人们总是倾向于离大胡子远点儿。"

　　"是吗？"

　　"没错，就连条子也一样。"她把那件赭色的法衣也脱了下来，"宗教真是有趣的东西。没有人想跟牧师说话。"

　　"尤其是那些只因为你的发型就宣称你是上帝之敌的牧师。"

"噢,是啊,我猜也有这个原因。总之,我在凯姆丘的一家礼品店买到了这些东西,跟他们说我要参加沙滩派对。接下来你都知道了,这身打扮很管用。没有人跟我说话。而且,"她轻松地脱掉了最后一件袍子,用大拇指比了比绑在胳膊上的那把专门屠杀智能机械的破片枪,"藏武器很方便。"

我难以置信地摇摇头。

"你拖着这门见鬼的大炮一路跑到这儿?你打算做什么,在野草湖上把我轰成碎片吗?"

她平静地看了看我。在枪套的束带下,她的拆解者T恤衫上印着一行字——当心:智能人类武器系统。

"也许吧。"她说着转过身,把那套伪装藏进狭小的船舱后部。

开着租来的船——其雷达系统的性能跟儿童玩具差不多——夜游野草湖可不是什么有趣的事。雅德和我都是新佩斯特本地人。在成长的过程中,我们见过太多的快艇事故,因此倾向于关小油门,慢速前进。更何况这时布袋月还没升起,密集的云层又裹住了地平线上的大黑月。这里有一条为观光游艇开放的商业航道,发光浮标在散发贝拉草气息的夜色中不时可见,但作用相当有限。西格斯瓦的斗兽场与标准路线之间有相当远的距离。不到半个钟头,那些浮标就消失在视野里,只剩下高悬空中的鞠华音月洒落的暗淡铜光。

"这儿可真安静。"雅德说。就好像她第一次来这儿似的。

我咕哝了一声,向左转向,避开了快艇灯光照出的那团特佩斯树的树根。我们经过的时候,最外部的树枝刮到了金属裙摆,发出响亮的噪音。雅德的脸抽搐了一下。

"或许我们应该等到早上再说。"

我耸耸肩，"想回去的话就回去吧。"

"不，我觉得——"

雷达响了起来。

我们一起看向控制台，面面相觑。屏幕上的光点再次出现，警告音也更加响亮。

"或许是条货船。"我说。

"也许吧。"但信号越来越强，她脸上露出拆解者式的厌恶表情。

我关闭了推进引擎。快艇向前滑行，最后在浮力稳定器的嗡鸣声中缓缓停止。野草的气息更加浓郁了。我站起身，靠着敞开的船顶面板的边缘。除了野草湖的气息以外，微风还带来了逐渐接近的引擎声。

我低头钻进驾驶舱。

"雅德，我想你最好带上那把枪，到靠近船尾的地方去。以防万一。"

她短促地点点头，又摆手示意我给她让出路来。我退到一旁，她毫不费力地爬上船顶，从网状枪套里取出那把破片粒子枪。她低头看着我。

"开火的时机？"

我思索了片刻，接着启动了稳定器。浮力系统的嗡鸣拔高成了轰鸣，然后又小了下去。

"就像这样。听到这个，你就朝视野内的所有东西开枪。"

"好。"

她的脚步声从船顶掠过，朝船尾方向走去。我再次站起身，看着她躲进快艇尾翼的掩蔽下，接着将注意力转向越来越近的信号。这台雷达只有保险公司要求的最低限度的机能，除了在屏幕上显示出稳步放大的光点以外,没有任何细节。但几分钟以后,我就不再需要它了。那个可怕的、配有炮塔的轮廓出现在地平线上,飞快地朝我们接近,船首似乎还粘贴着发光信号灯。

海盗船。

和远洋航行的气垫船不同,这条船上没有导航灯。在野草湖里,它的船身显得既长又矮,在原始结构以外又定制加装了粗糙的金属装甲板和武器吊舱。我动用生体强化后的视力,依稀看到船头的玻璃面板后的红色灯光里,有几个身影在走动,但火炮那边毫无动静。那条船渐渐逼近,以舷侧面对着我。我在金属裙摆上看到了几条横向的刮痕。这代表它参与的所有袭击中,不少次是以接舷战告终的。

聚光灯亮起,扫过我的身体,又转回来对准我。面对强光,我抬起了手。生体强化让我勉强看见船首舱顶部的指挥塔里有几个人影。有个年轻的男性声音——语气硬邦邦的,像是嗑多了药——在浑浊的水面上响起。

“你是科瓦奇?”

“我是‘意外之得’。你想怎样?”

他发出阴森的干笑声,“‘意外之得’。噢,从我的角度来看,还真是个意外收获。”

“我问你话呢。”

“你问我想怎样。我听到了。噢,我首先想要的,就是让你在船尾的那位身材苗条的伙伴解除战备,放下她的武器。我们的红外线雷达早就发现她了,用这把振动枪把她变成豹子的食物不是什么难事。不过这么一来,你就该难过了,对吧?”

我未置一词。

“你瞧,如果你难过,我也没法好过。我的职责是保证你愉快,科瓦奇。把你带回去,不过要让你高高兴兴地回去。所以让你的伙伴解除战备,我就会高兴,没必要来什么烟花表演和流血。这样你也会高兴,你跟我回去,雇我的人会高兴,他们就会好好酬谢我,我就会更高兴。科瓦奇,知道这叫什么吗? 这就是良性循环。”

“想告诉我雇你的人是谁吗?”

“噢,是啊,我当然想。不过我不能这么干,你明白的。按照合同,我不能向你透露任何关于那个混蛋的事,直到你坐到桌子边上,做些对你我都有利的事为止。所以恐怕你只能相信我的话了。”

或者试图逃跑,然后被炸成碎片。

我叹了口气,转身看着船尾。

“出来吧,雅德。”

漫长的沉默过后,她钻出尾翼的阴影,破片粒子枪挂在身侧。我的生体强化仍在生效,于是我看到了她的脸:那表情像是在说“我宁愿打上一场”。

“这样就好多了,”海盗欢快地大喊,“现在我们都是朋友了!”

43

　　他名叫弗拉德·特佩斯①，但名字的来由显然不是植物，而是殖民前时代的某个很少人记得的民间故事的主角。他瘦高苍白，用的身体像是剃掉胡子的杰克·索尔·布拉西的廉价年轻版本。但那具身体的某些特质告诉我，那是他自己的身体，是第一具身体。也就是说，他并不比伊莎大多少。他的脸颊上有青春痘的疤痕，他时不时会伸出手指拨弄一下。他显然嗑药过量，从头到脚都在发抖。他的动作太夸张，又笑得太多。在年轻时，他挖开了颅骨的鬓角位置，往里面填进紫黑色合金接合剂，形成锯齿闪电图案。当他走动时，那东西在海盗船的昏暗灯光下闪闪发光。如果你仔细看他的头部，会依稀产生看到魔鬼的错觉，而这显然正是他的目的。至于舰桥上围绕在他周围的男男女女，他们纷纷为他神经质的动作让出位置，看向他的目光带着尊敬。

　　如果不看那个过于激进的手术，他倒是让我想起了自己和西格斯瓦年轻时的样子，这让我的心里很不是滋味。

　　这条海盗船不出所料地取名为"穿刺者"，它飞快地驶向西

_____

　　①即下文中的"穿刺者"，是欧洲传说中的吸血鬼德古拉伯爵的原型。

方,傲慢地碾过那些装甲薄弱的小型快艇只能绕行的障碍物。

"我们赶时间。"弗拉德简短地解释说,"条状地带的所有人都在找你。要我猜的话,他们水平不高,要不早就找到你了。哈! 总之,我们在那边浪费了很多时间,我的委托人似乎有些为难,如果你明白我的意思的话。"

对于委托人的身份,他仍旧守口如瓶。对于嗑了这么多药的人来说,的确值得钦佩。

"你瞧,反正我们很快就到了,"说话时,他的脸不时抽搐,"所以何必担心呢?"

至少在这件事上,他说的是实话。我们上船后还不到一个钟头,"穿刺者号"就减了速,然后小心翼翼地以侧面靠近一座位于偏僻地点、废弃已久的装卸站。海盗船的通信官运行了一系列的加密协议,那座废弃装卸站里有人在操作可以识别代码的设备。女通信官抬起目光,然后点点头。弗兰德站在他的仪器显示屏前,双眼闪闪发光,同时大声给出近乎辱骂的指示。"穿刺者号"的靠岸速度又加快了些,朝码头的永凝土桩发射了抓钩,在飞溅的碎屑中拉直缆绳。绿灯亮起,跳板步桥伸了出来。

"来吧,我们走。"他催促我们离开舰桥,来到登陆舱口,然后走出去,接受那两个吸了四重冰毒的混混(比他更加年轻,更加神经质)的夹道欢迎。我们走上踏板步桥,步伐比起走来更像是跑,然后穿过码头。废弃的起重机伫立在那儿,抗菌涂料失效的部位爬满了苔藓。锈迹斑斑的机械随处可见,随时可能刮破粗心大意者的脚跟和肩膀。我们在残骸中穿行,最后走进码头监管塔楼底层的一扇敞开的门里。我们沿着肮脏的金属楼梯向上,爬上两段角度相反的楼梯,还有楼梯之间用金属板架起的楼梯平台——我们走过去的时候,那块金属板叮当作响,摇晃的幅度也很吓人。

柔和的光芒从楼梯顶端的那个房间传来。我不安地跟着弗拉德走在最前头。没有人打算没收我们的武器，弗拉德的同伴也一副粗心大意的模样，但……

我想起了乘坐"天使之火的挑逗号"的那段旅程，还有那种事态发展太快，令人难以面对的感受。在昏暗中，我不由得有些恼火。我走进塔顶的房间，摆出想大打一场的架势。

"你好啊，阿武。你的复仇事业最近进展如何？"

村上托多穿着匿踪服和作战夹克，显得瘦削而自信。他的头发修剪成军队式样，双手叉腰，向我露齿而笑。他的腰间挂着一把卡拉什尼科夫，左胸前的那只倒转过来的皮套里插着一把格斗刀。我们之间的桌上放着一把带有消音器的安吉尔手枪，一台便携式立体显示屏，还有一张全息地图，显示着野草湖的东部边缘。所有的一切，从设备到他脸上的笑容，都散发出特派局军事行动的气息。

"出乎你意料，是不是？"见我一言不发，他又补充道。他绕过桌子，伸出手来。我看着那只手，又看向他的面孔，没有动弹。

"该死的，托多，你在这儿做什么？"

"一点儿公益性质的工作——你相信吗？"他放下那只手，目光越过我的肩膀，"弗拉德，带你的伙伴下楼去。这位智能机械杀手也一起。"

我感到雅德在我背后绷紧了身体。

"她得留下，托多。要不我们就没什么可谈的。"

他耸耸肩，对我刚刚交到的那几位海盗朋友点点头，"随你便吧。但如果她听到了不该听的事，我可能得为了保护她而杀了她。"

这是个特派探员之间的笑话,我好容易才忍住不笑。我依稀感觉到了那种怀旧的心情,就像我在西格斯瓦的牧场和维吉尼亚·维杜拉上床时那样。还有依稀的疑惑:我当初为什么决心离开?

"我在说笑话。"他向雅德解释道,这时其他人的脚步声朝着楼下远去。

"噢,我猜到了。"雅德漫步走到窗户那边,窥视着"穿刺者号"停泊在岸边的庞大船体。"好了,米基、阿武、科瓦奇——无论你现在究竟是谁。你打算向你的朋友介绍一下我吗?"

"呃,好。托多,这位是雅德维嘉。你显然看出来了,她是个拆解者。雅德,这是村上托多,我的,呃,从前的同事。"

"我是个特派探员。"村上漫不经心地补充道。

值得称赞的是,雅德几乎连眼睛都没眨。她略带怀疑地笑着,握住他伸来的那只手,随后靠着向外倾斜的塔楼窗户,交叠双臂。

村上看懂了她的暗示。

"你想问我,这一切究竟是为什么?"

我点点头,"就从这个话题开始吧。"

"我还以为你也许能猜到呢。"

"我想你也许可以省去循循善诱的工夫,直接告诉我。"

他咧嘴一笑,用食指按了按鬓角,"抱歉,老习惯了。好吧,你瞧,我的问题是这样的。根据线报,你们似乎在这儿谋划一场小小的革命,而且没准让第一家族阴沟里翻船。"

"线报?"

他又咧嘴一笑,显然根本不打算告诉我,"没错。线报。"

"我不知道你被调派过来了。"

"不是这样。"他似乎没那么冷静了,好像这句回答让他失去了对局面的掌握。他皱起眉头,"就像我说过的,这是份公益性质的工作。损害控制。你跟我一样明白,我们无法承受新奎尔主义者的起义。"

"是吗?"这次笑的人换成了我,"托多,'我们'指的是谁? 摄政府? 哈伦家族? 还是另一群该死的超级富豪?"

他恼火地做了个手势,"我说的是我们所有人,阿武。你真觉得这颗星球需要另一次动乱年代? 另一场战争?"

"一个巴掌拍不响,托多。如果第一家族愿意接受新奎尔主义的理念,进行体制改革的话,"我摊开双手,"那么在我看来,没人需要什么起义了。也许你应该跟他们说说看。"

他皱了皱眉,"阿武,你干吗这么说话? 你该不会是相信了那些胡扯吧。"

我顿了顿,"我也不知道。"

"你也不知道? 这算什么政治理念?"

"这不是什么理念,托多。我只是觉得,或许我们都受够了。或许是时候杀杀那些混账东西的威风了。"

他皱起眉,"这我可不能允许。抱歉。"

"那你干吗不直接把特派调查局叫过来? 何苦在这儿浪费时间呢。"

"因为我他妈不希望特派调查局来这儿。"说这话的时候,他的脸上掠过一丝绝望,"我出生在这儿,阿武。这儿是我的家乡。你以为我想看这个世界变成另一个阿德雷辛? 另一个沙尔雅?"

"你可真高尚。"雅德在倾斜的窗边动了动身子,走向桌边,戳了戳那台立体显示屏。她的手指扰乱了画面,紫色和红色的光点出现在周围，"那么，良心不安先生，您的作战计划是什么呢？"

他的目光在我们之间来回了几次，最后落在我身上。我耸耸肩。

"这个问题问得很好，托多。"

他犹豫了片刻。这让我想起了自己在火星人鹰巢塔的底部扳开麻木的手指时的情形。他要放下的是为特派局全心奉献的一生。

最后，他咕哝了一声，摊开双手。

"好吧。告诉你一个消息。"他指着我，"你的伙伴西格斯瓦出卖了你。"

我眨眨眼，然后回答："这他妈不可能。"

他点点头，"是啊，我知道。你们有交情，对吧？他欠你个人情。问题在于，阿武，他觉得自己亏欠的是哪个你？"

噢，见鬼。

他看到了我的吃惊，又点点头，"没错，我很清楚这件事。你瞧，用客观时间来说，武·科瓦奇在好几个世纪前救过西格斯瓦的命。但这件事是两个你都做过的。老伙计拉杜尔的确欠了债，但他显然不认为自己应该一再偿还。比较年轻的那个你就是基于这一点跟他达成了交易。西格斯瓦的人今早已经抓住了你那些沙滩派对革命家之中的大多数。要不是你、维杜拉和那个女拆解者一大早就跑去了条状地带，恐怕也逃不出他们的手掌心。"

"那现在呢？"最后一丝希望仍然挥之不去。打消希望，再以岩石般的面孔去面对事实。"他们也抓住了维杜拉和其他人了？"

"对，他们一回去就被抓了。他们把所有人都关押起来，等待艾拉·哈伦-鹤冈带着清剿小队赶来。要是你跟其他人一起回去，现在就该跟他们蹲在同一间牢房里了。好了。"他飞快地露出微笑，又扬起眉毛，"看起来你欠我个人情。"

我任由愤怒浮现，就像一次深呼吸，就像涨起的潮水。让怒意流过我的身体，再小心地将它压平夯实，就像掐灭抽了一半的雪茄，留待以后使用。镇定下来，开始思考。

"托多，你是怎么知道这些的？"

他自嘲地比了个手势，"我说过的，我住在这儿。我花了钱保证消息畅通。你明白的。"

"不，我不明白。该死的，托多，你的线人是谁？"

"我不能告诉你。"

我耸耸肩，"那我就不能帮你了。"

"你打算袖手旁观？西格斯瓦出卖了你，可你却要放过他？你打算让你那些来自海滩的朋友就这么死掉？得了吧，阿武。"

我摇摇头，"我厌烦了为其他人而战了。布拉西和那些朋友是自作自受，让他们自己解决就好。西格斯瓦的事可以留着。我以后再去找他。"

"那维杜拉呢？"

"她怎么了？"

"她是我们的教官，阿武。"

"是啊，我们的。你自己去救她吧。"

如果你不是特派探员，多半察觉不到。那只是姿势上以毫米为单位的变化，或许还不到，而且转瞬即逝。但村上的身体的确萎靡了片刻。

"我自己办不到，"他平静地说，"我不知道西格斯瓦那地方的内部情况，也没有强攻进去所需的一整支特派探员部队。"

"那就叫特派局来。"

"你知道这样的后果——"

"那就告诉我,你那该死的线人是谁。"

"是啊,"随之而来的寂静中,雅德讽刺地说,"或者直接让他从隔壁房间过来吧。"

她对上我的目光,然后朝房间后部的一扇下拉式闸门点点头。我朝它走近了一步,村上差点儿忍不住过来阻挡我。他瞪了雅德一眼。

"抱歉,"她说着,用食指点了点脑袋,"数据流警报。标准的侦察兵设备。你在这儿的那位朋友正在用电话,而且走动很频繁。要我猜的话,他应该是在紧张地踱步。"

我对村上咧嘴一笑,"好了,托多。你拿主意吧。"

紧张又持续了好几秒,接着他叹了口气,示意我向前走。

"去吧。反正你早晚也会发现的。"

我走到那扇下拉式闸门边,找到了操作面板,按下按钮。建筑物内部传来机械的嗡鸣声。闸门颤抖而迟疑地向上抬起。我把身子探了进去。

"晚上好。你们之中的哪一个是告密者?"

四张脸转向了我。我看着那四个穿着黑色正装的人,头脑里的那幅拼图发出了卷闸门收回到最高处时的那种声音。其中三个是保镖,两男一女,脸上的皮肤贴着一块富有光泽的塑料延展层,上面刺着面部刺青。但这种延展层需要经常更换,只是权宜之计,也经不起职业眼光的推敲。

但既然他们待在黑帮的地盘深处,多半也用不着每天在新佩斯特的街头巷尾跟人打架了。

第四个——也就是拿着电话的那个——年岁较长。就凭他的举止，我也不会认错。我恍然大悟地点点头。

"这位是田奈濑陀吧。好啊，好啊。"

他略微鞠了一躬。他守旧派的打扮和外表也都和举止相符。他的脸上没有面部装饰，因为以他的地位来说，他肯定是第一家族私人领地的常客，而那些人会对刺青嗤之以鼻。但你能看到那些代表荣誉的伤疤留下的痕迹——除去这些伤疤的时候，他可没有借助现代外科技术的帮助。他带着灰色纹路的黑发以短马尾绑在脑后，以便展露出额头上的疤痕，也更加突出他长长的面骨。额头下的双眼是棕色的，眼神就像抛光过的石头那样硬邦邦的。他对我露出谨慎的笑容，恐怕当死神来找他的时候，他也会以这样的笑容面对。

"科瓦奇君。"

"你的目的又是什么，伙计？"我的无礼惹怒了那些保镖。我没理睬，而是转头看着村上，"我想你应该知道，他想要我的命，而且绝对不会给我一个痛快。"

村上和田奈濑陀对视了一眼。

"这事可以解决，"他喃喃道，"对吧，田奈濑陀君？"

田奈濑陀又鞠了一躬，"我已经发现，虽然你跟安平幸雄的死亡有关，但责任并不全在你。"

"那又如何？"我耸耸肩，压下涌起的怒气，因为他得知这段细节的唯一方式，就是通过虚拟实境中对奥尔、清香或是拉兹洛的审讯——在年轻版本的我帮着他杀死那些人以后。"责任在不在谁身上，对你们这些人来说没什么分别吧。"

他身边的那个女人从喉咙深处发出低沉的咆哮。田奈濑陀挥挥手阻止了她，但他看向我的目光与镇定的语气并不相符。

"我也弄清楚了一件事：安平幸雄的意识存储器在你的手里。"

"噢。"

"是这样吗?"

"好吧,如果你觉得我会让你搜身,那你就——"

"阿武,"村上懒洋洋地说着,"有点礼貌。安平的存储器在不在你那里?"

我故意停顿了片刻,有些希望他们动手来抢。田奈濑陀左手边的那个人抽搐了一下,我对他露出微笑。但他们实在太训练有素了。

"不在我身上。"我说。

"可你能把它交给田奈濑陀君,对吧?"

"如果有这么做的动机,我想我会的。"

又是那种低沉的咆哮声,只是这次来自全部三个黑道保镖。

"浪人。"其中一个吐了口唾沫。

我对上他的目光,"说得对,伙计。我是个无主的浪人。所以留神点儿。如果我不喜欢你,没有人会阻止我。"

"等你走投无路的时候,也没有人会做你的后盾。"田奈濑陀评论道,"科瓦奇君,我们能不能省省这种幼稚的争执? 你说到了动机。要不是我提供的信息,你现在已经跟你的同僚一起沦为了等待处决的阶下囚。另外,我愿意撤回追杀你的令状。作为对你毫无用处的那个意识存储器的回报,这些还不够吗?"

我笑了,"你真能胡扯,田奈濑陀。你做这些不是为了安平。他活着纯粹是浪费空气,你也知道。"

这位黑道首脑注视着我,身体似乎绷得更紧了。我也不清楚自己这么咄咄逼人的原因。

"安平幸雄是我内弟的独子。"他的声音很轻,仿佛在喃喃自语,却带着压抑的愤怒,"我可不指望南方人懂什么义理。"

"狗娘养的。"雅德惊讶地说。

"噢,你还能指望他说出什么好话来,雅德?"我哼了一声,"说到底,他只是个罪犯,跟其他罪犯没什么区别。那些古老的、所谓荣誉感的胡说八道全是哄人的屁话。"

"阿武——"

"闪一边去,托多。我们打开天窗说亮话吧。事关政治,而政治可一点都不干净。这位田奈濑陀关心的并不是他的外甥,找到外甥只是个额外的红包。他担心的是失去权势,他害怕因为那次失败的勒索尝试而遭受惩罚。他看到西格斯瓦已经准备跟艾拉·哈伦结交,生怕那家伙因此势力大涨,损害了黑道的全球事业。真要出了这种事,他在米尔斯波特的黑道伙伴们说不定会在他门口放一把切腹自尽用的短刀,加上一份详细说明,包括'从这儿刺进去''向侧面拉开'。对吧,田奈濑陀?"

左边那个保镖按捺不住了,不过我早有预料。一根细小如针的刀子从袖子落进他的右手里。田奈濑陀朝他厉声说了句话,他的动作骤然停下。他恶狠狠地盯着我,刀柄上的指节捏得发白。

"你瞧,"我告诉他,"无主的武士就没这些问题。没有束缚。如果你是个浪人,就用不着坐视这种为了政治私利而出卖荣誉的行为。"

"阿武,你他妈就不能闭嘴吗?"村上呻吟道。

田奈濑陀走过怒气冲冲的保镖,朝我走来。

他眯起眼睛看着我,就好像我是某种有毒的昆虫,而他需要近距离观察。

"告诉我,科瓦奇君。"他轻声说道,"你希望死在我的组织手里吗?你的目的是寻死吗?"

我和他对视了几秒，然后轻轻地啐了口唾沫。

"你根本不明白我的目的，田奈濑陀。你就算死到临头也不会明白。即便你碰巧发现了我的目的，也会想个办法把它卖掉。"

我看向村上，后者的手仍旧按在他腰间的那把卡拉什尼科夫的枪托上。我点点头。

"好吧，托多。我看到你的告密者了。我加入。"

"这么说我们达成协议了？"田奈濑陀问。

我压下火气，转身看着他，"告诉我一件事。西格斯瓦跟另一个我是从多久以前开始做交易的？"

"哦，有段时间了。"我不清楚他的语气有没有带着满足，"我相信，他至少几周前就知道有两个你存在了。你的复制品在追踪从前的关系方面非常用心。"

我想起了西格斯瓦在内陆港口的那次现身。他从电话那头传来的声音。**我们可以一起喝醉，或许还可以去渡边的店里怀旧一下。"怀旧"，听起来如何？还可以再抽上一根。我得看看你的眼睛，我的朋友。我得知道你并没有变。**我很想知道，那时的他是否正在揣摩自己究竟欠了谁的人情。

如果真是如此，那么在和另一个我的竞争中，我的表现可实在不怎么样。就在前一晚，西格斯瓦当着我的面，几乎把心里的话说了出来。

有你在肯定愉快不到哪去。说实话，你有五十年没好好放松一下了。你真的变成北方佬了，阿武。

我说过——

是啊，是啊，我知道。你本来就是半个北方人。问题在于，阿武，你年轻的时候还不会表现得这么明显。

他是不是还说了句"再见"？

你可真难取悦，阿武。

或许你会对团体运动感兴趣？我们要不要带着伊利娅和真由美一起到反重力体育馆去？

有那么一秒钟，一股微弱而熟悉的悲伤在我心中浮现。

愤怒将它压下。我看着田奈濑陀，然后点点头。

"你的外甥埋在凯姆丘南边的一栋海滨住宅的地下。我会给你画张地图。现在该你拿出诚意来了。"

44

"阿武,你干吗要做那种事?"

"什么事?"

我和村上一起站在"穿刺者号"的定向聚光灯旁边的鲛鲽灯下,看着那些黑道分子坐上田奈濑陀用电话叫来的一条优雅的黑色游艇,然后离开。他们朝着南方破浪而去,留下一条宽阔而浑浊的水迹,颜色就像掺杂了牛奶的呕吐物。

"你干吗对他这么不依不饶的?"

我看着渐渐远去的游艇,"因为他是个人渣。因为他是个该死的罪犯,而且他还不肯承认。"

"以你这把年纪来说,你可有点喜欢评判人啊。"

"是吗?"我耸耸肩,"或许这只是南方人的看法。你是米尔斯波特人,托多,或许你只是当局者迷罢了。"

他轻声笑了起来,"好吧。那从你这个旁观者的角度来看呢?"

"和从前一样。黑道会把他们古老的荣誉传统讲述给任何愿意听的人,但与此同时,他们又会做什么呢? 和其他人一样,进行着愚蠢的犯罪活动,同时又去讨好第一家族。"

"看起来,这已经是过去式了。"

"噢,得了吧,托多。你没这么蠢。我们刚刚来到这颗星球的时候,那些家伙就跟哈伦家族蛇鼠一窝了。田奈濑陀或许会为他搞出的烂摊子付出代价,但其他人只会适时而礼貌地表示遗憾,然后安然脱身。像从前那样贩卖违禁商品,以及用文雅的方式进行勒索。第一家族会张开双臂表示欢迎,因为它只是他们撒在我们身上的那张大网的一条线而已。"

"要知道,"他的话声中笑意未去,"你的口气开始像她了。"

我转头看着他。

"像谁?"

"像奎尔,伙计。你听起来就像他妈的奎尔克里斯特·法尔科内。"

这句话让我沉默了好几秒钟。我转过身去,看着笼罩在野草湖上的黑暗。或许是因为意识到了我和村上之间的紧张气氛,雅德没跟我们一起留在码头上。我最后看到她的时候,她正和弗拉德那伙人往"穿刺者号"上去。说是要喝一杯爱尔兰咖啡什么的。

"那好吧,托多。"我心平气和地说,"不如你来回答我这个问题:为什么田奈濑陀会找你帮忙?"

他拉长了脸。

"你自己说过,我在米尔斯波特出生长大。黑道总是希望和高层的人搭上关系。一百多年前,我第一次作为特派探员休假返乡的时候,他们就拼命讨好过我,想让我觉得我们是老朋友。"

"你是吗?"

我感受到了他的目光,但我没在意。

"我是个特派探员，阿武。"他最后说，"你别忘了这一点。"

"是啊。"

"而且我是你的朋友。"

"我已经照你说的办了，托多。你用不着再跟我来这一套。只要你帮我搞砸西格斯瓦的如意算盘，我就带你从后门闯进他的老窝。现在说说吧，你做这些事有什么目的？"

他耸耸肩，"艾拉违反了摄政府的命令，这下大牢是蹲定了。制造特派探员的分身——"

"前特派探员。"

"那只是你而已。他可没有经过官方退伍程序。就算只是当初留下了意识备份，哈伦家的当权者里也得有人为此付出代价。这种备份是严禁保留的。"

他的语气有些奇怪。我更仔细地打量着他，然后明白了那个显而易见的事实。

"你觉得他们同样也复制了一个你，是不是？"

他苦笑起来，"你是个不同寻常的大人物，所以只有你一个人被复制了，是吗？得了吧，阿武。这根本说不通吧？我查看了记录。哈伦世界上足有十几个我们的备份。无论当初是谁想出了这么个天才的保险手段，看起来都打算复制我们全部。我们需要艾拉活着，好让她说出哈伦家族把那些备份藏在数据堆栈的什么地方。"

"好吧。别的目的呢？"

"你知道那个'别的目的'。"他轻声回答。

我回过头，继续打量野草湖，"我可不打算帮你屠杀布拉西和其他人，托多。"

"我也没打算让你这么干。光是看在维吉尼亚的份上，我都会避免这种状况。但总得有人为小蓝虫的勾当负责。阿武,他们在米尔斯波特的大街上谋杀了米姿·哈伦!"

"真是莫大的损失。全球的时装秀编辑都在哭泣。"

"是啊,"他严肃地说,"而且在这个过程中,他们还顺带杀死了不知多少人。执法人员,无辜的旁观者。我现在还能封锁有关这次行动的消息,把事件标记为'政局动荡已稳定',无需进一步派遣部队。但我得拿出几只替罪羊,否则特派局的审核员就该找过来了。你很清楚这种事的处理方式。必须有人付出代价。"

"至少是表面上。"

"没错。不过这个人不必是维吉尼亚。"

"前特派探员率领行星叛乱。不,特派局的公关人员会吃不了兜着走的。"

他停住了,看向我的目光突然带上了敌意。

"你真觉得我是因为这个吗?"

我叹了口气,闭上眼睛,"不。抱歉。"

"我是在尽我所能,为那些我关心的人减少痛苦,阿武。可你却完全不肯帮忙。"

"我知道。"

"我需要有人为米姿·哈伦的遇害负责,而且我需要一个主谋。一个最适合充当这些事的幕后黑手的人。或许还得加上几个,充实一下逮捕名单。"

如果到了最后,我必须为那个鬼魂战斗,为奎尔克里斯特·法尔科内的记忆而死,那也比束手待毙好得多。

这是漱石在维切拉海滩的那条搁浅的气垫船上说过的话。说这些话的时候,他的脸上带着热烈的表情。这份激情来自一个殉道者。曾经，他错过了殉道的一刻；这一次，他不想再犯这个错误了。

漱石，前黑暗旅成员。

但我们在埃尔特文登的海峡和废墟中躲藏时，希拉·特雷斯也说过相似的话。布拉西的行为也自始至终都表达出了这个意思。也许他们想要的只是为一项比他们自身更古老、更伟大也更有分量的事业献身而已。

抢在自己想到什么不该想的事之前，我把这些思绪抛到一旁。

"那大岛·西尔维呢？"我问。

"噢，"他又耸耸肩，"照我的理解，她在未清扫区受到了某种东西的感染。所以只要我们能救下她，我们就帮她清除感染，然后让她过自己的人生去。这样听起来够公道吧？"

"听起来站不住脚。"

我想起了西尔维在"格瓦拉炮群号"上描述指挥软件时的那番话。**无论你花多少钱做系统清理，总有些渣滓会留下来。难以清除的代码残余、痕迹。还有，有些东西的残像。**漱石可以为一个鬼魂战死，天知道那些新奎尔主义者会怎么看待大岛·西尔维——即使她的脑袋彻底清理过。

"是吗？"

"得了吧，托多。她是个偶像。无论另外那个女人存在与否，大岛·西尔维都会成为下一批新奎尔主义者关注的焦点。第一家族肯定想彻底消灭她。"

村上露出凶狠的笑容。

"第一家族想要什么，和他们能从我手里得到什么，这是毫不相干的两件事，阿武。"

"是吗?"

"是——啊。"他讽刺地拖长了语调,"因为如果他们不肯彻底合作,我就会给他们带来一支特派探员的进攻部队。"

"如果他们觉得你在虚张声势呢?"

"阿武,我是个特派探员。凶狠地对待行星政权是我们的老本行。他们会像一张该死的折叠椅那样缩起身子,你很清楚。他们会为自己逃过一劫而满心感激。只要我开口,他们会让自己的儿女成群结队地来舔我的屁股。"

我又看了看他,有那么一瞬间,我仿佛回到了还在特派局的时代。他站在鲛鳒灯下,咧嘴笑着,就像从前的我。我想起了那时的感受,想起了特派局所拥有的可怕力量。

在所有的殖民星球上,甚至是地球的政府里,人们都会低声谈论你的事迹,你的名字能让那些权力掮客不敢出声。那种快感能和最好的四重冰毒相比。那些动动手指头就能解决几十万人的男人和女人,他们可以再次学会何谓恐惧。教导他们恐惧的工具就是特派调查局。

但那都是过去了。

我强迫自己回以微笑。

"你真是讨人喜欢,托多。你一点都没变,对吗?"

"对。"

我脸上的笑容莫名地由衷起来。我大笑了几声,这笑声似乎让我的心里放下了什么。

"好吧。你这混蛋,跟我说说看吧。我们要怎么做?"

他又像小丑那样扬起了眉毛,"我还指望你告诉我呢。计划你定。"

"噢,我是想问问我们进攻部队的整体实力。你该不会是想借助——"

村上用大拇指比了比"穿刺者号"的船身。

"我们这些刺儿头朋友？当然。"

"该死的,托多,他们只是一群磕多了药的孩子。西格斯瓦的黑帮会把他们撕个粉碎。"

他做了个轻蔑的手势,"运用手头的工具去解决问题,阿武。我们受过这方面的训练。他们年轻又愤怒,而且有毒品壮胆,眼下正想找个什么人来发泄一通。他们要做的只是缠住西格斯瓦,让我们有时间溜进去,搞些真正的破坏。"

我看了眼手表,"你打算今晚动手?"

"明天黎明。我们在等艾拉。按照田奈濑陀的说法,她直到明天天亮以后才会过来。对,"他抬起脑袋,对着天空点点头,"还有天气。"

我循着他的目光。黑暗浓密、仿佛城垛的云层在高处聚集,稳步向西飘去,越过一片略带橙色的破碎天空——在那里,布袋月的光芒才依稀可见。大黑月早已化作地平线上的一团模糊的光影。这时我才发现,有一股清风吹拂着野草湖,带着明显的海水气息。

"天气怎么了?"

"天气就快变了。"村上吸了一口气,"那阵本该在南漆器海消散的风暴,它没有消失。这会儿,它似乎借了一股西北气流的助力,风力开始加强。风暴就要回来了。"

惠比寿的偷听。

"你确定吗?"

"当然不确定了,阿武。该死的,我又不是天气预报员。不过就算我们赶不上风暴最强的时候,一点点狂风暴雨也不坏,不是吗？混乱的局面,正是我们需要的。"

"这一点,"我谨慎地说,"取决于你那位靠不住的朋友弗拉德的航行技术有多棒。你知道本地人把这种卷土重来的风暴叫什么吗?"

村上茫然地看着我。

"不知道。霉运?"

"不,他们叫它'惠比寿的偷听'。出处是那个渔夫的鬼故事,你知道吧?"

"噢,没错。"

在这么遥远的南方,惠比寿已经不是惠比寿了。在哈伦世界的北方和赤道区域,占据主导地位的美日混合文化将他塑造成了民间故事里的海神和水手的守护神,以及普遍意义上无所不在的善神。他们把圣埃尔莫①看作和惠比寿相同的神明,或是他的助手,免得触怒那些受基督教影响更深的居民。但在科苏特,曾参与建造世界的东欧劳动者传统非常强盛。在这里,惠比寿变成了一头海底的恶魔,用来吓唬不肯睡觉的孩子。在传说故事里,圣埃尔莫这样的圣徒会为了保护虔信者而与这头恶魔战斗。

"你还记得那个故事的结尾吗?"我问他。

"当然。惠比寿赐予了那些渔夫各种各样神奇的礼物,以回报他们的款待。但他忘了带走他的钓竿,对吧?"

"没错。"

"所以,呃,他回去拿钓竿。正要敲门的时候,他听到那些渔夫正在谈论他的个人卫生:他手上的难闻的鱼腥味儿,他没有刷过的牙齿,他破破烂烂的衣服。就是你们拿来教育小孩子的那

_____
①欧洲传说中的水手守护神。

580

些事,对吧?"

"对。"

"对,我记得我跟苏琪和马库斯说过这些,不过他们那时候还小。"村上的眼神恍惚起来,注视着地平线和那里堆积的云层,"那应该是快半个世纪前的事了。难以置信,是不是?"

"把故事说完,托多。"

"好吧。呃,让我想想。惠比寿很生气,于是他走进去,抓起他的钓鱼竿,然后怒气冲冲地离开。他送出的每一件礼物都变成了腐烂的贝拉草和死鱼。他跳进海里,那些渔夫之后的几个月里都只能捞上垃圾。这个故事的寓意是——注意好你的个人卫生,不过更重要的是,孩子们,别在背后议论别人。"

他回头看着我。

"我说得如何?"

"相当不错,毕竟上次都是五十年前的事了。不过在这儿,他们讲述的内容有点不同。要知道,惠比寿极其丑陋,长着触手、鸟喙和獠牙,模样令人惊恐,那些渔夫好不容易才没有转身逃跑。但他们还是压下恐惧,款待了他,虽然不可能有谁会去款待恶魔。于是惠比寿把他弄沉的那些船上的货物送给他们做礼物,然后离开了。渔夫释然地出了口长气,开始谈论他有多么畸形、多么吓人,他们的表现又是多么机智,所以才能捞到这些礼物。就在说这些话的时候,惠比寿回来拿他的三叉戟了。"

"这么说不是钓鱼竿?"

"不,我猜钓竿不够吓人吧。在这个版本的故事里,他忘记带走的是一根硕大的倒钩三叉戟。"

"要是他把这么显眼的东西留下,他们不可能注意不到吧?"

"闭嘴。惠比寿偷听到了他们说的坏话,陷入了狂怒之中,于是变化为一场庞大的风暴，毁掉了整个渔村。那些没有淹死的人也被他的触须拖到了深渊地狱之中，承受无尽的折磨。”

“真了不起。”

“没错，寓意倒是相似。别在背后议论别人。但更重要的是，别相信那些来自北方的肮脏神灵。”我收起了微笑，“上一次看到‘惠比寿的偷听’的时候，我还是个小孩子。它离开新佩斯特东边的海面，顺着野草湖沿岸破坏了好几公里长的内陆聚居地，连带杀死了一百个人。那场风暴让内港的半数货轮沉没，他们甚至没来得及发动引擎。飓风刮起了那些轻巧的快艇，丢到街道上，最远的一条落在了哈伦公园里。在这儿，‘惠比寿的偷听’代表非常可怕的厄运。”

“哦，是啊，对那些在哈伦公园遛狗的人来说，的确够不走运的。”

“我是说真的，托多。如果这场风暴真的到来，你那位冰毒上瘾的朋友弗拉德又把控不住舵轮，那么没等赶到西格斯瓦的牧场，我们就会发现自己头上脚下，嘴巴和鼻子里塞满了贝拉草。”

村上略微皱起眉头。

“弗拉德的事我来操心吧，”他说，“你只需要集中精力去构建行之有效的进攻计划。”

我点点头。

“是啊。攻打南半球最坚固的黑帮要塞，用少年瘾君子做奇袭部队，归来的风暴充当着陆的掩护。而且要在黎明之前。当然，易如反掌啊。”

他皱起眉头，然后突然大笑起来。

“听你这么说，我简直按捺不住了。”他拍拍我的肩膀，然后朝那条气垫海盗船走去,同时回头对我说,"我这就去跟弗拉德谈。这将是一件青史留名的壮举,阿武。等着瞧吧。我有预感,特派探员的直觉。"

"是啊。"

远处地平线那里响起起伏的雷声,仿佛雷霆被困在了云层底部和地面之间的狭小空间里。

惠比寿回来取他的三叉戟,而且对他听到的话不怎么满意。

45

　　"穿刺者号"离开停泊处,飞速穿过野草湖的时候,黎明还只是风暴前方的大团黑色之中的一抹灰白色彩。它以作战速度前进,发出像要四分五裂的噪音。但等我们闯入风暴的时候,就连那样的噪音也被呼啸的风声和雨点拍打金属船壳的响声盖了过去。舰桥前方的观察口上只能看到飞溅的水花,耐用雨刷发出超负荷的电子音,费力地运作着。从这里能依稀看到,野草湖平时毫无活力的水面如今波涛起伏。"惠比寿的偷听"果然来了。

　　"就像卡桑格的事重演了一样。"村上大声说着,从通向观测甲板的那扇门挤进来。他的衣服湿透了,脸也被浪花打湿,却笑容不减。在他身后,狂风呼啸着扑向门框,极力想跟着他钻进门里。他吃力地关上了门。风暴自动锁发出一声沉闷的"哐当"。

　　"外面的能见度太有限了。那些家伙连是谁袭击了他们都不会知道。"

　　"那这事就跟卡桑格完全不像了。"我恼火地说着,回忆起来。缺乏睡眠让我的双眼又干又涩,"当时那些家伙可是早有准备的。"

"噢,你说得对。"他用双手梳理着头发,再把手指上的水甩在地板上,"可我们还是解决了他们。"

"注意漂移。"弗拉德对舵手说。他的语气听起来很不一样,里面包含着我先前没看出来的威严,抽搐的幅度似乎也有所减小。"我们要乘风航行,不是被它卷走。朝着风倾斜。"

"明白。"

这个动作让气垫船明显地颤抖起来。脚下的甲板嗡嗡作响。随着进入风暴的角度改变,雨水拍打船顶的声音和观景口的景色都变得截然不同了。

"就是这样,"弗拉德沉着地说,"就这么稳住。"

我在舰桥又多待了一会儿,接着对村上点点头,顺着扶梯来到客舱甲板。我朝船尾走去,双手扶着走廊的墙壁,以抵御这条气垫船不时的颠簸。在途中,我遇见了几个船员,他们在狭小的空间里挤过我身边,表情带着老练和轻松。空气又闷又热。又经过了几间客舱以后,我朝一扇敞开的门里瞥了一眼,看到弗拉德手下的一名年轻海盗赤裸上身,朝着地板上的一台陌生的仪器弯下腰去。我看到了一对形状优美的巨乳,她的肉体在苍白灯光下的汗珠,还有贴着后脖颈的湿透短发。接着她发现了我的存在,站起身来。

她一只手按着客舱的墙壁,另一条胳膊捂住胸部,目露凶光,让我不禁猜想,她要么是毒品的劲头刚刚过去,要么就是在战斗前非常紧张。

"有什么问题吗,老兄?"

我摇摇头,"抱歉,我在想别的事。"

"是吗? 噢,滚蛋吧。"

客舱的门狠狠地关上了。我叹了口气。

好吧。

我发现雅德也同样紧张,只是穿戴整齐。她坐在我们分配到的那间客舱的上铺,破片粒子枪取下了弹夹,放在她穿着靴子的一条腿下。她的双手各自拿着一把闪闪发光的手枪的两个部分,我不记得她从前有这把枪。

我坐进下铺。

“你手里是什么?”

“卡拉什尼科夫电磁枪。”她说,“走廊那边的一个人借给我的。”

“已经交上朋友了,是吗?”说这话的时候,我的心里泛起一股没来由的悲伤。或许跟这两具荣春堂出品的双胞胎身体散发出的信息素有关。“真想知道他是从哪儿抢来的。”

“谁说一定是抢来的?”

“我说的。这些家伙是海盗。”我朝她的铺位伸出一只手,“来吧,让我看看。”

她将那把武器拼好,放进我的手掌。我把它拿到眼前,点了点头。卡氏电磁枪在整个殖民世界都以“理想的无声配枪”闻名,这一把更是最尖端的型号。我咕哝了一声,递了回去。

“没错,起码值七百联邦币。这些瘾君子海盗可不会花这么多钱去买一把消音手枪。是他抢来的,多半还干掉了原主人。你该留心你的朋友圈了,雅德。”

“伙计,你今早可真够快活的。昨晚没睡好?”

“你呼噜打得那么响,叫我怎么睡啊?”

她没有回答。我嘟哝了一声,开始回忆村上提起的那段往事。卡桑格,恩克鲁玛星人烟稀少的南半球的一座不起眼的小型港口城镇。由于政局的动荡以及与摄政府关系的恶化,政府部队在那里派驻了守军。出于只有某些当地人才知道的理由，卡桑格拥有超空间意识下载设备。恩克鲁玛的政府担心联邦军队会使用这些设备。

他们的担心不无道理。

之前的六个月里，我们借由全球的超空间传输站悄然到来，星际联邦那边还装出一副"外交是可行选项"的样子。等到特派局司令部命令攻击卡桑格的时候，我们已经融入了恩克鲁玛为数一亿的第五代殖民者之中。我们的潜伏部队在北方城市的街头煽动暴乱，而村上和我集结了一支战术小队，消失在南方。我们打算趁着守军休息时一举消灭他们，并在次日早晨夺取超空间意识下载设备。但计划出了岔子，消息泄露了出去。等我们赶到时，超空间传输站已被重兵把守。

没时间制订新计划了。既然卡桑格的守军提前得知了消息，严阵以待，同样的消息源也会让他们的援军迅速赶到。

在冰冷的暴风雨中，我们身穿匿踪服和反重力背包，从空中向传输站发起进攻，同时用金属箔来伪装部队的规模。在混乱的风暴中，这个策略取得了意想不到的成功。守军大都是招募来的年轻士兵，由少数经验丰富的军士率领。交火开始后十分钟，他们的阵线就在暴雨倾泻的街道上彻底崩溃。我们追赶，包围，肃清。只有几个人在作战中死去，大多数都被我们活捉，并囚禁起来。

之后，我们将特派局重装部队的意识下载到了那些俘虏的身体里。

我闭上了眼睛。

"米基？"上铺传来雅德的声音。

"是武。"

"怎么都好。我就用'米基'叫你，行吗？"

"好吧。"

"你觉得那个该死的安东今天会来吗？"

我睁开了眼睛，"我说不清。我猜会吧。田奈濑陀似乎也这么想。看起来科瓦奇还带着他，或许是作为保镖。没人清楚西尔维或是她感染的那东西会做出什么事来，或许他觉得带个拆解者指挥员在身边会比较安全。"

"嗯，说的有道理。"她停顿了片刻。正当我的双眼再次闭上的时候，她又开了口："用这种方式说起你自己，你不会恼火吗？我是说，知道还有一个自己存在？"

"我当然恼火，"我打了个大大的呵欠，"我要杀了那个小混蛋。"

沉默。我任由自己的眼皮合拢。

"米基。"

"什么？"

"如果安东在那儿的话？"

我对着上铺翻了个白眼，"怎么？"

"如果他在的话，我要亲手解决那狗娘养的。你可以朝他开枪，打断他的腿什么的。他的命是我的。"

"好。"

"我是认真的，米基。"

"我也一样，"我含糊地说着，迟来的睡意让我头脑昏沉，"想杀谁就杀谁吧，雅德。"

想杀谁就杀谁吧。

这句话完全可以说明这场袭击的宗旨。

　　我们以惊人的速度抵达了牧场。含混不清的遇难广播帮助我们来到了足够近的地方，让西格斯瓦的那些长射程武器全无用武之地。

　　弗拉德的舵手选择的航线看似在风暴前方行进，实际上却在进行高速转向。等到那些黑帮明白过来，"穿刺者号"已经来到了他们面前。它径直撞进了沼泽豹的兽栏，压碎了网状的屏障和原本装卸站的陈旧木制码头，势不可挡地撞散了木头地板，摧毁了腐朽的古老墙壁。装甲厚重的船首带着越来越多的残骸继续前进。

　　听着，前一晚的时候，我对村上和弗拉德说，**想达成目标，就得放开手脚**。冰毒催化的热情让弗拉德双眼发亮。

　　"穿刺者号"发出一声"吭当"，随后在金属摩擦声中停在了半埋于水下的湿地地堡模块之间。它的甲板向右方严重倾斜，而在登陆层的位置，十来个碰撞警报在我耳边发出歇斯底里的尖叫，使用爆炸螺栓的舱口猛地打开。

　　登陆坡道仿佛炸弹般落下，坡道的一头装着活导线安全索，后者扭动着钻进永凝土，帮助坡道固定。我听到金属碰撞声和抓钩破空的飕飕声透过船壳依稀传来。"穿刺者号"已经停稳了。

　　这套系统设计之初只作为应急使用，但这些海盗早就改造了船只的方方面面，以便进行快速突袭、登船和开炮。只有运行这一切的机器被排除在外，它仍旧以为我们的船遭遇了危险。

　　在坡道上，我们遇到的是恶劣天气的攻击。夹着雨水的狂风扑面而来，从怪异的角度推挤着我。弗拉德的突袭部队大吼着冲进风雨。我看了眼村上，摇摇头，跟了上去。或许他们的想法没错——"穿刺者号"已经被它造出的这片废墟牢牢困住，现在所有人都没了退路。剩下的选择唯有胜利或是死亡。

炮火在灰色的风暴中亮起。嘶嘶作响的光束武器,还有重弹霰弹枪的轰鸣和咆哮。光束在黑暗中发出淡蓝和黄色的光芒。天空传来一声隐约的雷鸣,苍白的闪电似乎正在回应。前方的某人尖叫一声,倒了下去。含糊不清的叫喊声。我走下坡道,一处凸起的地堡模块让我脚下打滑,但凭借荣春堂的这具身体,我找回了平衡,向前跃去。踩进模块之间的浅水坑,爬上下一片冒着气泡的斜坡。斜坡的表面很粗糙,因此我上坡时并不费力。借助周边视觉,我看到自己正站在一块楔形模块的顶部,雅德站在我的左侧,村上站在右边,手里端着一把等离子破片枪。

我动用生体强化,看到前方有一条通向码头前沿的维护梯。来自上方的炮火将弗拉德手下的三个海盗压制在梯子底部。他们的一名战友的尸体靠着最近处的地堡模块,漂浮在水上,面部和胸口热气腾腾——但粒子束早已将他的生命燃烧殆尽。

我带着侦察兵的听天由命,毅然冲向梯子。

"雅德!"

"好——出发!"

就像回到了未清扫区。这是潜入者小队的配合习惯,或许跟荣春堂这两具双胞胎身体也脱不了干系。我竭尽全力飞奔着。在我身后,破片粒子枪响了起来——满怀恶意的呼啸声在雨中响起,码头边缘炸成了无数碎片,再像冰雹那样落下。更多人的尖叫声。几乎在那些海盗意识到压制火力消失的同时,我已经跑到了梯子那里。我把狂想曲手枪塞回枪套,匆忙爬了上去。

码头上到处是尸体,被刚才那一枪打得血肉模糊。西格斯瓦的一名手下受了伤,但仍能站立。他吐了口唾沫,拿着刀子朝我扑来。我旋身躲开,制住他拿刀的那条胳膊,随后将他丢下码头。短促的尖叫消失在风暴中。

我蹲下身子,拔出狂想曲手枪,在糟糕的可见度中扫视周围。这时其他人也来到了我的身后。大雨倾盆而下,在永凝土表面制造出上百万个小小的间歇泉。我眨眨眼,赶走眼睛里的雨水。

码头拿下来了。

村上拍拍我的肩膀,"嘿,对于退休的老家伙来说,表现还不坏。"

我哼了一声,"总得有人教你怎么做。来吧,这边走。"

我们在雨中的码头大步前进,找到了目标入口,一个接一个溜了进去。风雨的侵袭骤然消失,那种感觉让人震惊到说不出话来。我们站在一条短小走廊的塑料地板上,两边是熟悉的、配有窗户的沉重金属门。

屋外雷声轰鸣。我透过门上的窗户确认,看到了满屋子缺乏特征的金属橱柜。这里是沼泽豹饲料的冷冻储藏室,偶尔也存放西格斯瓦敌人的尸体。走廊尽头,一条狭小的楼梯通向简陋的身体更换室以及兽医室。

我对着楼梯点点头。

"就在下面。往下走三层,我们就进入地堡内部了。"

海盗们走在前头,显得狂热又吵闹。他们嗑多了冰毒,毫无怨言地跟着我爬上梯子。现在再想劝阻他们可就难了。村上耸耸肩,没去阻止。他们吵吵嚷嚷地迅速走下楼梯,径直闯进了底部的埋伏。

我们落后一段台阶,以清醒的头脑警惕地前进。即便在那儿,我的面孔和双手也感觉到了粒子束的热量。

刺耳而高亢的尖叫声突然传来,海盗们变成了火人,就这样被活活烧死。其中一个跌跌撞撞地转过身,爬上三级台阶,离开这片火海,抬起仿佛多了一对火焰之翼的双臂,恳求地朝我们接近。那张融化的面孔距离我不到一米的时候,他倒了下去,在冰冷的金属台阶上发出嘶嘶声,升起阵阵黑烟。

村上将一颗超振手雷丢下楼梯井,它发出一声金属碰撞音,然后是那种熟悉而急促的尖啸。在狭小的空间里,那种尖啸震耳欲聋。我们不约而同地捂住耳朵。即使下面有人死时发出了尖叫,我们也听不见。

尖啸声消失之后,我们又等待了一秒钟,接着村上用他的等离子破片步枪朝楼梯下开火。没有反应。我悄然挤过焦黑冰冷的海盗尸体,恶臭令我差点儿呕吐。我的目光越过那具承受了最多火焰的蜷曲尸体,看到了一条空荡荡的走廊。黄奶油色的墙壁、地板和天花板,头顶的内嵌式条状照明板把这儿照得透亮。接近楼梯底部的位置,到处都是鲜血和凝结的身体组织。

"安全。"

我们穿过这片血腥场面,小心翼翼地沿着走廊,来到湿地地堡的底层。田奈濑陀并不清楚那些俘虏被关押的具体位置——对于黑道成员在科苏特的出现,黑帮本来就抱着焦躁和敌意的态度。作为悔过的前勒索者,田奈濑陀的地位岌岌可危,但他仍然执意前来——他自己承认的原因是,他希望通过拷打或是敲诈的方式,从我口中得出安平幸雄的存储器的去向,由此为自己挽回些颜面,至少是在他同僚中的颜面。艾拉·哈伦-鹤冈,出于某种不足为外人知道的理由,最后答应了他的要求。她向西格斯瓦施压,促成了黑道和黑帮之间的这次外交合作。西格斯瓦本人以正规礼节欢迎了田奈濑陀,然后明确地告诉后者,他最好在新佩斯特或者源头镇找个地方住下,远离他的牧场并管好他的手下,除非有特殊情况出现。不用说,他根本没机会游览这个牧场。

不过说实话,想在地堡里关押俘虏,又不希望他们死掉,那么合适的地方只有一个。我从前来的时候见过它好几次,甚至有一次看到某个倒了大霉的好赌瘾君子被送到这儿,让西格斯瓦有时间考虑怎么拿他杀鸡儆猴。如果你想在牧场里关押一个人,就该把他放进怪物都逃不掉的地方。关进豹笼里。

我们在十字路口停下脚步,通风系统在那里朝我们敞开大嘴。通风管里依稀传来交战的声音。我朝左边打了个手势,低声提醒。

"就在那儿。豹笼都在下一个路口的右边,笼子里的通道径直通向兽栏。西格斯瓦改造过几只笼子,用来关人。肯定就在其中一只里。"

"那好。"

我们再次加快脚步,向右转弯。接着我听到了其中一扇笼门向下滑进地板里的嗡鸣。脚步声和急促的说话声从后面传来。西格斯瓦和艾拉,还有第三个我听过,却不太对得上号的声音。我压下心头的狂喜,身体紧贴着墙壁,招呼雅德和村上回来。

我能听到,艾拉的语气带着压抑的愤怒。

"……是想用这种方式让我佩服你吗?"

"这麻烦是你惹出来的!"西格斯瓦吼道,"你非得让那个斜眼的黑道混蛋加入。我告诉过你——"

"可是,西格斯瓦君,我不认为——"

"别他妈再这么叫我了。这儿是科苏特,不是他妈的北方。稍微尊重一下本地文化吧。安东,你确定没有入侵者进到这儿来?"

第三个声音对上了号。是德拉瓦的那个头发五颜六色的高个子指挥员。二号科瓦奇的软件走狗。

"没有。这儿是严格——"

我早该料到的。

我本想再等上几秒钟。等他们走进宽阔、明亮的走廊里,然后踩进陷阱。而不是——

雅德冲过我身边,迅疾如闪电。她的声音仿佛在整个地堡的墙壁间回荡。

"安东,你这狗娘养的畜生!"

我离开墙壁,用狂想曲手枪对准了他们所有人。

但为时已晚。

我瞥见他们三人震惊地张大了嘴巴。西格斯瓦对上我的目光,立刻退缩了。雅德站定在那儿,破片枪的枪托抵着胯部,接着抬起枪口。

看到这里,安东以拆解者的敏捷身手做出了反应。他抓住艾拉·哈伦-鹤冈的肩膀,把她推到自己前方。破片枪响了起来。

哈伦家族的安全主管尖叫——

——随后从肩膀到腰部被单分子束撕成了碎片。鲜血和人体组织在我们周围飞散,泼溅在我身上,让我看不清——

在我擦拭双眼的时间里,那两人已经逃得没影了。他们走进刚刚钻出的那只豹笼,沿着后面的通道逃跑了。艾拉仅剩的三块残骸和大摊的血迹落在地板上。

"雅德,你他妈究竟在做什么?"我大吼道。

她擦了擦脸上的鲜血，"我早告诉你，我要干掉他。"

我努力维持镇定，指了指脚边的惨状，"你没能干掉他，雅德。他跑掉了。"冷静离我而去，在漫无目的的狂怒面前分崩离析，"你他妈怎么能这么蠢。他逃走了。"

"我会追上他。"

"不，我们得——"

但她已经动了起来，以拆解者的身手大步穿过敞开的笼子。钻进通道。

"干得好，阿武，"村上讽刺地说，"真有领袖的气场。我喜欢。"

"闭嘴，托多。赶紧去找监控室，确认笼子里的情况。他们应该就在附近的什么地方。我会尽快赶回来。"

话没说完，我的双脚就动了起来。我再次开始飞奔，跟着雅德，跟着西格斯瓦。

跟着某种东西。

46

通道的另一头是一座斗兽场。周围是陡峭的永凝土斜坡，足有十米高，从五米以下就布满想要逃跑的沼泽豹的爪印。斜坡顶部是带有护栏的观众席，正上方则是天空，此时有片略带绿色的云层飞快地飘过。在这么大的雨里，直接抬头看天根本是不可能的。斗兽场底部原本有三十厘米厚的泥土，此时被瓢泼大雨浇灌成了烂泥。墙壁上的排水管道根本跟不上积水的速度。

我眯起眼睛，透过空中和脸上的雨水看去，发现雅德正沿着狭窄的维护梯爬向观众席的一角。

我大吼一声，盖过了风暴的咆哮："雅德！该死的，等等！"

她在梯级上停了下来，破片粒子枪指着下方。

然后她挥挥手，继续爬了起来。

我咒骂一声，把狂想曲手枪塞进皮套，跟着她爬上梯子。雨水顺着墙壁流下，拍打着我的脑袋。我似乎听到上方的某处传来了粒子枪的响声。

等我爬到梯子顶上，有只手伸了下来，抓住了我的手腕。我吃了一惊,抬起头,看到雅德正低头看着我。

"小心点儿,"她大喊道,"他们就在上头!"

我小心翼翼地探出头去,扫视几座斗兽场上纵横交错的台架和观众过道。厚厚的雨幕呼啸着掠过我的视野。在十米外,景物褪成了灰色,二十米外则彻底消失不见。在牧场另一边的某处,我能听到仍未停止的交火声,但这里却只有风暴的声音。雅德趴在观众席的边缘。她注意到了我的目光,凑近了些。

"他们分开了!"她对着我的耳朵大吼,"安东去了远处的停船点。我猜他打算想法子逃走,也可能是想找另一个你来帮忙。还有一个人穿过那边的兽栏跑了,看起来他想打一场。刚才他还朝我开了枪。"

我点点头,"好吧,你去追安东,我来料理西格斯瓦。等你行动的时候,我会掩护你的。"

"成交。"

等她翻过身来以后,我抓住她的肩膀,暂时按住了她。

"雅德,你千万要当心。如果你在外面撞见我——"

她咧嘴笑了,雨水滴到了她的牙齿上。

"那我就替你解决他,不另收钱。"

我跟着她来到平坦的过道上,拔出狂想曲手枪,调节成最大射程的集中模式。我扭动了几下,转为有些倾斜的蹲伏姿势。

"做好准备!"

她爬起身来。

"出发!"

她沿着护栏飞奔而去,跑上一片连接用的台架,钻入黑暗。在右方,一道粒子束划破了雨幕。我反射式地扣动了破片手枪,但又怀疑距离还不够近。

　　四十到五十米,荻户丸市的那个军火商是这么说的,但看到你要射击的目标总是有好处的。

　　于是——

　　我站起身来,朝着风暴里怒吼:

　　"嘿,拉德! 你在听吗? 我要宰了你!"

　　没有回答。但也没有粒子束飞来。我沿着过道的边缘警惕地向前走去,试图估算西格斯瓦的位置。

　　这些斗兽场都是粗糙的椭圆形场地,直接与野草湖满是淤泥的河床相连,内部的最深处比周边水体还要低大约一米。

　　这里共有九座斗兽场,每排三座,相互之间紧紧挨着,中间有厚实的永凝土墙相隔,顶部是互相连接的过道。观众们可以站在护栏旁边,看着沼泽豹们在下方的安全距离相互撕咬。钢网过道以对角线铺设在每座斗兽场上方,为更受欢迎的赛事提供所需要的额外观众席。我不止一次看到过道上挤满了人,那些台架承载着渴望目睹死亡的看客的重量,不停地嘎吱作响。

　　这九座斗兽场组成的蜂巢状结构比野草湖的浅水区高出大约五米,一侧则与地堡结构的低洼部分相连。与斗兽场的边缘相邻,并且与台架支撑的其他过道交错着的,是成排较小的喂食兽栏,以及几条长长的矩形跑道。"穿刺者号"就是从那边闯进牧场的。就我所见,那道粒子束就是从这堆破碎的残骸里打过来的。

　　"拉德,听到我的话了吗,你这臭狗屎?"

　　粒子枪再次响起。光束从我身边掠过,而我打到了永凝土地板,泼溅起一片水花。西格斯瓦的声音从我头顶传来:

　　"我看你已经离得够近了,阿武。"

　　"随你便吧,"我大声回答,"反正你大势已去了。"

"是吗？你这话好像没什么信心啊？他这会儿正在新码头那边教训你那些海盗朋友。他会把他们丢回野草湖，或者把他们送去喂豹子。你听见了没？"

我听着他的话，再次捕捉到了交火的声音。粒子枪的响声，还有偶尔传来的痛苦尖叫。我没法知道现在哪边占优，但我再次想起了自己对弗拉德和他的瘾君子船员的担忧。我面露苦相。

"你被他迷倒了，是吧？"我大喊道，"怎么着，你跟他一起在体育馆里打发过时间了？跟他一起上了你最喜欢的婊子？"

"滚你妈的，科瓦奇。至少他知道什么叫找乐子。"

他的声音听起来很近，尽管周围风声呼啸。我略微直起身子，开始沿着过道的地板前进。又靠近了些。

"是啊。这就是你出卖我的原因？"

"我可没出卖你，"像拖船绞盘一样的大笑声朝我袭来，"我只是换了个版本更好的你。我会跟那个人合作。因为他还记得自己出生在哪儿。"

又近了些。在滂沱大雨和过道上三厘米深的积水里，拖着身体，每次前进一米。离开一个水坑，绕过第二个。保持蹲伏。别让憎恨和愤怒驱使你就这么站起来。想办法让他犯错。

"拉德，那他记不记得，你曾经拖着被鱼叉撕开的大腿，在后巷里一边哭一边爬行？该死的，他记得这个吗？"

"对，他记得。可你知道吗？"西格斯瓦的声音提高了，这话肯定触到了他的痛处，"**他可不会他妈的无时无刻拿这事刺激我。该死的，他也不会用这件事来损害我的利益。**"

我又靠近了些。我努力让语气透出笑意。

"是啊，他还帮你跟第一家族牵上了头。这才是真正重要的,对吧？你把自己推销给了一群该死的贵族,拉德。就像那些该死的黑道。接下来,你就该搬到米尔斯波特去了。"

"嘿,滚你妈的,科瓦奇!"

伴随着愤怒的是另一发粒子束,但它跟我差了十万八千里。我在雨里咧嘴一笑,将狂想曲手枪调到散射模式。我让身体离开积水,开始动用生体强化。

"你还说我忘了自己出生在哪儿？得了吧,拉德。你很快就要换上贵族用的身体了。"

够近了。

"嘿,该死——"

我站起身来,扑向前去。他的声音为我提供了线索,生体强化后的视力完成了其余的工作。我看到他蹲在一座喂食兽栏旁边,过道边缘的钢网为他提供了一部分遮蔽。当我绕过这座斗兽场的椭圆形过道时,手里的狂想曲手枪喷出了单分子破片。没时间仔细瞄准了,只能指望——

他大叫一声。我看到他的身体晃了晃,攥住了一条胳膊。残忍的愉悦感在我体内流淌,令我露齿而笑。我又开了一枪,他要么倒下了,要么就是卧倒寻找掩护去了。我越过自己所在的那条过道的护栏,还有前方的喂食兽栏。差点儿摔倒——不过最后没有。我后仰身子,找回平衡,又在瞬间做出了决定:我不能绕着墙壁过去。如果西格斯瓦还活着,他会趁这段时间站起来,再用粒子枪解决我。过道是一条直路,从那儿越过兽栏上方,只需要跑五六米。我跑上了过道。

我脚下的金属突然剧烈倾斜。

在下方的兽栏,有什么东西跳了起来,大声咆哮。海洋和腐烂血肉的气味从扑向我的那头豹子嘴里涌出。

后来我才明白，"穿刺者号"到来时，侧面撞到了这座喂食兽栏，西格斯瓦用作掩体的那块永凝土墙裂开了。过道的这一头只靠松脱了一半的螺栓来固定。也是因为相似的原因，兽栏连接豹笼的通道出现了破损，一头沼泽豹跑了出来。

距离过道那头还有两米远的时候，所有的螺栓同时松脱。荣春堂的反应力让我向前扑去。我弄丢了狂想曲手枪，双手抓住兽栏的边缘。过道向下坠落。我的双掌抓紧了雨水浸湿的永凝土。

一只手打了滑。另一只手掌里的壁虎刺毛帮我稳住身子。在我脚下的某处，那头沼泽豹用利爪抓挠着落下的台架，碰出了火花，接着向后退去，发出一声刺耳的咆哮。我挣扎着用我的另一只手抓紧。

西格斯瓦的脑袋出现在兽栏的墙壁上。他面色苍白，夹克右边的袖子里渗出鲜血，但他看到我的时候，脸上露出了笑容。

"噢，他妈的好极了，"他的口气近乎平静，"我自命正义的混账老朋友武·科瓦奇。"

我不顾一切地抬起身子。一只脚跟勾住兽栏边缘。西格斯瓦看到了这一幕，一瘸一拐地走近了些。

"不，你恐怕不能这么做。"他说着，把我的脚踢了下去。我再次抬起腿来，双手几乎抓不稳墙壁。他站在高处，低头看了我一会儿。接着他扫视着那些斗兽场，带着依稀的满足感点点头。雨水敲打着我们身边。

"终于有一次，我可以俯视你了。"

我喘着粗气，"噢，滚你妈的。"

"要知道，下面那头豹子没准正是你的教徒朋友之一。那可就太讽刺了，对吧？"

"要动手就快,拉德。你是个出卖朋友的小人,无论你做什么都没法改变这一点。"

"这就对了,武。占据他妈的道德制高点吧。"他面容扭曲,有那么一瞬间,我还以为他会当场踢开我的双手,"就像你一贯的做法。噢,拉杜尔是个该死的罪犯,拉杜尔照顾不了自己,我曾经救过拉杜尔的狗命。自从你把伊冯娜从我身边抢走开始,你就一直在这么干,而且你永远也不打算改,是吗?"

我在雨中张口结舌地看着他,几乎忘记了下方的危险。我吐出落进嘴里的雨水。

"你他妈究竟在说什么?"

"你他妈很清楚我在说什么!那年夏天在渡边酒吧,伊冯娜·瓦萨雷利,有一双绿眼睛。"

记忆随着那个名字闪现。平田礁,还有游在我头顶的那双修长的玉腿。海水打湿,尝起来带着盐味的身体,躺在潮湿的橡胶潜水衣上。

抓紧。

"我,"我麻木地摇摇头,"我还以为她叫伊娃。"

"你看,你他妈自己看。"这几个字渗出他的嘴巴,就像流出的脓水,就像放了太久的毒液。他的面孔因愤怒而扭曲,"你根本半点也不在乎她,她只是又一个你上的无名氏而已。"

在那漫长的一刻,我的过去像海浪那样席卷而来。荣春堂身体接管了指挥权,而那年夏天的情景仿佛万花筒般在我的脑海里旋转。在渡边酒吧的露天平台上。铅灰色的天空投来的酷热。从野草湖吹来一股微风,甚至不足以摇动沉重的风铃。衣服下面的肉体流淌着汗水,暴露在外的位置更凝成了汗珠。没精打采的交谈和笑声,空气里充斥着海大麻的辛辣气息。绿色眼睛的女孩。

"那他妈都是二百二十年前的事了，拉德。而且你大部分时间甚至都没跟她说话。你跟平时一样，正在从玛尔嘉卓塔·布科夫斯基的乳沟里吸冰毒。"

"我不知道怎么跟她说话。她，"他盯着我，"我他妈很在乎她，你这混蛋。"

起先我没能辨认出从自己身体里发出的声音。完全可能是一声哽咽的咳嗽，毕竟我每次张嘴，雨水都会强行灌进我的喉咙里。感觉有点像啜泣，像身体里某种失控的感受。像失落。

但并非如此。

那是笑声。

第一声断断续续的咳嗽以后，它仿佛一股暖意，涌过我的身体，在我的胸膛中占据了一席之地，并且开始寻找出路。笑声让我喷出了嘴里的雨水，可我却无法阻止。

"别再笑了，你这该死的。"

我停不下来，我咯咯地笑着。出乎意料的愉悦让我的双臂充斥着新生的活力，那活力涌入我带有壁虎刺毛的双手，每一根手指都感受到了新的力量。

"你这个愚蠢的杂种，拉德。她是新佩斯特的富家千金，从来也没想过像我们这样混迹街头。那年秋天，她就去了米尔斯波特学习，我再也没见过她。她说我再也不会见到她了。还说别太介意这事，我们过得很开心，但我们不是一类人。"

我几乎下意识地支起身子，试图朝兽栏外爬去，而他瞪大眼睛看着我。混凝土围墙的坚硬边缘抵着我的胸口。我喘着粗气，同时对他说："你真该动动脑子。拉德，你从没接近过那样的人，是不是？你以为她会是你的人。会给你生儿育女，会跟其他黑帮成员的老婆一起坐在斯佩科尼码头上？会等你回家。你是一大早就在渡边酒吧喝多了吧？我是说，"在喘息的间隙，我又大笑起来，"怎么会有女人——任何一个女人——绝望到做出这种事来？"

"去你妈的！"他尖叫着，一脚踢向我的面孔。

我想我料到了他的反应。我显然把他刺激得很厉害。但与那年夏天明亮闪耀的画面相比，一切都显得那么遥远，那么不重要。而且话说回来，做出反应的不是我，是这具荣春堂出品的身体。

我的左手猛地伸了出去，抓住他没来得及收回的那条腿的小腿肚。我的鼻子里涌出了鲜血。壁虎刺毛帮助我稳稳抓住。我用力一拉，让他在兽栏边缘跳起了滑稽的单腿吉格舞。他低头看着我，面孔变了色。

我掉了下去，拖着他一起。

坠落的距离并不长。兽栏的侧面和斗兽场同样是倾斜的，坠落的过道在顺着永凝土墙滑下的半路上卡住了，角度近乎水平。我撞上了金属网，而西格斯瓦落在了我身上。我肺里的空气全摔了出来。过道颤动了几下，又下滑了半米。在我们下方，那只沼泽豹发疯似的抓挠护栏，试图将它扯到兽栏的地面上。它能嗅到从我鼻子里流出的血味。

西格斯瓦扭动起来，眼里仍旧带着愤怒。我挥出一拳。他伸手挡住。他紧咬的牙关中吐出单音节的字眼，受伤的胳膊勾住我的脖子，开始发力。他痛呼一声，但没有放松压力。那只豹子狠狠拍打过道的侧面，恶臭的呼吸透过金属网喷向我的身侧。我看到了一只狂怒的眼睛，又看到了撕扯金属网的利爪溅出的火花。它尖啸一声，发出含混的叫声，就像个疯子。

也许它真的是。

我奋力挣扎，可西格斯瓦牢牢按住了我。积累了将近两个世纪的街头暴力经验，他在这种搏斗中不会落下风。他怒气冲冲地看着我，恨意给了他压下痛楚的力量。他挡住了我甩去的手肘，我的手指只是勉强掠过了他的脸。接着他箍住我的胳膊，将更多的体重压在那条勒住我脖子的伤臂上。

我抬起头，咬破了他的夹克衫，牙齿碰到了他前臂上撕裂的血肉。鲜血在衣服里涌出，填进我的嘴巴。他尖叫起来，用另一条胳膊打在我的头颅侧面。我喉咙上的压力开始发挥作用——我喘不过气来了。那头豹子拍打着金属过道，让它晃动了一下。我的身体朝侧面滑动了一丁点儿。

我抓住了机会。

我强行用手掌拍在他的脸颊上。

再用力向下拉扯。

壁虎基因刺毛牢牢地勾住了皮肤。手指尖端和根部按得最用力，这一拉撕破了西格斯瓦的脸。

我的手碰到他的同时，街头斗士的本能让他闭上了眼睛，但这根本没用。我手指上的刺毛从眉毛向下，撕裂了他的眼皮，刮过他的眼球，将连着视神经的眼球扯了出来。他发出撕心裂肺的尖叫。灰白的雨点中突然喷出一股温热的血雾，泼洒在我的脸上。他松开了手，向后退去，五官残缺，眼球悬挂在外，仍旧喷出细小的血水。我大喊一声，追了过去，一拳打在他并未受伤的面孔侧面，让他蹒跚着退向一旁，背靠着过道的护栏。

有那么一秒钟，他四仰八叉地躺在那儿，左手无力地抬起阻挡，右手紧紧地攥成拳头，尽管那条手臂受了伤。

紧接着，沼泽豹把他抓了下去。

只是一眨眼的工夫。我看到的只有模糊的鬃毛和毛皮，挥出的前肢和张开的尖喙。它的爪子陷进了他的肩膀，像拖动一只布娃娃那样，把他拖下了过道。他尖叫了一声，接着我听到的只有那只喙用力合拢时的可怕破碎声。我没有看到，但它多半在途中就对他下了口。

足有一分钟的时间里，我摇摇晃晃地站在倾斜的过道上，听着撕扯血肉和吞咽的声音，以及咬断骨头的响动。最后我蹒跚地走到护栏边，向下看去。

已经太迟了。沼泽豹周围的残骸已经看不出和人类有丝毫的相似之处了。

最大摊的鲜血已被雨水冲走。

沼泽豹不怎么聪明。进食过后，这只豹子对我的存在也就失去了绝大部分的兴趣——或许是所有的。我花了几分钟的时间寻找手枪，无果以后，准备离开兽栏。"穿刺者号"的到来在永凝土墙上留下了多处破损，要爬上去并不难。我抓住最宽的那条裂缝借力，将双脚塞进里面，双手交错着向上爬。靠近顶端的时候，一大块永凝土在我脚下脱落，把我吓得不轻，不过除此以外，这次攀爬非常顺利。在攀爬的过程中，荣春堂身体的某种机制让我的鼻子停止了流血。

我站在墙顶，听着交火的声音。除了风暴以外，我什么都听不到，可就连风暴声都轻了不少。战斗要么结束了，要么就是转为了游击战。显然我低估了弗拉德和他那伙人。

或者低估了黑帮。

是时候弄个明白了。

我在接近兽栏护栏的一摊血水里找到了西格斯瓦的粒子

枪,确认了能量,然后我小心翼翼地从斗兽场的台架上走过。这时候,我才渐渐明白,西格斯瓦的死带给我的只是模糊的释然。我不再怨恨他出卖了我,还有他坦白的那份对我抢走伊娃的怨恨——

是伊冯娜。

——好吧,伊冯娜,这份坦白只是印证了一个显而易见的事实。不管怎么说,让我们俩维持了将近两百年关系的,就只有他在后巷里不自觉地欠下我的那份人情。

从那以后,我们从没真正喜欢过彼此。这让我想到,年轻的那个我恐怕一直在把西格斯瓦当猴耍。

回到通道里以后,我每走几步就会停下脚步,聆听枪声。这座湿地地堡显得出奇地安静,我的脚步声在我自己听来都响过了头。我沿着通道来到一扇舱门前——我就是在那儿和村上分头行动的。艾拉·哈伦的残骸仍然留在原地,只是她最上面那节脊骨留下了一个干净利落的孔洞。没有其他人的踪影。我扫视走廊两边,再次聆听,听到的只有有规律的金属叮当声。我猜想应该是被关起来的那些沼泽豹弄出来的:外部的干扰让它们用力撞着笼门。我面露苦相,开始沿着走廊,经过那一扇扇发出轻微叮当声的门,同时绷紧神经,警惕地举起粒子枪。

前进了五六扇门以后,我找到了其他人。舱门紧闭,牢房里面亮着无情的强光。一具具尸体四仰八叉地躺在地板上,墙壁上染上了大摊血迹,好像装在水桶里再泼上去的。

漱石。

特雷斯。

布拉西。

另外还有四五个人,我认得他们,但不记得名字。都是被实弹枪杀死的,全都面朝下趴在地上。他们的脊椎上都有个窟窿,存储器不翼而飞。

我看不到维杜拉,也看不到大岛·西尔维。

我站在屠杀现场,目光扫过不同的尸体,仿佛在寻找我弄丢的东西。我站在那儿,直到光线明亮的牢房里的寂静转为耳中挥之不去的嗡鸣,淹没了整个世界的声音。

走廊里传来脚步声。

我猛地转过身,端起粒子枪,几乎朝探头进来的弗拉德·特佩斯开了火。他连忙后退,举起他手里的等离子破片步枪,然后停了下来。他勉强挤出笑容,随后抬起一只手,揉了揉面颊。

"科瓦奇。见鬼,伙计,我差点儿杀了你。"

"弗拉德,这他妈是怎么回事?"

他的目光越过我,看到了那些尸体。他耸耸肩。

"你问倒我了。看样子我们来得太迟了。你认识他们?"

"村上在哪儿?"

他指了指自己来时的路,"就在那一头,靠近船坞那边。他派我来找你,怕你需要帮助。战斗差不多结束了,你知道。现在我们在做收尾工作,还有不少海盗的活儿要干。"他又咧嘴笑了笑,"是时候收取酬金了。来吧,这边走。"

我麻木地跟在他身后。我们穿行于地堡内部,经过残留着交火痕迹的走廊:墙上留着粒子束烧焦的痕迹,破碎可怖的人体组织。地板上是姿势怪异的尸体,还有个穿着打扮得体到可笑的中年男人,他坐在地板上,以难以置信的眼神盯着自己身前破碎的双腿。他肯定是在袭击开始后,被人从赌场或是妓院疏散出来的,然后逃进了地堡内部,被卷入了交叉火力之中。走到他身边时,他虚弱地朝我们抬起双臂,而弗拉德用等离子破片枪朝他开了火。我们把胸口多了个大洞的他抛在身后,顺着一条梯子爬进旧装卸站的内部。

船坞也是相似的一片屠杀光景。码头上和停泊的那些快艇之间,满是破破烂烂的尸体。一团团的火苗仍在燃烧,那是粒子束找到了比人的血肉和骨头更加易燃的东西。烟雾在雨中飘过。风暴显然已经开始平息了。

村上就在水边,正跪在瘫倒在地的维吉尼亚·维杜拉身边,焦急地跟她说着什么。他的一只手拢住她的脸颊。弗拉德手下的几个海盗站在周围争论着什么,武器挂在肩头。他们全身湿透,不过看起来毫发无伤。

附近那条绿色涂漆的游艇外壳上,躺着安东的尸体。

他仰天倒地,双目圆睁,虹色的指挥员头发几乎垂进水里。他的胸腹之间有个窟窿,大得能把头伸进去。看样子雅德从后面用破片粒子枪瞄准,给了他致命的一枪。那把粒子枪本身则躺在码头上的一摊血水里。雅德不见踪影。

看到我们走来,村上放开了维杜拉的面孔。他捡起那把破片粒子枪,双手拿给我看。弹夹已经弹出,后膛空空如也。有人打空了弹药,然后丢掉了枪。他摇摇头。

"我们找过她,但什么也找不到。这位考尔说,他好像看到她掉进了水里,被那边墙上的人开枪打中了。也许只是受了伤,不过在这种鬼天气里,"他指了指天空,"除非开始打捞尸体,否则谁也说不清。风暴朝西面去了,正在消失。我们那时就可以开始找了。"

我低头看着维吉尼亚·维杜拉。我看不到任何明显的伤口,但她的脑袋无力地耷拉着,看起来处于半昏迷中。我转身看着村上。

"这他妈是——"

碎片粒子枪的枪托上扬,砸中了我的脑袋。

白色的星星。难以置信。我的鼻子又开始流血。

谁——

我摇摇晃晃,目瞪口呆地倒了下去。

村上站在我身前。他丢开那把破片粒子枪,抽出腰带上的一把小巧的昏迷射线枪。

"抱歉,阿武。"

他开了枪。

47

　　漫长昏暗的走廊尽头，有个女人等待着我。我努力加快脚步，可我的衣服吸满了水，十分沉重，走廊地板又带着坡度，还积着及膝深的黏液。我认为那是凝固的血液，只是它却散发出贝拉草的气息。我在淹水的、倾斜的地板上艰难前行，却好像一点也没有更接近尽头那扇敞开的房门。

　　有什么问题吗，老兄？

　　我动用了生体强化，但生物系统却似乎出了什么岔子，因为我看到的仿佛是在极远处用狙击镜看到的情景。哪怕抽搐一下，眼前的景物就会乱晃。我强忍着双眼的疼痛，继续维持着焦点。一半的时间里，那个女人是弗拉德手下的巨乳海盗，上身赤裸，正朝客舱地板上的某台陌生设备弯下腰去。硕大的乳房悬垂下来，仿佛果实——我能感到自己的嘴巴渴望吮吸那粗糙的深色乳头。就在我自以为看清了这一幕的时候，它又悄然远去，转为一座小巧的厨房，手绘图案的百叶窗阻挡了科苏特的阳光。这儿也有个女人，也上身赤裸，但却不是同一个人，因为我认得她。

镜头再度摇晃起来。我的目光飘向地板上的那台设备。哑光灰色的抗冲击外壳,有光泽的黑色圆盘,启动之后,立体显示屏就会从那里出现。每个模块的标识上都刻着某种我见过的表意字符,只是我的读写能力不够,没法判断它是匈奴家园还是地球上的汉字。曾氏心理记录设备。我不久前在战场和精神外科复原机构见过这个名字。是个新牌子。是寥寥无几的军用品牌中的一颗冉冉升起的新星,只有某些资金极其充足的组织才用得起这个牌子。

你手里是什么?

卡拉什尼科夫电磁枪。走廊那边的一个人借给我的。

真想知道他是从哪儿抢来的。

谁说这一定是抢来的?

我说的。这些家伙是海盗。

突然间,我的手掌握住了那把卡拉什尼科夫浑圆诱人的沉重枪托。它在走廊的昏暗灯光里朝我闪着光,恳求我揉捏它。

没错。起码值七百联邦币。这些瘾君子海盗可不会花这么多钱去买一把消音手枪。

我又奋力前进了几步,那种自己没能把握事实的糟糕感受渗透了我的身体。就好像我通过双腿和湿透的靴子吸进了走廊里的黏液,而我知道,等到它充满我的身体时,我的动作就会彻底停止。

随后我会膨胀爆炸,就像一袋捏得太过用力的血浆。

要是你再进来一次,孩子,我就把你打成肉酱。

我感到自己吃惊地瞪大了眼睛。我透过狙击镜再次看去,而这次看到的不再是设备旁的那个女子,也不再是"穿刺者号"的客舱。

是那间厨房。

是我母亲。

她站在那儿，一只脚踩进装着肥皂水的盆里，弯下腰去，用一块廉价的、农场制造的卫生海绵擦拭着她的腿。她穿着贝拉草农用的那种裹住大腿的裙子，一侧开了口。她上身赤裸，她很年轻，比我最为久远的记忆还要年轻。她光滑的乳房晃荡着，就像果实，我的嘴巴依稀想起了吮吸乳汁时的感觉。她转过头去，又低头看着我，露出微笑。

而他从房间的另一扇门闯了进来。转瞬即逝的回忆告诉我，它通向码头那边。他撞开了门，再狠狠地撞上了她。

你这荡妇，你这该死的、私通的荡妇。

震惊之下，我的视野再度摇晃。突然间，我站在了门槛上。狙击镜的伪装消失不见，一切变得真实无比。他挥出整整三巴掌，我才动了起来。用尽全力的反手巴掌，我们都挨过不止一次，但这次他真的失控了——厨房里的她被打得连连后退，撞上桌子然后倒下。她爬起身，又再次被他打倒。地上有了血迹，她鼻子流出的鲜血在透过百叶窗照进的那缕阳光中闪闪发光。她挣扎着起身，而他用穿着靴子的脚踩向她的腹部。她抽搐着侧过身去，那只盆翻倒了，肥皂水朝我涌来，越过了门槛，流过我的光脚。紧接着，我仿佛变成了幽灵，看着我自己冲进房间，试图阻挡在他们之间。

我那时很小，恐怕还不到五岁，而他醉醺醺的，落下的拳头缺乏准头。但已经足以把我打出门外了。接着他走了过来，站到我面前，双手笨拙地撑在膝盖上，松垮垮的嘴唇发出沉重的喘息。

要是你再进来一次，孩子，我就把你打成肉酱。

他转身朝她走去,甚至没有费神去关门。

但当我无助地坐在那儿,开始哭泣时,她从地板上抬起手,推动门把。门扇合拢,也挡住了即将发生的景象。

接着只有拳打脚踢的声音,还有那扇渐渐关闭的门。

我在倾斜的走廊里吃力地走着,寻找着那扇门。最后一道光线透过门缝照来,我喉咙里的哭泣声越来越响亮,接近裂翼鸟的嘶鸣。潮水般的愤怒在我心头涌起,而我也随之成长,每过一秒都更加年长。很快我就会长成大人,我会来到门前,我会在他最终遗弃我们、从我们的人生里消失之前赶到。然后我会让他消失,我会赤手空拳杀死他。我的手里有武器,我的双手就是武器。黏液渐渐流干,我像一头沼泽豹那样来到门边。但它早就关上了,它无比坚固,反弹的冲击力在我体内回荡,就像昏迷射线和——

噢,没错。昏迷射线。

所以那不是门,而是——

——码头,而我正脸朝下压着地面,贴着一小摊唾沫和血迹。看起来我在倒下时咬到了自己的舌头。

对于昏迷枪来说,这并非罕有的结果。

我咳嗽起来,嗓子里塞满了黏液。我吐了几口,飞快地确认身体受伤的状况,但立刻就后悔了。我的全身就像胡乱拼凑起来似的,昏迷射线让我的身体不断发抖,隐隐作痛。我的肠胃翻搅个不停,让我直犯恶心。我的头轻飘飘的,装满了星光闪耀的空气。被步枪枪托砸中的侧脸一阵阵发疼。我躺了一会儿,等待一切恢复某种程度的控制,然后再抬起面孔,像海豹那样昂起脖子。这次尝试时间很短,没有成果。我的双手被某种网状物体固定在背后,而我连脚踝以上的状况都看不到。

在我的手腕上,生物焊接手铐传来阵阵暖意。它能防止铐得太久的双手产生青肿。只要你把相应的酶倾倒上去,它就会像温暖的蜡那样融化;但除非扯脱自己的手指,否则你根本别想挣脱这副手铐。

轻飘飘的口袋让我得知了那个预料之中的事实:他们拿走了我的藏刀。我现在手无寸铁了。

我又呕吐起来,把空荡荡的胃袋里仅有的残渣都吐了出去。我扭动后退,努力不让自己的脸沾到。我能听见远处传来粒子枪的枪声,还有某种微弱的声音,听起来像是笑声。

一双靴子踩过积水。停住脚步,又折返回来。

"他这就醒过来了。"有人说着,吹了声口哨,"真是个顽强的杂种。嘿,维杜拉,听说是你训练的他?"

没人答话。我再次发力,成功地翻过身来。

我对站在面前的那具身躯眨眨眼,感觉有些恍惚。弗拉德·特佩斯在几近放晴的天空下低头看着我。他脸上的表情严肃而又钦佩,就这么一动不动地站在那儿,看着我。

冰毒带来的抽搐全然不见踪影。

"演得不错。"我用沙哑的嗓音对他说。

"喜欢吧?"他咧嘴笑了,"骗倒了你,是不是?"

我用舌头舔了舔牙齿,吐出些混合了呕吐物的血,"是啊,我还觉得村上找你们帮忙简直是疯了。原本那个弗拉德呢?"

"噢,他啊。"他扮了个鬼脸,"你明白的。"

"对,我明白。你们在这儿还有多少人?我是说,除了你那位巨乳精神外科专家以外。"

他轻松地大笑起来,"噢,她跟我提过你偷看的事。真是个尤物,对吧?要知道,莉贝克上次用的是利蒙的缆绳运动员的身

体,平得跟搓板似的。都过去一年了,她还是不知道该为这种变
化高兴还是生气。"

"你说利蒙? 雷蒂默星的利蒙。"

"没错。"

"尖端拆解技术之乡。"

他咧嘴笑了笑,"一切都说得通了,是吗?"

双手被铐在背后,又趴在地上的时候,想耸肩真的不太容
易。我尽了最大的努力,"我在她的客舱里看到了曾氏设备。"

"见鬼,这么说你根本没在看她的胸部。"

"不,我看了。"我承认道,"但你也明白,看漏细节的情况对
我们是不存在的。"

"说得太对了。"

"马洛里!"

我们同时朝喊声的来源看去。村上托多正从湿地地堡的方
向,沿着码头大步走来。他身上只有腰侧的卡拉什尼科夫和别
在胸口的刀子,除此以外手无寸铁。明亮的天空洒下闪闪发光
的细小雨点,落在他身周。

"我们的叛徒坐起来吐唾沫了。"马洛里指了指我。

"很好。既然只有你能让那些船员进行任何形式的合作,不
如你去给他们安排一下工作吧。妓院那边还有些尸体的存储器
没有损坏,我在来时的路上瞧见了。就我所知,那儿甚至可能还
藏着幸存的见证人。我需要你们彻底地扫荡一遍,不留任何活
口,我希望每一个存储器都溶成渣滓。"村上厌恶地做了个手势,
"妈的,他们是海盗,我还以为他们都心狠手辣呢。结果大部分
人都在玩放出豹子,再拿它们来当靶子打的游戏。听听看吧。"

粒子束依稀可见,杂乱无章的光束伴随着兴奋的叫声和笑

声。马洛里耸耸肩。

"托玛塞利在哪儿?"

"还在跟莉贝克调试设备。王在舰桥上等你,想确保没有人被意外吃掉。这是你的船,弗拉德。去让他们别胡闹了。等扫荡结束以后,让'穿刺者号'在这边靠岸,方便装货。"

"好吧。"就像水面泛过的涟漪,马洛里换上了弗拉德的人格,焦躁地抠起了痘疤。他对我点点头,"回头能见的时候再见,科瓦奇。回头见。"

我看着他走到装卸站的墙角,绕了过去,消失于视野。

我将目光转回村上,后者仍旧看着枪声传来的方向。

"该死的门外汉。"他嘀咕了一声,然后摇摇头。

"这么说,"我语气阴郁地说,"特派局还是派人过来了。"

"说得没错。"说话时,村上蹲了下来,咕哝一声,拉着我转成某种笨拙的坐姿,"别怨我,好不好? 我咋晚可没法告诉你这些,再求你看在故乡的份上帮我一把,对吧?"

我扫视周围,看到维吉尼亚·维杜拉正无力地靠着一根系船柱,双手被束缚在背后。她的脸上有一块长长的深色瘀青,眼睛也肿了。她没精打采地看着我,然后转过头去。在她脸上的泥土和汗水间,有泪水的痕迹。大岛·西尔维的身体不见踪影,生死不明。

"这么说,你把我当傻瓜耍了。"

他耸耸肩,"运用手头的工具去解决问题,你明白的。"

"你们来了多少人? 看来不是整船人。"

"不是,"他微微一笑,"只有五个。刚才的马洛里,还有莉贝克,你应该算是见过了。另外两个是托玛塞利和王,还有我。"

我点点头,"隐秘部署的兵力。我早该知道,你不可能只是因为休假就在米尔斯波特转转悠。你们来了多久？"

"将近四年。不过只有我和马洛里。我们比其他人来得早。我们一两年前就盯上了弗拉德，监视一段时间就动了手。接着马洛里让其他人也加入进来，说是新招募的。"

"肯定很不舒服吧。像这样扮演弗拉德。"

"算不上。"村上在绵绵细雨中站直身子。他似乎一点也不着急，"这些瘾君子不难了解，再说他们不喜欢搞什么深层次的关系。当时只有几个家伙跟弗拉德走得太近，可能会给接手的马洛里带来麻烦，于是我提前干掉了他们。狙击镜和等离子破片枪。"他模仿着瞄准和射击的动作，"拜拜了，脑袋；拜拜了，存储器。我们在第二周抓住了弗拉德。马洛里花了差不多两年的时间跟他混熟，讨好他，跟他一起抽烟、喝酒。然后，在源头镇的一个漆黑的夜里，砰！"村上把拳头砸在手掌里，"那套便携式曾氏设备太棒了。你可以在旅馆的盥洗室里做下载和除去意识的活儿。"

源头镇。

"你们一直都在监视布拉西？"

"还有其他人。"他又耸耸肩，"事实上，是整个条状地带。在这个世界上，只有那儿还剩下些反叛分子。在北方，甚至是新佩斯特的大部分地方，有的只是犯罪。你也知道那里的罪犯有多保守。"

"就像田奈濑陀。"

"就像田奈濑陀。我们喜欢黑道，他们只是想讨好当权者而已。还有黑帮，好吧，除了他们喜欢鼓吹的'草根出身'以外，他们其实只是一群不懂餐桌礼仪的二流罪犯。顺便说一句，你解决你的老伙伴西格斯瓦没有？我把你打昏以前忘记问了。"

"解决了。沼泽豹吃掉了他。"

村上轻笑起来，"了不起。阿武，你当初究竟为什么要离开?"

我闭上了眼睛。昏迷射线带来的头痛似乎加重了。

"那你呢? 你帮我解决分身的问题了吗?"

"啊——不，还没有。"

我吃惊地睁开双眼。

"他还在这附近的什么地方转悠?"

村上做了个羞愧的手势，"似乎是这样。看起来你真的很难杀，即使都这把年纪了。不过我们会逮到他的。"

"是吗。"我语气阴沉。

"噢，我们会的。艾拉死了，他没了靠山，也无处可逃。而且就像光速那样不容置疑的是，第一家族不会派别人来收拾她留下的烂摊子。因为他们希望摄政府留在家里，别来管他们这套寡头统治的游戏。"

"或者，"我漫不经心地说，"你可以干脆杀了没法反抗的我，再找他回来，跟他做个交易。"

村上皱起眉头。"这不好笑，阿武。"

"我没在说笑。你知道的，他仍然自称是特派探员。如果你答应让他回到特派局，他恐怕高兴还来不及呢。"

"我他妈才不在乎。"他的语气里带上了愤怒，"我不认识那个小混蛋，他这次死定了。"

"好吧，好吧。冷静点。我只是想让你的人生轻松点儿。"

"我的人生已经很轻松了。"他咆哮道，"制造特派探员的分身，即使是前特派探员，也是不可挽回的政治自杀行为。等我带着艾拉的脑袋和相关报告回到米尔斯波特的时候，康拉德·哈伦就完蛋了。他最好的应对方式就是声称自己全不知情,再祈祷我会放他一马。"

"你挖出艾拉的存储器了?"

"是啊,她的头部和肩部几乎完好无损。我们会审讯她,不过这只是走走形式。反正我们不会直接用上从她嘴里掏出来的情报。在这种情况下,我们倾向于和本地的人渣头子达成一致,声称他们一无所知。你记得我们的训练:将地方上的动乱减到最小,保持摄政府的权威不受损失,再保留相关数据,留待将来使用。"

"噢,我记得。"我努力吞咽着口水,"你知道的,艾拉恐怕不会松口。作为家臣,她在忠诚方面恐怕受过些相当严格的训练。"

他露出令人不快的笑容,"所有人最后都会松口,阿武。你很清楚。虚拟审讯,不是松口就是发疯。就算发了疯,我们也有办法扭转回来。"他的笑容褪了色,变得更加严肃,但仍旧令人不快,"反正这不重要。我们敬爱的永恒的领袖康拉德·哈伦永远不会知道我们从她嘴里撬出了什么。他只会做最坏的打算,然后俯首帖耳。否则我就会呼叫进攻部队过来,在他眼皮底下把里拉峭壁付之一炬,再把他和那个该死家族的存储器全部丢进电磁脉冲里去。"

我点点头,眺望着野草湖,嘴角露出隐约的笑容,"你听起来就像个奎尔主义者。这差不多就是他们想做的事。可惜的是,你没法跟他们达成协议。不过话说回来,这并不是你来这里的真正目的。"我猛地将视线转向他,"对吧?"

"什么?"但他的嘴角仍然挂着似有若无的笑容,看起来并没有掩饰的意思。

"得了吧,托多。你带来了最尖端的心理记录设备,你的伙伴莉贝克上次去的是雷蒂默。你们把大岛带去了什么地方。还有,你说这次行动已经开始了四年左右,这跟梅凯斯克促进法案的实施时间有点太巧合了。你们来这儿不是为了奎尔主义者,你们是来监视拆解者科技的。"

他毫不掩饰地笑了起来,"你的观察力真够敏锐的。但事实上,你错了。我们的目的是两者兼顾。让摄政府心惊胆战的既有尖端的拆解者技术,也有奎尔主义的残存势力。当然了,还有轨道卫星。"

"轨道卫星?"我对着他眨眨眼,"轨道卫星跟这事有什么关系?"

"目前来说,没关系。我们也希望它继续没关系下去。但有了拆解者的技术,我们没法确定这种情况会一直持续。"

我摇摇头,努力赶走那种麻木感,"什……为什么?"

"因为,"他郑重地说,"那鬼东西似乎起作用了。"

48

　　他们把大岛·西尔维的身体放到一架笨重的灰色反重力雪橇上(上面有曾氏公司的标识,还有一块弧状的塑料板,用来遮挡雨水),运出了装卸站。莉贝克用手持遥控器控制着雪橇,另一个女人走在后面——我猜那是托玛塞利——带着一台肩扛式监控系统,上面也有曾氏的标志。她们出现的时候,我奋力站了起来。奇怪的是,村上似乎允许我这么干。我们肩并着肩,在沉默中伫立,就像千禧年前的葬礼上的哀悼者,看着那架反重力雪橇和上面载着的人到来。我低头看着大岛的脸,想起了里拉峭壁顶上的那座石头花园,还有那只担架。我突然想到,在这次新的革命时期,这个女人的大部分时间都被绑在搬运病患的工具上,人事不省。这一次,在透明被单下,她睁着眼睛,却似乎不带任何感情。要不是她脑袋边上的内置式屏幕显示着生命迹象,你甚至会觉得眼前是一具尸体。

　　的确是尸体,阿武。你看到的是奎尔主义革命的尸体。这是他们仅剩的力量。现在漱石和其他人都已死去,没有人能再让它起死回生了。

　　是村上处决了漱石、布拉西和特雷斯，但这算不上什么意外。从我醒来的那一刻，我就隐约猜到了。我从无力地靠着系船柱的维吉尼亚·维杜拉的表情上看出了这一点，而当她说出那几个字的时候，无非只是确认而已。村上面无表情地点点头，把他掌中那些刚刚切除的意识存储器拿给我看。可我却只有反胃的感觉，就像看着镜子里的自己的致命创伤。

　　"别这样，阿武。"他把那些存储器塞回匿踪服的口袋，轻蔑地擦了擦手，面露苦相，"我别无选择，你也明白的。我告诉过你，我们无法承受动乱年代重来一次。尤其是因为这些家伙会输，接下来摄政府就会插手。谁希望看到这种事呢？"

　　维吉尼亚·维杜拉朝他吐了口唾沫。考虑到她还无力地靠着三四米外的系船柱，这应该很不容易办到。

　　村上叹了口气。

　　"该死的，维吉尼亚，你就不能稍微思考一下吗？想想看，新奎尔主义起义会给这颗星球带来什么。你觉得阿德雷辛很不堪？觉得沙尔雅简直是一团糟？等你们的这些玩沙滩派对的朋友举起革命旗帜，那两个地方绝对相形见绌。相信我，管理部门不是瞎鸡巴搞。那些人是强硬派，他们会碾碎任何一颗殖民星球上的任何看起来像是叛乱的东西。哪怕要炸掉整个行星才能镇压叛乱，他们也会动手的。"

　　"是啊，"她厉声道，"我们就该接受这种统治方式，对吗？腐化的寡头政治霸主，由不可抵挡的军队作为支持。"

　　村上又耸了耸肩，"我看不出有何不可。从历史角度来说，这样的方式是行之有效的。人们喜欢听吩咐做事。再说寡头政治也没那么坏，不是吗？我是说，看看大家现在的生活条件吧。再也没有移民年代的贫穷和压迫了。那些状况在三个世纪前就消失了。"

"可它们为什么会消失？"维杜拉的声音微弱了些。我有点担心她得了脑震荡。冲浪专用的身体很结实，但设计时没有考虑到头部受伤的情况。"你这该死的蠢货。那是因为奎尔主义者给了当权者当头一棒。"

村上恼火地比了个手势，"好吧，可奎尔主义者已经达成使命了，不是吗？我们不需要他们再回来了。"

"胡说八道，村上，你很清楚。"但维杜拉说话时，只是目光空洞地看着我，"权力不是结构，是一种流动体系。它不是在顶端聚集，就是通过体系扩散出去。奎尔主义启动了扩散的过程。从那时起，米尔斯波特那些狗娘养的就一直在逆转流动。现在它又开始聚集了。情况只会越来越糟。他们会从其他人身上不断夺取，等到一百年以后，你们醒过来，会发现移民时代的情况又重演了。"

村上自始至终都在点头，就好像在认真思考这番话似的。

"是啊，问题在于，维吉尼亚，"等她说完以后，他开了口，"他们给我薪水、训练我，不是让我担心一百年以后的事。他们训练我——事实上，是你训练我——是为了处理当前的状况。所以我们才会做这些事。"

当前的状况：大岛·西尔维。拆解者。

"该死的梅凯斯克。"村上恼火地说着，指了指反重力雪橇上的那具身体，"要是由我决定，我会说任何地方政府都不应该拥有这种东西，更别提给一群有毒瘾和官能障碍的赏金猎人颁发许可证书了。我们可以在新北海道部署一支特派探员部队，这种事就不会发生了。"

"是啊，可那样开销太大了，还记得吗？"

他脸色阴沉地点点头，"是啊。这也是摄政府当初把这种技术出租给所有人的理由。为了投资回报率。一切都他妈是为了钱。没有人想要创造历史了，他们只想发财。"

"我还以为这也是你们想要的。"维吉尼亚·维杜拉虚弱地说，"所有人都在想办法捞钱。寡头政治的保护人。简单易用的统治体系。可你现在却要抱怨了？"

他疲惫地瞥了她一眼，然后摇摇头。莉贝克和托玛塞利到一边去分享海大麻烟卷，等待弗拉德/马洛里指挥"穿刺者号"靠岸。现在是休息时间。反重力雪橇无人照看，在离我一米远的地方晃动。雨水轻柔地拍打在透明塑料被单上，再顺着弧度下落。狂风转为时断时续的微风，牧场远端的枪声早已止歇。在这清澈而宁静的时刻，我伫立在那儿，低头看着大岛·西尔维呆滞的双眼。丝丝缕缕的直觉在阻挠我理解和认知的屏障周围打转，寻找着入口。

"托多，这跟创造历史有什么关系？"我语气单调地问，"拆解者怎么了？"

他转身看着我，脸上带着我从没见过的表情。

他犹豫着笑了笑。这让他看起来很是年轻。

"你说怎么了？我之前说过了，它开始起作用了。他们在雷蒂默有了成果，和火星人的A.I.系统联络上了。在将近六百年的尝试后，数据系统终于开始兼容了。火星人的机械开始跟我们对话了——正是这套系统为我们消除了隔阂。我们破解了界面。"

就像有冰冷的爪子爬过我的背脊。我想起了雷蒂默星和"圣克宣四号"，还有在那里看到和做过的事。

"他们在保密方面倒是做得不错。"我轻声说。

　　"你们不也一样吗?"村上指了指仰卧在雪橇上的那具身体, "和那个女人的脑袋相连的系统能和火星人留下的机械对话。到时候,它或许还能告诉我们那些火星人的去向,甚至带我们去找他们。"他干笑了一声,"可笑之处在于,她不是考古学家,甚至不是训练有素的特派局系统技术员,更不是研究火星人的专家。都不是。她只是个该死的赏金猎人,阿武,是个近乎精神错乱的佣兵机械杀手。天知道还有多少像她这样的人,脑袋里全都带着这套系统到处游荡。你现在明白摄政府捅出的篓子有多大了吧? 你也去过新北海道。如果我们跟极度先进的外星文明的第一次联络是通过这样的人,你能想象后果会怎样吗? 只要火星人没有回来清洗我们殖民的每一颗行星,我们就该谢天谢地了。"

　　我突然很想坐下。昏迷射线引发的颤抖再次袭来,从我的内脏一路涌入脑袋,让它轻飘飘的。我压下呕吐的冲动,试图思考突然回忆起来的大量细节。西尔维的潜入者小队以简洁而残忍的方式对抗毒蝎炮集群。

　　你们的整个生命体系都对我们有害。

　　是啊。除此以外,我们还需要这块该死的土地。

　　奥尔拿着他的撬棍,站在德拉瓦地下通道里的那台发生故障的机械人偶面前。**咱们到底要不要关闭它的机能?**

　　拆解者们在"格瓦拉炮群号"上的吹嘘,荒谬的假设让人有些想笑,直到你把其他信息结合起来为止。

　　拉兹,等你什么时候想出拆解轨道卫星的法子,别忘了告诉我们。

　　是啊,算我一个。只要能弄下一颗卫星,你这辈子每天早上都会有米姿·哈伦来给你口活儿。

噢，见鬼。

"你真以为她能办到?"我麻木地问,"你觉得她有能力和轨道卫星对话?"

他龇了龇牙,看起来完全不像笑容,"阿武,就我所知,她已经跟卫星对话过了。我们给她注射了镇静剂,曾氏设备正在监控她的信息传输,我们这才稍微放心了些。不过,没人知道她先前做过些什么。"

"如果她开始传输呢?"

他耸耸肩,转过头去,"我有我的命令。"

"噢,太棒了。真有建设性。"

"该死的,阿武,我们能有什么选择?"他的语气透出一丝绝望,"你知道在新北海道发生的那些诡异的事。智能机械做它们不该做的事,还有动乱年代为没人记得的目的而制造的智能机械。所有人都觉得这是机械的某种进化,是从基本的纳米技术发展出来的。可如果不是这样呢? 如果是拆解者启动了这些呢? 也许轨道卫星的苏醒是因为它们嗅到了指挥软件的气味,所以作为回应,它们就对智能机械动了手脚。这套技术设计出来,是为了和火星人的机械系统交流,并且尽可能地理解它们,而雷蒂默那边的消息说它开始生效了。那在这儿又为什么不能?"

我看着大岛·西尔维,雅德的话语在我的脑海中回响。

——不过那些胡言乱语,那些昏迷不醒,还有跑到其他人清理过的地点,这些都是亚蒙峡谷以后的事——

——有那么几次,我们锁定了智能机械的活动,可等我们赶到那儿时,一切都结束了。看起来就像它们发生了内讧——

我的思绪顺着村上为我展示的那条大道一路飞奔。如果它们不是在内讧呢？

如果——

西尔维,在半昏迷中躺在德拉瓦的床铺上,喃喃自语。**它认识我。它。就像个老朋友。就像——**

那个自称是牧田·娜迪亚的女人,躺在鲍宾岛民游艇的另一张床铺上。

格里高利。那儿有个声音,听起来像是格里高利的。

"你口袋里的那些人,"我轻声对村上说,"你为了我们所有人的安稳明天而杀死的那些人——他们相信那是奎尔克里斯特·法尔科内。"

"噢,信仰是个有趣的东西,阿武。"他的目光越过反重力雪橇,语气里全无笑意,"你是个特派探员,你很清楚。"

"是啊。那你又相信什么?"

好一会儿,他都沉默不语。接着他摇摇头,直视着我。

"阿武,你问我相信什么? 我相信如果我们能破译火星人文明的关键,那么一切皆有可能,连真实死亡以后都可以复活;而且到时候,这种事简直是不值一提的小事。"

"你觉得是她吗?"

"我不在乎是不是她。这什么也改变不了。"

托玛塞利的叫喊声传来。"穿刺者号"绕过西格斯瓦满目疮痍的牧场边缘,就像一头庞大而凶残的半机械象鳐。冒着再次呕吐的风险,我小心翼翼地动用生体强化,看到马洛里正站在指挥塔上,他的通信官和另外几个我不认识的海盗站在一旁。我走到村上旁边。

"我还有个问题,托多。你打算怎么处理我们? 维吉尼亚和我。"

"噢。"他用力揉了揉短发,细小的水沫飞溅出来。似有若无的笑容浮现,仿佛这段转向实际问题的对话只是和老友的叙旧。"这就有点麻烦了,不过我们会想出办法的。考虑到地球那边的状况,他们可能会让我把你们俩都请回特派局,也可能会把你们一起抹消。目前的管理层可不怎么喜欢变节的特派探员。"

我疲惫地点点头,"所以呢?"

他的笑容欢快了些,"所以让他们见鬼去。阿武,你是特派探员。她也一样。就因为你们失去了俱乐部的特权,不代表你们不是这个俱乐部的人。你们是什么人就是什么人,离开特派局不会改变这一点。别以为我会因为一群狡猾的行星政客在寻找替罪羊,就把你们送出去任人宰割。"

我摇摇头,"你说的可是你的雇主啊,托多。"

"见他们的鬼去。我只听特派部队司令部的命令。我们不需要抹消自己人的意识。"他咬住下嘴唇,瞥了眼维吉尼亚·维杜拉,又瞥向我。他的话声转为低语,"但我需要些帮助才能办到,阿武。她把这整件事看得太重了。以她这种态度,我没法放了她。尤其是因为,只要我一转身,她很可能就会用等离子破片枪往我的后脑勺开一枪。"

"穿刺者号"的侧面缓缓靠向码头的一处荒废区域。

抓钩射出,在永凝土上挖出一个窟窿。其中几只击中了朽坏的部位,刚刚发力就已松脱。

气垫船在起伏的水面和破碎的贝拉草之间略微后退了些。抓钩收回,又再次射出。

我身后的某处传来哀号。

起先,我还愚蠢地觉得那是维吉尼亚·维杜拉终于释放出她压抑已久的悲伤。几分之一秒过后,我听出了其中的机械音,进而辨认出来——那是警报声。

时间仿佛突然间停止了。每一秒都显得笨重呆板,一切都像是在水下移动那样,带着懒惰的平静。

——莉贝克转身离开水边,点燃的海大麻烟卷从张开的口中滚落,在她那对乳房上弹开,溅起一团火星——

——村上在我的耳边高喊,从我身边跑向反重力雪橇——

——雪橇内置的监控系统在尖叫,一整排数据化显示系统亮了起来,就像大岛·西尔维抽搐的身体边燃起的蜡烛——

——西尔维双眼圆睁,盯住了我,她目光的重量拖着我的视线——

——对我来说,警报声和这台曾氏的新设备都很陌生,但它只可能有一种意义——

——村上的手臂抬起,手里拿着他从腰带取下的那把卡拉什尼科夫枪——

——我自己的尖叫和他的混成一团。我奋力前冲,想挡住他。我的双手仍被铐在身后,慢到令人绝望——

接着,东方的云层裂开,天使之火喷吐而出。

光芒和怒火照亮了码头。

天塌了。

49

在那之后，我花了点时间，才意识到自己并没有再次做梦。就像我中了昏迷射线以后出现的童年噩梦那样，我周围的景象也给人以同样虚幻不实、同样遭受抛弃的感觉，也同样缺乏连贯性。我又躺在了西格斯瓦牧场的码头上，但这里已经没人了，而我的双手也突然间自由了。薄雾笼罩了一切，周围的色彩也似乎黯淡了不少。

那架反重力雪橇耐心地飘浮在原处，但不知怎么回事，上面躺着的人换成了维吉尼亚·维杜拉。她脸色苍白，面孔两侧各有一大块瘀青。几米外的野草湖上，几块水面令人费解地燃烧着苍白的火焰。

大岛·西尔维坐在那里，看着那些火焰，随后像裂翼鸟那样前倾身子，离开背后的系船柱，随后彻底停住了。她肯定听见了我起身的动静，但她没有移动，也没有回头。

雨终于停止了。空气里带着烧焦的气味。

我摇摇晃晃地走到水边，站到她身旁。

"该死的石井·格里高利。"她说着，仍旧没有看我。

"西尔维?"

接着,她转过身来,而我看到了证据。那位拆解者指挥员回来了。她控制自己的方式,她的眼神,还有她的声音都变回来了。她无力地笑了笑。

"都是你的错,米基。是你让我想到了石井。从那以后,我就一直在想。然后我想起了他是谁,又回到下面去找他。挖掘他进去时的那些路线,还有她的那些。"她耸耸肩,但动作里看不出丝毫轻松,"我打开了那条路。"

"我没听明白。石井·格里高利是谁?"

"你真不记得了?小学三年级的历史课。阿拉巴多斯火山口。"

"我的头很痛,西尔维,而且我逃了不少课。直接说重点吧。"

"石井·格里高利是奎尔主义军的喷气直升机驾驶员,在阿拉巴多斯接受了撤退命令。就是想把奎尔送走的那个人。天使之火发射的时候,他跟她一起死掉了。"

"那……"

"没错,"她笑了起来,只是笑声很轻,"她确实是她自称的那个人。"

"是她?"我顿了顿,扫视周围,试图理解周围的惨状,"这是她干的?"

"不,是我。"她耸耸肩,纠正了我,"是他们干的,不过是我的请求。"

"你呼唤了天使之火?你连上了轨道卫星?"

她的脸上掠过一抹微笑,随后又浮现出像是痛苦的表情,"没错,启动它的的确是我。听起来难以置信,对吧?"

　　我用一只手重重地按在脸上，"西尔维，你最好慢点儿说。石井的喷气直升机怎么了？"

　　"没怎么。我的意思是，一切都像你在学校里学过的那样。天使之火命中了它，正如你小时候听过的那样。就像故事里那样。"她与其说是在和我说话，倒不如说是自言自语。她的双眼仍旧看着这次轨道卫星打击制造出的雾气：天使之火汽化了"穿刺者号"，还有下方四米深的湖水。"它跟我们想象的不一样，米基。我是说天使之火。它是一道粒子束，但不止如此。它也是种记录装置。一位司职记录的天使。它会摧毁自己碰到的一切，但它碰触的一切都会改变这股光束的能量。每一个分子，每一个原子内部的粒子都会略微改变光束的能量状态，到头来，光束就会拥有它所摧毁的那些东西的完美影像。它会储存这些影像，留待以后使用。一切都不会失落。"

　　我笑得咳嗽起来，满心的难以置信，"你他妈肯定是在说笑。你想告诉我，奎尔克里斯特·法尔科内的过去三百年是在他妈的火星人数据库里度过的？"

　　"她起先迷路了，"她喃喃道，"她徜徉了很久，不明白自己发生了什么。她不知道自己被记录下来了。她肯定非常坚强。"

　　我努力想象在外星人系统里的虚拟存在是个什么样子，却徒劳无果。这种事让我起了一身鸡皮疙瘩。

　　"那她是怎么出来的？"

　　西尔维看着我，眼睛里闪动着怪异的光芒，"轨道卫星送她出来的。"

　　"噢，拜托。"

　　"不，是真的。"她摇摇头，"我不会假装自己懂得具体是怎么做的，但我知道发生了什么。它在我体内看到了什么，也许是在我和指挥软件的组合中看到了什么，觉得我似乎是这个意识的完美宿主。我认为整个轨道卫星网络是个完整的系统，而且我认为它尝试这么做已经有些时候了。还有新北海道洲那些改变了行为模式的智能机械，我认为这是系统在尝试下载它储存的人类意识——所有在过去四个世纪里被轨道卫星焚烧殆尽的人类，至少是他们的残余部分。到目前为止，它一直在把意识塞进智能机械的头脑里。可怜的石井·格里高利——他是我们干掉的那台毒蝎炮的一部分。"

"是啊，你说过你认识它。就是你在德拉瓦陷入谵妄的时候。"

"不是我。她认识它，她认出了某些他的特质。我不认为石井的意识还有多少残留。"她发起抖来，"牢房里的他肯定没剩下多少，最多只能说是个外壳，而且神志不清。但那门毒蝎炮还是让她想起了他，于是她淹没了系统，试图出来找他。所以我们才会输掉那次交火。她从深处冲出来，就像一颗该死的炸弹的冲击波，我根本阻止不了。"

我闭紧双眼，努力消化这些信息。

"可轨道卫星为什么会做这种事？为什么要开始下载？"

"我告诉你了，我不知道。或许它们不知道该拿人类的意识怎么办。它们的设计肯定没考虑到这一点。或许它们一直忍受到一个世纪以前，然后开始寻找倾倒垃圾的场所。过去的三百年里，智能机械占据了新北海道，我们来这儿的全部历史也没比这长多少。或许这种事自始至终都在发生，但在梅凯斯克促进法案推行之前，我们根本不可能知道。"

我心不在焉地想着过去四百年里——那是哈伦世界开始移民到现在的时间——有多少人丧生在天使之火下。飞行员失误的意外受害者,在里拉峭壁和全球的十几个处决点被套上反重力背包然后放飞的政治犯,还有几个因为轨道卫星的反常触发而死去的人。我很想知道,有多少人在火星人的轨道卫星数据库里疯狂地尖叫,又有多少人被粗暴地塞进新北海道的智能机械,因而发疯。我很想知道,还有多少人剩下。

飞行员失误?

"西尔维?"

"什么?"她又眺望起了野草湖。

"我们把你搬出里拉峭壁的时候,你有没有感觉? 你知不知道周围发生了什么?"

"米尔斯波特? 不太记得。一部分吧。怎么了?"

"当时我们在和一架突袭直升机交火,然后它被轨道卫星击中了。我当时还以为是飞行员误判了自己的爬升速度什么的,要不就是因为轨道卫星在烟火表演时太敏感了。如果他继续扫射我们,你也许会死掉。你认为……"

她耸耸肩,"也许吧。我不知道。它其实没那么可靠。"她指了指周围,笑起来,"要知道,这种事不是我想做就能做到的。就像我说过的,我得好好请求他们才行。"

村上托多汽化了。托玛塞利、莉贝克、弗拉德/马洛里以及他的全部船员,还有一整条装甲厚重的"穿刺者号",以及让它漂浮起来的数百立方米水体,甚至还有——我看着双手的手腕,发现各有一处细微的灼伤——我和维吉尼亚手上的生物焊接手铐。仅仅一秒钟的时间,一切便在天空释放的那道精密控制的怒火中消失不见。

我不禁思考那台机械究竟拥有多么精确的理解力,才能从行星表面上空五百公里的地方办到这一切。我又想起相信死后人生、相信天使飞翔的宗教观念。接着我想起了虚拟实境里的那间整齐小巧的卧室，还有门背后脱落了一角的弃绝会传单。我又看了眼西尔维，开始明白她的体内发生的变化。

"那种感觉如何？"我轻声问她，"我是说，跟它们交谈的感觉如何？"

她嗤之以鼻，"你以为呢？感觉就像宗教，就像我母亲那些自以为是的胡扯。那不是交谈，更像是，"她比了个手势，"更像是分享，像融化让你之所以是你的那些框架。我说不清。就像性爱，或许吧，像愉快的性爱。但并不是……噢，该死的，我没法描述给你听，米基。我自己也很难相信。是啊，"她露出不快的笑容，"与神结合。只不过我妈妈那样的人只会尖叫着跑出上传中心，不敢真正面对类似的东西。这是一条黑暗之路，米基。我打开了那扇门，而软件知道接下来该怎么做，它希望把我带去那儿。这是它的使命。但那儿又黑又冷。你全身赤裸，意识剥离。会有像翅膀似的东西盖住你，但它们很冷，米基。冰冷粗糙，散发着樱桃和芥末的气息。"

"可是，跟你说话的是轨道卫星吗？还是说，你觉得那儿有火星人在操纵它？"

她的脸上凭空多出了一抹坏笑，"那就太了不起了，不是吗？解决了我们时代的那个不解之谜：火星人在哪儿，他们都去了哪儿？"

我花了好一会儿，让那幅画面渗入我的脑海。我们长着蝙蝠翼的猛禽前辈成百上千地飞向空中，等待天使之火降下，将它们烧成灰烬，再在云端之上的虚拟世界重生。或许它们是从火星人统治的其他世界前来朝圣，并聚集在这里，等待着那不可撤销的、超凡入圣的时刻。

我摇了摇头。这是从弃绝会学校里学来的意象，外加某些歪曲过的基督教的牺牲故事的影子。关于考古学，他们教给孩子们的第一件事就是：别试图把你的拟人化观念强加在和人类截然不同的物种上。

"应该没这么简单。"我说。

"是啊。我也是这么想的。总之，说话的应该是轨道卫星。说话方式感觉就像那些智能机械，像软件交谈的方式。不过没错，那儿有火星人。石井·格里高利——或者说他残存的部分——总在唠叨关于他们的事，虽然大半的内容都没有语言上的意义。而且我想，在跟它接触以后，娜迪亚或许能想起些什么来。我想等到那时候，等到她终于想起自己是如何离开数据库、进入我的大脑的时候，她就能真正跟它们对话了。她和它们的联系紧密得多，和我的相比，就像莫尔斯电码和手鼓的差距。"

"我还以为她不知道如何使用指挥软件呢。"

"她不知道。还不知道。但我可以教她，米基。"

大岛·西尔维说话的时候，脸上带着某种怪异的安详。这是我从未见过的，无论在未清扫区还是之后。这让我想起了夏目·尼古拉在弃绝会修道院里的表情，当然是在我们过去毁了他的一切之前。他和她所做的一切都有明确的、不容置疑的目的。自从伊涅恩的事以后，我再也没有体会过这种感觉，也不指望自己能体会到。我忽然感到了一丝嫉妒。

"西尔维，你以后会成为一个拆解者兼传道者吗？这就是你的打算？"

她不耐烦地摆摆手，"我说的不是在现实世界传道，我说的是她。在下面的储存空间里，我可以调节现实和虚拟时间的比率。这样一来，我们的每一分钟都相当于几个月，而且我还可以在那里向她演示。这跟狩猎智能机械不一样,拆解者技术不是派这个用场的。直到现在,我才明白这一点。相比之下,在未清扫区度过的那些时间就像半梦半醒。我觉得自己就像是为此而生的。"

"是软件在暗示你吧,西尔维。"

"是啊,也许吧。那又怎样?"

我想不到什么合适的回答。我只好看向反重力雪橇那边,维吉尼亚·维杜拉躺在西尔维先前的位置上。我走过去,感觉像有根缆线系在我的肠子上,不停地拖拽着我。

"她不会有事吧?"

"嗯,我看不会。"西尔维疲惫地离开了系船柱,"你的朋友?"

"呃——差不多吧。"

"好吧,她脸上的瘀青看起来很严重。我看骨头没准开裂了。我尽可能小心地把她放在了那儿,再打开系统开关,但它目前为止只给她注射了镇静剂。我猜用的应该是常规配方。还没得出诊断结果。需要再——"

"嗯?"

我转过身想催促她,却看到了位于抛物线最高处的那只灰色外壳的罐子。我来不及赶到西尔维身边,也来不及做出其他动作,只能纵身扑出,越过反重力雪橇,躲进它提供的有限遮蔽。它可是曾氏的军用配备,最起码应该为搬上战场做过加固。

我落在雪橇另一边的地上,身体贴着码头,双臂抱头。

手雷的爆炸声出奇地模糊,我的脑袋却伴随着那声音发出了尖叫。柔和的冲击波拍打在我身上,损害了我的听觉。在它留下的模糊嗡鸣声中,我站起身来,来不及确认弹片留下的伤口,我咆哮着转过身,面对从码头边缘爬出水面的他。我没有武器,但我却绕过了重力雪橇,仿佛我已经武装到了牙齿。

"真够快的,"他大喊道,"我还以为我解决掉你们两个了!"

游泳让他的衣服湿透了,他额头上有一道长长的割伤,浸水后变成了粉红色,也不再流血,但那具琥珀色皮肤的身体仍然显得泰然自若。他的黑发还是很长,在肩头混乱地纠缠成团。他似乎没有武器,但他仍然咧嘴笑着。

西尔维无力地倒在水面和雪橇之间的地上。我看不见她的脸。

"我这就送你上路。"我冷冷地说。

"是啊,尽管来吧,老家伙。"

"你知道你做了什么吗?你他妈完全不知道自己杀的是谁吗?"

他摇摇头,装出悲伤的样子,"你真的老到脑袋不灵光了,是吗?你觉得我明明可以留活口,却非得带着一具尸体回到哈伦家族去?他们付我酬劳为的可不是杀她。那是颗昏迷手雷,不幸的是,是我的最后一颗了。你没听到它爆炸的声音吗?如果你最近上过战场,就很难弄错了。噢,也许你真的没有。被冲击波击昏,吸进单分子弹片以后,所有人都是这副模样。她得昏迷一整天呢。"

"用不着你教我武器知识,科瓦奇。该死的,我就是你。我只是放弃了这些,去做更有趣的事。"

"真的吗?"那双湛蓝的眼睛闪烁着愤怒的火花,"比如什么?下三烂的犯罪还是失败的政治革命?他们说你两样都试过了。"

我向前迈出一大步,看着他摆出防守的架势。

"无论他们跟你说了什么,我都比你多见过一个世纪的日出。而你不会有看到这些日出的机会了。"

"是吗?"他的喉头发出表示厌恶的声音,"如果这么一个世纪只会让我变成现在的你,那我还不如让你杀了我得了。因为无论我发生什么,我永远不想成为的就是你。我宁愿把自己的存储器打烂,也不想最后变成你这个样子。"

"那你就动手吧。还能给我省去不少麻烦。"

他大笑起来。我猜他的本意是表示轻蔑,但收效不佳。他的笑声里带着紧张,还有过于丰富的情绪。他最后用手势代替。

"伙计,我都想放你走了。我真的很同情你。"

我摇摇头,"不,你不明白。我不会让你带她回哈伦家族去。这没什么好谈的。"

"见鬼,当然没什么好谈的。我真不敢相信你会这么糟蹋自己的人生。真他妈的,看看你自己吧。"

"还是你自己看我吧。这会是你看到的最后一张脸,你这愚蠢的小混蛋。"

"别耸人听闻了,老家伙。"

"噢,你觉得这是耸人听闻?"

"不。"这次他倒是把轻蔑表达出来了,"你太可悲了,就连这个词也不足以形容。你就像一头跛脚的老狼,没法跟上狼群的步调,只好游离在边缘,希望能捡到几块其他狼不要的肉。我真他妈不敢相信你退出了特派调查局,伙计。我真他妈不敢相信。"

"噢,那是因为你他妈不在场。"我厉声道。

"是啊,因为我在的话,这事根本不会发生。你以为我会做出让一切前功尽弃的事来?就像咱们的老爹那样,拍拍屁股走人?"

"嘿,滚你妈的!"

"你也跟他一样,抛弃了所有人,你这混蛋。你遗弃了特派调查局,就这么走出了他们的生活。"

"你他妈根本不知道自己在说什么。对他们来说,我就像游泳池里的一只网状水母。我是个罪犯。"

"没错,你确实是罪犯。怎么着,你难道还想要块奖章?"

"噢,那你又会怎么做? 你知道前特派探员代表什么吗? 没法担任公职和参军,就算开公司也只能打下手。没法使用合法的信贷方式。你他妈那么聪明,拿着这把烂牌又会怎么打?"

"我当初就不会退出。"

"你他妈不在场。"

"噢,好吧。作为前特派探员,我会怎么做? 我不知道。但我知道的是,我他妈不会在将近两百年后变成你这样:孤单一人,身无分文,还要依靠拉杜尔·西格斯瓦和一群该死的冲浪手。你知不知道,我在你来这儿之前,就顺着你的人际关系找到了西格斯瓦?"

"我当然知道。"

他一时语塞。他的语气里没有太多特派探员的镇定,他太生气了。

"噢,那你知不知道,从你在获户丸开始,你走的每一步都在我们意料之中? 你知不知道是我安排了里拉的那场埋伏?"

"是啊,那场埋伏还真是大获成功。"

新生的怒火让他面孔扭曲,"这他妈不重要,反正我们还有西格斯瓦。我们从最开始就留了后路。你以为自己为什么能轻易脱身?"

"噢,或许是因为轨道卫星打下了你们的直升机,你们其他人又太过无能,没能追踪我们到群岛北端去?"

"去你妈的。你以为我们在努力找你们? 我们知道你们要去哪儿,伙计,从最开始就知道。我们从他妈最开始就盯着你们了。"

够了。我的胸中涌起了坚定的决心,它驱使我走向前去,抬起双手。

"那好吧,"我轻声回答,"你现在要做就是做个了结。你觉得只凭自己能办到吗?"

我们对视良久,从彼此的眼中看出了这场搏斗不可避免。接着他冲向了我。

他发起了一轮紧凑的攻势,让我足足后退了两米方才接下,随后又气势汹汹地朝我的喉咙和腹股沟攻来。我单臂向下横扫,挡开了踢向腹股沟的那一脚,接着蹲下身子,用额头接住了挥向喉咙的手刀。

与此同时,我开始了反击,一记上勾拳打中他的胸口下方。他摇晃了几下,试图用最爱的合气道招数勾住我的手臂。这一招太过眼熟,我差点儿没笑出声来。我挣脱开来,又用硬邦邦的手指戳向他的双眼。他优雅地退开几步,朝我的肋部甩出一记侧踢。这一脚踢得太高了,而且不够快。我抓住那只脚,猛地一拧。他顺势旋身倒下,同时借用惯性将另一只脚踢向我的头。他的脚背踢中了我的脸——但我早已后退,让他这一脚的力道大半落了空。我松开了他的脚。他的身体落地时,我蹒跚后退,背靠着反重力雪橇。它上下晃动了几次,撑起了我。我摇摇头,努力甩掉那种晕眩感。

这场打斗没有我想象中的激烈。我们都很疲倦,无可避免地开始依赖所用身体的调节系统。我们都犯了在其他情况下可能致命的错误。又或许,我们都不大明白,自己究竟在这座飘着薄雾、虚幻不实又寂静空旷的码头上做着什么。

弃绝会里的强硬派相信……

那是西尔维在存储空间里说的话。

外界的一切都是幻象,是先祖众神为抚育我们而创造的皮影戏,直到我们能够建造自己的定制现实并上传进去为止。

听起来很令人欣慰,对吧。

我吐了口唾沫,又吸了口气。离开反重力雪橇。

如果你愿意相信的话。

码头上,他又爬起身来。我飞快站起,趁着他仍在喘息,聚集了剩余的所有力气。他察觉到了我的举动,转身面对我,一脚踢中我刚刚抬起并弯曲的腿,双拳在头部和胸前摆出格挡的架势。惯性带着我冲过他身边,而他转过身,手肘砸在我的后脑勺上。我赶在他追击之前倒下,翻身扫出一脚,试图绊倒他。他轻巧地跳开,咧嘴一笑,然后走上前来,一脚踩下。

我的时间感消失了,这是那天早上的第二次。战斗训练和运用到极限的荣春堂神经系统让一切都慢得仿佛爬行。模糊的动作浮现在那只越来越近的脚底周围,后面是他龇牙咧嘴的笑容。

别再笑了,你这该死的。

西格斯瓦的面孔,数十年的怨恨扭曲为愤怒,然后是绝望:我的嘲弄撕碎了他用一辈子的暴力创造出的、作为盔甲的幻觉。

村上手里满是染血的存储器,他向我耸耸肩,就像镜子里的我自己。

母亲,在梦境和——

——他用穿着靴子的脚踩向她的腹部,她抽搐着侧过身去,

那只盆翻倒了，肥皂水朝我涌来，越过了门槛，流过我——

　　——潮水般的愤怒，在我心头涌起——

　　——每过一秒都更加年长，很快我就会长成大人，我会来到门前——

　　——我会赤手空拳杀死他，我的手里有武器，我的双手就是武器——

　　——皮影戏——

　　他的脚向我踩下。这个动作似乎永远也不会结束。我在最后一刻转动身体，撞向了他。他已经来不及躲闪。那一脚踩在我向上顶去的肩膀上，让他失去了平衡。我继续翻身，而他步履蹒跚。坏运气让他的一只脚跟撞上了躺在码头上的某样东西。

　　西尔维一动不动的身体。他被她绊倒，向后倒下。

　　我站起身来，跨过西尔维的身体，趁他还没站起来就击中了他。我狠狠踢中了他的脑袋侧面。他的头皮刮破，鲜血喷向空中。趁着他没来得及翻身，我又是一脚。他的嘴巴撕破，吐出更多的血。他瘫倒下去，又晃晃悠悠地抬起身，而我将全身重量重重压在他的右臂和胸口上。他咕哝了一声，我想我能感觉到那条胳膊断了。我一巴掌打在他的太阳穴上。他的脑袋晃动起来，视线开始摇曳。我仰起身子，挥出手刀，打算碾碎他的喉咙。

　　——皮影戏——

　　自我憎恨对你们有益，因为你们能将它疏导出去，再转为对需要毁掉的那些目标的愤怒。

　　但这是种静态模式，科瓦奇。就像一尊绝望的塑像。

　　我低头看着他。他几乎无法动弹，要取他性命再容易不过。

　　我盯着他。

　　自我憎恨——

皮影戏——

母亲——

我脑海里凭空出现了那个挂在火星人鹰巢塔下的画面。我的手紧抓着不放。动弹不得，悬在半空。我看到自己的手钳着缆线，固定着我的身体。保住我的性命。

让我停留在原处。

我看到自己扳开那只手，一次一根手指。

我站起身。

我离开了他，接着向后退去。我站在那里，试图弄清自己做了什么。他冲我眨巴着眼。

“要知道，”我的嗓音沙哑得要命。我不得不重新开口，语气平静而疲惫，“要知道，去你妈的。你没去过伊涅恩，你没去过罗伊高星，你甚至没去过‘圣克宣四号’或者匈奴家园。你连地球都没去过。你他妈能知道些什么？”

他吐出血来。他坐起身，擦了擦破损的嘴唇。我发出毫无笑意的笑声，摇了摇头。

“你知道吗，让我们来看看你能不能做得更好吧。你以为你能避开我的所有挫败？那就去吧。去他妈试试看吧。”我走到一旁，朝停泊在码头那边的成排快艇摆摆手，“肯定有那么几条受损不太严重。自己选一条，然后赶紧走。这儿没人会去找你，所以趁早走吧。”

他一点一点地站起身。他始终对着我的目光，双手因为紧张而颤抖，防御式地抬起。或许我并没有折断他的胳膊。我再次大笑起来，这次感觉好多了。

“我是说真的。让我们看看你的人生能不能比我的更好。让我们看看，你会不会最后变成我这样。去吧。”

他从我身边走过,仍然保持警惕,面色冷酷。

"我会的,"他说,"我不觉得自己的表现会那么糟。"

"那就快他妈走吧。给我赶紧滚蛋。"我压抑着新生的愤怒,还有再次打倒他、解决他的冲动。我强行把它压下。整个过程轻松得令人吃惊。我的声音再次响起:"别他妈站在这儿埋怨我了,用你的行动来证明吧。"

他又戒备地看了我一眼,然后走开了,走向码头边缘,朝着那些受损较轻的快艇走去。

我目送他离开。

在十来米远的地方,他停下脚步,转过身。我看到他正要抬起一只手。

一道液体般的粒子束从码头射出。正中他的头部和胸口,将路线上的一切焚烧殆尽。

他伫立了片刻,胸部以上消失不见。然后,他冒烟的残躯向侧面倒去,越过码头边缘,撞在附近那条快艇的船首外壳上,然后滑进水里,掀起一小团水花。

我的胸腔里传来一股刺痛。小小的噪音从我体内流过,而我将它压抑在紧咬的牙齿后面。我转过身,手无寸铁地面向那道粒子束射来的方向。

雅德维嘉从装卸台的一道门里走出。她不知在哪儿找到了村上的等离子破片步枪,或者是另一把样子类似的枪。

她抬着枪,枪托抵住髋骨。枪口仍在冒出闪烁微光的热气。

"我想你应该没什么意见吧。"她的喊声越过微风和我们之间死一般的寂静,传到我耳中。

我闭上双眼,站在那儿,除了呼吸什么也不做。

但这根本没用。

尾 声

在"海德西之女号"的甲板上，科苏特洲的海岸线褪色为船尾方向的一道低矮的炭黑色波浪线。在南方远处，高空的丑陋云彩清晰可见：冒失地闯进野草湖西端以后，风暴便在浅水中失去了力量，渐渐消散。天气预报中说，从这里向南的一路上都会风平浪静，阳光灿烂。

按照贾帕里泽的推测，他应该能以破纪录的速度径直送我们回到荻户丸。我们付给他的酬劳让他很乐意这么做。但乘着这么一条老旧的货运气垫船飞速驶往北方，恐怕会过于引人注目，而这是我们目前最不想要的。作为掩护，缓慢而平凡的商船节奏——并且一路上在藏红花列岛的西海岸停靠——好得多。时机才是关键。

我知道，米尔斯波特的权力阶层正面临一场深入而彻底的调查。特派调查局的行动审核员已经通过超空间传输到来，正在村上的秘密行动留下的有限线索中搜寻。但和野草湖上那场正在平息的风暴一样，它对我们不会有任何影响。我们有时间，如果运气好的话，还会有非常充足的时间。奎尔谷病毒正在全球人口中稳步蔓延,它带来的威胁将会驱使哈伦家族离开他们的贵族肉体,跟他们的先祖在数据库里团聚。在这样的时刻,他们的离开会带来权力真空,将第一家族寡头统治阶层的其余成员卷入他们难以应付的政治旋涡。政局将从此开始分崩离析。黑道、黑帮和摄政府会像瓶背鲨那样绕着这头虚弱的象鳐打转,等待着结果,监视着彼此。但无论哪一方,眼下还不会有所行动。

这是奎尔克里斯特·法尔科内所坚信的发展,尽管有时听起来太过华而不实,就像漱石炬易的那套"历史的脚步"的花言巧语。但我却倾向于相信她。我在其他世界见过这样的过程。在某些世界,这个过程更是由我亲手带来。她的预想的确令人信服。再说她曾经亲历动乱年代,在哈伦世界的政治变革方面,她比我们内行得多。

和她在一起的感觉很怪。知道自己正跟几百年前的历史传奇人物谈话,这本身已经够糟的了——而且那种感受还很不稳定,有时模糊,有时又清晰得出奇。不过,她的出现和消失越来越流畅,和大岛·西尔维的切换就像贾帕里泽和他的大副在舰桥上换班那样轻松。有时候你会看出她的变化,仿佛那张脸上掠过了一道电光——接着她眨眨眼,你要应付的又成了另一个女人。还有些时候,我分不清自己说话的对象是谁。我只能看着那张脸变化的方式,留意语调中的韵律节奏。

我很想知道,在接下来的几十年里,这种随时切换的身份会不会成为大众认同的事实。根据西尔维出现时告诉我的话,应该就是这样。话说回来,我们每次在知识或是科技上迈出一大步的时候,情况都是这样。如果你无法适应,宇宙就会像沼泽豹那样出现,活活将你吞吃。

我尽量不去多想西格斯瓦和其他人的事。尤其是另一个科瓦奇。过了一段时间以后,我又开始和雅德说话了,因为说到底,我不能因为她做的事责怪她,还有维吉尼亚·维杜拉。那天晚上,我们离开新佩斯特的港口、登上"海德西之女号"以后,她给我上了一堂关于放下心结的实地教学课。我们温柔地做了爱,谨慎地避开她仍在缓慢痊愈的面孔。后来她哭泣起来,一整晚都在跟我说杰克·索尔·布拉西的事。我聆听和消化,就像她在一个世纪前教我的那样。到了早上,我们再次做爱,然后起床面对新的一天。从那以后,她再也没提过布拉西。我不小心提起的时候,她就会眨眨眼,露出微笑,眼里的泪水始终没有流到脸上。

我们都在学习放开过去,带着缺憾活下去,把心思放在我们能够改变的那些事上。

御石·埃米内斯库曾经告诉我,推翻第一家族毫无意义,因为这只会让摄政府和特派探员来到哈伦世界。他觉得如果动乱年代有特派探员的存在,奎尔主义就会失败。我想他也许说得对,就连奎尔本人都很难反驳。

而现在,这一点已经不重要了。在分钟延展成月份的存储空间里,西尔维和奎尔正在学习和轨道卫星对话。西尔维认为,等我们到达获户丸市的时候,她们应该已经学会了。到了那儿以后,她认为我们可以把同样的技巧教给御石,或许还有其他志趣相投的拆解者。

到那时候,我们就做好准备了。

"海德西之女号"上的气氛平静而阴沉,但我能感觉到其中那股希望的暗流。不会光辉壮丽,也不会没有流血。但我开始相信,这件事可以办到。我觉得,考虑到眼下的情况,再加上一点点天使之火，我们就能让第一家族垮台，能赶走黑道和黑帮，或者至少让他们俯首称臣。我想我们或许可以吓退摄政府和特派探员，之后，如果还有余力的话，我们或许可以尝试一下奎尔的那套民主动态学理论。

还有，我忍不住相信（或许只是希望），那颗轨道卫星既然能够在抹消整艘气垫船的同时除去两人的手铐，能够同时摧毁和记录，能够把完整的意识送回地面的数据系统——我忍不住相信，这样的轨道卫星或许在某天可以俯瞰漆器海的边缘，找到一对几十年前就已遗弃，长满贝拉草的意识存储器。

并将其中的生命送回世间。